이문구

우리 동네

Published by MINUMSA

Our Neighborhood
Copyright ⓒ 1981 by Lee Mungu
All rights reserved.
Printed in Seoul, Korea.

For information address Minumsa Publishing Co.
506 Shinsa-dong, Gangnam-gu, 135-887.
www.minumsa.com

Third Edition, 2005

ISBN 89-374-2006-6(04810)

오늘의 작가총서 6

이문구

우리 동네

민음사

차례

우리 동네 김씨 · 7

우리 동네 리씨 · 36

우리 동네 최씨 · 81

우리 동네 정씨 · 126

우리 동네 류씨 · 159

우리 동네 강씨 · 231

우리 동네 장씨 · 272

우리 동네 조씨 · 311

우리 동네 황씨 · 347

작품 해설 근대화 속의 농촌 / 김우창 · 396
작가 연보 · 434

우리 동네 김씨

　무솔이 부락으로 뚫어나간 긔내를 따라 개울녘 둔치에 늘어선 미루나무 잎새들이 반짝거리고 볶이며 내뿜는 훈김에도, 파슬파슬하게 타들어 간 물길 옆의 갈밭에서는 빈 차 지나간 장길처럼 익은 흙이 일었다.
　전부터 묵힐 땅은 있어도 놀릴 터는 없다던 동네를 놀미라고 일렀으니, 사람 곯리느라고 그새 소나기 한 죽만 있었더라도 봄것 거둔 터에 뒷그루로 푸성가리를 부쳐, 벌써 여러 뭇 솎아 가용푼이나 해 썼을 거였다. 그러나 못자리 버무리며 무살미하기 앞서, 그나마 날포를 못 넘기며 긋던 가랑비만 서너 물 한 뒤, 보리누름해서부터 입때껏 구름마저 드물었으니, 일 반찬 하게 열무라도 뻬어본다고, 아무리 씨앗을 배게 부어도 푸서리 틈에 개똥참외 움나듯 씨 서는 게 드물어, 아예 한갓지게 버림치로 돌려 묵정이 만들고, 그 위에 호랑이 새끼쳐도 모르게 깃고 욱은 바랭이 개비름 따위나 베어다가 돼지 참 주는 집만 해도 여러 가구였다. 그럼에도 밭 놀리기를 남우세스러워하던 사람은 없었다. 버린 자리로 몰라라 했다가 칠석물이라도 비치면 그때 가서 갈아엎고 김장이나 갈리라고 미뤄두었던 것이다.

"날이 워낙 이러닝께 흐르는 물두 밍근헌 게, 홀랑 벗구 뒤집어쓰면 때는 잘 밀리겄다."

참이랍시고 불어터진 수제비 한 양재기만 호박잎 덮어 달랑 들고 온 아내가 물길 뚝셍이, 뺑쑥 덤불에 굴축스럽게 쭈그리고 앉아, 물을 빨아올리는 호스 끝에 허벅지를 감기고 나서 들으란 사람 없이 중얼거렸다.

"원체 논바닥에 들앉어서 게 좀 벅벅 닦구 가. 암만 더워두 슬 때는 문 닫구 쓰야 개운헌디, 나오기 전버팀 찐덕거리니 워디 쉰내 나서 허겄더라."

젓가락 끝에서만 헤엄치는 멸치 서너 마리를 이리 돌리고 저리 떠다밀며 국물만 뒤적대던 서방이 덜미를 조이며 말했다.

"논물이 들어가두 상관 않구?"

아내는 고개를 저리 조아리며 볼때기로 웃었다.

"날이 가물면 사람두 가무니께 거기루 물 대면 더 좋지."

김승두(金升斗)는 먹고 난 것들을 거듬거려 접어놓으며 담배를 찾았다.

"저니는…… 말을 해두 꼭 두엄데미에서 고리 삭은 말만 입에 바르더라…… 저니 말 뫼놨다가 거름허면 비료 안 사두 베 됨새가 보기 좋을겨."

아내는 짐짓 진저리치는 시늉을 해 보이더니

"암두 안 뵈는디 이냥 입은 채루 먹이나 감구 갔으면…… 전에 내가 선녀 노릇(선일방직 여공살이) 헐 때는 포장과 등산부 것들허구 주말마두 등산 댕기메 그 짓두 숱허게 했더니……."

8

할 때, 그녀의 눈망울은 이미 지룡산(地龍山) 잿마루로 넘어가고 없었다.

"돈이 싹나던 게다."

김은 담배를 물고, 골 깊은 아내 엉덩이를 이윽히 노려보며, 잿밭에서 보리 베기 바쁘던 날, 입덧 그친 지 여러 달이라던 아내가 지나가는 비에 흠씬 불어 겉치마로 살갗 한 채 점심을 내오자, 그 뒷모양에 그저 못 있고 밭 가운데로 불러들여 엎드리게 했던 작년 여름 일을 새로 느꼈다.

김은 슬며시 옆댕이와 뒷전어리를 사려 보았다. 땡볕이라 그런지 우렁 줍는 백로 몇 마리만 히끔거릴 뿐, 개뚝배미 도린곁 언저리에도 물꼬 보는 늙은이 하나 얼씬하지 않았다.

"게 뙤똥허게 앉었지만 말구 생각 있으면 적셔보지그려."

김은 한창 음충맞던 끝이라 무람없이 입방정을 떨고 나서야, 문득 간밤에 꿈자리가 어지러워 선잠으로 날 밝힌 일에 무르춤했다. 그러자 무직하게 늘어붙어 해찰부리던 아내가 무릎을 털고 일어서며

"삵을라면 아직 멀었는디 먹은 감어 뭘 헐 거여. 저녁이나 치운 댐이 씻던지 허야지……."

하더니 덧거리로 않던 소리를 했다.

"호스는 빌리지…… 돈이 아까웨. 부엌은 곰 곤 내 그친 지 제 돌이 엊그젠디두 여으내 그 흔해터진 생물 한 가지 구경 못해 봤는디……."

김은 아무 소리도 말려다가 속으로 무러운 데가 없지 않아 툽상스럽게 내뱉었다.

"물에 빠지면 주먼지버텀 뜰 판국에 먹매 투정허게 생겼더라."

그러자 아내도 지싯지싯 더듬고 나서 중뿔난 소리를 했다.

"뒵데 나더러 긁는 소리 허네. 그럼 안 그려? 어채피 냄으 돈 쓰

는 디 이왕 이자 무는 것, 털 벳긴 냄으 살 한 점이나 집어보게 허면…… 왜 워디가 워치기 되게 생겼담. 그려 안 그려?"
 그녀는 잔뜩 틀물은 말을 뱉고서야 빈 그릇을 포갬거려 챙겼다. 그 말에 김은 성질이 벌떡했으나 꿈자리가 되살아나 이내 군소리로 에웠다.
 "워떤 정신 나간 것이 저 비싼 호스를 내돌린다데? 뵈는 디다 두구두 안 빌려주는 게 연장이구, 부앳짐에 오기루 한 가지씩 장만허는 게 시간살인디…… 구만 티적그리구 싸게 가봐. 언내는 죙일 잠만 잔다데. 깼으면 도지게 울어패겄다."
 아내와 가갸거겨하여 꿈땜을 해서는 안 되겠던 것이다.
 "그게 바루 발은 밟어두 신발은 밟지 말라는 소리여. 웃느라구 보릿되나 떠내어 도부쟁이 갈치꽁댕이래두 들여놨더라면 지관 부를 뻔했네."
 아내는 앵도라진 채 쪼르르 건너갔다.
 "끙──."
 김은 피우던 담배를 논두렁에 주고 선하품을 했다.
 김은 꿈자리가 사나웠다 하면 볼일이 없어도 집을 나서는 버릇이 있었다. 집 안에 들앉으면 엿값도 안 되는 일을 놓고 아내와 티각거린다든가, 어린애가 그릇을 메치며 다친다든가 하며 반드시 꿈땜을 하고 말던 것이다. 그러므로 누구한테 말을 듣게 되거나, 어디서 무슨 일로 무안을 당하게 되더라도 혼자나 겪어야 옳겠던 것이다.
 간밤에 뵈던 꿈도 그전에 한 번은 꾸었더니라 싶게 천연색이었다. 그는 어떤 여순경에게 손목을 잡힌 채 배가 금방 떠난다는 어느 나루터로 가는 참이었다. 얼마 동안 여순경을 검비검비 따라가던 그는 문득 걸음을 멈추었다. 그리고 꿈결에서도, 꿈에 뵈는 순경이나 헌병은 저승사자로 친다던 생시 때 기억을 물고, 따라가면 죽으리라 하면서도 발이 안 떨어져 속을 태우고 있었다. 그러자 앞서 가던 여순경이 낌새를 알아차리고 돌아보며 뭐라고 소리소리 지른 끝에 무엇으로 뺨을 냅다 갈겨 살펴보니, 검정 수실로 뒷갱기를 야무지게 감친 크막한 짚세기 한 짝이 발밑으로 떨어지고 있었다. 소스라쳐 눈을 뜨니 뙤창에 동살이 비치는 어슴새벽이었다.

되새겨 보나 마나 흉몽일시 분명했다. 그는 무슨 꼴을 보려는 선몽인가 싶어 맘이 안 놓여 그참 뒤치락거렸는데, 모아뒀던 꽁초를 죄 잡아 없애고 나니 비로소 하늘이 걷히는 기미였다.

그 꿈은 더운밥을 물 말아 아침이라고 뜨는 둥 마는 둥 하고 개뚝배미에 이르도록 머릿속에 그저 남아 있었다. 그는 일을 하면서도 긴긴해에 언제 무슨 일이 생길는지 몰라, 불안스러움을 못내 떨쳐 버리지 못했다. 양수기에 접전을 시킬 때는 감전 조심으로 맘이 조이고, 수로에서 개뚝배미까지 호스를 끌어올리면서도 뱀이 안 밟히나 하여 속을 졸였다.

참을 내온 아내한테 아이만 혼자 두고 나왔다고 보자마자 핀잔부터 준 것이며, 깜뭇 잊고 내동 노닥거리다가 갑자기 집이 궁금해져 맘에 없던 지청구를 하여 뜨악하게 돌려보낸 것도 사실은 말짱 꿈 탓이던 것이다.

김은 시계를 보았다. 겨우 아홉시 반. 기껏 세 시간 남짓 끌어올린 셈이지만, 이만만 해도 얼마나 다행스러운 일인지 모를 일이었다.

내남저없이, 양식거리나 하는 집은 눈만 뜨면 논에 파묻혀 살았다. 놀미만 그런 것이 아니라 척굴, 앞벵이, 저무니, 무솔이, 너르내, 조브내 하여, 안 그런 동네 따로 없이 천동면(川東面) 안팎은 죄 그 지경이었다. 바깥주인이고 안사람이고 동네마다 눈 안 뒤집힌 사람이 없었고, 집집에 손 벌리러 나서지 않는 이가 없었다. 이미 구어져 금이 안 가고, 파근파근한 논바닥이었지만, 관정(管井)을 뚫고 양수기를 사들여 에멜무지로 적셔보기라도 하려면 무슨 벼슬하는 돈이 됐건, 이자가 높고 야림을 따질 겨를 없이, 앞을 다투어 당겨다 쓰지 않으면 안 되게 되었던 것이다. 들리는 말이 이번 가뭄으로 빚을 진 집은 놀미만 해도 반반이나 된다는 것 같았다.

이제는 가무네 가무네 해도 오늘내일하며 하늘이나 쳐다본다든가 면이나 지도소에서 양수기나 호스 따위를 무상으로 지원해 주기만 바라던 사람은 없었다. 오히려 TV나 라디오에서 어느 고을의 기우제 지낸 얘기라도 들리면, 그 터무니없는 짓에 어이없어하거나 딱하게 여겨, 안쓰러움을 부여안는 여유까지도 보이던 것이다.

김승두도 그랬다. 김은 대개 살아온 경우에 비춤으로써 스스로 깨달음이 있어, 가물면 하늘 탓, 물마지면 관청 탓 하던 묵은 버릇을 우선하여 고치고, 제힘으로 재변을 이겨낼 줄 알아야만 흙의 종살이에서 벗어나 흙을 부리는 농군이 되느니라고 믿었다.

한두 번 속아봤던가. 제구실하는 농군이라면 하늘이건 관청이건 일찍이 아무것도 믿을 만한 게 없었음을 터득하여, 자기 농토는 자기 요량으로 다스려보겠다는 정신부터 기르지 않으면 안 되겠던 것이다.

김도 이번 가뭄으로 장터에서 택시 굴려 돈놀이하는 척굴 조충범이한테 오부 이잣돈 십이만 원을 썼다. 나중 고추만 붉으면 바로 주게 되려니 하고 그 돈으로 호스 이백 미터를 샀던 것이다. 일 미터에 육백 원짜리 호스였다.

그가 없는 돈에 그 비싼 것을 사들이자 동네 사람들은 볼탱이가 미어질까 봐 얼굴을 저리 돌리며 웃어제끼고, 아내도 환장하지나 않은 것인가 하고 여겨보며 종주먹을 들이대고 그 쓸모없음을 따졌다.

원래 놀미만큼 메지고 지대 높은 부락도 드문 데다, 그중에서도 개뚝배미는 자갈 투배기 가풀막 버덩을 일군 층층다랑이로, 지룡산 곁가지 개랑물이 아니면 두더지 한 마리 얼씬 않을 개자리였다. 게다가 곁에 붙은 서 말 가웃지기 더운갈이 논만 해도 남병만(南炳萬)이가 단위조합 돈을 얻어 대가며 일곱 군데나 아흔여덟 자씩 뚫어봤지만, 지하수는 고사하고 겉물 한 모금 뽑아보지 못했던 것이다.

그러므로 김도 지하수를 찾는다거나 들 가운데에 고인 둠병을 퍼올릴 공상 따위는 숫제 근처에도 안 가려고 했다. 그러나 개뚝배미 층층다랑이가 생계의 전부인 김으로서는 혼구멍이 난 무녀리처럼 먼산바라기만 하고 앉아 있을 수만도 없었다.

김은 며칠을 두고 궁리한 끝에 아직도 임자가 없어 남아 있던 한 가지 방법에 놀라면서 눈이 번해졌다. 깜냥껏 대중하다 보니 양수기만 빌릴 수 있다면 반드시 물을 끌어댈 만한 때가 머잖아 오겠던 것이다.

김은 느럭느럭하며 지룡산 너머 천북면(川北面)의 장승골 저수지 물을 겨냥하고 기다리기로 했다.

지룡산은 이름이 된 그대로 지렁이처럼 앞뒤를 모르게 허리가 길었으므로, 그 개울창을 몽땅 안은 장승 저수지는 수문을 며칠씩 터놓아도 여간해서 표가 나지 않았다. 그러나 애초 몽리구역에서 제외됐던 놀미로서는 오히려 섭섭한 일이었다. 동네 기슭을 스쳐 나가는 괴내가 작달비로 지고 새는 장마철이 아니면 매양 목새가 풀로 덮이고, 명개 바닥이 벌거우리하게 드러나기 시작한 것도 지룡산 개울이 죄다 장승 저수지에 갇힌 탓이었다.

그러니 괴내물 한 가지로 농사를 해온 앞벵이나 무솔이에서 장승 저수지를 한 번이나 끌어다 쓰려면 예삿일이 아니었다. 저수지 관리권을 행정구역이 엉뚱한 천북면에서 쥐고 있어 말도 안 될뿐

더러, 물 값 또한 좀 비싼 게 아니던 것이다. 따라서 웬만큼 가물잖고는 그 물을 사 쓰자고 나서는 사람이 없었다.

그러나 올 사정은 그렇지가 않았다. 길내 이런 날씨라면 더더욱 사흘이 못 가 무솔이와 앞벵이가 들고 일어남으로써 장승 저수지 물이 놀미로 넘어오고, 개뚝배미 밑을 스치는 물길을 타고 무솔이 께로 빠질 것이 분명하던 것이다.

그런 가늠이 서자 김은 내년보살 하고 있을 수가 없었다. 개뚝배미는 지대가 워낙 높은 데다 물길은 그내 바닥보다도 한 길은 낮게 저 아래로 뚫려 있어, 비록 물이 지나간다더라도 그 물을 여투어 쓰자면 보통 일이 아니던 것이다. 그래도 할 수 있는 노력이라면 뒷갈망이야 어찌하든 양수기부터 세내어 져다 놓고, 물이 된비알을 기어오르도록 힘껏 해볼 셈이었다. 김은 호스와 전깃줄을 장만해 놓고 물길에 변고가 일어나기만 기다리고 있었다.

기다린 지 한 장도막 만인 어제 새벽, 마침내 물길에 물이 쏟히며 내닫기 시작했다.

김은 더듬적거릴 틈이 없었다. 미리 말해 놨던 남병만이네 양수기를 져 내오고, 사닥다리로 전봇대에 올라가 물길 뚝셍이를 따라 저무니부락으로 넘어가는 전깃줄에 전선을 이었다. 마침 이백이십 볼트 전류라서 반 마력짜리 양수기를 가동시키기엔 더도 필요없이 십상이었다.

그러나 원래 된비알이라 올라오는 물은 시원치 않았다. 다행히 양수기는 속 한 번 안 썩이고 구실이 제법이었다. 처음엔 실성한 게 아닌가 하여 눈 밖으로 보던 아내도, 막상 논 한 배미가 치렁치렁해진 것을 보자 대번 말투부터 고치려고 했다. 더구나 바로 고섶에서 관정을 뚫어보려고 애매하게 새끼 한 배 내고 말은 돼지까지 올려세웠던 남병만은, 자기가 먼저 같은 생각을 못했던 게 후회되어,

아니 쓰잘 것 없는 돈 몇 푼에 양수기를 세준 것이 배 아파서, 머리가 벗어지는 땡볕도 아랑곳없이 지켜앉아 양수기 곁을 떠나려 하지 않고 있었다.
"한 다랭이 받는디 시간이 월마나 걸리다?"
맨 윗배미가 두렁을 적실 만해서 처음 와 보고 남이 물었다.
"낸들 재봤간디. 워낙 짚히 타들어 가서 한두 시간 대가지구는 제우 먼지나 잴랑말랑 허겄는디……."
김은 배부른 흥정하듯 시부정찮은 내색을 하며 남의 일처럼 건성으로 중얼거렸다.
"줄잡어 한 다랭이에 한 시간씩 쳐두 해 전에는 어렵겄지?"
새마을 담배만 알던 남이 개나리를 뽑아 권해 가며 아쉬운 소리를 했다.
"손바닥만헌 것 다섯 다랭인디 뭘. 삼칠은 이십일, 여섯시버텀 폈으니께, 예서 이슬 덮어가메 한둔허구 밤새 굿해야 니열 새벽 두서너시…… 짚은 닭 울 만해서 내다보면 영낙읎겄구먼그려."
하고는, 닭 잡는 데 움딸 온 집 며느리, 뜨물 받다가 바가지에 금낸 말투로 속있는 소리를 덧붙였다.
"그런디 풍신허느라구, 먹은 것두 읎이 배지가 오르내려 쌓니…… 먹던 쇠주 있으면 마눌이나 짓찧어 놓구 갈앉히면 모를까, 이 근력으로 밤샘헐까 싶잖은디……."
김이 능갈치자 무름쇠 남은 대뜸
"이 일버덤 더 대무헌 일이 또 있나. 쇠주 한 병은 누가 받더라두 받으야지. 오늘만 진드근히 견디면 되여. 물 다 대걸랑 둘이 반반씩 개나 한 마리 도리기해서 끄실르세."
하며 물렁하더니 이내
"가서 보리멍석 채널으야 헐 텐디 이러구 있네."

해가며 거추없이 되돌아가고, 담배 한 대 전도 안 되어 소주 작은 것 둘에 마늘 세 통을 들고 되짚어 나오는 게, 양수기 다 쓰면 호스를 빌리자고 할 눈치였다.

"헐직허구 느루가게 되들잇병으루 가져올까 허다가 이따 민방위 나가면 어채피 또 허겄길래 이냥 가져온겨."

남은 묻잖은 말까지 해가면서 마늘쪽을 깠다. 민방위란 말에 김은 새삼스럽게 투덜거렸다.

"이왕이면 들더워 식전버텀 하면 워뗘. 그래야 일두 안 품메구 한갓지지, 불볕 쫴가메 뭘 헌다는겨. 이 잘난 물 푸는 것 할래 중둥이 매게……."

김은 이빨로 병마개를 따서 물주전자 뚜껑에 술을 따랐다.

"반굉일이라 핵교 운동장이 비니께 그러는 개벼. 창원이더러 가끔 내다봐 달라구 허지. 요새는 일 갈 디두 읎구, 방위 제대헌 뒤루는 헐일 읎어서 누웠다 앉었다 허메 해 질어 해쌓던디. 공고 나왔으닝께 양수기는 볼 중 알 테거든."

"승질은 까닭스러두 맴이 쳇볼이라 청자나 한 갑 사주면 꺼리기야 헐까마는……."

김은 말끝을 얼버무렸다. 은연중 선뜻 내키지가 않던 것이다. 뒤숭숭한 꿈자리가 가슴 한켠에 얹혀 있어, 자기 없는 사이 양수기를 만지다가 무슨 탈을 부를는지 알 수 없는 불안감 탓이었다.

"민방위는 오정버텀 헌다남?"

이장은 새벽부터 방송을 했겠지만, 김은 양수기 소리에 싸여 제대로 듣지 못했던 것이다.

"한시버텀 니 시간인디, 출석 부르는 디 한 시간, 담배 참 한 시간, 부랄 까라는 소리(정관수술 권고)루 한 시간씩 잡어먹다 보면 잠깐인걸 뭐."

"오늘 같은 날은 츰버팀 부락대항 축구시합이나 허라면 기특허겄구먼서두, 보고리 채느라구 연장 들구 나오랜다며? 이런 사람 일찍 빠져나오게 술내기 공이나 차라구 허면 여북 좋아."

그들이 객담 끝에 빈 병을 저리 제껴놓을 때였다. 사람 기척이 있어 두릿거려 보니, 무술이 이장 아들 유순봉(柳順奉)이가 앞서고 방앗간집 아들 장재원(張載元)이는 뒤에 처졌는데, 지게를 진 것도 아니고 연장이 따라오지도 않았다. 그들은 괴내를 건너 수로 뚝셍이를 따라 거슬러 오고 있었다.

"젊은것이 밝히기는…… 술 가져오는 건 워디서 보구 뒤밟어 오는겨."

남이 건너다보며 구시렁거렸다.

"땀 윰이 껄떡거리고, 남의 몫 걸터듬는 걸태질 한 가지는 등수에 드는 것들이닝께."

김도 두 건달이 술 개평하러 오는 게 마뜩잖아 남은 술병일랑 푸서리 틈에 숨겼으면 싶었으나, 먹는 것 가지고 근천 떨기도 전접스럽거니와 그랬다가 무안당하면 누구 욕을 먹을지 모르겠어 그대로 두었다.

장은 김과 매번 반이 달라 너나들이를 한 사이는 아니었으나 함께 졸업한 중학교 동기생이었고, 유는 중고등학교를 공주에서 다녔으므로 졸업하고 온 뒤에야 알며 지내게 되어, 서로 오면가면 하며 밥 먹는 사정을 의논하기엔 아직도 뜨악한 사이였다.

앞에 오던 유기 떠들었다.

"술판 한번 오붓허다 싶어 고시례헐 게라두 있나 보러 왔더니 제우 농사짓구 있네그려."

그러자 장도 유의 데림추는 아니란 듯이 덩달아 말전을 벌였다.

"암캐 잡었으면 음즙이나 한 가닥 맛보까 허구 오니께…… 이왕

우리 동네 김씨 17

물 푸는 짐에 송사리래두 건져보잖구. 맑은 술을 날탕으루 먹으면 워치기 되는겨?"

"왜 맨탕이여?"

하고 김이 응수했다.

"뱃속에 안주가 오죽 쟁여 있어? 곱창이 읎나, 염통이 읎나, 앞으루 이삼십 년은 끄떡읎이 안주 일체를 뱃속에서 끝내줄 텐디. 술이나 대이구 뷔주면 바깥이서는 얼근헐 일만 남는겨."

김은 둘이 곁에 앉기를 기다렸다가 남은 병을 마저 따서 주전자 뚜껑으로 돌렸다.

"해 붉어서 물 도둑질허는 이 사람들 배짱두 경매에 부치면 제값 받구두 남을 거라."

유가 물 들이켜는 호스 주둥이에서 쟁반만하게 똬리를 트는 소용돌이를 쳐다보며 중얼거렸다.

"도둑질이라니, 냄 듣는 디서는 그런 소리 함부로 말어. 냄으 입으로 들어가는 것도 채뜨려 갊겨 먹는 세상인디, 흘러가는 물에 논두렁 좀 적시기루 소문낼 거 있남."

김이 얼굴을 고쳐가며 말하자, 남도 그에 얼머서 뒵들이를 하며 웃었다.

"턱밑에 물 나그네 지나갈 때 주막 채리구 들러가게 허는 건, 가보 잡구 버티는 기분허구 비스름헌 거라."

그러자 유가

"우리게 사람들이 도리기루 사가는 물인디, 아녈 말루 우리게서 물 지키러 올라오면 대책이 뭐여?"

하고는 다시

"물꼬 쌈에두 살인나는디 양수기로 퍼먹으니, 이건 횡령쪼루 형사 문제라구."

뒤슬뒤슬하며 짝 안 맞게 배운 소리를 입에 바르는데, 느낌이 달라서 보니 전에 보던 얼굴이 아니었다.

김은 가슴이 뜨끔하는 겨를에 기미를 알았다. 오다가다 기웃거리는 게 아니라 그들이 바로 물지기로 나선 눈치가 분명하던 것이다. 간밤의 어수선했던 꿈자리도 더불어 묻어나왔다. 김은 유가가 물었던 대책을 궁리해 보았다. 대뜸 한 가지 방법이 떠올랐다. 되도록 다투지 않고 모른 척하며 능갈치는 것, 그것이 꿈땜을 하는 이방이면서 양수기를 끄지 않고도 배겨내는 꾀가 아닌가 싶었다.

김은 주전자 뚜껑에 바닥을 깔아 도로 내밀며 천연스럽게 말했다.

"워떤 늠이 질을 가다가 한참 목이 탈 때 내를 만났는디, 그 동네 위생 좋아허는 늠이 보구 있다가, 바가지 갖다줄 테니 지달리라구 허면, 목 타는 늠이 그 바가지 지달리구 그저 서 있겠남?"

장은 건너온 술 마다할 수 없어 주전자 뚜껑을 받으며 말이 없는데 유는 마실 것 다 마시고도 얼굴이 안 풀린 채로 토를 달았다.

"집에서 보기에는 흐르는 물 같겠지만 내 보기엔 땀이여. 시방 우리게 사람들의 땀이 뫼여 흘러가는 게라구."

다른 말 같잖고 땀이 흐른다는 데엔 값할 만한 말이 마땅치 않았다. 그러자 장이 술 들어간 표를 내느라고

"땀 흘려 지은 농사는 젵이서 이삭만 줏어가두 밉살스런디…… 여기 흘러가구 있는 건 바루 돈이여. 시퍼런 현금이 흘러가구 있는 심여."

하고 수다를 떨었다. 김은 그 맘끝을 잡아늘였다.

"그러게 내 말이 말씀이라는겨. 인적 드문 허허벌판에 임자 모르는 시퍼런 돈이 칠렁대며 흘러가는디, 내 땅에서 난 게 아니라구 아닌보살 허구 있겠남. 농사꾼은 장 비가 돈이여. 나는 사람이 어질다 말구, 싸가지두 떡잎 적에 벌레먹어서 가만히 못 있는 승질일세."

우리 동네 김씨 19

김은 술이 아쉬웠다. 조금만 더 있었으면 그런대로 무던하게 수작하겠는데, 맛뵈기로 그쳤으니 됩데 비위만 거슬려놓은 게 아닌가 싶던 것이다.

유는 층층다랑이 개뚝배미를 위아래로 훑어보며 드레없이 이기죽거렸다.

"놀미는 군자만 살아서, 나모양 코앞에 뵈는 것만 따지구 사는 것은 걸음두 못 헐 딘 중 알었더니 그게 아니네."

장도 도둑맞은 물을 가늠해 보려고 개뚝배미를 살피는 눈치였으나 다른 트집은 없었다. 호스 끝이 맨 꼭대기 윗다랑이에 그때껏 그냥 처박혀 있었으므로 안경 자신 사람이 뒤져보더라도 물 실린 논을 찾기는 수월찮게 되어 있던 것이다. 김은 유의 말을 참다못해 같이 엇먹어 들어갔다.

"옛말에두 있데. 강은 가로누워 움직이지 않더냐구. 군자는 논어 맹자 속에 수백 명 모여 있더라니 게 가서 찾으야지. 우리게는 가물에 빚 보인 슨 늠만 스두룩허니께 관광헐 건데기가 옳어."

"우리가 시방 놀기 힘힘해서 예까장 와가지구 먹다 냉긴 사이닷병 같은 집이허구 앉어서, 오늘 죽어 어제 장사 지냈다는 소리나 씨부렁대구 있는 중 아남? 물도둑늠 잡어다가 장터 법관(지서 순경) 일거리 맹글어주러 온겨. 잠깐 댕겨올 각오허라구."

유가 본심을 내보이며 공갈했다. 김은 역시 묵 쑤는 데 비지 찾는 소리로만 에워나가야 될 것 같아 딴전 보듯 응수했다.

"또랑물 좀 가로치기했다구 고발소 가면, 대동강물 팔아먹은 김선달이가 지하에서 무슨 소리 허라구?"

유가 못 알아들어 하는 틈에 김은 말끝을 맺었다.

"요새 테레비에 나오잖어. 고전 유모아 극장…… 아마 그중에서 자기 후배 얘기가 기중 저질이라고 노여워헐 거라."

그러자 울근불근하던 유의 얼굴이 굳음살로 덮이며 뼛성 섞인 말로 발끈했다.

 "장마 때야 논물을 쏟아간들 끄려 허겄나. 그러나 사람 목마른 건 견뎌두 곡식 타는 건 눈으루 못 보는 게 농투산인디, 비싼 물 옆치기해 가는 주제에 대이구 유식헌 소리만 무식허게 짓까부르면 다여?"

하고는 금방 걷어찰 듯이 양수기를 노려보았다. 그러는 서슬에 남은 제 양수기 걱정이 앞서는지, 지레 굽죄어서 얼른 담배를 꺼내 유에게 내밀었다.

 김은 너무 받자를 해주면 나중에 무슨 막말을 듣게 될지 모르겄어, 애초에 다짐한 작정을 풀고 벋나가 보기로 했다. 김이 말했다.

 "다가 아니면? 물이 그러큼 아까우면 돈으루 따져 줄텨. 돈으루 따지기 복잡허면 물을 도루 채어가는 게구…… 나두 맴이 반만 모질구 나머지는 여려서, 고대 죽는소리허는 사람 보면 먼저 눈물이 앞을 가리는 승질이라…… 좋두룩 허랑께."

 김이 부아를 질러주자 유는 대번 오금탱이가 들썩하며 대거리할 짓둥이를 하고 나섰다.

 유가 말했다.

 "사람이 어리눅스룸 해주는 것두 가량이 있는겨. 논바닥에 죄 스며든 것을 돈으로 쳐줘? 뭐? 물을 도루 챗어가?"

 "말끝에 물음표 좀 웬만큼 달구, 더 낫은 방법이 있걸랑 담화를 헤보리구. 도둑으루 멍덕 씌워 잡어가려면 증거물두 따러가야 헐 게 아녀. 그러자면 천상 내 논에 실린 물을 담어가는 수뱆이 읎는디, 나두 다 집이 생각해서 허는 소리여."

하고 김도 지라심줄마냥 느적거렸다.

 "수고스럴 게 뭐여. 양수기만 떼어갖구 가면 넉넉허지. 헐 수

읂어. 서루 뻔한 처지에 피차 삼가헐 노릇이지만, 안 봤으면 모를까 일단 봤으니께 말루 해결 못허면 지서 신세 지는 수밲이 도리 읎잖여."

유의 말끝을 따라 장도 자리를 털고 일어서며

"게 물은 원제까장 쓰자는겨?"

하고 물었다.

"집이두 가량허다시피 내가 무슨 논이 있다? 쓰구 지지구, 이왕 빚은어 호스 사왔으니 쬐끔만 더 물구경시키다가 즘심 먹으러 들어가며 걷어버릴라네."

그 말에 유가 양수기 쪽으로 몇 걸음 옮겨갔다. 양수기에 손을 댈 기세였다. 김은 얼른 없는 소리를 했다.

"양수기는 근디리지 않는 게 즘잖을 거다. 까짓것, 내 것만 같어두 상관 않겠는디 내 헹편에 양수기가 턱이나 있남. 게, 급허기는 허구 빌려달라면 펄쩍 뛰겄구 해서 야중에야 무슨 소리를 듣건 먼저 쓰는 게 임자라구, 나두 주인 몰래 무턱대구 들어온 게거든. 그러니께 집이서 저걸 이럭저럭헌다 헐 것 같으면 곧 장물애비가 되는 심이니께 알구서 허여."

그러자 유는 못 들은 척하고 양수기부터 껐다.

양수기가 숨을 거두자 온 동네를 쓸어간 것처럼 금방 적막해졌다. 사람 사는 세상이 이렇듯 조용하고 아무것도 없을 수 있을까 싶게, 하늘도 아무렇지도 않고 땅은 땅대로 그냥 있는 채 그런 틈이 생기던 것이다. 김은 속에서 불이 일며 바로 터질 것 같았다.

그러나 그는 곧 스스로 다른 것을 생각했다. 어차피 물을 끌어올리기 틀렸다면 속이나 실컷 풀어볼 일이었으니, 못된 것이 바로 눈앞에 있음에도 그만한 힘을 못 보이고 물러난다면, 바깥세상이 막판으로 치달리는 꼴에 대해선 무엇으로도 나설 만한 자격이 없다고 매듭이 나던 것이다. 그러므로 김은 유의 덜미부터 비틀어서 뉘우침을 보이도록 해보리라고 다짐했다.

김은 유에게로 다가가며 열통을 터뜨렸다.

"이게 무슨 잡곡으루 모이를 처먹는 작것이여."

그러나 김은 얼결에 처다보느라고 나가던 말을 끊었다. 남병만이가 느닷없이 옆구리를 찍어갔기 때문이었다. 김은 다시 유를 노려볼 틈이 없었다. 자기 뒤에도 무엇이 소리 없이 와 있던 것이다. 뒤에 있는 것은 낯이 처음일 뿐더러 나이도 늙숙한 게, 비록 남방 셔츠 조각에 흙투배기 운동화짝으로 밑을 하고, 민방위 모자로 눈썹 챙은 했어도 속에 말마디나 젓담아 둔 것 같은 틀거리가 분명했다.

중년 사내는 담배부터 붙여 물더니 흔들어 끈 성냥개비를 김의 발밑으로 던지며 입을 떼었다.

"나 좀 보겨. 시방 당신이 저 양수기 쓰시는겨?"

"그 아시는 게 내 답답이유."

보이는 것이 그런 것이라 김도 끓이던 속으로 대꾸했다.

"누가 그러라게 함부로 쓰셔?"

중년 사내는 삿대질을 했다. 손버릇이나 하고, 애매한 사람 여럿 닦달해 본 투라 속으로는 떨떠름했으나 김도 주눅들지 않고 내뻗었다.

"가뭄에 물치기는 땅임자의 도리구 조상에 효도유, 왜 그류?"

중년 사내가 천북면 수리 담당이거나 장승골에 사는 그 비스름한 것이려니 싶어 김은 더욱 뚝심에 기운을 모았다.

중년 사내가 말했다.

"왜 그류? 왜 그러겠구먼⋯⋯ 남의 재산을 불법적으루 쓰구두 가뭄 핑계만 대면 단 중 아서?"

중년이 대들려는 짓둥이를 하자 김은 급한 김에 말도 안 되는 대꾸를 했다.

"내가 원제 불법적으루 썼유. 물법적으루 썼지. 뇡민이 논에 물을 대는 건 당연히 물법적인 거유."

그러자 중년은 어이가 없는지, 불이 일고 있던 눈을 끄먹거려 끄면서 한탄하듯 중얼거렸다.

"끙―― 뭘 아는 사람이래야 말 같은 소리를 듣지…… 내 새끼두 야중에 이런 사람 될라 미서서 이 노릇 못 집어친다니께. 끙――."

"……."

김이 무슨 말인지 미처 못 새기고 있을 때, 중년은 하던 말투를 바꾸지 않고

"사람이라는 것이 종자를 받으면 주뎅이에 처늫는 것허구 배앝는 것버텀 우선적으루 가르치는 뱁이건만, 이 친구는 워치기 컸길래 남으 말에 찌그렝이 붙는 것버텀 배웠는구…… 불법적으루 쓰다 들켰으면 사괏적으루 나오는 게 아니구, 됩세 큰소리쳐? 나 봐, 워따 대구 큰소리여? 당신 허는 짓이 보통 사건인 중 알어? 시대적으루 볼 것 같으면 안보적인 문젠 겨. 뜨건 국에 맛을 몰라두 한도가 있는 게지, 되지 못허게 워따 대구 큰소리여, 큰소리가…….'

마치 철부지를 타이르듯 훨씬 부드럽힌 음성이었다. 그러나 김은 처음부터 별것이 아닌 줄 알았으므로 기세를 누그리지 않았다. 더구나 뒤에는 무솔이 유순봉이와 장재원이가 자기를 시험하고 있었다. 남병만이도 마찬가지였다. 나중 동네에 소문날 일을 생각해서라도 그들이 보는 앞에서 공갈 한마디에 누져버려 그참 허탕이 될 수는 없겠던 것이다. 김도 손사래를 치며 떠들었다.

"나 봐유. 댁은 워디 기시길래 이러시는지 몰라두, 요란이 과허실 건 읎는규. 찬밥 그지는 문전 거절을 해 보낼 수 있어두유, 물 한

바가지 동냥을 쫓는 건 풍속을 어그리는 일이유. 하물며 양석이 타서 지나가는 또랑물 좀 잠깐 여퉜다구, 뭐유? 안보적인 문제유? 풍년 곡석 일 년 양석이면 숭년 곡석은 삼 년 양석이유. 날 좀 더웁다구 되는 대루 협박허시면 클나유. 해 저물라면 멀었응께 말이 되는 말만 해두 넉넉허유."

중년은 갑갑하다는 듯 쉴— 쉴— 혀끝을 들이마시며 듣더니, 착 가라앉은 어조로 말했다.

"도냐 개냐 덤벙대지 말구, 이얘기를 헐라걸랑 듣구 허슈. 나는 또랑물을 썼건 새암물을 썼건, 이랄머리 읎이 당신 물 쓴 걸 가지구 시간 낭비적으루 이러는 게 아녀. 나는 불법적으루 불을 쓰드라는 소리가 들어와서 뗀고 허구 조사 나온겨. 왜 도전(盜電)을 허는겨? 이왕 즌깃줄 사는 짐에 쬐금 더 사서 당신네 두께비집 옆댕이에다 잇어서 쓰면 누가 뭐란댜? 계량기가 돌아가면 작것 몇 푼어치나 돌아갈겨? 그렇게 장터만 나와두 촌것 소리를 듣는겨. 츰버텀 원칙적으루 했으면 이런 일은 있을 수가 읎잖여. 그려 안 그려?"

"……."

김은 혀가 얼어붙어 직수긋하고 듣기만 할 수밖에 없었다. 애초부터 한전 출장소 직원인 줄만 알았어도 그런 악매는 안 당했을 거였다. 그럴 때 내동 자고 있던 유순봉이가 불쑥 연사질을 했다.

"즌기두 몇 시간이나 몰래 썼던가베. 혼나야 싸다. 잘코사니지 뭐여. 끙—."

중년이 말했다.

"츰버텀 사정적으루 나왔으면 그냥 눈감어 줄 참이라. 생무지라 모르구 그랬다든지, 바쁘구 급헌 짐에 우선 선버텀이었다든지, 허기 좋은 말이사 좀 많여. 이건 으른 애두 읎이 맹문이루 올러타려

구버텀 허여? 거참…… 젊은이가 생긴 건 그렇잖겄는디 인물이 아까웨…… 아직두 한참 더 고생헐 상이라. 질게 말헐 것 옰이 가봅시다."

"가다니유?"

유가 감바리답게 펄쩍 뛰었다.

"우리 것두 여적지 해결을 못 봤는디 게서 데려가면 워칙허는 규?"

그러자 중년이 김더러

"당신 수용가 번호 아셔?"

하고 물었다. 김은 주저주저하다가 툽상스럽게 대꾸했다.

"주민증 번호두 못 외는디, 계량기 번호가 다 뭐유."

그때 장재원이가

"가는 건 아저씨 사정이구, 시적부적허면 안 되는 게 우리 입장이구…… 그렇께 더 허실 말 있으면 시방 예서 허구 가슈."

하고 유의 말을 거들었다. 중년은 무르닫지 않을 짓둥이로, 오히려 한 걸음 다가서며 말했다.

"나는 갈려온 지 얼마 안 되여 이 근방 풍속에 어둡기두 허지만, 있어보니 되게 별쭝맞은 동네라…… 나 보고, 당신들 일은 중요허구 내 일은 암껏두 아니라 이게유?"

유도 물러서지 않았다.

"그럼 워째서 아저씨 일만 중요허대유?"

"안 그러면? 논에 불붙는 사람이 임자 옰이 흘러가는 물 좀 쬐끔 돌려 쓴 것이, 그게 그리 대단허여?"

하고 중년은 성을 내기 시작했다.

"얼라…… 여보슈. 그러면 물 보구두 즌기가 옰어 논바닥 태먹는 사람이, 임자 옰이 지나가는 즌기 좀 새치기했기루서니, 그게 그리 큰 난리유?"

하고 이번에는 장이 갈마들며 중년을 몰아세웠다.

김과 남은 담배에 불을 나눠 물고, 물과 불이 다투는 꼴을 구경하기 시작했다.

"이봐유. 아저씨두 양석 팔어 자시지유? 촌간에 사시니께 올 농사가 워치기 되는 중 아실規. 솔직히 말해서 물만 있으면 즌기 아니라 즌기 할애비…… 뭐여, 번개를 끌어 써서래두 물을 댈 판인 규. 아무리 양석 팔어 자시기루 농사꾼 심정을 그다지두 모르슈?"

"그래서? 그래서 당신들은 농사꾼 심정을 뻬드름허게 잘 아닝께 이 사람 붙잡구 한나절 내내 실갱이했구먼? 더군다나 이웃 동네 사람찌리…… 남이야 워찌 되건 나만 먹을 것 있으면 구만이다? 참 씨 받을 인심일세그려. 그러는 게 아녀. 젊은 사람들이."

"안 그러면 워칙헐겨. 이 물이 아니면 우리게 사람들은 시방버텀 논밭을 내놔야 내년 양석 팔어 일 년 대게 생겼는디…… 사정 봐주다 갈보되는규. 마당 터지는디 솔뿌레기 걱정허게 생겼슈?"

"개갈 안 나는 소리 모 붓구 있네. 젊은이들 쇠견이 그거뿐여? 좌우간 당신들 얘기가 지방적인 문제라면 내 얘기는 국가적인 문제라 이 얘기여. 왜 그런고 허면, 생각적으루 따져봐두 즌기야말루 국가의 동력이라…… 내가 아까 저이헌티, 시대적으루 볼 적에는 안보적인 문제라구 헌 것두 다 그래서 그런겨. 이 즌깃줄이 저무닛 동네 일반 즌기 지선잉께 망정이지, 만약 방위산업과 직결되는 동력선이라면, 이 도전이 워치기 되는 중 알어? 이적 행위여, 상식적으루 고만헌 생각두 읎으서?"

"즌쟁이 터지면 뭣이 더 중요헌디유. 즌기유, 양석이유?"

유가 다그쳐 물었다.

"방위산업에 뭣이 더 중요헌디. 양식 생산여, 동력 생산여?"

중년도 흉내내듯이 하며 잡도리하려 들었다.

우리 동네 김씨

"……."

 자기 차례가 됐는데도 유는 말대답 대신 열오른 시선 그대로 남병만이의 뒷전을 겨누어보았다. 또 무엇이 오나 하고 김이 고개를 돌려보니 아내였다. 그녀는 삽을 든 다른 손에 노란색 민방위 완장과 초록색 민방위 모자를 쥔 채 뒤듬바리 걸음으로 다가오고 있었다. 모두 무르춤하고 있는 사이 그녀가 손엣것들을 내밀며 말했다.

 "새루 한시가 거짐 됐을 텐디, 안 갈류? 근수 아버지 명복 아버지가 와서 하냥 가자구 챛어쌓던디. 이장두 연장 잊지 말구, 지각 말라구 몇 번씩 방송허더먼……."

 시계가 있는 사람은 일제히 손목을 들여다보았다. 김의 시계도 한시가 다 되어 있었다. 한결같이 민방위 훈련에 나갈 사람들이 분명하자 남병만이가 엉너리로 수선스럽게 말했다.

 "예미── 발바닥이 안 뵈게 달음박질해두 늦겄네. 얼른 가서 창원이버텀 챛어보구, 옷 갈어입구 뗠라면 바쁘겠구나……."

 남은 김더러 들으라고 두런거리며 뒤도 안 돌아보고 개뚝배미 너머로 뛰어갔다. 양수기에는 창원이를 불러다 앉힐 테니 놔두고 먼저 가라는 뜻이었다. 김은 아내 손을 받아들며 혼잣말로 중얼거렸다.

 "끙── 민방위두 못 나가게 붙잡을라나?"

 "……."

 아무도 응수하지 않았다. 아니 오히려 그들이 먼저 발걸음을 옮기고 있었다. 김은 그제서야 그들이 처음부터 훈련에 직접 나갈 수 있도록 모든 채비를 갖추고 나왔던 것을 깨달았다. 김은 비로소 한 고비 넘겼나 싶었다.

 그래서 속이 후련한 김에 허텅짓거리로 해보는 소리를 했다.

"저저끔 서루가 바쁘니께 얘기는 가면서 헙시다. 그게 젤 경제적일 텡께."

그러나 이미 맥이 풀렸는지, 중동무이한 말을 다시 이으려 하는 이는 없었다.

김은 아내가 점심 먹으라고 주는 오백 원을 받아 쥐고 그들을 뒤따랐다.

천동국민학교는 놀미, 무솔이, 앞뺑이부락에서 오솔길이 나와 만나는 삼사미 왼편으로 장터 초입에 있었다.

그들은 하학한 아이들로 북새가 일어 미어지는 학교 앞에 이르도록 이렇다 할 이야기가 없었다. 동네를 벗어나서 장터 가는 길에 이르자 아는 얼굴이 즐비했으므로 말을 조리 있게 이어나갈 만한 겨를도 없었지만.

그들은 측백나무 울타리 밑 개구멍으로 해서 학교 마당에 들어서자마자, 제각기 아는 얼굴 틈에 휩쓸려 어떻게 헤어졌는지도 모르게 흩어졌다.

사람들은 모두 이탈리아 포플러와 은수원사시가 하늘을 가린 운동장 울타리를 따라 가늘게 늘어앉아 그늘 덕을 보고 있었다.

김도 놀미 사람들이 고만고만하게 삽자루를 깔고 늘앉은 철봉대 옆구리로 갔다. 남병만이가 그 틈에 섞인 것은 김이 앉으며 일변 붙여 문 담배가 끝 만해졌을 때였다. 남은 자전거를 울타리에 기대어 채워놓고

"워치기 된 심여? 그냥저냥 해결을 본 심인감?"

하고 물었다.

"낸들 알 수 있간. 즈들 요량대루 헐 테지."

말은 그렇게 해도 내심으로는 그럴 수 없이 후련했다. 일이 흐지부지돼서가 아니라 큰 봉변 없이 꿈땜을 마친 것 같기 때문이었다.

그는 그래서
"창원이 시켜 양수기를 돌려놓구 왔는디 괜찮을라나?"
남이 못 미더워하며 물었을 때도
"내삐러둬. 지랄해두 즈들찌리 헐 텡께. 물난리 불난리는 구경이 더 재미있는 겨."
하고 남의 말 하듯 하며 두 다리를 뻗을 수 있었다.
"앉어주슈. 앉어줘유."
하는 소리에 눈을 드니, 면에서 나온 사람이 건전지 나팔을 쓰고 있었다. 곧 교육에 들어가겠다는 거였다.
"기립해 주시유. 기립해 줘유."
이윽고 정렬도 안 된 채 엉거주춤하게 서서 국민의례가 시작되었다.
국기에 대한 경례, 이하 생략. 민방위 신조 복창. 민방위 노래 합창. 앉어주시유. 앉어줘유.
김은 출석 점검표를 받아 소속과 이름을 써 내기까지 이십 분이 넘어 걸렸다. 놀미 사람 중에서는 쓸 것을 가지고 나온 이가 아무도 없어, 이장의 볼펜 하나를 수십 명이 쪼개 쓰지 않으면 안 되었던 것이다. 출석 점검표가 면직원의 손으로 되돌아가기까지는 한 시간도 더 걸렸다.
"앉어주슈. 앉어줘유. 혹시 새사둔이 뵈더래두 이런 디서는 인사가 늦어두 숭이 아닝께, 왔다리 갔다리 구만 허구, 참구 앉어줘유."
면직원은 나팔을 물고 고래고래 소리질렀다.
"시방버텀 교육에 들어가겠습니다. 담뱃불들 끄시구, 슨 사람은 앉어줘유. 앉은 분은 죄용해 주서유. 한 번 말허면 들어주서유."
대강 정돈이 된 듯하자 면직원은 부면장을 돌아다보았다. 매양 그랬듯이 부면장은 뒤에 서서 잇긋도 않고 방위병이 앰프 손질하는 것만 지켜보고 있었다. 앰프와 확성기는 각각 두 대의 자전거 짐받이에 얹혀 있었으며, 수백 명의 귀청을 찢는 비명만 지를 뿐, 좀처럼 말을 들을 성싶지 않았다. 면직원이 입 다물어유, 앉어줘유, 담배들 꺼유, 소리를 두어 차례 더 외친 뒤에야 확성기는 조용할 줄 알았다. 이윽고 부면장이 명승 담배갑만한 마이크를 손아귀에 넣고 돌아서며 훅훅 불어 성능 시험을 하더니, 일 년 전의 그것에 한마디도 늘고 줄음이 없는 것 같은 소리를 되풀이했다.

"안녕허십니까. 신을쬥(申乙鍾)이올시다. 이름이 션찮여 부민장 백이는 못헙니다마는, 지가 여러분들보다 배운 게 많다거나, 워디가 잘나서 이 앞에 슨 건 아닙니다. 이 점 양해해 주시기 바랍니다. 오늘 교육에 면장님께서 꼭 나오실라구 허셨습니다마는 급헌 호의가 있어서 아직 못 나오시는 걸루 알구 있습니다. 호의만 끝나면 즉시 나오셔서 교육에 임허실 줄루 알구 있습니다마는, 그동안은 지가 몇 말씀 드리겄습니다."

여기까지가 예나 이제나 조금도 변함없는 부면장의 인사였다. 부면장은 하던 말을 계속했다.

"그런디 교육에 들어가기 전에 지가 특별히 부탁을 드리겄습니다. 제발 퇴비 좀 부지런히 해달라 이겝니다. 워떤 동네를 가볼래두 장터만 벗어났다 허면, 질바닥으 풀에 걸려 댕길 수가 읎는 실정이더라 이 얘깁니다. 아마 여러분들두 느끼셨을 중 알구 있습니다마는, 풀에 갬겨서 자즌거가 안 나가구 오도바이가 뒤루 가는 헹편이더라 이겝니다. 풀 벼서 남 줘유? 퇴비허면 누구 농사가 잘되느냐 이 얘깁니다. 식전 저녁으루 두 짐쓱만 벼유. 그런디 저기, 저 구석은 뭣 땜이 일어났다 앉었다 허메 방정떠는겨? 왜 왔다리 갔다리 허구 떠드는겨? 꼭 젊은 사람들이 말을 안 탄단 말여. 야── 저런 싸가지 읎는 늠으 색긔…… 야늠아, 말이 말 같잖여? 너만 덥네? 저늠으 색긔…… 즥 애비는 저기 즘잖게 앉어 있는디 자식은 저 지랄을 혀. 이 중에는 동기간이나 당내간은 물론이구 한 집에서 둣씩 싯씩 부자지간이 교육을 받으러 나오신 분두 즉잖은 줄로 알구 있습니다마는, 웬제구 볼 것 같으면 아버지나 윗으른은 즘잖게 시키는 대루 들으시는디, 그 자제들은 당최 말을 안 타구 속을 쎅이더라 이겝니다. 교육 중에 자리 이사 댕기구, 간첩모냥 쑥떡거리구…… 야 늠아, 너 시방 워디서 담배 피는겨? 너는 또 워디 가네? 저늠으 색긔들…… 그래두 안 꺼? 건방진 늠 같으니라구. 너 깨금말 양시환 씨 아들이지? 올 봄에 고등핵교 졸읍헌 놈 아녀? 너지? 건방머리 시여터진 늠 같으니라구."

부면장이 한바탕 들었다 놓은 뒤에야 겨우 뭘 좀 하는 곳 같아졌다. 부면장이 얼굴을 가다듬으며 말했다.

"사실은 이 시간이 교육시간입니다마는, 가만히 앉어서 자리 흐틀지 말구 담배들이나 피셔유. 지 자신이 교육에 대비하여 학습해 둔 게 있는 것두 아니구 해서 베랑 헐 말두 읎습니다. 또 솔직히 말해서 지가 예서 뭬라구 떠들어봤자 머릿속에 담구 기억허실 분두 읎을 줄로 알구 있습니다. 그냥 앉어서 죄용히 담배나 피시며 시간을 채우시도록 허서유. 그런디 퇴비들을 쌓으실 때는 몇 가지 유의를 해주시라 이겝니다. 위에서 누가 원제 와서 보자구 헐는지 알 수 읎으닝께, 퇴비장 앞에는 반드시 패찰과 척봉(尺棒)을 꽂으시구, 지붕 개량허구 남은 썩은새나 그타 여러 가지 찌끄레기루 쌓신 분들은 흔해터진 풀 좀 벼다가 이쁘구 날씬허게 미장을 해주셔유. 정월 보름날 투가리에 시래기 무쳐 담듯 허지 마시구, 혼인 때 쓸 두붓모처럼 깨끗허게 쌓주시라 이겝니다. 퇴비가 일 헥타당 멫 키로 이상이라는 것은 잘들 아시구 기실 중 믿습니다마는, 아무쪼록 식전에 두 짐, 저녁에 두 짐쓱, 반드시 비시도록 당부하는 것입니다."

그때 김은, 퇴비는 지저분할수록 거름이 짙다는 생각을 하고 있었으나, 입 밖으로는 무심히

"모냥 내구 있네. 몇 평이 일 헥타른지 워치기 알어."

하고 두런거렸다. 알아도 그만 몰라도 그만인 거였지만, 순전히 남의 말에 토 달기를 예사로 해온 입버릇 탓이었다. 그러나 좌중은 무심히 넘어가지 않았다. 김의 음성이 너무 컸던 것이다.

"뭐여? 이봐유. 뭘 모른다는 규? 구식 노인네두 다 아는 상식을 당신 증말 몰러서 헌 소리유?"

하며 부면장이 따져들기 시작했다. 할 말도 없는데 시간은 남고 처져 심란하던 중 계제에 잘됐다는 눈치가 역연했다. 부면장은 마이크 쥔 손을 뒷짐 진 채 육성으로 떠들고 있었다.

"당신 같은 사람은 워디를 가봐두 으레껀 한두 사람씩 있어. 그러나 여기는 그런 농담헐 디가 아녀."

김은 남의 눈이 수백이라 구새먹은 삭정이 부러지듯 싱겁게 들어가기도 우습고, 그렇다고 졸가리 없이 함부로 말대답하기도 그렇겠고 하여 어쩔 줄 모르다가 마음에 없던 말을 엉겁결에 내뱉었다.

"알면 지랄헌다구 물으유? 평두 있구 마지기두 있구 배미두 있는디, 해필이면 알어듣기 그북허게 헥타르라구 헐 건 뭐냐 이게유."

"천동면이 이렇게 촌인가…… 저런 딱헌 사람두 다 있으니. 나 보슈. 국가시책으루, 미터법에 의하야 도량형 명칭 바뀐 지가 원젠디 연태까장 그것두 모르는겨? 당신이 시방 나를 놀려보겄다— 이게여?"

부면장은 당장 잡도리할 듯이 눈을 부라리며 언성을 높였다. 곁에 앉은 남병만이가 팔꿈치로 집적거리며 참으라고 했으나 김도 주눅들지 않고 앉은 채로 응수했다.

"내 말은 그렇게뱀이 안 들리유? 저 핵교 교실 벽뙈기 좀 보슈.

뭬라구 써붙였슈? 나라사랑 국어사랑…… 우리말을 쓰자는 것두 국가시책이래유. 옛날버텀 관공리 말 다르구 농민들 말 다른 게 원칙인 게유. 천동면이 이렇게 촌인가…… 끙—."

부면장은 무슨 말이 나오는 것을 참는지 한참 동안 입술만 들먹거리더니 겨우 말머리를 찾은 것 같았다.

"도대체 당신 워디 사는 누구여? 뭣 허는 사람여?"

그러자 누군가가 뒤에서 큰 소리로 대답했다.

"그 사람두 높어유."

그 말이 떨어지기 전에 또 다른 목소리가 곁들여졌다.

"놀미부락 개발위원이구, 마을문고 후원회원이구……."

그러자 여기저기서 우르르 하고 아무나 한마디씩 뒵들이를 했다.

"부랄 조심(가족계획) 추진위원이구……."

"부녀회 회원 남편이여."

"연료림 조성 대책위원이유."

"야산 개발 추진위원이구."

"단위조합 회원이여."

"이장허구 친구여."

"죄용해 줘유. 앉어줘유. 그만해 둬유. 입 다물어줘유."

하고 부면장은 다시 마이크에 대고 고래고래 고함을 질렀다. 약간 수그러들자 부면장은 언성을 낮추어 말했다.

"일 헥타는 삼천 평입니다. 앞으루는 이백 평이니 말가웃지기니 허구 전근대적인 단위는 사용을 삼가주셔야 되겠다— 이겝니다."

말허리를 끊으며 김이 말했다.

"이 바닥에 헥타르를 기본단위로 말할 만치 땅 너른 사람이 멫이나 되느냐 이게유."

부면장은 들은 척도 않고 하던 말을 계속했다.

"에, 날두 더운디, 지루허시드래두 자리 흐트리지 마시구 담배나 피시며 쉬서유. 저 놀미 사는 높은 양반두 승질 구만 부리시구 편히 쉬서유. 미안헙니다."

그러자 박수가 쏟아져 나왔다. 김은 그 박수의 임자가 자기라고 믿으며 속으로 웃었다.

우리 동네 리씨

　오늘도 대한 추위에 물두멍 얼어터지는 소리로 남의 고막을 맞
창내면서 이장네 사랑의 새마을방송이 시작되었다.
　확성기 가락은 늘 구붓구붓한 논두렁을 타고 퍼져서 그런지 모
처럼 한 번이나 여겨들으려면 되게 구불텅거렸으며, 바짝 얼어 으
등그러진 논두렁들이 제대로 배겨낼까 싶잖게 요란스러웠다.
　벌써 여러 파수나 방송으로 새벽잠을 보내 버릇해 온 리낙천(李
樂千)은 얼른 돌아누우며 베갯잇에 한쪽 귀를 묻어보았다. 그러나
확성기가 그 지겨운 노래만 떠벌여도 제물에 오금이 굽어들던 터라
역시 아무 소용 없는 짓이었고, 외려 잡음을 걸러주어 음보만 분명
해질 따름이었다.
　술이 덜 깨어 잠긴 목을 푸느라고 연방 밭은기침을 섞어가며 앞
뒤없이 씨월거릴 이장 목소리만 이제나저제나 기다려보던 리는, 얼
핏 스쳐가는 느낌을 붙잡고 방송실에 없던 노래판이 새로 생겼다는
것을 알았다. 여느 때 같았으면, '우물가에 물을 긷는 순이 얼굴이

하하, 소를 모는 목동들의 웃는 얼굴이 하하……, 하는 「좋아졌네」를 비롯하여 「근대화의 일꾼」「우리 마을」「새마을 아가씨」「농민의 노래」「사랑의 손길」따위, 대한 노래 부르기 중앙회라는 데서 열네 곡을 이어 만든 새마을의 합창판이나 줄곧 틀어대련만, 오늘 새벽은 난데없이 「징글벨」이 흘러나오던 것이다.

그 소리를 거듭 듣고 나서야 마침내 세밑에 이르렀다는 것을 리는 새삼스럽게 깨달았다. 그와 아울러 마을 사람들에게 빚지시를 한 이장이 날이날마다 새벽방송을 틀고, 연말연시란 말로 섞박지를 담아가며 성화같이 빚단련을 해온 까닭도 비로소 알 만한 것 같았다.

리는 빚가림을 하려 해도 워낙 터무니가 없어 내동 사돈네 초상에 외갓집 제사 잇듯 해온 지가 오래라, 옹알이하는 아이 배냇짓 시늉으로 감은 눈만 끄먹거리고 있는데, 바깥이 시끄러워 일러 깼는지, 밤새 옆댕이에서 가로 뻗고 자며 거리적거리던 막내 만근이가, 즤 어매 쭉은 젖을 집적거리며 보챌 채비를 했다.

"엄니, 불 좀 켜봐, 다 밝었잖여."

하는 아이 말에

"다 밝었다메 불은 지랄허러 키라남?"

대뜸 툽상스럽게 지청구부터 하는 꼴이, 아내도 잠 달아난 지 담배 두어 대 전은 진작 되던가 보았다.

"엄니, 오늘은 진짜루 가볼 거여?"

만근이는 기여 다짐을 받겠다는 듯이 그참에 아주 일어 앉으려고 부스럭대는데, 그 바람에 입은 채로 잔 호주머니에서 구슬치기하다 잃고 남은 유리구슬이 우술우술 쏟아져나와 구르느라고 방고래가 자못 부산하였다.

"얘는 새꼽 빠지게 툭허면 장 푸러 가서 시룻전 긁는 소리만 퉁

우리 동네 리씨 37

통 헌당께. 새벽버텀 가기는 워디를 가자는겨?"

아내는 동치미 맛본다고 이빨 흔들린 늙은이 암상떨 듯 내흉스럽게 아이만 구박했다.

리도 아이의 말뜻을 처음부터 대중하고 있었지만 설불리 건드리면 자칫 트집만 잡히지 싶어 신칙은 하지 않았다.

"크리스마스헌티 가보잔 말여. 딴 애덜은 다 즤 엄니랑 하냥 간다는디 씽——."

"딴 애덜? 뉘 집 애가 크릿스마쓰헌티 간다데?"

리는 자기 들어보라고 부러 꾀송거리는 아내 속내를 이내 알아차렸다.

"수나, 지영이, 우람이…… 걔덜은 즤 엄니랑 즤 아빠가 장터 크리스마스헌티 뎃구 간다구 접때부터 자랑했어."

아이는 신명을 내어가며 볼에 고였던 말을 쏟아놓았다. 그러자 아내는 애매한 리의 잔등을 과녁 삼고는

"걔덜은 즤 엄니가 쪽 뽑구 나슬 옷이라두 있으닝께 그러지. 니미는 남 다 입는 홈스팡 바지는 워디 갔건, 털루 갓테두리헌 그 흔해터진 쓰레빠 한 짝 사다 준 구신이 읎는디 뭘루 채리구 나스랴?"

하고 마디마디 가장귀 치고 옹이를 박아가며 너스레를 떨었다.

"씽—— 그럼 오백 원만 줘. 우람이 갈 때 따러가서 징글벨만 보구 올게."

어린것이라도 자나깨나 크리스마스와 징글벨 소리로 귀가 닳창나다 보니 그것이 무슨 푸짐한 구경거리처럼 여겨진 눈치였다. 아내가 말했다.

"그 오백 원 같은 소리 작작 해둬라. 돈은 왜 나버러 달라네? 등창에 멧진 바른 사람 니 옆댕이 누워 있는디…… 니미는 늬 애비 만난 뒤루 돈 안부 끊겨서, 오백 원짜리에 시염이 났는지, 천 원짜리가

망건을 썼는지, 질바닥에 흘린 것두 못 알어봐서 못 줏는단다."

뒤통수가 무럽고 군시러운 것이, 아내가 두 눈을 모들뜨고 노려보는 게 분명해 리는 견딜 수가 없었다.

리가 기침을 참을까 말까 망설이는데 만근이는 다시 아망을 떨었다.

"돈 안 주면 가만있을 중 알구? 그럼 저금통을 찢지, 씽—."

만순이 만실이가 여으내 가으내, 구무정, 거리티, 솔미, 저무니, 늑들잇들 같은 이웃 동네 들판까지 쏘다니며 논두렁 밭고랑을 뒤져, 소주, 콜라, 음료수 병을 주워모아 내년에는 기어이 서울로 피서여행을 가겠다고 모은, 책상 위의 돼지저금통더러 한 말이었다.

"옳지, 그렇게 쓸 것만 닮어라. 그늠으 크릿스마쓴지 급살을 맞쓴지는 왜 생겨설랑 읎는 집 새끼덜 간뎅이만 덜렁그리게 허는구……."

아내는 절로 나오던 탄식을 짐짓 긋더니

"넘의 집 서방덜은 크릿쓰마쓰 센다구, 지집 새끼 뺑 둘러앉히구 동까스를 먹을래, 탕수육을 먹을래, 잠바를 맞추랴, 청바지를 사주랴 허구 북새를 피는디, 이 집구석 문패는 생전 마실 중이나 알지 먹을 중은 모르니, 에으—."

하고 다시 리의 비위를 갉작거렸다. 리는 참다못해 울컥했다.

"끙— 넘이사 크릿쓰맛쓰를 쇠건 양력 슬을 쇠건, 감자 먹을 늠이 고구마 먹기지…… 넘 잠두 품매게 자다 말구 일어나 쇠스랑 고스랑 허구 지랄덜여, 거."

리는 재떨이를 더듬적거려 담배를 찾았다.

"암, 자게 생기구 말구…… 있는 집 지집은 개 소리에 잠 잃구, 읎는 집 지집은 귀뚜리 소리에 잠 나간다던 말두 못 들었담. 새양쥐만헌 새끼가 아갈거리며 소 먹미레 비비듯 허는디 자게 생겼어. 테레비만 키면 주야장천 크릿쓰마쓰 타령인디 잠이 워디서 오녀."

"잠이 안 오걸랑 콩너물 시루에 물이나 한 종구래기 찌얹던지……."

리는 담배를 붙여 물었다. 방 안은 그저 아웅한 채였고 확성기는 아직도 징글벨만 불러대고 있었다. 짐작건대 이장은 그전처럼 노래판만 얹고서 도로 고고르르 곯아떨어지고, 앰프는 기계 요리 모르는 이장 어머니가 여물 부엌과 사랑 문턱을 들랑대며 들여다보는 모양이었다.

아내는 다시 되작거렸다.

"노래 제목 하나는 제소리 나게 붙였네. 징글징글헌 늠으 징글벨……."

"크릿쓰마쓰는 예수 믿는 사람이나 소용 있는 날이라구 타이르지두 못혀?"

물었던 담배를 비벼 끄며 성질을 부리는 사품에 아이는 얼겁이 들어 이불 속으로 기어 들어가는데, 아내는 댐세 찍자 붙을 가마리가 제대로 걸렸다 싶은지 되곱쳐 턱살을 쳐들며 무람없이 대들었다.

"크릿스마쓰는 예배당허구 척진 것덜이 더 지랄허는 날인 중두 몰랐더라뵈."

리가 대꾸를 않자 아내는 거듭 덧거리를 했다.

"초파일날 지달려 꽹매기 치메 노는 것덜치구 부처 위허는 것 봤어? 헐 말 읖걸랑 윤 서방네서 델러 오기 전에 여물솥에 연탄이나 갈아놓으."

리는 할 말이 없었으나 그렇다고 무릎하니 지레 숙어들기도 멍둥하여 부질없이 응수했다.

"그러면, 빚구럭에 처백힌 것덜이 갈망 읎이 테레비나 본떠서, 애덜 앉혀놓구 크릿쓰마쓰나 챘으야 애비 노릇 헌다는겨?"

"빚구럭에 백혔건 빚데미에 치녔건, 있네 읎네 해두 논 얼 때 엿 고구, 밭 얼 때 술 담는 게 농촌 풍속인디……."

아내는 쉬어가며 떠들었다.

"자기 입으루두 장 농군은 가을 부자라고 책 읽듯 했잖여. 봄내 허리띠 졸러매구, 여으내 허리 꼬부러졌다가 가을 한 철 희떠운 소 리 해보구, 겨울에나 놀어보는 게 농군이라메? 그때가 원젠디 헛바 늘 슨 소리만 예사루 혀?"

"시방이 워느 판국인지 알구나 허는 소리여? 접때 지 서기 허는 말 들어봉께 올 연말까장 우리게 사람이 갚으야 헐 단위조합 빚이 이천이백만 원 돈이라는겨. 알었어? 조합 빚이 그 지경이면 사채두 이천만 원을 웃돈다는 얘기여. 사채할래 사천만 원을 칠십두 가구 루 쩌개봐. 가구당 평균 얼마꼴인지…… 그런 것덜이 크릿쓰맛쓰는 뭬며 관광계는 뭣 말러비틀어진겨?"

리는 하던 말끝에 얼며서

"촌 여편네덜이 집구석에 들앉어 시래기나 삶는 게 아니구 되잖 게 망년회는 또 무슨 망헐녀리 것이여? 내남적 읎이 밥상 들여다보 면 꼴두기젓 한 저분 못 올리며 무 배추루만 열두 가지 모냥내어 처 먹는 것덜이, 뭐여? 회비가 천 원? 끙—."

리는 오늘 저녁 동네 새마을 부녀회 회원과, 매달 쌀 두 되씩 부 어가는 관광계 계원들이 합동으로 망년회를 연다는 것도 알고 있었 다. 장소는 집안에 늙은이가 없는 이낙필이네 사랑이며, 벚꽃 필 때 가기로 한 관광여행의 행선지도 그 자리에서 결정하기로 했다는 거 였다.

"망년회는 사내들만 메칠씩 허라는 뱁이 따루 있다남? 회비 천 원이랬자 제우 쌀 스 되여."

할 때 아내가 지릅떠 흘긴 눈이 어스름 속에서도 희읍스름하게 지

나갔다.

"아마 회비 내달랠깨미 근심허실 모냥인디, 그런 고민은 삼가허셔. 절미적금 타서 쩌개 쓰기루 됐으닝께."

부녀회에서 한 끼에 한 숟갈씩이란 구호를 외치며 일 년 동안 극성스레 절미운동을 벌이고, 다달이 절미 단지를 쏟아 돈 사서 단위조합에 적금을 부어온 것도 연말의 망년회 비용을 미리 적립한 셈이나 다름없이 된 꼴이었다.

"그러면서 이장은 왜 들볶어? 이장 헹편에 맥주 한 상자가 워디라구."

리는 이장한테 들은 소리가 있어 오금을 박았다. 아내는 한마디도 지려 하지 않았다.

"이장이 맥주 한 상자 찬조허면 즤 시겟돈 잡어 쓸깨미? 어림읎는 소리. 자기 같은 주변탱이가 또 있는 중 아나베. 영업집이나 농약가게 같은 디 댕기메 뜯어오는겨. 여자덜두 척척 우려오는디 이장 명색이 설마허니 맥주 한 상자 못 뜯어올라구."

하더니 그녀는 또

"화장품 외판허는 슬기 엄니가 아모레에서 귤 한 상자…… 수미 엄니는 쥬단학에서 콜라 한 상자 읃어왔구…… 가만있거라, 또 아리스노바 미장원에서 사과 한 상자 보내댔지, 최고정육점에서는 삼겹살을 닷 근이나 쓸어 보냈지. 현대마케트도 애 시켜서 정종을 두 병 가져왔지…… 하여간 말만 들어두 안 먹으면 병 나겄더랑께."

"흰소리는 무궁화 삼천릴세."

"못 믿겄지? 그럼 이따가두 구판장을 가보셔. 뭣뭣이 쌓였나."

"……."

리는 듣고 말 일이 아닌 듯했으나 참견을 않음만 같지 못할 성불러 그만두었다. 아낙네들만 허물할 일이 아니던 것이다. 리 자신도 동네 젊은 축들 편에 묻어다니며 이미 닷새 동안에 세 축이나 망년회를 치렀기 때문이었다.

사내들은 술 생각이 나면 떼지어 장터로 몰려나가곤 했다. 그전 같으면 기껏해야 호미씻이하는 백중에 보릿되나 여투어 개를 한 마리 도리기해 먹거나, 안는닭 비틀어놓고 막걸리 두어 되 추렴하는 게 고작이었다. 그러나 그때는 옛날이었다. 이제는 본전을 찾자면서 장터로 몰려나가 일 년 동안 드나든 단골집들을 훑는 게 버릇이었다. 동네 청년들과 장터 장사꾼들은 피차 상대방을 물주로 여기고, 서로 꾀를 다하여 등쳐먹으려고만 들었다. 장사꾼들이 일 년 동안 갖은 물품에 웃돈을 얹어 농민들에게 바가지를 씌웠으므로 얼핏 생각하면 동네 청년들이 본전을 빼먹으려 덤비는 것도 무리가 아니었다. 하지만 그 역시 올가미였다.

동네 사람들이 손을 내밀 적마다 열 번이면 열 번 다 마다하지 않는 것도 그 때문일 거였다. 동네 청년들은 기껏 섣달그믐께 한 철로 그치지만, 계산으로 먹고사는 장사꾼들은 경칩 안짝부터 동지 대목까지 흰 목 젖혀가며 농민들을 주무르고 알겨먹을 수 있으니, 어느 쪽이 되로 주고 말로 받는지는 따져보나 마나던 것이다. 그들은 농민들이 물건을 찾아오는 족족, 요새 채었다, 접때부터 뛰었다, 지난 장에도 한금이었다 하고 제멋대로 올려 부르며 배부른 흥정을 하면 그만인 거였다. 워낙 안 오르는 것이 없으므로 농민들도 이젠 이골이 나서 올랐다는 데엔 군소리가 없었으니까.

동네 사람들도 으레 그렇게 당하리라는 것을 잘 알고 있었다. 그러나 당장 아쉬움을 끌 수 있는 것에만 재미를 들여 서슴없이 장터로 내닫곤 하였다.

이장 변차섭이와 새마을지도자 이동화는 여러 조합을 비롯하여, 아티스트다방, 루트다방, 영춘옥, 한양관, 상해루 같은 알려진 접객업소가 단골이었다. 비육우로 재미보는 배경춘은 조가축병원, 축산조합, 인공수정소, 밭농사가 큰 윤선철은 국일농기구, 홍농농약사, 양계로 가용하는 유승팔은 새마을사료사, 제일정미소, 이창권은 현대건재사나 성업제재소였고, 이문석 하면 풍농종묘사와 천일농약사, 이관출이는 한일미곡상을 물주로 삼고 있었다.

상인들은 동네 청년들이 찾아가 관향리(官鄕里) 청년들의 망년회에 찬조를 부탁하면 더러

"촌사람덜이 망년회는 무슨…… 죄다 망녕 들어서 망녕회나 헌다면 모를까."

하며 비웃기도 하지만

"망년회야말루 농민덜이 헐 일인겨. 도시나 장터에서 인사(人事)루 먹구사는 여러 작것덜두 뻔질나게 여는 게 망년횐디, 하물며 사철에 삼철은 뼛땀 흘리는 농민이 망년을 안 혀?"

하고 찍자붙을 채비를 하면, 보통 쌀막걸리 한 말 값에서 크게 드티지 않는 한 마치 상채(喪債) 갚는 상주에게 우수리 집어주듯, 언제나 선선히 웃는 낯으로 손을 채워주곤 했다.

리가 동네 젊은 사내들의 망년회에 얼며 다니면서 이것저것 얻어먹은 입맛이 있어, 머릿속으로 한창 육물, 해물, 나물을 찾아가며 지지고 볶고 무치고 끓이는데, 아내가 새삼스럽게 중얼거렸다.

"슬기 엄니가 그끄저께 녹음기 고쳐오면서 고고 테프를 사왔다닝께, 다들 고고 한번 춰보게 됐다구 벌써버텀 방뎅이를 요래 쌓는디, 나만 고고를 못 추니 그것두 고민……."

그러자 만근이가 죽 어매 젖가슴을 집적거리며 테레비에서 본 대로 흔들면 된다고 속닥거렸다. 아이 말을 못 들은 척하며 아내가 말했다.

"한 패는 구미, 울산, 마산으루 공업단지 시찰을 가자구 우기구,

한 패는 민속촌으루 자연농원으루 해서, 서울루 쳐들어가 테레비 공개방송이나 보구 오자구 비트는디, 워느 쪽이 낫으냐, 그것두 고민……."

그녀는 정말 고민이란 듯이 한숨까지 꺼가며 두런거렸다. 리는 어처구니가 없어 절로 벌어진 입을 못 다물다가 모지락스럽게 꾸짖었다.

"즥 에미 승이 고가던 게다. 미친년덜…… 제 손목쟁이루 재봉틀 나사 하나 못 만지는 주제에 뭐? 공업단지? 얘 만근아 내다봐라, 동네 개 웃는 소리 난다…… 그새 냄새나게 썩었구나. 촌년덜이 전에는 고쟁이 밑이서만 고린내가 슬슬 나더니, 인저 오장육부는 저리 가구 대갈빼기까장 곪어 츠지는구먼……."

"제우?"

"소 닭 잡어 사자 호랭이 멕여 지르는 디가 자연농원인감? 찬장에 골동품 진열해 놓구 궁중요리나 파는 디가 민속촌이여? 예라이 순, 민화투 쳐서 시에미 비녀 잡혀먹을 년덜…… 인저 봉께 내가 연태까장 저런 굴타리 먹은 오이꼬부리를 지집이라구, 국 말어라, 물 말어라 허메 멕여 살렸네그려."

한마디만 더 말대답하면 끄덩이를 틀어쥐려고 벼르는데, 그 어간에 아이가 또 끼어들어 모자간이 새 채비로 실랑이를 벌였다.

"엄니, 나 그럼 크리스마스헌티 안 가구 고고 추는 디 갈래."

"츠녀 새댁 아줌마덜만 뫼여 노는디, 사내꼭지가 게는 또 왜 간다는겨?"

"나두 고고 출지 안단 말여."

"여자덜찌리 노는디 머스매가 찌면 못쓰는겨."

"왜 못써. 비바람 찬이슬(테레비 연속극)처럼 여자허구 뽕꼬만 안 허면 되어. 씽—."

"뭐시여? 작것아, 너는 대관절 누구를 타게서 이 모냥다리루 가로퍼지네?"
하며 아내는 킬킬거렸는데, 그 웃음소리가 썩 음충맞게 들렸다. 리는 불두덩이와 자개미께만 더듬적대던 손을 슬며시 뽑아내며, 서방질허는 년 족보 따루 읊다더니, 한다는 것을 무심히 이렇게 씨부렁거렸다.

"그것두 홀레루 깐 새낀디 어련헐라더냐."

그럴 때 갑자기 「징글벨」을 채뜨러 동강내면서, 아직 해장이 안 된 이장 목소리가 뒤를 이었다. 영농자금 회수 마감일인 그믐이 며칠 안 남았으니 이부 오리나 되는 연체이자가 붙기 전에 모두 갚아달라는 소리였다. 그러면서 이장은 자고 새면 으레 에멜무지로 되풀이해 온 말을 지루하게 덧붙였다.

"……그러구 지난번 반상회 석상에서두 대략적인 측면으루다가 말씀드린 바와 같이, 빚 보인 스는 자식일랑 두지두 말라는 옛말까장 무시해 버리구설랑은이, 나는 주민 여러분들의 원활한 영농을 위해설랑은이 연대보증을 스느라구, 금년 칠칠년도만 해두 인감증명을 여든두 통이나 떼었던 것입니다. 그런고로 주민 여러분덜이 이 부채를 벳겨주시지 않는다구 헐 것 같으며는 워치기 되는고 허니, 나는 마음적인 측면으루다가 이장질을 집어치구설랑은이, 내 나름대루 달리 살아볼 요량이나 허면서 살구 싶어두, 그것이 여의치 않을 것이다— 이것입니다. 왜 그런고 허니, 가령 가상적인 측면으루다가 내가 부산이나 제주도 그타 다방면으루 가설랑은이 취직을 허거나 장사를 해먹구 살더라두, 조합에서는 보증을 슨 이 변차셉이를 챚어와설랑은이 빚단련을 허게 될 것이라 이것입니다. 이 변차셉이는 다행으루 논마지기나 있어설랑은이 주민 여러분덜더러 밥 떠놓으 달라구는 안 헐 겝니다. 그런즉 제발 확인저덕허는 심 치구설랑은이 사채를 읃어 대시더래두 이 부채만은 말끔히 씻어주기를, 인간적인 측면으루다가 간곡히 부탁드리는 것입니다. 아울러, 추곡수매 자금이 나오면 나는 우선적인 측면으루다가, 내가 보증 슨 조합 부채부터 싹 까제끼구설랑은이, 그 나머지만 돌려드릴 각오를 다시 한 번 이 자리를 빌려설랑은이 주민 여러분들께 공표허는 것입니다. 이 점, 협조적인 측면으루다가 널리 이해가 있으시리라구 믿습니다."

자기도 모르게 고개를 외오뺀 채 듣고 있던 리는 "끙——" 소리를 지르며 밖으로 나왔다.

여물 아궁이에 연탄을 갈아넣고, 여물이 부드럽고 소가 쉬 살찌라고, 짚에 된장 대신 비료를 한 움큼 섞어 여물을 앉히고 들어온 뒤에도 방송은 계속되었다. 오늘 아침 열시부터 천동국민학교 교실에서 동계 새마을 영농교육이 있으므로 '일 가구 일 주민씩 필히' 참석하라는 거였다. 이장은 다시

"끝으로 거듭 부탁의 말씀을 드릴 것은……."

하고 나서 모든 부락 사람들을 나무라는 투로 덧거리를 늘어놓았다.

"아시는 바와 같이 작금 요원의 불길처럼 거족적인 측면으루다가 추진허구 있구, 또 각 반 반장님덜의 호별 방문을 통해설랑은이 재촉을 했건마는, 여적지 이리역 폭발물 사고 이재민 돕기와 연례적인 불우 이웃 돕기 성금을, 바람 핑계 구름 핑계 허구, 핑계핑계루 밀린 분이 여간 많지 않습니다. 쌀이 두 되면 몇 식구 한 끼 죽거리가 넉넉하다는 것은 이 변차셉이두 잘 알구 있습니다. 그러나 장터 나가면 제우 설렁탕 한 그릇 값이구, 담배루는 은하수 두 갑밲이 안 되는 것입니다. 이것을 연태까장 이날 저날루 미루신 댁은, 이 변차셉이 부탁이 아니라 애국 애족적인 측면으루다가 오늘 중으루 싹 끊어주실 것을 부탁드리며, 아울러 쌀을 주실 적에는 통일게나

유신계통 베, 또 밭베 찧은 쌀두 좋으니께 반드시 각 가정에서 조석으루 끓여 자시는 뒤주 속의 아주메기쌀루 주실 것을 부탁드립니다. 왜 그런고 허니, 걷은 쌀을 돈 사설랑은이 현금으루 내게 되여 있는디, 시방까장 들어온 쌀을 볼 것 같으며는 죄다 숭년 그지 동냥 주듯이, 물알 든 베 찧은 싸래기쌀, 쭉젱이 찧은 물은쌀, 닭 오리 모이 허던 두루메기쌀, 뒷목 찧은 자갈쌀, 해설랑은이 몽땅 시게전 바닥쓸이 해온 것이나 다름이 읎더라 이것입니다. 게, 내가 애매헌 내 아끼바레쌀루 죄 대납해 내구설랑은이 부락에서 걷은 쌀은 내가 먹어왔던 것입니다. 이 변차셉이, 이장 노룻 허는 죄루다가 요새 하루 시 끄니씩, 돌반지기 모이 먹느라구 송곳니가 다 왔다갔다 헙니다. 치꽈병원은 멀구 클났더라 이것입니다. 이상입니다."

그새 아침거리를 일어가지고 들어온 아내가 밥을 안치면서,

"우리사 돈으루 오백 원이나 냈웅께."

하더니 잔뜩 으등그러진 리의 이맛살을 훔쳐보며

"즤 먹는 뒤주쌀 축낼 인간이 몇이나 될라구."

그녀는 음성을 낮추어 말했다. 리는 자고 나서 처음으로 아내 말에 고개를 끄덕였다.

그녀는 남의 말 하듯 씨부렁거렸다.

"그래두 제법 배웠다 허는 철물내기(철부지)덜은 아직두 착허구 순박헌 게 농촌 사람이라구 씩둑거리니 워쪄. 허기사 서울것덜이 대이구 그래쌓니께, 촌것덜은 그게 즤덜이 어리석구 뒤듬바리라 뒤떨어졌다는 소린 중 알구 더 지악스럴라구 버둥그링께……."

"우리가 시방 넘으 집 고사떡 놓구 팥고물 콩고물 개릴 최지여?"

리는 아까 여물솥에 비료를 퍼넣고 들어온 자기 손바닥을 꾸짖는 셈으로 말했다. 요소 자체가 가축사료 원료의 한 가지임은 사실이지만, 돈 몇 푼 더 바라고 비육우로 키운다 하여, 매일같이 거름

으로 만들어진 화학비료를 한 움큼씩 퍼먹인 일은 마음에 걸리지 않을 수 없었다.

"영농교육장은 안 갈류?"

아내가 재빨리 화제를 바꾸었다. 리는 고개를 끄덕였다. 가서 점심을 거저 먹는 것은 좋지만, 농촌지도소에서 나온 강사들이 온종일 연설한댔자 결국은 1953년에 도입되어 퇴화한 일본 벼 아키바레를 심지 말고, 내년부터는 농민들이 꺼린다 하여 다수성 신품종이라고 이름을 바꾼, 통일계나 유신계통으로 볍씨를 바꾸라는 말밖에 들을 것이 없겠던 것이다.

아내는 전기밥솥의 스위치를 누르고 나서 말했다.

"그런 디는 다다 빠지지 마슈. 요새 공기 돌어가는 것 봉께 아마 원제 슨거가 있을 모냥이던디, 나오라는 디 빼먹구서 쓸디읎이 밉뵈지 말구…… 즘심까장 멕여준다니 심심찮게 가봐유. 아침은 생일집에서 델러 올 게구, 즘심일랑 게 가서 에끼구, 오늘은 사발농사만 전문 허겄구먼. 쌀밥 두 그릇이 워디여."

"……것, 개갈 안 나는 헛소리 웬만치 아갈댔걸랑 그늠으 아갈머리 좀 닥치구 빚가림헐 도리나 궁리혀 봐. 누구 땜이 이 지경으루째는디 빕더스는겨."

눈뜨면서부터 비위가 뒤틀린 리는 만만한 아내와 전기밥솥을 번갈아 흘겨보며 부아를 내뱉었다. 이제 와서 아내에게만 멍덕을 씌우고 잡도리할 생각은 없었다. 그러나 이장의 인감증명을 넉 장이나 얻어대 가며 빌려쓴 영농자금을 고대 상환하지 않으면 안 되게 된 판에 이르니 부레가 끓어 견딜 수가 없었다.

리는 돌아앉아 책상 서랍에서 수첩을 꺼내놓고 다시 한 번 그믐날까지 갚지 않으면 안 될 돈을 조목별로 훑어보았다.

○ 하이닥크 입제, 모게산도 입제, 아비로산 입제——제초제 대

금 계 9,500원.

　○ 다찌가렌, 바리다마신, 호리치온, 다이야지 논유제, 엘산 다이야지 논입제——병충해방제 대금 계 12,000원.

　○ 복합비료, 규산질, 용성인비——비료 대금 계 57,000원.

　○ 불도저 사용료 200,000원.

　○ 테레비, 전자자, 선풍기, 전기밥솥 대금 계 187,000원.

　○ 총계 465,500원.

먹매나 마찬가지로 농약과 비료는 매년 비스름하게 든 터였으니, 한 해 영농빚이 팔만여 원 돈이 났다면 남들에 비해 그리 많다 할 것이 아니었다. 그러므로 예년 같지 않고 생각도 못해 본 빚은 불도저 사용료와 가전제품 값이었다.

가전제품 값도 큰맘 먹으면 눈감아 둘 수 있었다. 그것들은 그것들대로 덕을 보았기 때문이다. 리도 알다시피 근본적인 잘못을 따지자면 무엇보다도 농민들의 뒤틀린 살림 규모와 설익은 정신에 있었다. 그러나 그것을 부채질해 가며 조합이 영리만 노리는 것도 모른 척하기만 할 일이 아니었다. 조합에서 영농자금을 농민들보다 장터 상인들에게 보다 적극적으로 대부해 주는 행위도 그렇지만, 영농자금 대부 형식으로 텔레비전이나 전열기구를 외상 판매하는 짓도 크게 잘못된 것이었다. 리도 자기의 불찰을 모르지 않았다. 하지만 세상 풍속이 이미 그쪽으로 기운 이상, 자기 혼자서만 외면하기도 수월한 일이 아니었다.

집집마다 영농자금 융자 형식으로 조합 연쇄점의 TV를 들여다 놓고, 비닐하우스 골재로나 써야 할 쇠파이프까지 만여 원어치씩 외상져 가며 안테나를 세우느라고 법석들을 떨 때는, 아이들의 새까만 눈을 죽이기 딱해서도 외톨로 처질 용기가 없었다. 어떤 사람은 TV가 아이들 교육에 해롭다고도 하고, 더러는 어편네를 フ전처

럼 휘어잡는 데에 지장이 되리라고도 했지만, 그것은 먼저 TV부터 들여다 놓은 다음에나 이러니저러니 할 일이었다.

첫째는 아이들 얼굴을 잊지 않기 위해서라도 TV는 집에 있어야 되겠던 것이다. 아이들이 곤히 자는 어슴새벽에 일 나갔다가 다 어두워 집에 들어와 보면, 아이들은 이미 제각기 흩어져 남의 집으로 텔레비전 구경을 간 뒤였고, 으레 자정을 앞두고 들어와 쓰러지곤 하였다. 자정까지 기다려 아이들을 나무라고 잘 수도 없었다. 아내부터가 저녁상을 더듬거리기 무섭게 남의 집 대청마루로 부살같이 내닫는 까닭이었다.

아이들이 집에 TV가 없어도 볼 것 안 볼 것 다 보며 남의 집 눈치꾸러기로 겉도는 이상은 거꾸로 TV가 없음으로써 아이들 교육에 해가 되는 꼴이었다.

전기밥솥은 배부른 소리로 밥맛 없는 탈만 눈감아 주면, 아내가 식전결에 뜨물 한번 만져보고 그참 일에 매달려도 온종일 더운밥을 먹을 수 있는 데다, 조석으로 선선할 때 살강 밑에서 해찰 부리는 대신, 터앝이나마 한 머리 휘어잡고 쇠비름 한 뿌래기를 더 캐더라도 딴전 볼 틈이 생겨 무던했다.

선풍기도 틀어만 놓으면 어린 것들 땀띠를 들어주어 십상일 뿐 아니라 모기각다귀까지 얼씬 못하게 해주니, 가용을 모기약으로 쪼개지 않고도 내놓고 잘 데 내놓고 잘 수 있어, 있다가 없이는 못 살 것 같은 물건이었다.

그러므로 수첩을 들여다볼 적마다 오장을 열탕 끓탕으로 뒤집는 것은, 매번 불도저를 불러다가 쓴 이십만 원이었다. 그것은 당초 꿈에도 만져볼 생각이 없던 생돈이었으니, 대일 수출 창구가 막힘과 동시에 고치값 시세도 사 년 전 그대로 묶인 탓이었다. 따라서 애써 이뤄놓은 뽕밭의 뽕나무는 한갓 군불감으로도 씀직하지 못한 잡살뱅이로 곤두박질하고 말았다.
 매번 석 장씩 쳐내어 봄 누에로 여름 들바라지하고, 가을 누에 공판하여 추수 옆들이를 해온 터였음에도 리는 마침내 누에덕을 비롯, 누에채반, 누에섶, 누에거적 따위 양잠기구들을 아낌없이 뭉뚱그려 여름내 한솥 화덕 쏘시개로 디밀어버리고 뽕밭을 떠엎기에 이른 거였다. 근래에 들어서는 아무리 공들여 쳐도 누에 한 장에서 삼십 킬로그램 이상은 고치가 나오지 않았다. 고치금은 킬로그램당 천팔백 원이었다. 누에 한 장에서 단돈 오만 원을 만져보기도 수월치 않던 것이다.
 불도저는 시간으로 쳐서 한 시간 부리는 삯이 만 원이나 되었다. 그는 스무 시간이나 들여가며 두 필지에 나누어 심었던 뽕나무 뿌리를 추렸으며, 한 필지로 밀고 석회를 섞어 고른 다음 나물콩을 심었다. 수확이 보잘것없으리라는 것은 뽕나무 뿌리를 뒤질 때 이미 어림 본 터였다. 그런 밭은 지력이 쇠할 대로 쇠해 몇 해 동안 마음먹고 거루지 않으면 잡초밖에 안 된다는 게 상식이었다. 그래도 다른 도리가 없었다.
 리는 수첩을 책상 서랍에 접어두면서 조합 돈은 무슨 수를 써서라도 기한 안에 갚으리라고 다짐했다. 농자로나 썼다면 모를까, 겨우 TV나 전기밥솥 따위를 외상지고 연체이자 늘려주며 이삼 태씩 끌어간다면, 뒤통수가 부끄러워서도 못 견딜 일이 그 일이던 것이다. 그는 쌀을 얻어썼으면 싶었다.
 쌀을 놓는 사람은 전부터 아래웃뜸 통틀어 고작 서너 명 안팎이었다. 그는 놀미 배경춘이부터 구무정 한상만, 가리티 성낙근의 얼굴을 차례로 되새겨 보았다. 배는 농사처도 너르지만 비육우 여섯 마리를 서너 달씩 퍼먹이고 연방 갈마들이하여, 한 달에 십팔만 원씩 순수익을 보고 있어 여유 있기로 으뜸이었고, 한도 경운기 덕에 동력 탈곡기를 싣고 돌아다니며 벼 바심 해주고 뗀 삯만 가지고도 삼동을 너끈히 났으므로, 해마다 추수한 것을 이듬해 가을까지 놓아가는 알부자였다.

그중에서도 농사짓기가 성가시어 너른 땅을 이집 저집에 고지로 베어주고, 그늘 따라 자리 옮겨다니며 소일해 온 성낙근은 앉았다 누웠다 하면서도 재산을 불려가는 돈장수였다.

돈을 쓰면 이자가 사부인 반면, 쌀은 쌀금이 챌 때나 누질 때나 통밀어 한 가마에 서 되였으니, 쓰는 사람은 쌀 쪽이 한결 덜 숨가쁜 터였다.

윤선철이네에서 사람이 다녀간 것은 리가 세수를 하고 들어와 담배랑 라이터를 막 챙겨들 때였다.

리는 노인네 생일을 찾아 해마다 동네 사람들을 부르는 윤이 갸륵하여 미룩거리지 않고 나섰지만, 그렇다고 마냥 기특하게만 처줄 일도 아니라는 느낌 또한 그전보다 덜하지 않았다. 부모 생일에 동네 잔치는 남길 만한 풍속의 하나임이 분명하나 씀새를 따진다면 자못 낭비라 이르지 않을 수 없던 것이다. 겪어보니 대개 술 닷 말, 떡 서 말에 두 말 밥은 지어야 고루 차례 갔으며, 더러 먹었다는 소리라도 들어보려면 우습게 흥정한대도 쌀 한 가마는 따로 돈사야 구색을 찾겠던 것이다.

생각이 그에 미치자, 리는 재게 걷던 걸음까지 충그려가며 갈 데 없는 말을 중얼거렸다.

"끙—— 아무리 연기 변허듯 허는 세상이기루……."

전에는 먹던 김치 짠지에 진닢국만 끓여놓고도 부를 만한 이면 나이 없이 부를 수 있었고, 투가리에 우거지 지져 간장 곁에 놓고, 바라기에 시래기 무쳐 장아찌 앞에 올린 상을 받더라도 허물한 적이 없었으나, 시절도 시절 같잖던 것이 어느새 옛말하게 바뀌어버린 거였다.

사람들은 미역국에 고깃점만 드물어도 눈치보며 수저를 넣었고, 동태찌개도 물태로 끓인 게 아니면 쳐다보기를 꺼렸으며, 반드시 울긋불긋한 과일 접시가 보여야만 남을 부르려고 차린 줄로 여겼다.

그중에서도 우스운 것은 술을 가리는 꼴이었다. 그들은 아무리 날탕이라 해도 맛이 흐린 막걸리는 맥주 무서워하듯 물어도 안 보다가, 영양제 탄 소주라면 횟국으로 쳤다. 환타, 콜라, 사이다, 박카스 따위를 영양제로 믿는 탓이었다.

리는 그만하면 무던하거니 했던 여기 인심이 싱겁게 탈난 내력을 그 나름으로 가늠하고 있었다. 그는 여기 사람들의 잦은 나들이를 으레 첫째로 쳤다.

새마을운동을 시작하면서부터 해방 전에 굵어진 늙은이들이 뒷짐을 지고 물러나자, 동네는 자연 삼사십대의 장년층이 이끌어나갔다. 그러나 대개 동네에 주저앉아 농사에 손이 잡혔다는 장년들도, 거의가 여기를 떠나 너른 바닥에 붙어보려고 몇 해씩 버둥댄 끝에 힘이 부쳐 제 발로 기어 들어온 이들이었다. 공장에 들어가 쌀 한 가마 값도 안 되는 헐값으로 혹사당하다 밀려나거나, 버는 대로 세금 내고 이자 물다 본전 날린 뜨내기 장사치였다. 그러므로 그들은 도시 사람들의 풍속을 대강은 어림하고 있었으며 부럽다 못해 시늉까지 하려 들었다.

리는 소리들을 말인 줄 번연히 알면서도 꼴로 보기가 딱해 잊을 만하면 한두 마디 보태어

"물꼬밭이 올챙이 봇물에 논다구 두꺼비 된다나? 논두렁 근너루 고속도로가 나면 새경 밀린 머슴 가욋일만 고달픈겨."

하며 아서라 말아라 신칙도 해봤지만 이미 난봉난 계집 옷고름 여미기였다.

　동네 사람들이 자립마을 육성을 위한 자체자금 적립이라는 거죽으로, 사내 따로 아낙 따로 일 년 열두 달 계를 부어나가는 것도, 목적은 농한기를 말미하여 관광여행에 쓰려는 유흥비 저축에 지나지 않았다.

　여기 사람들은 해마다 추수가 끝나면 소문난 유흥지만 골라 삼박 사일씩 후질러 오곤 하였다.

　그에 곁들여 그들은 여러 가지를 묻혀들였다. 좋아졌다고 너스레 떠는 입심, 누가 있으나 없으나 목소리 갇힌 말투, 관광온 유부녀 기분 풀어주는 솜씨, 물건을 못 당하는 돈, 돈을 못 당하는 욕심…… 그들은 자기들이 구경한 비정상적인 여러 가지 것들을 발전이라고 믿었으며 그런 견문을 유식으로 여겼다.

　"못된 수캐 동네 댕기메 일만 저지른다고, 관광다녀 읃은 게 인심버릴 가마리뿐이니……."

　리는 탄식했지만 으레 돌아서서 혼자나 알게 중얼거렸을 뿐, 종주먹을 대가며 가물 콩 장마 콩 하고 간연(間然)할 수는 없었다. 오히려 그들 축에 빠져 외톨이로 겉돌 게 두려워 남의 하는 대로 덩달아 끌려다닌 편이었다.

　리는 자기가 축에 빠질 때 당하게 될 일도 능히 알 수 있었다. 아무개가 아무 데서 세상일을 쳐들며 쓰네 못쓰네 하고 입바른 소리 했다고, 걸핏하면 관청에 투서질하는 것이 애국이며 충효사상이라고 믿는 동네므로, 애매하게 그 언걸에 치여 눈총받아 가며 살 일도 떠름했지만, 그런 못된 풍속에 말려들었다가 자칫 잘못하여 이웃간에 혐의를 지거나, 본의 아니게 양심까지 팔아가며 남 좋은 일을 가리틀러 덤비게 될까 겁이 나서 시비하지 못하게 된 거였다. 그러면서도 그는 뭇사람들과 어겹되어 갯물 민물 없이 함께 후덩거리기는 싫었다. 거탈은 타고난 대로 질그릇일 수밖에 없을망정 속으로는 정신을 차려가며 살고자 했고, 자기의 그런 태도를 남 앞에 내비치고 싶기도 했다. 하지만 마땅한 방법이 없었다. 배움이나 견문마저 남보다 좁아 색다름을 강조해 보려 해도 그럴 건더기가 없던 것이다.

그럼에도 불구하고 그는 틈틈이 연구를 거듭했으며 마침내 한 가지 방법을 짜내기에 이르렀다. 자기의 이씨 성을 리씨로 고친 게 그것이었다. 그는 먼저 문패부터 한글로 바꿔달았다. 동네 사람들이 까닭을 물었다. 그는 간단하게 대답했다.

"원래가 오얏 리짜닝께, 나는 원래대루 부르겄다 이게라."

그러나 아내와 어린것들에게까지 본심을 감출 수는 없었다.

"늬덜이나 늬 어매는 나를 넘덜허구 똑같이 치는 모양인디, 나는 원래가 그렇지 않다. 시방 구신이 옆에 있지만, 나는 내 양심 내 정신으루, 내 줏대, 내 나름으루 살자는 사람이다. 지금까장은 이리 가두 훙, 전주 가두 훙 허메 살아왔지만 두구 봐라, 아무리 농토백이루 살아두 헐 말은 허메 살 테니. 그렇께 늬덜두 오늘버텀은 공책이나 시험지에 이름을 쓸 때두 꼭 리만순, 리만실 이렇게 쓰구, 명찰두 당장에 새루 써달어라."

처음엔 영문을 몰라 입술 얇은 아내까지도 어리둥절하며 대꾸가 없었다.

"따져봐라. 우리게만 해두 이가가 좀 많데? 이동화, 이창권, 이낙수, 이낙만, 이낙필이…… 그러나 이 리낙천은, 그것덜허구 씨알은 비스름헐지 물러두 줄거리가 다르다. 그것덜은 세상이 꺼꾸루 돌아가두 나만 괜찮으면 장땡인 중 아는 상것덜이여. 그런디 내가 그런 상것덜허구 하냥 이가 노릇을 허면 쓰겄네? 이짜는 원래 오얏 리짜여. 그렇게 우리는 원리 원측대루 리씨루 쓰자는겨. 원리 원측대루 허는 게 곧 바로 사는 행세다."

그제서야 아내는 말귀가 열리는가 아늠을 씰룩대며 비웃었다.

"별쯩맞기는 넨장—— 시방두 비조리 이노시카 챛어가메 육백 치는 사람 있네. 이씨면 이씨지 리씨는 다 뭐시요? 삼씨, 감씨는 있어두 리씨는 듣느니 츰일세."

"난전 술장수 광대뼈 비어지듯이 초싹대구 나스기는……."

리는 소갈머리 없는 아내에게 소가지 부려봤자 내 속만 상하겠어 다시 아이들을 상대로

"죽은 자지두 시 번은 끄덱그린다는디 하물며 하루 시 끄니 밥 먹는 사람이…… 속절읎이 그대로 그냥 살면 간 안 맞어 살겄네? 그렁께 늬덜두 핵교 가서나 집이 오너서나 절대 넘으 장단에 덩달지 말구 늬덜 깜냥껏 줏대 있이 살으란 말여."

"……."

아이들은 아비의 속을 모르겠는 모양이었다.

문패를 갈아달고 얼마 안 돼서부터 동네 각성받이들은 그를 리씨로 불러주었다. 우스갯소리 즐겨하는 이장 변차섭이가 수득세 체납자를 방송으로 호명할 때 리낙천으로 불러준 덕이었다. 장난 좋아하는 사람은 장난기로, 농담 즐겨하는 사람은 농담으로, 어느 쪽도 아닌 사람은 남이 하는 대로 그렇게 부르던 것이다. 리는 만족했다. 더욱이 종친간인 창권, 효권, 그리고 항렬이 같은 낙수, 낙만, 낙필이네 권솔들의 반응은 그가 바란 그대로였다. 리는 누구보다도 먼 일가 푸네기인 이가들을 겨냥하여 원리 원칙을 강조한 거였는데, 그네들은 리가 마치 성갈이라도 한 것처럼 마뜩잖게 여김으로써 리로 하여금 소기의 목적을 이루도록 옆들이 해주던 것이다.

생전 씨서리를 모르며 사는 윤선철이네 접터서리에 들어서자 음

식 가짓수 늘인 특특한 냄새가 챙 밑을 에워싸고, 앉 : | 1| 잃고
떨어 꺼칠해진 개가 꼬랑지를 저어가며 맞아주었다.
 사랑 툇마루 댓돌 위에는 삼태기만씩 한 신발 스무남은 짝이 가
로세로 뒹굴고, 처마 끝에는 시뻘건 오토바이와 헌털뱅이 자전거
한 대가 나란히 서 있었다. 리는 신발이 바뀌지 않도록 툇마루 장귀
틀 위에 발을 벗었다.
 리가 문턱에 서서 발 디딜 틈을 기웃거리자, 먼저 와서 먹을 만큼
먹고 물러앉았던 유승팔이
 "허는 건 느려야 살 빠지구, 먹는 건 빨러야 살찌는겨."
하며 옆구리를 줄여 겨우 옴나위나 할 만큼 틈을 내주었다.
 "게는 그새 잔을 내놨나?"
 리는 유가 먹고 난 자리를 훑어보며 틈서리에 끼어앉았다.
 "나는 발이 효자닝께."
 유가 식혜 한 모금으로 입을 가시며 대꾸했다.
 조합 숙직실에서 도리짓고땡으로 밤샘을 하고 속풀이하러 넘어
왔거니 싶은 부락 담당 면서기 서상익이와 조합서기 지종길은, 변
차섭이와 겸상하여 사인반을 따로 받았는데 아직 손에 수저가 남아
있고 동네 사람들은 벽을 지고 뒤로 거운하게 앉아 막잔을 내려는
참이었다. 술은 집에서 담은 청주였으며, 누룩이 잘 떴는지 맑물 탱
자 빛깔처럼 보기가 좋았다.
 이윽고 리 몫으로 냉태찌개와 미역국이 새로 들어왔으므로, 리
는 밥통을 나누어 국에 말아 허발하듯 욱이넣기 시작했으나 젓가락
보낼 데는 마땅치가 않았다.
 장보아 온 것으로는 당면뿐인 잡채와 삶아 누른 돼지고기가 두
어 자밤씩 올라 모양만 냈던 듯한데 진작 알 내어 먹은 자리로 남아
있었으며, 집에서 장만한 두부, 도토리묵, 콩나물 따위와, 움에 묻

었던 무 배추 꺼내어 가로세로 깍둑거리고 채 쳐 벌겋게 가짓수 늘인 것들만 손이 크게 담긴 채 그냥 남아 있었다. 리는 된장을 푼 냉태찌개 한 가지로 양을 채웠다.

그는 어느 집을 가거나 껄떡거리고 안주와 반찬을 걸터듬어 본 적이 없었다. 입이 짧아서가 아니라 메슥거리고 느끼한 화학조미료 맛에 비위가 상하기 때문이었다. 언제부터 비롯된 풍속인지 모르나 무싯날에도 묵은장과 양념 대신 화학조미료와 왜간장으로 조리를 하는 게 여기 아낙네들의 버릇이었다. 아내 말을 들으면 그네들은 자기네 음식 맛이 장터에서 파는 것만 같지 못한 이유를, 설탕을 비롯한 화학조미료와 왜간장 등 도시용 조미료를 아껴 쓰는 탓으로 떠민다는 것이었다.

"만근 아버지는 더디 와서 건건이가 이러니 뭐랑 자신다나?"

윤선철이가 주전자를 새로 들여오며 빈말로 얼굴을 닦더니 이내 서 서기 쪽으로 돌아앉으며

"그래서, 스코아가 그대루 굳구 말었남?"

하며 끊어진 화제를 되살리려 했다. 서가 이마의 땀을 훔치며

"텃세 센 구들목에서 어한을 허닝께 몸이 풀리는디."

하고 담배를 찾은 다음

"초저녁 끗발루 쇼부를 냈으야 허는디…… 카라스키야 꼴 났지. 박 참사가 사전오기 허는 통에 십오만 원 돈을 한 시간두 안 되어 홀랑했다구. 드러……."

그 말에 지종길이도

"드러…… 나두 밤새 물만 질었어. 박 참사는 야중에 터져서 별 볼일 읎구, 최 순경허구 민 선생이 딸라루 두어 장씩 도리했는디, 그이는 최 순경헌티 대닝께 도토리에 상수리데. 찍었다 하면 오륙 구 짓구 이칠루 뽑는디 아무두 못 말리겄더면."

우리 동네 리씨 59

"딸라루 두어 장씩 가져갔으면 판돈만두 오십만 원이 넘었겠네 그려. 그것, 해볼 만했겄는디."

"물이 좋았구먼. 그런디 민 선생은 누구여?"

윤이 물었다.

"천동핵교루 갈려온 사람인디 박 참사허구는 옴살이데. 천남중학 동창이라나벼. 내 돈 십칠만 오천 원이 그 작자 주먼지루 다 들어가 버렸어. 드럿……."

하고 지가 말했다.

"물 졸 때는 나두 좀 불러. 통일베 스무 가마 공판한 것 연태 안 챘구 그냥 있어. 가마당 만 삼천이백오십 원씩 처봐, 스무 가마면 월만가. 그만허면 한 판 얼러볼 만허잖겄어?"

리 맞은편에 앉았던 새마을지도자 이동화가 끼어들었다.

"니열, 이십사일 밤에 물꼬 봐서…… 그럼 또 회원이 넘치겄는디."

서가 머뭇거리자 변이 말했다.

"아따 화랑팀, 청룡팀 해설랑은이 에이 비 팀으루 쩌개여. 나두 우리게 쫄대기판 뒷전에서 고리만 볼 게 아니라 물 졸 때 한몫 쥐여 설랑은이 조합 돈이나 갚으게. 추곡 수매자금 나온 것 두툼허것다, 씨비, 죽기 아니면 까무러치기라더라."

그러자 남병만이 정승화가 건네주는 잔까지 채변하며 변의 말을 채뜰었다.

"이장, 물런 인감증명을 여든몇 통이나 뗐당께 이장두 거시기는 허겄지만 말여, 그렇다구 추곡 수매헌 돈을 몽땅 까제끼면 워칙허라는 겨? 우리 베는 죄다 이등 맞어 만 이천오백오십 원씩백이 못받는디, 수득세 제허면 몇 푼이나 돌어온다구 게서 까제껴?"

"그러게 내 장 뭐라다? 수분이 십오 프로 이하루 되게 그슬려설랑은이 내가라구 메칠을 두구 방송허다?"

변이 들던 수저를 내려놓으며 남의 말을 빔더섰다. 남이 따졌다.

"수분이 십오 프로 이한지 이상인지 우리 눈으루 워치기 알어? 초동볕 사흘이 만가을 하루볕만 못허다구는 해두, 동네 댕기메 멍석이라구 생긴 것은 있는 대루 빌려다가 사나흘씩 채널었으면 말릴 만치 말린 게지."

남이 종주먹을 대고 가래려 들자 리도 담배를 꺼내며 남을 거들었다.

"내가 그려."

리도 열 가마니나 공판장에 내갔다가 건조율이 낮다고 모조리 이등을 맞는 통에 가마니마다 천 원씩 손해를 본 터였다.

"우리에게서 조합에 진 빚이 이천이백만 원 돈이라구 안 허다? 그런디 연대보증 슨 내가 그 지랄을 안 허면 어느 누가 너름새 좋아 설랑은이 제 발루 댕기메 해결허겄나? 생각적인 측면으루다가 따져봐. 입춘이 니열모리여. 슬 세면 고대 우수 경칩 아녀? 우수물 지구 나면 두엄 져낼라, 두렁 칠라, 봄부치(봄 채소) 부칠라…… 원제 장구 치구 북 칠텨? 그러다 보면 보온 못자리 허메 일변 비료농약 챚을 텐디, 그때 가설랑은이 또 조합돈 좀 쓰게 해달라구 있는 집 읎는 집 죄 나래비 슬 것 아녀? 그래 묵은 이자 새끼 쳐가메 또 조합 돈 쓸겨? 내 인감은 사거릿집 미스 박이여? 아무나 대주게. 내가 저 하늘이나 등기냈다면 모르까, 무슨 조상 믿구 또 빚보인 슨다나? 올 해 빚덜 안 갚으면 내년에는 내 도장 이름두 승두 모를 중 아셔덜."

변은 정말 그럴 곁심인지 솔은 얼굴로 물러앉았다. 그러자 삼반반장 이낙필이가 변을 역성들어

"웃으면서 마감 지키구 필요헐 때 다시 쓰자는 말두 못 들었어? 오늘 갚구 니열 되쓰더래두 제날짜에 갚으야 조합두 살구 나두 사는겨."

이어서 이의 맞은편에 앉았던 정승화가 남의 뒷밀이로 나섰다.

"영농자금 대출이 많어 조합운영이 부실해진다는 건 말두 아니구 되두 아녀. 원제는 조합이 우리 살렸간, 우리가 조합 살렸지."

"부실허다뉴?"

저쪽 상에서 변에게 잔을 넘기던 지 서기가 돌아보며 캐었다.

"농민덜이 조합을 살려유?"

"영농자금 대부가 많어서 조합이 자립을 못헌답디다? 나두 들은 소리가 있길래 허는 소리유."

정이 음성을 숙이며 대꾸하자 지가 뻣성 있는 어조로 뒤를 이었다.

"그럼 농민덜만 상대헌 조합치구서 된다는 조합 봤걸랑 워디 애기 좀 해보슈."

리는 지의 말본새가 거슬려 듣고만 있기가 거북했다. 리는 상에서 물러앉으며 나무라는 투로 말했다.

"그럼 조합의 태도가 됐구먼? 농민덜이 돈 좀 쓰자면 까닭스럽게 굴구, 마감두 안 돼서버텀 싸게 갚으라구 디립다 닦달허는 게 됐어? 우리헌티는 그따위루 몹시 허구, 장터 장사꾼덜헌티는 가량 읎이 굽실대가메, 조합돈 좀 써주슈 써주슈 허구 자금의 태반을 장사꾼덜헌티 빼돌리는 게 됐어?"

"얼라, 그 양반 참 되게 침침허네. 즌기 들어오는 동네가 왜 이리 어두워? 그럼 조합이 살려면 농민덜헌티 장기 저리대부를 해야 쓰겄수, 아니면 회전이 빠른 상인덜헌티 대부해줘서 자금을 활성화시켜야 되겄수?"

지가 리 쪽으로 돌아앉으며 밤샘으로 충혈된 눈을 겨누었다.

리는 욱하고 넘어오는 것을 눌러 참고 말했다.

"워떤 늠이 숟갈 모자라 애 구만 낳는다구 허더라더니…… 그렇걸랑 간판을 갈으야지. 신용금고라구 바꿔달으셔."

"얼라, 원제는 금융기관이 아니었남유."

"그건 그려. 그렇께 당초에 우리 같은 논두렁을 상대루 돈 장사를 시작했으면 논두렁만 상대루 해야 되잖겠느냐 이 말여."

"그러면, 그렇다구 무뎁보루, 봄에 쓰나 여름에 쓰나 슨달그믐에 두 갚을 둥 말 둥 헌 농민덜만 상대루 대부허면 조합이 배겨나겄구먼유? 농민덜은 조합에 대해서 헐 말이 읎어유. 중 이러니저러니 허구 시비헐라걸랑 그만치 출자를 허셔. 올해 관향리 주민이 내놓은 출자금이 얼마나 되는지 아슈?"

"조합이 개인 회사여? 출자금을 따지게……."

리는 자기도 모르게 언성을 높였다. 지도 언성을 돋우었다.

"이 자리에 앉어 기시니께 면찬이 돼서 안됐지만 성낙근 씨가 베 한 가마, 배경춘 씨가 만 오천 원, 한상만 씨 이만 원, 여기 이 이장이 베 두 가마…… 다 해서 칠만 천 원이유. 농가가 칠십이 호나 되는 동네서 칠만 천 원 출자라구유. 그런디 융자는 월마나 해갔슈? 이천이백만 원…… 그래두 헐 말 있슈?"

지는 옆에 있던 덕용성냥으로 방바닥을 두들겨가며 떠들었다.

변이 조용해 달리고 한쪽 눈을 거듭 찡긋거렸으므로 리는 음성을 가리잊척 말했다.

"거, 괜찮은 말을 공중 말 안 같게 허느라구 심쓰네그려. 여보, 농민덜 형편에 그 이상 월마나 더 출자를 허야겄수? 조합이 여적지 누구를 상대루 장사해 왔간디? 비료 살 적마다 한 푸대에 백 원씩 출자금을 떼온 건 뭐구, 필요 읎다는 비료 강제루 끼워판 건 뭐여?"

"……."

"왜 대꾸가 읎수? 우리네헌티 농약을 팔어두 특정 회사 것만 판 건 뭐구, 우리네헌티 소금, 새우젓을 이자까장 붙여서 외상놓은 건 뭐여? 장사를 해두 꼭 딸라 장사를 허야 조합이 되겠더라 이게여?"

"……."

"왜 대꾸가 읎수? 나만 해두 이십 년 농민인디, 이 이십 년 농민 금년 추수가 월만지 아우? 까놓구 말해서 뒷목까장 싹 쓸어담은 게 쌀 스무 가마여. 요새 쌀금이 월맙디야? 이만 육천오백 원이지? 알기 쉽게 따져봐두 열 가마면 이십육만 오천 원이구 스무 가마면 오십삼만 원…… 이게 뭐여? 중견사원 두 달 월급여. 지 서기두 아다시피 일 년 내내 몸 달어봤자 남는 건 겨허구 지푸래기뿐인 게 농민인디, 뭐? 출자를 혀?"

"……."

"이런 사람덜 상대루 해서 장사를 허야만 조합이 살겄구먼? 끙—."

"장사야 워디 누구 배부르자구 허나유. 여기서는 위서 시키는 대루만 하면 구만인걸유."

"그걸 대답이라구 허여?"

"특정 회사 제품이라구 허시지만 농약회사만 해두 이백오십 군뎁니다. 이백오십 군디서 이름만 달리 붙여서 파는 약을 농민덜이 워치기 알구 사쓰겄수. 게, 농민덜 편의롭자구 조합이 선별해서 파는 겐디. 그게 워째 흠이 된대유?"

"그려? 그러면 특정 회사 제품만 파는 것두 우리 같은 논두렁을 위해서 그런다고 칩시다. 그런디 왜 장난을 허는 겨? 병충해 방제약 허면 논에 찌었다가 남으면 고추나 배추에 찌었구, 열무밭이나 원두밭에 찌었다가 남으면 논에두 찌었구 허게, 전답에 두루 쓰게 된 약을 갖다 놔야지, 왜 꼭 쓰다 남으면 내버리게 논약 따루, 밭약 따루, 벌레약 따루, 병약 따루, 한 군디뱊이 못 쓸 약만 갖다 놓느냐 이게여."

"그야 여기서 워치기 알어유. 여기서는 위서 시키는 대루만 허면 구만인걸유."

"그 위서 시키는 대루만 허면 구만이라는 생각이 문젠겨."

"우리두 월급 받구 살자니 벨수 읎시유."

"끙— 얼른 뒤집어져야지······."

하며 리가 다시 입을 열려 하자 변이 재빨리

"그 으젓잖은 소리루 아야어여 구만 허구설랑은이, 자실 것덜 자셨으면 얼른 자리 내구 영농교육덜 받으러 가셔. 우리게 출석률이 팔십 프로 이상 돼야 나두 지적 안 당혀. 이 서 주사도 그 땜이 새벽 버텀 우리 집에 들이닥친겨. 반찬이 읎어설랑은이 일루 모시구 왔지만."

하고 서를 가리켰다.

이야기가 끊겨 무료해질 만하자 변이 다시 수다를 떨었다.

"마침 우리 부락 담당 두 양반허구 동넷분덜이 죄 한자리에 뫼였으니 말씀이지만, 나 이 두 양반덜 땜이 증말 죽었어. 일 년 열두 달을 하루걸이루 새벽 댓바람에 쳐들어와설랑은이 나만 볶는디, 자, 박다 말구 빼는 것은 두째여, 이 양반덜이 올 적마다 아침을 해대는디, 있는 쌀이겄다, 밥은 월마든지 해디려. 문제는 건건이라. 짐치, 짠지, 짐장만 먹는 집에서 증말 죽겄다구. 이 양반덜이 입이 질구, 인제는 한 식구 거짐 다 돼설랑은이 그나마 숭허물이 읎으닝께 망정이지, 우리 여편네는 환장허여. 동넷분덜 말유, 제발 서 주사, 지주사 좀 내 집에 안 오게덜 해주셔. 이 변차셉이, 동넷분덜더러 밥 떠놓으 달라구 안 헐 텡께 고것만 좀 봐주셔. 두말헐 것 읎이 관에서 시키는 대루만 해주셔. 그러면 이 두 양반은 새벽버텀 내 집 챚어올 일 읎구, 나 반찬 걱정 읎구······ 이장질 두 번만 했다가는 논문서 잽혀먹게 생겼으니, 오죽허면 이 두 양반 앉혀놓구 이런 하소

허겄수. 제발 이 불우 이웃 좀 도와주셔. 허라걸랑 허라는 대루 좀 해주셔."

말하는 사람이나 듣는 사람이나 모두 잔기침에 재채기까지 섞어가며 배불리 웃을 때

"듣자 허니 걱정거리두 못 되는 걸루 근심 맹그느라구 심쓰네 그려."

리는 웃다 말고 말끝을 이었다.

"니열버텀이래두 저 양반덜이 오걸랑 엄니는 즉은아들네나 딸네 집에 댕기러 가 안 기시구, 아주머니는 친정이나 큰집에 가 밥헐 사람 읎다구 굶겨뻐러. 그러면 다음버텀은 아침 자시구 느직허게 오실 테니."

"고깃국 안 떨어지는 우리 밥상 마다허구 예까장 와서 이장네 맨밥 먹어주는 성의는 전혀 참작을 안 허시네. 에, 그늠으 맨밥…… 여북허면 지 서기랑 서루 헌 말이 다 있을라구."

서가 웃으면서 응수했다. 지도 덩달아 말했다.

"서 주사가 뭬라구 헌 중 아슈? 메줏집이라는겨. 아마 누린 반찬 비린 반찬은 즘심 저녁상에나 올리구, 아침은 장만 자시기루 통과된 모양이지?"

서가 갈마들이로 말했다.

"아무리 장짜 든 사람네 집이기루 어쩌면 그러큼 일 년 열두 달 내 간장, 된장, 꼬치장만 먹느냐 이게여. 워쩌다가 별미루 했다는 것두 집장, 긔장, 청국장이구…… 장으루 해장허는 우리두 죽겄지만 메주 한번 쑬라면 콩섬이나 축날 거라."

리가 웃다 말고 말했다.

"것, 문젯거리두 안 되는 걸루 숙제 맹글라구 심쓸 필요 읎다면 그려. 머이나 조합에서 새벽에 안 나오면 이장은 확성기를 틀 까닭

이 읎구, 우리는 새벽잠이 달어 몸 개운허구…… 우리 같은 논두렁은 잠이 보약인디, 닭 울기 미섭게 크릿쓰맛쓴지 징글벨인지만 틀어제끼니 세상 풍속에 더딘 사람은 워디 전디어내겄어."

그러자 변이 찜찜한 얼굴로

"그게사 만근 아버지나 그렇지 넘덜두 그렇다남? 그것두 부녀회 아주먼네들이 요청은 허구 판은 읎구…… 게, 골든스타사에 가설랑은이 혀 짧은 소리 해가메 외상으루 사다 트는 거여."

"아주먼네덜이?"

리는 여러 서방 앉혀놓고 남의 안식구만 깎을 수가 없어 그만두려다가 이장더러 말했다.

"그러구 농사는 농민이 짓는 겐디, 실지루는 관에서 마름을 보는 심이라. 이래라저래라 몰아대는 양을 볼 것 같으면 농업농산지 관광농산지 당최 분간을 못허겄더라 이게여. 분명 누구 보기 좋으라구 농사짓는 게 아닌 중 알련마는, 뭐 시키는 걸 보면 관청 취미대루라. 그런다구 혹 제대루 된 게나 있으면 그러니라나 허지. 뽕나무 심으슈 심으슈 했던 게 불과 몇 해 전여? 인저는 그늠으 것 캐내 버리느라구 조합 돈까장 읃어댔으니……."

"……."

아무도 받는 사람이 없었다. 그는 그제서야 감뭇했던 것을 되살려내었다. 한상만이와 배경춘이가 거기 거기에 있었지만 그는 변을 건너다보며 말했다.

"누구 ㅅ 되 안짝에 곗쌀 놓을 사람 있다거든 빚지시 좀 해주게. 쌀만 읃어주면 손쎗이는 섭섭잖게 헐 테니."

그러자 지루퉁하고 있던 남이

"올 같은 어거리풍년에두 벌써 내년 보릿동에 해툰 댈 걱정을 허슈?"

하고 실없이 허텅짓거리를 했다.

"워칙헌다나, 쌀을 읃어서래두 조합에 빚버텀 끄구 봐야지. 난전 장사꾼 외상은 이자가 읎어두 사무실 큰 장사꾼(조합)헌티 외상지면 꼼짝읎이 이부 오리거든…… 애초에 삼부 이잣돈 읃어 이부 오릿돈 갚는 게 논두렁 살림 아녀? 끙—."

그러는데 잔뜩 믿거라 했던 한상만이가 고개를 이쪽으로 두며 말했다.

"우리게는 쌀 놓는 사람이 읎던디. 나두 넘으 쌀 좀 신세질까 허구 뒤져보니 읎어. 클났어. 백 가마짜리 한 머리, 서른 가마짜리 두 머리, 곗쌀만 해두 일곱 가만디 곗날은 부득부득 다가오구, 내 쌀 쓴 사람은 내년보살허구 앉어 있구. 추수 끝난 지 달포 슥 장 도막이 넘어가도록 갚겄다는 사람이 읎으니…… 이웃간에 얼굴 붉히는 것두 한두 번이지, 클났더라구."

그 말에 배경춘이도

"나두 그려. 소값이 채길래 있는 것 몽땅 털어 시 마리를 끌어왔더니 곗쌀 부을 게 읎어."

"계는 누가 타는디?"

리가 할 말을 이창권이가 물었다.

"백 가마짜리는 한일미곡상인디 서른 가마짜리는 모르겄데. 계주는 홍농농약사여…… 아마 우리게서는 계 타는 사람이 읎을 걸."

그 말에 이낙수가 나섰다.

"무롸두 못허는 소, 소끔 괜찮을 적에 팔어치셔. 성님네 소는 아마 일곱 장 이상 받을걸."

"소?"

리는 절로 벌어진 입을 다물지 못했다. 배와 한이 쌀을 얻을 데가 없었다면 이미 다 틀린 일이었다. 이낙수 말마따나 소를 파는 수밖에 다른 도리가 없을 거였다. 소 시세는 좋은 편이었다. 일찍이 황소 한 마리가 경운기 한 대와 맞먹은 적이 없었으나, 요즘은 경운기를 사고도 우수리가 떨어질 정도로 값이 채였다. 그러나 막상 소 소리를 들으니 속이 뒤집힐 것 같았다. 소는 가축이라기보다 가족의 일원이었다. 값지고 덩치 있는 짐승이라서가 아니라 기른 공력 때문이었다. 그러므로 소를 내놓으려면 반드시 그에 값하는 경사가 뒤따라야 보람도 뵈고 올차며 오달진 거였다. 논이 는다든가, 자식이 대학을 간다든가…….

그럼에도 불구하고 일본에서 누에고치 수입을 거절한다는 단 한 가지 구실로 누에고치 값이 사 년 전 시세 그대로 묶여버려, 올들어 비로소 꼴 같아진 뽕밭을 뒤집어엎는 비용으로 소가 나간다면 진실로 염치없는 일이었다. 리는 되새겨 볼수록 부끄러웠다. 땅임자답게 땅을 거루지 못해 부끄럽고, 겨우 뿌리가 잡힐 만하여 캐어버린 뽕나무의 주인됨이 부끄러웠고, 소 임자답게 소를 가다루지 못해 부끄러웠으며, 자기 가늠을 저버리고 시킨 대로 따를 수밖에 없었던, 무능하고 무력한 됨됨이가 짝없이 부끄럽던 것이다.

리가 잔뜩 솔은 얼굴로 받아놓은 잔을 묵혀가며 담배만 당겨대자 윤이 말했다.

"여게, 리 서방은 왜 코를 슥 자나 빠치구 앉었다나? 돈이구 쌀이구 간에, 시방 누가 암만을 지녔으면 무슨 소용이라나? 그게 제 것이간디, 정부 것이지. 해 전 마실 건 있응께 잔이나 더 돌려. 찹쌀 스 말 가웃 담근 게 그냥 있어."

그때였다. 느닷없이 확성기에서 「징글벨」이 튀어나왔다. 사람들은 어리둥절하며 변을 쳐다보았다. 변도 무슨 비상인지 영문을 몰라 눈만 허옇게 뜨고 움직일 바를 몰라했다. 그런데 이내 노래가 뭉뚝 잘리면서

"동넷분덜에게 급히 전해 드리겄습니다."
하는 부인네 목소리가 두서너 번 되풀이되는데 들어보니 이장 안식구였다.
　그녀는 생전처음 마이크를 쥐어보면서도 숫티라고는 없이 말씨부터 능청스러웠다.
　"시방 기별 온 것을 알려드립니다. 누가 와서 그러는디, 뫄 멕이는 개를 찍어간다구, 지금 막 우리게루 사람덜이 떠나더라구 헙니다. 개를 단단히 감추시기 바랍니다. 이상입니다."
　거나하여 구들목에 늘어진 채 능놀던 사람들이 방송도 꺼지기 전에 불 본 듯이 일어났다.
　"세무서에서 나온단다——."
　윤이 안으로 뛰어 들어가며 소리질렀다.
　"추수 끝나면 으레 나올 중 알구설랑은이 미리미리 이럭저럭 해놓지덜 않구 인지서 서둘러?"
　술독을 상추 간 비닐하우스 안에 묻어놓고 혼자만 알게 떠다 먹는 변이 느리터분한 목소리로 중얼거렸다.
　리도 남들처럼 토방으로 나왔다.
　사람들은 신발을 뒤집어 꿰기 무섭게 집으로 내달았다.
　"술 안 담은 사람이 읎네그려. 하여간 관향리는 알아줘야 혀."
　서가 앉은 채로 밖을 내다보며 변더러 말했다.
　윤의 조카 재명이는 술지게미를 거름지게에 쏟아지고 얼녹은 논두렁에 발을 겹질려가며 긔내로 버리러 가고, 윤의 아내는 지게미 퍼낸 독에 우물을 길어다 붓느라고 뒤듬발이 걸음에 치마가 밟혀 터져내리는 줄도 모른 채 양동이를 들고 들랑거리는데, 윤은 변에게 새마을회관 열쇠를 빌리더니 남은 술을 모아 리어카에 싣고 회관 쪽으로 내뺐다. 회관 창고 속에 감출 모양이었다.

리도 걸음을 서둘렀다. 그도 찹쌀 닷 되를 식구만 알게 비벼 퇴비 속에 묻어둔 거였다. 그러므로 바탱이는 들킬 염려가 없었다. 다만 쓰다 남은 누룩 반 장을 비닐에 싸서 보리쌀 자루에 묻어둔 게 궁금하여 충그릴 수가 없던 것이다. 더구나 리의 집은 후미진 도린곁에 외오 돌아앉아 있어, 그전처럼 소롯길로 질러 뒷전부터 덮친다면 맨 먼저 다칠 판이었다.

그런데 누룩을 옮길 만한 곳이 마땅치 않았다. 물론 결김에 얼핏 떠오른 방법이 없는 것은 아니었다.

그것은 작년 겨울 이낙만이가 했던 대로만 하면 되는 거였다.

밀주 단속반이 불시에 들이닥치자 이는 방에서 한창 고이고 있던 술 바탱이를 엉겁결에 집 앞의 터알으로 들어내었던 것이다. 이는 바탱이를 묻을 셈이었으나 그럴 겨를이 없었다.

구덩이를 반도 못 파서 단속반이 몰려오는 기척을 엿들었던 것이다.

이는 그참 삽자루를 내던지고 달아나 남의 사랑에 들어앉았고, 단속반원들은 구덩이 앞에 되똑하게 서 있는 바탱이를 보자 터알으로 몰려갔다. 그들은 밭 임자를 찾아 이의 아내를 불러내었다. 그들은 바탱이 주인을 캐려고 했다. 이의 안식구는, 아침부터 방 안에만 들앉아 있었으므로 전혀 모를 일이며, 설령 남의 집 장광을 여겨봤다 한들 본래 앞뒤 없는 물건이 바탱이인데 무슨 재주로 낯을 익혔겠느냐고 됩데 몰아붙였다. 그들은 마침내 장터 양조장에 연락하여 바탱이를 실어갔으나 끝내 항의하는 사람이 없었다.

리는 누룩 반 장을 주체 못해 그런 방법으로 남 좋은 일 하긴 싫었다. 그래서 집안 식구들을 죄 몰아내고 대문을 단단히 처깔해 놓기로 작정했다. 그런 경우엔 이장이나 새마을지도자를 입회시키고 문짝을 뜯더라는 거였으나 여기는 그럴 염려가 없었다. 변차섭이나 이동화가 그 지경에 이르도록 어리석은 위인은 아니던 것이다.

　가장의 그런 속셈을 미리 가늠본 것도 아니련만, 리가 집터서리에 이르니 아내와 아이들은 술 안 담그고 누룩 안 디딘 집을 찾아 마실갈 채비로, 진작 방문을 잠그고 밭마당에 나와 있었다.
　"뉘 집으루 가야 한갓질 거나?"
　아내가 물었다.
　"크리스마스헌티 가면 되잖여."
　만근이가 되알지게 대답했다.
　"무솔이 쪽으루 넘어가 봐. 여기는 아마 문 안 걸어닫을 집이 읎을겨."
　리가 말했다. 아내가
　"만실이가 오너야 가지. 쇳대 가지구 댕기다가 그것덜 만나서 문 열어주면 워칙혀."
하며 두리번거리는 참에 만실이가 굴뚝 모퉁이를 돌아오며
　"엄니, 다들 맵시네 집으루 모인대유. 시작헌다구 싸게 오래유."
하고 떠들었다. 맵시는 이낙필이의 막내딸 이름이었다. 피신할 데도 마땅찮고 하니 아침부터 망년회를 벌일 모양이었다.
　"거리적거리는 애덜은 다 워쩌구?"
　그녀는 만순이 만근이를 내려다보며 이맛살을 찌푸렸다. 그러나 뒤미처 만실이의 나중 말을 듣더니 뭉쳐둔 빨랫거리 같던 얼굴에 금방 복사꽃이 피면서, 해거름에 중 내빼듯 네 활개를 휘저어 가며 맵시네로 반달음질을 했다.
　고등학교 졸업반인 유승팔이 큰딸과 배경춘이 둘째 애가 동네 아이들을 몽땅 쓸어가지고 면공판에 들어온 영화 「첫눈이 내릴 때」를 보러 가기로 했다는 거였다.

"한 앞에 백 원씩 가져오래유. 서른 명만 넘으면 칠십 원씩인디 둘이 모지란대유."

리는 묻지 않고 동전 세 닢으로 아이 셋을 쫓아보냈다. 건너다보니 아낙네들은 시어미, 며느리 따로 없이 앞을 다투어 맵시네로 꾸역꾸역 쏠려가고, 유네 마당에 꼬여들어 바글거리는 조무래기들도 한눈에 들어왔다. 문득 오토바이 소리가 있어 동구 앞을 바라보니 거기도 장이 서고 있었다.

바깥노인네와 젊은 사내들이 섞음섞음하여 한 무더기의 무리를 짓고 있던 것이다.

먼저 오토바이가 달아나고 지 서기 자전거가 뒤를 잇자, 동네 사내들도 변차섭을 앞세우고 장길로 넘어가고 있었다.

동네를 비우자니 영농교육장이 아니면 가 있을 만한 곳이 없기 때문이리라.

리도 집 앞에서 그러고 서슴거릴 형편이 아니었으나 일단 울안으로 들어갔다. 아무리 다급해도 외양간은 둘러보아야 마음이 놓이겠던 것이다.

단속반원 두 사람이 리의 집 안으로 뛰어든 것은, 리가 여물국으로 구유를 가셔주고 이남박에서 막 손을 뗀 것과 같은 촌각이었다. 역시 지룡산 기슭을 타고 소롯길로 에워 들어온 눈치였다.

흙투배기 가죽장화를 신은 중년 사내가 무람없이 덥석 들어서며 웃음기를 머금은 눈으로

"안녕하십니까, 리낙천 씨."

하고 문패에서 본 대로 넘겨짚었다.

"나 아닌디유."

리는 짐짓 마주 걸어나가면서 불퉁스럽게 대꾸했다.

"얼라? 이 댁에 기시면서 퀀 냥반이 아니라면 워칙허유?"

검정 외투 밖으로 안경만 내놓은 듯하던 사내가 뒤에서 옆으로 비어지며 따졌다.

리는 얼른

"글쎄유, 나두 댕기러 온 사람인디 워째 문이 죄 잼겼네유."

하며 그들의 드팀새를 가로질러 대문 밖으로 나왔다.

"그럼 이 집은 암두 읎단 말유?"

안경이 따라나오다가 대문 어리에 어깨를 기대서며 물었다.

"나두 와보구 알었시다."

"그류? 리씨가 아니시다…… 그럼 누구셔?"

먼저 들어와 울안을 기웃거리던 장화가 담뱃갑만한 알코올 탐지기를 들고 따라나오며 물었다.

"나는 저 근너 사는 이씨유."

리는 걸음발을 배게 놓아가며 돌아다도 안 보고 말했다.

"저런? 그럼 좀 물읍시다."

둘 중의 하나가 큰 소리로 불렀다.

"나두 가던 질 가다 말어서 밥쁘네유."

리는 그들에게 집을 맡기고 장길로 발걸음을 후렸다.

놀미에서 넘어와 학교랑 장터로 길이 갈리는 한길 삼사미에 이르자 리는 걸음을 늦췄다. 문득 커다란 허당을 발견했던 것이다. 리씨가 아니라 이씨라고 우긴 일이 발뿌리에 거리적거린 거였다.

자기 생각에도 어이없는 일이었다. 남과 달리 원리 원칙대로 행세해야 올바로 사는 길이라며 손수 갈아단 문패를 스스로 떼어버린 셈이었다.

그는 부끄러웠다. 뉘우침과 후회도 부질없는 짓이었다.

오늘만 해도 자고 나서 일변 지금까지 남과 다를 것 없는 짓만 골라 한 꼴이었다. 그것은 허당이었다. 그는 그 허당을 느낀 순간 문패를 그전대로 다시 고치리라고 다짐했다.

그는 나온 김에 문패 만드는 도장포에 들러 이낙천으로 문패를 새로 맞출 작정이었다. 그것은 자기가 떳떳지 못한 행위에 대해 스스로 사과하고 과오를 반성하기 위한 조치였다.

리가 영농교육장에 들어서니 볍씨 개비에 대한 강의가 끝났는지, 그에 따른 질문과 답변이 한창 섞갈고 있었다.

사람을 보니 관향리와 함께 성기리, 신대리 두 부락을 더 부른 모양인데도 자리는 칠 흡가량밖에 안 찬 것 같았다. 리는 뒷전의 남은 자리에 앉아 담배부터 꺼내 물었다.

유승팔이가 질문을 하는 참이었다. 유는 톱밥난로 바로 옆댕이에 붙어 앉아 술김으로 얼굴이 벌겋게 익은 채 두런거리듯 지껄이고 있었다.

"하여간 누가 뭐래두 베 농사를 엎었다 젖혔다 허는 것은 볍씨가 아니라 날씨유. 사람을 봐두 그려. 요새 크게 된 사람덜이 족보 좋아 크게 됐간디, 다 사정에 맞춰 그렇게 됐지. 그러게 농사 기술은 책상 물림헌티 배우는 게 아니라 흙허구 물헌티 즉접 배워야 쓰는규."

강사가 불그레하게 웃었다. 강사는 칠판 밑에 떨어졌던 백묵 도막을 집어들며 이골이 난 말투로 응수했다.

"죽겠구먼…… 그래서 자연농법으로 농사 지어먹은 그전에는 빤스도 못 입고 살으셨담…… 결국은 관이나 관공리 말을 못 믿겠다 이겐디, 허기사 역사적으로 보면 그것도 그려. 일리가 없잖은 말씀이시라구. 아시다시피 왜정 때는 농업기수가 암만 떠들어도 우리 농민들은 너 해라 나 듣지 허고 말었거든. 그럴 것 아녀. 몸뚱이 곰과가면서 직사허게 농사 지어봤자 왜놈들이 죄 뺏어갔으닝께. 게, 그때는 왜놈들한테 저항해서 왜놈이나 조선 관리 말은 안 들었습니다. 논으로 가라면 뚝으루 가는 게, 그게 곧 애국이구 독립운동이었거든. 관리 말 잘 듣는 놈은 무조건 친일파였고…… 그러나, 그러납니다. 내년이면 건국 삼십 년이여. 이제는 애국허는 스타일이 바뀌졌다 이게여. 이제는 관청에서 허라는 대로 허는 게 애국인 겁니다. 자연농법? 얼른 이러이런 약 찌얹어서 베멸구 잡으라구 하면, 제우 뒷짐지고 서서 허는 소리가 아——녀, 베벌레는 번개 치구 천둥 허야 떨어진디야——하면서 첫배 과부 코 고는 머슴방 엿보듯이 무심헌 하늘이나 힐끔거리는, 그 자연농법? 그건 쬐끔만 좋아허다 그만두셔. 왜? 해 저물면 내 배만 고퍼. 농촌지도소에서 허시라는 것만 허셔. 그게 애국입니다유. 내가, 내 집구석 지집농사 자식농사는 실농허면서두 여러분들이 농사 잘 지시라구 돌어댕기는, 시방 이 자리에 서서 떠드는 이 최 아무개, 이 최 아무개가 애국자라면, 이 최 아무개 말을 잘 듣는 여러분들두 애국자더라 이겝니다. 농민들이 관의 말을 따라 신품종 베를 대량으로 경작한 결과, 예, 그 결괍니다. 그 결과 우리는 유사 이래의 숙원인 주곡의 자급 달성을 일구칠 오년도에 이미 완료했을 뿐만 아니라, 금년에는 단군 이래 목표량을 초과 달성해서 쌀을 수출까지 했는데, 이것은, 두말허면 사상이 의심스러운 새끼여, 이것은, 모두 농민 여러분들의 자조근면 협동정신의 발현이요 총화단결의 결실이더라 이것입니다. 그러닝께 정부에서두 여러분들의 노고를 위로허느라구 몇십 년 만에 츰으로 쌀막걸리를 맨들게 해서 푹푹 퍼마시게 헌 게구 말여."

"장마에 침수되어 뜨고 물어 못 먹게 된 쌀, 시그럼허게 읎애느라구 맹근 술? 쩝쩝……."

한길 옆댕이 삼사미에 사는 강용복이가 말끝에 입맛을 다셔 장내가 한바탕 시끌덤벙했으나 강사는 하던 말투로 뒤를 이었다.

"그러니까 볍씨를 흙 사정 물 사정 날씨 사정에 맞춰 개량을 한 겁니다. 통일, 유신이 나오기 전까지 여러분들이 심으신 게 뭡니까.

농백, 진흥, 재건, 수정, 농광…… 아마 대개 그렇지요? 그중에서두 최고루 친 게 일본 종자 아끼바레구. 그런데 단당, 즉 십 아르, 삼백 평당 평균 수확이 얼마였느냐, 불과 삼백삼십 키로. 그러면 금년도 전국 증산왕인 이천 사는 이관섭 씨는 얼마를 수확했느냐, 놀래실 분은 아예 미리 담배 한 대씩 펴 무셔. 얼마냐, 팔백구십팔 키로—— 놀랠 노자 위에 깜짝 깜짝여. 물론 증산왕은 객토, 심경, 완숙 퇴비, 규산질 비료, 보온절충 못자리에 의한 건묘 육성, 소주 밀식, 그타 여러 가지 등등 해서 우리가 시킨 것을 다 했지만, 다수의 주원인은 바로 다수성 신품종인 밀양 이십삼 호루 종자 갱신을 한 데에 있었다 이겁니다. 거듭 말씀드리거니와 정부에서 권장허는 신품종들, 밀양 이십일, 이십삼 호, 내경, 노풍, 수원 이오일, 이오팔, 이륙사 호, 유신, 통일쌀 등은, 여러분들이 최고로 치는 아끼바레에 비해 품질이 훨씬 낫다 이겁니다. 숙색(熟色) 좋지, 탈립(脫粒) 적지, 도복(到伏) 없지, 심복백(心腹白) 없지, 등숙(等熟)허지, 아미로스(찰기 없는 전분) 없어 밥맛 좋지…… 그런데 왜들 안 심으시는 거? 추수해 보셨으닝께 아실 텐데. 재래종허구 수확을 따져봐. 금년도 평균 수확량이 재래종은 단당 열한 가마 닷 말, 돈으로 십사만 오천 원, 신품종은 열다섯 가마 일곱 말, 돈으로는 십구만 팔천 원, 이래두 안 심으실텨?"

"우리 같은 논두렁만 잡도리헐 게 아니라 서울의 미곡상부터 단속허는 게 순서유. 서울 것덜이 밥맛 좋다구 재래종만 챗으니 미곡상두 재래종만 챗구, 그러니 논두렁덜두 자연 재래종만 심을라구 헐 게 아뇨. 서울 미곡상에서 재래종을 아예 못 팔게 허구 통일이나 유신계통만 팔게 해보슈. 우리가 나이 어려 재래종을 심겄나."

놀미 정승화가 덤벼들 듯이 곤두선 목통으로 떠들었다.

"이것, 죽겄네 소리가 또 나올 기분인디…… 여러분들이 밥맛 즉다구 안 심는 통일쌀, 서울서는 살래두 살 수가 읎어. 왜? 큰 음식점은 죄 값싼 통일쌀만 쓰거던. 삼십 분만 물에 담갔다 해봐. 왜 밥맛이 읎어? 게, 큰 음식점에서 통일쌀만 챛으니께 미곡상에서는 계약 납품을 허더라 이게여. 그러니 우리는 돈 주구두 못 사. 서울서 헌다 허는 요릿집, 설렁탕, 곰탕, 갈비탕, 꼬리탕, 가슴탕, 볼기탕, 탕짜 든 음식은 죄 통일쌀이여. 그러나 먹는 것 한 가지는 근대화된 서울 것들두 음식점에 가서 밥맛 읎다구는 안 혀, 으레 국맛 읎다구 허지. 이래두 안 믿으실텨? 제발 심으라면 심으셔. 하라는 대루 좀 해보셔."

모처럼 장내가 조용했다. 그 틈에 강사가 웅변조로 말했다.

"자, 여러분, 십 년 이십 년 손발에 흙 한 번 안 묻히고, 농민을 김치 속의 새우젓으로 알면서도 반드르르하게 하고 사는 서울 것들이, 싸가지 읎이 밥맛 가려 재래종만 처먹는 꼴이 드러서라두, 우리 논두렁들은 다 같이 총화단결하여 신품종으루 볍씨 갱신을 실천합시다."

"……."

교실 안은 여전히 아무 기척도 없었다.

리는 당연한 일이라고 생각했다. 설령 농촌지도소 강사들이 그들에게 백일기도를 드린다 해도 신품종으로 바꿀 사람은 대농 몇 사람에 불과하리라고 그는 믿었다.

리가 알기에도 그에는 몇 가지 이유가 있었다. 첫째는 관리자들에게 오랫동안 무시당하고 속아 살아왔으므로, 이제는 누가 무슨 소리를 해도 믿으려 하지 않는 거였다. 낮은 정치, 높은 행정, 도시 경제가 속이고, 심지어는 가장 정직해야 할 학교 교육마저도 그들을 속였으니까. 게다가 그들은 모두 빚을 지고 있었다. 그들은 대개 시세가 수시로 변하는 쌀을 얻어썼으므로, 갚을 때에도 현물로 갚아야만 유리한 거였다. 얻어쓴 쌀은 겟쌀과 마찬가지로 진작 품질 좋기로 이름난 아끼바레였다. 따라서 같은 품질의 쌀로 갚지 않으면 안 되도록 되어 있었다. 농민들이 통일계통의 벼를 꺼리는 이유는 그 외에도 여러 가지가 있었다. 면역성이 약해 병충해가 빈발하는 것도 큰 흠이었지만, 볏짚이 짧고 맥살이 없어 가마니나 새끼를 꼬지 못하므로 고공품 생산에 의한 농한기의 유일한 부수입이 없어지던 것이다.

소가 싫어하니 여물로도 쓸 수 없고, 천상 군불 때어 재나 받든가 그냥 퇴빗감으로 쌓아놓고 썩히는 수밖에 없던 것이다.

"덮어놓구 증산만 허면 다요?"

리도 강사를 향해 이의를 내놓았다. 장내가 조용했으므로 리는 다음 말을 더듬지 않았다.

"선생 말씀이 그르다는 것이 아니라, 깨묵셍이가 뭘 보구 선생 말을 믿겠느냐 이거요. 아시다시피 베 한 가마 공판헌들 몇 푼이나 쥐어집디까. 제우 연탄 이백 장 값…… 구두 한 켤레 값…… 맥주 열 병 값…… 모래 한 마차 값…… 먹매 합쳐 들일꾼 사흘 품삯두 채 못 되는디…… 제아무리 증산을 해보지, 물가 오름새에 대면 터문셍이나 있겄나. 증산해 봤자 좋아헐 사람은 저기 따루 있시다."

"그 사람 생전 츰 적당헌 소리 한번 해보네그려."

어디 앉아 있었는지 보이지도 않던 놀미 김승두가 저만치에서 뒤를 돌아보며 넓적하게 웃었다.

"내년에 출마허라구 꼬셔야 되겠구먼."

김과 나란히 앉아 있던 남병만이가 뒵들이를 했다. 강사가 듣기만 할 눈치였으므로 다시 입을 열었다.

"서울서는 아파트루 몰려댕기는 투기자금만 일천억 원이 웃돈다는디, 우리게는 사채 빼구 조합 빚만 이천만 원이 넘는답디다. 그래두 입때껏 그냥 살었으니…… 끙——."
 리는 하던 말을 매듭짓지 못하고 밖으로 나왔다. 감뭇하고 있던 일이 불현듯 들솟으면서, 받자 하지도 않을 소리나 속절없이 늘어놓느니보다, 어서 문패부터 새로 해야 행세가 바를 것 같던 것이다.

우리 동네 최씨

그래도 그만 일어나보자고 제물에 눈뜨며 바로 작정했건만, 어깨가 빠지고 허리마저 결리는 게 영 굴신도 하기 싫었다. 그러나 몸이 암만 고되고 성가셔도 그참 자리를 개킬 수밖에 없었다. 방 안이 그냥 아옹한 꼴을 보면 바깥도 아직 어슬막이련만, 어서 내다보라고 보채는 소리가 귀살스러워, 천장만 물끄럼 말끄럼 하며 내쳐 그러고 견딜 재간이 없던 것이다.

처마 밑으로 알자리를 보러 와 마른 호박넌출이 너스래기로 뒤엉킨 노간주나무 울타리며 뒷곁 복숭아나무에 접으로 열린 채 짜그락대는 참새떼나, 묵은 보금자리에서 제금 나와 우물 옆댕이 참죽나무에 둥지를 틀며 수다스러워진 까치 소리는, 비록 내 것이 아니더라도 제철을 만난 햇내기 헛장이기에 들어둘 만하였다. 하지만 두 파수 전에 뒤를 얹어준 염소가 말뚝을 논두렁으로 내가자고 아갈아갈 앙알거리는 소리나, 살가지가 드나들고 족제비에 물려보내 반나마 축난 닭장에서 먹부리 암탉 두 마리가 안는 소리를 섞겯는

데엔 오히려 귓전이 몸살을 할 판이었다.

부엌도 그 지경이었다. 재 쳐낸 삼태기를 잿간에 왁살스레 멨다 붙이고, 수챗가에 개수통을 냅다 끼얹는 소리나 하며, 오늘도 아내는 신새벽부터 잔뜩 부어터진 기미가 역연하던 것이다.

불을 한 부석 넣는 기척에 잇대어 굽도리 틈서리로 연기가 스미자 냇내가 내운지, 곤하던 아이들이 한 하품도 안 되어 굵은 것부터 부스대며 서름한 낯을 쳐들기 시작했다.

계제에 묻어 일어날 채비로 눈자위와 아늠을 어루만지던 최진기(崔鎭基)도 문득 느낌이 달라 손을 무르춤했다.

바랭이와 뚝새풀이 깃기 전에 두둑이나 아우거리해 두자고 이틀 한나절을 보리밭에서 살았더니, 그새 볼때기며 관자놀이가 그슬려 마치 버짐이라도 더뎅이진 듯 여간 거칠지 않던 것이다.

그 바람에 최는 짐짓 제각기 돌아앉아 책가방 챙기기에 부산한 아이들의 손결과 얼굴을 한눈에 훑어보았다.

언제는 무슨 때깔이 있었으랴만, 그래도 보느라고 보아 그런지 꼴이 더욱 아니었다. 달소수나 얼녹인 손은 오리발 사촌이었고, 얼굴도 굴뚝새 못잖게 바짝 탄 것이, 까마귀가 지나다 보면 너나들이 하자고 넘성거릴 지경이었다. 최는 가슴이 뭉클하고 아려 잠시라도 게을러터지게 누워 에낀 것이 민망스러웠다.

그는 이불을 걷으며 내동 몰라라 해온 것을 허텅짓거리로 물었다.

"나물이 연태껏 남었데?"

"나숭개는 드물어유. 여기는 다 더듬어서 인저는 딴 디나 가야 있슈."

넷째딸 종애가 들고 있던 책받침으로 엄지발톱이 내다보고 있던 양말 꼬쭝배기를 얼른 가리며 대답했다. 그러자, 작년 섣달부터 안방 벽뙈기에서 달력으로 살아온 그 두턱진 얼굴이, 어느새 책받침

위로 잦혀지며 종애를 올려다보고 빙글거렸다. 그 책받침도 돈푼이나 만져보게 된 장터 해장국집 주인이 출마에 맘이 있어, 달력의 사진을 그대로 박아 그전에 돌린 거였다.

"딴 나물은 뜯어두 소용읎는걸. 나숭개뱊이 안 사가걸랑."

막내딸 종순이가 묻잖은 소리로 나섰다.

최는 그제서야 얼갈이로 헛삶이해 놓은 밭두둑이나 논두렁을 오면가면 할 적마다, 소루쟁이, 질경이, 안질뱅이, 씀바귀, 방아풀 따위가 지천으로 돋았어도 그냥 두는 까닭을 겨우 짐작했다. 장터로 내가도 영업집이나 여염집이나 냉이만 찾는 눈치였다.

"그새 나물루 월매씩이나 했네?"

최는 뜨거나 찌들지 않은 두 아이의 늠늠한 기색만 대견스러워하며 에멜무지로 물었다.

"둘 다 이천 원씩이나 벌었는디 나는 십 원두 안 준대유."

하고, 이번에는 시키지 않은 종남이가 금방 지루퉁하고 외오 앉으며 메주볼이 미어지게 심술을 물었다. 종남이는 맏딸 종진이로 위나리하고부터 두 살 터울로 내리 딸만 다섯을 본 뒤에야, 희나리 끝물을 간신히 하나 달고 나온 열 살배기 외아들이었다.

"주면 뭘 혀. 그 자리서 까먹으며……."

종순이는 머슴애를 겨냥하여 두 눈을 모들뜨며 당장 일낼 짓둥이로 맵짤하게 쏘아붙이는데

"통장에 남었던 것허구 합칭게 오천이백팔십 원이데유."

종애는 제법 셈속 있게 대답했다.

"언니, 올 가을에 또 헐 거지? 새두 보구 녹사료두 뜯구……."

종순이 물음에 종애는 고개만 끄덕였다.

최는 어린것들이 몸을 축내가며 만든 돈까지 홀랑 알겨내어 남의 돈을 갚은 터라 아이들 의논에 신칙할 염치가 없었으나, 그렇다

고 굿만 보고 앉았기도 민둥하여 나무라는 투로 말했다.
"아서라, 그만만 해두 늘쳤다."
"……"
두 아이는 뜻밖에도 직수굿이 숙어들며 입을 다물었다. 최는 그것이 고마워 끄느름해졌던 낯을 폈다.
그는 아이들 일이라면 대책이 막연했다. 설령 벋나가고 드티는 자식이 생기더라도 떳떳이 타이르거나 되게 잡도리하여 다스릴 자신이 없던 것이다.
애초 자기 앞으로 마련된 문서 하나 지녀보지 못한 채 맨손으로 버텨온 그는, 그러므로 매양 먹이 차고 부치던 것이 여섯 아이를 갈무리하는 일이었다. 따라서 아이들은 돌마낫 적부터 헐벗기며 푸성가리로만 기르지 않으면 안 되었고, 대가리가 굵어지는 대로 어디 들여보내어 가르치기보다는, 서둘러 아무 데로나 내몰아 입벌이부터 하기를 바라지 않을 수 없었던 것이다.
위로 두 아이, 종진이와 종선이가 사람보다 물건을 값지게 치는 공장에 매달려 뼈품을 팔아도 들여앉히지 않고, 몰래 서울로 튀어 남의 집 더부살이로 철이 들어가는 종미를 여적지 못 꺼내오는 것도 그런 까닭이었다.
"오늘버텀은 나물 바구리 저리 쳐라. 들앉어서 책이래두 한 자썩 들여다보라 이 얘기여."
최가 뒷갈망 없이 넉넉한 소리를 하며 밖으로 나오는데 뒤미처
"그래두 모리 글피까지는 헐 거여."
하는 종순이 말대답이 뒤통수에 묻어 나왔다.
최는 말리지 않았다. 아이가 말마디라도 앙살거리면 자연 아내까지 덧내게 되어 부엌이 먼저 뒤집힐 뿐 아니라, 한창 째는 판에 아이들 푼돈 줍기마저 가리틀어 버리면, 나중 무슨 일로 발등에 불

84

똥이 떨어지더라도 옴나위를 못하게 되겠기 때문이었다.
 본래 곡식되라도 떠내지 않으면 당장 담배부터 끊어야 될 우스운 살림이기도 했지만, 말이 그렇지 요새같이 밭곡식으로 반양식하여 해톤을 대는 보릿동이고 보면, 옴니암니 나가는 씀씀이조차도 기워낼 도리가 없던 것이다.
 그래서 맛들인 것은 아니지만, 최는 작년 가을에도 집에 있는 아이들 덕을 단단히 보았었다. 종애, 종순이가 가져온 것이 종진이나 종선이의 공장 월급 못잖아 벼가 한 가마나 되던 것이다. 그 벼 한 가마는 두 아이가 겨끔내기로 갈마들며 남의 논에 새를 보아주고 받아온 품삯이었다.
 들판에 벼가 패고 자마구를 볼 무렵이 되자, 바닥이 너른 사람들은 무엇보다도 새 쫓을 걱정으로 안달하기 시작했다. 하루 한나절이라도 딴전만 보았다가는 어렵사리 다 지은 농사를 고스란히 참새 모이로 인심 쓰기 십상이도록 새떼가 극성이었던 것이다. 허수아비는 이제 골동이었다. 그 비싼 플라스틱 장난감 새매를 사다 띄워보아도 새들은 외눈 하나 잇긋하지 않았으니, 논배미마다 새그물을 씌우지 않는 한 다른 도리가 없었다. 마침내 논섬지기나 짓는 사람들은 서로 얼며가며 새막을 지어놓고 새 보아줄 잔손을 찾아나서게 되었다. 그들은, 농사지어 원수진 참새와 반타작하느니보다 숫제 벼 한 가마를 여투어, 없이 사는 집 아이를 얻어부리는 편이 한결 한갓지고 이문스럽다고 결론한 거였다.
 가을 해덧이라고는 하지만, 새벽 무서리에 아랫도리가 척척 감기도록 후질러가며 뛰어나가 논두렁에서 해넘이를 하자면 그 노릇도 아무나 못할 짓임에 틀림없었다. 그래도 종애, 종순이는 마다하지 않았고, 학교 갈 시간이 되면 오후반이던 종남이로 대리를 세워가며 맡은 일을 추어내었다.

아이들이 새 보기로 다닌 곳은, 인가야 어디 갔건 바닥이 메져 먹는 물조차 안 나는, 지룡산 기슭 늦들잇들 한쪽에 치우쳐 층층다랑이로 있는 한상완이네 천둥지기 일곱 배미였다. 원체 후미진 도린곁이라 굴뚝에 연기 있는 뜸집 한 채 안 보이고, 두렁을 거슬러다가 여물거리 하는 꼴머슴들 발걸음조차 뜨막하여, 어린것들에게만 내맡기기에는 자못 뜨악하고 떠름한 곳이었다.

그러므로 동네 같지 않고 채비가 주체스러운 데다 날이라도 궂으면 여간 스산한 일이 아니었다. 그러나 아이들은 열성이었다. 최는 그러면 그럴수록 더욱 안쓰러워 뜬눈으로 보기가 거북했다. 뱀 쫓을 막대기며 팔매질에 쓸 돌주머니와 물병, 사료 뜯어담을 자루에, 참참이 요기할 찐고구마 따위를 주렁주렁 챙겨들고 나서는 꼴을 보면, 그대로 가슴이 미어질 것 같던 것이다. 더욱이 목이 쉴 대로 쉬어 출석 부를 때 대답이 안 나와 선생한테 지청구먹은 하소연을 두 아이가 번차례로 늘어놓는다거나, 뱀 물린 데에 쓰는 약 안타베닌만 얼마치 사서 지니고 다녀도 걱정없겠더라고 호소할 때면 부쩌지를 못할 지경이었다.

아이들은 새만 본 것도 아니었다. 새떼가 뜸할 때면 산기슭을 헤매며 일 킬로그램에 육십칠 원씩 단위조합에서 녹사료로 수매하는 싸리, 칡, 아카시아잎을 뜯었던 것이다. 아이들은 여름방학 전부터 밀렸던 석 달치 육성회비를 그렇게 해서 틀어막았다.

최는 그런 아이들이 고맙고 미쁘기보다 너무 되바라지는 것 같아 정나미부터 떨어지던 게 사실이었다. 그는 자식을 여섯이나 두었지만, 그중의 어느 아이라도 나이답지 않게 올된다거나 셈속에 밝기를 바란 적이 없었던 것이다.

무슨 일이 있으면 연사질로 한몫해 온 동네 사람들이 좀상좀상하게 찧고 까부는 소리에도 최는 어둡지 않았다. 그들은 최가 효도를 보기 위해 어린것들에게 너무 몹시한다든가, 부려도 되게 부려 먹는다고 손가락질을 하고 있었다. 최는 관심하려 하지 않았다. 다만 죄 중에서도 이웃이야 어찌되건 오로지 나만 잘살면 그만이라는 심사가 그중 큰 죄라는 느낌만 혼자 되새겼을 따름이었다. 그것은 이웃 사람의 가난살이에 견주어 자기네 살림의 넉넉함을 거듭 다짐하는 사람일수록, 인심이 모질고 사람된 도리를 비각으로 여긴다고 믿어온 까닭이었다.

관향리 일흔두 가구 중에서 최가 가장 살기 딱한 형편임은 안팎 동네가 전부터 고루 아는 일이었다.

그는 집터서리 아니면 호박 한 그루 두어먹을 땅이 없었고, 부엌과 헛간을 처마에 의지하여 달아낸 방 두 칸짜리 오죽잖은 옴팡마저도 남의 터를 깔고 앉아, 매년 동지 무렵이면 텃도지로 벼를 한 가마씩이나 물어야 했던 것이다. 그러므로 대물림으로 여기서 살아왔고, 뼈 물러서부터 몸에 밴 난든집이란 것이 농투성이 생일 한 가지뿐이라 농민 축에 섞일 따름, 최야말로 알짜 날삯꾼임에도 부르기 좋은 이름이 있어 농업노동자 소리를 들어온 거였다.

그래도 그는 있던 것 가지고 떠들썩하게 사람을 부러워한 적이 없었다. 비록 양식거리에 그칠망정 쟁기 볏밥이라도 갈바래질할 땅뙈기나 내 것 만들고, 철난 사위처럼 든직한 황소도 한 마리 어릿간에 들여보고 싶은 것이 이런 데 생일꾼의 넘나지 않는 욕심이라면, 여기 이 최진기도 그 이상으로 자기 주제를 잊어본 적이 없었던 것이다. 물론 그렇게 좀스러운 그에게도 몇 가지 자잘한 바람은 있었다. 우환이 곧 도둑이므로 아무도 약을 찾는 일이 없었으면, 외아들 종남이만은 고등학교까지 가르쳐보았으면, 그리고 고지 쓰는 논이나마 매년 끊기지나 않았으면 하는 따위가 그것이었다.

그는 해마다 놀미 성낙근이네 고지논을 얻어 고지만 먹고 살다시피 한 터였다. 남의 고지논을 짓기가 얼마나 고달픈가는 지어본 사람이나 알 만한 일. 하늘이 너그러워 물이 흔해야 하고, 작년처럼 모잘룩병 초장에 다찌가렌과 부라에스가 있었음에도 장마로 때를 놓친다거나, 배동이 오르면서 흰등멸구가 번져가도 다이야지 논유제를 못 구하여 이틀씩이나 허둥거리는 일이 없어야만, 한나절을 엎드렸다 일어나도 터가 나던 것이다.

고지를 쓰는 사람이 한 가지 괜찮은 것, 그것은 한 해 품삯을 미리 받아먹는다는 것뿐이었다. 그것도 농사 됨새가 시원찮으면 이듬해에 다시 말하기가 수월찮아 탈이었지만.

최는 올해도 성낙근이네 다랑이논 서른 마지기를 고지낼 수밖에 없어 이미 여러 날 전부터 말이 오가는 중이었으나, 이리저리 삐끗거리기만 하고 쉽사리 메지가 나지 않았다. 성이 작년 금으로 치자고 고집하면서 한 마지기에 닷 말 이상은 못 주겠다고 버티는 까닭이었다.

최가 여러 해째 고지를 써온 성낙근이네 논은 원래가 물알 드는 고논이라, 작년 같은 어거리풍년에도 단당 쌀 세 가마가 고작이었다. 그러므로 아무리 수확이 늘챈다 해도 볏모개가 선 채로 아스라지는 통일벼나, 영글기 전에 볏짚부터 까부라지는 유신계 신품종보다, 수확이 다소 빠지더라도 밥맛 있고 금새 좋은 아끼바레밖에 심을 만한 볍씨가 없었다.

한 마지기에 고지쌀이 닷 말이라면 알기 쉽게 추수의 육분의 일이 최의 몫이어서, 매년 품앗이와 홀앗이로 농사를 지어온 최로서는 만족할 만한 것이 아니었다. 논임자가 비료와 농약을 대주기는 하지만 놉이 귀해 날 맞추어 사쓰기도 힘들 뿐더러 품삯마저 이천 원으로 부쩍 뛰어버렸으므로, 하루 다섯 끼의 먹매와 담뱃값을 합치면 허리가 휘청하던 것이다. 더구나 일 다니는 사람들은 쌀막걸리가 나온 뒤에도 그전처럼 감질나게 소주만 찾았다. 오랫동안 소주로 입맛을 길들인 터이기도 하지만, 정부 양곡창고들이 장마에 침수되어 못 쓰게 된 쌀을 없애느라고 쌀막걸리가 나오게 됐다는 소문이 퍼지면서부터는 아예 비각으로 치던 거였다. 들일에 소주를 내놓자면 참에도 반드시 돼지고기와 함께 원비, 박카스, 콜라 따위 소주에 타마실 음료수까지 곁들여야 하므로 그 또한 적잖은 부담이라 하지 않을 수 없었다.

그래도 최는 주저할 수가 없었다. 최가 어슴새벽부터 일어나보려고 벼른 것도 식전에 성낙근이부터 찾아가 보고, 만나지면 그 자리에서 탁방을 낼 생각으로였다. 실없이 스스럼 타고 꿈지럭거리다가는 그나마도 남의 손으로 넘어가기가 십상이겠던 것이다.

최가 뜰방으로 내려서니 닭장 둘레에 쏟아졌던 맷방석만한 참새떼가 번쩍하며 울타리에 더뎅이져 엉기는데, 작은 부리마다에는 부등깃이 물리어 있었다.

최는 참새를 두고 참죽나무 꼭대기를 먼저 살펴보았다. 까치는 그내로 건너가 목새 위에서 미루나무 삭정이를 줍는지 둥지가 빈 것 같았다. 최가 자고 나며 일변 까치 둥지를 희번득이는 것은, 까치가 어느 쪽으로 문을 내는지 아직도 가늠이 안 가서였다. 까치 둥지가 하늘로 뚫렸다 하면 논두렁에 부룩으로 씨를 부은 생동팥조차 잇긋 않을 지경으로 가물기 때문이었다. 이렇게 저렇게 돌아가며 톺아보아도 까치 둥지는 아직 앞뒤를 가릴 수가 없었다.

최는 닭장을 따고, 쥐 안 닿게 뒤트레방석으로 눌러놨던 새우젓 조쟁이에서 겉보리 한 종구라기를 떠내어 모이로 뿌렸다. 그러자 입때껏 노박이로 앉아 기다리던 새들이 새까맣게 쏟아져내렸다.

"우여 위── 위──."

한두 번 말해서는 들은 척도 않아 손뼉을 쳐가며 쫓아도 꽁지만 들썩일 뿐 물러갈 기미가 아니었다. 보금자리를 틀러 온 것들이니 어수룩하게 달아날 이치도 없었다.

마을에 초가가 드물어지자 부지런한 것은 일찌감치 빈 제비집을 차지하여 알자리를 다독거렸고, 꾀가 더디어 그마저 놓친 놈들은 별수 없이 슬레이트 추녀 끝에나 매달리는 판이었다. 슬레이트 지붕은 골이 좁아 참새 한 마리가 들랑대기에도 거북한 편이지만, 오리목(平高臺)만 넘어서면 이엉 벗겨낸 터가 웬만한 움보다 넓어, 한꺼번에 수백 마리라도 살림을 차릴 만했다.

최는 참새들이 처마 밑에 알자리를 보더라도 남들처럼 쑤석거려 헤살할 생각이 없었다. 작년 가을처럼 어린것들이 남의 새를 보아주고 볏가마니나 들여왔으면 해서 그런 것은 아니었다. 그도 농사꾼이므로 참새가 드물었으면 싶은 것은 남과 다를 바가 없었다. 다만 사람이 제아무리 용을 쓴다 해도 참새 번식만은 못 따르겠기에 그러는 거였다.

그는 농민들의 회계를 도모한다는 허울 밑에, 한갓지게 취미 많은 사람들의 오락을 도와 동짓달부터 이듬해 삼월 그믐까지, 공기총을 반년 가까이나 풀어주는 관청의 처사도 여간 마뜩잖아하지 않았고, 자연보호를 강조한다고 장날마다 애매한 학생들만 동원하여 시가행진이나 시키는 짓도 얼른 고쳐야 할 겉치레라고 믿어왔다. 진실로 사람이 자연을 보호함으로써 자연으로 하여금 사람을 보호하도록 꾀하려면, 참새 한 마리라도 하찮게 다루지 않아야 옳다는 것이 그의 주장이었다. 그러잖아도 원수 같은 게 많은 농민들이므로 참새한테까지 추수를 빼앗긴다면 짝없이 억울한 일이었다.

그는 그러나, 참새도 자연에 맡겨 다스림이 바른 태도라고 믿었다. 사람이 매, 새매, 수리, 부엉이, 올빼미 따위를 보호해 주면, 그것들은 타고난 성질로 참새를 정리하게 되어 참새의 피해도 저절로 덜어질 일이던 것이다.

그는 원래가 네뚜리로 친 사람이 많아 서른 안짝부터 보리 첨지로 호를 낼 만큼 태생이 둔곽한 위인이었다.

하지만 새 사냥이 허용되면서는 달소수 가까이나 사냥꾼들과의 시비로 일을 품매기가 일쑤였다. 동네가 떠나가게 오토바이를 휘몰아 온 것들이 남의 집 울안까지 넘성거리며 일이나 저지르는 꼴은, 꼴같잖아서도 점잖을 수가 없던 것이다. 상판이 고추장 종지 빠지듯 한 계집까지 공기총을 뻗질러든 채, 짐차만한 등산화로 얼녹아 질어터진 마당을 움푹움푹 짓이기며, 배추움이건 씨감자 구덩이건 함부로 뭉개고 설치는 꼴은, 초승에 다니러 와서 보름 세고 가는 처삼촌댁 뒤꿈치는 혹 내다볼 수 있어도, 심정이 상해 눈 뜨고는 못 볼 것이 그들이었던 것이다.

그들은 참새만 노리는 것도 아니었다. 새라고 생긴 것이면 덮어놓고 총부리를 내둘러 떨어뜨렸다.

그들에게 잡아먹힌 콩새, 멧새 그리고 무당새, 굴뚝새, 곤줄박이 등은 도대체 얼마나 될 것인가.

참새는 한 두름씩 꿰미에 꿰어 옆구리에 차고 다녀도, 색다른 새는 외투 주머니에 숨기곤 하여 짐작도 하기 어려운 일이었다.

먼저 트집을 잡아 다툰 뒤에 곰새겨 보면 으레껀 버렁이 빠진 쪽은 최 자신이었다. 공기총을 맞아 장광에 엎어둔 옹배기가 금이 가거나 귀때병 운두가 떨어지든가 해도, 미처 살펴보지 않아 변상 한 번 받아보지 못하고, 반말 비스름하게 대거리하는 젊은것과 너름새 없는 말주변으로 떠들다가 말이 달리는 등, 한번도 속이 후련해 본 적이 없었던 것이다.

그중에서도 길래 잊혀지지 않는 일은 지난 음력 정월 초순, 무솔이 뒷산 그 너머에 있어 걸음이 드문 당숙네로 늦은 세배를 다녀오던 날 당한 봉변이었다.

잘됐어야 올들며 스무남은이 될랑 말랑 한 두 청년이 새 오토바이 두 대에 미처 배내털도 덜 벗은 처녀를 하나씩 달고 들이닥친 것은, 게서 마신 술이 덜 깨어 오르내리기도 했지만, 저물기 전에 군불 할 나무나 몇 동 들여준다고 이집 저집에서 앉았다가 가라고 붙잡는 그 후한 술인심까지 물리쳐가며 허위단심으로 돌아온 저녁 술참 때였다.

윤선철이네 행랑 앞을 돌아올 때 오토바이가 요란하여 건너다보니, 솔수펑 샛길로 넘어온 오토바이 두 대가 이낙천네 안마당을 가로질러 공동우물 옆의 부락 개발위원회 게시판 앞에 멈추는 거였다. 대가리 하고 있는 것이며 걸친 옷으로는 분간이 안 됐으나, 눈에 길이 나고 보니 사내, 계집이 반반씩이었다. 그들은 참새서리를 찾아 두릿거리는 모양이었고, 더 두고 보나 마나 전에 왔던 것들과 다름없이, 먼저 자기 집을 겨냥하여 두 패로 갈라지며 양쪽에서 조여가고 있었다.

여물 썰 무렵이 되면 새가 낮게 앉는 버릇이 있으므로 새를 잡기에는 다시없이 좋을 때였다.

최는 반달음으로 뒤쫓아갔다. 그들하고 실랑이하여 얻힌 술이나 깨볼까 해서가 아니라, 아이들이 다칠라 싶어 오금이 졸밋거렸던 것이다. 종남이만 학교에서 돌아오면 자연 동네 조무래기들도 무시로 들랑대기 마련이라, 무엇보다도 아이들 단속이 더 바빴던 것이다. 울타리에 모여든 새 소리가 정승화네 집 마당까지 들려오고 있었다. 이윽고 두 사내가 동시에 총 놓는 소리도 한 번 나고 두 번 나고 했다. 사내 대신 허리에 탄대를 두른 두 처녀도 참새 잡아먹을 만큼 쉴 새 없이 조잘거리고 있었다.

최가 집 앞에 득달한 것은 방아쇠 당긴 소리를 몇 번인가 더 듣고

난 뒤였다.

울안은 조용했다. 아이들은 집을 비워 아무도 없고, 새떼도 유승팔이네 대밭으로 건너간 모양이었다.

염소 어릿간 바람막이로 둔 나뭇가리 이쪽 이장네 보리밭에서는, 흰 면장갑을 낀 청년이 무릎까지 기어 올라온 처녀의 밤색 가죽장화 밑창을 갉작거려, 물고 늘어진 진흙덩이를 떼어주며 시시덕거리고 있었다. 처녀가 빈손에 총을 짚고 서 있는 것으로 보아 그쪽은 허탕인 모양이었다. 여겨보니 장터 어디에서 온 패 같지는 않았다. 아무렇게나 걸친 듯싶어도 생긴 것처럼 차림새가 뒤퉁스럽지 않았으며 들바람에 세지 않고 땟물 있게 닦인 살결로 보아 그 먼 시에서 여기까지 놀러온 꼴이었다.

최가 일찌감치 물러난 그들에게 불뚝 성부터 내며 세모니 네모니 하면 너무하는 것 같아 이러지도 저러지도 못하고 있을 때였다. 문득 발소리가 겹으로 새어나오더니, 흰 털실 모자를 옆머리에 붙여 쓰고 검정색 가죽장화를 꿴 처녀가 얼굴이 붉어진 채 사립문 밖으로 튀어나오고, 뒤미처 총을 뻗질러든 반물색 운동복 차림의 청년이 다른 손에 눈 감은 참새 한 마리를 쳐들고 나오며

"큰 새 잡아놓고 작은 새만 주워오기는 좀 억울한데……."

하다가 최와 눈이 마주치자 멈칫하더니, 이내 눈을 깔뜨고 보리밭 가운데로 들어가며 다시 저만 알게 투덜거렸다.

"겨우 고거여? 그런데 그렇게 소리가 컸어?"

면장갑이 흙을 떼어주던 막대를 내던지며 무색해진 낯으로 말했다.

"죽는 놈이 남에게 실례될까 봐 조용히 죽겠니?"

안에서 나온 반물색 운동복이 총에 바람을 쟁이며 말했다.

최는 큰 새라는 말이 질겨 얼른 넘어가지 않았으나, 무슨 뜻인지

새길 겨를도 없이 애잇머리부터 큰 소리를 냈다.

"이녘은 뭣이간디 쥔두 읎는 집을 술덤벙 물덤벙 초싹거리구 들랑대는겨? 해초버텀 재숫뎅이 읎게시리…… 군에서 왔나 면에서 왔나. 왜 함부루 들며 날며 집어내느냐 이 얘기여."

그러나 운동복은 눈썹 하나 달리하지 않고 먼저 나와 있던 여자만 건너다보며

"미스 김, 이놈이 떨어지면서 뭐라고 선언했는지 알겠어?"

하고, 부러 이쪽 말은 시세도 안 보려 했다.

"선언?"

김가 딸이라는 것이 물었다.

"이제 보니 미스 김도 장항선이군."

운동복은 슬슬 떠날 내색을 보이며 딴전만 부렸다.

"아, 참새가 총에 맞고 떨어지면서 하는 유언?"

김가 딸이 되물었다.

"쟨 국문과가 아니라서 훈민정음에 어둡다구."

하며 흰 모자가 운동복한테 간살을 부릴 때, 김가 딸이 한나절 만에 대답했다.

"그야, 잘 먹구 잘 살어라. 개애기— 했겠지."

"그건 칠칠년도 판이구."

면장갑이 총을 어깨에 둘러메며 말했다.

"첨에는 뜨거운 것이 좋아— 였다구. 그때만 해도 참새가 순진했던 거야. 칠삼년도엔 내 몫까지 살아주— 그다음 해는 나만 참샌가— 했지."

"칠오년도에는 옆에 애도 참새래요— 칠육년도는 덜 죽었으니 싹 밟아—."

흰 모자가 운동복과 한죽이 되어 나불거리자 김가 딸이 말했다.

"그러니까 칠팔년도 판은 뭐냐…… 글쎄……."

"장항선은 노상 연착이군."

그러면서 면장갑은 한두 걸음씩 옮겨 저리로 가려고 했다.

최는 그들을 고이 보낼 수가 없었다. 가진 것 없이 애옥살림하느라고 흔히 무시를 당해 온 터라 그만한 창피는 진작 이골이 난 바였지만, 이름도 성도 없는 철물내기들까지 얼굴에 대패질을 하려 드는 데엔 속이 안 상할 수가 없던 것이다.

"여게, 등잔불을 쎴어두 내가 하루나 더 쎴을 텐디, 워째 위아래두 몰라보너? 게, 내 말은 새소리만두 못허다 이 얘기여?"

아무 반응이 없기에 최는 잇대어 왜장치듯 떠들었다.

"들리는 소리가 났으면 무슨 소리가 있으야 헐 것 아니냐 이 얘기여."

그들은 그제서야 이쪽을 돌아다보았지만 말이 안 되는지 그대로 속 편한 얼굴일 뿐이었다. 최는 더욱 밸이 뒤틀려 그냥 성질을 내었다.

"집이는 워디 있길래 세력이 이리 흔헌지 모르지만 그러는 게 아녀. 눈감땡감허구 냄의 울안에 총을 대이구 놔제끼면 워쩌자는거? 총 뿌래기루 냄의 울안을 뒤어갈 만치 비빌 디가 두툼허다는거? 나두 낮이 있구 도끼가 있는 사람이니께, 그 새우젓눈만 깜빡그리지 말구 워디 집이 으견 좀 들어보자 이 얘기여."

면장갑이 이쪽으로 벼르던 거적눈을 운동복에게 떠주며 눙치는 소리를 했다.

"야, 뭘 훔치다 들켰는지 얼른 게위내. 또 부엌에서 누룽지 훔쳤니?"

운동복이 흰 모자에게 넘겨준 새를 눈으로 쳐들어 보이며 최더러 말했다.

우리 동네 최씨 95

"이 새밖에 집어온 게 없는데…… 댁에서 기른 건 아니잖아요?"
"지른 것버덤 더 끔찍허지. 내 집 곡석을 먹구 큰 새니께……."
발이 밭지 못한 최는 젊은이의 말을 소리나는 대로 들었으므로 입술에 발린 말밖에 내놓지 못했다.
면장갑이 대거리할 짓둥이로 앙바틈한 몸을 뒤로 젖혀 곤댓짓을 하며 바르집어 말했다.
"어디 방송인지 모르겠네. 우리가 오면 여기 사람들은 앉아서 버는 셈 아니오. 보태주는데도 고민이셔."
"보태주는 것 같은 소리 허구 있네. 돌꽉 하나, 나무 뿌래기 하나래두 뒤져갔으면 뒤져갔지 이런 촌에 뭘 보태줬어? 자네덜은 여기 와야 섹유 냄새뺌이 냉기는 게 옳어."
"새 잡아주면 논농사 잘되지. 요새 보리밭 밟아주면 보리농사 잘되지, 도시 사람 자주 드나들면 땅값 오르지…… 낚시꾼이나 수석 채집꾼보다는 우리가 나아도 열 배나 낫지 무슨 소리여."
면장갑의 말휘갑에 최는 한참이나 입 안을 더듬고 나서 시르죽은 목소리로 중얼거렸다.
"바둑 두다 말구 장기 벌리네…… 도싯늠 열이 엿장수 하나만 못혀. 엿장수는 흔것 두어 가지 가져가면 한 가지래두 새걸 주지만, 도싯늠덜은 새걸 가져가두 말짱 거저더라 이 얘기여. 그런디 뭣이여? 농사지을 만허라구 새를 잡어주어? 워너니 그렇것다. 슥 달 늑 달 장마에두 물에 안 빠져죽구, 이태 삼태 숭년에두 굶지 않는 게 샌디, 집이 총 몇 방 놔준다구 새가 축나겄구먼?"
"그러면 참새를 잡더라도 값을 하고 잡아라 이거요?"
면장갑이 총 개머리판을 한 손으로 두들기며 성질 있는 입처럼 떠들었다.
최는 조무래기들이 가을 한 철 새보기로 나서면 벼가 한 가마라

는 생각이 불현듯 앞을 가렸으나 얼른 흔들어 없애버리고

"으른 말 잘 들으면 자다가두 떡을 읃어먹는 벱인디, 배운 사람덜이 워째 내 주장만 있구 바깥 귀는 읎는겨? 내가 시방 새 잡은 걸 말허는겨? 총 가진 늠은 무슨 조건으루 사람 사는 집 울녘에서 총질이 예사더냐 이 얘기여."

최가 다시 언성을 높이자 청년도 같은 어조로 대답했다.

"하여간 사람만 안 다쳤으면 그만 아뇨?"

"여게, 차라리 총에 칼을 꽂어. 츰버터 얼겁 들어 말이나 안 붙이게……."

"오나가나 사람 맛 뚫어 사랑 못한다더니…… 여보슈, 촌 인심이 이런 줄 알았으면 오지도 않았을 거요."

"촌 인심을 뉘라 베려놨간디? 야속해헐 것 읎어. 하나만 지나가두 애번 표 나는 게 도싯것덜이여. 오죽허면 집이더러 이러겄나…… 암만 바뻐두 좀 서 있어. 바탱이가 금갔는지 옹배기가 귀났는지, 장광버텀 살펴봐야 쓰겄응께. 접때두 워떤 작것이 오너서 고내기에 삼팔선을 긋구 내뺐더란 말여."

최는 그렇게 다져놓고 들어와 장광을 짯짯이 기울여 봤으나 트집할 데가 없었다. 그러나 그렇다고 그냥 숙어들기도 점직한 노릇이었다. 그래서 그는 막걸리 마신 오줌 한 차례 동안이나 뒤꼍을 건성으로 둘러보았던 것이다.

참새가 곁눈에 묻어난 것은 우북하게 욱은 노간주나무들을 훑어볼 때였다. 겨우내 굴뚝 냇내로 시달렸음에도 누렁잎 하나 안 지고 견딘 노간주나무 가장귀에 참새가 걸려 있던 것이다. 얼핏 보기에도 서너 마리가 넘는 것 같았다. 총 맞고 가지 틈서리로 떨어지다가 걸리는 바람에 청년들이 못 본 것 같았다. 횡재를 한 셈이었다. 최는 모처럼 흐뭇해서 으등그러졌던 마음을 누그렸다. 다친 세간이

우리 동네 최씨 97

없는 것도 드문 일이었지만, 그들 말마따나 보태준 물건이 처음으로 눈앞에 놓여 있은 까닭이었다.

최가 코밑 싹 씻고 나가며

"비만 한줄금 뿌려두 지럭지럭허니 질어터진 디를 움푹짐푹 짓밟어 놓면 워쩌느냐 이 얘기여. 청명 전에 빗날 허면 굴뚝버텀 주저앉게 생겼으니 가볼라면 토역쟁이 불러놓구 가게."

"변소하고 굴뚝은 아주 무너진 뒤에 고쳐야 좋대요."

제 사내와 실랑이하는 바람에 얼을 쓰고 있던 흰 모자가 소박데기 묵은 무덤 들먹이듯 어렴성 없이 드티었다.

최가 헐거워진 허리띠를 추스르며 속 빈 웃음을 보이자, 김가 딸도 주눅이 풀렸는지 흰 모자더러 살갑게 물었다.

"얘, 그 새는 아까 떨어지면서 뭐라고 했니?"

"죽는 놈만 죽네—— 이게 칠팔년도 판이야."

운동복이 앞장서서 보리밭을 질러가며 여기까지 들리게 큰 소리로 말했다.

최가 낭패를 본 것은 떠들떠들하던 그들이 오토바이를 몰고 장길로 사라진 바로 뒤였다.

그들이 흘리고 간 참새는 첫눈에 어림한 대로 세 마리뿐이었지만, 별이 안 보일 만큼 배게 뒤엉킨 울타리 틈에서 참새를 따들고 군침을 삼킬 때만 해도 그는 그 젊은이들이 고맙기까지 했던 것이다. 그는 이내 건넌방 군불 아궁이에 삭정이를 제겨넣어 가며 맨으로 털을 뜯고 있었다. 소금에 살짝 구워 두 마리는 앉은자리에서 맛보고, 한 마리는 안 보이게 뒀다가 종남이나 먹일 셈이었다.

아침부터 까질러나가 마실로 해를 삶고 다 저물어 들어온 아내가, 들어단짝 왜뚜리쟁반 멨다붙이는 소리만 안 질렀더라도 그는 생각 따라 그렇게 했을 거였다.

"떡 허니 큰 새는 잡어놓구 왜 해필 참새버텀 군디야."
하여 돌아보니, 한참 손질해야 남 보기에도 여편네 비스름해 보일 얼굴에 독살이 시퍼렇게 오른 채로 씨근벌떡이던 거였다.

최는 엉겁결에 부지깽이를 들며 뒤로 물러섰다. 무슨 영문인지 모르되 그전처럼 물어뜯으려 덤비면 부지깽이가 몇 도막이 나더라도 버릇을 고쳐줄 결심을 함께 했던 것이다.

"잘헌다. 수탉 두구 암탉 잡구, 암탉 두구 새 궈먹구⋯⋯ 이렇게 평생을 우그렁바가지루 사는겨."

아내는 안 보이던 한 손을 최의 코쭝배기에 냅다 내던졌다. 최는 날아오는 것을 재빨리 부지깽이로 후려쳤다. 발등으로 떨어진 것은 벌건 암탉이었다.

최는 닭장을 살폈다. 한 마리가 안 보여 다시 들여다보니, 늘 철망 위로 날아나와 나뭇동 틈에다 알을 빠뜨리고, 변차섭이네 보리밭만 죽살내어 말썽이던 그 닭이었다.

"새총에 닭이 뻬드러진 것두 모르구 새새끼 흘리구 가기만 기다린 저런 위인을 연태껏 밥 따루 국 따루 식을세라 데워 바쳤으니⋯⋯."

최는 닭과 부지깽이를 바꿔들고 살펴보았다. 어디를 어떻게 맞았는지 물 끓여 튀해 보기 전에는 알 수 없겠으나 운동복이 울안에서 나오며, 큰 새 잡아놓고 참새만 주워가기가 억울하다던 말에 맞춰보면 영락없이 그것들 짓이었다.

최는 부끄러웠다. 도시 사람 열이 촌 엿장수 하나만 같지 못하다고 흰소리 치고서도 코앞의 하찮은 잇속에 눈이 가려 바더리 쫓다가 왕퉁이에게 쐰 꼴을 당한 것이 못내 부끄럽던 것이다.

"워여 위—."

최는 염소 어릿간으로 다가가며 갯것전 초장머리처럼 시끄러운 참새서리를 거듭 혼내 주려 했으나, 참새들은 이쪽 눈치만 엿보며 너 해라 나 듣지 할 뿐이었다.

"위여 위——."

그러자 문어리만 남기고 열어젖뜨렸어도 내운 연기가 자욱하여 살강 밑이 안 보이는 부엌에서

"봄 도둑 모셔다 놓구 가을 도둑 쫓기가 더 급허던가뵈."

하는 소리와 함께 부등가리가 마당으로 튀어나왔다. 화로에 불을 담다가 부등가리가 뜨거워진 모양이었다.

최는 얼른 건넌방 댓돌을 돌아다보았다. 맵자한 꽈리색 여자 구두 두 켤레가 엊저녁에 본 대로 나란히 잠들어 있었다. 매양 어느 쪽이 누구 것인지 모르는 종진이와 명순이 구두였다.

최는 무안해하며 염소 말뚝을 뽑아들었다. 참새를 가을 도둑, 봄 도둑은 달갑지 않은 군식구, 곧 명순이를 빗대어 한 말이 분명하던 것이다. 아내는 건넌방에 들리라고 계젯김에 허텅짓거리를 늘어놓았다.

"얘는 굉일두 아닌디 왜 입때껏 자빠져 있는겨? 인저는 쟤가 우리 애할래 물들여 놔서 우리 애두 쟤마냥 공장서 내몰린 거 아녀?"

종진이도 명순이 꾀에 그쪽 패로 넘어갔다가 필경 명순이짝 난 게 아니냐는 뜻이었다. 아내 입을 간정시키려면 자리를 뜨는 것보다 나은 수가 없겠기에 그참 염소를 앞세워 나오는데

"죄다 그렇게덜 쓰게 놀어라. 한 푼 생기면 두 푼 쓸 구녕 터지구 스 푼 꾸어 느 픈 갚는디두 패째는 판에 그러큼 쓰게만 놀어…… 지집애덜이 주는 월급이나 받구 댕기는 디까장 댕기다가 임자 해갈 생각은 워디 두구, 되잖게 뇌동조합은 다 뭣 붙여먹다 더진 구신이여."

하는 소리가 바깥까지 따라나왔다. 그것은 추릴 것도 없이 명순이더러 그만 나가달라는 소리였다.

명순이는 종진이가 새벽 첫차로 나가 저녁 막차로 돌아오고, 시

내 버스를 두 번씩이나 갈아타 가며 일 년째 집에서 통근해 온 미한 방직 공원이었다. 종진이와 너나들이를 하며 지내는 것으로 보아 한창 피기 시작한 스무남은 안팎일 듯했고, 생긴 것도 복성스럽고 늘품이어서, 그만하면 남의 눈 밖에 난다거나 밉보일 성싶지는 않은 처녀였다. 그런데 그렇지 않게 공장에서 내몰린 지가 달포나 돼 간다던 게 종진이 말이었다.

최가 알기에도 미한방직은 종선이가 들어간 선일방직보다 몇 배나 규모가 컸다. 그러나 종업원들에 대한 처우는 훨씬 뒤지는 모양이었다. 들어간 지 몇 달 안 된 종선이만 해도 이만 이천 원이라는 거였다. 기숙사로 들어간 뒤로는 일요일도 없이 매일 야간작업이라고 했다. 다녀간 지가 오래되어 시방은 어떤지 모르지만, 아직 들리는 소리가 없는 것으로 미루어보아, 여전히 미한방직보다는 나은 모양이었다.

최는 종진이가 명순이를 불러들이기 전까지, 두 딸을 내보낸 방직 공장에 대해서는 아는 것이 없기도 했지만, 명순이가 그렇게 되어 이렇게 됐다고 들은 뒤에도, 농사꾼 주제로서는 관심할 바가 아닌 것 같아 무심히 지내온 셈이었다. 무슨 언걸이건 그저 종진이 종선이 신상에만 말썽이 안 따른다면 그것으로 그만이겠던 것이다. 따라서 명순이가 여기로 오고 열흘인지 보름인지도 알려고 하지 않았다.

그러나 아내는 그렇지도 않았다.

그녀는 걱정이 한두 가지가 아니었다.

그녀는 명순이가 들어온 뒤로 쌀독이 푹푹 들어간다고 안달이더니, 나중에는 밥까지 짜게 먹는다고 뒷소리를 했다. 마음 여린 종진이가 명순이 용돈 대느라고 월급을 축낼까 봐 조바심이었고, 저렇게 한 이불 속에서 어겹되어 옴살로 지내다가 부라퀴 같은 명순이한테 물이 들어 애매하게 얼을 쓰리라고 지레 몸살을 하기도 했다.

아내는 어제 아침에도 명순이가 저희 패끼리 여는 모임에 간다고 나가자, 그 뒤통수에 대고 전날 하던 그 남우세스러운 악매를 한바탕 퍼붓고 나서

"애아버지는 워째서 모르쇠만 허는 거여. 맘 잡구 일 나가게끔 따끔허게 나무래던가, 우리 생각해서 딴 디루 가보는 게 낫겄다구 싫은 소리를 하던가, 싸게 워치기 해서 무슨 규정을 내는 게 아니구, 워째 이런 때는 냄의 초상에 혼명석 내주듯 속이 후허냔 말여?"

하고 최를 닦아세우려 들었다. 그녀는 말끝에 왜퉁스럽게 토를 달아

"이냥 갈망 읎이 느럭느럭 내년보살허구 앉았다가, 저기처럼 워떤 것이 불쑥 오너서, 쟤 멕이구 재운 것을 혐의 잡으러 들면, 무슨 깜냥에 저것은 저려 저렇구, 이것은 이려 이렇다구 발명헐 거여?"

하고 대들었다.

최도 속에 끓이고 있던 말을 털어놓았다.

"아무리 본디 읎는 공장뜨기기루, 이 구석배기까장 찾아오너 게서 허던 소리를 되메기 헐라구…… 공갈두 유만부동이라 이 얘기여. 어상반(於相半)이나 해야 귀루 먹든가 코루 듣든가 허지."

아내가 따졌다.

"그게사 공갈루 허는 공갈인지, 쟤가 진당 그런 앤지, 자기가 워찌 알구 질은 밥 물 마는 소리만 건건찮게 해쌓…… 아닌 말루 쟤가 뾺갱이 끄나풀이라면 그때는 게 워칙헐 거여."

"뾰롱뾰롱 아갈대기는…… 입술에 침이나 바르구 그런 소리 혀. 주둥패기 꼬매버리기 전에…… 양석 드는 게 아깝걸랑 느루가구 마디게 먹을 요량은 워디 두구, 허는 소리마두 않는 늠 궂힐 소리만 더럭더럭 씨부렁대여."

"만약 쟤가 그런 애라면 그때는?"

"……."

"명순이가 왜 일루 왔간디? 명순이가 지 입으루 허던 소리두 못 들어봤담? 회사에서 저 자췻허던 주인집에 챚어오너, 당신 집에 사상이 불순헌 게 세 들었응께 싸게 내보내라, 더디 내보내면 됩데 당신네 뒤가 더 들좋다, 워쩌구 하더래야. 공장서 내쫓을 때두 그럴 만허니께 그랬겠지만, 주인집인들 오죽했으면 엄동에 방을 벼달랬겄어. 질내 이러다가는 애매헌 우리 애까장 다치구 말 텡께. 내 말이 틀리나 안 틀리나 두구 봐. 냄의 자식 사정 봐주다가 내 자식 버리면 그 한가를 워디 가서 허여."

"……."

"무슨 웬수루 그런 걸 데려와 이 속을 섹여…… 종진이년버텀 돌팍으루 대갈빼기를 착착 찢어 쥑여야 허여."

최는 응구하지 않았다. 해고시킨 회사 주장이 옳은지, 덤비다가 쫓겨난 공원들 처지가 옳은지 아직 가늠이 안 되기 때문이었다.

최는 배경춘이네 비육우 축사 앞으로 휘우듬하게 들어간 밭가리에 염소 말뚝을 박았다. 보리누름철이면 바랭이 명아주가 그내 바닥 물버들 못잖게 욱는 곳이지만, 아직은 뚝새풀만 시퍼렇게 깃어 배동이 오르는 중이었다.

최는 그 길로 성낙근이를 찾아볼 셈이었다.

어린것들이 뜨던 숟갈을 놓고 학교로 내빼고, 종진이와 명순이가 버스 시간에 대어 나가기 전까지는 아내도 푸닥거리를 거두지 않기 때문이었다.

최는 김승두네 개뚝배미를 에워가다가 남병만이네 고논 옆에서 윤선철이한테 붙잡혀 한참이나 충그리지 않을 수 없었다. 윤은 마늘밭을 뒤집어씌웠다가 걷어낸 퇴비에 불을 놓고 있었다.

"성낙근이허구는 아즉두 얘기가 들 끝났남?"

윤이 먼저 알고 갈퀴장부를 쉬며 물었다.

"그 오죽잖은 것 몇 다랭이 갖구 자세가 여간이래야지. 왜정 때 아까이시네 논 마름질허던 박동관이버덤두 더 유세를 떨으니······."

"월마에 놓겠다는겨?"

윤도 딱한 모양이었다.

"월마나 마나 이 늘옴치래기 살림에 아쉬운 대루 은어쓰야지. 이런 헹편에 야리니 하리니 헐 수나 있다나. 그나마두 대가리 도끼 삼어 배참허러 뎀비는 작것두 있다닝께, 내가 먼저 죽어줘야지 도리 있겄나 이 얘기여."

마늘 싹은 쿨런보다 기룸한 게 퇴비가 두꺼워 좀 웃자란 것 같았다.

윤이 찝찌름한 지린내 나는 연기가 돌아서자 밭가리로 물러나며, 무슨 큰 것이나 되는 양 작은 소리로 말했다.

"그래두 어채피 울력으루 지을 농산디 엿 말 아래루는 밑지지 않을까. 요새 뱁씨 가지구 시끄런 것 봐. 재래종 심으면 면이나 군에서 오죽 지랄허겄나. 통일베 안 심으면 면장이 직접 모판만 갈아엎는 게 아니라, 뱁씨 담근 통에 마세트라나 무슨 약을 처놓어서 싹두 안 나게 헌다는겨. 군수가 못자리 짓밟을라구 장화 열다섯 켜리 사놓구 벼른다는 말두 못 들어봤남······ 게 천상 통일베나 심으야 헐 텐디, 일반미루 닷 말씩 준대두 가구(可考) 읎는 판에 아무두 안 찾는 통일쌀루 닷 말씩 쳐서 받어보게, 몇 푼어치나 되겄나."

최는 미처 짐작도 못해 본 터였으므로 윤의 귀띔이 고마워 말없이 고개만 끄덕였다.

윤이 말했다.

"정 닷 말씩 허자구 우기걸랑 마지못허는 척하며 에멜무지루 조건을 걸어봐. 재래종만 심든가 통일찰을 심자구 말여. 통일찰두 명색은 논찰이라 밭찰버덤은 금새가 세거든."

통일찹쌀이 밭벼찹쌀보다 되사값 정도는 더 나가므로 그것도 한 가지 방법임에는 틀림없었다. 하지만 아무리 구렁찰이기로, 논 서른 마지기에 몽땅 찰벼만 심자는 것도 할 소리가 아니었다.
 최는 말 내놓을 얼거리조차 사리지 못해 들썽거리는 채로 윤과 갈렸다.
 동살이 퍼지자 들대도 더불어 들썩거렸다. 제 땅이 없는 사람은 저절로 앙물할 지경으로 집집마다 일을 나오고 있었다.
 마차에 퇴비장을 헐어 싣고 봇도랑 옆배미로 몰아가는 것은 유승팔이었다. 이낙필은 터앞머리에다 고구마 묘판을 꾸미는지 맷방석만한 비닐을 씌우느라고 딴전 볼 틈이 없고, 배래 위에 일은 까치놀처럼 희번득여 눈부신 변차섭이네 비닐하우스에서는, 그새 고춧모가 북 주게 자랐는지 아까부터 사람 소리가 새어나오고 있었다. 이동화는 지난 장에 고쳐온 경운기로 봄부치 부칠 터앞을 가는 중이요, 홍순각이네 마당에서는 홍의 작은아들이 양수기 고치기에 부산했으며, 오치균이 안식구와 큰며느리는 엊그제 낳은 젖소 새끼에게 분유를 타먹이느라고 동네가 시끄러운데, 언덕배기 마을회관 앞 빈 터에서도 제일유업에서 보낸 얼룩소 무늬의 집유차(集乳車)가 들어와, 오 서방네 목동이 내온 우유를 받아 싣느라고 어지간히 시끌덤벙하였다.
 동네를 고루 둘러보던 최는 사지가 풀려 몸을 고루잡기에도 근력이 달렸다. 그는 자기 손으로 자기 땅에 자기 농사를 짓는 사람이 그토록 부러울 수가 없었다.
 그는 두둑마다 다른 씨를 묻어 근근이 먹을 것이나 건지는 비알밭 서 마지기도 서울 사는 땅임자에게 김장고추 스무 근으로 도지를 무는 판이었다.
 성낙근이는 마침 밭마당에 나와 작년 가을 묘포장에서 솎아 가

식해 두었던 묘목들을 보살피고 있었다. 은행나무가 반쯤 되고, 여남은 그루씩 다발지어 묻은 건 모두 산수유였다.

"요새 메칠 뜨막허더니, 워디가 선찮었담?"

성은 사랑 툇마루 끝에 걸터앉으며 벗어든 면장갑과 전정가위를 동귀틀 쪽으로 밀어놓았다.

"한 이틀 보리밭 좀 들여다보는 시늉했더니, 한참 않다 해서 그런가 삭신이 각노는걸."

최도 마루 끝에 밑을 괴고 붙어 앉았다.

"쥐가 짚누리 짚뭇 쏠어놓은 걸 보니 올해두 물가난은 면허겠던디……."

성이 먼저 말을 꺼냈다.

"숭년 들려면 쥐가 짚을 쏠어두 그루 쪽으루 바짝 쏠던디, 아까 보니 홰기 밑으루 두 마디 어간을 쏠었더란 말여."

이른 봄에 쥐가 짚뭇 쏠은 모양으로 하늘 일을 미리 점치던 것은 전부터 있던 풍속이었다. 쥐가 홰기 쪽을 쏠면 큰비에 물마가 져서 농사 다 지어놓고 폐농하기 일쑤며, 그루 가까이를 쏠면 필경 가뭄으로 실농한다고 일러왔던 것이다.

"마파람에는 곡식두 혀를 빼물구 자란다구, 전버텀 내려온 소리가 있었는디, 까치 둥지 트는 걸 보니 서향으루 구멍을 낸 게, 올해는 태풍두 읎을 모양이라 땅마지기나 가진 사람은 한시름 끈 심인디……."

최는 듣기 좋으라고 둘러대며 얼레발을 쳤다.

성이 자신 있게 말했다.

"돈이 있으면 무슨 짓을 못허겄나? 여자 빼놓구는 안 되는 게 읎겄데."

"이런 디서두 그런감? 인저는 농사두 투기사업 비스름해져서, 재

수가 붙구 운두 따라줘야 해먹는다 이 얘기여."

최는 남의 땅만 얻어 짓고 사는 농사꾼의 속을 발겨 보이려다가 도로 담았다. 성의 비위를 거슬러 이 될 게 없던 것이다.

성이 말했다.

"그래두 출세 못헌 사람은 계산 읎이 먹구사는 직업백이 읎어. 농사를 워치기 하나하나 계산허메 짓는다나?"

말 나오는 가락이 들어볼 만했으므로 최는 입을 내보내지 않았다.

성이 말을 이었다.

"수지타산 생각허면 농사지을 늠 하나 읎어. 예서 서울 한번 댕겨오는 디두 돈 만 원은 표두 안 나게 질바닥에 까는디, 그 생각허면 워느 뒤루 나온 자식이 일 년이면 예닐곱 달을 논바닥에 엎드려 살겄나?"

"그건 그려."

"집이는 아뭇소리 마. 세상 읎는 늠이 오너 세상 읎는 소리를 해두 논배미만헌 직장은 흔찮으니께."

"그만치 값이 안 나가는 것은?"

최는 성이 자세한다 싶자 생목이 올라왔으나 하기 좋은 말로

"별소리를 해두 한 마지기에 닷 말은 심이 안 닿는다 이 얘기여. 집엣논 서른 마지기 부쳐봤자, 오삼은 십오, 제우 쌀 열댓 가만디, 요새 쌀금으루 삼만 원씩 잡아봐. 사십오만 원백이 더 되여? 그러면 한 달에 얼마 꼴인가? 삼만 칠천여 원…… 사내 월급 삼만 칠천 원이면 식모 월급에두 훨씬 못 미친다 이 얘기여."

"그렇게 어섯만 보구서 지르잡을 것두 아녀. 나는 그 대신에……."

성이 말을 채뜨렸다.

"나두 집이 사정이라면 다는 물러두 아는 디까장은 안다구 아는 사람이지만…… 딱 부러지게 말해서 닷 말 이상은 어려워. 헐 수 있

간, 나두 살으야지. 벌써버텀 비료구 농약이구 무엇 한 가지 들먹그리지 않는 게 읎단 말여."

성은 매몰스러울 만큼 말을 옹쳐 명토 박고 나서

"집이서 끄린다구 해서 넘헌티 넴겨줄 수나 있느냐 허면 그것두 그게 아니라…… 늦들잇들 것은 전버텀 집이서 뒤적그렸기 땜이 이번에두 집이서 짓는다는 소문이 접때버텀 왜자하니 뺑 돌았거던."

"……."

"야중에 소리듣기 싫어서래두 천상 집이뵉이 맽길 디가 읎더라 이게여. 허니 내 말대루 이냥 허여."

"이냥 워치게 허라는 얘기여?"

최는 논을 도로 붙잡게 된 것만도 과만한 심정이었으나, 그런 내색 없이, 성의 말휘갑에 넘어가 마지못해 부개비잡히는 척하며 허부렁하게 받아주었다. 성이 아퀴지어 말했다.

"하루 물림이 열흘씩 가는 게 농산디, 시방이 이러구 느적거릴 때여? 집이두 딱 부러지게 대답혀. 작년처럼 고지는 통밀어서 한 마지기에 쌀 닷 말루 허자구……."

"품삯은 엊그제버텀 오백 원씩이나 솟었는디."

"벱씨는 말헐 것 읎구, 벱씨 소독헐 메르크론버텀, 농약이라구 생긴 것은 죄 내라 대줄텨. 벱씨허구 못자리 비료는 이따 면에 댕겨오는 대루 기별헐 텡께 해전에 실어가 버려."

"수은제는 안 나온다니께 메루끄롱은 살래도 못 살 테구. 약값이 높더래두 소독은 부산 삼십이나 벤레이트 티를 쓸 수뱆이 읎을 텐디."

"비료두 작년버텀 얼마가 올렀는지 모르지만, 쓸 때 쓰게끔 쓸 만치 대줄 테니 걱정 말구…… 그 대신 집이 손해 안 보게 나두 허는 디까장은 허느라고 헐 텡께."

"뭣을 허는 디까장 허느라구 허겄다는겨? 얘기 좀 알어듣게 해보라 이 얘기여."

"내 얘기를 진드근히 들어. 딱 부러지게 말해서 짚을 몽땅 줄께. 요새는 비육우 허는 사람이 늘어서 지푸래기가 달리는 판이라. 되내기해서 돈 사봐, 션찮은 통일쌀 두어 가마에 대겄나."

"지푸래기두 아끼바레나 농림유 일 호 같은 걸 심으야 쓰지. 통일이나 유신 같은 건 짚이 짚이간디. 그냥 검부래기지. 안 그려?"

"신품종만 안 심으면 되잖여. 사도 미노리나 미네 히까리를 심을 텐디…… 벱씨를 보니께 밀양 이십삼 호 비스름헌 게, 언뜻 봐서는 면서기 아니라 군 산업과서 직접 나와 본대두 영락읎이 속어넘어가겄데."

"그까짓 지푸래기 갖구는 지지구 자시구 헐 게 못 된다 이 얘기라."

"그러구 소를 부려."

"소를?"

"오늘 날짜루 가을갈이헐 때까장 맘대루 틈 에워 쓰란 말여."

"……"

최는 성이 공굴려 말하는 게 든직하여 할 말이 따로 있지 않았다.

"워째 죄용허다냐? 그래두 시부정찮은감? 다 집이서 헐 탓이여."

"그렇게 일매지어 말햇버리니 듣기는 나쁘잖은디……."

최는 자자분하게 되작거리지 않고 물렁해진 고개를 끄덕였다. 소를 부리라는 한마디가 여러 까닭을 물리친 거였다.

겪어 아는 일이지만 뒷목이나 쭉정이는 섬으로 끄어들여도 찧어보면 하잘것이 없었다. 부피에 비해 실속이 없기로는 짚도 일반이었다. 성은 되내기하여 돈 사라고 했지만 몰라서 한 말이었다. 근래에 들어와서는 짚을 뭇으로 헤아려 가져가겠다는 사람이 없었다.

한 마지기에 얼마씩 쳐서 제 바닥에 놓고 가리째 실어가니, 금새가 세고 눅음을 분간할 수 없던 것이다.

그러므로 덩칫값을 제대로 해내는 것으로는 소에 견줄 만한 것이 없었다. 이제까지 사람 품값따라 사역료가 오르고, 쌀금과 맞춰 고깃값이 오르내린 것이 소였다. 소를 하루 얻어 부리자면 삯만 해도 이천 원이었다. 게다가 먹매도 사람 못지않아 참은 안 먹인다 해도 배합사료로 버무린 여물을 세 축이나 쑤어야 하니, 그에 따른 공력으로 말하면 인원 치닥거리에 다름이 없던 것이다. 따라서 성은 최에게 상머슴 하나를 노박이로 대어주는 셈이나 마찬가지였다.

최는 성에게 그 이상 바랄 것이 없었다. 부릴 소만 있으면 동네에서 품앗이하기가 한결 수나로우므로, 일을 추어내기에도 그만큼 여유가 있겠던 것이다.

금방 횡재라도 한 것처럼 들썽이는 마음을 부접하지 못하며 집으로 반달음질하던 최는, 문득 아내와 다툴 일에 생각이 미치자 오금이 풀어져 제대로 걸어지지가 않았다. 그만큼 속이 달치고 애 터지는 일이 없던 것이다.

집안이 시끄러워진 것은 종진이가 명순이를 불러들이고 나서였다.

아내는 첫날부터 명순이를 마뜩잖아하며 종진이만 죽일 년 잡죄듯 하였다. 아내는 종진이에게 들어 그동안 공장에서 있은 일로 대강 얼거리를 잡고 있었던 것이다.

그러나 최는 안개에 연기처럼 애초 아내와 한죽이 되고 싶지도 않았지만 나중에 명순이를 불러 직접 들어본 뒤로는, 오히려 그녀의 처지를 역성들어 주고 싶기까지 했다.

"우리가 해달라고 내걸은 건 사실 아무것도 아닌 거였어요. 있잖아요, 닭두 알을 내먹으려면 모이랑 물을 먹을 만큼 줘야 되잖아요.

진짜 그런 거였걸랑요."

 집이 안성 쪽이라 자기처럼 멀리서 온 친구 서너 명과 얼며, 공장 근처에 사글셋방을 얻어 근근이 자취를 해왔다던 명순이는, 월급 이만 칠천 원이 어쩌면 그토록 쓰잘 게 없느냐면서 새 채비로 울상을 지었다. 집에서 다니는 종진이가 버스만 타도 하루에 이백팔십 원씩 들어, 매월 만여 원 가까이나 길에 내버리던 것으로 미루어보면, 그녀의 월급은 생활비라기보다 죽지 않고 도둑질 않고 화냥질하지 않도록 달래는, 새알꼽재기만한 미끼에 지나지 않았음을 알 수 있었다.

 그것은 공원들의 희생을 자본화하려는 고용주의 횡포 그것이었다. 고용주의 횡포는 기본 급여의 인색만으로 그친 것도 아니었다. 명순이 말이 그대로라면, 삼십 분 이르게 출근시키고 삼십 분 늦추어 퇴근시키는 억지를 부리며 수당이 없는 잔업을 강요하였고, 여공들의 생리휴가도 제대로 지킨 적이 없었다는 거였다.

 그럼에도 불구하고 노조는 매양 문이 잠겨 있었으며, 노조 간부들은 회사의 아전이 되어 회사의 그릇된 처사를 오히려 앞장서서 실천하기에 안간힘이었다.

 "죽어 사는 것도 한도가 있겠지만요, 단순히 경제적인 불만 한 가지였으면 그러지 않았을지도 몰라요."

 "우리 애는 그것 땜이 그런다구 허던디? 월급이 즉구, 수당두 윲구 해서, 돈을 더 달라구 나오는 바람에 시끄러졌던디, 그럼 그 말구두 또 있다, 그 얘긴감?"

 들은 소리가 있어 물어보았으나 그녀는 고개를 저으며 그렇지 않다고 말했다.

 "글쎄요, 종진인 입장이 좀 다르니까요."

 "다르기는, 우리 애두 장 월급이 즉어 못해 먹겠다구 해쌓던디."

"아무튼 종진이 일은 나중에 아시게 될 거예요."

그녀는 건너뛰고 말했다.

"그냥 경제적인 희생 한 가지였으면 달라졌을 거예요. 어차피 종업원들의 희생이 없는 물자생산은 무의미하걸랑요. 물자생산이 없으면 사람 사는 게 발전이 없고 사회도 발전이 안 되니까, 발전을 위해서는 우리도 어느 정도 희생을 각오해요. 우리도 그만한 건 알걸랑요. 그런데 그게 아니에요. 산업발전을 위한 희생도 아니고, 사회발전을 위한 희생도 아니고…… 결국은 경영주 일가족의 사사로운 행복을 위한 거였어요."

숫저운 데가 조금도 없는 태도나 하고, 어디를 가도 조용할 햇내기는 아닌 것 같았다. 명순이는 그런 느낌을 강조라도 하듯 억양에 힘주어 말했다.

"문제는 바로 그거였어요. 고용주 한 사람의 행복은 아무 발전도 아니니까요. 발전이 아니라 파괴예요. 전체 공원들의 개인적인 행복을 가로채어 고용주 한 사람의 행복을 이룬 셈이니까요. 이렇게 되면 이미 경제적인 희생이 아니라 기본권의 희생인 거예요. 그러니까 보통 일이 아니죠. 전체적인 발전을 위해서 한 개인의 경제적인 희생은 있을 수 있어도, 고용주 한 사람을 위해 전 종업원의 행복에 차질이 있어선 안 되잖겠어요."

그녀는 참다못해 활동을 시작했다. 종진이 말마따나 '대가리 튼' 몇몇 공원들이 들썩거리자 명순이도 한패가 된 거였다. 공원들을 대표하여 발벗고 나선 몇 사람은 먼저 노조 집행부에 반발하였고, 노조의 정기총회를 계기로 임원을 바꿔보려고 하였다. 그러자 회사 간부와 노조 실무진의 매수공작이 효과를 나타내어 계획이 어그러졌을 뿐 아니라, 주동자들에게는 갖은 협박과 억압이 그치지 않았다. 그래도 주동자 몇 사람과 명순이를 비롯한 많은 동조자들은 끝내 굽히지 않았다. 그들은 진정서를 냈다. 노동청과 노동위원회에 제출한 그 진정서는, 첫째가 출퇴근 시간을 지켜달라는 것, 둘째는 공장 새마을운동을 핑계하여 강제로 청소를 시키지 말 것, 셋째로는 월급을 제날짜에 달라는 거였다. 최가 듣기에도 근로조건으로는 유치할 지경으로 당연한 거였다.

회사 측은 받아들이지 않았다. 예측한 대로 진정서에 서명한 공원들을 더욱 핍박하였고, 시녀화한 노조 간부들을 앞세워 공원들을 몰아낼 궁리와, 그런 공원들의 부모를 통해서 회유하는 두 가지 방법을 함께 썼다. 그러다 보니 명순이처럼 세들어 있는 주인집을 찾아가, 세든 사람이 불순한 단체에 가입했으므로 주인집까지 더불어 다치기 전에 하루바삐 내보내라고 공갈하여, 엄동에 거리로 밀려난 정도는 도리어 점잖게 당한 꼴이었다.

명순이와 함께 자취를 하다 헤어진 세 여공의 경우는 한결 심했다. 그중에서도 서영미라는 여공이 가장 딱했다고 명순이는 말했다. 서는 경비과에 근무하는 강이란 사내와 오랫동안 다된 사이로 지냈고, 곧 따로 나와 동서할 준비로 바쁘던 터였다. 그런데 회사의 농간은 그들을 갈라 세우기에 이르렀다. 회사 측은 강에게 서의 마음을 돌리든가 퇴사를 하든가 둘 중의 하나라고 강요했다. 강은 심줄이 가늘었다. 발을 빼라고 빌었다. 발을 빼지 않으면 실직 정도가 아니라, 회사를 나와 결혼을 하더라도 부모 형제는 물론 자식들에게까지 영향이 있다며 들은 대로 말했다. 서는 끝내 거절해 버렸다. 종업원의 사생활마저 보장이 안 되는 회사라면, 그곳은 이미 직장일 수가 없다는 것이 그녀의 주장이었다. 마침내 그들은 아주 갈라서고 말았다.

"그렇게 사생활까지 깨려 든다는 건 우릴 종업원으로 아는 게 아니라 노예로 친다는 증거예요."

명순이 말에 최는 거듭 고개를 끄덕였다.
"그건 그려. 그런디……."
최는 궁금한 게 있어 실마리를 건네려다가 명순이 말을 마저 들어보는 게 순서 같아 뒤로 미뤘다. 명순이는 말했다. 회사에서 여공들의 부모를 찾아 내려가, 딸이 불순한 단체에 발들인 눈치라고 공갈하고, 아주 물이 들어 집안 망치기 전에 어서 데려가라고 협박, 어버이나 오라비에게 끄덩이를 잡혀가며 끌려간 여공들의 이야기도 있고, 당신 딸이 수상한 언동으로 내사를 받고 있다는 거짓 편지질로 부모를 불러올린 다음, 간부들이 여관에서 함께 숙식하며 회사 차를 내어 주변의 유원지에서 유흥으로 구워삶든가, 가는 여비에 보태 쓰라고 봉투를 주며 설득하려 든 예도 허다하다는 거였다.
"그런 일로 그렇게 쓸 돈이 있으면 우선 공원들 복지 문제를 생각했어야 옳잖아요. 공원들한테는 십 원 한 장도 벌벌 떨면서 엉뚱한 짓에는 푹푹 쓰거든요. 진짜 이해할 수가 없어요."
"공원덜이 벌어준 돈 갖구 나가 장마에 빗물 쓰듯 허는 것이야 그 회사 간부들만 그럴까마는, 불순허다구 헌다는 건 무슨 소리여. 언내덜 문짜루 말이 많은 자는 수상쩍다, 그런 얘기여?"
최는 말끝마다 궁금하던 것을 겨우 물었다.
"그건 아마 교회에 다닌다구 해서 그러는 것 같아요. 저도 직녀(織女)지만 그런 소리나 지껄이고 하니까 공장뜨기 소리나 듣고 사회로부터 냉대를 받는 거예요. 그건 종업원들을 식당에 모아놓고 회사 전무가 강연을 할 때 처음 쓴 말이걸랑요."
"그럼 절에 댕기는 사람은 물순허냐구 물어보지그려."
최는 웃었지만 웃을 일 같지가 않았다. 회사 측이 여공 중에서도 월급이 괜찮은 조장급 간부들을 시켜, 진정서에 서명한 공원들을 노조에서 제명해 달라고, 역습 진정서를 내게 했다는 이야기에는 자못 허망하기까지 했다. 회사에 매수된 공원들은, 노조 지부와 공장장 앞으로 진정서를 냈다. 회사 측에 반항하는 종업원들은 노조 지부의 단결을 방해하고 종업원들을 우롱했으므로 현장에서 함께 작업할 수가 없으며, 따라서 식당과 통근 버스와 기숙사도 함께 사용할 수가 없으니 하루바삐 내몰아 달라는 거였다.

그 진정서가 접수된 이튿날부터 혼타면 조장, 정방 조장, 조방 조장, 검사공 등 간부 여공들은, 숫제 정문을 가로막고 늘어서서 반항한 여공들이 나타나면 갖은 욕설과 완력으로 출근을 방해했다. 옷이 찢기는 정도가 아니었다. 팔목이 비틀려 손을 못 쓰고, 국부를 걷어차여 하혈이 오래간 여공도 있었다. 그중에서도 가장 날뛰던 것은 서영미와 갈라선 경비과의 강이었다. 명순이 패의 얼굴에 변소 오물을 퍼다 끼얹은 것도 그 강이었다.

각본에 따라 명순이 패는 노조에서 제명됨과 함께 회사에서도 해고되었다. 노조를 장악하려는 속셈이 있어 선량한 종업원들을 선동했으며, 조합원의 뜻대로 이뤄진 조합을 불순한 언동으로 파괴하고자 음모했다는 것이 그 이유였다. 회사와 주인집에서 쫓겨나 오도 가도 못하게 된 여공은 모두 열두 명이었다. 그네들은 앙물하여 회사 측과 계속 맞서기로 다짐하고, 공장 근처의 여인숙에 방 한 칸을 빌려 합숙소 겸 연락처로 삼았다. 그것도 방이 좁아 그중의 몇 사람은 나가서 자지 않을 수 없었다. 명순이가 종진이를 따라 여기로 온 것도 그런 까닭이었다.

그네들은 내일같이 모여 앉아 대책을 쇠해 보았으나 신봉한 방법이 없었다. 그네들이 할 만한 일은 요로에 다시 한 번 진정해 보는 것, 그리고 매일 아침 출근 시간에 회사 정문 앞으로 나가 침묵 시위를 하는 정도였다. 단식농성도 생각해 보지 않은 게 아니었다.

그러나 그에는 반대자가 넷이나 되었다. 하나는 산부인과에 누웠다 나온 지가 며칠 안 돼 부러 잘 먹어도 시원찮을 판이라는 거였고, 두 친구는 허구한 날 끼니를 거른 터라 세상에서 배고픈 것처럼 서럽고 두려운 게 없더라는 거였다. 그리고 다른 친구 하나는 귀향을 서두르고 있었다. 회사 측 공원들에게 몰매를 맞아 장기요양이 불가피했던 것이다. 아직도 시정되지 않고 있는 출퇴근 시간을 엄격히 지키도록 할 것, 본연의 임무를 저버린 미한방직 노조를 징계할 것, 미한방직으로 하여금 부당한 해고를 철회하고 해고된 근로자가 일자리로 되돌아갈 수 있게 해줄 것, 미한방직 노조가 불법으로 제명한 사건을 정식으로 심의하여 줄 것 등을 내용으로 한 두 번째 진정도 며칠째 아무 기척이 없다고 명순이는 말했다.

"결국은 뻔데기 뻔짜예요. 앞뒤를 모를 싸움이라 이거죠. 허지만 어차피 이렇게 된 이상은 괴로워도 우리가 좀 더 싸워야 해요. 그래야만 우리처럼 당하는 여공이 하나라도 덜 생길 테니까요."

"그러니께 우리 애는 아직 관계가 읎다 이 얘긴감? 허기사 우리 집은 예수구 부처구 애초 뭣을 믿어본 적이 읎어놔서……."

"……."

"시방 저기서 공자가 공짜로 맹자 맹장수술이나 허구 있다면 혹 쳐다볼까 몰러두, 우리는 당최 믿는 취미허군 멀단 말여."

"……."

명순이 입은 여전히 무거웠다. 최는 그럴수록 속이 달치고 감질이 나서 부접을 할 수가 없었다. 돈 같잖은 월급이라 당장 들어앉고 싶어도, 붓던 곗돈 꺼나갈 마련이 없어 못하겠다고 늘 한가해 쌓던 꼴로는 종진이도 명순이 못잖게 앞에 나섰어야 옳을 터이던 것이다. 최는 곁들여 물었다.

"그런디 우리 애는, 어려서도 싸가지가 있다 소리는 들었지만…… 게, 누가 워쩐다구 대번 팔뚝 걷어붙일 승질두 못 되겠지만…… 그래서 그냥 여적지 붙박이루 붙어 있다 이 얘기구먼?"

"곧 아시게 돼요."

최는 그런 대로 흐뭇했다. 듬쑥하게 공장에 나가는 견담성이며, 넉넉잖은 형편임에도 어려운 친구를 불러들여 돕는 인정이며, 설령 내 딸이 아니라 해도 나무랄 데가 없었다.

최가 들어서자 내보낼 사람 다 내보내고 잔뜩 지르숙은 채 혼자 건넌방 씨서리를 하던 아내는, 한 번 더 들으라고 짐짓 식전에 하던 푸념을 되풀이했다.

"워디 댕기다 인저 온디야? 그러구 해 보낼 틈 있걸랑 지서나 갔다 오잖구서……."

여러 번 듣던 소리라 최는 못 들은 척했다.

"그년이 자수헐 때까장 지달리다가는 내 자식 신세가 더 가련허 것는디 워칙혀."

"……."

"무슨 팔자루 저런 들먹은 사내를 서방 해서 폭폭하게 사는지 몰러. 지서 가기가 떨떠름하면 이장네 즌화루도 못혀?"

"……."

"내가 즌화만 걸 줄 알았어두 벌써 워치기 규정냈을 거여. 내 집에 수상헌 년이 하나 와 묵으니 얼릉 오너 묶어가시오, 수상헌 혐의루 공장서 쬐껴나구 셋방서 쬐껴나구 했응께 잡어다 족치면 불 게요, 아 그 즌화 한번 허기가 그러큼 에러워?"

"그렇다면야 작히나 좋아. 여관뺑이 잘되는 게 읎다니 너두 보상금 타서 여관이나 하나 채리면 앉아서 편히 먹어보구……."

"허구많은 것 중에 왜 해필이면 여관여, 낮이나 밤이나 맨 허오는 것덜 천지라는디, 늙바탕에 무슨 심으루 그 꼴을 당헐라구."

그제서야 최는 문득 유심하고 나서, 며칠 동안 아내에게 너무 무심했었음을 비로소 깨우쳤다. 아내가 명순이를 못 잡아먹어 하는 것도 절반은 그 까닭이 아닌가 싶었다. 늘 건넌방에서 자던 아이들이 명순이가 오던 날부터 안방으로 옮겨오는 바람에 자연 잠자리도 조용할 수밖에 없었던 것이다.

최는 속으로 웃었다. 그는 아내의 별쫑맞은 버릇을 알고 있었던 것이다. 그녀는 그냥 안 잔 이튿날이면 무슨 구박에도 앙살거리다가 대거리하려 들지 않을 뿐 아니라, 시키지 않은 일도 스스로 덤벼들어 걱실걱실 추어대던 것이다.

국이 식어 시서늘한 상이었으나, 아무리 바빠도 한갓지게 아내부터 눌러주자니 그는 먼저 먹어야 될 것 같았다.

최는 상을 끌어당겨 검비검비 훌부시었다.

아내는 그런 눈치도 없이 밥상머리에 붙어 앉아 상이 날 때까지 갖은 근친을 다 떨었다.

"접때 장버텀 봄것은 읎는 게 읎이 죄 새루 나와 만전했던디, 그 흔해터진 쭈꾸미 한 코 못 만져보구 사네⋯⋯ 꽃그두 알을 톡톡 실은 게 요새가 한창 먹을 만헐 땐디⋯⋯ 반지락은 또 오죽 옹골지게 영글을 때여⋯⋯ 맵시네는 밴댕이를 한 짝이나 들여다 젓 담구, 우람네두 멜치젓을 한 도가지나 담던디, 이늠의 집구석은 나 눈감은 뒤에나 젓국으로 짐장헐라나⋯⋯ 젓갈은 워디 갔건 우리두 넘덜 다 허는 그 동태나 사다 명태루 말려됐으면 좋겄어. 일헐 때 십상이구, 장마에 누가 와두 괜찮구, 냉태 한 짝에 사천오백 원이면 비싸두 비싼 게 아녀. 알은 명란젓 담지, 창새기루 창란젓 담지, 아개미, 꼬랑지는 아개미젓 담지, 그릇그릇에 소굼 흐옇게 찌얹어 돌막으루 지질러놓으면, 자작자작헐 때 젓갈루 먹구, 폭삭 곰삭으면 젓국 내려 김장허구⋯⋯ 겨우내 짐장만 먹어 그런지 요새는 장에 가 황새기만 봐두, 애 슬 때 맛본 굴비 생각이 가래 넘어오듯 헌당께⋯⋯."

"그 개갈 안 나는 소리 그만치 했걸랑 상 저리 밀구 일루 와봐."
"왜 와봐?"
"잘 있나 보게."

최가 아내에게 종진이 일을 물어본 것은, 아내가 밭에 들어붙어 일에 한눈 한 번 팔 새 없어할 때였다.

그녀는 보리밭 가장자리 두둑에 부룩으로 상추와 쑥갓을 부치고 틈틈이 강낭콩도 묻었다. 본래 집터서리나 울안 장광 옆댕이 아니면 호박 한 구덩이 앉힐 데가 없었음에도 욕심은 있어, 해마다 해토머리만 되면 손바닥만한 밭뙈기에 매달려 갖은 꾀를 부리지 않으면 안 되었다. 최는 밭귀퉁이를 뒤집어 감자와 고추씨 뿌릴 자리를 고루잡았다. 작년 겨울처럼 보리가 얼어죽으면 봄보리를 갈려고 남긴 터였으나, 보리 한 가지는 제대로 먹게 될 것 같아 생각잖았던 것을 심게 된 거였다. 그들은 바빴다. 스무 날께쯤에는 홀앗이로라도 못자리를 해야 되기 때문이었다. 오늘만 해도 해전에 마쳐야 할 일이 한두 가지가 아니었다. 성낙근이 집에서 기별이 오면 볍씨와 비료도 실어와야 하지만, 침종 전에 소금물 가리기를 하려면 소금과 밑거름도 준비해야 했다. 못자리 복토할 황토도 파다 놓아야 하고, 고막이를 뜯어 고랫재도 긁어모아야 했다.

아내도 몸이 개운해진 터라 새퉁스러운 소리 한마디 없이, 모처럼 이마에 땀벌창을 이루며, 자기 아니면 할 사람이 없는 일들을 해찰부리지 않고 제겨내었다.

최는 아내가 옥수수를 묻으며 다가오자, 손땀이 밴 긁젱이 자루를 물리면서 처음으로 물었다.

"종진이는 아직 별 눈치 안 뵈담?"
"그래두 제법 무던헌 폭이데. 요새 시상에 워느 년 앞자락이 너러 스물니 쪽이라구 객지서 사귄 것을 친구루 쳐주어. 종진이나 허니께 내력두 모르는 것을 달구 들어오너 멕여주고 덮어주지."

"회사가 그 모양인디 삭신이 멀쩡허니 왜 그냥 있어. 은탑 석탑만 타면 다간디. 직공덜두 살게끔 허야지. 종진이 같은 숫뵈기나 허니께 풍물이 열두 가지 반이래두 진드근히 붙어 있다 이 얘기여."

최가 명순이한테 들은 말만 믿고 불뚝하며 말하자, 아내도 자신 있는 말투로

"아는 소리 허네. 종진이가 숫뵈기라 그냥 있는 중 아남? 그 안에 애인 비스름헌 게 있으니께 명순이 패 꾀송질에두 잇긋 않는 거지. 우렁두 두렁 넘어가는 꾀는 있더라구, 생긴 값에 벌써 교제허는 청년이 있대야. 이성뱀이라구……."

"이 무엇이? 그럼 걔가 그새 그런 것을 알 나이라 이 얘기여?"

최는 그제서야 종진이 이야기만 비치면 이내 입술이 두꺼워지던 명순이 태도를 깨달았다. 최가 물었다.

"명순이가 그러담?"

"지 입으루 그러데. 즈 공장서 하냥 일허는 기사라구. 게 참말루 맴이 있어 그러는 게냐, 그냥 심심풀이루 그러는 게냐, 허니께 아직은 반반씩이래야."

수다스럽기로 으뜸인 아내가 그 말을 어떻게 참고 있었는지 모를 일이었다. 그녀가 묻잖은 소리를 했다.

"게, 에미 애비헌티두 뵈야 헐 게 아니냐구 했더니, 뭣이라더라…… 아직 시기상조── 래야. 아직 시기상조가 워치기 허겄다는 소린지……."

최도 한참 연구해 봤으나 어떡하겠다는 말인지 알 수가 없었다. 아내가 말했다.

"하여거나 시적부적헐 사이는 아닌 모냥이라. 그중 단짝으루 지

낸 게 명순이라는디, 단짝이 저냥 됐어두 눈 딱 감구 그냥 댕기는 것 보면."

"무슨 기술잔디? 기사라니 무슨 기사냐 이 얘기여."

"자동차 운전기사라데."

"업세, 그 잘난 것두 기사여? 자동차 운전이 요새두 기술 축에 찌느냐 이 얘기여. 끙——."

최는 마디가 풀리고 헙헙하여 아내를 멀거니 건너다보았다.

"뎁세 옛말 허구 앉었네. 요새가 워느 땐디 기술 축에 못 찐다는 겨? 서울서는 시방 운전수가 모자라 난리라는디. 운전수가 죄 사우나라나 사막이라나루 빠져나가 요새는 있는 차두 운전수 없어 녹슬구 있다데."

"사우디아라비아—— 나라 이름이나 좀 똑똑히 알구 떠들어."

"하여거나 앞으루 사오 년이 고비라구, 사우나아부라루 근너가서 한밑천 해올 때까장 공장서 떠나지 말란다는겨."

"사우디아라비아랑께. 그런디 그늠두 그런 소리를 혀?"

"……."

아내가 뜻밖에 입을 다무는 바람에 최도 한참이나 할 말을 찾다가

"그래서 종진이는? 그 이 무엇이라나 허는 것이 돈 벌어올 때까장 공장을 댕기겠다 이 얘기여?"

"연습삼아서 그럴 눈친가 보데."

"연습삼다니? 뭣을?"

"그러더랴. 시상 인심이 갈수룩 거칠어지니께 기친 인심 속에서 치여죽지 않구 살라면, 시방버텀 맘 단단히 다져먹구 살어갈 연습을 허야 헌다. 공장이 암만 복잡해두 너는 니 일만 해라. 그게 연습이다. 끝까장 전디구 끝까장 남는 게 이기는 게다. 시방버텀 연습을 않으면 워쩌구워쩌구 허더라는디……."

"그래, 걔는 그 이가 말만 믿구 공장을 댕기겄다 이 얘기여?"

최는 아내가 주워섬긴 말을 되새겨 보았다. 얼핏 생각하면 이가의 말도 그럴싸한 것 같았다. 그러나 최는 고개를 저으며 말했다.

"아마 그게 아닐겨. 아까 이른 대루 종진이 들어오걸랑 단단히 타일러. 그건 이가 말이 아녀. 회사 것덜이 뒤에서 시키는 거여. 쓸만헌 직공을 하나래두 더 잡아둘라구 꾀수는 수작이라, 이 얘기여…… 생각해 보면 물러? 연습삼어 헐 게 따루 있지, 생일 하루 잘 먹자구 이레 굶자는 얘기버덤 더 우스운 소리 아녀?"

"왜 대이구 나버러만 그려. 헐 말 있걸랑 자기가 허지."

"세상 인심이 거칠어갈수록 옳게, 바른 대루 살 생각은 워디 두구, 니가 그러니께 나두 그러마─ 그늠 생사람 궂힐 늠일세그려."

"그럼 그렇다구 우리 애까장 명순이 패에 얼며 회사허구 맞대거리 허라는겨? 십 원 한 장이 아쉬운 판인디 공장을 구만두면 워칙 혀."

"집이서 슬슬 품팔이를 해두 그버덤은 낫어. 낫기만 혀."

"……."

"둘 중에 하나라구 혀. 공장을 집어치던지, 이가를 차버리던지."

"……."

아내는 대꾸가 없었다. 일손이 귀해 여기서는 어느 집 일을 가도 반드시 손님으로 대접받기 때문이었다.

최는 딸이 들어오는 대로 불러앉히고, 둘 중의 하나를 가리도록 타이르기로 작정했다. 그런데 걱정이었다. 무슨 말을 어떻게 공글려야 들을는지 어림을 못하겠던 것이다.

해가 거우듬하도록 혼자 궁리해 봤지만 딸이 휘어들음직한 말은 떠오르지 않았다.

그러나 그런 걱정은 그리 오래가지 않았다. 이른 집 굴뚝에 저녁 연기가 보일 만해서 그것이 저절로 풀려버린 거였다.

성낙근이네 달구지로 볍씨와 비료를 실어오던 최가 먼저 본 것은, 부락개발위원회 게시판 앞에 서 있던 녹색 자가용차였다. 무슨 일로 이런 데까지 들어왔는지는 몰라도 황토박이 자갈길을 함부로 다닐 물건은 아니었다. 참새 사냥이 한고등이기만 했어도, 참새 사냥을 나왔거니 하여 좀 더 여겨보았을 거였다. 최는 무심히 지나쳤다. 서울이나 어디서 땅을 보러 온 줄로만 알았던 것이다.

 최가 그들을 본 것은, 달구지를 사립문 앞에 바짝 세워놓은 뒤였다.

 뒤꼍에서 웬 사내 목소리인가 싶어 둘러보니 모를 사람 두엇이 울밖에서 서성거리고 있었다.

 그는 그제서야 새 찾는 사람이 지금도 있나 싶어 장광과 닭장을 훑어보았다. 얼핏 보아 그런가 그쪽은 별 탈이 없는 것 같았다. 그는 보는 앞에서 총질만 않으면 그대로 가게 할 셈이었다. 그러나 볏가마를 업으려고 사립문을 나온 순간 눈이 뒤집히고 말았다.

 그는 까치를 보았던 것이다. 까치는 사내 손목에 거꾸로 매달린 채 벌써 저만치나 가고 있었다. 최는 그쪽으로 뛰어갔다.

 최가 그들을 가로막은 뒤에도 앞장섰던 청년은 뻗질러든 총을 비키지 않았다. 최는 앞뒤를 재볼 겨를도 없이 총대부터 거머쥐려 했으나 청년의 날랜 몸짓은 따를 수가 없었다. 윗도리에 똑같은 표지가 노랗게 수놓인 작업복을 걸친 것으로 보아, 한 공장에서 일하는 위아래 사람이며, 근무 중에 틈을 내어 차를 몰아온 것 같았다.

 "이 사람 왜 이래?"

 청년이 몇 걸음 물러서며 총대로 최의 손을 뿌리쳤다.

 "뭐냐구 물어봐."

 까치를 쥐고 뒤에 서 있던 중년 사내가 청년더러 하는 말로 지껄이며 눈을 부라렸다.

"왜 이러다니? 먹을 게 읎서서 까치를 잡은겨?"

 청년은 운전대를 잡는 게 직업인 것 같았다. 청년이 야유하듯 말했다.

 "까치면 당신네 까치요?"

 "그려. 내 게여."

 최는 결김에 거추없이 내뱉었으나 쉽게 둘러대었다.

 "내 까치면 이 동네 까치구, 이 동네 것이면 곧 나라 것이다, 이 얘기여. 그런디 왜놈덜두 안 근드린 걸 항차 당신덜이 해쳐? 왜 마구잽이루 공유재산을 사냥혀?"

 그러는 동안 중년은 다투기 싫다는 투로 까치를 땅에 내던지고 잰걸음으로 빠져나가 문 닫는 소리를 내며 차에 올랐다. 청년도 차에 곁눈질을 하는 일방 총대를 들먹거리며 지지 않으려고 했다.

 "사냥? 우리가 어디로 보니 사냥꾼 같소?"

 "산 목숨 잡는 게 사냥꾼 아니면?"

 "까치를 잡으려고 온 줄 아슈? 지가 맞고 떨어졌지."

 최는 어처구니없어 그가 여남은 걸음이나 저만치 물러나도록 멀거니 보고만 있다가 비웃으며 말했다.

 "눈깔이 삐서…… 총이 막대기루 뵈니께 장난친다 싶어서 까불다가…… 실례는 까치가 했다, 이 얘기여?"

 "그러니까 업무상 과실치사라 이거요."

 "업무상? 업무상은 무슨 업무상여."

 "연습삼어서 쏜 게 까치에 맞았단 말요."

 "연습삼어서?"

 최는 눈앞이 아찔했다.

 "그래요. 우리 회사 직원 사냥대회에 나가려구 연습삼어서 쏜 거요."

최는 말로만 떠들 일이 아니라고 생각했다.
"죄 읎는 산목숨두 연습삼어서 잡네? 이 뭣 같은 인간아. 그래 워디 그 말 또 한 번 해봐라. 연습삼어서 한 번 더 해봐."
하며 최는 덤벼들었다. 그러나
"좋아. 그럼 맛이나 봐."
하는 말이 귀에 잡힌 순간, 귀가 없어지며 털썩 주저앉은 뒤로는 무슨 일이 있었는지 알 수가 없었다.

최는 재빨리 일어섰다. 그렇지만 그가 그러는 동안 차는 이미 동구 밖으로 한창 뺑소니를 치는 중이었다.

얼이 빠져 멀거니 구경만 하던 최가 정신을 챙겨보니 그것은 끔찍하게도 살인미수였다.

그는 차가 자취를 감추고도 한참이나 지난 뒤에야 간신히 몸을 고루잡았다. 어디 갔던 귀가 되돌아온 것으로 미루어 분명 헛방은 아니었다. 그런데도 몸은 터럭끝 한 올 달라진 것이 없었다. 모를 일이었다. 그 청년 말마따나 연습삼아 쏜 것인지도.

그래도 그는 그나마 얻은 것이 있어 다행으로 여겼다.

그들이 종진이가 근무하는 미한방직 사람이며, 연습삼아 쏘고 달아난 운전사가 곧 종진이에게 달라붙은 이가라는 예감이 그것이었다. 그것은 그 예감이 지레짐작으로 그친다 해도 마찬가지였다. 그 연습삼는다는 말 한마디만 가져도 종진이와의 이야기에는 자신이 생기던 것이다.

우리 동네 정씨

"데모를 허여?"
학생들은 마침내 그렇게 나오는 모양이었다.
"클났슈. 싸게 와보시래유."
"그늠으 버르쟁이는 깨끗이 씻은 중 알었더니 여적지 들 옳어졌던가뷔."
정승화(鄭承和)는 가슴이 뜨끔했으나 물에 흔든 손을 바짓가랑이에 문대며 허텅짓거리부터 늘어놓았다.
"이 날 가무는디 지랄들 헌다…… 게 뭐라구 악쓰면서 데모허데?"
입때껏 느럭느럭 능놀며 해찰만 부리던 신태복이가 배참으로 드티면서 반겨 물었다.
"쭉 늘어앉어서, 손뼉을 쳐가며 디립다 노래만 불러잦혀유."
"민생고를 해결허라구 연좌데모허는 것들이, 가뭄에 무슨 고사루 노래를 불러."
하고 이번에는 남병만이가 아이한테 말을 시켰다.

"아니 벌써, 그 노래만 노다지 불러유."

아이의 문잖은 말에 얹어서, 제법 생각해 주는 것처럼 신태복이가 담배를 물며 말했다.

"가볼 테면 어이 가보든지, 내미룩니미룩허다가 해넘이허지 말구."

"그럼 선생이란 챗것은 게서 뭘 허구? 얌전히 구경만 허더라 이게여?"

정승화는 아이 말이 미덥지 않아 되곱쳐 물었다.

"즘에는 왔다갔다허는 것 같더니만, 워디루 내뺐는지 아까버텀 얼씬두 않던디유."

아이는 아침부터 게서 살았으므로 틀림없는 말일 거였다.

"데모야 선생이 가르치나, 민생고가 시키는 거지."

학생들 하는 짓이 재미있는지 조태갑이 무람없이 웃으며 지껄였다.

"두시 다 되여 오너서 니시두 안 됐는디 데모버텀 허여? 내 새끼 나 넘으 쌔끼나 죄 싸가지 한가지는, 끙."

정은 나와서 고무신을 헹구어 신으며 학생들만 나무랐다.

"고등학상들이라 그럴겨. 중학상만 같어두 선생 말이라면 에려워헐 텐디."

계제에 쉬느라고 신은 여전히 일어선 채로 혼자 왜장쳤다.

"학생이란 것들이 그따위로 싹바가지가 읊응게 이 나라 장래가 암담허다 이게여, 이 날 가무는디 데모가 다 뭐여, 데모기 ."

하며 정은 아이를 앞세우고 현장으로 반달음질해 갔다.

아이가 전한 대로 학생들은 한창 데모에 열중이었다.

학생들은 죄 기어나와 모가 반도 안 꽂힌 논배미를 에워싸고 논두렁에 늘어앉아 있는데 이만치에서 건너다보기에도 난장판이 달리 있지 않았다. 양수기 호스 끝에 엉겨붙어 물장난에 등멱을 하는 녀석도 있고, 일찌감치 자전거 짐받이에 책가방을 챙겨얹고 매끼를 질으며 집에 갈 채비로 바쁜 녀석이 있는가 하면, 남의 원두밭을 더듬어 외꼬부리를 따다 먹는 녀석에, 저희들끼리 씨름을 하다 논배미로 넘어박혀 붉덩물이 든 교련복을 벗어 지르잡는 녀석하며, 대열에서 이탈한 녀석도 여남은은 되는 성싶었다. 그러나 오십여 명은 그냥 논두렁에 주저앉아 박수치는 패와 고래고래 소리지르는 패로 반반씩 나뉘어 악을 쓰고 있었다.

"아니 벌써, 먹을 때가 지났나아, 짜장면은 아직도 소식이 없네——."

"아니 벌써, 저녁때가 되었나아, 배가 고파 집에나 가야겠네——."

"아니 벌써, 끝날 때가 되었나아, 막걸리나 마셨으면 좋겠네——."

그리로 가다 말고 박수소리 틈새기에 귀를 기울여본 정승화는 학생들의 데모 이유를 비로소 알아챌 수 있었다. 곁두리로 자장면이 나오기 전에는 모를 안 심겠다는 투정이요, 그것이 늦어지면 허기지기 전에 집으로 돌아가겠다는 뜻이었다.

정은 한가할 데가 없었다. 탄식이 절로 나왔다.

"암만 해두 내가 공중 마빡 벗겨질 짓 했나부다. 공짜가 망짜라더니……."

그가 두런거리자 아이가 말했다.

"그래두 미숙 아버지가 가서서 뭬라구 타이르야지유. 가랫줄두 안 잡어주는디 나 혼자 원제 두렁 치구 쓰레질헌대유."

아이는 학생들에게 가랫줄을 잡혀 두렁을 치다 말고 앞벵이 못자리로 허위넘어 왔던 것이다.

"내가 얼씬거리면 쥔이 나왔다구 더 지랄들 헐 거라 이게여. 봉석이가 가서 좋은 얼굴해 갖구 꾀송꾀송 달래봐. 학생들 요구대루 짜장면 곱배기 예순 그릇은 벌써 우춘옥에 즌화루 시켜놨구, 시방 쥔이 경운기루 가질러 나갔다 워쩌구 해가며 말여."

"고등학교 이학년이면 굵을 것 다 굵은 애들인디, 나 같은 것이 들먹은 소리 해봤자 건건이나 헐까유."

하며 봉석이가 잔등을 무겁게 지고 돌아서자, 정은 일판이 이 지경이 되도록 갈무리를 못한, 주변머리 없는 아내부터 정신차리게 해놓는 것이 순서 같아 그참 집으로 내달았는데, 생각이 여러 갈래로 섞겹는 바람에 자연 더딘 뒤듬발이걸음이 될 수밖에 없었다.

정은 후회스러웠다. 품삯과 먹매 좀 아껴볼까 하여 학생들에게 일손돕기 동원령이 내릴 때까지 기다린 것이 불찰이었다. 그가 남의 돈까지 오부 이자로 끄어대며 관정(管井) 시설을 하여 논이 허옇게 물을 싣고도 부러 이날 저날 하며 기다린 것은, 품삯 없는 학생 봉사대의 울력만으로 일을 추어보려는 속셈이었다. 시추기 한 번 부르는 데에 십이만 원이 들고, 서울까지 올라가 양수기를 사오는 데 칠만 원이 먹히고도 호스와 전기 시설비로 사만 원이 넘게 나갔던 것이다.

그러므로 그토록 어렵사리 끌어올린 지하수로 논을 배띄우게 해놓고도 내동 모를 안 찌다가, 막상 이런 웃음거리로 소문이 나는구나 싶으니, 아무리 자업자득으로 여긴다 해도 민망스럽기 그지없었다. 허지만 그로서는 부득이한 노릇이었다. 올들어 품삯이 오르고 먹매가 세어진 것은 오히려 버금으로 칠 문제였다. 날이 가물자 내남적 없이 눈들이 뒤집혀 품앗이 다닐 경황이 없어진 탓으로, 품을 사쓰자면 다시 빚을 져야 할 일이 보다 큰일이던 것이다. 그러잖아도 그는 이미 빚더미에 치여 있었으며, 학생들 손으로 거저 마냥모를 심는다 해도 올 농사는 벌써 적자를 벗어날 길이 없었다. 모내기가 늦어 추수는 예년의 절반도 못 추릴 터에, 지하수 뚫느라고 얻어 쓴 빚을 가리고 나면 무엇으로 해톤을 댈는지, 모도 심기 전에 명년 봄 보릿동 넘길 양식 걱정부터 앞당기지 않을 수 없이 된 판이었다. 그뿐인가. 그는 무시로 졸리는 요릿집 외상값이 삼십만 원이나 되었다. 눈치 없이 남의 선거 놀음을 신칙하다가 제물에 넘어간 탓이었다.

"작것이 읃어 처먹을 때는 해끔거려두 돌어스면 으레 딴전 본단 말여……."

정은 부아가 날 적마다 이장을 원망했다. 학생봉사대의 일손을 타쓰려고 장에서 만나 볼가심시킨 것조차 아까운 느낌이었다. 그는 지난 장에도 변차섭이를 그 비싼 네거리집에 밀고 들어가 반드시 중학생으로 배치해 달라고, 먹을 것 다 먹여가며 아쉬운 소리를 했던 것이다. 변은 장담했다.

"이래 봬두 내가 이장협의회 섭외 간산 중 몰러? 지 서장이구 면장이구 내 말 한마디면 무조건 노 아니면 예쓴디, 슨거가 몇 달 남었다구 내 앞에서 넥타이에 심주겄나……."

변은 그런 걱정할 새 있으면 헛삶이하고 가물어 돌덩이같이 굳어버린 볏밥이나 고루 써레어놓으라고 휜소리를 치던 것이다.

정이 안 써도 그만일 것까지 써가며 구태여 어린 중학생 봉사대를 얻으려 했음은 오늘 같은 데모를 예측해서가 아니었다. 중학생들은 고지식하여 일이 야무지기도 했지만, 뒷전에서 되잖은 수작이나 벌이며 꾀를 부리는 녀석이 드물기 때문이었다. 마음 같아서는 이장네가 모를 내던 날처럼 중학생 스무남은에 고등학생을 몇 명 섞어달랬으면 싶었다. 중학생을 대여섯 명씩 한 반으로 짜서 못줄 앞에 세우고 그 어간마다 고등학생을 한 명씩 섞박아 두면, 고교생들은 영락없이 십장질을 겸하게 되어 일을 추어내기가 한결 수월하던 것이다.

학생봉사대를 불러쓰려면 늦어도 사흘은 앞서 뛰어다녀야 했다. 부락마다 집집마다 서로 몰아가려고 다투기 때문이었다. 정도 한 파수 전부터 변을 쫓아다녔다. 그는 중학생 삼십 명을 부탁했다. 이장이 면장에게 매달리면 면장은 교장을 찾아가게 마련이지만, 부락으로 배치된 학생을 다시 쪼개어 집집에 나누는 것은 순전 이장의 할 탓이던 것이다.

오후에 학생들이 넘어온다는 기별을 정은 오늘 식전에야 받았다. 고등학교 이학년 학생 삼십 명이라는 거였다. 중학생이 동나서 고교생으로 데려온다 하매 탐탁스럽지가 않았지만 어쩔 수 없는 일이었다.

변은 단축수업 끝이라 학생들이 도시락을 비우고 떠날 터이므로 점심 걱정은 안 해도 된다면서

"즘심 않는 것두 한 부주니께, 어채피 샛것 한 때루 에끼구 말 바이면 착실히 장만해설랑은이, 아무 동네 이장 변 아무개 싫은 소리 안 듣게 허야 되여."

하고 덧붙였다.

"선생은 별거여? 양복 입구 사는 건 한갓 애비 하나 잘 만난 덕이여. 저 잘나 선생질허는 게 아니라 이게여."

말은 그렇게 바르집어 했어도 있는 대로는 챙겨 서운찮게 대접할 마음이었다. 그런데 말휘갑 한 가지는 볼 만한 변이 다시

"잘은 못해 줄지언정 냄이 헌다는 대루는 해줘야지. 다른 동네는 다 그런다는디 우리게만 안 그러면 내 체면은 뭣이 된다는겨."

하자, 정은 엊그제 들은 소리도 있고 하여 성질이 일어 견딜 수가 없었다.

"그 잘나터진 체면, 암만 따져두 면장보다 짧은 게 이장여. 시방 우물이 말러붙어 찬물 한 대접 선허게 못 마시는 판에 막걸리면 됐지, 그 이상 뭘 워치기 허라는겨."

정은 부개비잡히지 않으려고 툽상스럽게 내뱉으며 돌아섰다. 그러나 아무리 힘겨워도 남들 한다는 대로, 닭 한 마리에 맥주 두 병과 거북선 한 갑은 진작 교사 몫으로 생각하고 있었다. 이장 체면을 살리기 위해서가 아니었다. 인솔 교사가 행짜를 부려 학생들의 작업에 헤살을 놓지 않도록 하고자 함이었다. 어디선가 했다던 것처럼, 제 기분에 혼자 소가지 부리다 말고 학생들이 과로한다는 핑계로, 바야흐로 논이 보기 좋을 만하여 학생들을 거두어 가버리면 그런 낭패가 다시 없을 거였다.

학생봉사대를 이끌고 나왔다 하여 교사마다 그런 것은 물론 아니었다. 이논 저논으로 뛰어다니며 독려하다가 이집 저집에서 서로 미루는 바람에 점심조차 구경 못하던 교사도 여럿이나 보았다는 거였다.

고교생은 중학생들 같잖아 먹매가 컸다. 그래서 정은 학생들 곁두리로는 국수를 삶도록 하고, 막걸리도 한 말가량 받아놓아 보라고 했으며, 담배를 찾는 학생도 적지 않더란 말에 봉석이 호주머니에 따로 담배 한 갑을 찔러주고, 담배를 찾는 학생이 있으면 슬며시 돌아서서 한 개비씩 나눠주라고까지 신경을 쓴 터였다.

그런데 그럼에도 불구하고 데모가 벌어진 것은 원인이 다른 데에 있었다. 학생들이 갑절로 불어난 것이 그것이었다. 함께 모를 심기로 한 김승두네 일이 갑자기 버그러지는 바람에 그리로 갔다가 품맨 학생들이 모두 이리로 넘어와 합솔된 거였다. 지하수를 대느라고 내리 사흘 밤이나 이슬 속에서 한둔하며 간신히 논배미를 적셔놨던 김은, 어슴새벽에 잠깐 들어와 써레를 지고 나가보니 웃돈까지 얹어주고 산 양수기가 가뭇없더라는 거였다.

"지서에 갔더니 요 며칠 새 양수기 도난 신고 들어온 것만 서른 일곱 건이라는겨. 양수기 조사헌다구 논두렁 찌웃거리고 댕기다가는 자기들두 워느 늠 삽자루에 맞어죽을지 모르겄더라고, 나버려 아예 새루 사라데. 모는 다 심었어. 이 날 가무는디 워느 놈헌티 손을 내밀어."

김은 체념한 기색이 역연하였다. 김도 지하수 개발과 양수기 장만으로 벌써 쌀을 여덟 가마나 올려세웠던 것이다.

학생이 육십 명으로 불어나자 애초 국수관이나 삶아 두리상에 늘어놓고 말리라 했던 예산은 저절로 사라질 수밖에 없었다.

아내는 맞돈이 들더라도 읍내에 가서 비닐봉지에 든 빵을 사다 먹이겠다고 했다.

"국수 예순 그릇 말아내다가는 나만 버렁빠져. 삶는 것두 삶는 거지만 그릇이며 젓가락은 워디 가서 빌려오구, 짐치가 있나 애호박 하나가 달렸나, 국수 꾸미는 뭘루 얹을 거여."

정은 신칙할 수가 없었다. 작년 이맘때만 같아도 한창 무리로 나와 혼전거리며 먹어도 남을 것이 감자와 양파요, 오이만 해도 지르된 늦사리를 내버린 채 원두밭 넉걷이하기가 바쁠 터이련만, 올 가뭄은 장날 일삼아 홍정해 오지 않으면 한 파수 내내 열무김치 한 가닥 구경 못해 보는 가뭄이었다.

정이 집터서리에 이르렀는데도 조브내 논배미에서 학생들이 악쓰는 소리는 이 건너까지 들려왔다. 정은 남우세스럽고 창피히여 부쩌지 못할 지경이었다.

"이런 엿장수 줬다 가재쳐 개장수 줘두 선찮을 여편네 보게. 시방 학생애들 저러는 소리가 안 들려 그러구 자빠졌다 이게여?"

하며 정은 들어단짝 손에 집히는 것으로 아내를 후려갈길 참이었으나, 마침 움켜쥔 것이 대문 어리에 빗겨 세워놨던 넉가래 자루라 차마 내던지지는 못하고 눈만 지릅떠 부라렸다.

아내는 늙지 않게 토방에 몽당빗자루를 깔고 넓푸데기 주저앉아 저녁에 봐먹을 강낭콩을 까다 말고

"업세, 뉘더러 됩데 호령이여. 그러게 내 싸게 오너보라구 봉석이를 너머 보냈잖여."

그녀는 지친 표정이었고 이젠 아무 요량도 없다는 말투였다. 그녀가 말끝을 보탰다.

"단팥빵 크림빵 해서 한 광주리 이렇게 담어 내가니께, 인저는 비니루봉지만 봐두 속이 달치구 닭살이 돋는다구 쳐다두 안 보려구 허데. 그러니 이 노릇을 낸들 워칙혀."

정은 아내의 푸념을 들으며, 중학생만 같아도 그런 소리는 안 나왔으리라고 생각했다. 이번 가뭄에 다루기가 까닭스러워진 것이 농촌봉사대로 나온 고등학생들이라는 것은 정도 들음들음으로 짐작해 온 터였다. 곁두리로 빵을 사다 주니 봉지째 논바닥에 밟아넣더라는 집도 있고, 막걸리통이 바닥나자 모를 뜨게 심거나 거꾸로 꽂고 가버려 물을 두고도 실농해 버린 집이 있으며, 논 한 마지기 심는데 유산균 음료수 값만 칠팔천 원이 나갔다는 소리도 있고, 닭부터 서너 마리 비틀어놓고 논에 들어가는 학생을 만나, 겨우 부둥깃이나 벗어난 햇병아리를 하루에 여남은 마리나 축냈다는 말도 들은 듯했다. 그러고 보니 얌전히 논두렁에 늘어앉아 노래나 합창하는 학생들을 만난 것만도 다행이란 느낌이었다.

정이 물었다.

"그래, 선생이란 것은 구경만 허구 있더라 이게여?"

그러자 부엌에서

"구경이나 했으면 괜찮게유. 학상덜 보는 디서 워쩐 중 아슈?"

하며 부좃일 와주었던 봉석 어매가 토방으로 나오더니, 마루 끝에 밀어놨던 냄비 뚜껑을 열었다 닫으며 중둥무이된 말을 이었다.

"선생 허는 것두 유센지, 주는 대루 처먹는 게 아니구…… 나는 원래 비우가 약해서 바싹 군 즌기 통닭 아니면 누려서 입에두 못 댑니다, 아 이 지랄 허구 근천을 떨데유. 그러더니 담배허구 맥주만 홀랑 채뜨려 가잖유. 드러서 못해먹어유. 저무니 쪽으로 넘어가는 걸 보니 학상덜이 그 동네루두 쩌개진 모양이지유?"

다시 아내가 번들어 말했다.

"잠깐 밭에 나갔다 온 새에 가이가 장병아리를 물어쥑였길래, 계제 좋다구 발톱할래 온새미로 삶어 내갔더니 그 지랄 허구 자빠졌잖여. 선생것이 그 지경이니 그 밑잇것들이야 오죽혀. 여기까장 오너서 짜장면 곱배기를 내놓으라구 부득부득 우기니, 저럴라면 숫제 구만두구 가라구 혀. 적이나마 막걸리 한 말 죄 노나 처먹었으면 고만헌 뱃구레에 요기두 됐으렸만, 에— 아니꼽살머리스럽구 즌접스러서……."

하는데, 아내는 이쪽에서 한마디만 윽박질러도 금방 께끼어 울듯이 목이 메어 있었다.

정은 지드근히 사려 욱기를 누르고 중얼거렸다.

"끙, 눈썰미 있는 여편네 같으면 눈 하나 깜짝 않구 벌써 지지구 볶구 해냈을 텐디, 저런 그루된 것을 지집이라구 밤이면 불 끄구 자니, 에라 이 불쌍헌 늠……."

정은 가름옷으로 갈아입으려고 방으로 들어가면서, 발부리에 걷어채여 뒹구는 큰딸 책가방을 돌아보며 도로 언성을 높였다.

"이건, 이런 날일수록 다다 집구석에 붙어 있는 게 아니구 워디를 이리 싸질러댕기는겨. 고등핵교 안 보내는 건디 공중 눟쳤지."

"걔는 읍내루 빵 무르러 갔나뷰."

봉석 어매가 부엌으로 들어가며 대답했다.
"대가리 쓸 중 아는 여편네 같으면 미숙이 오는 편에 재료 사다가, 있는 국수에 간짜장이래두 얌전히 맹글어냈겄다. 무궁화표 짜장 큰 것 두 통에 돼지비게 한 근이면 찍헐 텐디, 감자, 다마네기, 호박, 당근 대강 쓸어놓구 자작자작하게 볶으면 다 되는 것을……."
정은 말끝에 귀숙 어매 소리가 묻어나올까 봐 얼른 입을 다물며 짐짓 배꼽께를 내려다보았다. 몸이 고단해 여러 날을 묵힌 채 물 구경도 못 시킨 터라, 새물내 나는 팬츠를 반이나 꿨는데도 그곳은 찌든 땀내를 풍겨가며 뺨가웃은 넉넉하게 늘어져 있었다. 그러는 동안 그의 마음은 벌써 귀숙 어매 곁으로 치닫고 있었다.
"그러니께 그런 깬 여편네 있걸랑 읃어살어. 나는 중국집 근처도 못 가봐서 자장면에 된장을 푸는지 꼬치장을 푸는지, 열 번 쥑인대두 모르는 답답선이니께."
정은 속으로 섬뜩했으나 못 들은 척했다. 스스로 정신을 가다듬어 보더라도 귀숙 어매가 요리하는 곁에서 직접 지켜본 가늠이 아니면, 자기 역시 자장면 재료를 한 입으로 엮어낼 리 만무한 일이었다.
귀숙 어매는 정과 더불어 잠자리를 같이할 때마다 흔히 밤참으로 자장면을 해내었던 것이며, 정은 일쑤 부엌에 따라 들어가 그녀 곁에서 잔심부름을 거들었던 것이다.
옷을 갈아입고 나니 더욱 숨통이 죄는 느낌에 눈앞이 가풀막지며 고개를 들 수가 없었다. 불현듯 이것이 다 누구 탓이냐 하는 의문이 솟구치고, 뒤미처 모두 나 하나 못난 탓이라는 대답이 이마에 맴돌았다. 모두 나 하나 못난 탓이라는 단정은, 지난봄 어느 날 그 스스로 터득한 값진 자기 분수였고, 그 후로는 일상을 지배해 온 자기 처신의 기틀이었다.
정은 아무 대책이 없는 채로 집을 나서지 않으면 안 되었다.

대문 밖으로 나서는 그를 멀거니 지켜보던 아내가 에멜무지로 말했다.

"학생애들을 가라구 허던지, 지들이 먹자는 것으루 읍내서 시켜다 주던지, 가부간 워치기 해서 무슨 메지를 내야지 동네만 빠져나간다구 일이 취지남. 애써 은은 품을 어섯만 보구 그냥 보내버리면 말이나 되여?"

"선생 얘기버텀 들어보구……."

"선생 쳇것이라구, 가무숙숙헌 상판이 코쭝배기에 제비똥 떨어진 늠마냥 잔뜩 으등그러지구 지르숙은 게, 팔모루 봐두 오종종헌 줄품이던디…… 그런 것은 대학 아니라 논어를 나왔어두 흔히 소갈머리 읎이 소가지만 부리는 법이니께, 말 한마디를 허더래두 다부드럽게 웃는 낯으루 허슈. 공중 덧내놓지 말구."

"선생이 읎으면 이럭저럭 애들이나 다독거려놓구, 우춘옥에 가서 짜장면 예순 그릇을 시켜보낼 테니 모 찌는 사람들헌티 참이나 싸게 내보내여."

정은 아무 갈망 없이 건성으로 휜소리를 치며 학생들의 데모 소리가 여전한 조브내 논배미로 갔다. 인솔 교사를 만날 수 있으면 성질나는 대로 단단히 닦아세울 참이었다. 학생들의 무성의한 태도와 그것을 묵인한 교사의 소행은, 민폐와 다르지 않은 염치없는 행패라고 되게 꾸짖을 셈이었다.

학생들의 무료 봉사나 바라고 부러 모내기를 미뤄온 이쪽의 약점을 들어 교사가 대거리하려 들 경우에도 그는 할 말이 없지 않았다.

그는 고속도로나 국도변에 경작지를 가진 농가들이 해마다 농번기를 무난하게 넘기는 수법도 대강은 알고 있었던 것이다. 이른바 중앙의 윗사람이나 지방 관리들의 왕래가 잦은 고속도로나 국도변에 농토를 가진 농가의 농사는 매양 남의 손으로 거저 짓다시피 한다. 그들은 이앙기의 한고등이 이울도록 논에 물만 실어놓고 묵힐 듯이 내버려둔다. 올 같은 가뭄이 없는 해라도 관공서 공무원이나 학생봉사대가 제 발로 찾아와 모를 심어주기 때문이다. 농촌봉사대가 며칠씩 두고 도시락들 싸들고 찾아와 엎드려 땀으로 미역을 감아도, 논임자가 기어나와 고맙다고 들여다보는 법 한 번이 없다. 도리어 집을 비우고 나들이를 해버린다. 집 안에 들앉아 있으면 안 내다볼 수 없고, 아는 체를 하고 나면 냉수라도 떠나르지 않을 수 없게 되니, 다만 성가심만을 보탤 따름인 것이다.

그들에 견주어, 일 추어주는 학생들에게 더운 점심과 곁두리를 차려내고, 온새미로 전기구이한 닭 마리에 맥주와 고급 담배로 인솔 교사를 대접하는 여기 사람들은 숫제 햇내기로 쳐야 마땅할 것 같았다.

인솔 교사를 불러세우고, 그렇게 종주먹을 대어가며 부실한 작업과 부당한 요구를 그만두지 않으면, 비록 모를 썩히는 수가 있어도 학생들의 일손을 거절하겠다고 정은 아퀴지어 말할 작정이었다. 그러나 조브내 들대 울녘을 거듭 돌아보아도 교사 비스름한 사람은 발견할 수 없었다. 저무니 쪽을 넘어갔다더니 아직도 꿩 구워먹은 소식인가 보았다. 인솔 교사들끼리 그 동네의 어느 후미진 고랑에 한갓지게 자리잡고 앉아, 맥주와 통닭구이로 야유회라도 벌이고 있는지 모를 일이었다.

부아가 더럭 난 정은 "아니 벌써, 일이 끄웃났나, 배가 불러 낮잠이나 자야겠네——." 하는 구절 이음새를 끊으며

"게서 모춤 갖구 찜뿌놀이 허는 게 뉘집 아들여? 모춤 하나에 오백 원씩 선돈을 줘도 읊어 못 사는 중 알면, 일은 안 해줘두 모가 모자르지나 않게 해줘야지."

하고 고함을 버럭 질렀다. 그러자 노래하던 사살은 가뭇없어지고,

내동 모춤으로 야구놀이를 하던 녀석들도 고개를 저리 돌렸다.
 정은 낯빛을 바꾸지 않고 같은 어조로 멍덕을 씌우려 들었다.
 "아무리 마지못해 어거지루 일 왔기루, 이게 무슨 짝이여? 일은 안 해도 좋다 이게여. 시늉은 냈으니께 시방이래두 갈 테면 가버려. 이 모를 워치기 질러낸 중 알어? 누룩 디뎌 띄우듯이 안방에서 이불 씌워 질렀다 이게여."
 사실이었다. 통일 유신계의 신품종만을 심도록, 재래종을 빼면 못자리를 짓밟아 엎고, 재래종 볍씨를 숨겨 침종하지 못하도록 울 안을 들들 뒤는 통에, 독을 안방에 앉히고 볍씨를 틔웠던 것이다. 키만 바지랑대만하지 옆으로는 보잘데없는 학생 하나가
 "먹자구 허는 일이니 먼저 먹으야 헐 거 아니유."
하며 일어서다 말고 앉았다.
 "먹자구 허는 일이니 일버텀 해야 먹을 거 아녀."
 정은 다시 말했다.
 "애초 우춘옥에서 짜장을 시켜오려다가, 일허는 디 가루것 준다구 툴툴댈께미 구만둔 겐디, 늦더래두 참던 짐에 쬐끔만 더 참어. 아깨 가질러 내려갔으니께."
 그러자 막걸리를 혼자 됫것이나 한 것처럼 아직도 얼굴이 불콰한 학생 하나가 저만치에서 불퉁스럽게 중얼거렸다.
 "밭 인심보다 논 인심이 후헐 것 같아서 보리 비러 가다 말구 일루 와봤더니 그게 아니더라 이거유. 술이 떨어졌으면 허다못해 오리방석(물)이라두 떠다 놔야 헐 거 아니유."
 "새암 말러붙은 지가 반 달 슥 장두 넘는디, 워디 가면 마실 물인들 혼헐깨미?"
 정의 말이 떨어지기 무섭게, 이번에는 왼쪽 팔뚝에 우정이란 글자를 잉크색으로 문신한 꼴이나 하고, 어디에 갖다 놔도 시끄러울

성부른 학생이

"나중에 사위나 삼으신다면 몰라두 누가 민생고에 허덕대며 남의 모를 심어유. 우리 논두 시방 못자리서 이삭이 팰 판인디."
하고 말을 받으니 뒤미처

"쟤가 미숙이를 좋아헐 예정이래유."
하며 저 뒷전에 앉아 얼굴도 잘 안 보이는 녀석이 덧거리질을 했다.

"제우 엊그제 털난 것들이 벌써버텀 제 마개 빼어 넘의 뚜껑 헐 공상이나 허여? 넘의 그림자에 땀들일 녀석 같으니……."

슬며시 빕더서며 능갈을 쳤다. 그 사품에 웃음판이 벌어지자 발이 밭은 정은 재빨리 미끼를 던졌다.

"우리 미숙이만 와봐. 학생들 요구사항이 대번에 해결되지. 왜 그런고 하니 미숙이가 사방 빵만 무르러 간 게 아니거든. 또 내가 지금 이러구 나가는 것두, 여러 학생들이 수고허는디 가만있을 수 읎지 않으냐, 나두 뭔가를 뵈줘야 되겄다, 해서 암만 밥뻐두 잠깐 댕겨오려구 허는 거니께, 학생들은 더두 말구, 그럼, 더두 말구 허다 말은 것이나 마저 마쳐줬으면 좋겄다 이거여."

학생들이 새겨듣다 못해 어리둥절해하는 사이 정은 그참 뒤도 안 돌아보고 읍내로 내뺐다.

놀미만 벗어나도 한시름 놓인 것 같았다. 정은 읍내에 들어가기 앞서 앞뱅이로 건너갔다. 못자리배미에는 조태갑이 혼자 모판장에 엎드려 있고 두 사람은 보이지 않았다. 정이 물었다.

"신 서방 남 서방두 데모허나 뵈. 이 동네 데모는 구호가 뭐여?"
조가 대답했다.

"목이 타서 못 살겄다, 물뼈라두 먹구 허자."

학교 앞에 있는 가게를 살펴보았으나 아예 들어앉았는지 신태복이나 남병만은 보이지 않았다.

"암만 해두 우춘옥에 가봐야 되겄는디, 가진 것 있걸랑 하루만 쓰세."

정이 손을 내밀자 조가 천 원짜리 한 장을 뒤져 주며 걱정했다.

"이것 가지구 짜장 예순 그릇을 워치기 시킨다나?"

"클났어. 짜장면은 워디 갔건, 못기약 읎이는 여름을 나두, 커피 댓 잔 값은 장 눙구 나스야 얼굴을 이고 댕길 수 있으니……."

"김형객(金炯珏)이 장삿속에 우리게 착헌 사람 하나만 쓰다 못쓰게 버렸으니 큰일은 큰일이여."

"……."

정은 대꾸할 말이 없었다. 조의 말이 옳았던 것이다.

스스로 반성할 적마다 허무하고 어이없는 일이 그 일이었다.

정이 벌놓인 것을 두고 속내 모르는 사람들은, 심지어는 그 아내까지도, 분수를 잊고 허황한 망상과 겉멋에 들떠 갈피 없이 허둥대는 건달로 여기려 들었다. 갑갑하기로 말하면 그만한 일이 다시 없었다. 정은 발명하지 않았다. 공개하기 거북한 내막이기도 했지만 그보다는 남에게 웃음가마리를 보태주기 싫어서도 혼자나 속썩는 편이 낫겠던 것이다.

정은 잊으려고 노력하며 무시로 뉘우쳤다. 김형각이도 중오하고 싶지 않았다. 때때로 부아가 치밀고 벌떡중이 도지면 새삼스럽게, 이게 다 누구 탓이냐 하는 신경질이 일지 않는 것도 아니었지만, 그는 그럴 때마다 다 나 하나 못난 탓이라는, 그 선거 뒤에 생긴 열패감과 여러 여년 묵은 체념만을 되새기며 참은 거였다.

그럼에도 불구하고 씀씀이는 여전히 줄여지지 않았다. 전에는 보리숭늉만도 못해 설탕으로 반죽하지 않으면 써서 못 넣겠던 커피가 혀끝에 붙은 뒤로는, 누가 사주면 단맛으로나 입에 대어본 청량음료 따위에도 스스럼없이 돈을 헐게 되던 것이다. 남의 돈을 빌려서라도 주머니에 커피 몇 잔 값은 넣고 나서야 마음이 놓이고, 보리쌀 여덟 되와 맞바꾼다는 것을 번연히 알면서도 으레껀 가늠없이 맥주로 입가심을 해야만 기분이 거늑했으니, 주머니 지탱이란 아예 바라보지도 말 일이었다. 그러면서도 속상한 일, 한가할 데가 마땅찮은 일을 겪게 되면 선거 바람에 휘말려 들었던 지난날을 되새기며 자기의 어리석음을 거듭 깨닫곤 했지만, 그렇다, 그것은 또 얼마나 부질없는 짓이었던가.

선거 바람이 그에게 끼친 피해는 인사에서 비롯되었다.

그는 김형각의 부탁을 들어 부러 여러 사람과 가까이하기를 금년 농사로 삼았던 것이다. 무소식을 희소식으로 치고 내동 뜨막하게 지내던 보통학교 중학교 동창들을 새퉁스럽게 날잡아 찾아다니며 거추없이 술 인심을 쓴 것이 그 시초였다. 무턱대고 흥청거리며 있는 대로 혼전만전 쓰고, 쓴 만큼 빚을 진 거였다. 그 당시만 해도 매양 남의 돈, 곧 김형각이의 돈을 대신 써주는 셈으로 여겼으니 지출의 규모를 가리거나 따질 필요도 없었다.

게다가 정은 김이 자기를 거추꾼으로 굳게 믿는 눈치 같았으므로, 무릇 주어야 받는다는 속설과 더불어 은근히 기대가 컸다. 그는 김의 출세를 도모하고자 자기의 사생활마저도 김에게 투자하려고 했다. 큰 것을 바라자면 사생활 정도는 하찮게 쳐야 한다는 생각이었다. 그는 주어진 일에 정성을 다했다. 유권자 추천장을 들고 다니며 삼동네를 샅샅이 뒤져 도장도 받아다 주었고, 이리 외고 저리 꼬이는 옛날 동창들을 몸생각 않고 불러내어 술 대접 끼니 대접, 노잣돈에 담배까지 얹어주며 구색으로 간살을 부렸던 것이다.

그러는 동안에 선거철이 지났다. 그리고 그를 찾아온 것은 두 장의 청구서였다. 그러나 그는 내놓을 것이 없었다. 그 두 장의 청구서는 그의 체면, 위신, 신용 따위를 한꺼번에 앗아가 버렸다. 사람들은 그를 우습게 알려고 했다. 실컷 이용만 당하고 짓밟힐 지경이라면 그의 앞날도 능히 내다볼 수 있다는 투였다. 그는 그 뒤부터 무엇 한 가지 제대로 되는 일이 없었다.

오늘도 마찬가지였다. 애초 에멜무지로 들러본 우춘옥이었지만 주인이 먼저 알아채고 선수를 쳐 옴나위도 못하겠던 것이다.

우춘옥 주인 우승민은 중학 동창 우승돈이의 바로 아래 아우여서 전에도 그를 형으로 대접해 온 터였다.

"성님, 대관절 어쩔려구 이냥 이러슈? 이 날 가무는디 장사가 되유 제사가 되유. 인저는 장날두 사람 같은 것 여남은 드나들면 그뿐이유. 성님두 있는 생각 한번 잦혀보슈. 가물어서 죄 환장허는디, 워느 가루것 못 먹어 상성헌 늠이 예까장 오너 우동가닥을 찾겠슈. 그렇다구 영업헌다는 집구석이 재료 안 사다 쟁일 수 있슈? 이 잘나터진 늘옴치래기 장사에 외상이 백만 원대를 넘었으니, 슨거 바람에 나만 버렁빠졌슈. 천동면에 외상 안 깔린 디가 읎는디 받으러 가면 개나 걸이나 됩데 호령이유. 핑계야 여북 좋아유. 이 날 가무는디 워느 늠이 외상을 갚느냐는겨. 연치가 읎으면 염티이나 드스바지. 처먹을 때마다 짜니 싱거니 허구 찍자 붙더니, 처먹구 달소수 거짐 됐으면 더러 갚을 중두 알으야지. 몽땅 창새기를 끄내 창란젓 담어놓구 내년 이때까지 먹어두 션찮을 인간들이유. 이 날 가무는디 워느 늠이 외상 놓구 독촉을 안 혀? 다른 것 같잖구 먹는 것 가지구 서루 얼굴을 붉히니 이게 헐 노릇이유. 드러, 먹는 장사가 기중 추저분허다더니 진짜 추접스러 못해먹겄어. 그런디 보니께 성님이 제일 많이 자셨데. 아마 십만 원두 넘는 것 같지."

하고 우가는 계산대 서랍에서 각장지 색깔로 찌든 공책을 뒤적거렸다.

"놓아둬. 이 날 가무는디 구 년 묵은 치부책 지울 경황이 있겠나?

여기는 외려 즉어. 화성관 것은 여기 것 곱쟁이두 넘나 보데. 놓아
둬. 천상 비나 온 댐에 움직여볼 테니……."
"그럼 짐형객이는 여적지 아무 무엇 읎이 맨판 모르쇠허구 있남
유?"
"공중 변차셉이가 주릅드는 통구리 애매헌 나만 그듭치기 해주
구 말은겨. 우리찌리 말이지만 그 작것이 원제는 인사채릴 중 알담.
뒤통수에 학문이 들었나 이마빼기에 상식이 묻었나. 엊그제까지두
장도리 하나루 남의 넘어간 뒷간이나 만저주러 댕기던 바닥 것인
디…… 워치기 허구 싶어두 측은해서 놔두구 보는겨."
"그건 그류. 요새두 미쟁이 하루 쓰려면 먹매 말구 만 원 돈을 준
대두 달포 전에 미리 맞춰놔야 허니께."
정은 김형각이라는 이름만 들어도 비위가 뒤집혔다. 정이 어금
니 옥무는 것을 엿보고 우가가 말했다.
"그러지 말구 시방이래두 만나서 저 땜이 쓰다 빵꾸난 게나 때워
달라구 해봐유. 아무리 돈만 아는 집장수기로 그만 경우도 읎을라
구유. 접때버텀 면공관 옆댕이 상삽색이네 십녀 사티에나 제□킨□
짓구 있습디다. 시방두 아마 게 워디 있을 게유."
그제서야 정은 겨우 입 벌릴 실마리를 붙잡은 것 같았다. 그는
곧 김형각이와 담판을 벌일 듯이 말하면서 아쉬운 소리를 했다. 우
가는 대답하지 않았다. 잔뜩 지르숙은 채 눈을 깔뜨고 서서 죽살내
듯 담배만 죽일 따름이었다. 정은 논두렁 데모에 대한 실정을 엄살
섞어 되풀이하면서, 요리 시작은 돈을 건네주면 하더라도 채비만은
미리 해달라고 빌붙었다. 그래도 우가는 뜨악해하며 고개를 바로
하지 않고 딴전 볼 계제만 기다리는 기미였다.
"만일 십 분 안에 짜장면 값이 안 될성부르면 논문서라두 갖다가
집이헌티 맡길라네. 이 사람아, 그래 이 중 아무개가 이 천동바닥서

돈 만여 원을 못 두를 성싶나? 설령 짐형객이를 못 만나더래두 가볼 디는 쌨네. 요시는 병화, 삼화두 집에 들어앉어 있구."

병화, 삼화는 읍내에 살림집을 두고 뜨내기 벽돌공으로 나가 돌아다니는 그의 아우들이었다. 우가가 이쪽의 말휘갑에 발목을 잡혀 마지못해 부엌 쪽으로 옮겨가자, 정은 비로소 한숨을 돌리며 우춘옥에서 나와 수챗다리 쪽으로 내달았다. 이런 때는 누구보다도 귀숙 어매가 가장 수월하였던 것이다.

귀숙 어매는 올들어 서너 달 남짓 정이 샛문으로 드나들며 배꼽을 맞부벼온 난봉난 남의 여편네였다. 그녀는 그새 나이가 그렇게 되어 몸에 있던 것도 여년 전에 그쳤다는 거였으나, 아직도 여러 사내 궂힐 만큼 아래 힘이 장사여서 한 번 하고 나면 눈이 침침할 정도였다. 그녀는 본서방이 있을 때부터 전에 살던 집 처마 끝에서 푸성귀로 시작하여, 무리 때 쏟아져 나오는 잡살뱅이 밭걷이들을 받아 되넘이한 관계로, 열뭇단이라도 솎아 쏨쏨이해 본 이면 대개 모를 수가 없는 처지였다.

그녀의 남편 전순만은 아무라도 한번 보면 다시 찾을 성싶잖은 소문난 허릅숭이였다. 그러나 한 가지, 계집을 후리는 솜씨만은 으뜸이었으니 대저 그만하면 타고난 재주라 일컬으며 부러워할 만하였다. 정도 전가를 모르지 않았다. 보통학교를 이태나 먼저 나온 터라 그다지 자별한 사이는 아니었으나, 더러 오면가면 만나면 너나들이 비스름하게 터놓고 지낸 처지였다. 전가는 방랑벽이 고질이어서 태어난 바닥에 도로 묻힐 주제임에도 매양 떠돌며 세월히었다. 귀숙 어매가 귀숙이 하나밖에 두지 못한 것도 사내가 그만큼 나가 산 까닭이었다. 그러므로 전가가 스스로 골라잡은 직업도 그 천성에 걸맞은 도붓장수였다. 전가는 오지그릇 장수였다. 리어카에 항아리, 자배기, 옹배기, 소래기와 동이, 단지, 투가리 따위를 싣고,

산골이나 갯마을로 들어가 잡곡과 해물 따위로 갈아왔는데, 한번 나가면 밑이 질겨 조금이나 무시에 떠나더라도 여덟 물 아홉 물 안에는 여간해서 돌아오는 법이 없었다. 보리누름철에 가뭇없어졌다가 가을걷이한 밭에 보리씨를 뺍고 난 뒤에야 찾아온 적도 한두 번이 아니었다. 그리고 그렇게 죽었다가 살아올 때면 반드시 여자를 달고 들어왔다.

전가가 오다가다 만나 끌고 들어온 여자도 으레 도붓장수였다. 체장수, 돗자리장수, 죽물(竹物) 장수, 소반 장수 하여, 정이 직접 들고 본 여자만 해도 넷이나 되던 것이다. 보다 못한 귀숙 어매는 사내와 갈라서기로 작정하였고, 마침내 돈 오만 원으로 위자료를 만들어 아주 내쫓아 버리고 말았다. 귀숙 어매는 몸이 홀가분해지자 여러 사내를 갈마들이하며 어디 가나 흔히 있는 그런 관계를 마음껏 누렸다. 정도 그렇게 걸린 사내 중의 하나였다. 지난봄 어느 장날, 모처럼 날이 굿는다고 기분이 풀리도록 마신 술에 곤드레만드레하다가, 그 집 담장에 오줌을 누고 그대로 쓰러져 자정이 넘도록 자다가 깨어난 것이 인연이었다.

그녀는 쓰는 사람 없이 벌기만 하여 급히 찾아갈 적마다 없다고 한 적이 없었다. 정은 생각잖게 나갈 데가 생기면 곧장 귀숙 어매를 찾아가곤 했다. 물론 그저 빌려주지는 않았다. 아무리 바쁘고, 아침 먹은 것이 덜 내려가 마음이 없더라도, 그녀의 요구를 들어주지 않으면 어림도 없던 것이다. 정이 집을 나오면서 속옷을 말끔히 갈아입은 것도 그런 연유였다.

정은 다른 일 같잖고 워낙 다급한 판이라 귀숙 어매를 못 만날 경우도 예상해 둘 필요가 있었다.

그는 우춘옥의 우가 말도 있었고 하여 김형각이를 그 여벌로 겨냥했다. 김가의 소행을 생각하면 지금도 속에서 꼭 무엇만한 것이 금방 넘어올 양으로 움틀거리곤 한다. 절통한 일이었다. 창피함만을 말하자면 생전에 그만한 망신이 없었다.

정이 김형각의 일에 섣불리 말려든 것은 그 자신의 허황한 욕심과 어리석은 잔꾀 탓이었다. 사월 스무날께든가, 변차섭이가 불러 처음 귀띔을 해줬을 때만 해도 그는 순전히 생무지였던 것이다.

변이 그를 불러 부탁한 것은 대의원에 출마하는 김형각이가 보낸 유권자 추천장의 추천에 대한 협조였다. 정은 그때까지만 해도 투표를 해본 기억이 흐릿한 데다, 선거란 말조차도 무슨 일을 낼 소리나 들은 것처럼 떨떠름하여 듣기가 영 어설펐던 것이다.

정이 사리는 기색을 알아차린 변은 부러 한참이나 너스레를 떨었다.

"아따 옛날에 더러 해봤잖여. 천동핵교 교실에 들어가 작대기 밑에 붓뚜껑 눌러설랑은이 라면 상자만헌 반닫이 구녕에 쑤셔놓구 안 나왔어? 그러구 나서 우리게 계원들 앞으로 나온 금일봉을 갖구설랑은이, 워디여, 시방 저기 허는 집 자리, 천일자즌거포 자리, 욕쟁이네 옴팡집으로 몰려가 죄다 벗어젖히구 마신 적두 있잖여 왜……."

정은 그제서야 변이 무슨 소리를 둘러하는 것인지 대강 졸가리를 가늠할 수 있었다. 변이 귓속말로 속닥거렸다.

"시방 우리게 사람들헌티 유권자 추천장에 날인을 받어달라구 보채는 사람이 벌써 둘이나 나왔는디, 자 누구는 해주구 누구는 안 해 주는 겨. 안 해주면 오해받구, 혐의사구, 두구두구 거시기 헐 텐디, 예서 안 살려면 모를까 누구를 거절헐 거여. 워느 늠이 당선헐 중 알구설랑은이 해주구 말구 허느냔 말여. 게 생각다 못해 덮어놓구 두구 가라구 했는디……."

"……."

우리 동네 정씨 147

"그렇다구 명색이 이장이니 내가 겉으루 들구 나슬 수두 읎구. 게 미숙 아버지랑 우람 아버지랑 두 양반헌티 부탁허는 거니께, 미숙 아버지는 구찮더라도 짐형객이 것 좀 해줘야겄어. 이중 추천은 안 된다니께. 꿈지럭거리면 다른 후보가 받어갈깨미 미리 받어두자는 거라. 우리사 아무가 당선되면 워뗘? 우리는 그때그때 우리 얼굴만 닦으면 구만이거든."

"그런디 워떠워떤 것들이 출마를 허겄다는겨?"

정이 물었다.

"수두룩혀. 방구깨나 뀌던 늠은 다 못 참는 모냥이라. 돌어댕기는 소문은 여남은 가까이 된다나 보던디, 내게 추천장 뭉텡이 놔두구 간 것은 단위조합장 증혁준이허구 신진토건사 사장 짐형객이 둘밲이 안 되여. 아직까장 내가 알기루 확실한 것은 이장 협의회 공천으로 나오는 파발 삼리 이장 전금조 하난디, 알 수 있간디. 합동양조장 박동세, 천동약국 쥔 길명길이, 예비군 중대장 최병국이두 짐칫국을 마시는 모양이구, 금호장 홍근표랑 천동운수 사장 김종권이두 접때버팀 눈치가 이상헌 게 뭐가 있는 것 같더먼그려."

"거, 워디 학식과 덕망 있는 늠이 하나나 있나……."

"인물은 돈이 가꿔주는겨."

"그러면 집이는 누구를 밀 참여?"

"나야 으리가 있지. 이장단 공천받은 전금조를 놔두구 워느 늠을 밀어."

하고 변은 시험지 크기의 추천장이 든 누런 봉투를 지져맡겼다. 한 장에 열 사람씩 연기명을 할 수 있도록 인쇄된 그 추천장은 얼핏 눈대중만으로도 서른 장 가까이나 되는 것 같았다. 이장마다 같은 분량으로 떠맡기고 그중에서 반의반만 추천을 받아준다 하더라도 천여 명 이상의 추천인을 확보하게 되는 셈이었다. 추천을 많이 받으면 많이 받을수록 간접 선거운동의 효과가 있음은 물론, 추천장에 일단 도장을 눌러준 사람은 은연중에 자기가 추천하여 등록한 후보라는 유대감의 작용이 없지 않을 터이므로, 추천인이 많으면 그만큼 유리한 것으로 판단한 까닭이라고 변은 덧붙여 설명했다.

"이런 걸 해주면, 뭐 생기는 게라두 있다 이게여?"

"그건 미숙 아버지 수단 나름여. 혹시 짐형객이가 당선돼설랑은 이 중혁준이 마냥 단위조합장으로라두 앉으면, 영농자금 몇 푼을 은어쓰더라도 딴 사람이 앉는 것보담은 낫을 거 아녀."

정도 그렇겠다고 믿었다. 장터 국말이밥집 골목에서 천장에 감초 몇 봉지 매달아놓고 세월 없는 한약방을 차려 밥도 어렵게 먹는다던 정혁준이가 조합장으로 출세한 것도 대의원에 뽑힌 덕이었으니까.

변은 후보자 등록 마감일이 오월 사일이므로 그 열흘 전인 글피까지는 김의 손에 추천장을 넘겨줘야 한다고 다짐받으면서, 오십여 명 정도만 받아줘도 큰일을 추어주는 셈이라고 격려까지 했다.

정은 김이 당선될 경우, 이번 일을 구실로 두어 가지 이용해 먹을 계획이 서자 식전부터 안팎 동네를 후지르고 다니며, 아무나 붙들고 어렴성없이 도장을 부탁했다. 그가 이틀 동안에 얻은 도장은 예순둘이나 되었다.

정은 대견스럽고 흐뭇했다. 마을 사람들이 스스롭게 여겨 자세하여지기를 꺼리던 생년월일이며 주민등록번호가 인감도장과 함께, 이름도 성도 없던 김의 추천장에 올라 그대로 밝혀짐을 무릅쓴 것은, 누구보다도 정승화라는 인간이 그만큼 미덥고 씀직하게 보였다는 증거이겠던 것이다.

김이 당선될 경우 정은 먼저 뜨내기 벽돌공으로 공사판을 찾아 떠도는 두 동생, 병화와 심화의 취직을 시킬 셈이었다. 김이 신진토건을 경영하고 있어 그만한 청탁은 무리가 아니겠던 것이다. 그리고 김이 조합장으로 보직을 받으면 경운기 한 대는 어렵잖게 장만할 수 있을 것 같았다. 경운기는 하루 사용료가 만 원에 이르고 있어 일단 구입만 한다면, 그 두 대 값이라도 제 돌 안에 뽑아낼 자신이 있던 것이다.

예순두 개의 도장이 찍힌 추천장을 들고 정이 직접 김을 집으로 찾아간 것은 등록 마감일 하루 전이라던 날이었다.

전부터 안면이 익었던 김은 여러 사람이 들락거려 부산한 중에도 이쪽이 민망할 지경으로 치사를 하여 마지 않았다. 그는 또 정의 수고에 당장 손셋이하지 못하는 처지를 꾸밈새없는 얼굴로 사죄한다고 했다.

정도 공치사를 할 생각은 없었으나, 애초 작정한 바에 따라 운동원으로 나서겠다는 뜻은 귀띔해 주지 않을 수 없었다.

"지역사회에서 인물을 하나 키우자는 겐디 모른 척허구 있으면 쓰나유. 이런 큰일이라면 벤또 싸들구 댕기메 심껏 밀어디리는 게 사람 사는 도리지유."

그러자 김은 응당 들을 소리를 들었다는 듯이 거드름을 섞어가며 길게 말했다.

"고맙습니다. 사실 놀미에 중 선생 같은 분이 계시다는 걸 워째서 진작 몰랐는지 모르겠습니다마는, 사실 중 선생두 이 사람을 잘은 모르셨을 줄로 알고 있습니다. 하여간 이번에 이 사람이 큰일을 한번 해보겠다고 나스기는 했습니다만, 사실 이 사람이 이런 원대한 계획을 포부로서 마음적으로 느껴온 것은 썩 오래전이올시다. 조상의 얼과 뼈가 묻히고, 이 사람을 낳아 드디어 오늘이 있게 해주신 내 향토! 그러나 이 사람이 입신을 해야만 이 지역사회에 무엇인가를 이바지할 수 있구, 동시에 이 지역사회두 무엇인가 달러지지 않겠느냐, 이 사람은 그렇게 생각했던 것이올시다. 그러나 사실 그 동안에는 그럴 기회가 쭉 읎다가, 마침 요원의 불길 같은 잘 살어보자는 운동과 때를 일치하여 기회가 오구 보니, 사실 애로두 즉지 않았던 것입니다마는, 그것두 여러 사람이 심써준 결과 그타 애로사항두 거짐 해결이 됐구, 사실 추천인만 해두 현재 구백오십 명 선, 중 선생이 해오신 것까지 합치면 천 명두 넘는 셈이올시다. 슨거공보, 선전벽보 원고두 다 되었구, 꼬닥칼라 사장에서 사진만 챚어오면 인제 등록헐 일만 남는 것이올시다."

정은 기분이 그만이었다. 있는 사람한테 선생 소리를 들어보기도 처음이었지만, 그보다도 '사실'과 '것이올시다'만 빼면 상투적인 자화자찬 같으면서도 어딘지 모르게 순박성과 자신감이 섞인 듯하여 기분이 그랬던 모양이었다. 정은 분위기가 엄숙하여 담배 한 대 전도 못 견딜 것같이 목덜미가 옥죄었으나, 안에서 차 대용으로 미숫가루를 내오는 틈에 음성을 낮춰 말했다.

"슨거공보 원고가 다 되었으면 저 좀 뵈주시지유. 어채피 돌어댕기며 운동을 해디릴려면 이력두 대강은 외워둬야겠구…… 우리 때만 해두 옛날이라 동창들이 죄 발전을 못허구 이 바닥에 눌러앉었거든유. 구석구석 뒤져보면 거짐 백여 명 가차이 되겠는디, 다른 사람들은 몰라두 동창들 표는 똘똘 뭉뚱그려 디리겄다 이겝니다유."

정은 허풍을 떨기가 낯간지러웠으나 눈 딱 감고 시치미를 떼었다.

"불일간에 동창회를 한번 가지시지요. 이 사람이 넉넉지는 못해두 사실 그런 비용 거들어드릴 준비는 돼 있습니다만, 슨거법 위빈이니 뭐니 허구 시끄러워지면 그것두 성가시구 허니, 이 사람이 부러 모른 척허더래두 우선 쓸 때 쓰시지요. 자 우선 한번 검토나 해보실까요."

김은 도화지 두 장을 이어 붙여 검정 사인펜으로 오죽잖게 눌러

쓴 원고를 넘겨주었다.

정은 선거 운동원을 자청하고 나선 사람답게 그 원고를 짯짯이 읽어보았다.

김형각(金炯珏)/선거구·천동면 지역/1933년 3월 7일생(당 44)/주소·천동면 신평리 475/학력 급 경력/○천동보통학교 졸업 ○육군통신학교 졸업 ○천동시장지역 방범위원회 자문위원(역) ○천동 비닐하우스 재배 지도자협회 부회장(역) ○부락단위 꽃동산 가꾸기 심사위원(역) ○천동체육회 후원회 고문(역) ○천동보통학교 동창회 부회장(역) ○신평리 이장(3년) ○천동 이장협회 부회장(역) ○남해안공업단지 산업시찰단 천동지역 구성 추진위원회 부위원장(역) ○천동국민학교 육성회 이사(현) ○천동중학교 기성회 이사(현) ○신평리 새마을금고 이사(현) ○월간《포토 향토》사 천동지역 보급대책위원회 부위원장(현) ○신품종 확대재배 추진위원회 고문(현) ○신진토건 사장 (현)/상벌관계/○도지사 감사패 수상(1회) ○군수 표창장 수상(2회) ○면장 감사장 수상(2회)

정이 다 읽고 넘겨주면서

"이력을 보니께 애초부터 봉사적인 일을 많이 허셨구면유."

하고 추켜세우자, 김이 턱주가리를 쳐들고 거적눈을 하여 건너다보며 제 몸을 추었다.

"사실은 생전에 이름을 이루기가 그만큼 어렵다, 그런 뜻이올시다. 이 사람이 하루를 부탁헙니다루 시작해서 당부헙니다루 끝내는 이런 큰일에 뛰어든 것두, 사실은 남아루 태어난 보람이 있으야 허지 않겠느냐 허는 깨달음이 있어서 나슨 것이올시다. 남아루 태어나서 이름을 이룬다, 바로 이거지요. 헌디 이 사람이 나온다 허니께 예서제서 당토않은 말이 들려옵디다. 혹자는 법적 유지(有志)루 등록을 허구 싶어서 그런다, 혹자는 내 기업을 보호허려는 수작이다. 즉 이 신진토건이 세무사찰을 면제받으려는 속셈이다 이거지요. 그러나 사실은 이 사람의 약력이 말허구 있듯이, 이 사람은 의욕에 넘치는 희생적 봉사정신을 보다 활성화해서, 이 지역사회에 뭣인가를 남기구, 이 사람의 개인적인 측면으루는 이름을 이룰 수 있는 결정적인 계기루 삼자, 사실은 이것이 이 사람의 마음적인 포부라 이것이올시다."

김은 이윽고 출마예정자의 고달픔을 서슴없이 털어놓았다. 자기가 겪고 있는 번거로움과 부대낌이야말로 민도의 낮음과 민족근성의 미개에서 온다는 것이었다. 김은 셋만 모여도 단체관광을 간다고 찾아오더라는 거였고, 부락마다 무슨 계모임이 그리도 많으냐고 불평을 늘어놓기도 했다. 그는 부락에 공동시설이 들어설 때마다 기공식, 상량식, 준공식 하여 으레 서너 차례씩 참석하지 않으면 안 되었던 고충도 호소했다. 심지어는 시멘트 서너 포대 비벼 개울가에 공동빨래터를 만드는 일에도 초청이 오더라고 했다. 그는 그런 일에도 빠질 수가 없을 뿐더러, 초청한 속셈을 저버리지 못해 필경은 금일봉이 나가거나, 생색 없는 선물, 잘게 말해서 사전 선거운동의 증거로 남지 않도록, 먹어 없어지는 것으로 가려 기부할 수밖에 없더라는 거였다.

정은 몸을 사리지 않고 불평하는 김에게 호감이 갔다. 단순하고 우직하다는 느낌이었다.

"이 바닥에 누가 있남유. 걱정윲습니다."

정은 그를 돕기로 결심하자 김이 한 말도 있고 하여 우선 손에 잡히는 돈부터 썼다. 그는 동창들을 불러모았다. 보통학교 동창 스물한 명을 우춘옥으로 모아놓고 창립총회를 여는 한편, 중학교 동창

열일곱 명을 찾기 위해 작부 많고 비싸기로 소문난 화성관을 연락처로 삼아 다섯 차례나 모임을 주관하기도 했다.

그러나 그것은 착각이었다. 생전처음이자 마지막일지도 모를 크나큰 실수를 저지른 거였다. 그날 밤, 정은 일기예보나 들어볼까 하고 뉴스 시간에 맞춰 무심히 라디오를 켰다가 그런 사실을 알았다. 전국의 무투표 당선자 명단에 정혁준이가 들어 있었던 것이다. 정이 추측 이상의 내막을 알게 된 것은 이튿날 아침, 전날 면에 나갔다가 홧술에 취해서 자고 들어온 변차섭이를 만난 뒤였다. 마감 전날까지 필요한 서류를 갖춘 사람은 정준혁 김형각 전금조 세 사람이었으며, 그들은 그날 새벽 아무도 모르게 택시를 대절하여 도고온천으로 출마 양보협상을 하러 갔더라는 거였다. 현장 목격자도 없고 당사자들도 입을 꿰맨 이상 모두 추측에 불과할 것이나, 출마예정 권리금에 그동안의 경비를 합쳐 한 사람이 오백만 원 이상을 받았으리라는 이야기도 뒤따랐다.

정은 배신감이 치밀어 오장이 뒤집힐 지경이었다.

선거가 중반에 들어선 어느 날 정은 참다못해 신진토건 사무실로 김을 찾아갔다. 하고 다닌 소행을 보면 상종도 못할 위인이었으나, 우춘옥이며 화성관에 그대로 자빠져 있는 외상값을 해결하자니 부득이한 노릇이었다.

"이번에는 진짜 어려운 일을 하셨습디다."

하고 먼저 말을 건넨 것은 정이었다. 그러자 김은 외눈 하나 잇긋 않고 천연스럽게 받아넘겼다.

"글쎄올시다. 증씨두 아다시피 사실 이 사람은 원래 희생적인 봉사정신이 강해서…… 이번에두 큰 뜻을 양보해 버렸시다. 허허허……."

"그래두 그렇지, 옆댕이서 발바닥이 안 보이게 뛰어댕긴 사람두 있는디…… 다들 섭섭허다구 헙니다. 튀표 방법을 아주 잊었다가 새루 배우게 됐다구 다들 벼르는 판에 그 기회나마두 홀랑 뺏겨버렸다, 이게지유."

"글쎄올시다. 사실 곡절두 읎지 않었시다만, 그렇게 된 사정은 차차 시간이 해결해 주지 않겠느냐, 이 사람은 그렇게 보고 있시다."

"그래두 떠도는 공기루 봐서 도고온천에 댕겨온 것은 시비가 되겄습디다."

"시비는 니미…… 농민들은 날 가물어 환장허는디 우리가 워치기 목욕인들 예사루 헐 수 있느냐, 사실이 그렇잖소. 그래서 온천 좀 댕겨온 겐디, 그것두 시비여?"

정은 길내 말 같잖은 소리만 씨월거릴 수도 없고 하여 우춘옥과 화성관에서 온 청구서 두 장을 김에게 넘겨주었다.

"이게 뭣이간디 이 사람헌티 넴기셔?"

김은 깜짝 놀라는 시늉을 하며 그것을 도로 내밀었다.

"뭣이라니유, 이게 바루 보통핵교 중핵교 동창회 연 경비지유."

"그런디? 증씨가 동창회 연 비용을 왜 내게 미셔?"

"얼라, 이게 다 짐 사장이 출마허는 바람에……."

"내가 원제 무슨 출마를 혀? 에이 여보, 그런 허위 사실은 두 번 다시 입 밖에 내지두 마슈. 서류 제출두 안 해본 사람더러 출마가 다 뭐여. 그 사람 참, 별 못허는 소리가 읎네."

"나 봐유, 짐씨, 증말 이러는 거유? 온천에 가서 홍정헐 때는 최소한 출마 준비 권리금이라두 받었을 것 아뉴, 워떤 늠은 얼어죽구 워떤 늠은 데여죽는 겨? 증혁준이헌티 받은 디서 일할만 여퉈내두 이 두 집 외상은 깨끗해질 것 아뉴."

"당신 인저 보니께 안 되겄구먼. 요시 슨거 관계 유언비어를 떠들면 워치기 되는 중 몰러서 이러는겨?"

"……."

정은 그 소리를 듣고 나온 뒤로 김을 만나본 적이 없다. 무서워서가 아니라 더러워서 피해 온 거였다. 비가 오고 모내기가 끝나 한숨 돌리게 되면 법정에서 만나볼 생각이었다.

수챗다리를 건너서니 빈자문이 잠긴 채 대문을 지치어놓은 귀숙이네 집이 먼저 다가오는데, 다리 건너 그쪽 가게들은 일제히 정기 휴업일인 것 같았다.

정이 기침도 없이 들어서자 툇마루 끝에서 속치마 바람으로 머리를 빗던 귀숙 어매가 걷어올린 치마를 여미며, 지난번에도 그러더니 같은 말을 했다.

"내가 쉬는 날인 중 알구 놀러 가자구 오는 모양인디, 오늘은 돈이 읎어서 안 되겠어."

"이 날 가무는디 놀러 댕기는 늠이 정신 있는 늠여?"

정은 토방 위에 있던, 비눗물이 뿌연 대야를 마당에 끼얹고 나서 마루 끝에 걸터앉았다.

"가진 것 있걸랑 메칠만 쓰게 뒤져봐."

"또 돈구변 나온 중 알구 있었어."

"모 심다 말구 쫓아왔어."

정은 논두렁 데모 이야기를 늘어놓았다.

"급헌 건 미숙 아버지 사정이구, 이자두 못 받는 돈, 거시기두 읎이 주기 싫은 건 귀숙 어매 사정이여."

"이 날 가무는디 시방 거시기 헐 새가 워디 있나, 이 철읎는 사람아."

"날이 가물면 그 물두 마르간디."

"학생 예순 명 앉혀놓고 왔다닝께 곧이 안 듣네. 돈버팀 갖다줘야 짜장면이 올러갈 것 아녀."

156

"돈은 십 분 후에 간다구, 시킨 것버텀 올려보내라구, 내가 즌화 허면 될 것 아녀."

"즌화 걸구, 그쪽에서 누구냐구 물으면 접때처럼, '나유? 나는 아무 아닌디유.' 헐라구?"

"우춘옥 그 사내는 내 즌화 한 통이면 직방이여."

"이 더위에 안 그래두 푹푹 찌는디 워치기 대낮버텀 군불을 때자는겨. 선풍기두 읎이."

"배 위에 물수건을 착 깔구 수풍기(부채)를 슬슬 부쳐가며 때봐. 젠장 유부남이 과부헌티 배우네."

"별수읎지, 시비걸구 씨비붙는 여편네를 만났으니."

"뭐여? 우리두 짜장 두 그릇 시켜먹자구?"

"이 날 가무는디 대낮에 통돼지 잡는 늠은 나밲이 읎을 게다 이게여."

정이 우춘옥에 들러 짜장면 예순 그릇 값을 내고 올라오다가 학생들의 뒷소식을 들은 것은, 조태갑이에게 빌었던 돈 천 원을 되돌려주려고 앞뺑이 못자리를 에워돌았을 때였다.

정이 읍내로 내려가자마자 학생들도 논두렁을 떠났다는 거였다. 정은 사지가 부르르 떨렸다. 모춤을 풀어 팽개치고 싶었던 모까지 반나마 짓밟고 갔다는 말을 들었을 때는 눈앞에 보이는 것이 없었다.

두 주먹을 부르쥐고 조브내 모심던 논으로 뛰다가, 귓결에 닿는 무슨 소리에 얼핏 집 앞을 돌아본 정은 그 자리에서 그대로 굳어비리고 말았다. 자기네 바깥마당이 동네 사람들로 장이 서 있던 것이다. 시끌덤벙한 마당에서는 더러 욕사발도 오가고 있었으나 욕설보다는 웃음소리가 훨씬 크게 들리고 있었다.

정은 발걸음을 집으로 옮겼다.

우리 동네 정씨

"우리게는 장 인물 읎어 읎어 했더니 인저 됐어. 어서 와서 연설 한마디 허여."

뜻밖에 성낙근이가 거나한 낯으로 돌아보며 정더러 말했다. 그러자 그 뒤에서 손등으로 입술을 훔치고 있던 배경춘은 웃지도 않고 말했다.

"암, 먹구 안 찍어줄 수 읎구, 이 댐에 나오면 여기두 한 표 있어."

동네 사람들이 다 모인 마당에서는 자장면 잔치가 한창이었다.

정은 하늘을 쳐다보며 껄껄 웃었다.

우리 동네 류씨

 그러잖아도 궁금하던 순이가 쉬이 한번 다니러 온다는 기별이 들리자, 그럼 이번에는 얼마씩이나 생길 참인가 하고 여기 아낙네들은 나름대로 얻어먹을 궁리에 바빴다. 투표일이 며칠 안 남고 보니 내남적없이 대뜸 육 년 전에 우습게 구경해 보고 길내 척지어 버린 그 봉투를 되살려 내었던 것이다.
 여느 때 같으면 폭이 안 맞는 줄 알아 순이를 기다릴 사람들이 아니었다. 오륙 년 남짓이나 걸음이 없었으므로 오히려 뜨악해하거나, 짐짓 시근시근해하는 기색을 사려가며 그냥 지르숙을 판이었다. 그러나 무소속으로 나온 천남면(川南面) 느런이 사람 정종락이 순이의 시당숙이 된다면서 순덕 어매가 오나가나 수다스레 자세를 하자, 덩달아 한 아낙에게 얼씬거린 칙살맞은 생각이 여럿에게 분수없이 끼쳐 은연중에 제법 공론처럼 돌아가게 된 거였다.
 섣불리 순이를 추썩거려 비행기 태워가며, 내동 죽어 살아온 동네에 오죽잖은 물을 들이기 시작한 이는, 더운갈이 논 닷 마지기에 몽땅 노풍을 심었다가 일껏 서방까지 데쳐먹고, 드디어는 호적에 오르고 처음 추수 없는 가을을 겪음하자, 접때부터 유산균 음료수 배달원으로 나가 아침 숟갈 놓기 바쁘게 저녁거리 장만에 허덕이는 류상범이 여편네였다.

류가가 논배미마다 노풍만을 꽂은 것도 다들 억지로 그랬듯이 마음엔 없던 것이었다. 장승배기 저수지 물만 넘어오면 먹는다 하여, 본디 고논과 수렁배미가 많은 늦들잇들을 비롯, 별똥지기와 따비밭이 엇섞인 서울 사람네 메갓 기슭에 치우친 무솔이, 앞뱅이 윗자락의 다랑이논과, 조브내 들을 싸잡아 몽리지역으로 쳐서 다수성 신품종 재배 시범단지로 지정됐다고, 반상회 때마다 나와 떠들어쌓더니 마침내 듣던 말대로 볍씨 침종검사를 나오던 것이다. 작업복 차림의 면직원을 서넛이나 달고 나온 산업계장은, 재래종을 담가놓고 싹 틔우던 두멍 속에 싹이 트지 않도록 마세트 입제를 들어붓고 휘젓는 북새를 피운 다음, 나중에 재래종 볍씨를 안방이나 부엌에 숨겨 틔워 다시 뻗는다 해도, 결국은 면장이 나와서 장홧발로 직접 못자리를 짓밟고 말리라고 눈을 허옇게 희번득이며 대구 윽박지르던 것이다. 게다가 이장까지 묻어와서 제발 자기 좀 살려달라며 겯고 들었다. 농사꾼은 마음에 있는 종자를 고를 권한마저 빼앗긴 셈이었다.

류는 그들과 겨루어 버텨낼 가망이 없어 지레 주눅이 들며 지지 않으면 안 되었다. 그는 가외로 웃돈을 얹어주어 가며 뒤늦게 사온 신품종 볍씨를 뻗었다. 숙색과 등숙률이 좋고 심복백은 물론 아미로스(찰기 없는 전분) 함량이 적어 밥맛이 그중 낫다면서 침이 마르게 권하던 노풍을 심었던 것이다.

그는 겪느니 처음인 석 달 열흘 가뭄 속에서도 근근이 끌어올린 지하수로 바닥이나 축여가며 논을 연명시키기에 무던히도 애썼다.

그러나 신청부 같은 대로 겨우 벼포기 꼴을 볼 만한 무렵하여 온 늦장마와 더불어, 마치 배동오르기를 기다리기라도 한 듯이 목도열병이 덮치기 무섭게 척척 주저앉더니 고스란히 퇴비로 깔리고 말았다. 류는 불로 덴 자리, 물에 덴 아이 허거물쓰며 뛰듯 흰자위를 뒤집어쓰고 허둥거렸다. 부쩌지 못해 안달하던 류는 정량보다 갑절이나 독하게 오백 배로 탄 부라에스를 분무기에 가득 담아지고 논으로 뛰어다녔고, 몸 생각할 경황도 없이 마파람을 안은 채 약을 하다가 끝내는 전신이 마비되면서 논두렁에 쓰러지고 말았다.

　류는 작년과 그러께에도 한 번씩 쓰러진 적이 있었다. 바람을 등에 지고, 깜냥에는 조심스럽게 한다고 하더라도 온종일 약내를 맡고 나면 그참 몽혼상태로 쓰러지게 마련이었으며, 그런 경우에는 흔히 사나흘씩이나 몸을 추스르지 못하곤 했던 것이다. 그런데 이번에는 전 같지가 않았다. 안 되느라고 그러는지 너덧 달이 지나 오늘에 이르도록 제정신이 다 안 돌아와, 장에라도 가는 날이면 홍뚱황뚱 해동갑을 하고도 다른 동네에 가서 집을 찾아헤매기 일쑤였고, 집구석을 지킨다 해도 손톱 하나 까딱 않고 겨우 누웠다 앉았다 하여 얼빠진 숙맥에 다름 아니었다. 지금처럼 시렁시렁하니 노상 저런다면 영영 버린 사람이나 일반일 터이었다.

　류의 아내는 이엉 벗긴 썩은 새처럼 처져버린 벼 꼴이 보기 싫어서라도 얼른 추려내고자 했으나 그러자면 품이 아까워, 정나미가 천리 밖으로 달아난 논바닥에 불을 싸지르고 말았다. 사람 눈은 같은지, 이리 시집 오자마자 일벌레라고 일러온 그녀였지만, 그녀에게서 농사를 붙들고 싶은 마음이 말짱 가셔버린 것은, 끓이던 속을 몽땅 논바닥에 쏟아놓고 함께 태워버리고 난 뒤였다. 검불 들이고 마당 쓴 뒷목 비스름하게 쭉고 흰새진 신품종 벼는, 물알든 쭉정이나 다를 것 없이 한 가마니를 찧어도 싸라기 말가웃 나기가 어렵게 하잘것없더란 말이 들리자, 숫제 그루째 세워놓고 일찌감치 불을 질러 치운 것이 한결 한갓지고 개운하기까지 했다. 그녀는 설령 노풍 피해조사와 보상에 따른 농정당국의 무슨 무엇이 있다고 하더라도 구차스럽게 그에 의지할 셈은 없었다. 논바닥을 끄슬러 재만 남은 뒤에야 피해조사 통지서가 이장 손에 들어오기도 했지만, 조사방법이나 보상내용이라는 것을 들어보니 다만 번거롭고 성가시기나 할 따름, 애초 관심을 하려는 심사가 객쩍고 부질없는 짓 같았다.

당국에서는 피해정도를 세 등급으로 나누어, 이십 프로 이상 피해자에는 농지세 전액의 탕감과 수리 조합비 일부 감액, 그리고 노풍을 잠정 등외품으로 쳐서 우선적으로 수매해 주며, 내년에 나갈 영농자금을 남달리 앞당겨 융자해 준다는 거였다. 오십 프로 이상 피해농가는 그 외로 올해 안에 상환해야 할 영농자금을 내년 한 해 참아주고, 이자를 감면해 줌과 아울러 중고등학교 재학생의 학자금을 두 기분씩 면제해 주며, 칠십 프로 이상 피해를 입은 농가는 그 외에 감수량의 육십 프로에 해당될 만큼 정부의 혼합곡으로 메워주되, 나머지 사십 프로분은 취로사업장에 나오게 하여 그날 일꾼 품삯으로 에끼도록 한다는 거였다. 하지만 머리를 쓸 줄 안다는 사람들의 굳어진 얼굴은 허릅숭이처럼 물렁해지지 않았고, 선거를 앞둔 겉치레 생색에 지나지 않는다고 뒷전에서 평론하기를 그치지 않았다.

"그게 워째서 보상이라는겨? 지방세법 이백육 조랑 수세규정을 보면 이십 프로 이상 감수헌 경우 농지세와 물세를 감해 주게끔 당초버텀 작정이 되어 있는디…… 칠십 프로 이상 감수허면 자동적으로 전액 면제여. 그렇게 이번 보상책은 들리는 소리만 시끄럽지 새 물내 날 것이 읎더라, 이 얘기여."

"여러 말 씨부렁그릴 것 읎이, 그 사람덜 말은 장 서리맞은 호박이니라 여기면 그뿐인겨. 영농자금을 우선적으로 융자해 주마 허는 것두 그려. 조합 돈두 으레 사채얻는 늠이 쓰게 마련이구, 이자가 나이 먹으면 연체이자를 낳으니께 사채나 진배읎지만, 상환을 일 년 연기해 줍네, 이자를 덜어줍네 해봤자 장 담었던 메주 건져 된장 담는 정도여. 농협돈 안 쓴 늠은 그나마 아무 혜택두 읎는 심이구. 드러."

"쌀 피해보상을 보리가 삼 할이나 섞인 혼합곡으루 해준다는 건 말이 되나?"

"그것두 육십 프로뿐이구 나머지는 일판에 나와 일허구 취로비로 받어가라 이겐디, 그게 워째서 피해보상이라나? 품 팔구 받는 품삯이지⋯⋯ 작것들이 노임이나 제대루 주면서 어르는 소리 허면 또 몰라. 여니 노가다판에 일 가면 그 몇 배를 받는 판에, 그 시세 읎는 노임으로 가렵다는 사람헌티 간지럼을 치러 들어? 에, 염치읎는 것들."

"아무리 못 배운 죄가 많어 논두렁 직장에 출근허는 신세라지만 당최 기분이 챙피해서⋯⋯."

"제 몸에서 피땀 우려 제 목구녕 찍어바르기두 심부쳐허는 것덜이 어느 안전이라구 싸가지읎이 정신적 운운허느냐? 같잖은 논두렁 주제에 되잖은 주둥이질 그만하고, 보리 반지기 문내나는 쌀이래두 보상해 주면 황감해서라두 국으루 있어라⋯⋯ 드러."

"허기는 피해보고두 할지 말지 하다데. 보고가 올러가면 영농지도가 션찮은 탓이라구 멍덕 씨워 드립다 밑엣것덜만 닥달허구 잡도리헐 판이니, 늘잡은 것두 줄잡으려구 하지, 어느 놈이 모가지에 거북선 뚜껑 둘렀다구 제대루 시늉해 보겄나. 드러."

"그러면서두 말 못허는 물건 여기듯 생산비에두 어림읎게 하곡

값으루 추곡수매허구, 그나마두 시차제 수매니 오이상 수매니 하구, 피해조사두 즤덜 편헌 대루 시적부적해 버리구 하는겨. 드러."

"수출 대기업주덜헌티는 대우를 워치기 해주는지 알기나 허남? 신문을 보니께 은행돈 오십억 이상 쓴 회사가 백예순하나구, 제 자본의 삼 배까장 대출받은 회사가 쉰아홉 개나 된다는겨. 드러. 그런디 그런 회사헌티는 수출액 일 달러, 그렇께 사백팔십 원짜리 일 달러당 구십 원을 보조해 주구, 사백이십 원에 대해서는 연리 팔, 구 부로 융자를 해준다는겨. 그래서 백억 불 수출헐 때까장 기업체에 무상으로 준 돈이 몽땅 월맨고 허니 무려 구천오백억 원이라⋯⋯."

죽는소리하고 물어뜯는 소리라면 어디를 가도 남의 축에 안 빠지리라고 일러온 신태복이와 조태갑이가, 아쉬워 못 먹겠다면서 장에 희나리 고추를 돈 사러 가는 길에 찧고 까불던 말이었다.

그녀가 듣기에도 신이나 조의 말이 틀리는 것 같지 않았다. 한 가마니에 삼만 원으로 정해진 추곡수매 값은 생산비에도 미치지 못하는 금액이 분명했다. 셈에 어두운 그녀가 대중 치기에도, 볍씨값, 농약값, 연장값, 품값, 농지세와 물세, 게다가 먹매에 집안 식구들의 노력을 보탠다면, 배운 사람들이나 주판으로 계산하는 축력비, 자본이자, 농사부지 토지용력 따위는 따질 줄 몰라서 빼고, 가물어서 들이민 돈에 장마져서 잡아먹은 비용까지 하늘 펑계를 대더라도 나날이 다르게 뛰고 챈 물가 오름세에 견주어보면 쌀 한 가마니 생산비가 사만 원을 웃돌겠던 것이다.

그러므로 그녀는 부러 농사일을 잊으려고 애썼다. 더구나 사람까지 못쓰게 다친 그녀로서는 마지못해 시늉이나 내려는 피해조사나 보상방법 자체가 우습기만 했다. 그녀는 농사를 아주 놓아버릴 참으로 집을 나섰다. 새끼들이 하루 두어 끼 볼탱이라도 우물거릴 거리를 장만하자면 성한 몸을 밑천 해서라도 돌아다니지 않으면 안 될 판이었지만, 물것에 무럽듯 눈만 뜨면 몸뚱이 마디마디에 와배기는 시름을 떨쳐버리기 위해서라도 그냥 그저 들앉아 있기만 해서는 안 되겠던 것이다. 그녀는 장터 출근을 시작했다. 유산균 음료수 배달원으로 나선 거였다. 그러자 여기 사람들은 입때껏 류 서방댁이니 달식이 엄니니 하던 입버릇을 이내 류그르트라고 고쳤다.

여기 아낙네들은 날이 갈수록 자주 류그르트를 찾았다. 찾아서 없으면 금간 요강 아쉬워하듯 하고, 있는 날은 허드레바가지 부리듯 쓰려고 들었다. 물건을 갈아주려고 만나자는 게 아니었다. 바깥 형편이 궁금한 까닭이었다. 적이나 하면 고단한 사람 붙들고 성가시게 하기 거시기해서라도 참음직도 하련만, 대개가 바쁜 탓에, 더러는 재미가 있어서 그녀를 보았으면 싶어하였다. 류그르트는 마치 아랫도리로 도는 하인이 다 된 것처럼 동네 아낙들의 심부름을 받자해 주었다. 알아보아 달라는 것은 서슴없이 알아다 주고, 전해 주었으면 하는 게 있으면 그날로 전해 주었으며, 더불어 바깥에서 들리는 말도 그렇지 않은 것이 있으면 재빨리 마을에 물어들였다. 서울 사는 순이가 쉬이 다녀가리라던 것도 그래서 그녀가 가져온 말이었다.

여기 아낙네들은 내동 해찰부리며 능놀아 해를 거우르다가도 설핏하기 전에 저녁을 안치고 밝아서 개수통까지 한갓지게 가서 엎어야 다른 소리 안 듣게끔 살림에 맛을 들인 줄로 여겼다. 그렇다고 죄다 먹는 것만 알아서 그런 것은 아니었다. 끝물 고추라도 손 큰 짓을 못해 희엋게 비무렸으니마 골미지니 끼지 말리고 흔한 ㅇ거지로 김장독을 지질러놓고 나니 자연 꿈지럭거릴 거리가 없어진 거였다.

농한기란 말을 잊은 지 오래임에도 모처럼 누려보게 된 한가였다. 사시장철 손이 힘힘해할 겨를이라곤 없던 그네들에게 그런 여가가 난 것은 가을 경기를 잃은 까닭이지만, 뒷그루로 쳐온 밭농사의 낭패가 그러잖아도 심난한 애옥살림을 더욱 쪼들리게 만든 거였다. 이름붙일 만한 병충해는커녕 한창 가물 때 덜 쳐다보았다는 것 외엔 별 트집도 없이 시늉만 내려다 말아, 엉뚱하게 도시에서 사다 먹게 된 고추농사도 어이없는 거였지만, 그중에서도 울화를 끓이지 않을 수 없게 한 것은, 집집에서 씨앗이 동나도록 넓게 갈았던 김장이었다.

드문 대로 푼돈이나마 만져보게 해주던 것도 이런 데서는 푸성가리뿐이었다. 사람 얼굴을 아침나절 다르고 저녁나절 다르게 금새가 무시로 채고 추지는 물건이긴 해도, 얼갈이로 봄살이를 보탤 뿐 아니라 여름내 솎음해서 밑천을 뽑고, 접으로 수를 본 뒤에 밭뙈기로 넘겨도 남는다던 것이 채소였다. 그런데 그러던 것이 올해는 아무것도 아니었다. 찬바람이 나기 전부터 김치가 금치로 불리어 헙헙한 웃음을 오래 자아내게 했음에도 막상 제철이 다가서니 아름드리 배추 한 포기가 작년 그 무렵의 시래기 한 제기 값을 하기에도 어렵던 것이다.

재미를 볼 수 있은 기회가 아주 없었던 것도 아니었다. 추석 쇠며 일변 곡마단패 풍물치고 들어오듯 요란하게 쏟아져 내려왔던 이른바 복부인이란 이름의 투기꾼들만 놓치지 않았더라도 바특하고 톱톱한 국물을 한 번쯤은 맛보았을 터였다. 나중에 돈 될 것이라면 왜정 때 왜놈들이 이 겨레 때려죽인 몽둥이라도 금값으로 사들여 모실 그들이므로, 그들이 한 마지기에 십오만 원씩 끊어 밭뙈기로 흥정하려 덤빌 때 서슴지 말고 얼른 옛수 했어야 옳았던 것이다. 그러나 여기 사람들은 제 나름만 붙들고 버티다가 끝내 빈손으로 주저앉고 말았다. 복부인들의 말을 믿으려고 하지 않았던 것이다. 그들이 먼지구덩이를 무릅쓰고 자가용 승용차를 번쩍거리며 몰려들기 시작하자, 여기서는 대뜸 천동면 근방에 무슨 공업단지 비스름

한 것이 새로 들어설 조짐으로 여겼던 것이다. 따라서 여기서는 무턱대고 치솟을 땅값부터 어림하기에 바빴고, 핑계 한번 좋을 때 지긋지긋한 농사를 걷어치우고, 계제에 달리 살아보자는 기대로 들뜨지 않을 수가 없었다. 그러므로 복부인들이 떼거리로 몰리면서 목도 축일 사이 없이 종종거리며 무 배추를 비롯, 파니 갓이니 하는 양념거리까지 밭뙈기로 사마고 하자 대번에 설마 하며 의심쩍어했음도 무리가 아니었다.

여기 사람들은 복부인들의 홍정 거절을 덮어놓고 우선으로 삼았다. 오 년, 십 년 앞을 내다보며 투자하는 그들일진대, 달소수 뒷일이야 여북 잘 알았으면 저 극성이겠느냐는 예기(豫期) 지름에 따른 짓이었다. 최진기처럼 패(覇)가 째던 집은 좀 더 견디며 느긋이 기미를 보자는 동네 사람들의 귀띔도 마다하고

"두구 봤자 볼품옰어. 끼니 옰는 늠더러 즘심 의논허자는 꼴두 이만저만이지, 나는 하루 반나절두 아숩네."
하며 돈부터 받아 챙긴 집이 없는 것도 아니었다. 윤선철이같이 있는 사람도 내다보는 눈이 있어

"복부인이란 것덜이 눈깔을 홉뜨구 들여다본다구 무수(무)가 정원수 되구 배차가 화초 되간디? 그년덜이 짐장거리루 투기허는 건 갑자을축을 몰러서 그 지랄들인거. 농사 농짜는 고사허구 흙토 토짜두 모르는 것덜이 전국의 짐장거리 됨새를 워치기 알겄나? 삼대사대 농투산이두 대중을 못해서 장 고개가 이리 숙구 저리 숙구 허느니…… 사는 니마두 시퍼렇게 뒤덮은 게 짐징빛일레. 영락없이 어거리풍년 들 테니 두구 봐. 뻔헌 이치 아녀? 꼬추, 마눌 숭년 든 해 무수, 배차 풍년 안 든 적 있어? 이런 때 복부인이란 년덜 골탕두 멕여보구."

흰소리해 가며 한 마지기에서 서너 두둑이나 젖혀놓고 심은 파

를 통일쌀 여덟 가마니 값에 내놓고 부른 값에 뽑아가게 했었다. 그러나 여기 사람들은 윤의 말을 긴가민가하다가 열에 일고여덟은 아주 때를 놓치고 말았다.

"빚지려면 받을 것버텀 떼이더니, 죽으란 늠은 숨넘어가기 전에 가래가 먼점 숨통을 막거던……."

사람들은 후회보다 체념이 앞섰다.

초동에는 맨드리가 그중 낫다는 것으로 추리고 골라 에멜무지로 장에 내가보기도 했으나, 몇 파수를 그래 보아도 누구 하나 쳐다보려고조차 않았다. 장정 팔뚝만한 단무지무 한 개에 십 원을 불러도 잇긋하지 않았고, 대갈통만한 반천 대평무 한 접을 단돈 천 원에 주마 해도 거들떠보지 않았으며, 알타리무 따위는 거저 가져다 먹으래도 고춧가루가 아깝다면서 고개를 외오빼기 일쑤였다. 내년 봄에 보자고 얼기 전에 더러 묻은 집도 없지는 않았다. 하지만 한 집 건너 예닐곱은 그대로 내버려둔 채, 반은 얼려 썩히고 생각나면 서너 포기씩 따다가 여물에 섞어쑤곤 하였다.

아낙네들이 해마다 하던 일도 더불어 없어졌다. 움을 파고 배추를 갈무리하던 일도 없어지고, 무를 깍둑거려 무말랭이도 만들지 않았으며, 단무지를 몇 독씩 담글 필요도 없었다. 전 같으면 단무지를 담갔다가 도시 장사꾼들에게 넘겨 낯모르는 돈도 만져볼 수 있었겠지만, 고춧값이 뛰자 내남적없이 고추 안 드는 김장을 했다는 바람에 고개를 돌리고 말았던 것이다. 그러자 아낙네들은 이집 저집 기웃거리며 마을로 해동갑을 하고, 서둘러 저녁상을 거듬거리고 나면 누가 불러가지 않더라도 류그르트네 집으로 몰려들었다. 시어미가 없는데다 서방마저 남의 정신으로 누워 있어 아낙네들의 마을방으로는 그만한 데가 없기도 했지만, 남겨가지고 들어온 음료수를 사기 위해서라도 자연 들랑거리지 않을 수가 없던 것이다. 여기서도 크는 아이를 둔 아낙네는 류그르트가 남겨온 유산균 음료수를 대놓고 먹었다. 그녀들은 텔레비전 광고를 보고 알게 된 류그르트의 물건이 우유보다 열 배나 나은 영양제로 믿고 있었으므로, 류그르트가 직업을 삼은 이튿날로 찾아와서 스스로 배달을 주문했던 것이다. 하루에 두 병씩 치고 한 달에 쌀 한 되로 값이 정해진 것도 가져가는 아낙네들의 공론에 따른 거였다. 그러나 그보다는 류그르트 입에서 매일 새소식을 듣는 맛에 서로 구들목 차지를 하려고 다투게 된 셈이었다.

그것도 우연히, 하는 김에 좀 더 자세히 하자면 류그르트가 장터 여편네들과 어울려 '이쁜이계'에 들었다는 귀띔이 있은 다음부터였다.

류그르트는 남편이 그렇게 된 뒤로 저렇게 되어 몇 달째나 과부와 다름없이 지낸다는 하소연을 늘어놓았고, 그런 말말 끝에

"머리 안 쓰구 사는 사내일수록 심이 다다 하초루만 몰린다더니 그것두 말짱 헛소리던개벼. 거시기에 좋을 성부른 건 염치 불구허구 찾아다 멕였어두 기별할래 읎으니 말여."

하며 한탄하자, 저무니 윗말 인삼밭으로 한 마름에 사십 원짜리 인삼밭 덮개 이엉을 엮으러 다녀 하루벌이가 돈 천 원 남짓하다던 김승두 여편네가 이내

"가으내 가재미 새끼 한 마리 구경 못했다더니, 인저 보니께 정력제 사들이느라구 그러셨던가뵈. 그런디 웨째서 못 봤대유? 인삼근이나 사려면 서무니 윗말두 너러 님어왔을 텐디……."

너스레를 떨며 말을 시켰던 것이다.

"해필이면 왜 그 비싼 인삼을 넘성거려? 그버덤 실속 있구 헐헌 게 지천으로 쌓였는디."

"그게 뭣이간유?"

"뭣이나마나, 그것두 아닌게데. 워떤 이는 마름버덤 연밥이 낫다구두 허구, 워떤 이는 생선 내장이 구만이라구두 허데만, 하여거나 수캐 가운데 다리만 비싸서 못해 봤지 웬만헌 것은 죄 장복을 시켜 봤는디두 원제 그랬더냐 허구 그냥 가물치 콧구녕이라…… 알구 모르게 배암은 또 얼마나 잡으러 댕겼간디…….."

"배암은 그러잖던디유."

"배암이나마나, 무슨 효과가 있구서 말이지. 드러."

"우리 저이는 배암 마리나 먹구부텀은 우뚝우뚝 허던디, 이상허네유."

김승두 여편네는 젊은것이 남우세스러워할 줄도 모르며 거추없이 꾀송거리고, 류그르트는 오면가면 얻어들은 대로, 어물전의 아는 여편네에게 맞춰놓고 다니며 생선 다룰 때 빼두었던 내장을 거두어들였고, 회를 쳐서 먹이다가 지져먹여도 보고, 졸여먹였다가 구워도 먹여보면서 혼자 속끓인 이야기를 왜장치며 나불댔던 것이다.

류그르트는 시적부적 시르죽어 가던 화제를 다시 이어

"이상허나 마나, 오죽허면 장터 여편네덜헌티까장 그런 소릴 했을라구. 병은 여기저기 팔수록 약이 생긴다더니 과연 그렇데. 혼자 고민해 봤자여. 그 왜 있잖여, 접때 새루 생긴 통닭센타…… 이코노 대리점 못미처 옆댕이 골목에다 낸 통닭센타…… 그 집 여편네더러 무슨 말끝엔가 그 소리를 했더니, 그러지 말구 자기처럼 이쁜이계버텀 들어보라는겨."

"사내가 추럭 끈다는 집? 워째 그런 여편네헌티 그런 얘기를 다 했디야?"

가끔 튀김닭 마리나 사다 먹은 줄로 알려진 우람 어매가 눈을 안으로 욱여뜨며 묻자

"내 단골집이거던. 단골이나 마나, 그 여편네가 우리 교 교인인

170

중은 그끄제 좌담회에 나갔다가 츰으루 알았어."

"그럼 그 여편네두 호랭교 신잔감? 둘이 만나서 호랭이를 찾어싸면 창경원 호랭이가 재채기깨나 허겄는디."

예수쟁이 슬기 어매가 채뜰고 나서서 이죽거리고, 게 앉아 있던 입들이 덩달아 한마디씩 곁들일 채비를 보이자 류그르트는 눈치있게 얼른 두 손을 합장하고

"남묘호렝게교 남묘호렝게교 남묘호렝게교······."

주문 외듯 소리내어 거듭 씨부렁거리더니

"호랭이나 마나, 니찌렌대성닌〔日蓮大聖人〕을 우세허면 진짜 호랭이헌티 물려가는 법이여. 내가 대신 다이모꾸〔題目〕를 했으니께 요번은 용서허시겄지만 앞으루는 조심허라구."

"그 호랭이 담배먹는 소리 구만 허구, 그 뭣이여, 이쁜이게, 그거나 좀 설명해 줘."

슬기 어매는 짐작이 있었던 듯, 류석범이가 혼자 쓴다던 건넌방 쪽을 힐끔거리며 목소리를 잡고 말했다.

"설명이나 마나, 이쁜이를 이쁘게 수술허자면 수술비만두 십만원이나 목돈이 드니께, 장터 여편네들은 계를 하고, 계를 타면 수술을 헌다 이거라."

"워디가 워떠서 수술을 허간유?"

김승두 여편네가 정신을 바싹 차리고 물었다.

"수술이나 마나, 집이는 병원에 가서 낳았으니 상관읎어. 병원서 낳으면 그 자리에서 츠너 때처럼 좁으장허게 꼬매주거던. 그런디 우리는 워디 그려? 두 애구 시 애구, 애마두 집에서 낳았으니 이쁜이가 헐렝이 다 되였지······."

김승두 여편네가 얄핏한 틀거지 값으로 드레없이 깝신거리며 나대는 통에, 게 앉아 있던 아낙네들도 '이쁜이계'가 곧 산도를 초산

전의 생김새대로 재생시키기 위해, 봉합수술 비용을 장만하려는 계임을 모르지 않게 되었다.
"나두 이번에 완전 느꼈다구."
류그르트는 불쑥 내뱉은 말에 이어
"십 원에 하나짜리 개살구가 나와두 모양부텀 맨드롬허야 눈이 멎는 게 정헌 이친디, 경복궁 메방아 공사야 두말허면 각설이지, 안 그려?"
그녀는 말끝에 뒤를 두며 속이 배어보이는 눈으로 마을꾼들을 찬찬히 여겨보았다.
"그런디……."
먹다 남은 메떡 공고리처럼 뒷전에 어슷하게 내켜앉아 홍단 백오십이 깨진 상판을 짓고 있던 종미 어매가 뒤대는 투로 나섰다.
"싼거리루 팔 것두 아닌디 흔 집에 손을 대서 뭘 헌다는겨? 돈만 처들었지 표두 안 날 텐디."
하며 아무래도 그건 그렇겠다는 듯이 시부정찮게 인중 밑을 씰룩대자 우람 어매가 뒤를 이어
"묵은 집일수록 다다 대문버텀 번듯허야 허구, 장(늘) 들랑대는 손님일수록 문전 대접이 섭섭잖어야 가두 오래가는겨."
아는 것이 절반 이상인 양 혼자 왜장쳐 가며 휜소리를 했다. 이윽고 한참 꺼끔하던 슬기 어매도 참지 못해 어중간하게 께끼고 나섰다.
"그렁께 그 위대헌 나무호랭이두 이쁜이 난봉난 것은 못 고치더라, 그런 결론이구먼그려."
"결론이나 마나, 슬기 엄니는 시방 무슨 심뽀루 그런 칙살맞은 소리 끝에다 기도문을 잇어대는겨?"
금방 질색한 얼굴이 되어 슬기 어매에게 종주먹을 대려던 류그

르트는, 문득 울퉁불퉁하던 얼굴을 다독거리면서 아까처럼 합장하고 동쪽으로 무릎을 꿇었다.

그제서야 게 앉아 있던 아낙네들도 얼핏 귀에 들어오는 것이 있음을 느꼈다.

"허던 애기할래 품에겼구먼."

봉석 어매가 건넌방 쪽을 눈치해 가며 거위침이라도 넘어오는지 찔룩거리는 시늉을 했다.

여태껏 아무 기척도 없었으므로 잠들었거니 했던 류석범이가, 갑자기 혀끝이 가무는 목소리로 일련정종의 기도문을 외우고 있었던 것이다.

아낙네들의 무류해함도 아랑곳없이 건넌방에서 씨부렁거리는 소리에 맞추어 류그르트도 함께 중얼거렸다.

"남무본인묘교주 일신즉삼신 삼신즉일신 삼세상항이익 주사친 삼덕대자대비종조니찌렌대성인 위광배증이익광대보은사덕. 남무 법수사병 유아여아 본문홍통대도사 제이조뱌구렌아사리 닛고쇼닌 위광배증이익광대보은사덕. 남무일염부제좌주 제삼조니이다교아사리니찌모꾸쇼닌 위광배증이익광대보은사덕. 남무니찌도쇼닌 니찌교쇼닌등 역대정사 위광배증이익광대보은사덕〔南無本因妙教主 一身卽三身 三身卽一身 三世常恒利益 主師親三德大慈大悲宗祖日蓮大聖人 威光倍增利益廣大報恩謝德. 南無法水瀉瓶 唯我與我 本門弘通大導師 第二祖白蓮阿闍梨 日與上人威光倍增利益廣大報恩謝德. 南無一閻浮提座主 第三祖新出卿阿闍梨日日上人 威光倍增利益廣大報恩謝德. 南無日道上人 日行上人等歷代正師 威光倍增利益廣大報恩謝德〕……"

류그르트가 기도를 마치고 앉음새를 허문 뒤에도 건넌방에서는 여전히 같은 소리가 쉴새없이 흘러나오고 있었다.

"호랭이교는 달식 아버지가 더 착실히 믿는다더니, 과연 진당이구먼."

퉁바리맞은 입을 댓 자나 빼물고 있던 슬기 어매가 꼬는 소리를 했으나

"정신이 들왔다 나갔다 해싸서 좌담회(법회)만 거를 뿐이지, 신심으루 말헐 것 같으면 우리게 워느 신도버덤두 신실허구 두터울걸."

류그르트는 얼른 해바라진 얼굴로 돌아가면서 만날 하던 그 소리를 거추없이 늘어놓았다.

"시방 저이, 우리 아빠(남편)가 외고 있는 게 뭣인지 대강 아시겠지? 저게 바루 우리 교의 역대 법주상인(法主上人)이신 니찌렌 대성인님을 우두머리루 허구, 닛고 상인님, 니찌모꾸 상인님, 니찌도 상인님, 니찌교 상인님들께 드리는 감사요 찬송이여. 뱌구렌아사리는 닛고 상인님의 법호구, 니이다교아사리는 니찌모꾸 상인님의 법혼디, 이렇게 부르나 저렇게 부르나 목적은 같으니께, 외우기가 꽤 까다롭더래두 내가 기도헐 때는 당신덜두 정신 바짝 채리구 하냥(함께) 해보시라구. 몇 번만 해보면 저절루 취미가 붙을 테니께."

"신앙두 취미루 갖남?"

슬기 어매가 께끼고 나서 한마디 더 씩둑거렸다.

"빈말일수록 사개가 맞어야 들어주기두 들 괴로운 법인디, 집의 말은 쉬느라구 앓는다는 말 이상으로 듣기가 편찮여."

"취미가 병이란 말두 있잖담."

우람 어매도 그쪽 편을 들었다. 그런데 다들 그렇게 재미없어하는 줄 알면 그냥 숙는 것이 아니라, 류그르트는 누구 배참하는지 뒴데 갓 위에 갈모를 차리고 나섰다. 그녀는 슬기 어매를 모들떠보면서

"취미나 마나, 집의 말을 못 알어듣는 내가 아닝께, 그 장 대리는

소린 웬만침 해둬두 되여. 나, 이 달식이 어매, 그런 사람 아녀. 집의 말을 나삐 들을 벽창호두 아니거니와, 걸낀이냐 개낀이냐 따져가며 두 동무니니 슥 동무니니 허구 떠들썩헐 내가 아니란 말여."
하더니, 뒤미처 목소리를 고루잡고는 귓등으로 듣기에도 쾨가 날 만큼 숨 돌릴 새도 없이 밑질기게 늘어놓았다.

"나, 이 사람 말에 짐장허구 저 사람 말에 메주쑤는 사람 아녀. 누가 뭐라구 씩둑거려두 사시춘풍으로 기분쓰는 사람여. 그러나 한 가지 이건 있어. 내가 대범허거나 통이 커서 그러는 건 아니라는 거…… 속이 깊구 워쩌구 해서 그러는 거 절대 아녀. 그럼 아니면 뭐냐……."

그녀는 밭은기침으로 입 안에 고인 것을 치우고 나서

"우리 교의 『어서전집(御書全集)』을 보면 「상야씨답장(上野氏答狀)」에두 이런 말씀이 있다구. '가로되, 대체로 니찌렌이 당한 여러 가지 대난 중에서두 다쓰노구찌[龍口]의 참수의 난과 도죠[東條]의 난보다 더 큰 것이 없도다. 그 까닭은 제난(諸難) 중에서 목숨을 잃을 정도의 대난은 읎기 때문이로다. 혹은 악구(惡口)의 중상을 당허구, 혹은 주처(住處)를 쫓기구, 무고를 당허구, 혹은 얼굴을 맞기도 했지만, 이것은 대수롭지 않은 것이니라…….' 무슨 뜻인 중 알겠지? 무슨 소린고 허면 국가안보와 총화단결이 무엇보다 시급헌 이때, 우리 교가 일어서서 호국종교의 진면목을 보여주자, 이거여. 게다가 소갈머리 읎는 중생들이 지랄해서 목숨을 던진 거룩헌 순교자두 수두둑허세 세신 판잉께, 그까짓 주둥이 드런 젓덜이 히는 악담 몇 마디 정도는 저리 가라다 이거라. 위대헌 종교일수록 전도 허기가 어려운 법이라구. 그래서 나, 이 달식이 어매두, 우리게 사람들이 몰라서 모르구 허는 정견발표쯤은 예전 예사루 봐주자 이거라."

타고나지 않은 너그러움을 빚이라도 얻어다가 베푸는 듯이 서툰 생색까지 곁들이고 나서

"'니찌렌이 그립다구 생각될 때는 항상 아침 해와 저녁에 뜨는 달을 쳐다보아라. 언제나 일월에 그림자를 나타내는 몸이시니라…….' 이것은 「좌도급사어서(佐渡給仕御書)」에 있는 말씀이지만, 그러나 마나 사실 니찌렌 본존님이야말루 진짜 우리 인간들의 태양이시지. 우리 아빠만 봐두, 병세가 저만만 허게 돌어슨 게 죄다 니찌렌 본존님의 은덕이지 뭐간. 아빠가 요새 워치기 허는 중 알어? 조석으루 사십 분씩, 동방요배(東方遙拜)만은 세상읎어두 지성으로 허구 있다구. 자기가 자진해서 동방요배를 허면서부터 차도를 보이기 시작헌 거라니께. 남묘호렝게교 남묘호렝게교 남묘호렝게교 남묘호렝게교 남묘호렝게교……."

얼마 전부터 그저 그만해졌다는 류의 증상이 곧 기도의 효험이라고 나무호랭이를 수십 번씩 섞어가며 우겨대던 그녀는, 마침내 류가 스스로 창가학회(創價學會)에 들었다면서 접때부터 좋아죽어 해쌓던 말을 되풀이해 가며 금방 살판난 사람처럼 마당이 미어지게 수다를 떨어댔다.

"무식허게 그냥 보통 신도회 정도려니 했다가는 망신두 특별 망신으로 당헐걸. 생각허면 사십구 년 전에 마끼구찌 쓰네싸부로〔牧口常三郎〕님께서 창설했으니께 역사가 깊기두 허지만, 그런 묵은 족보보덤두 한마디루 말해서 학문단체구 교육단체구 교양단체라는 점이 중요허다 이거여. 니찌렌 대성인의 가르치심, 즉 사상과 생명철학을 연구허구 실천허는 국제적인 철학단체라구. 그뿐이간, 각계각층에서 광범위허게 지지를 받구 있는 대정당 공명당(公明黨)만 해두 우리 신도회의 즉은집이라……."

그러자 게 있었는지 어쨌는지도 모르겠던 남 서방 마누라가 턱

돌아간 소리로 뙤똥하게 말했다.

"아따 제미, 그렇게 영험허구 용헌 교를 믿음서 이쁜이게는 뭣땜이 허는겨. 시물니물 묵은 홍어 밑구녕두 식초 한 방울만 떨어뜨리면 오동오동허듯이, 나무호랭이 나무호랭이허구 드립다 기도나 해제끼지…… 그러면 거기두 저절루 꼬매질 거 아녀?"

류그르트도 가자미눈을 뜨며 맞섰다.

"이녘은 가끔 혓바늘 슨 디다 통꼬추 쩌개붙이는 소리만 퉁퉁허더라. 여보, 종교는 이상이구 이쁜이는 워디까지나 현실 아뉴? 이상과 현실은 엄연히 다른겨. 그러나저러나 뒷전에서 공중 그러지덜 말구 우리게 사람덜두 헐 사람은 헐 사람찌리 뫼서 슬슬 허는겨. 이쁜이 수술은 자기 내외 좋자구 허는 거지, 누구는 남은 돈 놓을 디 읎어서 남의 손 빌리려구 그러간."

"……"

"워째서 암말 읎어? 툭하면 나가서 자구 들온다구 바깥양반만 구박헐 일이 아니라니 그러네. 생각해서 허셔. 한 달에 제우 돈 만 원씩인디, 요새 만 원짜리 한 장 헐어야 뭐 쓸 게 있습디야. 닷 돈짜리 금반지게를 허는 디두 요새는 금값이 올러서 만 이삼천 원씩 든다는디, 그래 자기 몸에 금테두리를 허는 판인디 그까짓 푼돈을 아까워허여? 나 같으면 미장원갈 것으루 계를 허겠네."

"……"

여기 아낙네들이 시어미 몰래 계를 짠 것은 그리고 달소수가량 시났나 할 무렵, 그러니끼 정승회가 폭행상해죄로 지서에 드나들기 시작하고 사나흘쯤 된다던 날이었다.

정승화 사건은 여기 놀미부락이나 관향리 아낙네들에게만 충격을 준 것이 아니라 천둥면 온 바닥이 시끄러울 지경으로 큰 북새였던 것이다.

정이 쇠전머리께 옥떨메집 미스 구와 그냥 자기만 했더라도 이 후미진 구석배기까지 들썩대지는 않았을 거였다. 정이 천일여관으로 자러 가서 서너 달 가량 정부 노릇을 서로 해온, 수챗다리 건너 귀숙 어매만 만나지 않았어도 그만이었으리라. 그런데 일이 그렇게 되려고 그랬던가, 정과 귀숙 어매는 바로 벽 하나 사이로 방을 이웃한 채, 제각기 새로 생긴 상대를 품에 넣고 있은 거였다.

그 여관은 애초에 칸막이 벽마다 천장 바로 밑에 뙤창만한 구멍을 내고, 긴 형광등을 가로질러 달아 두 방을 함께 밝히게끔 되어 있었다. 정이 옆방과 말다툼이 된 것도 그 때문이었다. 그쪽 사내가 먼저

"얘기는 허구 나서 허자우."

하며 이쪽 방을 무시하고 전등을 꺼버렸던 것이다.

"얼른 벗어. 그것두 마저 벗어버리구."

걸쩍한 사내 소리와 함께 전등이 꺼지자 정은 속이 올라와서 그냥 말 수가 없었다.

"거기서 이 여관을 몽땅 전세냈수?"

정은 악마디진 목소리를 냅다 메어붙였다.

술기운만으로 그런 것은 아니었다. 동네 사람이 다섯이나 떼거리로 들었다 하여 뒤를 믿고 그런 것도 아니었다. 정은 하던 일이 있었다.

그는 미스 구 앞에 돈다발을 풀어놓고 앉아서 셈을 보고 있은 거였다. 낮에 추곡수매를 하여 공판장에서 나온 돈이었다.

호주머니를 있는 대로 뒤집어놓고 따져보던 정은 부아가 울렁거려 부쩌지할 수가 없었다. 벼를 아홉 가마나 냈다는 것이 손에 쥐어진 것은 쌀 두 가마금도 안 되던 것이다. 토박이들에게도 예사로 바가지를 씌워, 속내 모르는 객지 뜨내기나 맛모르고 기웃댄다던 옥

떨메집에 노박이로 붙어앉아, 이것저것 찾아가며 흔전만전 뿌린 가늠이 없지 않으면서도 마치 공판장 회계에게 둘러먹힌 성싶기만 했다.

"읍세…… 드럽게 쓴단 말은 혼자 다 들은 것 같은디두 인저 봉께 보통 축낸 게 아닌디."

정은 속에서 헛바람이 절로 넘어왔다. 돈 받은 길로 그참 집에 득달하지 않고 충그리다가 동네 사람들과 어깨동무를 한 것이 그런 낭패를 부른 거였다. 죄다 내놓고 사는 다된 여자까지 돈으로 꾀송거려 여관에 든 것도 여간 후회스럽지 않았다.

그렇지만 어쩔 수 없는 일이었다. 아홉 가마 중에서 반만 이등을 맞았더라도 품이 넉넉해져서, 한 푼이 새롭다는 것을 새삼 깨달아 백동전 한 닢이라도 새롭게 보였을 거였다. 그런데 삼등도 아니었다. 모조리 퇴짜를 맞은 셈이나 다름이 없었다. 등수 안에서 뚝 떨어지는 것이 등외품인데 등외품 축에도 못 들고 죄다 잠정등외(暫定等外)를 맞았던 것이다. 잠정등외란 도열병으로 쓰러진 논에서 에멜무지로 추린 노풍 쭉정이를 구제하기 위한 임시조치였다.

놀미에서 내간 벼는 새마을지도자 이동화만 예외로 하고 한결같이 잠정등외였다. 한 부락에서 한 가구씩 뽑아 일등을 매겨준다는 건 전부터 다들 알고 있은 일이었다. 그것은 이장이 양곡 검사원들과 미리 손을 잡고, 관공서에 대한 협조가 남보다 뛰어남으로써 이장의 체면을 세워줬거나, 부락 일에 발벗고 나서준 사람 가운데서 이장이 임외로 한 사람을 뽑아 간접으로 인사를 치르는 연례행사였던 것이다.

"드러…… 농사 다 지었으면 저리 가서 목씻이나 허지."

먼저 충동질을 한 것은 이낙천이었다.

"그려. 오늘 같은 날 주류세 안 내면 세무서에서 달리 볼 탱께…… 가서 만만헌 집 막걸리나 줄여주세."

최진기가 앞장을 서며 하기 어려운 말을 했다. 남의 땅 고지내어 일 년 내내 뼈품을 팔았다지만, 갖다줄 것 다 갖다주고 그날로 도루 묵이 되었으니, 빈손 털고 나선 최의 마음은 묻지 않아도 알 만한 일이었다.

"막걸리라니…… 쌀농사 실패헌 주제에 무슨 염치루 쌀막걸리를 마시겠다는겨? 하루 살다 죽으나 이틀 살다 죽으나, 우리같이 눈먼 논두렁은 그날이 그날인겨."

정은 두 눈을 희번득여 동네 사람을 모은 다음

"어채피 여편네헌티 쓸 만헌 소리 듣긴 다 틀린 것, 막걸리 말구 잘걸리루 마시자구."

하며 희떠운 소리를 했다.

"그려. 오늘버팀은 내남적읇이 정신 바싹 채려야 살어. 그렇께 먹는 걸 먹어두 되도록이면 보릿것으루만 먹자구. 술은 보리술, 지 보는 보리지보……."

"히히히……."

그런 것 좋아하는 윤선철의 말에 따라 남병만이가 우스운 웃음을 웃었다.

"자주 웃으면 쓸디읇이 혐의사는겨."

이가 남에게 퉁바리를 주었다.

"드러, 그럼 아예 서울옥으로 직행허지. 가서 퉁일베 한 가마씩 내놓구 들앉아서 마시자구."

윤이 가다듬은 목청으로 드레지게 말했다.

"들앉어서 마시다니, 이왕이면 드러눠서 먹으야지. 서울옥은 구녕이 모자르니께 아예 옥떨메집으로 급행허는 게 낫어."

정이 뒷갈망없이 떠들었다.

"툉일베 한 가마루 먹긴 뭘 먹어. 술값 내구 나면 안주값이 읎을 텐데…… 그 잘난 것 한 가마를 누구 코빼기에 붙여?"

입 무거운 신태복이까지도 가만히 못 있어했다.

"그러지 말구 아끼바레를 한 가마씩 축내버리지. 안 그러면 팁을 못 주거던."

한때 활수 소리를 들었던 윤이 떠들자

"이러니저러니 허다가 저물지 말구 내 말대루 허는거. 각자가 정부미 한 가마씩 쓸 심 잡구 옥떨메집으루 가. 실농헌 죄를 생각허면 고생 좀 해두 싸닝께 오늘은 다들 사서 고생허자 이거라. 초년 고생은 보리술루 허구, 말년 고생은 천일여관으루 가서 보리지보루 허구. 워뗘? 안 그런감?"

하고 정이 아퀴지어 말했다.

"좋다. 쓰이발."

"내가 재청했어."

"나는 삼청. 히히히."

남이 엎눌린 소리로 웃으며 어깨를 추썩거렸다.

놀미 사내 여섯이 옥떨메집 울안에 들이닿은 것은 그럭저럭 해거름이 다 돼서였다. 그들은 뒤곁으로 후미지게 내달은 침침한 방을 차지하고 허리띠부터 늦추었다. 다들 속이 쓸쓸하여 술이라면 자다가도 깰 만큼 받자 하는 판이었다.

"언년아——."

정은 들어단짝 종업원부터 호령으로 불렀다.

"왔어두 들여다보는 년 하나가 읎네그려."

정이 담뱃갑을 더듬적거리며 허텅짓거리를 할 때

"뭘루 올릴까요?"

먹은 것이 반은 그리로 몰린 듯한 아름드리 허벅지에 희읍스름

하게 바랜 청바지를 미어지게 입고, 달달 볶아 라면머리를 한 새파
란 것이 재떨이와 성냥통을 문턱에다 밀어놓으며 물었다.
"뭘루 올리다니? 왜, 주제꼴이 후줄근허니께 비오동 같은감?"
정이 무르춤하고 서 있는 그녀를 괜찮은 눈으로 건너다보며 말
했다.
"서양화 두어 장 그릴랑게 싸게 가져오너. 제비표루."
"쓰던 것밖에 없을 텐데요."
여자가 물러가자 정이 왜장쳐 말했다.
"리미뜨는 이천…… 따는 사람이 술값 내구, 판값 뜯어 팁값 주
구. 여북 좋아?"
"왔다갔다 허다 보면 원제 술값 맹글어? 술은 또 워느 천년에 마
시구."
남이 덜 좋은 얼굴을 하자
"허는 건 원제 허구?"
윤도 마뜩잖아하는 기색을 보였다.
"아따, 돈 뫼기 잠깐여. 오디날이나 더디지 노 와일드 화이브드
로루 여남은 번만 쫴면 금방여."
정은 돈 놓고 돈 먹기를 하여 이긴 사람에게 계산을 시키면 생돈
안 헐고도 놀 만큼 놀 수 있겠어서 한 번 더 알아듣게 말했다.
"복줄 복이여. 술값 추렴허는 것두 거시기헌디 팁값까장 공출허
잔 말여? 딴 돈으로 술값 물구, 판값 뜯어 팁값 주면 간단허잖여."
"이런 디서 허면 쫴는 맛두 안 나구 술맛두 안 나구…… 아마 아
래두 안 슬걸."
윤이 떨어져 나가자 이도 그쪽으로 말했다.
"콜이니 베팅이니, 난 암만 들어두 서양말은 당최 못 알아듣겄데."
"업세, 서양말 못 알아듣는다는 사람이 그새 고스돕은 워치기 했

다?"

정이 다시 말했다.

"서양늠이나 동양늠이나 그림 맞춰먹는 눈은 다 한가지여. 난초는 난초끼리 짝이듯이 퇴끼풀은 퇴끼풀허구 짝이란 말여."

트럼프를 익힌 뒤로는 싱거워서 못 만지겠던 것이 화투였으므로 정은 트럼프 쪽을 고집하지 않을 수가 없었다. 이가 말을 받아

"도람뿌는 일리삼사두 있구, 꼬부랑 글짜두 있구, 나 같은 사람은 따지기가 복잡해서두 취미를 못 붙이겠더라 이 얘기여."

하며 빕더서자 정은 대번 목젖이 일어서며

"동양화는? 일리삼사허구, 쭉 띠 열끗 오광허구, 워느 쪽이 따지기 쉽간? 홍단이라 쓴 건 글자가 아니던감?"

"도람뿌는 사람두 있잖여. 콧쉬염 달린 늠. 콧수염 읎는 늠. 두 눈 백인 놈. 애꾸눈 헌 늠. 좌우지간 되게 복잡혀."

하는 이도 물렁하게 누그러질 기미가 아닐뿐더러 오래잖아 버릇대로 뺏성까지 낼 기세였다.

"화토는 읎남. 솔쾅 사구라쾅 오동추 공산명월이 도람뿌루 치면 사람이지 뭐여. 비쾅에 우산 쓰구 나슨 늠은 죠카구."

"……"

"집은 워째서 그리 갑갑허다나? 쉬염 달린 늠은 킹 쟈니구. 쉬염 읎는 건 퀸, 마다무상…… 콧쉬염 달린 여자 봤어? 내가 장 얘기허잖었어. 마다무 페아는 쌍과부라 좋더라구."

정이 이마빡에 밭이랑을 타가며 떠들자, 입때껏 들먹은 사내처럼 속절없이 담배만 축내고 있던 신이 불쑥 드티면서 지청구가 있는 말로

"야튼 서양화는 꾀 까드러. 페아니 스레이트니 비닐하우스니. 비닐하우스라네, 게 무슨 하우스랬지?"

"풀 하우스."

남이 대답했다.

"풀 하우스는 퇴비장이 풀 하우스여."

최도 덩달아 이죽거렸다. 정은 생각을 접어둘 수밖에 없었다. 그는 속이 갑갑하여 혼자나 아는 소리로 투덜거렸다.

"이러닝께 농촌문화가 더딘겨. 며칠을 두구 내 돈 써가며 강습을 했어두 못 알아들으니, 근대화의 꽃이 피려면 앞으루두 몇십 년이 더 걸릴지 모른다 이 얘기라. 스트레이트는 쪼르래기라구 몇십 번이나 얘기허다? 그런디 뭐여? 스레이트? 왜, 지붕개량허려구? 다 구만두구 술이나 불러라."

정이 한창 두런거릴 때 청바지를 벗고 흔해터진 한복으로 감은 라면머리가 호마이카 교자상을 안고 들어오며

"포카는 안 되겠어요. 카드가 빈대요."

하고 말했다.

"늬덜이 바로 그림이다."

이가 매듭을 지었다.

라면머리를 따라 이렇게 생긴 것, 저렇게 생긴 것, 그렇고 그렇게 생긴 것, 해서 알타리무 같은 여자 다섯이 졸래졸래 줄을 달았는데, 안창에서부터 선착순으로 끼여앉다 보니 정에게 차례온 것은 그중에서 낡은 파물 같았다.

"노성(老成)허시구먼."

정이 내심 탐탁지 않아 떠름한 소리로 구시렁거리니

"과년(過年)했어요."

기중 것이 귀는 있어 알아들은 시늉으로 찍어당기던 입을 가로늘이는데, 인중 밑에 수퉁니가 두 대나 들솟은 것이 한 푼 놓고 보라면 두 푼 주고 내뺄 지경이었다.

오나가나 한고비 지난 지치러기만 걸리는 건 또 무슨 조홧속인지 몰라 정이 속으로 야속해하는데

"한갓질 때 목욕이나 해두지 않구, 침침헌 방구석에서 무슨 지랄루 하루를 했데?"

남이 죽일 년 잡도리하듯 제 옆의 여자에게 을러메는 시늉을 했다.

"늬덜헌테 객물 냄새 옮으면 고민이 농민이다."

윤도 덩달아 옆의 여자를 톺아보며 씨월거렸다.

"속은 깨끗해요."

쌍꺼풀 수술이 잘못되어 눈두덩이 달팽이 지나간 자리 같은 연지색 치마가 혀끝을 말아올리니, 그녀 맞은바라기 최 옆의 수박색 저고리가 최에게 담배를 붙여주고 나서

"막걸리루 막된 속이지만 날마다 소주로 소독하고 약주로 약칠하고 맥주로 맥질해서 법주로 잡아놓은 속이니까, 그런 염려는 일루 주세요. 이따 가실 때 도루 드릴 테니."

"지름 짜다 말구 오줌 눌 년. 주둥이 하나는 계통출하 해두 안 밑지겠네."

윤이 핀잔을 하고

"팔일오 해방 이후 말 못허구 돼진 구신 봤남?"

정은 느낀 것이 있는 소리를 했다.

"흑싸리, 홍싸리, 오사리 잡것이 밤마다 거름을 허니 오죽 걸겠나."

신도 한마디 거드는데, 목소리가 누지고 앉음새도 듬쑥하지 못한 것이, 그는 벌써 하초가 꿈꿈해진 눈치였다.

"이런 디서는 보리술 한 병에 몇 푼씩이나 얹어받는다나?"

술병이 상에 오르는 것을 보고 최가 물었다.

"이런 디서는 으레 자리값 껴서 한 병에 보리쌀 한 말이지. 천오

백 원씩 친대두 돼지사료 반 포 값이니께 그냥저냥 마셔둬. 술두 음식인디, 아무리 대접 못 받구 사는 논두렁이지만 돼지보다두 싸게 먹어서야 쓰겄어? 드러."

노는 곳이라면 받을 것 있는 집 드나들 듯 해온 윤이 듣기 안 좋게 말했다.

"그럼 팁은 찹쌀 한 말이면 썼다 벗었다 허겄구먼."

이가 곁에 앉은 치마를 더듬적거리는데, 손바닥이 얼마나 거친지 치마에서 보푸라기 이는 소리가 불똥 튀는 참숯 풍로를 들여온 것 같았다.

"왜 썼다 벗었다만 헌다나, 담궜다 끄냈다 허며 물을 우려야지. 찹쌀 한 말이면 예서 서울까지 택시 합승을 허구두 해장국 한 그릇이 떨어지는디. 그려 안 그려? 자네가 좌상인 모냥이니 쓰다 남은 말이라두 한마디 잇게."

정이 첫잔을 들이켜고 나서 수퉁니더러 말했다.

"난 알다 말아서 잘 몰라요. 찹쌀이 멥쌀값이구, 멥쌀이 보리쌀값이란 말은 들었지만, 장시세에 대해서는 통금해제 전이에요."

수퉁니가 재미없이 대꾸했다.

"오로지 지름 짜는 맛만 아신다?"

정이 되짚어 이죽거렸다

"난 홀애비 체질이라 그런 것두 반만 알아요."

"내가 기여. 내가 홀애비라구."

말로는 그랬지만 정은 맨 먼저 들어오던 라면머리가 생각이 있었다. 그러나 라면머리는 문턱에 머문 채 신태복이 옆에 붙어앉았고, 나이가 기중 처지는지 다른 여자들 눈치보기에만 정신을 쓰고 있어 아직 넘성거릴 계제가 아니었다.

"미쓰 구예요."

라면머리가 먼저 턱주가리를 기울였다.

"미쓰 정이라구 불러주세요."

수퉁니가 뒤를 잇자 정은 비로소 숨을 돌릴 것 같았다.

"증씨? 가문망신을 헐라니께 별꼴이 여기 와 있었네그려. 드러, 미쓰 구허구 바꿔앉어."

정이 팔꿈치로 수퉁니를 집적거리며 욱대겼다.

"정말이세요?"

수퉁니가 부질없는 물음을 했다.

"나는 십씨다. 구씨가 옆으로 와야 질서가 잽힌다구."

"허지만 난 동네 정씬데요 뭘."

"나두 장터 십씨여."

정은 빈잔을 멀리 라면머리에게로 보냈다.

"이웃집 유부녀를 눈독들이는 망나니는 무슨 법으로 다스리는 게 나을까?"

라면머리의 잔에 술을 채우며 신이 이낙천에게 물었다.

"이웃지간에 도리 있나. 떠들면 챙피허니 남모르게 위자료나 받구 넴겨주는 거지."

미스 구에게 줄 봉사료를 정에게 떠넘기라는 귀띔이었다. 정은 이가 생전처음 고마운 말을 한 것 같았다. 그때 미스 정이 잽싸게 미스 구와 자리를 바꾸며

"후살이 가는 년이 맨손으로 가면 시에미 구박이 자심하다니 안주나 두어 가지 더 시키죠."

문턱으로 밀려난 것을 다행으로 여기며 안에다 대고 목통껏 소리질렀다.

"여기 과일사라다하고 은행 한 사라 올리세요."

"이런 논 팔어 반지 헐 년 보게."

우리 동네 류씨 187

신이 솥뚜껑만한 손바닥을 밀가루 포대보다도 부한 미스 정의 엉덩판에 올려붙였다.

"어머, 그럼 장가들 분이 잔치두 안 하시겠다는 거예요?"

미스 정의 눈이 흰죽사발로 바뀌자 신은 금방 신명이 나서

"오늘 밤에 장가만 든다면야 이런 잔치가 문제겠나. 그럼 워디서루 알아볼 것버텀 알아보자."

신이 그녀를 더듬는 동안 새 안주가 들어왔다.

"술두 아예 짝으루 대령해라. 어차피 거덜난 살림, 이런 날이나 먹어보구 죽게. 드러."

"아직 논문서는 남었으니 어여 술 쳐라. 먹구 죽은 송장은 빛깔두 다르다더라. 드러."

정과 윤도 짝꿍을 무릎 위에 올려놓았다.

"고민이 농민이라니께. 드러."

최는 다 큰 딸을 생각했음인지 여자들을 깨진 그릇 보듯 하며 안주만 걸터듬었다.

그들이 그 집에서 나온 것은 자정이 넘어서였다. 그들은 건드리기만 해도 떠들기 좋게 고루 취해 있었고, 게서 그러고 앉아 밤을 벗더라도 삭신이 무겁지 않게 거늘했다. 지서 앞을 지나오며

"여게, 동네 정씨. 정찰제두 아닌디 단체입장에 에누리 읎는 법이 워디 있다나. 드러."

정이 저만치 떨어져서 저희끼리 따로 오던 미스 정을 고래고함으로 나무라고

"외짝 문에 외짝 다리 들어가는 게 외입인데 그게 어떻게 단체입장이 돼요. 하나에 하나 보태어 한 켤레라는 걸 잊으셨는가 봐."

미스 구가 암내난 까치처럼 웃어가며 말마중을 하는 바람에, 지서 앞에서 보초를 서고 있던 방위병들의 눈총을 맞기는 했지만, 그

들은 그런대로 모처럼 괜찮게 놀아본 느낌이었다.

그날도 천일여관은 만날 그대로 안 든 방이 여럿이었고, 주인 남자는 가까운 여인숙을 제쳐놓고 거기까지 자주러 오는 여자들이 고마워 방마다 자리끼로 유산균 음료수를 한 병씩 돌리기도 했다. 그 동전 한 닢짜리 유산균 음료수는 외박나온 접대부들을 붙잡기 위한 싸구려 인심인 것 같았다.

정은 새벽 댓바람에 집으로 내닫기 위해 졸리다는 미스 구를 붙잡고 흐트러진 돈다발을 간종그려 달라고 했다. 정신이 남았을 때 셈을 보아야 자리에 들어도 홀가분하겠던 것이다.

전등이 꺼진 것은, 정이 내복 바람으로 앉아 미스 구가 세는 돈을 지켜보며

"오뉴월 품 다섯 깃을 한 자리 술값으루 올려세웠구먼. 드러……."

하며 자못 탄식이 길어질 무렵이었다.

"말두 읎이 거기 맘대루 불을 끄면 여긴 어쩌라는 거요?"

정은 재차 따져들며 우선 성냥통을 더듬었다. 아무 불이라도 있어야 미스 구가 돈을 떼어 감추지 못하겠기 때문이었다. 금방 거기 어디서 보인 것 같던 성냥이 얼른 잡히지 않자 정은 짜증을 버럭 내었다.

"드런 늠의 집구석. 아무리 나 같은 바람개비나 뒤질러와서 노는 방이지만 불까지 통일헐 건 읎잖여."

그러자 성질난 정도를 가늠하고, 바른손쪽 옆방에 든 윤선철이가 뒵들이를 했다

"아래층에서 불이 나면 이층 호스가 더 바빠지는디 이웃 생각헐 경황이 있겄남."

그때 왼쪽 옆방에서 불을 끈 사내가

"뭐이? 노는 방?"

하고 되새기며 캐시밀론 이불을 부스럭거리는데, 그렇게 들린 것으로 미루어보아 이쪽에서 엿듣지 않도록 다독거린 어조였다. 이윽고 그 사내처럼 천장 밑에 맞뚫린 구멍을 미처 생각지 못한 듯한 여자 목소리가 뒤따라 넘어왔다.

"쇠—저런 것들허구 따따부따허면 위신 문제라니께."

정은 성냥통을 찾던 손이 옥아들며 부르르 떨렸으나, 한 번만 더, 하고 참았다. 금방 북새를 피우면 미스 구가 돈을 잘라 가로채기 십상일 뿐 아니라, 목소리가 의심스러워 확실히 들어나 보고 나설 셈이었던 것이다.

정이 미스 구가 세다 만 돈을 받아 윗목으로 접개어 놓았던 바지 주머니에 넣고 있자니, 마침내 기다리던 목소리가 조용히 넘어왔다.

"쇠—구만두래두 대이구 이려. 짐장밭에 배차 고갱이 안 는 것만 오죽잖어두 사네 못 사네 허는 것들인디…… 사는 건 우스워두 승질머리가 우악허구 무식해서 상대헐 만헌 상대가 못 된다구."

짐작대로 그녀 음성이었다. 허릅숭이 서방 전순만이하고 갈라진 뒤로 수챗다리 건너에 잡곡, 양념거리, 푸성귀 따위 무리 때 나오는 잡살뱅이를 받아 되먹이로 돈 벌어 이제는 이자까지 놓아가며 사는 귀숙 어매였다.

정은 서슴거릴 계제가 아니었다. 비록 술김이지만 배가 맞아 해포 가까이나 없으면 못 살아 하다가 제물에 물려, 모내기 때 아쉬워 두어 번 걸음해 보고 가을을 마치도록 서로 안 찾아보긴 했지만, 그래도 아직은 그럴 법이 없었다.

"드런 년, 아갈거리구 자빠졌네. 저런 것들이 워쩌구 워쩌? 그럼 네런 것들은?"

정이 앉은 채로 문짝을 열어패며 년짜를 놓자, 옆방에서도 걸어 달은 미닫이를 따서 벙그리는 기척과 함께 귀숙 어매가 악매를 퍼부었다.

"도둑놈이 됩세 호령허구 자빠졌네. 아주 떼처먹구 옰어진 중 알었더니 제우 여기 오너 지집질여? 도둑늠. 얼름 내 돈 내놔. 봄에 가져간 삼만 오천……."

그녀는 말끝을 내지 못하고 입이 막혔다. 눈이 뒤집혀 뛰어든 정이 엉겁결에 헛발질을 하여 뒤로 넘어지면서 그녀의 얼굴을 깔게 되었던 것이다. 귀숙 어매가 궁둥짝을 물어떼는 바람에 정신이 들었으니 망정이지, 정도 그쪽 사내의 발길질에 다치지 않을 도리가 없었을 거였다. 도두앉았다가 정의 발길이 귀때기를 스치며 엇나갈 때 벌떡 일어선 그쪽 사내는, 정이 디딘 캐시밀론 이불이 미끌거리는 각장지 장판에 밀려 미끄러지면서 귀숙 어매를 깔고 앉자 대번에 발로 제기려들었다. 정은 이빨에 궁둥이가 맞뚫리자 소스라쳐 일어섰고, 일어서는 얼결에 사내의 턱배기를 받아넘기게 되었다. 놀미 사람들이 뛰쳐나와 말려 주먹다짐은 그것으로 끝이었다. 그러나 장소가 지서로 바뀐 뒤에도 말다툼은 매듭이 나지 않았다. 그쪽 사내가 상처를 내세워 구두고발을 했던 것이다. 사내는 왼쪽 귀가 서너 바늘가량이나 가로 찢겨 있었다. 그것은 정이 벗은 발로 헛발질을 할 때 엄지발톱이 지나간 자리였다. 순경이 보자고 해서야 비로소 본인도 알았지만, 정의 엄지발톱은 삼대 물린 몽당숟가락보다 결코 무디거나 좁은 것이 아니었다.

그 사건은 날이 새고도 한겻이 겨워서야 그를 내주었다.

그러나 지서에서 놓여났다 하여 뒤가 안 나게 일을 아무려 메지를 낸 것은 아니었다.

해 있어서 들어온 류그르트가 저녁상도 접어놓다 말고 얻어들은 소문으로 동네에 잔치를 벌였던 것이다.

숙직이던 백 순경은 화해가 되도록 그쪽 사내를 부추겼다. 이쪽이 듬쑥하고 낯이 있어서가 아니라 경위로 보아 그럼직도 하겠다고 느낌이 들이굽은 눈치였다.

박수엽이라고 이름을 밝힌 그쪽 사내는 직업이 서초동 어디에 있는 주식회사 국일부동산의 개발용역 담당이사라고 대었는데, 십만 평가량 묶어 전문대학 부지로 쓸 만한 야산이 났다는 전갈에 현장답사차 내려왔다는 흰소리로 미루어, 부동산 투기로 없는 사람들만 이렇게 만든, 이른바 복부인들의 앞잡이로 알면 에누리없이 봤을 것 같았다. 박수엽이 붉덩물 빛깔의 안경알을 번들거리며 폭행, 상해, 주거침입, 안면방해 따위의 죄목을 거듭 주워섬기고 배를 내밀자

"교육사업을 일으켜서 지역사회 발전에 이바지허겠다구 나슨 사람이 우선 여자개발 용역부터 착수했구먼그려. 토지 뿌로카루 한밑천 허구 나니 가는 디마다 내 땅 밟는 기분이서? 골난헌디. 오다가다 만난 여자허구 재미보는 거야 무슨 취미루 말리겠소만, 그런 일루 시끄럼을 피면 쓰겄소? 다시 말해서 타인에게 혐오감을 끼치면 풍속사범으로 보내게 된다 이거요. 그럼 경험삼어서 한번 갔다 와?"

백 순경은 그예 을러멜 듯이 윽박질렀다. 박수엽이 궁리가 미처 덜 되어 이내 대거리를 못하자 백 순경은 명토박아 말했다.

"서루 사화허구 마슈. 선생은 치료비나 받구 취하허시고, 증승화 씨는 저 여자허구 이미 그렇게 됐다니 이젠 서방질을 허건 화냥질을 허건 신칙허지 말기루 허고……."

백 순경은 증인 서마고 묻어 들어온 귀숙 어매도 그냥 두지 않았다.

"아주머니, 이 여자 하여간…… 당신은 핵교 댕기는 딸 보기두 우세스럽지 않수? 씨피엑스가 걸려서 임검 나가보면 여관서 안 만나

는 적이 읎는디, 아니 워치기 생겼간디 그걸 그렇게 그러는 거유?"
 "나 원 참, 별꼴이 내년까장 간다더니 진짜 사람 웃기는 순사두 다 있네."
 "어라, 내가 원제 웃겼어?"
 "그럼 순사는 냄의 사생활까장 시비걸게 되여 있슈?"
 술이 덜 깨어 불쾌한 얼굴로 앉아 마을 온 사람처럼 지서 안을 신청부같이 구경하던 귀숙 어매가 물기 거둔 눈을 박아뜨며 더불어 따따부따하려 들었다.
 "시비는 당신들이 천일여관서 했지 내라 했어? 여보, 아무리 남자에 세서 남편허구 갈라섰기루니, 그래두 남의 이목은 가려야 허잖소. 수치가 싫으면 염치라두 가져보라 이 말여 내 말은."
 "누구는 삼천만 동포 위해 살던가베. 그러면 나 땜이 냄의 농사가 들 된다는 거여, 장사가 들 된다는 거여. 냄이사 연애를 걸건 애인을 갈건, 그게 부가가치세를 무는 거유 방위세를 내는 거유? 암만 생각해 봐두 아저씨가 좌향 앞으룻 가, 우향 앞으룻 가, 헐 일이 아닌디 소리가 큰 소릴세."
 그녀는 넉살좋게 코웃음을 쳤다. 백 순경은 질렸는지 한참 있다가
 "인물났구먼."
 자기 직책을 젖혀놓고 탄식부터 했다. 귀숙 어매는 백로 지나 약오른 고춧빛으로 얼굴에 겹살을 올리며
 "동작 그만 허구 생각 좀 써보슈. 돈 떼먹은 도둑늠을 잡어왔으면 직이나마 도둑늠부터 어떻게 허는 게 아니구 뎁세 피해자더러만 뭐라구 허시니, 그건 무슨 경오가 그류? 아이구, 분해서 못 살어."
 그녀는 눈비음으로 찬 전자 손목시계를 번쩍거리며 손사래까지 쳐서 정의 비위를 덧내놓았다. 정은 보다못해 참던 말을 내뱉었다.
 "드런 년. 물 말어놓구 국 처먹는 소리 허구 자빠졌네. 돈 가져갔

으면 그저 가져가데? 물 나는 아궁이 불 때줬으면 구만이지 무슨 쌍소리여, 아가리를 짓찧어 놀라."

"도둑늠. 초약 풍약 다 해 처먹더니 오관 떼구 자빠졌네. 동짓달에 개떡 찧는 소리 구만허구 갚어, 못 떼먹는다, 일곱 매 묶구 하늘관광 가기 전에는……."

"워디 소리 안 나는 총 좀 읎나. 드러."

"내 말이 그 말이여."

귀숙 어매는 생물장수 만난 고양이 널뛰듯 금방 어떻게 되는 소리로 악매를 퍼대더니, 날이 밝고 남의 눈이 잦아지자 말투가 숙어들며 구석으로 얼굴을 치우기도 했다.

하지만 속이 단단히 된 박수엽은 그녀와 달리 물렁하지 않았다.

"이왕 그르친 일이지만 반자불성(半字不成)에 일점성(一點成)이란 말두 있으니 취하는 않갔시다. 그러나 치료비는 본인 부담으로 헐 테니 나머지는 법적으루 허십시오."

박수엽은 중앙에 누가 있는 것처럼 우렁우렁한 목소리로 쐐기를 지른 다음 귀숙 어매를 눈으로 불러 너볏하게 나갔다.

지서 바깥은 아까부터 구경난 줄 알고 가다 만 사람들이 무리를 이루었는데, 얼굴이 팔린 귀숙 어매가 못 보던 사내를 따라가자 다들 웃음기 있는 얼굴로 돌아서며 이쪽이 더 궁금한 기색을 했다.

"가끔 들여다보구 눌러줬으면 저렇게는 안 됐을 여편넨디……."

정이 귀숙 어매를 눈바래주다 말고 중얼거리니, 면도기를 찾아든 백 순경이 거울 속에서 퉁명스럽게 지청구를 했다.

"늦마에 담 무너지는 거요. 내 앞으루 등기난 여편네두 툭허면 내 생활이냐 니 생활이냐 허는 세상인디. 쓸개읎이 저런 번지읎는 주막허구 그게 무슨 짝이유. 딱두 허슈."

백 순경은 지서에서 쓰는 아이가 나와 난로에 쌀을 일어 안치고 쓰레질을 시작한 뒤에야 부르면 오라면서 가보라고 했다.

정은 구경나온 아는 얼굴들을 무겁게 등에 지고 차부(車部) 쪽으로 갔다.

차부집에 있기로 했던 사람들은 벌써 술이 너무 되어 성한 정신이 없었다. 이낙천은 여물 쑤러 먼저 올라가고 신태복이는 몸을 허물고 세상 모르게 조는데, 문뱃내가 코를 쏘는 남병만이와 윤선철이도 해장이 길어져 최진기가 거기 없었으면 벌써 게서 내몰렸을 판이었다.

그들은 사건을 덮어두기로 작정했다. 서로 입만 잘 그느르면 그대로 조용히 넘어갈 줄 안 거였다.

그것은 류그르트만 아니었어도 모를 일이었다. 그러나 류그르트는 그날사말고 천일여관을 들렀고, 주인 여편네는 덧들었던 낮잠을 깨자마자 때가 어떻게 되는지도 모르며 밤잠 설친 넋두리를 늘어놓았다. 류그르트는 매달 그믐이면 물건놓은 집을 돌면서 외상을 끊어갔던 것이다.

"발구락으루 어떻게 했다는디두 귀가 진집났으니 손구락이 활동했으면 아닌 밤중에 사잣밥 지을 뻔했잖어."

여관 안주인은 사내끼리 그랬다는 대목에 이르자 보탠 말을 반지기도 넘게 두며 수다를 떨었지만, 어겹된 사건의 얼개를 깜냥껏 추린 류그르트의 놀라움은 스스로 견주어 말할 데가 없어 그만둘 지경이었다.

정승화가 손찌검을 하여 어느 쪽이 어떻게 되고 말고는 귀로 오다말고 흘렸어도 아깝지가 않았다. 동네 사내들이 떼를 지어 노는 여자를 보았다는 사실보다 더한 못된 짓이 없을 것 같던 것이다.

그것은 그녀가 사내들의 본성을 헤아리지 못해서가 아니었다. 여자는 물건을 탐하고 사내는 사람을 욕심내던 것이 나돌아다니면

우리 동네 류씨

서 터득한 상식이었으니까.

사내들은 열이 하나같이 무슨 푸네기만 안 되면 가만있는 여자라도 예사로 보는 법이 없었다. TV나 그런 무슨 노리개처럼. 애초에 없으면 아쉬운 줄을 모르다가도 만만한 게 있기만 하면 정신이 반은 그리로 쏠리는 것 같았다. 그것은 자기에게 따라붙던 사내들의 씨식잖은 짓둥이만 보더라도 능히 미루어 가량할 만한 것이었다.

감찰빛 홀태바지 제복과 유록색 토끼풀 상표가 도두 박힌 빨간 모자에 음료수 가방이 붙동여진 손수레만 끌고 나서도 그냥 지나간 사람까지 으레 무르춤하면서 뒤를 돌아보기가 예사였으니, 만날 들면 날면 물건을 놓는 집 사람들은 숫제 두말할 나위도 없었다.

그녀가 물건을 대는 곳은 우체부 한나절 품과 거기서 거기로 칠 만큼 배게 널려 있었다. 색시들이 저녁 한 끼는 술로 에끼어 뒤집힌 속을 이튿날 아침 배달해 준 음료수로 푸는 춘양관, 우래옥 같은 데처럼 한꺼번에 짐을 가볍게 더는 집도 서운찮게 있었지만, 김스의 상실이나 윤미용실 본보고 날이 드나 궂으나 노상 하나로 그치는 집도 수두룩했다.

그녀는 장터만이 아니고 읍내 울녘까지 맡아서 걸음품조차 안 빠지는 하나짜리도 임의로이 다녔다. 물건값을 흔히 지르된 늦사리 이팥이나 짜개 많은 종콩으로 받아 뒤퉁스러운 곡식 자루를 여나르기에 목이 한치 두푼은 움츠러든 느낌임에도, 장사에 크고 작은 돈이 따로없어 되다는 소리 한마디 없이 황톳길을 후지르고 다닌 거였다.

그녀는 늘 다녀도 스스러운 곳은 따로 있었다. 장터 어간에 시늉내느라고 낸 몇 군데의 사무실이 그렇게 거북살스러웠다.

그중에서도 중학교 때부터 그녀에게 이물스러운 눈을 뜨던 이남주 앞에서는 어려서나 이 나이 된 지금이나 여전히 조심스러웠다.

이남주는 학년이 하나 위였지만 매주 특활시간마다 웅변반 교실에서 마주했던 터라 그에 대한 기억도 남달리 자세했다. 남녀공학이라고 해도 여학생은 한 학년에 스물이 넘지 않은 데다, 다 해서 아홉이었던 웅변반에는 아직도 군 보건소에 간호원으로 있는 조길자와 둘뿐이었으므로 흉허물없이 맞수로 놀기가 수나로웠던 것이다. 고등학교 때 보통고시에 합격했다고 한참 껍죽거리며 장터를 휩쓸던 이남주는, 이제는 면 못미처 의용소방대 옆의 합동대서소에서 재미없는 나날을 보내고 있다.

    먼저 하던 사람 말만 듣고 그리로 처음 배달을 갔을 때, 이남주가 놀라며 씨월거렸던 말을 그녀는 여지껏 귀담아 두고 있다.

    "아니, 언제 그렇게 되셨수?"

    "……"

    그 소리가 무슨 말인지 얼른 새겨듣지 못하자 이남주는

    "접때 군청에 갔다가 만났더니 조길자두 혼자 됐다던디…… 아 왜 안 있수, 고등핵교 악기반에서 나팔 불던 박무엇인가 허구 식두 안 올리구 살림헌 매갈잇간집 둘째 조길자 말요. 글쎄 그 나팔쟁이가 고혈압으로 쓰러졌다구 들은 게 엊그젠디 아주 갔다는겨. 여편네가 보건소 의사 옆댕이서 늙어두 세상 뜬다는 사람은 못 말리는 모양이지. 어린것들허구 딱허네…… 허 참…… 그때 웅변반에서 과부가 벌써 둘이나 났으니……."

    그녀를 과부로 여기던 것은 비단 합동대서소 패만이 아니었다. 정부미 두정공장 회계와 우하전파사 오망부리를 비롯, 주유소 자웅눈과 동남사료상회 조대포, 유신라사 전다리…… 누구 할 것 없이 꼴값으로 제값하려 들던 것이다.

    그런 사내들이 자기네를 잘난 백정, 이쪽을 헌 정승으로 알며 부질없이 어제 죽어 오늘 장사지냈다는 투로 수작이 장난일 때마다,

우리 동네 류씨 197

그녀는 그들을 우습게 보고 허드레 객담으로 받아넘길밖에 다른 수가 없었다.

물론 그들의 그 남 볼썽사나운 짓은 그렇게 늘 싫기만 하던 것도 아니었다. 내동 그러던 사람이 보고도 아무 무엇이 없으면 도리어 허전하고 궁금하던 날도 없지 않았듯이.

생각하면 그나마도 시집오고 십오 년에 처음 겪는 일이었다. 그러므로 다된 지 오랜 줄 알고부터 반은 죽어 살아온 그녀에게 그것은 유다른 일깨움이 아닐 수 없었다. 아직도 자기 몸의 어딘가엔 무엇이 남아 있다는 가장 확실한 증거였으니까. 설레고 들썽이던 부푼 마음을 고루잡아 가누지 못해 때되는 줄도 모르고 읍내에서 능놀아 어둡게 집을 찾은 것이 그새 몇 번이나 있은 것도 그런 까닭이었다.

그러나 한 동네 사내들이 패지어 다니며 저지른 짓은 혼자만 다 듣어두어 묵힐 일이 아닌 것 같았다.

"그러나 마나 그래도 그렇지. 그렇다구 그래 그럴 수 있는겨? 남묘호렝게교 남묘호렝게교……."

그녀는 그런 허텅짓거리로 말머리를 삼아가며 얼른 소문을 내었다. 집집마다 안에서 포달을 부려 큰 소리가 담을 넘어나오고, 그리하여 어떤 이 앞에서는 한참씩 고개를 못 이게 되더라도, 다시 장난기가 도져 그 애옥살림이나마 더 어렵게 되지 않도록, 내외간에 매조지해 둘 마련만은 해주어야 한 부조하는 셈이 될 성싶던 것이다.

마을 아낙네들은 류그르트의 말을 아무도 의심쩍어하지 않았다. 애초부터 그녀를 소식통으로 쳐서 밑져본 적이 없은 터이기도 하지만, 부고온 데도 없이 자고 들어온 사실이 증거보다 짐작이 앞서도록 넌지시 부추긴 까닭이었다. 그녀가 가량한 대로 사내가 속썩인 집에서는 밤이 이울도록 조용할 줄을 몰랐다. 동네 개들이 잠 못 들어하던 것만 보아도 시끄러운 정도를 가늠할 수 있었지만 이튿날 아침, 나가면서 학교 가는 아이들에게 말을 시켜보니, 사내에게 얻어터진 자리가 표나서 대문 밖을 못 내다본다는 아낙만도 둘이나 되었다.

"달식 엄니 말이 관상대 말보다 한 칸 윈 줄 알면서두 그걸 않구 미룩거리다가 그예 떼난봉나는 꼴을 보구 말았다니께……."

남의 집에서 숟갈 소리가 들릴 만하여 집에 돌아오니 저녁은 어떡하고 와 있었는지 모를 여러 여편네 중에서 봉석 어매가 첫대바기로 꺼낸 말이었다. 생각잖은 돈이 생겼기에 한 끼나 먹게 해주려고 생물전에 들렀다가, 초사리에 들어왔다는 도다리가 지져볼 만하겠어서 한 손 사들고 허위단숨에 득달해 온 속도 모르고, 여편네들은 옷도 벗을 새 없이 달게 굴던 것이다.

"누가 아니랴. 그 이쁜이계 얘기 좀 해봐. 물건 갖다먹는 집한테만 난쟁이 허리춤 추기듯 허지 말구. 이런 사람두 좀 알게……."

뺑덕어매 모양 변덕이 죽끓듯 해서, 서로 틀린 일도 없이 벌써 언제부터 비슥도 않던 강충성이 여편네까지 마뜩잖게 끼어 있었다.

"계나 마나 해 다 갔는디 저녁이나 안쳐놓구 노닥이던지 말던지 해야지."

뜨악하게 지내온 강가 여편네만 안 나섰어도, 예상이 적중된 흐뭇함으로 입 안이 살가웠을 거였다. 그 여편네는 생선 꾸러미를 보고도 그냥 있지 못했다.

"그래두 안에서 돌아댕기는 집이라 다르구나. 이런 사람은 짐장 허구 남은 새우젓두 누가 올깨미 두구 보는디……."

"돌아댕기나 마나, 어떤 창알머리 빠진 것이 팁이라구 한 푼 준 것을 이렇게 쓰잖으면 사진틀에 찡겨놓구 보겠남?"

하다가 그녀는 속이 찍어당겨 얼결에 입을 다물었다. 물건값 끊으러 합동대서방에 갔을 때, 오천 원짜리로 내놓은 이남주가 환심 산답시고 거스름 천 원을 안 받고 내뺀 바람에 굳은 돈이었으므로, 그 여편네가 입아귀만 새기지 않았으면 뒷갈망없이 함부로 내놓을 말이었던 것이다. 하지만 시린 발을 참아가며 툇마루 끝에서 떨고 있던 그네들은 아무도 귀담아들은 낌새가 아니었다. 그네들은 계를 하자는 데에만 정신이 가 있었다. 시겟돈 잡아 입노릇만 시켰다 해도 그런 변고가 없어할 사람들이, 다섯이나 떼지어 다니며 일 년 농사를 마무린 돈으로 외도까지 했다 하니, 동네에 강철이라도 떨어진 만큼이나 놀랄 수밖에 없던 거였다.

그리하여 그런 꼴은 두 번 다시 안 보도록 해야 한다는 공론이 돌고, 공론은 마침내 류그르트가 떠들던 계 이야기를 들그서내기에 이르렀다. 먼저 그것부터 하고 보자는 반론이었다. 아무도 이의가 없었다.

"제 여편네 새로 해입은 치마보다 화류계 지집 입던 빤쓰가 더 좋아 뵈는 게 사내라는 디는 헐 말이 읎데."

메주를 두 덩이나 던졌는데 하필 엉치를 맞아 그쪽이 아직도 무지근하다면서, 윤선철이 아내는 싸운 이야기를 걸직하게 늘어놓았다.

"여자는 어린 기집애라두 사내 앞에 가면 다 큰 시늉 허지만, 늙어가면서두 그런 지집만 보면 애들허구 별 차이 읎는 게 사내들이거든……."

하면서 류그르트는 읍내 여자들이 계 모으는 방법과, 낙찰계보다 번호계가 낫다는 것도 알아들을 만하게 설명했다.

계원과 계주도 그만하면 될 것 같았다.

"창우, 필진이, 맵시, 근영이, 서희, 슬기……."

강충성이 여편네가 집집의 애 이름을 주워섬기는데 그렇게 한 머리씩 든다면 열도 넘을 것 같았다.

"오야는 천상 창근 엄니가 해야지 딴사람 읎어."

길구 어매가 벌써 얘기가 있은 것처럼 말하자, 반장보는 장병찬이 마누라가

"그런 계까지두 새마을 어머니회장이 대가리 노릇을 해야 쓴다는 겨?"

하며 마땅찮아하는 눈치일 뿐, 계주도 이미 정해진 셈이나 다름이 없었다.

조태갑이 마누라가 계주로 지목된 것은 새마을 어머니회장이라는 동네 감투를 쓰고 있어서가 아니었다. 여고 중퇴라는 학벌이 한몫 본 거였다. 놀미부락뿐 아니라 관향리를 안팎으로 뒤져도, 애 낳고 밥하는 여자 중에서 그녀를 따라갈 만큼 배운 이는 없었던 것이다.

류그르트의 성의있는 자문에도 불구하고 계는 시작부터 수나롭지 않았다. 인원이 넘치는 데다 서로 이른 번호를 타려고 다투어 자연 그리될밖에 없기도 했지만, 말듣는 것을 꺼려하여 창근 어매가 계주 노릇 하기를 망설인 것이 더디 된 원인이었다. 정승화가 구두만 문질러 신어도 말을 만들어 하던 동네 공기를 창근 어매도 남만 못잖게 잘 알고 있는 거였다.

정은 그 일이 메지가 난 뒤에도 이틀이나 읍내 걸음을 하지 않으면 안 되었다. 고맙게 한 백 순경에게 저녁이라도 한 끼 대접하는 게 인사였고, 두고 볼 낯을 생각하면 여관하는 함가에게도 대폿잔이나 있이야 나중에 무슨 일이 생겨도 믿절미가 되겠던 것이다, 그런데도 모르면 가만히나 있는 게 아니고, 지서에 불려가느니 검찰에서 불렀다느니 하며 동네에서는 쑥덕공론으로 벌금물 걱정까지 해주고 있었다.

"동지 전에 팥죽만 쒀먹어두 붉은 것 좋아하는 수상헌 집이 있다

구 신고가 들어가는, 이런 드런 동네서 그런 계를 맡어? 저 돌아 뒷이네 집 새댁 시달리던 생각을 해봐. 산부인과를 댕겨와두 밑바대 열구 무주구천동 관광시켰다구 씩뚝거리는 판에 더더구나 성형외과를 보내여? 야중에 무슨 소리를 들으려구? 나는 들해두 우리 애들 크는 디 지장 있을까 봐 못허겄어."

김승두 색시가 병원에서 애를 낳아오자, 애라면 집에서나 낳고 집에서만 받아버릇한 안늙은이들이 둘만 모여도 말추렴으로 끼니를 에우던, 묵은 일까지 들먹이며 창근 어매는 고개를 홰홰 저었다.

"지장이나 마나, 배웠다는 사람두 그런 귀꿈맞은 말을 허나? 예전에야 귀헌 여자가 얼굴까지 가릴 때 츤헌 여자는 종아리두 못 가렸다지만 시방이야 어디 그려? 지금은 그 반대여. 요새는 읎이사는 여자가 길구 두껍게 입구, 있이 사는 여잘수록 짧구 얇게 입는 거 당신두 봐서 알 거여. 그러면 이런 디 사는 농군 여편네는 생전 병원 구경두 허지 말라는 거여?"

류그르트는 읍내 계꾼들도 생각해서 그렇게 정한 것처럼 둘러대고 병원까지 멀리 천안으로 잡아주며, 계를 맡아 첫머리를 타쓰라고 간살도 아낌없이 떨었건만, 창근 어매는 매몰스럽게도 막무가내였다. 그럴수록 류그르트는 몸이 달았다. 그녀는 천안의 버들성형외과에 사람을 끌어줄 필요가 있었다. 자기 물건을 식구대로 매일 다섯 병씩 받아주는 읍내 주조산원의 주 여사와 전부터 오고 간 말이 있었던 것이다. 면에서 모자 보건 상담역으로 근무하다가 조산원을 낸 주 여사는 같은 교인일 뿐만 아니라 계주이기도 했다. 류그르트나 아는 일이지만 주 여사가 점조직으로 얽힌 교인들에게 파고들며 성형수술을 권장하고, 잇따라 계를 묻도록 꾀송거려온 것도 바닥이 좁아 재미를 못 보는, 오라비를 돕기 위한 계책이었다. 멀리 떨어져 있어 뜬소문을 염려 안 해 좋다는 이유로 천안의 버들성형외과를 지정한 것도 그런 내막이었다. 주 여사는 그쪽 이야기만 나오면 손님 한 사람마다 수술비의 일 할이 사례금으로 돌아온다는 말을 두서너 번씩 되풀이하곤 했다. 듣다 보니 성형외과의 외교원으로는 조산원보다 웃도는 직업도 없을 성불렀다. 하지만 건당 만 원이라는 소개비의 매력을 류그르트는 떨쳐버릴 수가 없었다. 그녀는 밑질기게 창근 어매를 찾아다니며 성형수술의 불가피성을 뒤떠들었고, 어떤 때는 정승화와 그때 그 사내들의 외도를 역성들어 말함으로써 자기 말에 이치가 있음을 강조하기도 했다. 그녀는 설령 그런 이해관계가 아니더라도 그 다섯 사내의 심사를 두둔해 주고 싶은 마음이었다. 그런 경우에는 이렇게 말했다.

"그이들한테만 종주먹 대구 탓헐 일두 아니더라구. 우리가 남자 같았어 보지. 그렇게 해서라두 응어리를 안 풀구 배겨낼 성부른가…… 가물면 벌레가 속끓이구 비 오면 병균이 속썩여두 제 품 안 따지구 죄용히 사는 게 농군인디, 올 같은 모진 해에 발톱 길 새 윺이 뛰어 제우 추수라구 해놓으니 그다음은 뭐여? 베 한 가마 수매금이 꼬춧가루 두 근 값에두 밑돌으니, 농사지어 버렁 빠진 것을 어느 방침에 가서 한가헐 거여."

"그럼 요릿집 가서 화류계 여자허구 놀아난 것두 재미루 장난헌 게 아니란 말인감?"

"아니나 마나, 그건 관가에서 시키구 세상사가 가르친 거여. 우리게 사람들이 언제는 분수모르구 노는 것 봤어? 여북했으면…… 오죽 폭폭했으면 술로라두 속을 달래려구 했겄나 생각을 해보라구. 어떤 놈이 보태를 주어, 도와를 주어, 봐주기를 허여, 알아를 주어? 그런 건 논바닥에 볏그루 세워놓구 불질러 본 내가 안다구…… 내가 시방 마실 것 배달 댕기니께 벌이가 먹구살 만해서 허는 중 알어? 그리 알면 큰 오해여. 그건 핑계여. 돌아댕기구 싶은디 그냥 쏘댕기면 상성헌 년으루 볼깨미 핸드백 삼아서 메구 댕기는 거여. 애 아빠는 정신이 들랑달랑 시렁시렁 허지, 농사지었다는 집구석에 초련 먹구 나니 세안댈 일이 막연허지…… 아마 내가 이러구 나댕기지 않았으면 벌써 환장을 했어두 아마 열두 번은 더했을 거여."

"……."

창근 어매는 그제서야 얼굴로 모았던 성질을 가져가며 눈을 내렸다. 그러나 창근 어매가 우러난 마음에서 계주 노릇을 하려 든 것은 남의 식구 되어 간 뒤로 처음 들여다보러 온 순이가, 저 사는 맛만 알고 삼동네를 휘저어 호린 바로 뒷날부터였다.

순이는 저무니부락에서 남의 고지나 쓰며 근근이 살다가, 백마부대의 월남 상륙과 더불어 셈평이 펴이자 터전을 여기로 옮긴 민서방네 큰딸이었다.

검정색 자가용차가 순덕이네 옴팡간으로 들이닥치자 누구보다도 놀란 이는 순덕 어매였다. 가만히 들앉아 있어도 군소리가 삼동네를 도는 억척보두여서 길에서 만난 애들까지 비켜갈 만큼 늘 서슬이 서 있던 그녀였지만, 생전 모르고 살 것이 느닷없이 마당을 미어놓으니 놀라지 않을 수가 없었던 것이다. 순덕 어매는 누가 본을 보아도 괜찮을 정도로 지악박이였다. 진동 항아리 위하듯 하던 아들이 용접기능공으로 월남에 갔다가 휴가와서 눌러앉은 지 얼마 안 되어, 월남에 있을 적부터 잠복해 있던 창병이 드러나면서 갑자기 콧날이 주저앉는 바람에 스스로 장승배기 봇물에 뛰어들어 먼저 가고, 못 볼 꼴을 본 민 서방마저 술로 울화를 삭이다 못해 저세상 사람이 되자 순전 품팔이 한 가지로 순이, 순덕이 형제를 가르쳐냈던 것이다.

게 이야기가 매동그려지지 않아 창근 어매를 찾아갔다가, 그리로 차 들어가는 소리에 느낌이 있어 앞자락을 거머쥐고 반달음질로 치댔던 류그르트는, 순덕 어매가 넋을 놓은 것도 무리가 아님을 첫눈에 알아볼 수 있었다.

순이는 실패 감던 순이가 아니었다. 오라고 해서 찾아간대도 알아보지 못해 헛걸음하기 십상으로 땟물이 다른 물건이었다. 순이를 본 순간 류그르트는 무슨 사건인지 영문을 몰라 부접할 수가 없었다. 기어이 일이 날 조짐으로만 여겨진 까닭이었다. 순덕 어매가 얼빠진 사람처럼 갈피없이 집 안을 뒤스럭거리는 것도 아마 그래 그러는 눈치였다. 다른 사람들도 제각기 제 나름의 불안과 불길한 심사를 부여안은 채 순이를 살피는 기색이었다. 어딘가 잘못되어 빚어진 엉뚱한 결과에 한결같이 당황하는 기미였고, 순이를 쳐다보는 것조차도 부담스러워 못 견디겠다는 표정이었다. 그러나 그것은 이쪽의 덜 여문 생각이었음이 차츰 깨우쳐지기 시작했다. 순이의 스스럼없는 언동이 여러 사람의 짐작과 억측을 은연중에 고쳐주었던 것이다. 순이가 앞벵이부락 노 서방네 작은딸의 꼬미질로 미용학원에 들어갔던 것과, 거기서 친구 하나 잘못 사귀어 이내 물장수 쪽으로 풀렸다던 것은 이미 옛날이야기였고, 오다가다 만난 건달을 서방 해간 뒤로 오죽잖으나마 살림이라고 차려 겨우 입노릇이나 시킨다던 풍문도 벌써 그전 것으로 묵은 터이었다. 그러므로 여기 사람들의 혐의를 산 것은 소문이 있는지 마는지 했던 요 몇 해 어름에 아주 남으로 바뀐 비결이었고, 차소리를 따라온 사람마다 그녀 앞에 늘붙어앉은 것은, 과연 류그르트 말대로 무소속 입후보 정종락이와 시집 쪽으로 이렇게 되기는 되어, 한 표 수매사업으로 공돈 좀 구경하게 되려나 싶어 속이 들썽이는 때문이었다.

순이는 지난 일을 떠들지 않고 말했다. 어떤 사람처럼 비바람 눈서리를 무릅쓰고 새벽부터 자정까지 뛰어다닌 일도 없었고, 후유증을 두려워 않고 중동으로 건너가 열사에 몸을 졸인 적도 없었다. 한 해에 네댓 번씩 이사를 했는데 다닐수록 늘더라는 것이 이야기의 대강이었다.
 "복부인 복부인 해쌓길래 워치기 생겼나 했더니 바루 여기 있는디 그랬네그려."
 말귀는 있어 창근 어매가 자발머리없이 께끼려 들었다.
 "복부인이나 마나 역사시간에는 좀 들어가 줘. 까막눈에 대포알두 유만부동이지, 콩새 앉는 데 왜 촉새가 나스는겨. 나는 당최 무슨 소린지 경오를 모르겠응께 동네 유선방송들은 잠깐 들어가 주셔."
 류그르트는 휘뚜루 지청구를 해가면서 한마디씩 잇고 싶은 사람들을 미리 지질러놓았다.
 "언론계를 통해서 복부인 소릴 들으면 무조건 불로소득층으로 모는데 난 그 이유를 모르겠어요. 물론 내 돈 한 푼 안 들이고 순전 공돈만 챙기는 사람도 있기야 하겠죠. 허지만 우린 그런 거 모르고 살아요. 이날 이때껏 엄연히 내 자본을 투자해서 건수를 올린 것뿐이라구요. 내 자본이 사회에 투자됐으면 투자한 만큼 사회로부터 보상을 받는 게 당연한데 그게 어떻게 불로소득이 돼요. 투자는 아무나 하나요? 우선 가진 게 있고, 있으면 투자하는 방법이 괜찮아야 하고, 그러자면 보상에 대한 보증이 있어야 하고…… 그리고 보면 그 노력도 노동이라구요. 그렇다고 노동소득이라고 우기면 우습겠죠. 허지만 자본소득인 건 분명하잖아요. 불로소득이 될 수가 없다구요."
 순이가 귀살머리스럽게 낯빛을 고쳐가며 싸가지없는 소리만 재미없이 하고부터는 말을 채뜰고 나서거나 물러앉아 비웃적거린 사람도 없었다. 뿐만 아니라 순이가 살게 된 것에 감격한 사람도 없었다. 순이 사내도 별것이 아니었다. 머리를 비워두고 건성으로 살면서 동네 복덕방이나 기웃대며 바둑 장기로 일을 삼다가 부동산 투기꾼의 바둑 친구가 돼준 것이 그렇게 된 시초였다.

"불로소득이나 마나 그것은 그렇다구 치구, 그런디 집이가 무슨 생이지?"

류그르트의 궁금은 처음부터 나이가 통 안 든 순이의 외모에만 있었다. 서른 이쪽은 아니라는 가량을 하면서도, 스물셋에 애선 몸으로 시집와서 그 애 낳고 아직 아수도 안 본 김승두 색시와 견주어, 순이가 손아래로밖에 안 보이는 것이 그토록 신기할 수가 없던 것이다.

"여자가 나이에 늙남, 고생에 늙지."

내오는 것도 없이 부엌만 문턱 닳게 들랑대다 겨우 앉아본 순덕 어매가, 딸이 해온 건 어디 두고 노는 손으로 자리를 뭉개며 생전처음 품 너른 소리를 했다.

"엄마는, 내가 고생을 안 허우?"

딸은 들마루 귀틀에 반씩만 걸치고 배게 붙어앉은 동네 아낙네와, 삽짝 안팎으로 우무루르한 조무래기들을 부러 그러는 눈으로 꼽아보며 생각잖은 핀잔을 하더니

"난 어딜 가도 바른 말만 바르집는 입 땜에 사고지만, 사실 이런 데 고생은 고생이랄 것도 없는 거예요. 나 같은 마음고생이 고생이지 몸 좀 고단한 거, 그건 아무것두 아니라구요."

"……."

남의 말이라면 아직 공으로 들은 적이 없던 슬기 어매도 미처 말눗을 새기시 못해 입을 다물고 있었다. 순이는 말참견이 있을 틈도 없이 입에 힘을 모았다.

"내 말은 육체적인 노동이 수월하다는 의미가 아니라, 나 같은 정신노동자에 비하면 훨씬 낫다는 뜻이에요. 낫기만 해…… 육체노동은 잠만 한숨 달게 자도 피로가 깨끗이 가시거든요. 논밭에 나가

해를 보낸다 해도 이튿날 아침이면 거뜬하잖아요. 혼자 하던 것도 곁에서 거들면 그만큼 자리가 나고…… 허지만 정신노동자는 그렇지 않죠. 남이 거들어준다고 될 일도 아니고, 밑도 끝도 없이 되든 안 되든 혼자 부스대야 하니 좀 피곤해요. 고민이 아니라 고통이라구요."

"집에 들앉어 살림이나 허는 중 알았더니 그러찮은게구먼. 허기사 우리게 같은 촌구석두 직업여성이 있으니께."

마침내 슬기 어매가 말꼬리를 잡아늘였다. 이맛살이 으등그러지며 순이가 넝쿨진 말을 했다.

"아줌마는 전이나 지금이나 생각하는 게 어쩌면 그리 똑같수?"

"같으나 마나 시방 저이가 말헌 직업여성은 나를 두구 헌 말이구, 집이야말루 정신뇌동헐 거리가 읎을 텐디."

류그르트가 얼른 비위를 맞춰주자 순이도 금방 본디로 돌아가고 수다가 계속되었다.

"무슨 말씀이세요. 인기인이나 예술가 뒷바라지하기가 그렇게 만만한 줄 아세요. 그건 예술인의 생리를 몰라서 하시는 말씀이죠. 우리 애만 해도 인기가 정상그룹이라 겹치기 출연으로 촬영 없는 날이 없잖아요. 그러니 의상이고 분장이고 손봐 주려면 스튜디오에 마냥 살다시피 해야 해요. 로케가 있으면 전라도든 경상도든 따라나서야죠. 그뿐인가요. 틈틈이 피아노 렛슨 준비해 줘야지, 큐우에 익숙해서 엔지는 잘 안 내지만 그래도 싸이드에서 가끔 연기도 고쳐줘야지, 피디, 카메라맨 접대해야지, 이루 말할 수가 없다구요."

"……"

어쩌나 보느라고 그냥 있는 줄 모르고, 그녀는 곁에 아무도 없는 것처럼 무람없이 노닥이고 있었다.

"그렇다고 애한테만 매달릴 수 있어요? 매달 나가는 아파트 관리

비만 해도 사급 공무원 한 달 월급인데. 게다가 공해니 농약오염이니 하고 떠드니 식구들 건강관리도 방법을 달리해야 되겠고, 머리 쓸 일이 너무너무 많아서 이런 것 저런 것 없는 데로 이민이나 갔으면 싶지만, 그러자니 이제 한참 뻗는 예술가 하나를 순 집어꺾는 게 고민이고⋯⋯."

"그건 정신노동이 아니라 신경쇠약이구면."

슬기 어매가 드티면서 판을 쓸려 들자 류그르트도

"신경쇠약이나 마나 나는 또 증종택이 슨거조건에 내려왔나 했더니, 들어봉께 머리쉬러 왔구먼그려."

하며 부러 일어날 짓둥이를 해 보였다. 그러자 순덕 어매는 벌써 언제부터 하던 말이 있어서

"늬 시당숙 된다나 뭣이 된다는 그 중 무엇이는 육 년 뒤나 보려구 이번에는 이름만 알리러 나왔다면서 돈을 통 안 내놓는다메?"

그새 무슨 이야기가 있었던 것처럼 천연스러운 낯으로 미리 말막음을 하려 들었지만 순이는 생무지나 다름없이 고개까지 내저으며

"어렵다 어려워. 일껀 얘기했는데 그렇게도 못 알아듣우? 시당숙이고 니당숙이고 간에 내가 지금 남의 선거로 이 어려운 걸음을 하게 됐수? 공천이나 받았으면 몰라도 무소속이 어느 방향에 명함을 내밀겠수? 무소속은 별 볼일 없다구요."

하는 바람에, 이참저참 하고 앉아 있으면 표 흥정이 있으려니 했다가 틀리자 아낙들은 그러고 있을 건더기가 사라지기도 했지만, 이러고 있을 때가 아니라며 순이기 털고 일어서는 김에 다들 묻어 일어나고 말았다.

"오뉴월 쇠부랄 보구 소금종지 들구 나슨 꼴일세."

순덕이네서 나와 갈림목에 이르자 봉석 어매가 류그르트를 흘겨보며 두런거렸다.

"같잖은 게 고슴도치 새끼 핥듯 새끼 자랑은…… 어린 새끼 남의 노리개루 내논 것두 유셋거린감."

젖소쳐서 재미보아 살림쩬다는 소리가 없어진 필진 어매는 기대가 가신 부아풀이를 차마 류그르트더러는 못하고 애매한 순이만 헐뜯고 있었다.

"지 애가 무슨 예술간디 그려? 배우여 타렌트여?"

슬기 어매도 류그르트가 못마땅해 필진 어매 쪽으로 돌아서며 이죽거렸다.

"테레비에 몇 번 비치는 시늉이나 허구 만 모양인디 보리떡두 떡이간디. 그까짓 애들 시간에나 잠깐 나왔다 들어가는 것두 예술가면 학예회 나가는 애들두 죄 예술가게?"

"쌍비읍 뻔짜여. 허는 소리소리 들어보면 몰라. 배웠다는 것이 정신노동이 뭔지두 모르구 쑹덩거리잖던감. 그런 소리 허면 누가 히야시될 중 알구. 홍, 아무리 어림이 짐작이래두 대중웂는 가량이여."

창근 어매도 성질을 내고 있었지만 류그르트는 아무 말도 하지 않았다.

순이는 그길로 이장과 새마을지도자를 찾아보고 자기가 모처럼 친정곳에 온 내력을 비로소 밝혔다. 그녀는 여기 사람들이 바란 바와 같이 선거로 온 게 아니었고 그냥 다니러 온 것도 아니었다. 그녀는 보다 중요한 임무를 띤 몸이었다.

그녀는 이장과 새마을지도자를 찾아다니며 만났다.

그녀는 텔레비전 연속극에서 청순가련형의 아역만을 맡아놓고 하는 선우선(鮮于善)이의 어미됨을 그들에게 떠들고, 텔레비전 야외 녹화의 상식을 견문으로 어루잡아 수다스레 늘어놓았다.

"선우선이? 걔가 워치게 생긴 애더라…… 우리네는 만날 그림이나 보니께 워떤 것이 오만 원짜리구 워떤 것이 십만 원짜린지 알 수 있간."

새마을지도자 명색이 반공극 하나 쓰게 못 보고 돈밖에 모르는 소리만 하니, 정부는 그동안 무엇을 했는지 한 푼 벌어 반 푼씩 문 세금 생각이 절로 났다.

"이 지도자님께서는 브라운관 예술인들을 매일 만나시면서도 얼굴 따로 알고 이름 따로 아시나 봐요. 있잖아요. 얼마 전에 끝난 「가을에 전향한 여자」…… 거기서 위장파출부로 나온 여간첩 오현리의 전남편 남해선 씨 딸로 뛰던 애, 걔가 우리 애예요."

그전부터 우람이 아버지로 불려온 이동화를 이 지도자님이라고 일껏 추켜주기까지 했건만, 들어보니 하는 소리마다 여전 그 타령이었다.

"그렇게들 몰려오면, 그럼 뭣 좀 떨어뜨리구 간다남? 가만있거라, 요새 물가가 죄 뛰었으니 밥 한 상에 얼마씩이나 받으야 맞는구?"

"아니, 이 지도자님, 이런 촌구석이 티뷔에 소개되는 것도 어딘 데 남길 맘을 자셔요. 다른 데 가보면 그 반대예요."

"그럼 그런디 놔두구 왜 해필 이 구석배기루 기어 들어온다는 겨?"

"좋아졌다고 떠들 때하곤 촌수가 먼데요."

"떠들기는, 우리게는 노상 죄용헌 사람들이여."

"……."

순이는 한숨이 절로 나왔다. 속으로 알아보지도 않고 농촌이 잘 살세 됐다는 말만 믿은 것이 낭패였다. 그녀는 촬영반을 고향으로 끌어들이기 위해 산수물경과 인심 자랑은 물론, 숙박 편의와 기계화된 영농 장비의 징발을 자청하여 책임지고 내려왔던 것이다.

"이를 어떡하지, 큰일났네……."

큰일이었다. 촬영반이 오는 것을 다시 없는 영광으로 알아 서로 자기네 손님으로 받으려고 아우성치는 속에서, 집집마다 앞을 다투어 있는 것 없는 것 다 차려 잔치를 벌이기에 바쁘리라고 장담한 것만도 일고여덟 번이 넘은 터였다.

그녀의 울고 싶은 심정은 이장을 만나보아도 마찬가지였다. 눈만 뜨면 뒤질러나가 면으로 군으로 뛰어다닌다기에 지도자보다는 깼거니 하고

"내 말만 믿고 헌팅도 생략하고 오니까 수고 좀 해주셔야겠어요."

했더니 대뜸 얻어먹을 궁리부터 앞세우던 것이다.

"그럼 뭐가 있다는겨? 우리두 그림으루만 보아온 이쁜 탈렌트를 옆댕이에 끼구설랑은이 한 대포 허게 된다는겨?"

"동네 전체가 티뷔에 나가면 동네 피아르 돼서 땅금 오르고, 협조 잘해 주셨다고 방송국에서 감사장도 드리고 하면, 안팎 두루치기니까 한턱은 이장님이 내셔야지 무슨 말씀이세요."

순이는 듣기 좋은 말로 꾀음질하느라고 준비해 온 말을 처음 써 보았으나, 뜻밖에 긁어부스럼이 되어 숫제 입을 다물고 있음만 같지 못하였다.

"감사장? 그런 농약두 아니구 비료두 아닌 소리 말어. 비린 것이면 생물(생선)인 줄 알구설랑은이 감사장 좋아허다가 논문서 잽혀 먹은 위인이 바로 이 변차셉이여."

이장은 소증(素症)난 시애비 쳇머리 흔들 듯 고개를 내저으며

"해방되구 생전 군수 서장 한 번 얼씬 안 해본 동네가 우리게더니, 민 서방네 가문에 인물난 덕 보느라구 전국적인 바람을 쐬어준다니 여부읎네만…… 글쎄 아무리 수양딸루 며누리 본대두 우리가 무슨 심이 있으야지 테레비에 내놓을 만치 가꾸려면 대강 들인대두 돈백은 가져야 이러구저러구 헐 텐디, 그 비용은 워디서 나오는겨. 애기 엄니가 물어줄텨?"

"이장님두, 우스워죽겠네. 누가 광고료 달랬댔어요. 공짜루 피아르해 준댔지."

순이는 허리가 가늘가늘해지도록 마음놓고 웃었다. 그러자 이장은 금방 얼굴이 솔면서 화를 더럭 내었다.

"방송국이나 공짜지 우리두 공짜 광고여? 보시게. 여기를 찍어다가설랑은이 테레비에 내보낸다구 허다면 관에서 그러리구 허겄어? 어림읎어. 암······."

"허락 않고 배겨요? 홍콩 갔다 올려구 허락을 안 해요? 무슨 말씀이신지 모르겠네. 방송국에서 로케 나왔다 하면 대가리부터 아랫것까지······ 아마 어사출또를 했대도 그렇게 사시나무는 안 될 거예요."

"그러니 마파람에 호박 떨어지는 것은 누구겄느냐 이 말이여."

"촬영반이 내일 오면 우선적으로 뛰어가는 데가 경찰서예요. 가서 대본 두어 권 첨부해서 신고만 하면 되게 돼 있다구요."

"이런 제기······ 말을 듣는 겐지 모르겄구먼. 집집마다 울타리부터 뜯어내구설랑은이 부로끄 담장을 처야 헐 텐디, 요새 담장 한 평에 얼마쓱 멕히는지 알구나 허는 소리여? 담장만 친다구 되간디. 질바닥 비럭질허야지. 최소한 마을회관허구 공동창고에 뺑끼칠은 허야지. 공동빨래터에 모타 시설 안 헐 수 읎지. 가가호호 뒷간허구 축사는 손봐 둬야지······ 이게 바로 광고료여. 그런 것두 안 해놓구 테레비에 나가게 허겄남? 테레비 찍으러 왔다 허면 군에서 영감은 안 나와보더래두 면이나 조합에서는 하루에 서너너덧씩 나와설랑은이 지켜보구 있을 텐디, 술에 밥에 그 사람들은 뉘더러 대접허라는겨? 만만헌 게 꼴뚜기라구 천상 지도자와 내가 뛰구 반장들이나 볶을 텐디, 무슨 출세를 허겄다구 그 노릇을 헌다나. 돈드는 것두 거시기허지만 동네 사람 폐롭히구 안식구들 성가시구······ 나는 그런 짓 못허네. 유정회에 늦으준대두 사양허겄어."
 순이는 사지가 오그라들어 몸이 고루잡히지 않았다. 웃어른이나 다름없는 연출, 조연출을 비롯, 촬영기 한 대에 두서넛씩 매달리는 촬영 조명기사와 운전수 하며 방송국 떨거지들만 해도 여남은이 넘는 데다, 일곱 명의 주연, 조연급 연기자에 그들의 운전사를 합치면 무려 스물대여섯이나 되는 인원이 내일 당장 들이닥쳐 이 박 삼 일 동안 북새를 이룰 판인데도, 무엇 한 가지 수나롭게 마련되기는 고사하고 사람마다 고개를 외오빼니, 속이 달치고 조갈이 들어 견딜 수가 없었다.
 "창피해서두 두 번 다시 이 구석에 발걸음을 말아야지. 좋아졌다구 암만 떠들면 뭐해. 이렇게 민도가 낮은걸······."
 그녀는 고스란히 허탕을 치고 나자 애매한 어머니 앞에서 신경질로 포악을 부렸다.
 "민도가 낮다니?"
 "대가리가 안 깼더란 말유."
 "아서라. 논두렁에 갇혀 산다구 무지랭이루 알면 큰코다친다."
 "저녁 처먹으면 티븨 보는 재미로 사는 것들이 어쩌면 몰라도 그렇게 모르지? 그런 것들하고 무슨 얘기를 해. 챙피해서······."
 "그 숙맥 같은 소리 말어. 모르기는 왜 모르겄네. 이런 디서 살어두 짐작이 천리구 생각이 두 바퀴란다. 말 안 허면 속두 읎는 중 아네. 촌것이라구 업신여기다가는 불개미에 빤스 벗을 중 알어라. 위에서 시키는 것두 반은 빌구 반은 눌러두 들을지 말지 헌 게 촌사람이여."
 "누르다니?"
 그녀는 그제서야 요령이 트이는 것 같았다. 촌것들은 누르면 된다! 그녀는 그참 읍내로 들어갔다. 그녀는 두 대의 오토바이와 자전거가 떼를 이룬 면사무소 안마당에 차를 세우게 했다. 차 들어온 소리에 유리창마다 얼굴이 달리더니, 이윽고 그녀가 차에서 내리자 방위병이 나와 마중하는데, 방위병은 보니 사람보다 차를 더 여기려는 눈치였다.

어디서 왔느냐고 방위병이 물었다. 그녀가 면장을 대니 면장은 회의에 가고 부면장이 있지만, 땅에 관한 문제라면 저쪽이 더 빠르다며 방위병은 제멋대로 길 건너를 가리켰다. 방위병이 가리킨 곳은 천동부동산공사라는 긴 간판이 걸린 복덕방이었다. 서울의 토지 투기꾼이 내려온 줄로 안 모양이었다.

그녀는 주제넘은 방위병을 상대하기가 남우세스러워 얼른 안으로 들어갔다.

"어느 기관서 오셨습니까유?"

문 앞에 있던 작업복 차림이 얼굴만 이쪽으로 하며 물었다.

"티뷔 방송국에서 면장님 인터뷰를 왔는데, 계시겠죠?"

그만큼 자신감에 찬 음성은 보다 처음인지, 직원의 절반이 시선을 보내왔다. 그러나 그녀를 알아본 사람은 아무도 없는 성싶었다.

"총무계장 김입니다. 안으로 드시지요. 여기 얼른 차 좀 시켜."

어느 결에 다가왔는지 구릿빛 대머리가 들고 있던 담배를 끄며 말했다.

대머리를 따라 면장실로 들어서자 뒤미처 새파란 사내가 묻어 들어왔다. 부면장이었다.

순이는 스스로 천동면 사람임을 밝힌 다음, 내일부터 글피까지 놀미에서 있게 될 일들을 알아듣게 설명하면서, 비록 90분짜리 단막극에 지나지 않으나 새해 특집으로 내보낼 정부 시책 선전물치고는 전에 없이 공들여 제작한다는 대목을 두 번 세 번 되풀이하여 강조하였다.

"그러니까 새해 새아침을 맞아 충효사상에 의한 새마음으로 새마을운동에 몸 바친다, 이런 테마죠. 거듭 말씀드리면 잘살게 된 자립마을을 빽스크린으로 드라마를 엮어서 근면자조 협동정신을 고취하자 이거죠. 허지만 아시다시피 이런 일은 이런 일일수록 행정기관의 협조가 반드시 뒤따라 줘야 해요."

부면장은 노상 밥먹듯이 들어온 말이라 그런지 질동이 앞뒤만큼이나 무표정한 얼굴을 하고 있었다.

순이는 속이 탔다. 망신살이 뻗쳐 면에서 퇴짜를 맞을 경우 마지막으로 찾아가 매달려 볼 사람은 군수겠지만, 군수만 해도 임의로 만날 수 있는 처지가 아닌 데다 설령 그럴 수 있다 해도 그러고 다닐 시간이 없어 더욱 애가 탔다. 그녀는 목마른 소리로 다음 말을 했다.

"허지만 부면장님, 우리가 행정기관의 후원을 필요로 한다고 해서 어렵게 아실 건 없어요. 아까 놀미에서 이장하고 지도자를 만나 봤는데요, 아무래도 기관장 차원의 지시가 없으면 곤란할 것 같아서 이렇게 뵙는 거예요. 부면장님께서 변차섭이 이동화 이 사람을 부르셔가지고 분부를 내리셔야 간단하겠거든요."

"간단치가 않은디유."

마침내 부면장이 너울을 벗은 얼굴로 입을 열였다. 아직 땟국에 덜 결었는지 대답이 젊은이답게 시원시원하였다.

"농번기는 지났습니다만, 무슨 행사가 있건 최소한도로 민폐를 줄이자는 것이 우리 말단 행정기관의 기본방침입니다. 그러나 다른 일두 아니구 충효정신, 새마음갖기 등은 정부주도형 문화사업이구 해서 가능한 것은 협조를 해드리는 것이 원칙입니다. 그런디 문제는 우리 관내에도 모범마을이 허다해서 아무 데나 상관없겠습니다만, 관향리 그중에서도 특히 놀미부락은 곤란허다 이겁니다. 싸가지가 없어요. 주민들의 의식이 구태의연하구 저수준이구, 하여간 그중 낙후된 동네니께…… 군에서부터 찍혀서 아예 내놓다시피 헌 동넵니다."

뒤떨어진 마을이어서 텔레비전에 내보낼 수 없다는 뜻이었다.

"허지만 부면장님, 그건 문제가 아니에요. 스케줄은 이 박 삼 일이지만 티뷔에 나가는 건 삼사 분, 길어야 오 분 정도거든요. 그것도 들에서만 법석을 떨 거니까 동네는 지저분해도 상관없어요. 내일 피디를 만나보시면 아시겠지만 주로 논보리 파종하는 장면을 클로즈업시킬 테니까요. 술과 화투로 세월하던 과거의 농촌에 이젠 농한기가 없어졌다는 것을 보여주자는 거니까……."

"……."

부면장은 여전히 탐탁지 않은 얼굴로 한참이나 머릿속을 헤맨 끝에 일매지어 말했다.

"그럼 들어오시는 대로 의논껏 말씀드려서 이렇게 허지요."

먹이고 재우는 것은 지도자에게 맡기고 노는 논을 골라 논보리 파종을 시범해 보일 일은 이장에게 책임지우며, 트랙터, 경운기 따위 영농 중장비는 농업학교 실습용을 빌려쓸 수 있게 직접 교장을 만나주겠다는 것이었다.

부면장은 보기보다 찬찬하여 따로 서 있던 계장을 돌아보며 이런 말도 하였다.

"학교 것은 죄다 학교 이름이 찍혀 있던디 우리가 뺑끼루 지우고 관향리 새마을 영농회루 고칩시다, 쓰구 나서 먼저대루 해주면 구만이닝께."

그러자 수첩을 들고 서서 부면장의 말을 받아넣던 계장이 생각지 않게 불쑥 물었다.

"그런디 여기 문제가 있는 것이요, 배우들이 트랙타나 경운기 운전을 더러 해봤답니까요?"

"글쎄요, 다같이 바퀴 달린 물건이니까, 운전기사들이 할 수 있 잖을까요. 로케 중에 사람이 모자라면 탤런트 운전사들이 엑스트라로 나가도 무난했거든요."

순이는 얼김에 전례로 미루어 막연한 응수를 했다. 부면장이 그 말을 받았다.

"곤란헌디. 트랙타나 경운기는 그런 민바닥 승용차허구 달러 아무나 집적거릴 물건이 아닙니다. 그러면…… 그러면 그것두 이따 교장 만나는 김에 학생을 몇 늠 내보내게 헐까. 운전사 눈동냥보다는 즉접 실습허는 학생들 눈썰미가 더 여무니께."

부면장은 계장에게 곁에 아무도 없는 것처럼 떠들어 말했다.

"성가시지만 도리옳으니께 소, 젖소, 염생이두 있는 대루 끌어내어 논두렁마다 늘어세우게 허슈. 구루마, 지게, 쟁기는 얼씬두 말게 허구, 오토바이, 리어커, 자즌거는 나라비를 스게 허셔. 이왕 살게 됐다구 전시헐 바이면 바퀴 달린 건 죄다 뵈줍시다."

"오또바이는 베랑 안 어울릴 텐디유."

계장이 생각있는 소리를 했으나 부면장은 듣지 않았다.

"어채피 기계농업을 과시허자는 것이니 쓸디읎는 소리 말구, 변차셉이랑 이동화나 내가 보잔다구 부르슈. 그러구 그 사람들이 갈 때 우리 촌지로 허구 막걸리 두 말 값만 집어주슈. 니열 한 말 모레 한 말, 서울 양반들에게 대접허라구. 촌에서는 역시 막걸리가 있어야 후더분합니다요. 허허……."

"정말 감사합니다. 협조해 주시는 고마움을 타이틀백에 넣어드리도록 이르겠어요."

그녀는 관청이 좋다는 것을 다시금 깨달았다.

"겸사의 말씀을. 되레 우리가 부인께 감사를 드려야지요. 그런디 의상이 썩 어울리십니다."

부면장은 계장에게 귀엣말을 주어 내보내더니 넌덕좋게 군내 나는 너스레를 떨었다.

"그래요? 입어보니까 그런대로 실용적인 것 같드군요. 아빠가 관광 다녀오시는 길에 미스꼬시 백화점에서 쇼핑하셨다는데, 역시 디오르보다 삐에르 가르뎅이 물건을 물건처럼 뽑는 것 같아요."

"하꾸라이구먼요. 어쩐지 다르다 싶더니······."

"우리만 해도 국산은 못 입어요. 코스모스 옆 뮈세 최 뷰띠끄에서도 시늉을 낸다고 하지만 아직 멀었어요. 하다못해 아동복 한 가지 제대로 내놓는 메이커가 없는걸요. 우리 선이만 해도 전국을 누비는 예술인인데 아무거나 입힐 수 있나요. 생각다 못해 사오십만 원씩 내버려 가며 샤넬이랑 세리느를 입히지만, 그것도 찾는 사람이 많아서 웬만큼 부지런해 가지곤 구경도 못해요."

"······."

부면장은 들어도 모르겠는지 애매한 담뱃갑만 부스럭거렸다.

"의상만 그런 것도 아니에요. 기막혀. 세숫비누도 쓸 만한 게 없다면 말 다 했지 뭐. 우리 선이가 쓰는 비타민 비누도 하이브라우 호텔 부이아이피용을 빼온 거라구요. 선이 팬이 카운터로 있으니 망정이지 그러잖았으면 어떡할 뻔했는지······."

그녀는 수다를 계속할 수가 없었다. 갑작스러운 인기척에 뒷물을 반만 한 것 같아 개운치 않았지만, 계장이 들어와 말없는 흰 봉투를 부면장에게 건네는 바람에 시나브로 입을 다물 수밖에 없었던 것이다. 부면장은 그 봉투를 순이 앞으로 들이대며 부러 그러는지 덜 물은 얼굴로 말했다.

"모처럼 오셨는디, 여기는 이런 디라서 기념될 만헌 토산품도 없고, 이거 인사가 아닌 줄 압니다만 넣어두시지요."

그 순간 순이는 너무 쉽게 가슴이 가득해져 섣불리 입을 열 수가 없었다. 늘 주기만 해온 처지에 그런 느닷없는 일을 당하니 몸둘바를 알지 못하겠던 것이다.

뒤에 차 안에서 열어보니 아직 별도 쐬어보지 못한 칼날 같은 오천 원짜리 한 장이 정성들인 부적처럼 잔뜩 위엄이 서린 채 들어 있었다. 그녀는 하찮더라도 다르게 써야 할 것 같아 잠깐 머리를 빌리고 나서 용도를 정했다. 다 끝내고 갈 때 이장을 시켜 지도자 안식구에게 넘겨주기로 한 거였다. 봉투 뒷면에 인쇄된 것도 있고 하니 관에서 촌지를 받게 된 몸임과 아울러, 그것을 자기만 못한 사람에게 도로 내놓을 줄 알 만큼 다른 사람이 된 것도 동네에 알려둘 필요가 있겠던 것이다.

동네가 발칵한 것은 이튿날 새벽이었다. 정자나무에 매달린, 손 가지 않은 확성기에서 동살이 오르기 전부터 새마을 노래가 끓어쌓더니, 닭이 홰에서 내릴 만하자 이장이 매달려 왜장치기 시작한 거였다.

"관향리 주민 여러분께 공지사항을 말씀드립니다. 오늘은 관향리 비상대청소의 날입니다. 관향리 민방위대원 전원과 예비군 전원은 지금 즉시 작업도구를 지참하고 본 방송실 마당으로 집합하시기 바랍니다. 관향리 영농계 계원 전원과 사에치 회원 전원은 지금 즉시 방송실 마당으로 나와주시기 바랍니다. 나오실 때에는 필히 삽이나 괭이를 지참하시기 바랍니다. 삼 반 윤선철 씨, 윤선철 씨는 특히 가래를 가지고 나오시기를 바랍니다. 각 반의 반장님은 지금 즉시 호별방문을 해설랑은이 인원을 확보하시기 바랍니다. 부녀회원 전원은 지금 즉시 청소용구를 지참하고 마을회관에 모여설랑은이 회관 청소를 해주시기 바랍니다. 창근이 어머니는, 실례했습니다. 부녀회장님께서는 지금 즉시 회원들을 인솔해설랑은이 청소를 마쳐주시기 바랍니다. 누구네? 봉석이네 니야까만 성허구 죄다 빵꾸나서 못 쓴단 말여? 이런 제미…… 영숙아 거기 담배 좀 집어다구. 그 니야까를 빌려달라면 좋아헐까? 이 반 병찬 씨, 장병찬 씨는 니야까를 끌구 나오시기 바랍니다. 다시 말씀드립니다. 오늘은 비상대청소의 날입니다…….″

이장은 사사로이 주고받는 울안 말이 안퐈 동네 집집에 들어가는 줄도 모르고 정신없이 뒤떠들고 있었다.

그 바람에 류그르트도 눈을 뜨면서 귓결에 금방 무슨 소리가 얼른 한 것 같았으나, 확성기가 끓어 혼을 빼대니 짐작도 해볼 수가 없었다.

잠이 덜 나갔는지 머리가 무지근하였다. 그녀는 머리가 트릿한 까닭을 달리 생각하지 않았다. 그래서 아무 어렴성 없이 한 손을 아래로 내려보냈다. 그녀가 더듬는 곳은 류 서방이 저렇게 된 뒤 한번도 건드려준 적이 없었다.

그녀는 자기가 이미 혼자된 여자임을 새삼스럽게 사무쳐했다. 과부가 따로 있지 않았다. 사내 구실을 못하는 사내는 있으나 마나 한 노릇이었다. 그뿐만도 아니었다. 차라리 없어져줌만 같지 못하다고 여긴 적도 없지 않았음을 그녀는 기억하였다. 얼마 전 합동대서소의 이남주가 자전거를 사주마고 구슬리던 날도 그런 마음이 웃돈 터였다. 그는 물건 가방이 무거워 뵌다면서 여성용 자전거를 타라고 조르다시피 권했다. 읍내의 호별 배달은 걸어야 더 편하고 빠르다며 굳이 빼기는 했지만, 그것도 그녀의 밑마음은 아니었던 것이다.

"편허나 마나 아직 그렇게는 못해요. 내 신이 낡았다고 남의 헌신하고 바꿔신을 수 있나요."

그녀는 우스개를 받으며 책임이 든 말을 삼갔지만, 뉘우치며 생

우리 동네 류씨 **221**

각하니 아직이라고 한 말이 여간 거북스럽지가 않았다. 류 서방이 어떻게 되면 팔자를 고치겠다는 소리나 다름이 없던 것이다.

그럼에도 불구하고 그녀는 분명한 금을 그으려 하지 않았다. 정신을 그쪽에 둘 때가 아니었다. 더구나 며칠 사이에는 느낌마다 예사롭지가 않은 터였다. 류 서방이 눈에 띄게 달라져 있던 것이다. 삭신 쓰는 것이 조석으로 틀리는 게 아주 못 일어날 채비를 그렇게 하는 성싶기도 하였다. 게다가 신심이 흔들리는 꼴을 보면 바로 그것이 아니랄 수 없었다. 오로지 일과로 알아오던 근행조차도 숫제 꺼리는 기색이 역연하였다.

"워째 근행을 싫어허슈? 내 집 식구마저 저러니 내가 워디 가서 사꾸부꾸〔折伏〕를 허게 헐 거여?"

보다못해 일깨워주려 하면 무슨 근력에 그러는지 더럭 성질을 내며

"내가 이렇게 됐는디 다이모꾸나 오이게 됐어? 남묘호렝게교를 오이면 하늘이 굽어보나 땅이 우러보나, 다 헐 만치 했지만 내가 죽었는 디는 아무 소용 읎더라."

하며 안 그러던 지청구도 서슴지 않았다.

"이렇게 되나 마나 니찌렌 다이쇼닌이 살펴주시는디 왜 하늘을 찾구 땅은 왜 들먹이는겨?"

"내가 갈 디는 거기뺴이 읎다."

"갈 디나 마나, 도다 조세이는 스가모 형무소에 갇혔을 때 다이모꾸를 이억 번 이상 오였다는 말두 잊어버렸남? 자기가 그래싸면 나두 힘이 안 받어 못 돌어댕기는겨. 나라두 하루바삐 일본으루 근너가서 다이세끼사 고혼존을 참배해야 자기두 살구 나두 살 텐디."

"시끄러 이년아. 쪽발이 근성이 행여 다꽝 한 쪽 나눠먹겠다."

그녀는 류 서방이 그러는 것을 싫어하지 않았다. 어쩌다 정신이

올 때나 하는 소리였으므로 도리어 반가울 지경이었다. 날이 차진 까닭인지 이제는 하루에도 두 나절이 넘게 정신을 놓았고 그것을 평균으로 쳐야 될 판이었다. 그러므로 그녀는 머지않아 일을 당할 줄로 여겼고, 그럴 각오로써 마음의 준비를 다지고 있는 터였다.

얼핏 무슨 소리가 스친 듯하여 그녀는 손을 그대로 둔 채 귀로 힘을 모았다.

"나 봐. 나 좀 봐."

아까부터 건넌방에서 찾는 소리였는지도 몰랐다.

"왜 벌써 일어난디야. 백이 찬디."

그녀는 류 서방의 음성이 전처럼 기운을 차린 것 같음에 놀라며 곱이나 되는 소리로 받았다.

"말 듣기 전에 빗자루라두 들구 나가봐야 쓰잖여."

"들으나 마나, 내가 속창알이 빠졌간디. 민 서방 딸 자가용 위해 비럭질 나가 길 닦게…… 비상대청소? 새벽 댓바람부터 지랄들 허구 자빠졌네. 허다 말 것들……."

그녀는 잇긋 않고 누워 있을 셈이었다. 그러나 그렇게 되지가 않았다. 류그르트는 순이 자가용으로 반찬거리 흥정하러 가자고 온 창근 어매에도 부아가 터졌지만, 더욱 견딜 수 없던 것은 뒤미처 찾아온 이장의 소행이었다.

"이 집 논 좀 쓰자구 왔슈. 노풍 심었던 더운갈이 닷 마지기 배미 말유. 애초 불을 싸지를 때 그루테기까지 타게 했으면 됐을 텐디, 후림불루 끄실러만 놔서 남 보매두 뵈기 싫구 숭허더니 계제에 떠엎구 보리나 갈읍시다."

하고 이장은 첫마디부터 듣기 안 좋게 말했다. 그러자 문짝을 메다붙이며

"뵈기 싫어서? 사람이 이리 된 건 뵈기 좋아 가만있구 논배미 불

지른 건 숭해서 떠엎어? 어떤 늠 눈깔이 그리 고상헌겨?"

류 서방은 사뭇 발을 구르던 것이다.

"있는 기계 읎는 기계 죄 들그서내구, 씨앗이랑 비료랑 대줘가며 울력으루 갈어준다는 디두 마다허남? 그뿐이간. 테레비까지 나가는 판여. 류 서방이 출세를 허는 판이라구……."

이장은 하던 말도 다 못 맺고 류 서방이 후려갈긴 퇴침에 가슴꽉을 부여안았다.

첫바대기에 얻어터져 얼먹은 이장은, 퇴침에 힘이 묻고 서슬 서린 눈에 얼겁이 들어 그 나름의 어렴성을 차리면서도 먼저 건넨 말은 무르려 들지 않았다. 퇴침 닿는 자리가 남았는지 이장은 손을 그대로 한 채 참아가며 말했다.

"내게 이럴 티여? 나를 그렇게 봐두 경오는 들어봐야 허잖어?"

"경오 같은 소리 허구 있네. 초상에 혼인 청첩두 손을 보구, 흉년에 윤달두 잊을 만해야 한 번이여, 워쩌구 저찌여? 들어단짝 허는 소리가 끄실린 논이 뵈기 싫여? 놀미 변차셉이가 원제버텀 논배미 미관을 찾게 됐다나? 그만치 되기두 수월찮을 텐디 소문 읎이 이뤘으니 장헐세그려."

류도 토침 던진 것이 걸리는지 부르대기는 해도 말투가 생각잖게 눅어 있었다.

"고정허구 이리 된 얼거리나 들어보게. 바람 쐬면 들 좋을 테니 잠깐이라두 들어갈라네."

두룸성 한 가지로 내리 삼 년째 이장을 보는 사람답게, 변은 들어오라는 말도 없이 문 닫고 들어오며 이동화와 함께 부면장에게 불려가고, 거기서 막걸리 말값이 나온 것까지 말비침을 했다.

"보기 싫은 것이야 남의 눈이 논임자 심정이지. 오죽허면 불 지른 논배미가 동네를 가득 채워설랑은이 그 앞으루 지나댕기기가 부드럽지 않어두 여적지 그냥 참었겄나. 남의 언걸에 이름 버리는 줄 도 번히 알지만, 무엇이 더러 지나가더래두 눈깔이 있으면 볼 테구, 보면 가만 안 있으려니 해설랑은이 워쩌나 보느라구 그저 두어본 것인디…… 그런디 인저 오너서 차 서기가 그렇게 나올 중은 나버텀두 짐작 못헌 일이여."

텔레비전극 녹화를 위한 논보리 파종 시범장으로 불지른 논을 지목한 이가 차철순이라는 말에, 류그르트는 앞이 없어져 너테진 입을 깰 수가 없었다. 그녀는 배움이 있다는 신도 중에서도 차 서기를 기중 낫게 여겨온 터였다. 누구보다도 신심이 투터울 뿐 아니라, 해마다 담당부락을 갈마들이는 면서기 기능을 깜냥껏 써먹음으로써, 신도를 제곱으로 늘려온 공이라면 그에 겨룰 만한 사람이 없었던 것이다.

"남묘호렝게교 남묘……."

한참이나 기막혀하던 류그르트가 입가심을 시작하자, 이장은 얼른 그녀에게로 돌아앉더니

"바로 그거유. 차 서기두 거기 댕긴다면서유? 이왕이면 자기네 교인을 돕구 싶다며 대이구 이 집 논을 처들어 쌓더라는 거유. 노풍 피해 보상해 주는 심 치구 노는 땅에 보리나 갈어주자면서…… 그러니 같은 교인찌리 찍자 붙지 말구, 차 서기 낯두 있구 허니 달식 엄니가 심 좀 쓰슈. 나는 그만 가볼라닝께."

하고 그녀에게 눈을 주어뜨며 일어섰다.

"노풍 피해 보상으로 논보리를 갈어주어? 좋다. 동인 서인 찾을 것 읎이 워떤 놈이든 동짓달 시향 전에 뗏장 쓰구 싶은 늠버텀 내 땅에 발 들이라구 해라. 명 끌기 성가셔 진작 다리 뻗구 싶어두 날 잡기 구찮어 이날 저날 미룩거렸더니, 아마 오늘사 헐 일을 허게 되나 보네."

이장은 류가 얼굴 바꾸는 소리를 하고 있건만 뒤 한 번 안 돌아보고 뺑소니를 쳤다. 울안 어디에 있는 줄 알았던 창근 어매도 간 데가 없었다. 퇴침이 날며 큰 소리가 터지니 그러고 있기가 민망해 되돌아간 모양이었다. 류는 가는 사람 들으라고 더욱 언성을 높였다.

"남의 제사에 닭다리나 밝히는 늠덜 같으니. 그 논이 웨째 노는 땅이냐. 그 논은 죽은 땅이여 이늠덜아. 죽은 땅에서 테레빌 찍어? 오냐, 워느 늠이 주인공 허는지 이따 두구 보자. 끙——."

류가 말 몇 마디에 근력이 부쳐 머리맡으로 벗어둔 옷을 뭉뚱그려 퇴침 대신 쓰며 눕자, 류그르트도 비로소 한숨이 놓여 좋은 말로 달랬다.

"이따나 마나 참읍시다. 차 서기가 같은 신도라구 생각해 주느라 그런 모양이니······."

"나는 아무것두 안 믿을 텡께 내 앞에서는 신도 소리 빼여. 접때 왔던 홍 서방 막내가 엊그제두 앉었다 가면서 재차 이르구 가더라."

"이르나 마나 홍 서방네 끝엣것이 뭘 안다구 그런 것이 오너 씨부렁거리는 소리에 귀를 대줘?"

"시끄러 이것아——."

류가 큰 소리를 버럭 지르며 베고 있던 옷뭉치로 우악한 짓을 하려 들자 그녀는 문짝을 메어닫고 나왔다. 그녀는 홍 서방 막내 신표를 전부터 마뜩잖게 여겨온 터였다. 신표는 아무것도 아닌 집 끄트머리임에도 허우대 하나는 듬쑥하여, 방위병으로 면에 드나들며 매듭장식가게 처녀와 이러고저러고 한 끝에, 그 처녀 뒷바라지로 전문대학 물맛을 들인 아랫대 청년이었다. 그는 애인 손끝으로 책권이나 들여다보게 된 것은 부끄러운 줄 모르면서도, 되잖게 류그르트의 믿음을 업신여길 뿐 아니라, 어른이 하는 일에도 가당찮게 참견하기를 서슴거리지 않았다. 신표는 그녀에게만도 그 말을 두 번이나 되풀이했었다.

 "충무공 이순신 장군 전기 비슷헌 책을 봤더니 이런 대목이 나오던데요. 당항포에 적선이 있다 하여 진군해 가니 적선 삼십 척이 바야흐로 진을 치는데, 대장선은 삼층 누각에 단청까지 입혀 마치 법당 같았다. 적선들은 모두 검정기를 꽂았으며, 그 기폭에는 남무묘법연화경(南無妙法蓮華經)이라는 일곱 글자가 흰색으로 씌어져 있었다. ……물론 충무공께서는 거북선을 앞세워 모조리 쳐부쉈지요. 당포대첩 중에 네 번째 승리를 한 셈입니다. 그런데 그놈들이 깃발에 쓴 일곱 자가 남묘호렝게교 아닌가요?"

 그때마다 류그르트는 대답에 쓸 만한 말이 없어

 "몇백 년 된 역사를 우리 같은 사람이 워치기 알어……."
하며 상대를 하지 않았다. 그러나 류는 처음과 달리 일쑤 엉뚱한 소리로 남의 입내내기를 했다.

 "니찌렌다이쇼닌이 다이고혼존〔大御本尊〕을 기명헌 것이 천이백칠십몇 년이니께 그럴지도 모르지. 임진왜란은 그 삼백 년 뒤에 일어났구. 니찌렌다이쇼닌이 조직헌 승군은 절대적인 기세를 떨치다가, 도꾸가와 이에야스가 도요또미 히데요시를 때려잡은 뒤에나 시들해졌다구 책에 있으닝께……."

 "책이나 마나 그 같잖은 말에 말 같잖은 소리 대강 허슈."

 신표가 하던 말을 터무니없는 모함으로만 알고 늘 흘려들었던 그녀는, 막상 류 서방이 비신도임을 자처하는 마당에 이르고 보니, 분해서 한시도 가만히 있을 수가 없었다.

 창근 어매가 도로 찾아온 것은, 류그르트가 아침상을 차려 건넌방에 들여보낸 뒤, 신표와 따지려고 매무새도 돌볼 겨를 없이 그참 대문을 나설 때였다.

 창근 어매는 입이 자가웃이나 나와가지고 혼자 투덜거리고 있었다.

"드런 년. 즉 차루 장 좀 보러 가자니께, 차에 냄새가 밴다면서 대가리를 이 지랄루 내젓구 자빠졌대."

"순이가?"

"글쎄 그것이 그러더랑께. 뭣뭣 살 거냐길래 이것저것 줏어셈겼더니 맨 지저분헌 것뿐이라 차 버릴깨미 안 된다는겨. 내가 즉 일 아니면 식전버텀 이러구 댕겨?"

"먹매는 우람이네서 맡는다던디 왜 창근 엄니가 나서서 그려?"

"명색이 부녀회장인디 팔짱찌고 앉아 있어지남? 자즌거루 가두 천상 한 번에는 안 되닝께 나랑 장흥정이나 갑시다."

"흥정이나 마나, 나는 신푠지 발푠지 그 싸가지웂는 애버텀 만나 봐야 뒹께 다른 사람더러 그러슈."

"누가 있으야지. 우람 엄니는 두부 쑤구 있지, 봉섹 엄니는 메밀묵 쑤기 바쁘지, 필례 엄니는 다당부리진 콩나물만한 시루 내놓구 새 올케 반살미 받어가서 틀렸구, 종미 엄니, 슬기 엄니는 떡쌀 빠우느라구 방앗간에 가 앉아 있구…… 드런 년이 지 새끼 앞길 닦느라구 객꾼 불렀으면 동네 사람들이나 살게 허야지…… 갑시다. 이쁜이게 땜에라두 달식 엄니가 가줘야겠어. 가서 장터것들헌테 두 머리만 팔어줘."

"오늘은 그럴 새가 웂어."

류그르트는 매몰스럽게 뿌리치고 아랫대로 내달았다.

신표는 나가고 없었다. 농고 동창이 사료값에 허덕이다 못해 기르던 칠면조를 치운다고 불려갔다는데, 몇 마리나 잡았기에 그러는지 해가 거우듬하도록 숫제 집을 잊고 있었다. 그래도 류그르트는 메주를 쑤는 신표 어매와 노닥이며 호박범벅으로 점심까지 에낀 뒤에도 부러 일어나지 않았다. 신표를 기다려서 그런 것은 아니었다.

마을회관 청소가 내키지 않아서도 아니었다. 불 지른 논배미를 떠엎으며 굿하는 꼴을 보게 될까 두려워 동네에서 나와 있기로 작정한 까닭이었다. 그녀는 그 꼴이 보일락만 해도 복장이 터져 자지러질 것 같았다. 그러므로 신표네 옆집 오치균네 마누라가 보다 말고 와서

"순인지 선우선이 에민지, 그거 아주 우스워 못 보것네…… 감독이 선이 옷이 너무 고급스러 안 어울린다구 동네 애들 막옷을 빌려 입히라닝께, 요새는 농촌두 새마을운동이 잘되어 그 정도는 다 입히니 괜찮다는겨…… 그래두 새마음갖기 모범가정 아이루 출연허기 땜에 안 된다닝께는 이, 벼룩이 옮는다구 앙탈허더니…… 감독이 인상을 한번 팍 쓰께, '옳지 농약으루 살어온 사람들이라 그런 비위생적인 벌레는 별로겠군.' 아따 이 지랄을 허면서 이장 딸 핵교 댕기는 옷으루 갈어입히더랑께. 아이구 아니꼽살머리스러. 그것들이 하루만 묵어두 동네 버려놓겠데……."

하고 뒤를 이어, 동네 아낙들이 촬영반 현장사무실로 쓸 마을회관 청소를 마치기 바쁘게 이동화네로 몰려가, 정신없이 복대기쳐서 상다리가 삐게 차려낸 점심을 보고, 우리 애는 이런 촌음식 못 먹으니 차라리 라면을 삶아달라고 했다던 순이 흉을 볼 때까지만 해도, 류그르트는 동네를 빠져나온 것이 열번 잘했다는 느낌이었다.

하지만 그것은 그렇지가 않았다. 그것은 그녀가 생전처음 저지른 크나큰 실수였다.

논배미로 배우 얼굴을 보러 갔다던 홍 서방네 며느리가 볼썽사나운 꼴로 뛰어 들어와서 눈길을 마주친 순간부터 류그르트의 가슴은 걷잡을 수가 없었다.

"클났슈. 싸게 가봐유."

그 집 며느리가 류그르트에게 덤벼들며 숨넘어가는 소리를 했다.

"웬 난디읎는 소리냐?"

시어매가 채뜰어 물었다.

"트랙타랑 경운기를 몰구 온 농고 학생들은 달식 아버지가 한마디 허닝께 운전대를 놓구 물러났는디, 서울서 온, 자가용 운전사 하나가 대신 들어서서 운전두 잘 못허는 트랙타를 논으루 들이밀잖어유. 그렁께 달식 아버지가 냅다 뛰어들어서······."

"그이가?"

류그르트는 그 집 며느리 말에 경황을 잃고 논배미로 내달았지만, 그것은 이미 때늦은 걸음이었다.

그녀는 논배미로 뛰어들며 류 서방을 찾았으나 아무것도 보이지 않았다. 논배미에 남아 있는 것은 조무래기 여남은과 어지러이 누벼진 차 바퀴자국뿐이었다.

"달식 아버지가 트랙타에 깔려서유, 동네 사람들이 경운기루 실어갔어유······."

"그 운전사는 농고 학생들이 쇠스랑으루 여기께를 찍어서 선우 선이네 차가 실어가구유······."

어떤 아이가 다른 아이보다 더 큰 소리로 떠들었지만, 그다음부터는 무슨 소리인지 알아들을 수가 없었다.

우리 동네 강씨

 그래서 그런 것은 아니지만, 그래도 이렇게 되느라고 그랬거니 여겨 짐짓 접어두려 하면 으레 뒤가 있어 늘 느낌이 되었다. 아무리 되다 안 될 장본이 그와 같아 애초 외이고 벋나간 일로 친들 그 드틴 정도가 이에 이를 법이 있을까 싶던 것이다. 여북하면 농사를 믿어 버렁빠진 이가 팔도에 여기 하나뿐이랴 하며 스스로 다스림도 마지않았을까마는, 무릇 자고 나면 생각이 그 한 가지로만 틀을 이루니 비록 줏대가 달리 있다 해도 그게 그것이 아니었다.
 강만성(姜晩成)이는 오늘도 눈을 뜨며 일변 그 버릇으로 심사가 번거로웠다. 다리가 그전 같아지기 전에는 설령 백날을 헤아린다 해도 그 타령이 아닐는지 모를 조짐이었다.
 그는 삭신이 온통 그렇게 된 듯한 왼쪽 다리를 모들뜬 눈으로 살펴보았다. 공굴이하여 누인 다리는 보리 두 가마를 홀랑 해먹은 값에 무게만 들어, 한 번이나 추스르자면 여간 거추장스럽지가 않았다. 석고 붕대를 감은 지 얼마 됐다고 그새 땟국에 절어 마치 묵은 절굿공이를 방 안에 들인 것 같았고, 여러 날 물구경을 못해 간에 전 오금탱이에서는 쉰내에 뜬내가 엉겁이 되어 장을 벌이고 있었다.

밤새 모기장에 든 물것으로 시달려 잠이 덧들었던 탓인지, 그는 근력이 고루잡히지 않아 내처 그러고 있을 참이었지만, 여느 때와 다른 바깥 기미가 궁금하여 진드근히 배겨낼 수가 없었다. 사뭇 아닥치듯 하는 여편네 쇠목질린 소리가 대신 들어서고 청승맞은 애울음소리가 그음하더니, 아까 내다보러 나갔던 아내가 부엌으로 들어가며 불어터진 소리로 씨월거렸다.

"간 생각 있으면 시방 더울 때 근너오라는디, 저 여편네가 저리 해장거리를 해쌓니 먹은들 살루 가겄어······."

그예 개를 잡은 모양이었다.

그는 비로소 식전부터 시끄러운 까닭이 자기에게 있음을 짐작하였다.

아내는 장광으로 헛간으로 종종대고 뒤스럭거리며 거듭 씩둑거렸다.

"암만 동네서 도리기해두 그렇지, 근에 천오백 원쓱 허는 장끔이 있는디 산 개라구 구백 원쓱 치면 말이 읎을껴. 돈두 쓸 때 못 쓰구 한 파수는 묵어야 만져볼 텐디."

잡아서 고기로 내가면 천오백 원씩 하여 금이 좋은 편이지만, 산 채로 달아팔면 천 원도 안 나가니 말이 있을 만도 하였다.

그것은 돼지도 마찬가지였다. 잡으면 근에 육백 원짜리가 산 채로는 이백 원밖에 못 불러 반값도 못 추리니, 동네에서 먹으려 들면 내남적없이 꺼려하고 내놓기 아까워하던 것도 당연한 일이었다.

"저런 급살맞을 년. 처먹었으면 싸게 핵교나 뒤질러라. 귀살머리스럽게 새암까장 따러오너 곡을 허구 자빠졌어."

우물께에서는 여전히 애매한 아이만 잡도리하며 포달부리는 소리가 들렸다. 목소리가 유승팔이 안식구였다. 감뭇했던 애울음소리가 되살아나자 강은 담배를 물며 도로 베개를 찾았다. 생전 그런 줄 모르겠던 애울음소리가 오늘사말고 애처로이 들림은, 잔뜩 끄물거리는 날씨 탓인지도 몰랐다.

그는 개 아니라 세상없는 것이라도 내키지 않았다. 보나 마나 개를 내놓은 유승팔이가 칼잡이로 나서고, 그 곁에는 개껍질 저며먹기에 이골이 난 정승화와, 간이라면 허발해신하는 신태복이가 그 시뻘건 손으로 술잔과 두레박줄을 도맡아 주무르고 있을 터이었다.

그렇지만 그들의 고마움은 따로 있었다. 이렇게 굴신을 못하고 누워 들피진 얼굴로 해동갑을 하는 꼴이 걸려서도 그냥 말수가 없다던 말은 접때부터 건너다녔다지만, 막상 아이까지 울려가며 먹이던 것을 끌고 나와 칼잡이로 나섰다 하니, 그들의 우정을 다시 가량해 보지 않을 수가 없었다. 하지만 다되어 가는 몸에 다리가 부러지고 시겟돈을 잡아 접골소에 들이민 것은, 옆에 누가 있어도 그들의 잘못이 아니었다. 속절없이 어리석다는 구박을 받더라도 구태여 속편할 대로 생각하면 오로지 그것, 운이 없고 신수가 사나운 탓이었다.

그날도 늦마가 긋지 않아 새벽부터 으등그러진 이런 날씨였다.

그래도 그는 이슬이 숙을 만하면 전날처럼 웃날이 들지도 모르겠어 보리를 매상하러 갈 채비로 식전부터 정신이 없었다. 그는 멍석에 끌어낸 선풍기로 부뚜질을 하고, 쭉정이와 너스래기를 들여놓은 보릿가마에 매끼를 지르면서도 귀는 줄곧 방앗간 쪽으로만 기울이고 있었다. 벌써 언제부터인지 며칠을 두고 울퉁불퉁하는 아내가 성가셔서도 보리방아만은 때되기 전에 찧어놓고 나갈 셈이었던 것이다.

그러나 전 같으면 발동기가 걸리고도 담배 두어 대 곁이 넉넉하

런만, 안산에 드리웠던 골안개가 밑을 든 뒤에도 방앗간에 사람이 나온 기척은 없었다.

"보리 오늘 안 찧으면 다 놓치구 말껴. 그러잖어두 씨가 갱기찮어 서루 손 뜨거운 짓 헐 팔인디, 준다고 했을 때 집어오야지 내년 보살허구 미룩거리다가는 천신두 못헐 텡께."

아내는 보릿가마 매동그리는 것을 지켜보며 방아부터 알아보라고 재촉이 성화였다. 아내와 다투기 싫어서라도 아랫대에 사는 안동삼이를 집으로 찾아가 보는 수밖에 없었다. 보리방아가 무엇보다 바쁜 아내의 속을 번연히 가늠하면서도 그렇지 않은 시늉을 할 만큼 그의 등심대는 억세지가 않았던 것이다.

그녀는 무슨 꾀를 써서라도 말복 전에 냉장고를 놓으려고 밤낮으로 별렀다. 늦들잇들 따비밭 별똥지기에 그 비싼 마늘을 사다 심은 것도 순전 냉장고를 탐한 까닭이었다.

그녀는 작년 무서리 때 품을 두 깃이나 빚겨가면서 접에 칠천 원씩 가던 마늘을 다섯 접도 넘게 묻었다. 뜸물 앉아 오갈이 들고 무르지 않도록 디프테레스와 메타시톡스까지 서너 차례 치고 질소도 두 포나 헤피쓴 자리가 있어, 마늘은 장가들고 처음 보는 어거리풍년이었다. 그러나 장을 한번 보아온 길로 그녀는 마늘을 거두려 들지 않았다. 심던 무렵만 해도 한 통에 백 원 안으로는 만져를 못 본 귀물이었건만 막상 거둘 차례에 이르러 숫제 값이 없어진 꼴이었다. 더구나 먹을 사람들마저 밭마늘만 찾아 논마늘은 아예 지치러기로 쳐서 덮어놓고 홀때린다는 것이었다.

강은 그래도 마늘을 건지고 싶었다. 가꾼 공은 어디로 갔건 삭갈이하여 모를 내더라도 마늘부터 치워야 순서였던 것이다. 그런데도 손이 가지 않았다. 놉을 사면 품삯도 안 나올 금새이기 때문이었다. 두름성이 없는 강은 마침내 아무나 붙들고 말을 내게 되었는데, 마늘은 말이 돌고도 이틀이나 더 두고 본 뒤에야 겨우 뽑아치울 수 있었다. 마늘은 뽑아준 삯이 열 접이었고, 간종그려 엮어준 품삯으로 다시 열 접이 나갔다. 작년에 정부에서 외국 마늘을 수입해 들인 것이 수십억 원에 달했음을 들어 알고 있던 그는 너무도 기가 막혀 말이 되어 나오지 않았다.

아내 심정은 더욱 복잡한 것 같았다. 봉당이 그들먹하게 말꼬지마다 매달린 마늘 부룻에 눈이 가면 그 자리에서 눈물이 모이려고 했다. 그래도 그녀는 참자고 참으며 다른 마음을 먹지 않았다. 그러므로 계제만 되면 모여들고 싶어 하던 그 눈물은 다만 한 가지 야속함을 누를 길이 없어서였다.

그동안은 공업이 발전되어야 산다며 농사꾼을 눌러왔으니, 이제는 농사꾼도 사람으로 치고 생산비만은 보호해 주어야 옳다던 것이 그녀의 주장이었다.

"농사꾼은 호적 파갖구 물 근너온 의붓 국민인감. 다른 물건은 죄다 맹그는 늠이 기분대루 값을 매기는디 워째서 농사꾼만 남이 긋어준 금에 밑돌어야 혀? 마눌 한 접이 금가면 버리는 푸라스떡 바가지만두 못허니 이래두 갱기찮은겨? 드런 늠덜. 암만 초식장사 제 손끝에 먹구산다지만 해두 너무헌다구. 꼭 이래야 발전헌다는겨?"

학교에서 가져오라는 것이 많아 마늘 열 접을 돈 사러 나갔다가, 마늘 수매를 하며 농협에서 놓은 금이 관당 이천사백 원이란 말에 질려 거저 주다시피 하고, 누가 얼마나 했느냐고 물어볼까 싶어 도망치듯 해온 그녀가 들어오지도 않고 집터서리에 주저앉아 가슴을 치던 푸념이었다.

마늘로 헙헙한 꼴을 본 그녀는 이루지 못한 기대를 보리 수매에 두려고 했다. 해마다 못 먹던 보리가 올처럼 된 해도 거슬러 십여 년 어간에는 없던 일이었으니까. 밭종다리와 뻐꾸기가 깃들이하여 등성이마다 부산한 보리누름철이 되자, 그녀는 텔레비전 앞에서 눈 내가 나도록 똬리를 틀고 앉아 광고로 나오는 냉장고를 착실히 선보기 시작했다. 변차섭이나 이동화네처럼 비성수기의 재고품을 내 것 만들어야 덜 먹힌다면서도, 이왕 살 바에는 더 주고라도 맵시 있는 것으로 고르겠다던 것이 그녀의 욕심이었다. 그녀는 말했다.

"담구 이틀도 못 가 골마지 흐옇게 뜨는 짐치만 안 먹어두 워디간. 짐치만 쉬여꼬부러지지 않어두 건건이 걱정읎다구. 그뿐인감. 이틀 거리루 담던 짐치 한 장 도막만 안 담구 일을 해봐, 삯만 뫼두 냉장고 하나는 갈 디 읎지."

그녀는 내일모레 새에 냉장고가 들어오게 되기라도 한 것처럼 들썽이는 가슴을 자못 다독거리지 못해했다.

그녀의 그 같은 기대는 그러나 동안이 오래지 않아, 마늘 탓을 하고 달포도 견디지 못해서 허튼 공상이 되고 말았다. 짐작이 천 리 가던 그녀도 보리 수매가 그렇게 될 줄은 미처 어루잡지 못했던 것이다. 일이등짜리는 보리가 영글기 전부터 으레 오고가는 게 있는 사람들끼리 뒷전에서 도맡기 마련이었으므로, 그녀가 삼등을 예상한 것까지는 예년과 다름이 없었다. 이윽고 새 달 초순에 보리 수매 가격이 나왔다. 삼등은 일등보다 천이백사십 원이 빠지는 팔천구백육십 원이었다. 그녀는 매년 보리 때만 되면 강이 하던 말을 본떠

"곡식값이 아니라 모이값이구먼그려. 농사가 워치게 생긴 중두 모르는 사람은 곡식만 먹구, 농사가 쥑이구 살리는 농투산이는 모이나 먹으란 소린개벼……."

하며 웃었을 뿐, 있던 생각이 들어가거나 없는 열통이 터지지는 않았다.

그것은 자칫 잘못하여 남편의 욱하는 성질을 건드리고 일을 치르지도 모른다는 두려움이 앞지른 까닭이기도 했다. 그 무렵의 강

은 온몸이 끓는 채로 쓰러져 있었다. 지친 탓이었다. 물론 보리가 탈이었다. 누가 농사지을 마음이 가신다고 했는지 몰라도 강은 살고 싶은 마음이 사위어가고 있었다. 그는 몸져누워 있으면서도 술을 찾지 않은 날이 없었다. 맑은 정신으로 그러고 있으면 고대 실성해 버리고 말 것 같은 느낌을 떨쳐버릴 수가 없어서였다. 날이 새나 저무나 술이었다. 그는 술김에 몸을 지탱하고 그로써 정신을 놓지 않은 셈이었다. 그는 술만 들어가면 매양 얼마 안 남았다느니, 이젠 다된 것 같다느니 하며, 깨고 나면 모른다던 헛소리를 했다. 그녀는 그때마다 자살로 알아들어 말도 못하게 애를 태웠다. 백성이 죽기를 두려워 않음은 살기가 어려운 까닭이란 옛말도 자기가 꾸민 말처럼 입에 바르고 있었으니까.

"생각이 남았걸랑 따져를 봐라 이것들아. 보리쌀 한 되에 커피 한 잔이 되겠네? 보리쌀 한 되에 막담배 한 갑이 옳겠어? 보리쌀 한 되에 시내뻐스 두 번이 뭐여?"

그는 술이 깨더라도 생각은 같았다. 보리쌀을 돈과 맞바꾸던 것이 그전 세상만 같고, 보리가 쌀에 버금가서 방물장수 황아장수가 다투어 사립에 늘어서며, 뒷목 드린 겉보릿되로 인절미를 갈아먹던 때가 어느 시절인지 모를 지경이었다. 이제는 임고리장수를 불러도 소금 한 됫박 나눠주지 않았고, 더러 도붓장수가 들르나 된장, 고추장을 퍼내기 전에는 새우젓 한 바래기도 들여놓을 수 없었다. 되잖은 것이 무겁기만 하지 땀흘려 가져가 봤자 아무것도 아니라는 것이었다.

강이 몇 죽이고 몸살을 거듭한 것은 장마가 올라오도록 타작 마무리를 못한 것이 그 비롯이었다. 그는 보리밭 두둑에 부룩준 목화가 싹수를 보여 달빛만 있어도 낫을 놀리지 않았으므로, 보리 베는 손 한 가지는 누구 못잖게 일찍 뗄 수가 있었다. 그는 보릿단을 끄여들여 가리 쳐놓고 탈곡기 차례가 닿기를 목이 어떻게 되도록 바라고 있었다. 경운기 모터에 피대를 감아쓰는 동력 탈곡기가 동네에 없어 토성리 것이 나기만을 기다리고 있은 거였다. 다행히 놀미는 보리를 한 집이 몇 가구 되지 않았다. 정승화나 조태갑이만 해도 분얼하는 싹을 보아 수틀리면 배동오를 때 베어 꼴이나 한다며 갈았고, 그것이 저절로 먹게 되자 에멜무지로 두고 여물렸을 뿐이었다. 그는 그들과 함께 타작날을 잡고 탈곡기를 알아볼 셈이었다.

강은 토성리로 건너갔다. 최가는 기계를 놀리면서도 타작을 마다고 했다. 기계삯을 떠보았자 기름값, 품값은 고사하고 기계 닳린 푼수도 안 나온다는 것이었다. 기계삯은 방아삯과 더불어 한 가마에 너 되씩 뜨도록 정해져 있었다.

최는 기름값이 오십구 프로나 오른 줄도 몰랐다냐면서, 보리는 열 가마를 떨어도 고작 보리나 너 말 뜨고 그만이니, 그것이 탈곡기 오가는 대가가 되겠느냐고 부르대었다.

강은 구슬릴 말이 없었다. 장마에 보릿단 싹트는 통사정은 낯이 간지러워서도 입 밖에 내기가 우스웠다. 정이나 조와 의논하여 조건을 달리하지 않으면 어려울 것 같았다. 그는 갑갑하다 못해 차라리 사람을 서넛 사서 도리깨바심이나 개상질을 해봤으면 싶기도 했다. 한 뭇씩 감아 자리개질을 하면 핏줄마다 더께진 울화가 삭고 응어리도 풀려, 그편이 훨씬 후련할 것 같던 것이다. 그렇지만 그런 재래식 마당질은 혼자 호락질이나 하면 모를까 무리한 타작이었다. 술담배를 안 떨어뜨리고, 먹었다는 소리가 절로 나오도록 걸게 차려가며 오천 원씩 집어줘도 괜찮다는 말이 없던 판이니, 구듭치기로 반나절을 잡는 보리 마당질은 그야말로 빌어먹을 장단에 지나지 않았다.

아직 무슨 소리가 없나 싶어 가끔 텔레비전 좀 보느라고 보면, 대개 공업단지나 유흥지만 골라다닌 같잖은 것이 나와서, 철만난 사람들이 국도변에 치장해 놓은 별장들을 이른바 개량농가로 알고 아첨하듯, 화물차로 쓰는 경운기를 보고 농업이 기계화되었다고 우기던 자도 드물지 않게 구경할 수가 있었다. 우습지도 않아 다들 들은 숭 만 숭 한다지만, 상여 소리에 엉덩춤도 눈치가 있어야 그럴듯할 것이었다.

농업 중장비 중에서도 값이 가장 덜하다는 동력 탈곡기만 해도 기계 소모비가 안 된다고 삯일을 꺼리는 형편이었다. 보리때 한 사날, 벼때 가서 대엿새 쓰면 일 년에 삼백쉰 날은 헛간 신세나 져야 하니, 아무나 흉내내어 실없이 장만할 물건이 아니던 것이다. 하물며 쟁기로 사흘갈이, 다섯 한 가래로 하루 한참이면 메지를 내는 농가가 열에 일고여덟이거든, 일 년에 보름가량 뛰다 말고 창고에서 제 돌을 맞게 마련인 트랙터는 다시 이를 것도 없었다. 트랙터 한 대 값은 쌀로 여든 가마였다. 그러므로 백만 원에서 우수리가 붙는 바인더부터 오백만 원을 주어도 안 된다던 콤바인까지, 명색이 영농장비라면 그 근처에도 얼씬거릴 주제가 아니었다. 더구나 그런 중장비들은 아직도 반편이 구실밖에 못하고 있었다. 무릇 농사꾼이 바라는 기계는 때와 장소를 가릴 줄 몰라야 했다. 모심으러 나와 논배미에 매여 있다가도 밀이나 보리를 갈던 사람이 찾으면 곧장 밭두둑으로 기어 올라가 밭일을 하고, 뒷그루콩을 심다가도 금방 돌아서서 엇갈이채소를 부칠 수 있어야 했다. 조작이 간단하여 쓰임새가 두루 미쳐야만 그나마 기계공업이라는 말도 입에 올릴 수 있을 터였다.

기계 다루기가 쉽지 않음도 어서 고쳐야 할 문제였다. 애써 동력 탈곡기를 불렀건만 여전히 사람이 들고 먹매가 나가 보람을 못 본 것도 그런 까닭이었다. 강은 기계삯 외에도 기계 태가(駄價)로 석유를 한 말 사준다는 조건에 간신히 보리바심을 마칠 수 있었다. 타작은 기계에 묻어온 토성리 사람들이 해주었지만, 보릿단 이어대기와 보릿짚 걷어내는 일에도 두 사람이 매달려야 했다. 보릿가마를 채워 묶으면서 들무새로 허덕거린 자기 몫을 합치면 사람이 다섯이나 든 폭이었다. 전 같으면 기계를 따라온 사람은 기계삯에서 얻어먹게 되어 품삯이 따로 없었으나, 보리가 시세 없이 된 뒤로는 그것도 아니었다.

강은 타작마당을 쓸면서 보리농사가 헛것임을 다시금 뼈끝에 아로새기지 않으면 안 되었다.

그러나 그로 하여 정작 몸서리를 치지 않을 수 없게 한 것은 바로 그 이튿날 이장이 보여준 수매 할당량이었다.

"억울허면 하늘에 대구 주먹질을 허더래두 내게다는 그리 말어. 내 탓은 아닝께."

변차섭은 지레 얼레발을 치며 수매 할당표를 내보였다. 보니 웃말에서는 구충서, 김봉모 두 사람만 열 가마씩이고, 정승화, 조태갑이 세 가마, 아랫대의 홍사철이와 강은 두 가마로 나와 있었다.

강은 미덥지가 않아 웃는 낯으로 말했다.

"말으나 마나 장난 구만 허구 알어듣게 말해 봐. 이 보리 두 가마는 뭐여. 공판이여, 공출이여?"

변도 속에 든 것은 있어서 짐짓 꾸민 낯으로 말했다.

"천동면에 떨어진 수매 물량이 다 해서 오백 가마라니 도리 읎잖여. 그것두 보리 갈 때 단위조합에서 보리씨를 사다 쓴 사람버텀 수매해 주구설랑은이, 조합 말 안 듣구 집에 있던 보리루 씨놓은 것은 숫제 받어주지두 말라는겨."

"말으나 마나 조합이 아무리 중개상으로 타락했기루서니, 그러큼 농민들에게 앙갚음을 안 허면 실적을 못 올린다는겨? 아는 사람네 구멍가게두 지 물건 안 가져간다구 싫어하는 벱이 읎는디, 뎁세 조합이 지 물건 안 팔어줬다구 농민을 왠수대여? 끙—— 드런 것들 뵈기 싫어서래두 얼릉 뒤집어져야지……."

"우리게 스무남은 가마두 내 돈 깨쳐가며 미리 돌려놨으니 망정이지, 안 그랬으면 집의 몫은 있지두 않어."

"그런 생색은 임자 만난 디서나 내여. 집이두 여기다시피 이 강 아무개가 구구허게 보리 두 가마 치우려구, 사람 얼굴 읃어보기 심드는 만가을에 보리 갈었겄남? 가으내 보리 안 갈면 찍힌다구 쫓어댕겨 쌓더니, 인저는 보리 내가면 찍힌다구 쫓어왔으니, 무슨 일을 그러큼 씨식잖게 보는겨? 대관절 놀미 강만셍이는 워디가 미운 털이 백혔길래 사백만 섬 수매에 두 가마 공판이여?"

강은 얼굴을 붉히고 종주먹을 들이대며 잡도리할 기세로 내댔다.

변도 눈부처〔瞳人〕가 안 보이게 시선을 도스리며 숙어들지 않았다.

"구 서방이나 짐 서방네는 단협에서 씨를 가져갔응께 열 가마쓱 돌어간겨. 조 서방, 증 서방은 어렵다구 시 가마쓱 봐준 게구…… 집이나 홍 서방네는 그래두 어지간허잖여. 그것두 다 영세농 우선 수매 원칙잉께 내 허물은 말어."

"말으나 마나 집은 워디루 보아 내가 웬만해 보이다?"

"소 있겄다 돼지 있겄다, 그만허면 사료루 써두 쓸 디가 있으니 낫잖구 뭐여?"

"배메기〔半打作〕루 보릿섬이나 했다닝께 곡식이 곡식 같지 않은 개빌쎄."

"채미장수두 안 받는 곡식이 무슨 곡식여? 차라리 모이루 치는 게 한갓지지…… 꿔다 놓은 보릿자루 소리 들을 때만 해두 양반이 었어."

"이장 본다구 말만 늘어서, 말은 전도사가 섰다 가게 허네마는, 빈말이래두 그런 입찬소리 말게. 사료두 좋지만 소값이 있으야 소를 멕이구 돼지값이 있으야 돼지를 멕이지⋯⋯."

"그건 그려. 나두 삼십만 원이나 들여 산 소를 여덟 달 멕여 사십구만 원에 줬응께. 사료값 이십만 원 떼놓구 보니 칠만 원이나 간디가 읎데."

소만 그런 것도 아니었다. 두면 둘수록 손해보기로는 돼지 쪽이 더했다. 삼만 원, 삼만 오천 원에 산 젖떼기를 반년이 넘게 길러놓으니 사만 원도 안 보려고 하였다. 생돈(生豚) 한 근에 담배 한 갑. 종갓집 대사를 치러도 대가리 하나는 성하게 남던 백 근짜리 돼지가 이 달에는 이만 팔천 원이었다. 게다가 이제는 저울도 없이 눈대중으로 값을 매기고, 그나마 규격돈은 비계가 두껍다 하여 아예 쳐다도 안 보려고 하였다.

"너무 커서 안 가져간다는 돼지가 돼지가죽 구두 한 켤레값두 안 되니⋯⋯. 그려, 경제성 있는 가축은 인저 개뱆이 읎응께, 있는 보리 찧여다 놓구 개나 퍼멕이구 말어."

변이 엉뚱한 소리를 하며 웃었다. 강은 고개를 저었다.

강이 말했다.

"말으나 마나 그것두 못 믿어. 개고기는 수입해 들이지 말라는 보장이 워딧어. 끙——."

"그건 그려. 계란가루두 수입해 온다닝께 말 다 했지."

"다 틀린 지 오래여. 축산진흥회에서 작년에 수입해 온 돼지고기가 아직두 십만 마리 것이나 냉동창고에 쟁여 있다데. 돼지괴기뿐이여. 쇠고기는 두째구 쇠꼬리 쇠내장두 몇만 빡스씩 수입해다 놓구 못 치워 안달이라는디 농민들 돌아다볼 저를이 워디 있어."

"내 말이 그거여."

하더니 변은 무슨 말이 있기도 전에 그림자를 몰아 내빼고 말았다.

아내 입에 대뜸 개타령이 붙은 것은 변이 가고 나서 바로였다.

"그려. 개백이 옳어. 하루 한 끼만 줘두 생전 더 달란 소리 읎구, 크다 만 것두 뉘 돈을 받을지 모르구, 칠 만헌 짐승은 개 하나라니께."

아침마다 보리쌀을 곱삶이하여 새우젓이나 한 자밤 들뜨려주면 온종일 잊고 지내도 그만이니 남는 장사라면 개만한 것이 없다는 주장이었다.

강이 듣기에도 그럼직하였다. 개가 세나서 돼지보다 나아진 것은 올들어 처음이지만, 장에 잡은 개가 날 때마다 불티나던 것은 전부터 보던 일이었다. 먹어두어 몸에 좋다는 것이면 장발쟁이부터 쉰머리까지 눈비음 않고 희번득이는 데다, 아무리 잡아도 읍내로 다니며 찌르는 자가 없으니, 여름 장사가 사철 장사로 는 것도 당연한 일이었다.

"한번 찍히면 담당 서기가 갈려두 삼 년은 간답디다. 수매 못허는 한가 구만허구 보리는 몽창 방앗간에 쟁여두구 찝시다. 여섯 달만 기르면 시안에 냉장고 구경은 맡어놀 텡께."

아내는 맨정신이 아닐 때처럼 무턱대고 희떠운 소리를 했다.

"지덜이 밉보구 찍을 때 나는 구경만 헌다남?"

"좋잖게 보기 시작하면 퇴비장에 쓰레기 버린 것두 트집헐 텐디 성가시구 구찮어서 워쪄?"

"나는 내민 손인감. 못 쑤시게. 투서 한 장이면 알어보는겨, 노타이 새마을복에 오도바이 타구 바쁘게 워디 댕기는 사람 같어두, 퇴근만 해봐, 땅주릅에 구문 나누구, 어음에 할인 떼구, 에누리되면 우수리 먹구, 노름판에 개평 뜯구…… 이런 디 것들두 배웠다는 것들이 허는 짓은 죄다 본보구 자빠졌응께."

"누가 들으면 즌화 걸 소리 대강 허슈. 이름두 승두 읎이 허는 투서는 받어놓구 기침두 않는댜. 공연히 고개 못 들 짓 말유."

"말으나 마나 뭣이 찔려서 주민증 두구 무기명으로 혀? 고개를 못 들어? 왜, 구름에 짓찔여 마빡 터질깨미?"

"아뭇 소리 말구 싸게 보리나 찧어오뉴. 노는 오양간 있겄다, 내 뻬린 돼지 구유 있겄다, 강아지만 가져오면 될 모양잉께."

이튿날부터 아내는 젖부들기가 늘어진 개만 봐도 뒤밟아 주인을 찾고, 꼬랑지 밑을 살펴 짐작에 가까우면 설령 낯선 암캐라도 눈에 들어 하는 것 같았다.

여기만 해도 묵은 인심이 더러 있어서 어미 죽거리로 보리쌀 한 말만 들고 가면 말을 보태지 않더라도 강아지를 얻어올 수 있었다. 그녀는 강아지를 가져오면 섣달 초승까지 보리로 기르다가 팔고 그것으로 조합에 들 속셈이었다. 그 속셈은 주먹구구로 보태고 뺀 것이 아니었다. 가톨릭 농민회 천동분회에서 하는 신용조합 이야기를 자세히 알고 있은 거였다. 천 원짜리 구좌를 트고 가입만 하면 출자금의 세 배까지 한 번에 대부받을 수 있고, 형편에 따라 무시로 나누어 목돈을 갚는 좋은 조건에 혹해 있었던 것이다. 강이 방앗간 바닥에 부려뒀던 보리 두 가마는 그날로 두 파수가 지나도록 묶어제낀 채 그대로 있었다. 밥밑 놓던 보리쌀이 동나고 배미콩마저 바구미가 슬어 희게 먹는 지가 이틀이 넘도록 문을 열려고 하지 않던 것이다.

방앗간은 한창 새마을운동을 떠들던 해, 농협에서 대부받은 위에 부락 사람들이 고루 출자를 하여 차린 뒤 이장이 책임지고 운영해 온 부락 공동재산이었다.

소득증대 사업이라고 구기자나무 묘포장 개간과 함께 움직이기 시작한 방앗간은, 그러나 삼 년이 넘 되도록 뚜렷한 보람이 없었다. 그전처럼 날이 궂어도 읍내까지 지고 나가 도정을 해오던 번거로움이 없어지고, 왕겨를 버리지 않고 연료와 밑거름으로 쓰는 이로움만 해도 어렵사리 방앗간을 차린 것은 숱한 잡살뱅이 비럭질에 견줘 두드러진 사업이었다. 하지만 도정료 한 가지만 바라고 꾸려 나가자니 여간 애가 쓰이지 않더라는 것이 이장이 갈릴 적마다 염치 불구하고 내놓던 비명이었다.

기사로 일하는 안동삼이와 바닥 뒤들이로 쓰게 된 이기창이의 품삯을 제한 도정료는, 여럿이 가량했던 수입보다 훨씬 못 미치고 있었다. 자식들 학교 넣느라고 집집에서 나와 차례를 설 때는 방아도 밤낮없이 돌아갔지만 해마다 지붕과 바람벽에 한 차례 페인트 뒤발을 시키고 나면 남는 것이 없었다. 여름에는 세금과 전기료 대기에도 허덕거렸으며, 가을 추수 보아가며 문을 열어 이듬해 정월까지 노는 날을 몰라도, 그믐께로 미룬 조합돈 연체이자를 가리고 나면 동네 잡부금 한 가지도 가로맡을 힘이 없다던 것이었다. 빚도 재산일진대 방앗간이 부락에 재산을 보탠 것은 틀림없는 사실이었다. 해가 묵을수록 부락의 눈총을 그러모아 탈이었지만.

소득증대를 도모하려면 방앗간 팔아 돈놀이를 하는 편이 열 번 낫겠다고 이죽거리는 사람도 있었다. 원동기 한 번만 고장이 나도 들여다볼 사람이 없어 으레 이백 리 저쪽 천안까지 끌고 가서 만져오곤 했으니, 수리비는 둘째 치고 길에서 부서지는 경비를 대는 데에도 사채를 두르지 않으면 안 되었던 것이다.

석유값이 뛰자 생전 싫은소리를 모르던 사람조차 들어가면 안 될 말을 함부로 내뱉던 칠월 초승, 이장은 마침내 임시반상회를 열고 의논에 붙였다. 한 달 육 장마다 장 전날로 정해 놓고 열던 방앗간을 반으로 줄여, 한 장 건너 두 파수마다 기계를 돌렸으면 한다는 거였다. 아무도 아쉬워하는 이가 없었다. 강도 남들과 같았다. 보리는 밥밑이나 하므로 마디갈 뿐 아니라 사료를 하더라도 헤프지 않아 급한 집이 없었던 것이다.

그로부터 방앗간은 달포 가까이나 쉬었고, 그가 날을 보아가며 보리를 가져갔던 지지난 장도막에도 놀았다. 가끔 돌려 기계에 녹이 슬지 않게 하려 해도 그럴 만한 물건이 안 들어와 못한다고 안동삼이는 말했다. 강은 그렇게 없을 리가 없어 곧이듣지 않았지만, 기사가 직접 하는 말이 그르므로 참을 수밖에 없었다. 그가 방앗간에 보리 두 가마를 자빠뜨려놓고 두 파수나 기다린 것도 그런 까닭이었다.

강은 안동삼이가 집에 있을지 말지 한데도 아랫대로 내려갔다. 아무도 안 쳐다보는 버덩처럼 길에 풀이 깃어도 꼴을 하는 사람이 없어, 마당만 벗어나면 바짓가랑이가 이슬에 후질려 무끈하게 휘감겼다. 너도밤나무가 욱어 밤마다 소쩍새가 있는 등성이에서 휘파람새가 잠을 깨고, 목화 다래 맺혀가는 곱은탱이에도 찌르레기가 오르내리고 있었지만, 겉보다 속이 더 급한 그는 어려서부터 철새들을 알아본 눈썰미에도 한눈팔이할 계제가 아니었다.

하늘은 잔뜩 울어 어느 바람기에 쏟아질지 대중이 안 갔다. 뜨거울 때 들앉으려고 진작 터앞에 엎드린 안늙은이들은 그새 이랑이 보이게 기음을 매놓았고, 아침이 이른 아이들은 남의 집 삽살개가 투그리며 금방 덤벼들 기세에도 학교길을 늦추지 않았다.

"일찍 근너오셨슈."

마당에 있던 안동삼이 아내가 넉걸이해 온 오이덩굴에서 지르된 노각과 오이꼬부리를 가리다 말고 먼저 본 체를 했다.

"도섭 아버지는 워디 나갔남유."

"있슈."

그녀가 울안 쪽을 돌아볼 때

"듣던 목소리여."

하며 안이 뜨악한 얼굴로 나오는데, 금방 지르잡고 나온 것처럼 앞섶에서는 물이 흐르고 있었다.

"워째 집에만 있다나?"

강은 대뜸 방앗간을 아주 닫아걸 참이냐고 따져 물었다.

"보면 몰러, 연태 꼬추 따다 그릇 비러 왔는디."

안은 소리난 대로 듣고 대꾸를 엇먹이며 시키지도 않은 말을 늘어놓았다. 안이 이슬밭을 두들겨 척척해진 부대를 흔들며 말했다.

"넘으 말 듣구 하우스 했다가 챙피만 당허네. 풋꼬추 한 관에 삼백 원이 뭐라나. 아주먼네를 사서 따두 한 사람이 죙일 열 관뱅이 못 따니 농사를 말던지 허야지 살겄나. 드러……."

열 관에 삼천 원이면 아낙네 하루 품삯에도 못 미치니 죽는소리가 나올 만도 했다.

"말으나 마나 복물 지나면 약오를 텐디 붉혀서 물꼬추루 내지 그려. 작년에는 희나리두 효도했을라니."

"수입꼬추가 아직두 몇만 푸대씩 처쟁였다데."

"장마에 썩으면 돈들여 땅에 묻긴 해두 읎는 사람 먹게 그저 내놓진 않을 텡께 걱정 말어. 꼬추값은 가을에나 가야 볼 만헐겨."

강은 안이 먼저 소가지를 부릴 것 같아 부러 넌덕을 떨었다.

"작년에 짐장에 녹구, 올은 양념에 녹구…… 봄 되어 가축에 녹구, 여름 되어 보리에 녹구……."

안은 닭개 우리에 있던 목매아지를 끌어내어 마당 구석의 울짝에 비끄러매며, 땅뙈기 붙들고 있기가 갈수록 부끄럽다는 말을 한 자리에서 삼세 번이나 되풀이하였다.

"오죽허면 발바닥이 됩데 손바닥더러 딱허다구 허겄나. 작인이 지주헌티 병작주는 세상이면 막차에 종점이여."

우리 동네 강씨 **247**

강도 남이 들으면 다른 소리 할 말을 갈망없이 씨월대며 맞장구를 쳤다.

남의 농사를 얻어짓지 않으면 양식도 못하던 영세농민들이 이제는 오히려 대농에게 배메기로 땅뙈기를 내주고 있었다. 없는 집이 있는 집에 땅을 빌려주고 반타작을 하면 그만큼 이로움이 있기 때문이었다. 그것은 영세한 농민일수록 그러하였다. 영농비 뒷갈망이 없는 데다 간신히 수확을 하더라도 생산비가 안 나오는 탓이었다. 그러므로 그런 사람들은 스스로 농사지을 만큼 마련이 있는 집에 땅을 맡기고 자기네가 의지할 곳은 나가서 달리 찾으려고 하였다. 아무 끄나풀 없이 한데로 떠돌며 막일을 하더라도, 주저앉아 농토나 지키기보다는 낫다고 치던 것이다.

어디 가서 시키는 대로 하면 줄 만큼 주어서 그렇다는 것도 아니었다. 열두 가지 재주를 부려도 어차피 되기는 틀린 것이므로, 우격으로 매달려 지레 늙느니보다 남의 밥을 먹더라도 복장이나 편해 봤으면 해서였다. 빈농들은 여간해서 일어서기 어렵게 아주 지쳐 있었다. 그들은 남들이 나아졌다고 추썩거릴수록 주눅이 들었으며, 세상이 부산해 가면 부산해진 만큼 일마다 어려웠다. 가진 것이 없어 남만큼 설거지를 못해 주니 노는 기계가 보여도 경비가 커서 못 부르고, 사람과 비료를 제때에 못 대니 같은 땅의 소출이라도 남의 것만 같지 못했다. 소출이 그러하매 이듬해 영농비가 달려, 가물이 들어도 뒷짐지고 기다리다가 마냥모나 내었고, 장마가 지면 장마 속에 탈이 나는 병충해에 손을 못 써 먼저 당하고 뒤처져 허둥대기 일쑤였다.

추수와 더불어 빚을 가리지 않으면 안 되던 것도 대개가 그런 집이었다. 쌀이 쏟아져나오는 무리 때면 금새가 내릴 줄 다 알면서 방아를 찧고 돈 사는 것도 정부수매 쪽보다 유리함이 있어서였다. 그것은 쌀장수에게 미리 시겟돈을 잡아쓰지 않았더라도 마찬가지였다. 수매를 해도 외상수매로 해를 넘겨가며 끄니, 길어가는 이잣돈 두고 그쪽을 택할 리가 없었다. 그러므로 일 년 농사가 하루아침 빚잔치 준비로 그치는 빈농이라면, 땅은 차라리 즐겨가며 영농하는 대농에게 맡기고, 제 살길은 달리 도모함이 당연할 수밖에 없었다.

"구만 충그리구 꼬추밭에 들어가 봐. 거지 주디래두 아구니 채워야 내가구 말구 허지."

안은 제물에 성질이 거스러져 애매한 아내에게만 지청구를 했다.

"어이구 징글징글헌 늠으 밭…… 암제구 맹글면 법이던디, 여자 밭에 내보내지 말란 법은 안 맹그는겨."

아내가 토라지며 부대를 받아 밭으로 가자

"요새는 사료뺵이 안 나오는 땅마지기에 사주팔자를 맞출 게 아니라, 있는 것 몽창 모개흥정해 버리구, 나가서 여관이나 채렸으면 싶은 생각이 그믐 지나구 초생달 자라듯 헌당께. 살 만해지닝께 낮거리허러 오는 것들두 늘어서 낮에 자릿세만 받어두 애덜 가르칠 것은 나온다는겨."

안이 아내 모르게 중얼거리며 혼자 웃었다. 강은 안의 말이 마뜩잖았다.

강이 말했다.

"살 만해져서 늘었간디, 살맛이 줄어 다른 재미가 읎응께 그쪽으루만 쏠리는 거지."

"집이는 누가 무슨 말을 허면 장 꺼꾸루 듣는 게 볃이데. 급속헌 경제성장으루 생활수준이 이만치 향상됐으면 살 만해진 게지 이 이상 월마를 더 바란다냐? 농사꾼이 장판방에 연탄보일라 놓구 살 중전 같으면 생각이나 해봤겠남?"

"그러면 농사짓기 챙피허다는 말두 말으야지."

"소득이 향상돼서 짐치, 짠지루 밥 먹던 사람덜이 고기, 우유, 과일루 식생활 개선을 해서 그렇다는 말두 못 들었구먼."

안은 라디오나 텔레비전에 자주 나오는 얼굴 허연 것들이 저 먹고살려고 외운 말인지도 모르고 덤벙거렸다.

강은 참아가면서 말했다.

"축산 쪽에 책정된 연간예산이 다 해서 구백몇십억인디, 그중에서 육백이십억 원을 쇠고기, 돼지고기 수입허느라구 쓴 것두 생활수준이 높어징께 외제 고기만 찾어서 그렇구먼? 내가 육십만 원에 산 소를 반년 멕여 오십팔만 원에 줘버린 것두 국산은 맛이 읎어 수입 고기만 처먹어서 그렇구? 작년에 수십억어치 수입 마눌을 먹은 사람은 다 워디 갔어? 그새 죽었을 리는 읎구. 그 사람들두 마눌, 꼬추 같은 가벼운 푸성가리를 끊구, 고기, 우유, 과일만 찾게 돼서 마눌 한 접이 쓰레빠 한 짝허구 놀구, 풋고추 한 관이 치약 한 통허구 비기는가뵈……."

안이 기다리고 있다가 말했다.

"자던 구신이 듣구 일어나 보래두 생활수준이 나아진 건 틀림 읎어. 이런 디서두 양말 꼬매 신는 사람 못 보겄구, 십 리 이십 리 걸어댕기는 사람 안 보이데. 집이나 내나 즌기밥솥이 읎어, 즌기후라이판이 읎어. 믹사에 마호병에, 읎는 게 뭐여? 한갓 냉장고 하나 안 갖다 놓은 거 아녀? 이북 갔다 온 소리 말어. 요새는 이런 촌구석에 시집오는 색씨 혼수에두 세탁기가 따러오는 판이여."

"말으나 마나 그게 뭣인디? 이런 디서 집을 지어두, 가시사 중깃에 설외, 누물외 엮어서 안벽, 밭벽 치구 새 벽 허면, 겨울에 우풍 읎구 여름에 선헌 중 알면서 안 허는 거 도섭 아버지두 알잖여? 알면서 눈만 흘겨두 부스러지는 비싼 부로꾸를 운임 들여가며 사다 바람벽 허구, 여름에 쩌서 헐떡대구 겨울에 얼어 요강 터지는 게 뭣이여? 지푸래기루 구럭 뒤트레 삼태미 틀어쓰면 짱짱허구 돈 안 들구, 비바람에 반만 삭어두 골동품으로 사가는 중 뻔히 알면서, 쓰다 깨지면 내버릴 디두 읎는 푸라스틱제를 사다 쓰는 건 뭐여? 논밭에 기음이 깃으면 호미루 맬 생각 않구 제초제 사다 찌었는 것은?"

"……."

"다 읎어 비단이여. 시간 읎구 인건비 읎구…… 도섭 아버지두 일읎어보서. 쇼핑빽에 정구채 꽂어메구 근강 찾어나슬 테니. 자배기 구정물에 설겆이허는 년 따루 있구, 펭긴표 씽크대루 개수통허는 년 따루 있간디."

"……."

"걸어댕길 때는 십 리 이십 리두 금방이구, 타구 댕길 때는 십 분 이십 분두 한참인겨."

강은 자기가 너름새있게 바르집어 댄 말휘갑에 안이 직수굿이 듣기만 한 줄로 여겼고, 따라서 계제가 된 것 같아 가져온 말로 뒤를 이었다.

"그러나저러나 보리는 금새가 읎다구 안 찧어주는겨?"

"보리밥 안 먹게 된 지가 원젠디 집은 여적지 보리타령이라나? 소 돼지 여물루 두루메기헐 테면 통보리루 삶어멕여두 되잖여. 꼭 기계에 늫서 매조미쌀마냥 대껴멕여야 맛이간디."

안은 대번 얼굴을 되들이하며 부르튼 소리로 내댔다.

강도 속이 외어 말이 다듬어지지 않았다.

"찧이야 등거두 나오구 삶어두 퍼지지…… 도섭 아버지나 내나 사료 먹구 사는 건 일반인디 생각이 틀리더랑께."

강는 부러 비웃적거렸다. 안도 반죽이 질어 제 소갈머리대로 찜부럭을 부렸다.

"되에 사이다 한 병두 안 되는 보리쌀 한 되 뜨러 방앗간을 열라

우리 동네 강씨 251

는겨? 집이 보리 두 가마 깎어주자구 내 밥 먹구 나와서 즌기 닳리구 지름 축내야 쓰겠구먼? 나두 새끼들허구 살으야지…… 하루 품이 나올 만치 모이기 전에는 닫어둘 작정잉께, 아쉬우면 집집이 댕기며 하루 날잡어 하냥 찧게 알어보던지…… 다급허면 읍내 정미소루 끌구 가던지."

보리 한 가마의 도정료로 보리쌀 너 되를 떼는 것은 반상회가 열린 자리에서 그렇게 말이 되어 부락의 총의로 정해졌을 뿐 아니라, 개인이 하는 읍내 정미소도 어디나 같아 새통스럽게 삯을 이야기할 것은 없었다.

그러므로 안의 불만도 보리쌀이 곡식 노릇을 못하는 데에 있었다.

방앗간 일꾼의 몫은 도정료의 사분지 일이었고, 일꾼들은 다시 그것을 고르게 나누도록 되어 있었다. 보리 두 가마에서 여덟 되를 떼고 그중에서 두 되를 여투어 이기창이와 한 되씩 나누면 담배 반 갑 꼴에 지나지 않으니 안의 불평도 탓할 일만은 아니었다. 더구나 보리는 벼 같지 않고 쉬이 깎이지도 않아, 일이나 없으면 모를까, 눈만 뜨면 나가살아도 발 씻고 수저 잡을 새가 없는 형편이니, 방아만 독촉하기도 민망한 노릇이었다.

강은 망설였다. 하루 품을 만들어주자면 보리를 얼마나 그러모아야 되는지도 따져볼 필요가 있었다.

삯메기로 치면 하루 품이 육천 원에 이르니 한 사람 앞에 보리쌀 너 말씩은 나누도록 해야 할 거였다. 사팔 삼십이, 도정료가 세 가마 두 말이 되도록 하려면 여든 가마를 주선해 주어야 되었다. 그것은 어려운 일이었다. 독에 붓고 사날만 지나도 바구미가 기어나오는 판이니 밥밑이나 하자고 그 많은 보리를 찧을 집도 없으려니와, 설령 여든 가마가 모아진다 하더라도 하루에 찧을 수 있는 양은 고작 예순 가마에 지나지 않았다.

안은 온종일 복대기를 쳐도 하루 품이 안 나옴을 알고 하는 핑계가 분명했다.

"여게, 동네일 보는 사람이 워치게 일일이 이해타산을 따져가며 헌다나. 누구 좋자는 것두 아니구, 부락에서 새마을사업으루 차린 공동방앗간이면 이문이야 워디루 갔건 정해진 날은 동네일을 해야 해놓은 보람이 있을 것 아닌가."

언성을 누그려 남이 안 듣게 한 말에도 안은 얼굴을 물들이며 대꾸했다.

"내 것 같으면사 보리방아 아니라 술 읎는 굿일인들 마다허겄나만…… 집의 말마따나 부락에서 새마을운동으루 허는 사업이라 내 맘대루 못허구 마는겨."

"말이나 마나 무슨 말을 그리 사날 좋게 읊는다나. 전보담 낫게 살자는 운동이 그게라면서 그런 하찮은 편의두 못 본다면 그게 무슨 쇠용인겨."

안에게 할 말이 아닌 줄 알면서도 강은 트릿한 속을 못 참아 부질없이 대거리하였다.

"잘살기운동은 편히살기운동이 아닝께…… 능률을 극대화해서 소득증대와 직결된 일이 아니면 손을 대지 말으야지."

믿는 데라도 있는 사람처럼 안은 사뭇 훌닦으려 들었다.

"말으나 마나 주로 테레비 문장만 뻴는 걸 봉께 연습허느라고 먹을 것두 즉잖게 놓쳤겄네그려. 안됐네. 안됐어……."

이웃깐에 그리면 안 되는 줄 알면서도 강은 뱀이 곤두서는 바람에 비웃음을 조심하지 못했다.

안은 새겨듣지 못하고

"집은 위에서 허는 일이면 덮어놓구 비각으로 알구 척지러드는디, 그러면 쓰다 못쓰는겨. 집이 말대루 편히 살구 싶걸랑 그 버릇버팀 고쳐야 되여."
 하며 번버듬하게 번나간 쪽을 흑보기눈으로 어루더듬으려 했다.
 "주제모르구 분수읎는 소리 시퉁 떨지 말어. 위라는 것은 앉어서 주는 것만 타먹는 사람들이 주는 사람을 두구 이르는 말이여."
 "……."
 무슨 생각으로 무르춤하는지 몰라도 그 꼴이 더욱 같잖아 보여 강은 쓸데없는 말까지 덧들였다.
 "무슨 말인고 허니, 여러 생명을 가꿔먹는 우리네는 곡식, 채소, 짐승 같은 바닥 것이 위라는 말이여. 소가 위면 돼지두 위구, 오이가 위면 호박두 위구, 쌀이 위면 보리두 위구, 그런 게 위면 땅두 위구, 땅이 위면 하늘은 그 위구……."
 연구가 되었는지 안이 말을 채뜰었다.
 "소득증대를 놓구 기냐 아니냐 허는 마당에 구꿈맞게 장독 보구 술독 얘기 말어."
 "말으나 마나 보리 두 가마는 비능률적이구 소득이 읎어서 못허겄다는 얘긴디…… 그럼 도섭 아버지 생각은 무엇이 근면자조 협동인겨?"
 "그럼 집은 방앗간이 비경제적으로 돌아가서 부락 전체에 생기는 게 읎더래두 그예 사사로운 편의를 봐야 되겄다는겨?"
 "그럼 도섭 아버지는 새마을사업을 위해 개개인의 형편 따위는 눈을 안 돌려두 상관이 읎다는 배짱여?"
 "그럼 집은 하찮은 것이 가로질리구 세루루 비껴 부락 발전이 낙후되구, 군수 영감이 묵은 동네라구 호를 내려야 선허겄남?"
 "그럼 인심읎구 사정읎는 동네가 돼두, 눈비음허는 물건만 즐기 허게 겉돌면 발전이구먼?"
 "그런 대접 못 받을 소리 허면 뒤가 가려워지는 벱여. 새마을지도자를 내세웠으면 지도자헌티 죄다 맽기구 허라는 대루 따러주어야 이치 아녀?"

"그것은 한 사람이 여러 사람을 살게 허는 사업이 아니라, 한 사람을 위해서 여러 사람이 죽어나자는 얘기허구 다를 디 읎는 소리여."

강은 한마디로 일매지어 말하고 스스로 실랑이를 삼갔다. 안의 말에 억지가 섞여 있어서는 아니었다. 근래에 행정부서를 시켜 떠들게 하는 이른바 충효사상의 내막을 예전 것으로 아는 원호가족이어서도 아니었다. 그는 본래가 들먹고 어리뜩하여, 하라면 하라는 대로 아무 줏대 없이 넘어갔는데, 그렇게 해야만 수더분하고 착하게 알아주며, 그것이 곧 대접이라고 믿는 어리무던한 사내의 본보기였던 것이다. 따라서 그는 죄 중에서도 그 큼이 모르는 죄에 견줄 만한 것이 없음을 강으로 하여금 매양 새로이 깨치도록 해준 터이기도 했다.

강이 헛걸음한 것을 알자 아내는 금방 입이 석 자나 나오며 부사리 우격뿔 내두르듯 집 안을 뒤스럭거렸다. 그녀는 축 잡힐 갈망도 없이 있는 소리 두고 없는 말을 꾸며가며 동네를 허물하기에 해가 어떻게 되는 줄도 모르고 있었다.

"보릿고개가 있을 적에는 비누두 읎이 세수허던 것들이, 한 고등 넴기구 나닝께 논두렁에서 곁두리를 처먹구 앉아서두 낯짝에 찍어 바른 걸 고치구 자빠졌으니 화장품 값이 안 뛰여? 방앗간이 노는 것두 요새 젊은 여편네들이 보리를 안 쳐다봐서 그런다구."

그녀는 방아가 없는 것을 젊은 아낙네들 탓으로 믿고 있었다. 이틀이 멀다 하고 들르는 화장품 외판원들마저 외상은 두말않고 놓아도 보리쌀을 들먹이면 대꾸가 한이 없더라면서, 물건을 보리쌀로 갈면 한 집에 한 가지썩만 덜어놓아도 몇 걸음 않고 가마니를 채울 테니, 경운기라도 끌고 다니기 전에는 무슨 수로 그 보리를 주체하겠느냐고 떠들기도 했다.

　백 근이 넘는 돼지가 기른 값이 나오기는 고사하고 작년 이맘때 부르던 새끼값에도 밑도니, 효도 보기 틀린 돼지에 보리쌀만 퍼먹일 수도 없고, 따라서 보리는 더욱 혼전해져 길내 곡식 노릇하기가 어렵겠다던 것이 그녀의 주장이었다.

　그러나 가을걷이를 추고 나서 그 뒷그루로 뿌릴 만한 것으로는 여전히 보리보다 먼저 칠 것이 없었다. 유채라도 하는 아랫녘 같지 않아, 한데서 겨우살이가 되는 것은 아무나 다 알 만한 것뿐이었다. 그렇지만 축산이 재미없어져 호밀, 귀리, 기장은 심어봤자 셈이 안 닿을 거였고, 마늘이나 양파는 걸핏하면 외국산을 쓸어오니 종자값도 못할 것이 뻔했다.

　"푸줏간마다 비계 쟁이는 것만 봐두 알쪼 아녀. 작것들이 서양년들마냥 살결 오래간다구 허천난 걸구처럼 허발대신 걸터듬어 처먹을 적은 원제구, 인저는 청바지 입으면 폼 안 난다구 돼지고기 밀어놓구 개고기를 즘잖은 것으로 치니, 세상에 똥개가 살림 부주헐 중 누가 알었어."

　배운 것이 허름하여 생각도 의젓하지 못한 아내는, 돼지보다 개가 세나는 것까지도 아녀자들의 간사한 식성 탓이라고 우겼다. 강은 물정없이 소가지만 남은 아내가 딱해 속이 터져도 그대로 다루기가 스스러워 다른 말로 달랬다.

　"칠팔월 장마에 오뉴월 소내기 들추지 말어. 보리 묵는 건 아무것두 아녀. 일 년에 두 번 농사가 한 번으루 줄어드니 얘기지. 반짝허다 말던 농한기가 이듬해 더울 때까장 가구, 줄창 부려먹어두 좁던 땅을 반년쯤이나 놀리게 됐으니, 아무리 농사꾼 일 년이 고생 반년 걱정 반년이라기루 이게 말이 되는 소리여?"

　아내는 보다 처음 보게 말대답도 없이 지루퉁하고 입만 빼물더니, 그러잖아도 집을 것이 없는 아침상을 시서늘하게 식은 채로 차려내왔다.

강은 두어 술 뜨다 말고 윗목으로 밀었다. 입맛이 가기도 했지만 바깥이 시끄러워 붙들고 앉아 되새길 겨를이 없었다.

밖에는 매상 보리를 싣고 온 유승팔이 말고도 여섯이나 되는 사람이 경운기 뒤에 묻어와 호박나물에 힘쓰는 소리를 뒤섞고 있었다.

강은 따로 내놨던 보릿가마를 경운기에 얹고 그들을 따라나섰다.

"심이 끝나면 한잔 있는겨?"

아무도 군소리가 없더니, 갯비내 공굴이다리를 건너 진모랭이 기슭에 이르자 신태복이가 허텅짓거리를 했다.

먹고 자시고는 그만두고 남 줄 것도 다 안 될 판이라 강은 아예 대꾸도 하지 않았다.

"한잔 아니라 한 상을 낸대두 나는 양보허겄어. 즘심 전에 안 데려가면 하루 더 친다닝께…… 이런 디서두 애 하나 받어주는 디 오만 원이나 달래니 새끼가 도둑늠인지 산파가 도둑년인지……."

김승두는 어제도 와서 그러더니 여태껏 울퉁불퉁하고 있었다.

"흙 더듬는 손 빼구 다 도둑놈이여. 건건이 한 가지래두 내 집 것이래야 간이 맞는 법잉께, 몸풀었으면 집에서 몸조리해야 들 들구 더 낫구 허네."

강은 김에게 줄 것도 다 못 주는 형편이면서 부질없이 흰소리를 했다. 그는 보리를 베느라고 김을 나흘이나 불러썼으므로 품삯만 해도 이만 원 돈이나 그저 나자빠져 있었지만, 보리를 매상하여 반만 끄고, 나머지는 뒷날에 가서 품으로 에끼도록 이야기를 끝낸 터였다.

김은 산모를 내오려면 택시를 불러야 하고, 미역쪽지나 먹게 해주려면 사골뼈라도 고아야 하지 않겠느냐면서 대답이 더뎠지만, 보리 매상량이 두 가마뿐이니, 열 가지로 생각해 봐도 그렇게나 하면 모를까 다른 수가 없었다.

보리 두 가마는 삼등을 맞을 경우 만 칠천구백이십 원이었다. 김에게 만 원을 잘라주면 석 달째 졸려온 폴리필름값이 기다리고 있었다. 보온 못자리를 하느라고 단위조합에서 외상으로 갖다 쓴 삼천 원이었다. 나머지 사천구백여 원에서 최진기에게 밀린 반나절 품값과 보리 내가는 태가 천 원을 떼면 천사백이십 원, 이것이 작년 시월부터 일고여덟 달 동안 보리농사를 지어 처음으로 만져보는 돈의 전부였다.

"비가 지나가지 말으야 헐 텐디."

반나절 품값이나마 오늘 아니면 언제 받을지 몰라 일삼아 따라온 최진기가 하늘을 더듬으며 의심스러워했다.

최는 분무기 고치느라고 천 원, 자전거 펑크 땜할 때 천 원을 신태복에게 꾸고, 전기료 내느라고 이낙천이에게 오백 원을 빌렸다면서 어제 아침에도 아이를 보내왔지만, 강은 그런 하찮은 빚까지도 보리 매상날로 미루어왔던 것이다.

최에게서 받으면 낫을 한 자루 사려는 이낙천이도 그랬지만, 받을 것 이천 원 때문에 이틀이나 두고 최를 만나려 했던 신태복이도, 앞서가던 경운기가 덥뎅이부락으로 넘어가 조용하도록 객쩍은 소리 한마디 씨부렁거리지 않았다. 신은 장미옥에서 맥주로 하다가 돈이 안 되어 팁을 떨어뜨렸다면서, 그 색시가 다른 데로 옮기는 까닭에 안 해주면 안 된다고 독촉했던 때와 달리 고개까지 무겁게 이고 있었다. 보리 세 가마 매상해 봤자 찢어발길 구멍이 하도 많아, 어느 코에 찍어 바를지 모르겠다며 안된 얼굴을 하고 있는 정승화나, 먹을 만큼 살아생전 남의 입성에 한눈팔 줄 모르던 조태갑이도 말이 없기로는 신이나 다름이 없었다.

공판장은 덤뎅이부락에 있는 사창리창고였다.

창고마당은 수매물량이 작년보다 어림없음에도 토성리 사람, 진산리 사람에 관향리 덤뎅이 사람들까지 기웃거려, 없어진 백중장만이나 하게 장으로 쳐도 컸다.

사람만 배게 득실거리는 것도 아니었다. 용달차와 경운기가 오도 가도 못해 비비대는 옆댕이에서, 맞물린 달구지와 리어카가 밀고 당겨 자전거와 오토바이는 옴나위를 못하고 있었으며, 심지어는 지게까지 깊이 들어가 이리 걸리고 저리 걸리며 걸리적거리는 판이었다.

그렇지만 먼저 눈에 띄던 것은 잔뜩 해바라져 보이는 여편네들이었다. 그 여편네들은 해반주그레하게 젊고 몸가축도 괜찮았는데, 무엇들인지 모르게 크막한 가방을 들고 서넛씩 몰려다니며, 아무나 붙들고 해롱거리는 것 같았다. 하지만 워낙 복잡한 바닥이고 보니 귀에 들어오는 것이 없었다. 따따부따 따지는 소리, 욕이 아니면 말을 못하는 소리, 다투고 말리고 거드는 소리, 경운기 발동 꺼지는 소리, 오토바이 시동걸리는 소리, 하늘은 온통 소리로 차 있는 것 같았다. 마당 한켠에는 해도 없이 차일을 쳐놓고 있었지만 달걀 삶고 쥐치포 굽는 연탄 화덕이 그리로만 몰려 있어, 오히려 난달보다도 그늘이 더 찔 것 같았다.

강은 서두를 것이 없었으므로 먼저 차일 쪽을 찾았다.

바람결이 없어 내려앉은 것처럼 야트막한 차일 밑에는 멍석이 댓 닢이나 깔려 있었다. 멍석 위의 냉장고는 가정용이 아니었다. 냉장고는 빙과통과 음료수 상자 틈에 끼여 있음에도 우두머리처럼 듬직해 보였다.

멍석 위에는 벌써부터 맥주로 초배를 하는 축이 있고, 소주에 음료수를 타서 아예 도배를 하려 드는 패도 서너 무더기나 되었다.

"물 보면 목 마르구 술 보면 입 마르는 승질이, 두 가지를 하냥 보니 몸이 마르네그려."
 정승화가 멍석에서 자리를 잡으며 조태갑을 건너다보았다. 입이 한둘이 아니므로 혼자 돈을 쓰기에는 누구라도 쉽지 않을 터였다.
 "먹구 보는 농사꾼 팔구 보는 장사꾼인디 오이상헙시다."
 조가 멍석주인에게 수작을 건넸다. 장에서 오토바이를 타고 다니며 물건 해가는 것을 가끔 보겠더니 덥뎅이 사람이던 모양이었다.
 멍석주인은 그럴 사람들이 아닌 것 같은지
 "메칠 안 있으면 민방위교육이라니 그날 만나서 받지유."
하며 소주 큰 것 한 병에 사이다 한 병을 곁들이고, 눅진거리는 쥐치포도 사람 머릿수대로 내놓았다.
 "종만이 아버지버팀 챚어놓구 앉으야 한갓지잖여."
 강은 유승팔이하고 있는 게 궁금해 무르고 싶었으나 곧 그럴 필요가 없었다. 유가 변차섭이를 만나 차일로 오고 있었던 것이다.
 알고 보니 유가 몰고 온 경운기는 가장 붐비고 복대기치는 마당 초입에 있었다. 짐은 부렸으나 빠져나올 곳이 없었다.
 "이장, 반장, 지도자, 개발위원들은 정부 사정 봐주느라구 매상을 않기루 했다더니, 이 더위허구 여기는 웬일이여?"
 정이 자리를 만들며 묻자
 "비니루(폴리 필름)값 제끼려구 식전버팀 와서 목을 지켰다네."
 변이 할 소리를 유가 대답했다.
 "나가시〔公錢〕가 밀렸어두 이번 매상대금에서는 공제허거나 상쇄허지 말라구 도지사 담화까장 있었는디 누구 맘대루 비니루값을 제껴?"
 강은 매상수입금에서 그것을 끊어줄 속셈이었음에도, 변의 야마리없는 짓이 마뜩잖아 부러 듣기 싫게 말했다.
 변이 말했다.

"같은 말 같어두 비싼 말 따루 있구 싼 말 따루 있는 중 몰라서 그려? 커피 한 잔으루 십억 백억이 담뱃불 근너댕기듯 허게 허는 말이 있구, 술을 사가며 한나절내 떠들어두 단 몇만 원을 못 두르는 말이 있는 중 몰라설랑은이 허는 소리여? 말 허는 쪽과 듣는 쪽 어간에 담을 친 게 담화여. 공제허지 말어라 상쇄허지 말어라, 허기 전에 이장이나 안 볶였으면 살겄어."

이장에 재선된 뒤부터는 맥주 아니면 안주도 안 집던 변이었으나, 속이 타는지 그날은 아무것도 가리지 않고 자리값을 하려고 했다.

"말으나 마나 여기서 받을 것 받구 싶걸랑 줄 것부터 싸게 주라고 해봐. 으레 얻어먹으려니 허는 저것들을 우리가 무슨 뚝심으로 휘겄나."

강은 검사원으로 나온 못 보던 사람을 가리키며 변에게 일렀다.

검사원은 색대를 든 채, 어느 동네 사람인지 둘이나 따로불러 쑥덕거리는 것이 점심 먹으러 갈 의논인 것 같았다.

"색대잽이가 싸가지읎어서 내장탕 안 끓이는 사람이 읎던디, 이장이 여기 이러구 있으면 워쩌자는겨. 믿다 말 것이 동창 많은 여편네허구 칠월 구름인디, 이러다가 비라두 한줄금해서 보리 붙면, 겉보리니 엿지름을 지르겄나, 밀 같어 누룩을 디디겄나……."

유가 메지구름으로 으등그러진 하늘 자락을 보며 중정뜨는 소리를 하자 변이 들던 잔을 놓고 일어섰다. 남들이 점심 전에 입고시키려고 다리가 떨어지게 설쳐대니, 눈치가 보여서도 흘게 늦은 사돈처럼 술만 축내고 앉았기가 거북하던 모양이었다.

검사원은 밀알진 얼굴에 잔뜩 지르숙은 것이 먼 빛으로 봐도 유의 귀띔대로 만만해 보이지가 않았다. 강은 주변좋은 변만 믿고 느긋하게 앉아 있었다. 생긴 것이 그런 사내일수록 말마디나 주워섬기는 사람 앞에서는 대번 주눅이 들던 것을 어디서나 보아왔기 때문이었다. 사람 눈은 다 같던가, 정은 술을 더 시켜 사이다에 타고, 조는 가서 쥐치포를 골라오며 변이 하는 대로 하게 내버려두고 있었다.

기다리기 전에 변이 돌아왔다. 모처럼 발이 밭았는지도 몰랐다. 검사원을 어떻게 다뤘는지 손에는 입고증이 쥐여 있었다.

변이 척척한 손수건으로 이마를 마저 훔치고 나서 말했다.

"드러, 눈 위루 뜨구 식은땀 흘리는 게 낫지, 눈 아래루 뜨구 더운 땀 흘릴 거 아니데. 그새 얼마나 흘렸는지 몸뚱이가 싸다 말구 뺀 새끼다리보다 더 찐덕대여."

변은 잔 임자가 따로 없이 부어놓은 잔을 거듬거려 마시며 공치사를 늘어놓았다.

"검사비할래 대납해설랑은이 검사 맡어줬응께 술은 아까워 말어."

"말으나 마나 입고증만 내오면 다여? 물건을 창고루 보내야 아퀴가 나지. 하늘 내려앉는 꼴이 쏘내기 한 죽은 영락읎겄어."

보나 마나 삼등이었다.

강은 계수행정(計數行政)으로 조작된 등수에 비위 상해 툽상스럽게 타박하며 손을 접었다.

"창고 고지기들은 즘심두 거른다남? 일등 준 늠 찾어댕기며 알겨먹을 것 다 알겨먹으려면 아직 한참 남었을겨."

변이 말해서 다시 보니, 그새 시간이 그렇게 됐는지 색대잡이와 창고지기는 자리를 비우고 없었다.

뉘어놓은 병을 보니 시키지 않아도 강이 낼 차례였다. 술만 들어가면 밥 생각을 가져가던 버릇대로 무더위와 지루함을 내쳐 술로 견딜 눈치이기도 했다. 식전에 안동삼이와 오간 말도 걸리고 하여 선뜻 내키지는 않았으나, 꾀를 달리 부릴 수도 없어 강은 멍석 주인을 불렀다.

멍석 주인은 네 번째 마개를 따놓고 갔다.

강은 남보다 잔을 훨씬 더디 내었다. 올 때보다 내려앉은 하늘이 의심쩍기도 했지만, 그보다는 한눈을 파느라고 되새긴 까닭이었다.

그는 아침부터 바랑만 한 가방을 들고 설치던 여편네들이 궁금해 그네들만 여겨보고 있었다. 그네들은 사람들이 손을 놓은 시간에도 아무 앞에서나 부스대며 공판장을 뒤었는데, 무슨 볼일이 그런지 보기만 해서는 가량조차 할 수가 없었다.

강은 점심시간이 훨씬 겨워 공판장이 되살아난 뒤에야 그네들이 하는 일의 졸가리를 대강이나마 어루더듬을 수 있었다. 강은 불콰한 창고지기가 두 여편네와 어울린 뒤로 담배 두어 대 내기나 기다려도 안 되어 멍석을 나왔던 것이다. 강은 창고지기 앞으로 다가갔다.

"형씨, 우리게서 온 것두 슬슬 들여쌓 봅시다."

강은 어섯만 보고 임의롭게 건넨 말이었다. 얼근한 김에 들떠 시시덕대던 창고지기가 대뜸 자웅눈을 지릅떠 보았다. 보매 허릅숭이 같더니와 달리 발칙스러울 정도로 되바라진 태도였다.

"보지두 않구 늫유?"

창고지기는 모지락스럽게 퉁바리를 놨다. 아무에게나 내대며 막하던 말투였다. 옛날 성질이 반만 살아 있어도 대번 손을 올려붙이며 어떻게 했겠지만 생각하니 참는 쪽이 어른이었다. 그는 바뀌지 않도록 미리 매끼에 빙과 포장지를 끼워 보람해 둔 보릿가마를 손으로 가리켰다.

"거짓 것은 가마가 허름해서 못 받어유."

창고지기는 가보지도 않고 입에 발린 소리를 했다. 뜻밖에 타짜꾼이 드틴 셈이었다.

하기는 구태여 들여다볼 필요가 없었는지도 몰랐다. 검사가 나기 바쁘게 바로 창고에 들어가고 하여, 그때까지 마당에 처져 있던 것은 서너 부릇, 잘해야 서른 가마도 안 돼 보였던 것이다.

"아따, 쓰던 가마가 다루기두 부드럽다."

강은 정이 내놓은 것 중에 쓰던 가마가 섞여 있던 것 같아 한 번 더 숙어주었지만

"보지유? 쓰던 것이 부드럽게……."

하고 고개를 외로 돌리며 노래까지 읊조리는 데엔 그냥 둘 수가 없었다. 더구나 검사원의 검사는 내용에만 그치지 않고 포장상태도 포함되어 있었다. 그러므로 창고지기가 포장을 트집함은 보통 주제넘고 가당찮은 짓이 아니었다. 창고지기는 입고증대로 물건만 받아 챙기면 그만이었다. 하지만 남우세스러워서라도 창고붙이 따위에게 찌그렁이를 부릴 수는 없었다.

"당신은 물개처럼 끝내주는 물건을 가졌나, 다시 오지 않는 님이여……."

창고지기는 여전히 같은 소리만 되곱쳐 흥얼거리고 있었다.

"나이는 우리 못 미처래두 서른댓은 넘어 했겄는디 워쩐 입이 그리 걸은구."

강은 옆에 붙어서서 음담패설에 즐거워하는 여편네들이 밉광스러워 한마디 이죽거린 다음 발길을 돌리려 했다. 차일 밑에서 노닥이는 변을 불러내어 다시 떠맡길 셈이었다.

"재지 말구 싸게 납품시켜 드려요. 이 아저씨허구 회담 좀 허게."

그러모으면 홉것은 될 만큼 주근깨가 닥작닥작한 여편네가 창고지기와 수작하는 동안, 구럭 같은 매듭가방에 접살우산을 꽂고 있던 여편네가 강을 삶으려 들었다.

그녀가 말했다.

"아저씨, 보리는 우리가 책임지구 입고시켜 드릴께 효도접시 하

나만 가져가실류?"

"무슨 접시유?"

강은 들어도 안 보던 말이었으므로 되묻지 않을 수 없었다.

"얼라, 이 아저씨는 연태 스피야깡이신겨."

그녀는 매듭가방을 열고 차례로 한 가지씩 내보이며 연한 목소리로 설명을 곁들였다.

그녀 말을 들으니 천동 새마음여성봉사단에서는 황해관광 천동 영업소와 면의 후원으로 효도관광이란 이름의 노인관광회원을 모집중에 있었다. 금년 하반기의 계획은 오백 명이었고, 회원 모집은 봉사단과 면에서 반반씩 맡아, 면에서도 하곡수매기간을 이용하여 부락담당 서기에게 책임량을 할당하고 있었다. 이장, 새마을지도자, 부녀회 등의 기간 조직을 활용함은 물론, 면직원의 호별 방문을 통하여 적극 권장하기로 이야기가 이미 되어 있다는 거였다. 봉사단에서는 읍내의 기관과 업소, 라이온스클럽, 의용소방대, 번영회를 비롯한 각종 친목계, 민방위교육장과 가족계획강습회, 그리고 하곡공판장과 우시장을 맡아 뛰어다니는 중이었다.

강이 말했다.

"그렇게 그 뜻을 말루 옮긴다면, 읊는 늠은 자동적으루 관제 불효자가 되거라…… 그렇게 되는 개뷰?"

"누가 듣겄슈. 모르구 오해허면 알어두 오해받는 세상이래유."

"나는 오해받어두 이해해 주는 사램유."

"관광회사가 덕을 보는 게 아니라 우리 봉사단이랑 농민들이 회사덕을 보는 심인디, 워뜌, 하나 가져가실류?"

그녀가 비닐봉지 속의 울긋불긋한 파이렉스 접시를 건네는 대로, 강은 포갬포갬 받아들며 접시 한가운데의 천연색 사진을 들여다보았다.

법주사 팔상전, 백마강 낙화암, 광한루 오작교, 불국사 백운교, 설악산 신흥사…… 안 가본 곳은 달력이나 성냥갑 같은 데서 물리도록 보아온 그림이었다. 그림 테두리는, '우리 가정 충효정신 우리 부모 효도관광! 새마을운동으로 자연보호, 새마음운동으로 노인 보호! 앞장서자 유신과업, 뒤따르자 효도관광!' 따위의 영업 구호가 반을 두르고, 천동 새마음여성봉사단 기증이라는 글자로 아랫도리를 가려놓았는데 접시 전두리에 수술 노끈을 꿴 것으로 보아 벽걸이로 만들어진 꼴이었다.
 "우리 새마음여성봉사단의 중점사업이 실천적 충효사상 갖기라는 건 티뷔나 신문지상을 통해서 아저씨두 잘 아실 테지유? 워뜌? 이런 계제에 눈 딱 감구 효도 한번 해보실류?"
 그녀는 눈치도 없이 쏘삭거리며 양은그릇 월부카드 같은 것을 내놓았다. 물으나 마나 계약서일 거였다.
 강이 어쩌나 보느라고 말했다.
 "그런대 내가 여적지 눈 뜨구 효도 한번 안 해본 중은 워치게 아셨수?"
 "효도관광은 우리 봉사단에서 즘으로 손댄 사업인디 왜 모른대유."
 "그렁께 그 뭣이냐, 이 접시 하나만 사주면 동네 사람이 다 느끼는 효자가 된다, 그런디 접시 값은 그림 따라 층진다, 이것이지유?"
 "그거쥬, 최하 일 박 이 일 코스 이만 원부터 오만 원짜리두 있슈. 제주도두 댕께유."
 "오이상은 읎구……."
 "아저씨는…… 소비절약 시대에 원제 왔다리 갔다리 허려구 외상을 놔유. 보리 매상허는 짐에 기분 한번 써유. 새마음이 뭣이간유, 순 기분이지."

"구만 담으슈. 나는 아직 기분쓸 때가 아닌 것 같유."

"어마마마, 이 아저씨 허는 소리 들어봐. 효도허는 디두 때가 있구 읎구 허나유?"

"암만유. 엄니 아버지는 어려서 다 잡아먹구, 새끼덜은 원제나 굵어서 효도볼지 창창허구……."

"이런 내숭스런 양반. 인저 봉께 우리 협협헌 꼴 보려구 느물그렸던개벼."

그녀는 강의 얼굴을 독살맞은 눈으로 허옇게 할키며 접시를 매듭가방 속에 욱여넣었다. 그러자 저만치 내켜서서 주근깨와 한속으로 이쪽을 엿보고 있던 창고지기가 면이나 군에서 무엇이 나왔는지 뒤미처

"씨바, 엽때 시능두 않더니 비맞을려구 뒤질러나왔나……."
하고 툴툴대며 차일께로 내달았다.

강은 창고지기를 놓치는 바람에 정신이 들었다. 술이 어지간했던 모양이었다. 빗낱이 보였다. 성기던 빗낱이 점점 배게 묻히고 있었다. 사람들이 시끌덤벙한 차일 쪽으로 쏠리고 있었다. 큰 소리가 주인 노릇하는 것이 싸움이 나도 크게 난 것 같았다. 강도 차일 쪽으로 다가갔다. 보릿가마를 처리하려면 함께 온 사람들부터 일세워야 되겠던 것이다. 하지만 강이 보기에도 일은 이미 그른 것 같았다.

"농협에서 씨앗 사다 심은 보리만 수매를 헌다는 게 말이 되오? 그럼 작년 기스네 회원들 내보내 파종 면적 넓히라구 지지구 볶은 건 뭐요? 순전 비료, 농약 팔어먹자는 꾀백이 더 돼요?"

수매물량이 시비가 되었는지 조태갑이가 금방 술독에서 건진 얼굴로 면장을 윽박지르고 있었다.

"보리만 수입해 와봐라, 누구 한 늠 죽구 말 테닝께."

정승화가 조를 거들었다.

"서민보호를 위해서 곡가를 붙잡어놨으면, 농민은 서민 축에두 못 든다 이 얘기여? 잘헌다. 서민은 곡식만 먹구 공산품은 안 쓰니께, 곡가만 땅에 떨어뜨리구 공산품 값은 시렁에 올려놨구먼?"

리낙천이는 제 성질을 못 이겨 화통 삶아먹은 목통으로 고래고래 소리질렀다.

"우연만치 퍼댔으면 말어. 대이구 삐딱허게 나가면 유명해진댜."

이장 된 체면에 보고만 있기가 딱하든가 변차섭이 어중간에 들어서며 말리는 시늉을 했다. 면장은 계제 잘됐다고 자리에서 빕더설 기미를 보였다.

강이 얼른 그 앞을 가로막으며 변더러 말했다.

"말으나 마나 나를 먼저 다스리구 성님 삼겄다는 식인디 가만있으란 말여?"

"왜덜 이러시는겨? 얼근허니께 뵈는 게 읎으셔?"

면장이 좋지 않은 눈으로 강을 노려보며 삿대질을 했다.

"떴다 봤다 허면 워쩌실류? 이렇게 생겼응께 보다 못 보겄수?"

강도 마주 손사래를 치며 떴다 봤다 하는 눈으로 시비를 걸었다.

면장이 뒷짐을 지고 몸을 도스리며 말했다.

"이 사람들이 살 만해져 여유가 생기니께 해장술루 파장술 삼네그려."

"여유루 술 마신 중 아슈? 요새 여유 있는 늠은 간첩이여."

어느새 빗발이 굵어져 있었다. 면장은 비를 피해 차일 밑으로 뒷걸음질을 쳤다. 강은 다가서며 면장을 닦아세웠다.

"면장 쳇것이면 면민들 앞에서 위신 좀 지키셔. 서른 과부에 밴대질루 늙은 년들 시켜서 관광회원권 팔어먹는 게 대관절 누구여? 고지기헌티 관광예약 안 허면 입고시키지 말라구 지시헌 건 누구구? 저 비맞는 보리 워칙헐겨?"

"보리가 비맞어?"

그제서야 조와 정이 빗속으로 뛰어나갔다.

"고지기가 면장버텀 높은개벼, 고지기 늠버텀 잡어조져."

이가 변의 어깨를 집적이며 벌겋게 삼선 눈으로 사방을 부라렸으나 창고지기는 보이지 않았다.

면장이 변을 노려보며 아까보다 눅은 어조로 나무랐다.

"변 이장은 뭣 허구 있는겨. 밑이서 실수헌 일까장 내다 떠밀면 워쩌자는겨? 저 젖은 보리는 도루 싣구 가서 말려먹으라구 허슈."

"뭣이 워찌여? 보리를 도루 실어가? 보리가 왜 젖었는디, 이 자식아."

강은 잽싸게 빈 소주병을 거꾸로 쥐었으나 후려갈길 수는 없었다. 변이 팔뚝에 매달리기도 했지만, 면장도 구경꾼들 틈으로 얼굴을 돌리고 있었던 것이다.

"저 자식이 나로 하여금 총정리를 허게 허구 있어. 야, 그런 면장은 내 막내아들늠두 허겄다. 당장 면장 자리 내놔라. 오늘 날짜루 내놔."

강이 막말을 해대자 면장이 곁에 있던 직원더러 물었다.

"저런 아들 앞세울 인간 보게, 저거 워디서 뭐 허는 거여?"

"하늘 하나 믿구 사는 사람이다. 왜?"

강이 대답했다.

"빈는 하늘이 보리 직셔봤는디 왜 내게 포달을 부려?"

면장이 구경꾼을 갈라 한 무리 달고 가면서 호령했다. 강도 변에게 잡힌 채로 지지 않고 대거리를 했다.

"여름 천둥에 농민 맞어죽구, 가을 천둥에 양반 맞어죽는댜. 두구 봐라. 올 가을에 큰늠 하나 안 죽구 배기나······."

"이 사람아, 면장 으른더러 무슨 말버릇이 그려. 떠들 저를 있으면 가서 보릿가마나 끄어들이잖구설랑은이……."

그 말에 강은 비로소 눈을 바로 떴다. 비는 눈앞이 십 리 밖에 물러가 있도록 줄기차게 쏟아지고 있었다. 조와 정은 그 비를 맞으며 경운기에 보릿가마를 들어올리고, 유는 경운기에 매달려 시동을 걸고 있었다.

창고를 보니 아직 열린 채로 있었다. 강은 경운기로 뛰어가며 말했다.

"경운기를 빠꾸해서 창고루 들이대여."

"속은 아직 안 젖었응께 갱기찮여."

조가 마지막 가마를 경운기 끝에 뙤똑하게 걸쳐놓으며 대꾸했다.

경운기가 뒷걸음질을 치기 시작하자 조와 정은 보릿가마 부릴 자리를 보아두려고 창고로 뛰어갔다.

"오랄—— 오랄——."

강은 경운기 뒤를 보아주었다. 그는 다 와서 얼마 안 남았을 때 창고지기가 뛰어드는 것을 곁눈으로 보았다.

"어라라, 왜들 이러서, 안 되여."

창고지기가 창고 문턱에 올라서며 두 팔을 내저었다. 경운기가 들이닫더라도 비켜날 눈치가 아니었다. 그런데도 강은 주춤하지 않았다.

"오랄 오랄—— 창고 안으루 디밀어 버려. 오랄——."

그러면서 그는 창고지기를 문어리 밖으로 떠밀어내려고 덤벼든 다음 순간, 죽는소리를 외마디로 끊으면서 그 자리에 쓰러지고 말았다.

경운기 뒷바퀴가 문턱에 부딪는 충격으로 맨 나중에 얹은 보릿가마가 굴러떨어지면서 그의 한쪽 다리를 꺾어놓았던 것이다.

조와 정이 달려들어 보릿가마를 들어낼 동안, 창고지기는 그를 안아일으키며 쓸데없이 중얼거렸다.
"그래두 하늘 탓은 마슈. 그전버텀 허는 말이 하늘에 죄지으면 기도헐 디두 읎답니다."

우리 동네 장씨

 언제나 남들처럼 옛말 해가며 살아보나 했더니, 그러고 보면 사람사는 일만큼 틀이 지지 않은 것도 드물 성부른 느낌이었다. 그것은 접때 며칠 총소리로 시끄럽고 나서 오랜만에 날이 샌 듯한 조짐과도 그리 상관이 없음을 장일두(張一斗)는 잘 알고 있었다.
 장은 접시 바닥에 풀칠해 온 수프만으로는 허천난 속이 덜 풀려 먼저 나온 맥주를 양에 가게 들면서, 걸핏하면 머리에서 웃물돌던 그전 일들을 다시금 불러 되새겼다.
 정전회담이 있은 해 세안 무렵에서 휴전협정이 되던 해 보릿동 어름까지, 그가 어려서 겪음한 삼십여 년 전의 일들은 부러 들추어내려 해도 그만 못할 정도로 그냥 되살아나기가 일쑤였다. 어떤 때는 대강 어루더듬어 온 뒷날의 희망조차도 흘러간 옛일 속에 실려 있는 듯이 착각을 할 지경이었으니, 그 무렵의 고생은 이에 즈음하여 겨워하는 다행스러움보다도 부피가 있었던 것이다. 그보다 가깝거나 되게 어려웠던 일들도 무시로 저버려온 터에, 오히려 난리로 치른 어려서의 일만 별쭝맞게 명이 긴 까닭도 그는 늘 잊지 않았다. 그의 월충이 남달리 여물다거나 귀꿈맞아서 그런 것도 아니었다. 두말할 나위 없이 한창 커날 때 굶주린 사실이 그가 지닌 기억의 전부이기 때문이었다.

그가 부황이 나지 않을 수 있었던 것은 어버이를 그렇게 만나서가 아니었다. 대통령의 측은지심이나 남의 나라에서 건너온 구제품 덕도 아니었다. 그의 가족과 이웃들을 살린 것은 누가 가꾸지 않았어도 이름 생긴 동안이 오래인 들풀이었다. 쑥. 그는 허기진 몸을 끌고 덤불과 두렁을 뒤져 삘기도 뽑고 찔레순도 꺾었으며, 빈속임에도 더러 눈이 번할 날은 가재잡기와 칡뿌리캐기로 해동갑을 해가며 견디어냈던 것이다.

그런데 그중에서도 더욱 뚜렷한 것은 또래도 없는 기와집으로 때없이 마을을 다닌 일이었다. 가진 것도 있고 자식들도 잘되어 후더분하게 살아온 송씨네는 동네에 하나 있던 기와집이었고, 집집이 송기를 벗겨와도 양잿물이 떨어져 못 우려먹던 때건만 끼마다 흰밥에 싱거운 반찬이 상에 남아, 오나가나 허드레 마른 그릇으로 뒹굴던 구정물통도 그 집 부엌 앞에서는 돼지 구웃거리가 묵어나가고 있었다. 송씨네는 안이나 사랑이나 그런 궁합이 없게 어리눅도록 무던하여, 비록 동네에 막된 것이 있어 마주치더라도 먼저 다가서며 내색을 덮을 사람들이었다. 그러나 동네 사람들은 기와집 쪽을 부러 얼씬거리지 않으려고 하였다. 밥내라도 맡게 되면 않던 생각이 노실 섯 같아 애써 참은 거였다.

그러던 사람들이 어느덧 기와집 사랑을 마을방으로 삼다시피 한 것은 화롯불이 삼경이 안 되어 사위도록 밤이 길어졌을 때였다. 사람들이 기와집 사랑으로 몰린 것은 사랑 툇마루 위에 메주가 매달리던 날 밤이 그 시초였다.

"우덜은 배미콩 눠먹은 톱톱헌 숭늄이 갱기찮어 역부러 예까장 걸음헌다만, 네린 것은 뭘 안다고 장 오너서 게 그러구 있다네?"

 벌써 돌아가고 없지만 최진기 아버지는 흔히 담배곪어 잠 안 오는 얼굴을 하며, 어른들 틈서리에 끼어앉았던 그를 마뜩잖게 여겨 눈치가 여간 아니었다. 그때마다 장은

 "쌈 싸우던 얘기에 재미들려서 그류……."
하고 의뭉을 떨었다. 앉으면 으레 전쟁터에서 오다가다 본 일을 거짓말 반지기로 떠들어 누구 하나 대포 아닌 이가 없던 그들이었지만, 모두들 속에 구렁이가 들어 있어 아무도 곧이듣지 않으리라는 것을 장도 모를 리가 없었다.

 안노인네가 한 양푼씩 들여 보내주던 바특한 숭늉은 한 모금씩 돌아가고 이내 동나게 마련이었지만, 정작 그들이 노리던 것은 들도리에 주렁주렁한 메줏덩어리였던 것이다. 그러므로 그들은 동네에 고뿔이 돌아다닌다고 이르면서도 바깥을 자주 들락거릴 수밖에 없었다.

 "숭늄이 맛있어 양읗이 컸더니 뉘두 매렵네그려."

 그들은 그래 가며 번갈아 드나들었고, 나중일은 생각 않고 함부로 걸터듬어 메주를 뜯어먹었다. 장은 그러고 싶어도 그럴 수가 없었다. 찬바람 들어온다는 어른들의 지청구에 주눅이 들어서가 아니었다. 키가 모자라 수월하지가 않았던 것이다. 그는 간다고 나온 뒤에야 까치발을 하여 솔방울만하게나마 간신히 뜯어낼 수가 있었다. 메주는 덜 삭은 집장(汁醬)맛에 뜬내가 코를 쏘았지만, 그런 것을 가릴 겨를도 없이 한입에 욱여넣고 허발을 하곤 했다.

 장의 살림살이 규모는 나이가 이에 이르도록 셈평이 펴이지 않았다. 따라서 고생한 보람이 뵈어 마침내 더위잡게 되었다는 남들의 하기 좋은 빈말에도 주체스러움을 물릴 수가 없었다.

스스로 좀상스레 따져보아도, 거짓말 한마디보다 못하다는 논 닷 마지기가 있어 고작 조석이나 대어왔을 따름이었다. 나이 사십 은 남들 앞에서나 장난삼아 찾아본 헛기침만도 못한 허탕짓거리일 뿐, 그 나이 사십이야말로 고생살이 사십 년의 준말에 지나지 않았 던 것이다.

그토록 찌든 가난이 이나마 부드러워질 줄은, 엊그제까지 술김으 로 더러 해본 공상에서조차 순서에도 들어본 적이 없는 것이었다.

아내도 매한가지였다. 시집오고 오륙 년이 넘은 그녀건만 먹고 자는 일이 아니면 머리에 담아두려는 것이 없었다. 타고난 고생임 을 그녀도 진작에 깨우쳐 무엇 하나 바라는 것이 없었고, 어떤 뉘우 침으로 속을 끓이는 일도 모르며 살아온 것 같았다. 여북했으면 아 까 같은 짝이 다 났으랴 싶어, 장은 식전에 본 일이 내려가지 않고 속을 오르내릴수록 부질없이 가슴만 아렸다. 실로 그럴 법이 없는 일이었다.

귓결에 자다 일어나 보니 우거짓국 조는 냄새가 머리맡에 이른 것이 아침도 다 된 기미인데, 아내는 무엇이 왔기에 해찰부리는지 자못 군소리가 길었다.

"딱두 허다. 일을 저질러두 해필이면 이런 날 그랬데? 내동 않던 짓을 날잡어서 했구먼그려."
하고 아내는 여전히 우물가에서 풍덩거리며 보기 전에는 모를 소리 만 씩둑거리고 있었다.

"이 씨식잖은 깃아, 춘디 게서 그러지 말구 싸게 돌어댕겨 봐. 우 리는 짐장허구 떨어져서 체증에 먹을 것두 읎으니께."

누구더러 그러나 하고 내다보니, 소주병만 봐도 밥상접는 사람 십상 좋게 는개(안개보다 굵은 비)가 자욱하게 내리는데, 태갑이 아 들 범수가 키를 뒤집어쓴 채 척척한 토방 앞에서 빈 바가지로 돌아서는 참이었다. 오줌싸고 소금 받으러 왔다가 그냥 가는 꼴이었다.

그는 웃음도 나오지 않았다. 범수가 대문어리를 채 벗어나기도 전에 아내의 두런거림이 담을 넘고 있는 거였다.

"오종종헌 예편네 같으니. 저만 혼자 약았다니께. 툭허면 애 치씌워 내돌리더라만 속어두 한 번이지 두 번 속간디. 그런 여편네가 워치게 소금 안 사 쓰는 방법 하나는 저리 구식인지……."

그 말을 듣다 보니 하루거리 두어 직 하고 금계랍을 앓은 이상으로 장은 입 안이 썼다. 핑계 좋을 때 소금을 보태려는 범수 어매보다, 웃느라고도 속아주지 않으려는 아내가 훨씬 모질고 밉살맞아 뵈던 것이다.

장은 그러나 신칙하지 않았다. 그런 아내를 그느르자는 것이 아니라 그녀를 그렇게 만든 장본이 자기로부터 비롯됐음을 더불어 깨달았기 때문이었다. 아내는 범수 어매의 야마리 없는 짓에 오기로 그런 것 같지가 않았다.

세상이 시킨 대로 다라진 탓도 있겠지만, 그보다는 소금 한 줌도 느루 먹고 우물물도 마디게 써온 근천스러움에 다름이 아니었고, 바르집어 말하면 아낙의 규모가 아니라 족보 있는 가난의 장난임에 의심할 바가 없었다. 그녀는 전에도 그 비슷한 짓을 잊을 만하면 찾아 해왔으며, 장은 그럴 적마다 세상의 희망 한 가지가 없어진 듯한 아쉬움에 내심으로 부쩌지 못해 하기도 한두 번이 아니었다.

오늘도 그는 밥생각이 없어 그참 집을 나섰지만, 그 일이 못내 걸려 삭신까지 고루잡히지가 않았다. 게다가 식전부터 우물에서만 사는 것이 아내는 보나 마나 싸질러나갈 채비가 분명했다. 그는 더욱 부아가 치밀었으나 해장가락에 성질만 부리기도 그래서 조용히 알아듣게 일렀던 것이다.

"무슨 물을 한나절내 푸는겨, 또 나가려누먼? 그만치 퀘질러댕겼으면 지칠 만두 허련만…….."

"슬기 엄니가 볼일 보러 온양온천에 가는디 올 때 혼자 오기 거시기허다구 하냥 가자니 워쩌."

그녀는 아무렇지 않은 얼굴로 대꾸했다. 관광에 맛들렸나 싶더니 이제는 읍내로 장보러 나서듯 가볍게 치는 기색이었다.

"하루나 집구석에 붙어 있으면 워디가 워치게 된다담? 촌것이면 양은대야에 뒷물허는 것도 과만헌 중 아는 게 아니구서, 중뿔나게 즤덜이 무슨 그때 그 사람이라구 간다 허면 온양온천이여."

"죽으면 뻗뻗해질 삭신이 살어서나 부드러워야지."

그녀는 이미 신명에 들떠 무슨 못할 소리를 해도 마냥 벋장댈 눈치였으므로 장은 속절없이 군소리만 씨월거려 부앗가심이나 도모할 수밖에 없었다.

"아서. 핑계에 사람 버리는겨. 토지 뿌로카 차 읃어타구 댕기는 재미루 웅뎅이 싱거워허는 중 모를깨미 모양내는 모양인디, 제발 덕분 서방이 타이를 것 순경이 타이르게 허지 말어."

"모진 시에미 밥내 맡구 들어온다더니, 다방 마담 앉을 손님 알아보듯 이물스럽게 아는 체는…… 핵교 옆댕이 비밀댄스홀 댕겨 디스코만 안 배우면 되잖여."

"그건 그려. 동네 무당버덤 먼 디 사는 무당이 용타니께. 내 아는 늠 허구만 어르지 않으면 되어. 증거 읎이 집어넣지는 않을 테니."

"슬기 선생 누이가 이따 온천관광호텔서 식을 올린디야. 슬기 엄니사 슬기 만정 한 빈 디 시키지면 워디는 못 가. 가서 봉투만 내밀구 목욕이나 허재서 얼며 가주는겨."

"……."

장은 숫제 입을 다물어버렸다. 그는 마을 아낙네들의 나들이가 부쩍 잦아진 속내를 앉아서도 가늠할 수가 있었다. 그네들이 그러지 않을 수 없는 사정도 장은 알고 있었다. 천동읍내에는 목욕탕이 없었다. 극장도 없었다. 산부인과도 없고 피임을 의논할 데도 없었으며, 아이들이 제 발로 다녀올 만한 책방 하나가 없었다. 다른 고장은 어떤지 몰라도 천동읍내는 못된 장삿속의 시범지와 다르지 않았다. 개량되기 전에 나온 시험 제품들의 재고정리장이었고, 불량식품의 위장처리장이었으며, 공해물품 은폐처치장이요, 조잡한 위조품과 무허가 제품의 투매처분장이라고 일매지어 말해도 지나칠 것이 없을 것 같았다.

하지만 아낙네들의 외출은 그것이 전부가 아니었다. 토박이들도 모르게 느닷없이 땅값이 춤을 추기 시작하자, 아낙네들도 덩달아 일어나 분수없이 들썽거리던 것이었다. 장터에서나 맴돌다 말으려니 했던 투기업자들의 승용차는 시간을 겨루며 변두리기슭 동네까지 누비자국을 내었고, 그 북새통에 땅문서 대신 목돈을 보게 된 아낙네들은 원수의 호밋자루로부터 아주 해방이라도 된 듯이 서로 의논해가며 돈쓸 일들만 궁리하고 있었다.

당일치기가 되던 도시는 환물심리로 눈이 바뀐 그들을 꾀송거리기에 맞춤맞았고, 밤낮으로 홀려대던 전파광고는 그네들의 종종걸음을 하루도 재촉하지 않는 날이 없었다. 오면가면 하며 낯익힌 위락시설은 누워 쉬느니보다 서서 노는 편이 즐거움을 귀띔해 주고, 있는 교통기관마다 산업시찰이라는 정치적 유흥까지 여전히 들그서내어, 아무리 고단해도 쉬어볼 틈을 여투어주지 않았다.

그런 일이라면 아내를 제낄 만한 이가 동네에 없다는 것도 장은 안다. 아무 앞에서나 거리낌 없이 해내던 그녀의 입버릇만 쳐도 그런 어림에는 더딜 일이 아니었다.

"그냥저냥 살다 시들라니께 억울해서 그려. 못자리에 던진 볍씨가 뒤주 것이 되려면 자기 말로두 여든여덟 번이나 손이 가야 헌다메? 그런 농사를 입때껏 표 안 내구 지어왔으면, 이런 여편네덜두 워느 때 한번은 말발에 끗발나는 사람덜의 반에 반이라두 사람 노릇 좀 해볼 계제가 와야 쓰잖여. 새끼까지 질러가며 농사짓구, 울안에 얽매여 부엌서나 호령허구…… 여기 여편네들이 소허구 다른 디 있으면 얘기 좀 해봐…… 다르기야 다르지. 부리는 사람 많어 다르구, 수의사헌티 벗어 보이지 않어 다르구…….”

물색 어두운 사람이 들으면 벼르고 하는 트집 같을지 모르나, 제 터에서 제 물에 살며 제 딴을 이룬 이라면, 제구실을 빼앗기고 쌓인 암담과 체념이 달리 없음을, 남의 손 빌리지 않더라도 영락없이 헤아릴 수 있을 일이었다.

그녀는 아까도 범수 어매를 훌닦다 말고 그에게로 찍자를 놓았다.

“올부텀 괜찮어질 게라더니 깨묵셍이나 워디가 그려? 가던 구름에 비맞은 장단이 있는디 오는 구름에 서리맞을 가량두 못허면 그것두 생물이여? 병든 소리개 죽으니께 대신 까그매 날치는 꼴이여. 워디 가서 안 물어보더라두 다 알쪼니 헐 수 읎어, 다리 심 있을 때 걸음품이나 허는 수뱆이는…….”

“맘대루 혀. 친정 구신, 시집 구신이 합의를 보구도 못 말리는 걸 낸들 워쩔 거여.”

비위가 상한 장은 차려오는 밥상을 피해 후딱 나와버렸다. 그는 설령 아내가 아무 소리 없었더라도 그냥 잔입으로 나왔기가 쉬웠다. 그는 며칠째나 조석을 나와서 먹었는데, 그것은 그 나름으로 다른 뜻이 있어서였다.

읍내에도 먹게 하는 음식점이 두어 군데 있었다. 이른바 복부인 패가 몰려드는 싹에 서둘러 생긴 곳이었다.

장은 경양식과 왜식집을 번갈아 드나들며 반주로 맥주를 곁들이게 하던 것도 한 번 걸러보지 않았다. 먹는 것만 가꿔온 농사꾼 이십 년에 처음으로 음식다운 것을 알게 된 느낌이었다. 그로하여 얼마 전에도 말을 들은 터이지만 그는 매양 떳떳한 얼굴로 그쪽을 물리쳤다. 중앙부동산 득종이와 천동옥에서 햄버그스테이크를 시켜 먹던 때만 해도 그랬다. 통일주체국민회의 대의원인 천일양조장 원을남이가 무엇인지 모를 것들 서넛을 앞세워 들어오더니, 과녁빼기에 앉아 있던 장을 보자 대뜸 눈을 휘우듬하게 꽂으며

"산 팔구 논 내놓더니 죄 입치레로 조지누먼."

하고 비웃적거리기를 서슴지 않았다. 장은 짐짓 너스레를 떨며

"말허구 말씀허구 다르네유. 사십에 첫 버선인디, 돈 얼굴 사귈 때 이름 긴 음식을 알어둬야 늙어서도 생각이 나지유."

원가가 남 볼썽사납게 여겨 상대를 않고 방으로 들어간 뒤에도 그는 쓰다 남은 말을 길게 늘어놓았다.

"시세읎는 통대두 뻔질나는디 우리라구 땀내나서 못 와? 제 코두 못 씻는 주제에 남의 부뚜막 걱정은…… 이러니저러니 해두 명함 읎이 사는 농사꾼이야말로 먹는 게 엄지가락인디, 함박스테키 좀 먹어서 변고여? 농사꾼 먹는 것처럼 발전 못헌 물건이 읎는디 농촌 발전 잘 되겄다. 제삿날 맨밥 올린 늠은 용꿈 꿔봤자 생일에 미역국이여."

복부인들은, 일 때문에 먹는 것이 음식인 줄만 알았던 그에게 식사도 취미의 하나라는 새로운 사실을 가르쳐준 폭이었다.

보리누름철에 면장 얼굴 얻어보듯, 날씨 좋을 때 몇 번 지나간 성싶던 서울 자가용 승용차가 천동읍내에 들어와 무리지어 머물기 시작한 것은, 대강 따져서 너덧 달가량 됨직하였다. 그 무렵에는 읍내에서 누구누구 하며 살아온 사람도, 어느 연줄 좋은 집에서 소문 없이 큰일을 치르겠거니 하고 접어두어, 아무도 여겨본 이가 없었다고 한다. 따라서 관향리에서도 놀미부락은 그러고 얼마를 더 지나,

장마다 나가서 쌀말 것이나 지져먹고 들어오던 이장이 느닷없이 땅
주릅으로 발벗고 나선 뒤에야 알게 된 일이었다.
 이런 데에 있는 부동산은 으레 이장이나 새마을지도자가 앞장을
서야 흥정이 수나롭던 본새가 있으므로, 이장이 그렇게 나와도 누
구나 의심쩍어한 이가 없었다. 복덕방 간판이 여남은 군데나 걸
리도록 아무 물정을 모른 탓이었다. 장도 마찬가지였다. 본디 틀거
지 하나는 있던 사람이므로 허우대값이나 했으면 하고 웃어넘겼을
뿐이었다.
 읍내에 처음 복덕방이 생긴 것은 장이 생각한 바가 있어 고향을
등진 뒤, 대전으로 군산으로 떠돌면서 객지물을 십여 년 가까이 먹
도록 뜨내기 신세를 면치 못한 채, 겨우 여자 하나 본 것밖에 없어
맨손을 쥐고 귀농하던 해였다. 여자 하나라고 하지만, 오다가다 만
나 그럭저럭 집에 들여앉혀 오늘에 이른 그녀도 본래가 두어 참이
면 다녀오고 남던 토성리 곽 서방네 딸이었으니, 이를테면 제 고장
처녀를 나가서 만나왔을 뿐, 그는 한데에 났다가 개에게 물려보낼
것 한 가지도 손에 넣어본 적이 없었던 것이다.
 장이 지금은 업식 어매로 부르는 그녀와 함께 비석거리에서 버
스를 세웠을 때, 뒤미처 버스에서 내리며 그를 알아본 것은 중학동
창 유극준이었다. 마침 소나기를 한줄금 하던 참이라 장은 당장 비
그이를 할 곳부터 고르지 않으면 안 되었다. 장은 유가 그러자는 대
로 어느 가게터에서 비가 긋기를 기다리기로 했다.
 "예가 전에 즈 무엇인가가 사기점 하던 자리 아녀?"
 장이 베니어판자벽에 볼품없이 걸린 달력을 건너다보며, 배꼽
아래로만 살이 몰린 수영복 여배우의 이름을 얼른 못 대어 허텅짓
거리를 했을 때
 "시방은 담뱃값이나 주워본다구 아버지가 연 복덕방인디 노상

이려."
 유는 장의 허름한 주제꼴을 곁눈으로 찍어가며 담배를 내밀었다.
 "안 되남?"
 "돼봤자 개갈 안 나는 짓인디, 그래두 이 바닥서는 여기 하나라 약주값은 내라 안 드려두 되나 보데."
 장이 나오다 보니 문짝 유리에만 복덕방이란 글자가 있을 뿐 간판도 없이 그러고 지내는 판이었다. 작년 여름까지, 그곳은 그래도 하나밖에 없던 복덕방으로서의 구실을 뒤탈 한 번 없이 제대로 해낸 편이었다. 지금은 근래에 무더기로 쏟아져나온 간판 더미에 치여, 정신차려 톺아보지 않으면 어느 틈서리에 끼여 있는지조차 찾아보기 어렵게 되었지만.
 복덕방은 사흘에 하나꼴로 늘어 어느덧 마흔일곱 군데나 헤아리게 되었다.
 복덕방이 한 집 건너 하나로 늘비하게 늘어섬에 따라 둘도 많던 다방이 일곱으로 불고, 경양식과 왜식을 전문으로 하는 집이 밤사이에 생겨 비상금이라도 넣고 다니던 사람은 걸음을 주춤거리게 되었다. 장날, 무싯날 없이 차츰 낯선 사람들이 늘어 다방과 음식점을 메우자, 낯선 승용차들도 길을 채우며 늘어서서 끝간데를 모르게 하였다. 주차장은 고사하고 차도와 보도도 나눌 수 없이 좁아, 버스만 한 대 빠져나가려 해도 오던 경운기가 물러서고, 받쳐놓고 간 자전거를 치우기에 한참씩이나 걸리던 거리였다. 골목마다 승용차가 줄지어 태반을 차지하자 한갓지던 읍내는 대목장이나 선 것처럼 복대기를 쳤고, 좌판 놓던 자리를 차에 치인 뜨내기 장수들의 아우성은, 해가 여기 있을 때 시작하여 아주 들어간 뒤에도 매달려 말리기 전에는 그칠 줄을 몰랐다.
 그러나 허거물을 쓰고 나자빠져도 션찮게 놀라운 일은 잠시도

가만히 안 있던 땅값이었다. 땅속에 묻힌 돌멩이까지 튀어나와 춤을 춘다는 말이 나돌도록 자고 새면 어제가 옛말이 땅값이었고, 그중에서도 읍내를 에워싼 벌떠구니의 깊드리 논밭들은 정신나간 사람이 귓결로 들어도 하품이 나올 만큼이나 대중을 못하게 뜀박질이 심했다. 장터 사람들이 밤 도와 내다버리는 쓰레기와 연탄재 치우기가 성가시어, 평당 쌀 두 말에 가져가라고 그렇게 광고를 해도 들여다보는 이가 없어 한이던 논배미까지 하루아침에 십만 원대를 넘어서는가 하면, 그것은 다시 얼굴없는 주인이 거듭 갈리면서 사오십만 원이란 겁나는 자격으로 동네 애이름 불리듯 해도, 누구 돈을 먼저 받아야 할지 모르게 시세가 나던 것이다.

읍내의 술렁거림은 여간해서 잘 것 같지가 않았으나 그렇다고 해서 무엇 한 가지 달라지는 기척이 있는 것도 아니었다. 발전이란 말은 설사 유신의 아들딸이 아니더라도 술담배 다음으로 자주 찾던 말이었으나 천동 사람들은 여전히 구경도 못하고 있었다.

그것은 도리어 당연한 결과였는지도 몰랐다. 땅값이 처음 들먹인다 싶을 때 임자 만난 줄 알고 얼른 내놓았던 천동 사람들에게는, 연방 남기고 붙여먹으며 되넘기기를 거듭하는 동안에 오른 땅값이야말로 남의 집 푸닥거리만큼이나 상관할 바가 아니었다. 아니, 땅장수들이 기승을 부릴수록 천동 사람들의 걱정거리도 날로 불어가고 있었다. 그것은 땅과 바꾼 목돈임에도 쓸모가 마땅치 않은 데서 비롯되고 있었다.

그들이 애초 땅을 내놨던 것은 밑지는 농사에 매달려 시달리느니보다 계제에 생업을 바꿔 달리 살 길을 도모하려는 속셈도 없지 않았으나, 그래도 대개는 거리가 있고 후미져 전만 못할지언정 다만 얼마라도 농토를 넓혀보고 싶은 욕망에서였다. 그렇게 되기 전에는 읍내에서 들어갈수록 땅값도 낮고 어수룩했으니까. 그러나 막상 돈을 쥐고 다른 땅을 찾으러 나설 무렵에는 투기도 고비에 이르러, 팔던 값으로는 어디 가서 물어도 못 보게 값이 솟은 뒤였다. 서울 땅장수들이 복덕방에 걸린 도면을 훑어보는 것으로 현장답사를 대신한 탓도 있지만, 논 두고 밭을 더 치고 밭보다 야산을 찾는 이가 나날이 늘어간 결과였다. 덩어리가 크고 지목변경에 큰돈 안 들던 야산이 절대농지보다 윗길가는 대접을 받지 않을 수 없었음은 경위로 보더라도 이치에 어긋난 일이 아니었다. 야산이 불티가 일게 세나자 해마다 큰물이 가서 붉덩물에 반은 씻기던 따비밭이 오르고, 찬물이 끼고 그루되어 고작 밀따리나 꽂아먹던 산골짜기의 다랑논들도 덩달아 들먹거렸던 것이다.

그러므로 당초 마음에 있던 대로 투기꾼의 손이 미치지 않은 땅과 바꿔 농사를 지으려면, 아예 집까지 내놓고 낯선 곳으로 뿌리째 옮겨가는 길밖에 다른 수가 없었다. 그 돈으로 서울에 집을 사서 세만 놓아도 가만히 앉아 재산을 불리고, 전세임대료를 은행에 넣어 이자만 받아도 농사수입보다 낫다는 것은 다 알고 있었지만, 앉아 본 때보다 서 있는 시간이 더 많고, 허리 굽혀 근력을 써서 먹고살아야 도리인 줄로 믿어온 그들로서는, 그런 막연한 어림짐작에 따라 아퀴짓는 작정보다도 주저와 망설임으로 부대끼는 것이 제격인 것 같았다.

그러는 동안 들먹은 여편네와 소갈머리없는 자식들의 들음들음에 줏대없이 돈을 축낸 집도 한둘이 아니었다. 돈놀이를 하다가 남 좋은 일만 시키고 두 손 털었다는 소문이 그치지 않고, 서울, 대전에 다니며 가게터를 속아 계약하여 계약금이나 떼이고, 개인택시를 샀다가 한 번의 교통사고로 가진 것을 모개흥정한 사람들이 늘어만 갔던 것은, 비육우를 비롯한 양돈, 양계, 고등 소채 등의 부업마저, 농협의 농축산물 수입과 계통판매로 외래품에 치여버려 밑천도 못 추린 악몽에 넌더리가 나면서, 가장 믿을 수 없는 직업이 농업이란 사실을 그들이 터득한 까닭이었다.

　농사에 진저리를 치기는 장도 마찬가지였다. 아직은 누구 들으라고 허투루 떠들 주제가 아닌 것 같고, 입이 싸고 걸은 것이 평생 못 고칠 고질이기에 아내까지도 제쳐놓고 운조차 떼어보지 않았지만, 농협과 단위조합에서부터 축산조합, 원예조합, 엽연초 생산조합, 산림조합, 나아가 농촌지도소까지도 농사꾼들 스스로 일꾼을 뽑아 농업정책과 농산물의 제값이 농민으로부터 나오게 하고, 농사는 농사꾼의 것임을 분명히 하여 영농의 자유가 보장되며, 정부의 미덥지 못한 통계를 바탕으로 한 농축산물의 무모한 수입정책을 중단함은 물론, 집권자의 업적선전에 목적을 둔 눈비음행정과 거리의 농업이 이에서 그치고, 갈피없는 유통구조의 외면이나 무관심에 의한 농촌의 희생이 이 이상 계속되지 않는다는 판단이 서기 전에는, 여태껏 몸서리나게 받아온 차별과 업신여김을 팔자소관으로 돌려가면서까지 그대로 농사에 매달려 덧없이 죽어날 생각은 조금도 없었던 것이다.

　산을 내놓기로 하던 날도 아내는
　"땅를 팔으면 하늘을 살겨 바다를 살겨, 무슨 조화를 바라구 허공에 뜨려는겨?"
하며 그의 중정을 떠볼 셈으로 따리도 붙여보고 찌그렁이도 놓아보고 하였다.

　못 알아든는 사람차고 소리낮추어 이야기하기부다 더 속 터지는 일도 없었기에, 처음부터 우격으로 눌러 줄가리 자체를 모르게 하고 싶었으나, 사람 마음이 또한 그렇지 않아 장 역시 부질없는 이야기를 얼비춰가며 씨월거리지 않을 수가 없었다.

　"복덕방 뿌로카들의 마빡이 한번 찍어당기구 한번 풀릴 적마다 이제사 때가 왔구나 허구 가슴 졸이는 게 요새 농사꾼 신센디, 어채피 남 아닌 줏심이 있는 것두 아니구, 딱 부러지게 믿는 구신이 있는 것두 아니구…… 나라구 남들 허는 대루 따러가지 말라는 법이 워디 있어?"

그 말이 떨어지기도 전에 아내는 대번 얼굴이 함박만해지며 기중 것이 아는 소리를 늘어놓았다.

"그러매 내가 장 뭐래여. 농사지어 자식 가르치는 늠 읎구, 왔다 갔다 허는 늠 차비 떨어질 적 읎더라구 벌써 원제버팀 일렀간디."

그녀가 그렇게 나오리라는 것은 장도 진작부터 넘겨짚고 있던 일이었다. 그녀가 말했다.

"오죽 지질헌 것이 돌상 받아먹은 방에서 환갑 은어먹으까나. 시상두 엎어졌다 잦혀졌다 허는디 우리네라구 뒤집어졌다 일어스지 말라는 법 워디 맹글어났간디. 잘 생각헌겨."

시집오고 처음으로 서방 같아 뵈는지, 그녀 눈에는 별러서 밤일할 때나 가끔 비치던 물기까지 어리고 있었다. 그녀가 말했다.

"먹는장사치구 허리 들어간 늠 읎구. 물장수치구 물렁한 늠 읎더먼. 워디 가서 개장국을 끓이면 이만 못헐깨미."

그녀는 다시 들은 풍월로 말밑을 두었다.

"공자가 이런 세상에 나왔으면 배운 것 우려 남을 뜯어먹는 늠보다 빈 대가리 테매서라두 제 손속으루 사는 늠이 군자라구 했을 게구먼."

아쉽고 서운함이 조금도 배어나오지 않던 그녀의 표정은 장으로 하여금 오히려 섭섭함이 일게 할 정도였다.

"백 년에 한 번 보기 어려운 일두 있었구 해서 세상이 이럴 때두 있나 부다 했더니, 그러구두 정신 못 차려 한통속 것이 층층이 투그리구 있으니 당최 사위스러워서 워디……."

장이 혼잣말처럼 중얼거리며 말비침을 하자 아내는 그 나름대로 지레 얼먹어 엉뚱한 이야기로 넌덕을 부렸다.

"이름 모를 병두 열두 가지라더니, 농사에 뒤가 났으면 그만헌 조건두 드문디 무슨 딴소리여. 그나저나 난봉쟁이 맘잡어야 사흘이라니 사흘 되기 전에 다짐버텀 받으야겄구먼. 업식 아빠, 계약금 받거들랑 우리 옷이나 한 벌씩 헙시다."

장은 기가 막혀 할 말이 없었다. 그녀가 너스레를 떨었다.

"못 입어 잘난 늠 읎구 잘 입어 못난 늠 읎단 말이 냄으 얘기가 아닙디다. 당신두 집 보러 서울 댕길라면 잠바때기는 벗으야 헐 것 아뉴."

"……."

섣불리 들어둔 시늉했다가는 자칫 부개비잡혀 뒤탈을 부를 것 같았으므로, 장은 얼른 자리를 피해 나왔다. 그는 자리를 뜨면서

"구름이 많으면 해가 멀어 뵈는 법이여. 양반 쌍늠 찾던 예전에 두 고을살이 가는 늠더러 농사꾼은 생선 삶듯 살살 다스리라구 했다는디, 사뭇 사골뼈 제기듯 잡도리허는 지가 원제버텀이여. 오늘 니열허는 숨두 아닌디 무슨 재밋뎅이루 땅뙈기만 들여다보구 있는다나."

하고 속에 들은 것을 되새겼지만, 텔레비전 속에서 어릿거리는 그림을 세상일의 전부로 알던 그녀로서는 말뜻을 새겨들을 까닭이 없었다.

신은 내놓지미자 내 더위 네 더위 하고 덤비는 바람에 수나롭게 넘어갔다.

일구칠칠년 따지기 때 평당 보리쌀 한 되씩 쳐서 백삼십만 원 준 것을 그대로 묻어두었다가 한 평에 쌀 한 말 금새로 받았으니, 그 사천삼백만 원은 이태 만에 사십 배 장사를 한 셈이었다. 그것도 논

이 밭만 같지 못하고 밭이 야산만 하려면 어림도 없다는 내막을 일찍 알아차려, 첫차 탄 땅이 열 번 스무 번 주인을 갈마들이하는 틈서리에서도 무가내하로 틀어쥐고 있었기 망정이지, 남들처럼 복덕방에서 식전 저녁으로 찾아다니며 집적거릴 때 그랬더라면, 배 터지게 받는대도 평에 오백 원을 넘기기가 쉽지 않았을 거였다.

사람들은 장이 살게 된 것을 운수대통이란 말로 부러워하기도 하고 때로는 심술이 일어 배아파하기도 하였다.

장도 순서대로 가다듬어가며 생각해 보았지만 그것은 결코 운수 소관만이 아니었다. 부동산 투기업자들이 떼를 이루어 온 근거에 따라 전매행위가 한고등에 이르기를 기다렸었고, 드디어 막차를 타는 듯한 기미가 보일 만해서 슬며시 처분해 버린 쬐가 곧바로 제 구멍을 찾았을 뿐이었다.

그 야산도 살래서 산 것이 아니었다. 물탕골 사는 서일원이가 찾아와 하도 숨넘어가는 소리를 해쌓고, 사정을 들어보니 여린 마음에 모른 척하고 두기도 떳떳지 못한 것 같아 가량 않고 옆들이를 해 주는 사이, 산이 저절로 넘어오게 되었을 뿐이었다.

나이가 한참이나 손위인 서는 일찍부터 고생고생한 덕도 없이 늦게까지 셈평을 못 펴던 딱한 사람이었.

서는 뼈도 여물기 전에 바리전이 없는 장마다 등짐으로 다니며 노갓점〔鑢器廛〕을 벌여 자식노릇을 하였는데, 장돌뱅이 이십 년에 근근이 장만한 것이 그 늦들잇들 말림갓의 손바닥만한 자투리산이었다. 서는 양은과 스테인리스가 나돌면서 장사가 시르죽자 할 수 없이 농업노동으로 바꿔 생계를 하지 않으면 안 되었다. 서는 남의 일 다녀 조석거리를 대면서도 돌너덜과 덤불을 일구어 푸성귀와 양념은 안 사 먹게 했지만, 비 한 보지락 가지고는 엇갈이도 못 부치게 물매가 싸고 메진 비탈이어서 값을 매기려고 대중하자면 여간 거북스럽지 않은 땅이었다. 그래도 서는 그 땅을 장에게 넘길 때까지 묵힌 적이 없었는데 그것은 아마 자신의 고생을 말해 주는 유일한 증거로 그 땅을 쳤기 때문인 것 같았다.

어느 날, 며칠 뜨막하던 서가 때꾼한 눈으로 찾아와서 귀엣말을 하였다.

"여게, 급하게 쓸 디가 나서 그러는디 누구 돈 좀 놓을 만헌 사람 읎겠나? 거기나 허니 하는 말이네만, 자투리산을 저거해서라두 삼십만 원은 세상읎이 모리까장 맹글어야 저거헐 텐디, 거기서 좀 저거해 줄 수 읎겠나?"

서는 일 년에 반년은 뒷짐을 지어온 품팔이꾼의 분수가 있어 처음부터 그 야산 조각을 미끼로 삼고 있었다. 단협에서 영농자금을 얻어쓰고 싶어도 동네에서 인감떼어 보증서줄 사람 하나가 없었으니까.

"누가 무슨 속을 들 썩어 메밀두 씨가 안 스는 그런 푸석땅을 쳐다보겠수. 서 서방이나 허니께 이것저것 씨앗노가리를 쳤었지."

장이 다른 말이 없게 매몰스레 퉁바리를 놓는데도 서는 그냥 눌러 듣고 다른 귀띔을 했다.

"늦게 새끼라구 하나 본 것이 이다지 가슴필 중을 누가 저거했겄나. 평석이 말일세, 달소수 전버텀 농성을 허느니 데모를 허느니 진정을 허느니 허구 들랑대며 가용헐 것까장 죄 털어가잖겄남. 게 공장 구만두면 주저앉혀 놓구 생일이나 가르치려 했더니, 접때버터는 십에두 안 들르구 지기히는 게 좀 누꿈해진 것 같더란 말여. 해서 인저 공장이 제대루 돌아가나 부다 허구 저거했더니, 알구 보니 그것도 아니구 저거라는 거여."

평석이가 나가서 공장에 있다는 것은 동네가 다 알고 있었다.

"그럼 게서 나왔구먼유."

장은 그렇게 물었지만 속으로는 평석이에게 여자가 생기고, 방
얻을 돈이 안 되자 하기 좋은 말로 둘러댔으려니 하였다.
　"그게 아니라 들어가 있더라니께."
하고 서는 시르죽은 목소리로 말했다.
　"농성장에?"
　"차라리 그렇기나 했으면사……."
하며 서는 주머니에서 허름한 봉투를 내주었다. 봉투 속에는 절도
미수 혐의로 구속했다는 통지서가 들어 있었다.
　"이럴 리가 옶을 텐디유."
　평석이의 됨됨이를 익히 아는 터라 장은 너무 어이가 없어 다음
말을 이어대기가 어려웠다.
　"아무렴. 내가 내 자식 추는 소리가 아니라 걔는 저거여. 됩데 너
무 곧어서 저거헌 애요. 그만허면 심덕두 저거허구 틀림웂는 애여.
게 어제 아침 면회를 가봤더니 그게 아니구 저거라는겨."
　서는 평석이가 들어가게 된 사단을 얼거리만 추려서 들려주었다.
　평석이가 다닌 대화금속공업사는 허울좋은 농기구공장이었는
데, 경운기와 동력탈곡기 따위, 쓰다 버린 영농중기를 재생하여 내
는 곳이었다. 시설 규모로 치자면 대장간을 겨우 면한 형편이었고,
그것도 공장건물이 큰길에서 보이는 것을 밑천으로, 이른바 가시권
(可視圈) 새마을공장으로 둔갑하여, 그 덕을 보지 않으면 안 될 만
큼 보잘것없는 곳이었다. 다시 말하자면 공장 슬레이트 지붕을 광
고탑으로 활용, 큰길에서도 차창 밖으로 보일 만하게 대화금속 신
대리 새마을공장이라고 지붕에 크게 써줌으로써 신대리가 새마을
운동이 잘된 시범부락처럼 보이게 해주는 조건에, 신대리에서는 부
락 사람들이 새마을사업의 하나로 면에서 나온 시멘트와 철근에 노
동력을 합쳐 지어놓고 쓸 일이 없어 놀리던 부락 공동창고를 거저

빌려주게 하여, 공원들의 숙소와 자재창고를 해결했을 정도로 엉성한 업체였던 것이다.

평석은 선반공이었다. 그의 월급은 일당제로 하여 오만 사천 원, 하루 품삯이 천팔백 원을 못 넘고 있었다. 공원은 다 해서 열다섯 명이었고 공장장에 경리를 겸한 염씨도 쳐서 성인은 고작 네 사람, 나머지는 형편이 안 되어 중학교도 못 들어갔거나 다니다 그만둔, 하루 칠백 원짜리 아이들이었다.

신대리 새마을지도자가 대화금속에 부락창고를 내어준 것은 공장지붕 도색료를 아끼는 외에, 마을을 발전시킨다는 그 나름의 숨은 뜻이 보다 더 컸던 것 같았다. 연초 이장을 새로 뽑던 날, 부락대동회가 열린 이장네 마당으로 불리어가서 국수를 얻어먹을 때, 공원들은 지도자가 하던 경과보고만 듣고도 그런 짐작을 하기에 어렵지가 않았다. 대화금속을 통한 주민의 소득증대가 곧 부락의 발전이라고 지도자는 말했던 것이다. 그것은 신대리 아이 셋이 견습공으로 들어온 것과, 공원을 상대로 한 식당 운영이 부녀회의 공동기금을 조성하는 데에 보탬이 되었다는 뜻이었다.

대화금속은 모든 공원들에게 회사 부담으로 점심을 먹여주었다. 식당은 마을회관 안의 부녀회 구판장 옆에 차려져 있었다.

공원들 사이에는 여느 때에도 불평이 잦아들지 않았다. 백오십 원짜리 식사가 오죽할까마는, 팔고 먹는 것보다 밭에 버리던 양이 훨씬 많으면서도 흔해터진 푸성귀 반찬조차 먹게 해준 적이 없다는 서였다. 임자는 많아도 주인은 없어 회원끼리 돌아가면서 당번을 맡아 꾸려가던 부녀회의 부대사업이기 때문이었다.

대화금속 공원들의 불안이 깊어진 것은 그해 연초부터였다. 한 푼의 상여금도 없이 턱밑 싹 씻던 칠육년 연말의 회사 측 처사에 의심이 안 풀린 까닭이었다. 농한기와 더불어 비성수기에 접어드는

것이 농기구임을 능히 알면서도, 자재값 인상과 자금회전의 부조로
봉급도 간신히 지급한다던 사장의 말을 그들은 이해할 수가 없었던
것이다. 고철과 헌 농기구가 전부인 자재값은 오를 까닭이 없었다.
더욱이 추수와 추곡수매를 마무리하는 동지섣달은 영농자금과 농
기구 외상구입의 정리기간에 해당하니, 자금회전이 순조롭지 않다
던 것도 억지로밖에 들리지 않았다. 따라서 사장의 그와 같은 주장
은, 비성수기로 인한 불경기 속의 일사분기를 앞두고 미리 던진 공
갈 외엔 달리 새길 수가 없었다.

 정초의 불길한 예감은 그달 그믐에 이르러 거짓말같이 들어맞았
다. 월급이 나오지 않았다. 사장의 변명은 연말에 했던 것과 다름이
없었다. 어린 공원들이 어리둥절한 낯을 하자, 공장장은 잠시도 붙
어 있지 않으면 갑갑하다던 트랜지스터라디오까지 치우며

 "이런 인정머리웂는 새끼들 봐라. 늬덜은 양심두 웂네? 연말연시
에 연휴 사흘허구 이달에 꽁일을 몇 번이나 지냈나 달력을 봐라. 메
칠이나 일해 줘서 주둥이를 슥 자씩이나 빼무는겨? 집구석에 들앉
아서 손모가지 희게 놀구 싶으면 여기서 미리 말혀. 월부루 놓은 테
레비를 전당해서라두 늬런 것들 줄 것은 내 손으루 마련헐 텡께."

 하며 눈을 모들뜨고 부르대었다. 아이들은 직수굿이 숙어주었
다. 며칠만 참아보자는 어른들의 말에 기대를 건 거였다.

 평성이도 나잇값을 한다고 공장장 염씨의 말을 거스르지 않았
다. 한 달쯤 밀리는 수도 있으려니 하며 너그러이 생각한 것을, 그
는 한 살이라도 더 먹은 자로서의 도량이라고 믿었다던 것이다.

 평석이가 굿이나 보고 있는 것이 잘못이었음을 깨우친 것은, 삼
월도 초승이 다 가도록 여전히 소식이 없어서였다. 그것은 결코 남
의 일이 아니었다. 회사 쪽의 형편을 그만큼 이해해 주어 나잇값이
되었다면, 공원들 앞줄에 서서 회사의 대책을 다그치는 일도 나이

있는 자로서의 도리일 것 같았다. 그는 사장을 몇 번이나 만나보려고 했지만 염이 타짜꾼으로 나서는 바람에 번번이 뜻을 이룰 수가 없었다. 서울에 볼일이 있어 가고 안 내려왔다는 것이었다. 공원들은 평석이의 주장에 따라 사장과의 면담을 요구사항의 첫머리로 삼고 파업에 들어갔다. 그러자 염 다음으로 달려온 것은 가끔 들러 기웃거리고 가던 정보과의 문 형사였다. 문은 대화금속의 사장이라도 그렇지는 않게 당황한 표정으로 사건의 본말을 캐어물었고, 파업을 계속하면 관할관서가 난처해지니 이틀 동안만 실력행사를 참아달라고 했다. 문이 어중간에 들어서서 해결의 실마리를 찾아보겠다는 거였다. 어린 공원들은 마다하지 않았다. 공원들이 자기의 권리를 뒷전에 밀어놓고 관권의 참견을 주목한 것은, 관권이 그만큼 미더워서가 아니라 떨떠름하고 두렵기 때문인 것 같았다. 평석이도 대거리를 하지 않고 너름새가 있어 뵈던 문의 말을 들었다.

"파업이 안 좋다는 게 아녀, 시끄러운 게 들 좋다는 거지. 다른 디는 다 죄용헌디 우리 관할만 어수선허여 되겠어. 내헌티 한번 속아보슈."

"……."

"자네들이야말루 월급을 올리라는 거여, 뽀나스를 내놓으라는 거여, 간단히 말해서 품삯 달라는 거 아녀. 이건 정당한 권리여. 아마 될 거여. 사장이 이것도 안 들어주면 평생 사람 노릇허기 틀린 인간이니께. 더두 말구 이삼 일만 말미를 주구 참어봐. 수가 있겠지."

문의 말에 귀기 솔깃헤서 홀게가 늦어졌는지도 몰랐다. 한참 만에 평석이가 말했다.

"이틀이구 사흘이구 좋아유. 진작 한번 만나만 봤어두 한갓졌을 텐디…… 일이 커나기를 바란다면 몰라두 그러잖구서는 안 만나줄 이유가 읎잖유."

"일이 커나다니?"

문이 지릅뜬 눈을 겨냥하며 물었다. 평석이는 말했다.

"사람 허는 일에 대화를 나누어서 안 되는 일 보셨더람유? 우리랑 대화를 않는 게 우릴 사람으로 취급허지 않겠다는 속이라면 우리두 그때 생각을 달리해야쥬. 그렇게 되면 밀린 월급이 문제가 아닐 텐디유. 입장을 바꿔 생각해 보세유. 굶구 먹구는 둘째구유. 하루를 있다가 구만둘망정 사람 대우는 받으야 워디 가더라두 하늘 볼 낯이 슬 것 아니겄남유."

"아따 복잡허기는. 그러니께 우리가 시방 인간적인 면에서 대화를 나누는 거 아녀, 잘될 거여. 그까짓 몇 푼 된다구……."

그러나 공원들은 하루 일하고 다시 파업을 했다. 아니 농성을 했다. 그것도 맘에 없는 단식 농성이었다. 부녀회의 식당문이 닫혀버리니 그러지 않을 수가 없었다. 식당문만 닫힌 것도 아니었다. 구판장 시렁에 쌓여 있던 빵이며 과자부스러기는 말할 것도 없고, 국수와 라면도 언제 어떻게 했는지 요기가 됨직한 것은 밑에서부터 치우고 하는 짓이었다. 문이 출근길로 달려오고, 내동 사장 방패막이하기에 다른 경황 없던 염까지 나서서 가로세로로 내닫던 것을 보면, 어디서 무슨 말이 들어가 그러는 것도 아닌 성불렀다. 어린 공원들은 덮어놓고 부녀회장네로 몰려갈 의논을 하였으나, 식당을 열고 닫는 것도 회사 할 탓이었으므로 평석이는 애써 말리고 타일렀다.

공원들이 들먹인다는 말이 들어가자 부녀회장이 찾아왔다. 그녀는 오자마자 한바탕 연설을 했다. 육이오 때 혼자 됐다는데도 말하는 것이 넌덕스럽고 다부진 데가 있었다.

"공장은 당장 쓰러져두 참 돈만 있으면 금방 일어스지만 부녀회는 가다 반두 못 가유. 한번 소리 났다 허면 십 년 적공두 죽쑤다 넴긴 솥단지 신세 되어. 아니헐 말루 참 당신네 공장은 사장 한 사람만 갈 디루 가면 구만이지만, 부녀회는 참 우리게 안암팍이 발칵 뒤집혀 그런 난리가 다시 읎을 게유. 신대리 예순니 가구 아주먼네들이 칠 년째 참 하루하루 줌 쌀을 뫼서, 절밋단지 칠 년 길러 인저 제우 참 바탱이 폭이나 된 심인디, 더 이상 공장밥 해대다가는 바탱이가 밑 빠지게 생겼으니 워치 혀유. 머리 감구 생각해 봐유. 사장님은 참 워치게 생겼는지두 모르는디 무턱대구 밥만 해댈 수 있겄나…… 한 달 것만 밀렸어두 참 이렇게는 안 했을 게유. 두 달 슥 달 밀려놓구서두 맨날 허는 소리가 니열 보자 모리 보자 허니 뭘 보구 뭘 믿유. 예고두 않구 느닷읎이 굶긴다구 허시지만, 무슨 경사 났다구 미리 말해서 하루라두 더 속을 썩여유. 저지난 것허구 지난달 것, 그러구 이달 것까장 깨끗이 안 해주면, 참 니열 죽어서 오늘 장사 지내는 법이 있더라두 못해유. 개인공장 봐주자구 동네 살림 거덜낼 수는 읎웅께유."

문이나 염이 아무 소리도 못한 것은 그녀의 말휘갑에 넘어가서가 아니라 그에 맞설 염치가 없어서였다.

"식당 쥔이 예순닛이면 진짜 쥔은 하나두 읎다는 소리구먼."

"쥔 많은 나그네 조석 간디 읎다더니 그 말이 여기 와서 맞네그려."

그들은 헙헙해서 혼잣말로 두런거리다 말았다. 먹던 걱정이 덜한 것은 집이 거기 있던 신대리 아이 셋과 산 너머에서 오던 두 아이였고, 염과 나머지 여덟은 평석이처럼 창고에서 자면서 월급날 세끼기로 하고 조석을 대이먹었으므로 대책이 없었다. 저물도록 물만 마신 공원들은 누가 뭐라 하기도 전에 스스로 창고문을 안으로 걸어닫고 농성을 시작했다. 그날은 다저녁때에야 신대리 아이 셋이 밥을 해와 견디고, 이튿날 아침은 문이 무슨 돈으로 사왔는지 빵과 음료수를 들여 보내주었지만 한두 사람이 아니니 얻어먹는 것도 하루이틀이었다.

　사장이 남모르게 오산 근처에 전열기구부품 하청공장을 인수하고 시설확장에 무리하여 부도를 내고 달아났다는 것은 농성 이틀째 되던 날 밤 문의 귀띔으로 알았다. 문은 아무리 농성을 해도 소용이 없다는 뜻으로 자기가 조사해 본 것을 전하면서, 사장이 나타나기보다 재력이 있는 곳에서 대화금속을 인수하여 다시 일으키기를 기다리는 편이 낫겠다고 결론하였다. 염이 곁에 있으면서도 거들지 않던 것을 보면, 사장이 문을 만나 이른 말이 있었거나, 문과 오고간 것이 있어 값을 하느라 그러는 성싶지도 않았다. 염은 그전대로 며칠 더 참아보자는 우격다짐이나 되풀이하려 들고, 사실 여부를 직접 알아본다며 그길로 나가서 이틀이나 자고 오던 것으로 미루어 보아도 문의 말에는 의심을 살 데가 없었다.

　그날 밤 평석은 무료하고 따분함을 견딜 수 없어 못으로 자물쇠를 열고, 뒷갈망도 없이 남의 물건 하나를 집어내었다. 염이 주야로 달고 다니던 트랜지스터라디오였다. 그는 허기져 잠 못 이루는 공원들의 고통을 덜어주기 위해 밤늦도록 농성장에 라디오를 틀어놓았고, 이튿날도 새벽부터 음악이 있게 하여 농성장의 분위기가 부드럽도록 잔신경을 썼다.

　평석이가 도둑으로 몰린 것은 농성 닷새째로 이어지던 날이었다. 염이 돌아왔기에 라디오를 갖다 두려고 보니 간 곳이 없었다. 염은 라디오를 들고 나가 빵과 바꿔먹었다고 멍덕을 씌웠으나, 물건이 없고 보니 평석이의 발명은 씨가 먹히지 않았다. 그는 절도 혐의로 연행되었고, 사흘이 지나 물건이 되돌아온 뒤에도 절도미수 혐의는 씻기지 않았다. 라디오를 밖으로 내돌린 사람은 신대리부락에 사는 견습공 하대석이었다. 하는 여자친구의 부탁으로 라디오를 빌려주었고 그녀는 그 라디오와 함께 직장 친구들과 어울려 이틀째

리 등산을 하고 왔던 것이다. 본래 숫기가 없는 데다 견습기간이 길어 주눅이 들린 터에, 여자친구를 들먹이는 것이 무안하고 평석이 당하는 꼴에 겁이 나서, 남몰래 제자리에 놓으려고 시치미를 떼었으리라는 것이 하를 감싸는 친구들의 역성이었으나, 하도 평석이와 같은 종류의 누명을 벗지 못하고 있었다.

"면회간 짐에 담당자를 챚어봤더니 다행히 사람은 저거해 빼서 저거는 들했지만, 그래두 애비 된 맴이 워디 그려?"

서일원이는 고개를 이리저리 내두르며 한숨을 꼈다.

"담당자가 뉘라구 넌지시 허는 말두 옰담유?"

장이 재우쳐 물었다.

"금찰청에 저거하는 시한이 남었응께 메칠 지달려보라구 허는디, 그게 암만 해두 저거허자는 소리 같더먼그려. 그래 평섹이를 다시 뵈달라구 해서 저거허자면 저게 있으야겠다구 했더니, 그러잖어두 같이 있는 사람들더러 물어봉께 저건 있으야 될 게라는겨. 중거두 확실허구 해서 웬만허면 말겄는디, 글피가 방위훈련소 들어가는 날이니 방위병 기피자를 맹글기두 저거허구…… 그래서 헐수할수 옰이 시방 거기헌티 저거하는겨."

늦들잇들 자투리산을 잃더라도 돈이 되어야 한다며 서는 금방 목매다는 소리를 두 번 세 번 되풀이했다.

"돈두 돈이지만 둘쑥이나 그렇게 됐는디두 다른 공원들은 그저 보구만 있다담유?"

"서서했나내비. 공징쟁인가 뫗인기기 시장 친구를 물주루 꺼어대어 밀린 월급이랑 밥값을 물어주구 수입에서 월마를 저거허기루…… 일테면 동업자를 들여앉힐 심인디, 한 달 나가는 월급이 쓰던 경운기 한 대 값두 안 되는 육십만 원 남짓허다니, 그래 속 달치래야 몇 푼이나 되여."

우리 동네 장씨 297

장은 다시 돌아오지 않기가 쉬운 줄 알면서도 있던 것을 서에게 주었다. 남들이 받는 이자를 돌려주면 더욱 좋고, 정 힘이 부친다면 드림 흥정으로 땅값을 나눠치르면서라도, 있는 연장 죄 스루어다가 메밀이나 갈아먹을 작정이었다. 그때도 밭두둑 언저리에서 하는 나무로 장차 연탄만 부루 써도 그 값을 능히 건지리라고 믿은 터이지만, 그것이 이태도 안 되어 한다하는 서울 땅장수들 사이로만 건너다니게 될 줄은 꿈도 꾸어보지 못한 일이었다.

말이 사천삼백만 원이지 장으로서는 평생 두번다시 만져볼지 말지 하게 큰돈이었다.

산이 넘어갔다는 소문이 돌자 저무니부락 현복만이와 앞뱅이부락 노태환이 말고도 여러 군데에서 사람이 왔다. 차 면장이 내놓은 여티골 논 마흔 마지기가 평당 칠천 원까지 말이 났으니 놓치기 전에 그 값으로 잡아두라는 것이었다. 말하자면 종자 선택권마저 빼앗긴 농사를 다시 지으라는 뜻이었다. 미친것들이었다. 그들이 그만큼 어리보기 숙맥으로 쳐왔던가 생각하니, 속에서 점잖지 못한 소리가 저절로 치밀어올랐다.

그 돈으로 마흔 마지기를 가질 경우 전날 같으면 백 석 추수가 넘으니까 부농 소리를 들어야 마땅할 터였다. 하지만 허울좋은 하눌타리가 바로 그 소리였다. 통밀어 백이십 석을 추수한다 해도 요즘 쌀금으로 치면 고작 사백팔십여만 원이 일 년 소득이었다. 생산비에도 못 미치는 것이 쌀값이지만 생산비를 생각하지 않고 순이익으로 가정하더라도, 그 사백팔십만 원의 정체는 삼십만 원짜리 봉급쟁이의 일 년 월급에다 사백 프로의 상여금을 보탠 것에 지나지 않았다. 그것은 사천삼백만 원의 사채금리를 잊고 일 년 동안 정기예금에 넣더라도 은행이자가 훨씬 유리한 것이었다.

장은 그것을 밑천으로 땅장사를 해볼 셈이었다. 농토를 팔았어도 툭툭 털고 일어날 엄두가 안 나 제바닥에서만 맴돌거나, 농토값이 크게 층져 농토개비가 수나롭지 못한 사람들의 거개가 복덕방을 차린 것에 눈떠 그렇게 작정한 것은 아니었다. 새로 난 복덕방 마흔일곱 군데 중에 태반을 농사꾼들이 차린 것으로 들었을 때만 해도 장은 관심이 없었다.

중앙부동산 득종이가 장더러 들으라고

"이런 디서 농한기에 손댈 만헌 부업은 인저 두 가지밲이 안 남은 것 같데. 소, 돼지, 닭은 예전에 다 틀렸구…… 돼지고기가 푸성귀 값으루 미움받은 뒤루는 염생이, 퇴끼, 칠면조, 오리두 양념값으루 밀려났구— 꼬추, 마늘, 양파가 수입되구 나서는 비닐하우스두 드물어졌으니, 농한기에 농사꾼이 달라붙을 부업이라구는 화투짝과 땅 흥정 말구 뭐가 있겄어?"

하며 떠들던 자리에서도 장은 남의 일이거니 하며 돌아다보지도 않았다. 득종이는 선보름에 선보고 후보름에 맛보려면 오직 땅중개인으로 들어서는 길 하나라는 듯이

"농한기 한 철에 한 껀만 올리면 차 한 잔 마실 새에 삼 년 농사지은 게 나오는디, 워느 해웃값 외상두고 살 늠이 집구석에서 여편네 엉덩이 틈날 때만 지다리구 앉았겄어. 천동읍내 복덕방 마흔일곱에서 반이 농사꾼 것이면 한 군데에 다섯만 붙어두 백 명이 넘는다는 얘긴디, 나와 있는 백 명이 집에 들앉어 있는 백 명만 못해서 즘심값, 찻값, 대폿값, 교통비루 하루에 오천 원씩 질바닥에 깔어가며 잔칫집 들무새 쏘댕기듯 헐 거여. 백 명이 뭐여, 다방, 약방, 대서방, 구둣방, 이발소, 제재소, 양복점, 철물점, 농약상, 씨앗상, 사료가게, 구멍가게…… 길 가생이에 즌화 달린 집마다 무허가 소개쟁이 미어지는디."

원래 중개수수료나 바라고 소개만을 일삼는 복덕방이 없듯이,

그들도 땅 판 돈으로 남의 것을 홀때려사고 씌워팔든가, 내놓은 값에 평당 일이백 원씩만 우수리를 얹어먹어도 덩이가 푸짐하면 세금 한푼 없는 돈 몇백이 볕도 안 쏘인 채 왔다갔다 하는 판이었다.

거간질. 장도 하느라고 하다가 알았지만, 자식들에게 본보여 안 될 일이야말로 그 일인 것 같았다.

그가 그길로 나설 결심을 한 것은 서울서 온 복부인이 득종이 앞에서 씩둑대던 소리에 놀라고부터였다. 전화를 쓰려고 중앙부동산에 들렀더니 중도금을 치르러 수표만 끊어왔다가, 돈으로 달라는 바람에 두 번 걸음을 하게 된 듯한 중년 여편네 하나가 수표 네댓 장을 접으며 하던 말이 있었다.

"아무튼 내 불찰이지 뭐. 아침에 밥 먹고 저녁에 죽 먹으라면 좋아해도 아침에 죽 먹고 저녁에 밥 먹으라면 싫어하는 게 촌사람들인데 삼천만 원짜리 수표를 떡 내밀었으니 돈 같겠어…… 이건 삼억밖에 안 되지만 이런 촌엔 평생 삼사억도 못 만져보고 죽는 사람이 가끔가다 더러 있을 거예요."

그로부터 장은 사람이 돈을 가진 것이 아니라 돈이 사람을 가졌다는 느낌에 젖은 채 오늘에 이른 것이 사실이지만, 돈에 대한 능멸과 증오심이야말로 돈의 횡포를 아는 이들의 별다른 자유임을 더불어 깨우친 것도 또 하나의 값진 경험이라고 믿었다.

장은 중앙부동산으로 하루같이 출근을 했음에도 달소수가 겨웁도록 실적이 없었다. 등기부등본이나 지적도를 떼어오는 일이 주어진 임무라서 제대로 거간질에 나서볼 겨를이 없기도 했지만, 보다 근본적인 문제는 나오는 땅이 드문 데에 있었다. 볼 것 없는 야산도 십만 평이 넘는다 하면 열에 아홉이 텔레비전 광고주들의 것이었고, 목초지나 과수원같이 한번 덤벼봄직한 것은 보통 남의 명의로 등기가 나 있기 쉬웠으며, 원지주를 찾아보면 대개 가까이하기가 떨떠름한 직업이라 마음놓고 웃돈을 얹어먹기도 거북하려니와, 계약서나 영수증을 이중으로 쓰자고 해도 선선히 들어줄 성싶지 않으신 분들이었다.

부동산투매가 차츰 뜸해지면서 일이 되고 안 되고가 지주와의 첫 접촉에 달리게 되자 득종이는 재빠르게 장의 담당부서를 갈아주었다. 장의 새로운 직책은 염탐질이었다. 거간꾼들 사이에 장의 얼굴이 덜 팔려 제구실을 해낼 수 있다고 본 득종이의 안목은 그런대로 무던한 편이었다. 장도 이의가 있을 수 없었다. 염탐질을 하는 동안, 이골난 바람잡이와 소문난 거간꾼들의 흥정수법을 터득하고 배울 수 있다는 것이 다른 불만을 다독거린 거였다. 장은 공부하는 자세를 지켜 맡은 바에 부실함이 없도록 스스로 애썼다. 돈은 얼마가 들어도 경양식집과 왜식집을 드나들며 혼자 끼니를 에워야 했고, 다방도 단골이 없이 일곱 군데를 고루 기웃거리지 않으면 안 되었다. 밤 사이에 시외전화로 합의된 비밀일수록 아침에 새어나오고, 다음 일이 전날 저녁의 술집에서 비롯되는 것을 알게 되고부터는 하루 세 끼를 돈으로 먹어도 아까운 줄을 몰랐다. 식사나 차를 들고, 때로는 홀로 자작 술을 마셔가며 사방에서 수군대는 소리를 새겨듣고 기억하기란 비길 데 없이 번거로운 일이었으나, 그렇게 물어들인 정보가 득종이로 하여금 일이 되도록 하는 데에 결정적인 역할을 할 때는, 그만이 아는 재미와 흐뭇함이 그렇게 각별할 수가 없었다.

장은 먹을 것 다 먹고, 해도 한참은 되어서야 천동옥을 나왔다.

그는 성냥개비를 잇새에 물고 길을 가로지르며, 이름만 들어도 속이 트릿하고 느글거리는 길가의 서투른 간판들마다 가자미눈을 떴다. 해장국, 순댓국, 설렁탕, 보신탕, 따로국밥…… 전에는 얼큰하고 짭짤하며 툽툽하되 구수해서 뜨거울 때 먹어도 늘 양에 안 가던 음식이었지만, 핑계 좋아 입이 높아진 뒤로는 마치 노는 곳에 놀러 갔다 와서 틀린 사이처럼, 한 번 보면 두 번도 싫던 것이 그런 음식이었다.

장은 로타리다방으로 올라갔다. 창가에 앉아 처져둔 커튼만 한구석 들춰도 거기에 있고 거기에 있는, 아산만개발, 중동개발, 천남개발, 동서부동산, 임해부동산, 서해부동산 해서 문이 이쪽으로 난 여섯 군데의 복덕방이 하고 있는 꼴을 한눈에 보여주기 때문이었다.

다방 안은 늘 굴속 같았다. 실내장식을 때 안 타게 한 것은 둘째 치고 앉아 있는 사람마다 잎담뱃빛 얼굴에 댓진만이나 하게 검은 가죽잠바들을 입고 있으니, 그중에서 겨우 알아볼 만한 것은 여기저기에 더뎅이진 달력 여남은 장과, 천장을 가로질러 나간 난로연통뿐이었다. 구석진 자리가 하나 비어 있어 장은 그리로 갔다. 장은 탁자마다 옮겨가며 아래위를 훑어보았다. 가죽장화 아니면 털신을 꿰고, 세숫물도 못 찍어 바른 까치둥지머리와 민 지 여러 날 된 턱주가리들은 하나같이 거간꾼들만 앉아 있음을 알게 해주었다. 그들은 서울 땅장수들의 눈에 꾸밈새없이 순박하고 우둔하며 고지식하고 귀여리어 멋모르는 촌것으로 보이도록 하기 위해 부러 몸치장을 하지 않는 것 같은 느낌을 주었다.

장은 커피를 이르고 나서 떠드는 소리들을 모으기 시작했다. 사람마다 목통이 우악하고 시끄러워, 귀를 모으지 않아도 알게 각각으로 들렸다.

"그려. 자네가 대포 한잔 맴이 있으면 내라 따러가서 대작해 주구, 내가 차 한 잔 생각 있으면 자네라 따라오너 하냥 들어주구…… 이게 바루 친구 좋다는 게네."

크지는 않아도 어금니 나간 목소리가 있어 찾아보니, 어려서 본 개털모자에서 별로 발전한 것이 없는 털모자 하나가 마주앉은 돋보기더러 고시랑거리는 말이었다. 해장이 과했는지 불콰한 얼굴의 돋보기가 바쁘지 않은 말투로 받아넘겼다.

"그려. 늙어 친구가 젊어 벼슬보담 낫다니께. 사둔이 잘난들 친구만헌가, 육촌이 팔촌보담 가까워 친구만헌가. 내 몫 챙겨둔 것 읎으면 내 자식두 딸 읎는 사위나 한가지여."

"자네는 내가 있으니 친구가 있구, 나는 자네가 있으니 친구가 있구, 그러면 됐잖남."

술김에 두 늙은이의 하소연이 한창인 옆에서는, 벽에 덕지져 있던 한 장짜리 새로 나온 달력을 두고 쓸데없는 실랑이가 요란하였다. 지금 하고 있는 국회의원 둘 외에, 세안에 연하장이라도 돌린 사람은 이미 부락마다 뿌렸거니와, 읍내의 접객업소는 가는 데마다 여러 장의 달력이 서로 어깨를 겨루며 붙어 있었다. 그들은 그것을 놓고 실없이 따따부따하는 중이었다.

"에헤, 공화, 신민 것은 무조건 붙여주고 딴 사람 것은 다만 얼마라도 있어야 붙여준다니께 그러네."

"에헤, 무소속 출마예정자 것두 무료라던디그려."

"에헤, 출마예정자만두 열댓이나 되는디 그걸 죄 공짜루 붙이면 요강따깡만헌 벽떼기에 누구 것은 붙여주구 누구 것은 시렁에 얹어? 담뱃값이라도 내놨으면 서너 달 붙여주구, 그렇지 않은 것은 그렇지 않다니께그려."

"제기, 이런 디서까장 당이 있구 읎구를 차별허면 워쩌자는겨."

"왜, 거기는 뭔디 그려, 재야여?"

"나두 기구 거기두 기여. 공 서방(공화), 유 서방(유정), 신 서방(신민) 아니면 다 재야인사여."

그러나 오늘도 화제의 주류는 여전히 두 갈래로 나뉘어 엇갈리고 있었다.

반은 서울 땅장수들의 엽색질을 쳐들어 겯고 틀고, 반은 나흘 전 고시가격으로 묶인 사십만 평에 공장이 들어와야 한다는 편과, 신문에 난 대로 공단계획이 취소되고 대학이 들어서야 낫다는 편으로 갈려 종주먹을 대고 있었다.

"우리 애 에미두 오늘 온양온천 간다길래 그러라구 했어. 나두 통대 슨거 때 묻어가 봐서 알지만, 근면자조협동으루 미리 예약 안 해 놓으면 잘 디 읎는 도시가 거기니께. 자려면 천상 천안으로 내빼야 헐 텐디, 우리 애 에미 선청성 개발도상 후진인생이라 그건 아직 염려 안 해두 괜찮거든."

하고 어떤 것이 걸쭉한 목소리로 상관없는 사람까지 여럿을 웃겼다.

"누가 목욕이 드럽다남. 갈 때 모셔가구 올 때 실어오는 자가용이 드럽다는 거지."

등을 이쪽에 대고 있어 목소리만 들어서는 모를 것이 오금을 박았다.

"얼씨구 씨구, 핵교 옆댕이에 비밀땐스홀은 서울 땅장수만 보구 차린 중 아누먼. 쯧쯧쯧······."

장에서도 못 보겠던 것 하나가 아귀맞춰 퉁바리를 놓았다.

장은 그런 허물이 서울 땅장수나 그 운전사에게만 있다고는 생각하지 않는다. 젊은 아낙네가 한길가에서 버스를 기다리고 있을 때 지나가던 땅장수 차가 멈추어 문을 밀어주는 것도 예사요, 대중없이 다니는 버스에 속아 길에서 한무세월하던 아낙네가 지나가던 빈 차에 손을 들어보는 것도 예사로운 일이었다. 그들은 이왕 빈 차로 가느니 인심이나 쓰자는 것이었고, 복덕방의 농간도 경계할 겸 아낙네들로부터 알맹이 있는 정보를 얻어보고자 먼저 선심을 쓰던 예도 있었다. 그런 일은 물론 잦은 편이 아니었다. 더욱이 운전사 없이 직접 차를 모는 땅장수의 경우 열에 일고여덟은 음침한 속셈에서보다 그저 장난으로 그래본다는 것이 공론이었다. 그러나 장은 그네들의 그 같은 수작을 짐짓 받아들여 수단껏 이용하려 든다던 아낙네들의 태도가 생각을 한결 복잡하게 해주지 않나 싶었다. 승용차를 얻어타는 재미로 아낙네의 나들이가 잦아지고, 그 무거리로 온천목욕이라는 뜻밖의 유행을 가져온 것이 그렇고, 처녀 적에도 없었던 밀회 신청을 그 나이에 처음 받았다 하여, 학교 다니는 아이가 두서넛씩 되는 처지에 서방을 숨기는 흥분으로 며칠이나 잠을 설때렸다던 것이 그렇고, 얼굴 깨끗한 사내의 부드럽고 친절한 말씨에 물려 현충사로 수덕사로, 심지어는 천안 삼거리나 오산 쑥고개 같은 데에서 돈을 쓰게 하고 와서도 뉘우치는 빛을 안 보이더라던 소문이 그랬다.

 그렇지만 장은 걱정을 깊게 하지 않았다. 무릇 묵은 집을 헐고 새 집을 짓기에 즈음하여 반드시 겪지 않으면 안 될 것이 한차례 몸살일진대, 비록 땅을 가져간 돈일지언정 이십 년씩 삼십 년씩 핍박하던 가난의 횡포가 모처럼 누그면서 돈맛을 가르친 것이 사실이고 보면, 잠시 사개가 헐거워진 듯한 정도는 당연한 생리로 여김이 마땅하겠던 것이다. 그것이 작은 흠집을 덧내어 마침내 오래가는 흉터로 남게 하지 않을 슬기이며, 아낙네로 하여금 참고 삼가는 본성을 되살리도록 거들어 스스로 분수를 알게 하는 가장 무던한 방법이요, 요령이 아닐까 싶었다. 슬기 어매를 팔아가며 온천을 다녀오마고 아내가 식전부터 염탐을 할 때, 그녀의 직성이 풀리도록 하는 대로 하게 장이 눈감아준 것도 같은 생각에서였다.

 계산대 쪽에서는 어떤 것이 여전히 떠들썩하게 독장을 치고 있었다.

 "그 묵은 소리 말어. 공장 대신 대학이 들어오면 땅값이 주저앉는디두? 땅값이 잠들면 똑똑헌 늠 셋 아니라 열이래두 부동산경기는 다 틀리는겨."

그러자 다른 것이 무르지 않을 목소리로 닦아세웠다.

"그 이른 자식에 손자 늦은 소리 좀 작작해 둬. 대학이 들어스면 짓가고시구역이 푹 줄어드는디 왜 경기가 자나. 그런 머리루 복덕방을 허니께 되다 말다 허는겨."

그들은 고시가격에 묶인 토성리 근처를 두고 제 안목에 맞춰 이론을 끌어가고 있었다.

천동읍내로 땅장수가 물밀 듯한 것도 토성리 일대가 그렇게 된다는 내막을 미리 알아챈 까닭이었다. 땅값이 움직인다 싶어 서둘러 땅을 내놓았던 사람들은 그 땅이 계속 전매되면서 열 배 스무 배로 뛸 만큼 뛴 뒤에야 사십만 평짜리 공업단지가 들어선다는 사실을 알았던 것이다.

서울 변두리에 흩어져서 제대로 된 물건보다 각종 공해물질을 더 많이 생산해 온 일용품 잡화공장들을 쓸어올 예정지라 하여, 사람들은 벌써부터 토성리 근방을 잡화공단이라고 불렀다. 일이 다돼가는 것처럼 발바닥이 안 보이게 내닫던 사람들이 오나가나 늘붙어앉아 전에 없이 떠들게 된 것은, 근래에 들면서 이야기가 틀리기 때문이었다.

경제불황으로 공단 조성이 미루어지고 대신 서울의 어느 대학에서 그 자리에 분교를 세울 것같이 신문에 났다는 것이었다. 기다 아니다 하고 복덕방마다 말이 달라지자 땅장수들의 발걸음도 전만 같지 못하였다.

장이 다니는 중앙부동산은 잡화공단이라는 당초의 계획에 의심을 두지 않았다. 정치적으로 과도정부이기는 하지만 당국에서 그동안 쉬쉬하며 추진해 온 계획이므로, 하루아침에 원칙이 뒤집힐 리는 없다는 것이 득종이의 주장이었다.

"그 묵은 소리 말어. 농촌의 유휴노동력을 흡수해서 능률을 극대화허구 동시에 농외소득두 올리구 허려면 잡화공단이 와야 헌다구."

먼젓것이 연수원에 들어갔다 온 표를 내려는지 다시 열을 올리자 낯은 익었어도 어느 복덕방인지 모를 것 하나가

"아는 소리 말어. 우리게 농촌에 무슨 유휴노동력이 있어? 공장에서 시난고난허는 늙은이들할래 꾀송거려가면 농사는 누가 짓구? 그러잖어두 나이 어중띤 것은 죄다 기어나와 복덕방만 얼찐거리는 판에……."

하고 성질을 부렸다.

"내 생각에두 대학이 스야 되여. 그래야 우리 애나 집의 애나 책권이라두 들여다보는 버릇이 붙지…… 작년 대학예시에 천동농고는 몇 늠이나 붙었는지 알어? 한 마리두 읎었어."

하나가 새로 끼어들어 뒷들이를 하니 그 옆에 있던 것도 덩달아 옆들이를 하였다.

"그건 그려. 이런 한디는 대학이라두 내려와야 난달을 면허는겨. 애들두 대학생 쳐다보메 자라면 자연 문리가 터져서 희망두 달라지구 말여."

"그 묵은 소리 말어. 잡화공단이 와야 공장에, 기숙사에, 미끈헌 건물이 나라비 스고, 그와 동시에 농축산물 구매력이 신장되어야 농촌이 사는겨. 주인 보태는 나그네 읎다구, 왔다갔다 허는 학생 것들이 열무 한 단이나 사줄 중 알어? 잡화공단이 돼야 웬만한 물건이면 지금의 반값에두 살 수 있구, 그뿐인감, 자연히 접객업소두 늘지. 핵교 많이 몰려 있는 공주를 보면 몰라? 게 무슨 발전이 있어? 접객업소나 유흥시설이 읎어봐. 우리 생전에는 천동읍내 발전허는 것 다 볼 테니."

시르죽은 줄 알았던 아까 것이 엽찻잔을 들었다 놓으며 다시 우

졌다.
"그런디 게는 왜 떠드는겨. 늦게 알구 금방 흥분허다 얼른 잊어버리는 한국 사람 아니랄깨미 연설허는겨? 교수, 대학생이 드나들면 우리 같은 사람두 생각허는 게 깊어지구 보는 눈두 달라지는겨. 늙으면 자식헌테 배운다는 것두 그래 나온 말이구."
"그 묵은 소리 말어. 대학이 생기면 딸내미들 눈만 높아지구, 머스매는 어려서버텀 데모허는 꼴이나 배우구, 대학 건물 우뚝해 봤자 촌것들은 쳐다볼 것 하나 읎어."
"아는 소리 말어. 나가서 사람 노릇허려면 눈두 높아지구 데모허는 법두 배워둬야 되여."
"그 묵은 소리 말어. 그런 소리 해봤자 좋아헐 늠은 짐일셍이뺑이 읎어…… 요새 농사꾼헌티 시집오겄다는 것이 읎어서 동네마다 총각이 묵는디, 공장만 들어스래여. 흔전만전헌 공장 색시 골라잡어 장가갈 텡께."
"그럼 대학이 얼른 생겨야 쓰겄구먼. 누가 알어, 사위라두 대학물 먹은 늠이 차례 올는지……."
"불쌍허구먼. 똑똑허던 사람이 워쩌다가 저리 된구."
"불쌍은 불알 두 쪽이구."
장은 무슨 소리가 있었다 싶어 얼핏 고개를 들었다. 계산대에 앉았던 마담이 손짓하여 보니 전화수화기가 내려져 있었다. 장이 나가 수화기를 드니
"여기여."
하는 것이 득종이였다.
"그런디?"
계산대 앞은 앉아 있을 때보다 배가 시끄러웠으므로 장은 얼른 한쪽 귀를 가리고 대답했다.

"싸게 와봐. 와보면 놀랠겨."

득종이는 전 같지 않게 들뜬 소리로 말했다.

"그려? 나 같은 사람이 아직 놀랠 일이 남었다면 그건 진짜 놀랠 일이구면."

"웬 여자분이, 미인이 챚어오셨으니 얼릉 와봐."

하고 득종이는 전화를 끊었다. 어느 땅장수가 돈보따리라도 놓고 갔나 싶었다.

장은 중앙부동산으로 반달음질하면서도 영문을 알 수가 없었다. 거기까지 찾어올 정도로 말이 오고간 여자는 없었기 때문이었다.

장은 중앙부동산에 한 발을 들여놓다 말고 주춤하였다. 나들이 차림새로 나온 아내가 난로 옆에 슬기 어매와 나란히 앉아 다방에서 금방 온 커피를 막 받아놓은 참이었다.

"미인이라더니……."

장은 무슨 속인지 짐작이 안 되어 득종이를 흘겨보았다.

"여기 있는 여자 셋이 워디가 워때서?"

아내가 다방에서 배달온 여자를 좋잖은 눈에 눌러담으며 이죽거렸다.

"셋 중에 한 분이 그렇단 말여."

장은 어물거리며 뒤로 문을 닫고 나서

"온천장호텔은 워디 두구 여기 계셨어? 모셔다 주겠다는 자가용이 읎었구먼?"

장의 삐진 말에도 아내는 커피잔에 설탕을 퍼붓느라고 다른 정신이 없고, 대신 슬기 어매가 웃으며 대꾸했다.

"갈까 말까 허다가 슬퍼지려구 해서 집어쳤어유. 이이나 내나 온천물 백날 뒤집어써 봤자 농사꾼 여편네 땟물 빠질 것두 아니구…… 천동옥에 가서서 즘심이나 사셔유. 결혼식 구경 대신 양요

리관광이나 허구 집에 들어가기루 합의했으니께유."
"그러구 보니 슬기 엄니두 많이 근대화되셨네유."
하고 장은 껄껄 웃었다.

우리 동네 조씨

그새 철이 겨워 된내기가 있을 마련인지 바짓가랑이로 오른 이슬이 달빛에 살아난 사금파리보다도 찼다.
풀떨기가 얼데쳐져 길이 난 논두렁 위로 싸게 내닫던 것들은 얼핏 보아도 햇곡에 살이 올라 둥실해진 메추리들이었다. 아직도 안 간 뜸부기가 있어 둠벙에 팔매 떨어지는 소리로 저수지 갈숲에서 물안개를 걷으며 울었다.
볏모개가 숙은 뒤로 한 파수나 잊었다가 들른 셈인데도 새떼는 듣기보다 덜해, 동살이 오르고도 한겻은 넘었으련만 본 지 오래이게 한갓진 들이었다. 뜸— 뜸— 뜸부기는 늦들잇들에 아무도 없는 싹을 봤는지 제법 통크게 울었다.
조태갑(趙太甲)은 끔, 밭은기침을 하며 보고 있던 두렁에서 하릴없이 나왔다. 마른 봄에 골채 두 배미를 갈바래질하던 날부터 있던 놈이니 잡아서 약이나 했으면 하다가 단념한 거였다.
조는 새를 보려고 가져온 무릿매 노끈을 아무 데나 던져버리고,

산수유가 욱어 숲이 된 김승두네 말림갓 둔덕으로 자리를 옮겼다.
 조가 등성이를 타고 올라가 안 보이는 소롯길 옆의 밤나무 그루터기에 걸터앉아 담배를 두 대나 끄고 나도록, 늦들잇들에는 사람기척 하나 없이 뜸부기와 바더리 소리만이 귓결을 번거롭힐 뿐이었다.
 그만하면 바람도 어지간히 쐬어 개운해질 법도 하련만, 여전히 뒤통수가 내려앉는 것이나 하고, 마저 깨려면 아직도 멀었다는 느낌이었다. 함진아비 치다꺼리하고 남은 것으로 입맷상을 보아놓았다고 부르러 온 말만 듣고 거추없이 묻어가, 후줏국에 목이나 축이려 했던 것이 입때껏 머리를 패는 장본이었다. 상이 나오는데 보니 함부로 대들기가 서먹하였지만 조는 짐짓
 "이렇게 되면 아전상(衙前床)이 아니라 안전상(案前床)인디…… 딸을 잘 여워야 메누리두 쓰게 오겠지만, 이렇게 차린 걸 봉께 장서방 허리가 휘청했겠는디."
 메떨어지게 전에 안 그러던 넌덕까지 떨며 덥석 다가앉았던 것이다. 그것은 젓가락깨나 붐비게 상이 놓여서가 아니라 생각지 않은 술이 나온 것에 혹해서 한 말이었다. 조는 토가 뜨물앉듯 한 전내기를 숨도 안 돌리고 대엿 잔이나 가믐에 물켜듯 하였다. 모처럼 보는 물건이기에 남의 눈도 길 새 없이 허발대신 걸터듬은 셈이지만, 그러나 하나같이 성깔 있는 사람으로 그렇게 고루 섞인 자리이고 보면, 전내기 아니라 맛버린 모주나 물을 한 아랑주라도 그리 주접스레 찾지 않고는 그냥 견딜 수가 없었을 거였다.
 대사를 다가놓은 집에서 생각하고 불렀기에 망정이지 경우만 달랐어도 대거리에 드잡이로 다투지 않을 사람이 없어 보일 정도였다.
 최진기가 이쪽에 대고 손사래를 쳐가며

"간뎅이가 몸뚱이보다 큰 사람이 있다길래 설마 했더니 시방 봉께 말짱 예 오너 이러구 있었네그려……."

운운하고 찍자를 놓았을 때도, 조는 끼니 놓친 기럭아비마냥 숙어주며

"동네가 크구 읍내가 머잖은디 말이 옰을 수 있겠남."

허텅짓거리 비슷이 말비침을 하여 뒷동을 달려던 사람도 제물에 들어가게 했었다.

이동화가 얼른 말을 채뜨러서

"예전에는 냄이 밥숟갈이 저보다 쬐끔만 커봬두 고변을 않구 못 배겼다더니, 이녘은 무슨 체증끼루 냄이 몸 보허는 절이서 혼자 속 아리허구 앉어 있는겨? 자다 온 사람 정신 사납게시리."

이물스럽게 퉁바리만 놓지 않았어도 말마다나 건너다니다가 중동무이할 자리로 그치지는 않았을 거였다. 어쩌면 다들 이웃하여 사는 게 부끄럽다고 일러온 이낙만이가 끼어 있어 서로 몸을 사리는 바람에 그리되었는지도 모르지만.

당내간이면서도 리낙천이와는 원판이 달라 툭하면

"떠들 것 읎이 우리 집안은 오백 년 국승(國姓)이여. 그런 중 알았으면 워디 오너서 무엄하게 주둥이루 갈 짓자 그려가메 행자반(杏子盤) 옆댕이에 구족상(拘足床) 채리는겨?"

따위 되다 만 소리나 씨월거리고, 동네일에는 뒷전으로 배돌면서 틀개나 놓던 이낙만이가 사람 협협하게 중동을 다녀온 것도 근래의 일이었다.

이가 나섰다 들어온 뒤로는 안팎 동네에 바람잘 날이 없었다. 곤댓짓으로 나대면서 말 들을 짓이나 골라가며 하고, 때로는 아닌보살하고 물러앉아 그 뒷배 보기에 맛이 들려 하는 까닭이었다.

이는 엊저녁에도 겉으로는 이동화를 빗대가며 좌중을 싸잡아 사

우리 동네 조씨 **313**

위스럽게 뒤떠들었다.
"그녈은 명색이 동네 지도자라면서 장 그리 흉게 놀랑감? 말이 싸면 입이래두 애껴야지. 건넌방에 사돈 두구 감툿거리허다 빗장거리루 도는 소리마냥, 같은 말을 해두 저리 에돌어서 비사쳐 말허면, 그게 여수 안팎허구 워디가 얼마나 다르다는겨?"

"······."

이동화는 이의 말휘갑에 부개비잡힐 것을 꺼리는지 숫제 죽어주는 시늉이었다. 조는 술 핑계가 아니라 밸이 되살아나서 그를 꼴로 볼 수가 없었다. 조가 바르집어 말했다.

"더운밥에 얹어찐 찬밥 되지기루 앉어 있으니께 가관이 장관이구먼. 여게, 그러들 말어, 자칭 행자반이면, 선대 쩍버텀 내외두 않은 사람더러 그 개다릿상 채리는 구습이 당헌 이치여? 여수 안팎이 워치게 생긴 중 모르겄거든 어여 섹경을 들여다보게. 여수는 그 속에 와 있을 테니."

이의 씨근벌떡이는 기색에도 서슴지 않고 조는 그 위에 덧거리를 하였다.

"촌늠은 배루 제주도만 댕겨오너두 풍월이 달러지던디, 집이는 워치게 비앵기루 왕복허메 싸우디까장 가서 놀았다면서, 장태 추녀 달갯집에 막걸리 오이상허던 때랑 바닥 말 줏어셈기는 버릇할래 하나 틀리지 않구 그대루라나?"

그러자 윤선철이가 덮어놓고 좌중을 홀때렸다.

"하여간이 여하간이여. 늴미부락에 말 못허구 죽은 구신은 절대 읎당께."

조는 입을 들지 않았다. 비록 자기도 모르게 이에 이른 노릇이기는 하지만, 그에 대한 발명보다 더 부질없는 짓도 없겠기 때문이었다.

어쩌다가 이 지경에 이르렀는가. 조는 추연한 마음으로 들대를 한 바퀴 둘러보았다. 대낮에도 두견이 울음이 있게 깊이 외오앉은 동네에 언제부터 자고 나면 말이 서로 엇갈려왔는지 생각수록 안타까운 일이었다.

산천도 사람을 만나야 한다는데, 개력한 자리 한구석 없이 생긴 채로 남아 있는 폭을 보면, 그동안 속곳 한 가지 달리 입게 된 사람이 나온 것도 분명 아니었다. 저수지는 여전히 은하수가 흘러 고인 못으로 고즈넉하니 맑았고, 저무니로 넘어가는 안산 장승백이 마루도 땅이 만들고 구름이 숨겨온 그대로 제 모습을 지녀 선조들의 넋이 쉬고 있었다. 저수지 수문을 받으며 차례로 물러앉은 골채, 고논, 깊드리배미와, 버텅 쪽의 천둥지기 다랑논이며 맷방석만한 따비밭 서너 뙈기서껀, 고조가 일구어 중조가 고르고 조부 대에 거루어온 손길이 미처 덮이지 않았건만, 한 치 사람 속으로 연유하여 어제 일도 하루해가 안 되어 옛말하게 된 판세를 생각하면 아무가 되더라도 속에 은결이 들지 않을 수 없는 일이었다.

진모랭이 쪽에서 워낭 소리가 넘어왔다. 조는 담뱃갑을 더듬으며 인기척을 기다렸다. 신태복이가 우묵한 곱은탱이에서 드티면서 소를 매러 오고 있었다.

"피사리 나왔더람?"

신이 사람에 덜 다친 풀덤불로 소를 대며 허텅짓거리를 했다.

"지난 장에 노굿거리내다 개비했다더니 이늠인감?"

조는 소를 톺아보며 신에게 담배를 권했다.

"먹성이 갱기찮여 부리기는 에렵잖겠는디."

"멱미레가 비계찐 도야지 항정마냥 뻔센 것이 부사리 같의. 받히지 않게 살펴가메 매게."

조는 시작을 소로 했다.

"우격뿔은 그런대루 옥었는디 송나뿔이 외여 뻗어 옳은 천지각(天地角)이 아니라구, 쇠전에서버텀 들여다보는 인간마다 으레 개갈 안 나는 소리 한두 마디썩은 얹어쌓데그려."

신이 고삐맬 나무등걸을 고르면서 두런거렸다.

"이빨 안 갈구, 각통질 안 헌 것만 알구 샀으면 차차 여물값을 허겄지 뭘 그러나."

"태풍 스쳐간 대중 허면 물알 들구 흰새 진 것 윲이 됨새두 고르구, 보나 마나 슥 삼 년 만에 어거리풍년인디…… 창고마다 수입쌀이 그냥 쟁여 있다니 올에두 쌀금 살어나기는 다 틀린 굿이지."

신은 화제를 갈며 들대를 휘둘러보았다.

"냄의 짐작 팔십 리가 내 가늠 칠십 리여. 맨날 밥 먹는 늠이 떡 먹구, 죽 먹는 늠이 물 먹긴디 뭘 그러나."

"허기사 우리네마냥 제우 양식거리나 떠는 것덜이 원제는 암사둔 체면 숫사둔 체면 따루 봤겄나만."

"껴입은 늠이 모자 쓰구 구두창 닳은 늠이 양말 꼬매 신더랑께."

조는 연방 말대꾸를 하면서도 서로가 부러 왼편에 말하고 오른편에 대답한다는 느낌을 잡조이할 수가 없었다. 그는 나이 한 살이라도 더 된 쪽에서 말을 내어 아퀴있게 메지를 내는 것이 도리일 성불렀다. 그래서 조는 그만 망설이고 장 서방네 사랑에서 따따부따 하는 중동무이된 말을 일껏 되살려내었다.

"나야말루 니열모리면 날이 더디 새두 서두를 게 윲는 나이 거짐 다 온 뭠인디…… 갓 쓰던 대가리에 패랭이를 얹어두 유만부동이지 이게 무슨 괴변이 봉변이라나? 다른 사람은 몰러두 자네 앞에서는 마빡이 더워 턱배기를 괼 수 윲이 되였네그려."

"……."

신은 짐짓 저 아닌 척하며 딴전을 보았다.

조는 취중에도 신이 하던 말은 흘려들을 수가 없었다. 신은 엊저녁에도 장 서방네 사랑채가 들썩하고 남게 언성을 높였다.

"비가 한 보지락만 와두 운동장이 몽땅 수렁으로 바뀌는 핵교에 모새루 객토를 해주는 게 시시허구 즉은 일이먼, 교무실에 칼라테레비 사다 바치는 건 큰 호사구 대사업이구먼? 허기는 그려. 원제 큰 것을 봤으야 즉은 것을 알지……."

신의 말은 옳았다. 소나기만 한줄금 있어도 비그이 뒤에는 질어서 다닐 수가 없고, 하학길의 발자국에 이겨져 한번 얽히면 나래질로 공굴임을 하기 전에는 제바닥을 내지 못하던 것이 천동국민학교 운동장이었다.

신은 처음부터 그것을 주장했다. 이왕 놀미부락 학부형들이 학교에 무엇인가 보탬이 되기로 말이 났으먼, 다 그만두고 온 동네가 고루 나서서 거들 수 있도록 매흙바닥 운동장에 모래를 하루 실어다가 덧게비로 깔아주자는 것이었다. 그것이 내남적없이 자식을 위하고 학교를 돌보는 일일 뿐 아니라, 더불어 주민의 화합을 다지고 연대감도 주는 최선의 길이며, 냇가에 지천으로 쌓인 것이 목새의 모래이므로 동네에서 노는 경운기와 달구지를 움직이되, 파서 싣는 패와 부리며 까는 패로 갈라 한 집에서 한 사람씩만 나와 애쓰면, 생돈 한푼 안 들이고도 떳떳이 큰일을 추어낼 수 있겠다던 것이었다.

신의 그 같은 주장은 엊저녁에도 거듭 면절(面折)을 당했다.

이낙만이의 간사한 꾀를 누구도 가로막지 못했던 것이다.

공기 돌아가는 낌새를 알아챈 이는 눈을 뒤집고 모들뜨며 시퍼렇게 앙앙대었다.

"오나가나 갑갑헌 사람이 캄캄헌 소리만 전문으로 허더랑께. 그러들 말어. 나 봐. 시방이 워느 때여? 술시여, 자시여? 하늘 천 따지 오여서 똑똑헌 늠 소리 듣던 시대는 반백 년두 넘었어. 서울서는 유치원에 늫기 전버틈 아엠아보이를 가르치는디 여기만 맨날 가짜 밑에 기억 허면 각이구, 갸짜 밑에 기역 허면 갸이여?"

"……."

아무도 받아줄 겨를이 없었다. 무슨 악매를 퍼부을는지 몰라 지레 주눅이 든 것 같기도 했다.

"술시구 자시구, 시방은 영어가 진서여. 국문은 갈수록 은문이구……."

이는 혀를 둘러 입귀에 고인 거품을 훔치고 나서 같은 어조로 말했다.

"나 봐. 얼마 안 남었어. 글피까지두 안 간다구. 니열모리면 천동핵교 교실서두 핼로 오케이 소리가 질바닥 즌봇대를 울릴 판이여. 댕기메 느낀 것 있는 집 애덜이 테레비 찬넬을 아예 에이에프케이엔으루 고정시켜 놓은 지가 원젠 중 알어? 모를 테지. 나 봐. 소문이 안 나서 엊그제지 햇수루 따지면 올에 핵교 들어간 애덜이 걸음발 탈 쩍버텀이여."

바야흐로 영어회화 시대의 어중간에 다다랐다고 이는 말했다. 이는 하고 또 했다. 영어회화교육은 시청각기재보다 마땅한 방법이 없으며, 따라서 컬러텔레비전처럼 효과적인 것도 아직은 없다던 것이다. 그러면서 이는 말끝마다 '내가 외국에 나가 국제정세만 안 보고 왔어두 이렇게까장은 안 헐 거여.' 하고 자세를 하였다.

"노무자루 사막이나 댕겨왔응께 그만허지 관광으루 홍콩만 둘러왔어 봐. 천동핵교에 비디온지 븨티알인지버텀 장만해 주자구 날쳤지……."

최진기는 듣다못해 점잖게 씩둑거렸지만 신은 성질 그대로 종주먹을 대며 사정없이 잡드리하였다.

"여게. 도대체 무싯날 장날 따루읎이 여물 먹구 거름이나 보태는 사람덜만 고스란헌 동네에 그게 무슨 짓인지 얘기나 해보게. 물건을 들여오너두 해필이면 복잡헌 것만 골러오너서 이냥 여러 사람 심난허게 허는거? 장삿속두 좋지만 유방(酉方)이구 신방(辛方)이구 누울 자리버텀 보구서 쇠(지남철)를 놨으야 헐 것 아녀? 아무것두 읎는 동네서 라이칸지 야시칸지, 카메라에 녹음기에 우황청심환까장 고루 갈어줬으면 그만만 해두 과만허잖여? 동네 사람 쳐다보구 칼라테레비에 카페트할래 가져왔다니, 게는 대관절 무슨 정신으루 사는 사람이여? 지사지낼 때 아니면 있는 돗자리두 깔어볼 저를이 읎는 사람덜더러 아리비아 카페트를 깔어라 그거여?"

"카페트는 장태 사람덜이 읎어 한정인 물건인께 여기서 걱정해 줄 일이 아닌 중만 알어."

이는 아무렇지 않다는 표정 그대로 느긋한 대답을 하며 맞섰다. 황선평이가 목대잡이로 나서고 이가 뒷배보기를 하는 이상 그 일을 말릴 재주는 아무도 없었다.

조는 황이고 이고 원망할 수가 없었다. 아내가 발벗고 나서서 그들을 거드는 판이니, 동네에서 무슨 소리를 듣는 것은 오히려 싼 편이었다.

복잡한 심정을 대중하겠는지 신은 도리어 그를 위로하였다.

"엊저녁에 장 서방네서 찧구 까불은 소리는 집이 들으라구 헌 게 아닝께 맺어 생각 말구 풀쳐 생각허라구 해두 그러네그려. 낙만이 허는 짓이 워낙 즌접스럽구…… 베랑 크지두 않은 동네서 몇 사람만 찌리찌리 얼면서 돈을 뫼구…… 그 돈으루 낙만이 칼라테레비를 사서 핵교에 기증헌다는 게 우스워서 나온 말이닝께……."

"……."

"나는 생각적으루 말했던 거여. 안 그렇겄나? 이웃에서덜 그 법

우리 동네 조씨

석이니 거기에 못 찐 집 애덜은 무슨 비위루 핵교 댕길 맘이 솟겄나? 집의 애덜 같으면 오금이 땡겨 공부헐 뜻이 스겄어? 입장을 바꿔서 생각해 보라구."

"……."

조는 말대접을 하지 않았다. 펑계를 댈수록 아내에게 쥐어 내주장(內主張)대로 되어가는 집구석꼴이나 광고하는 셈일 따름이었다.

눈자위를 누르며 다소곳이 신의 이야기를 들어주는 동안에도 조의 눈시울에는 여러 가지 물건들이 어릿거려 여간 부산하지 않았다. 그중에서도 읍내의 연도에 내걸려 있던 현수막은 눈썹에 아주 붙동여진 채로 노상 제자리에서만 풀렁거리고 있었다.

'내가 거둔 추곡수매 우리 국력 과시한다'

'내가 갚는 영농자금 내년 농사 밑천 된다'

그 현수막은 돈을 쓰기도 전에 경위없이 빚단련부터 시작한 셈이었으므로, 큰 병원 입원실의 허연 홑이불보다도 폭이 넓고 섬뜩한 것이었다.

조는 혼자만 알게 한숨을 쉬었다. 그의 소출은 국력 과시에 이바지가 될 만큼 부피 있는 것이 아니었다. 집터서리를 떠엎어 겨우 먹을 것이나 가는 채마전과, 그내 방축에 기대어 둔치와 작벼리를 뒤집고 다듬어 밀따리나 꽂아 근근이 세안 양식하는 내 땅 서너 마지기 외엔, 설령 노는 과부 돈이 있다 해도 문서 맡길 만한 묵정이 한 자락이 그에게는 없었다. 저수지 수문받이로 생전 물걱정을 잊고 지어온 골채배미만 해도, 왜정 때 아까이시네 마름으로 있다가 해방되자 일변 명의만 돌려놓고 죽은 박동관이 산지기 몫의 사래논에 지나지 않았다. 그것도 토지세에 물세를 끄고 나면 뒷목들인 것까지 통틀어 찧어야 해톤이나 대고 그만이었다.

그는 그래서 늘 분수를 알려고 애썼다. 매양 씀씀이로 쪼들리고 공과금에 부대껴온 애옥살림이나마 무가내고 지탱을 하자니 오로지 그 길밖에 다른 수가 없었던 것이다. 그러므로 황선평이가 이번 추수 보아 놀미에서도 학교에 기념이 될 만한 물품을 해주자고 집적댈 때, 그는 누구보다 마뜩잖아하며 얼굴을 돌렸던 것이다.

황은 아낙을 시켜 동조자를 모았다. 읍내 어떤 것은 교무실 앞에 남포 오석으로 교육헌장비를 세웠고, 장터 어떤 것은 분수대 모양의 음료수대를 시설해 주었으며, 차를 부리는 어떤 것은 강당에 피아노를 들여놓기도 했는데, 비석이나 음료수대는 말할 것도 없고 피아노에도 기증자의 이름과 그 집 아이의 이름이 나란히 새겨져 있어, 오면가면 보는 이로 하여금 부러움에 죽게 한다던 것이, 황의 아낙이 꾀음질을 하며 내놓는 미끼라고 하였다.

조는 더 있지 못하고 객쩍은 소리를 하였다.

"그림자루 제 낯짝을 짐작해두 분수가 있지, 그러잖어두 올 디까장 온 늘움치래기 살림에 슨달이 월매 남었다구 영농자금 대부받어 핵교에 기념품을 헌다나? 동짓달에 마파람두 아니구, 이게 대관절 무슨 운수소관인지 모르겄당께."

"황가가 핵교 기성흰지 육성흰지 허구 댕기다가 이사 감투 하나 읃어쓴 게 빌미되어 제 명함치례허느라구 궁리헌 수작이니, 워느 방침에 말릴 장사가 나오겄나? 그늠의 집구석은 아무리 냄옰는 형제간이라지만 워쩌면 그리 한치 한푼을 안 틀리구 제 구녕에 빼다 박았는지 모를레. 새끼를 두더래두 그렇게 맞추려면 넛할매 움딸허구 사돈허기가 외려 더 수월헐레."

신은 이낙만이보다 황선주 선평이 형제를 훨씬 못된 것으로 주목하고 있었다.

"그야 화살 떨어지는 디루 골러 과녁 채려놓는 재주만 있으면 세상살이에 아무 곡절 읎다는 옛말두 있구 허닝께…… 그 사람네 형제가 해온 행티루 보면 칼라테레비 정도야 됩데 약과네나."

 조가 살던 계집 난질하여 다 키운 자식 성 갈아주고 난 무지렁이 구시렁대듯 하는 꼴이 딱하든지, 신은 더욱 어조를 누그려서 나직하게 말했다.

 "이대루 가다가는 얼마 안 가서 큰일날 세상이라. 세상이 사람을 따로오너야 경온디 사람이 세상을 쫓어가기 바쁘니…… 낸들 낙만 이더러 왜 아무 말 읎었겠나. 츰에는 맴을 잔뜩 도스려먹구 알어들을 만허게 죄용히 일렀더라네. 노무자루 간 주제에 일 년에 한 번씩 휴가를 와쌓면 뭐가 남겄느냐, 냄의 돈 읃어 교제비 쓰구 어렵사리 갔으면 진드근히 이태구 삼 년이구 착실히 일해서 기반을 더위잡으야 헐 것 아니냐, 아 이랬더니 그 허는 소리 좀 들어봐, 그래두 남으닝께 나오지…… 장사가 되닝께 나온다는 거라. 그래 부애가 나길래 냅다 승질을 부렸지. 너는 냄의 나라루 지름 묻은 돈 벌러 갔던 게 아니구 제우 고향 사람덜 쌈짓돈 알겨먹으로 나갔더냐, 그랬더니 외국 돈이구 한국 돈이구 손에 쥐구 보면 다 같더라는거. 싸가지 읎는 것 같으니."

 신은 고삐가 매인 것을 다시 여겨보면서 이내 내려갈 짓둥이를 하였다.

 "애가 둘이나 댕기는디 운동회에 안 가보자니 그렇구, 장 서방네 예식장두 빠지자니 그렇구, 집은 위칙 헐라?"

 신이 돌아서며 물었다.

 "내가 그려. 예식장에 안 가면 장 서방 보기가 거시기허구, 운동장을 안 들여다보면 두엥이가 그렇구……."

 두영이를 들먹인 것은 체면치레였다. 그는 운동회에 무심할 경우 아내의 성화를 겁내고 있는 거였다. 장 서방네 결혼식은 열두 시에 도청 옆의 중앙예식장이라고 하였다. 시간만 어슷하지 않아도 그러지 않겠는데 학교의 점심시간과 겹치고 보니 이러지도 저러지도 못하게 따분하였다.

조는 신이 먼저 내려가자 더욱 맥쩍어하며 뒤가 눋도록 주저앉아 있었다. 그도 중동에서 가져온 물건을 처분한다는 한 가지 목적의 이낙만이보다, 남을 이용하여 제 실속과 생색을 내려고 그 야단인 황이 얼마나 더 괘씸한지 몰랐다.

황은 장터에 살면서 느티울 황선주와 손이 맞아 조합에 부비고 이장들을 부려, 부락마다 소금과 새우젓을 먹이면서 돈푼이나 만지게 되었고, 지금은 형제간에 의가 나서 갈라질 때 느러니 못미처에 마련한 농사처나 바라보며 놀미로 들어와 사는 반거들충이었다. 황은 형제상회의 일원이었을 적에도 누구라고 하여 모르면 대뜸 신고가 들어갈 정도로 아무나 알던 건달이었다. 그는 사사건건 남에게 부담감만 주어 여간 주체스럽고 성가신 위인이 아니었다. 읍내에 살 때는 아무도 처주지 않아 몰랐던 것이, 놀미로 들어와 치러보니 여벌로 여겼다는 뒷갈망이 없게 거북스러운 존재였다. 노상 이장보다 바쁘고 지도자가 뒤지게 돌아다닐 뿐더러, 영농회장 뺨치게 말이 앞서고, 개발위원장을 등치게 뒷말이 따라 걱정더미였다. 그는 오다가다 보고 들은 것이 많아 자연 마을 사람들의 허리 위로 돌 수밖에 없었다. 아낙네들에게는 족보에 없는 시집 푸네기요, 사내들 앞에서는 문서에 없이 신행길 후행짜리였다. 마음먹고 행짜를 부리려 들면 소문난 타짜꾼이 스스로 빕더설 지경이고, 업동이가 따로 없지 싶어 보노라면 틀림없이 오는 날의 근심가마리가 분명하였다

그런 사위스러운 느낌은 황의 아낙 병시 어매가 계를 모으러 싸다니고부터 마침내 모습을 드러내기 시작했다. 황의 회원자격에 결정적인 하자가 밝혀져 라이온스클럽에서 밀려났다는 소문이 놀미 부락에서도 하루에 열두 번씩 안주로 죽었다가 반찬으로 되오르곤

하던 어름이었다.

　병시 어매가 남의 눈을 기어 집으로 찾아왔던 것은, 아내가 이 학년이 된 두영이네 반의 첫 자모회에 나갔다가 다 저물어 들어오던 날 밤이었다.

　조는 건넌방에서 터앝에 놓을 씨감자 눈을 저미다가, 여편네 둘이 아귀맞춰 씩둑깍둑 수다를 떠는 통에 주워듣게 되었다.

　조는 병시 어매 음성부터 기억하고 있었다. 병시 어매의 말은 이러했다.

　"아빠가 라이온스크럽을 그만둔 게 다 뭐땜인디? 기본 자격이 월수입 팔십만 원인디 게서 젼디어낼 수 있겄어? 가게서 손뗴구 여기 들어와 농사나 짓겄다구 지나가는 소리루 한마디 던져봤더니, 총무라는 것이 애번에 실눈부터 뜨더라는겨. 젖소라두 몇 마리 쳐서 우유를 반양식이나 허는 집이면 모를까 무슨 논밭이 군수 월급을 넘는겨? 팔십만 원은 고사허구 죽게 해두 만 원짜리 여덟 장 구경허기가 에려운 게 농가더먼. 그런디 장태 것덜은 안 그렇거든. 허구 사는 건 우스워두 이런 디서 마지기니 섬지기니 허는 사람덜보다 알이 실었거든."

　"그런 사업허는 신사덜두 돈을 조상으로 치던감만."

　아내는 에멜무지로 물정없는 대꾸를 했다.

　"요새 유지가 원제는 인격적으루 놀었간디. 그 사람덜은 한 달에 얼마를 쓰느냐가 아니라 얼마나 버느냐, 순전히 손에 쥐는 것만 가지구 거기 먼저 여기 먼저 해왔지. 그래두 알어줄 만헌 사람은 알어주는 디가 여적지 남어 있긴 허더먼. 핵교는 역시 다르더라구. 놀미 학부형대표 육성회이사루 아빠를 뽑은 것 봐. 툭배기 십 년 묵었자 새루 나온 사기 대접만허간……."

　병시 어매는 내동 한물에서 놀던 사람들을 통밀어 평미레로 갈

겨 담으며

"즤덜이 그래봤자 올빼미 부엉이 사이여. 또 즤들이 그런다구 우리게 놀미는 아무두 옰간디. 누구 신명 나라구 짐장독에 우거지 절듯허여. 이 병시 어매는 나이 사십오이상으루 갖다 먹었간디."

병시 어매는 읍내 유지들을 되곱쳐 벼르더니 드디어 가라앉은 음성으로 꾀음질을 시작하였다.

"오타 엄니, 우리게 학부모덜두 그 사람덜처럼 애덜 뒷받침부터 단단히 허게 헙시다."

병시 어매가 동네 노박이들이나 귀꿈맞게 쓰는 오타 엄니로 아내를 부른 것도 아마 그때가 처음이었을 것이다. 오타는 집에서 부르는 두영이 별명이었다. 조가 딸만 내리 셋을 본 뒤로 그만인가 하다가 한참이나 터울이 져서 끝물로 아들이 붙어 '조오타' 소리를 연발하고, 동네 수다쟁이들이 따라 입내를 내어 얼결에 생긴 이름이었다. 조도 덩달아 오타라고 불렀다. 항렬의 돌림자를 챙겨 두영이라고 호적에 올린 뒤에도 오타는 입버릇으로 여전히 남아 있었다. 동네에 슬기니 우람이니 맵시니 하는 싱거운 이름을 가진 아이가 이미 서넛이나 되어 그런지, 오타라는 이름도 그닥 풋내나는 것 같지가 않았다.

"뭘루 뒷바침을 해준댜. 즤 아버지가 막걸리 한 되만 받어자셔두 금방 미어진 자리가 뵈는 헹편인디."

아내가 벽에 기대는 소리를 하니

"그러게 계를 묻자는 얘기 아녀."

하고 말머리를 새로 집었다.

"계는 무슨 계를 또 벌린댜. 있는 것두 징글징글헌디."

아내는 계 소리가 나오기 무섭게 펄쩍했다. 아내는 한마디로 일매지어 버리려고 말맥을 되짚었다.

"병시 엄니, 시방 우리게에 계가 몇 개나 있는 중 알구나 그려? 우리만 해두 하루에 두 번 시 번 달력을 봐야 제날짜를 안 넴기는 판인디…… 볼려? 여자덜찌리 허는 금반지계, 법랑 세트계, 이불계, 즌자 재봉틀계, 은수저계, 한복계, 세탁기계, 꽃놀이계, 이뿐이 수술계…… 그 말구두 쌨을겨. 남자덜찌리 붓는 계는 또 얼마여. 전에는 상포계(喪布契), 향도계(香徒契)밖이 읎었지만 시방은 내라 아는 것만두 쌀계, 생일계, 환갑계, 칠순계, 바캉스계, 효도관광계, 단풍계, 경운기계, 카세트계, 예비군계, 민방위계, 양수기계, 자가수도계, 망년회계…… 이루 셀 수도 읎이 대추나무 연 걸리듯 헌 게 젠디, 한 달 육장에 메칠이나 비었간디 계를 새루 해서 에워? 있는 계만 따러가는 디두 버렁빠져 죽겄는디…… 개갈 안 나는 소리 웬만치 허구 일어슬 때 일어스더래두 편히나 앉으셔."

아내는 정말 넌더리가 나는 것처럼 매몰스럽게 말끝을 오그려붙였다. 병시 어매는 대수로이 여기지 않았다.

"개갈 안 나는 건 오타 엄니여. 오타네가 그 계를 다 든 건 아니잖여. 설령 다 들었다 해두 그렇지 내가 허자는 계는 그런 먹매 큰 계가 아니라구. 이건 일주일에 천 원 한 장으루 썼다 벗었다 허구 남는 미니계여."

병시 어매가 말마투리를 남기자 아내는 대번 귀가 솔깃하여 의논성있게 말했다.

"미니계라두 그렇지. 쓰구 자시구 헐 게 뭐 있간 지질허게 천 원짜리를 허여?"

그러나 병시 어매의 설명을 들으니 그런 것도 아니었다.

"그러게 애덜 계라구. 애덜…… 오타허구 우리 병시가 한 반이잖여? 오타나 병시나 둘 중에 하나를 계주 시키자 이거여."

"애덜더러 계를……."

아내가 질겁하는 꼴은 건넌방에 앉아서도 선연했다.

병시 어매는 다시 말곁을 달아볼 틈도 없이 독장쳤다.

"공부는 저절루 되는 중 아남? 과외시키다 들키면 볼장 다 보는 중 알면서 그 버릇 못 고치는 것두 다 그 쪼간이라구. 핵교를 가는지 오는지 그냥 내비러둬 봐. 교실서버텀 뒷전 구신 안 되나. 애가 뒷전에 앉으면 워치게 되는 중 알어? 칠판이 제대루 뵈나 난로 덕을 보나. 공부 시간에 만화만 안 봐두 다행이지. 여기서 오십 명에 일등 허던 애가 서울루 즌학허면 칠십 명에 오십 등두 에렵다는 게 뭐 땜이여. 다 이치가 있어서 나온 말이라구."

병시 어매는 이야기를 계속했다. 다른 학부형들 같으면 담임이 갈릴 적마다 춘추복 한 벌짜리니, 목매기 한 마리짜리 하는 이름으로 계를 꾸미고, 그 첫머리를 담임에게 태워줄 뿐 아니라 다달이 넣는 목돈도 학부형들이 나누어 부담한다는 거였다.

학부형들만 계를 하던 시대는 벌써 지났다고 그녀는 덧드려 말했다. 서로 쉬쉬하여 소문이 안 나니 그렇지 계는 오히려 아이들 사이에서 한창이라는 거였다. 일주일에 한 번씩 주말마다 저희끼리 모임을 하고 순번대로 계를 탈 뿐 아니라, 그날 계를 탄 아이는 계원들을 중국음식점이나 빵집으로 몰고 가서 먹자판을 벌이기가 예사라는 거였다. 그러나 지금은 아이들도 약아져서 곗돈으로 저금도 하지만, 스케이트나 야구장비 같은 운동기구를 장만하는 것이 유행이며, 부모가 대신 계원들을 집으로 불러 갖은 반찬에 별미를 마련, 먹었다는 소리가 절로 나올 만큼 점심을 걸게 내는 것이 보통이라고 하였다. 그리고 그런 계가 한 반에 두서너 패씩 있음은 교사가 여며주고 학교에서 덮어주는 비밀이 되었다고 하면서

"요새는 으른보다 애덜이 더 미서운 세상이니 그러지 않으면 애가 교실에서 제대루 뿌리를 내릴 수 있겄남? 교실두 작은 사회라면

사휜디 교실서부터 제구실을 못허면 야중에 쇠견이 든다구 제 몫을 해내겠어. 어려서 다라지구 대껴진 것두 뒤서 밀어주지 않으면 허릅쉥이루 주저앉기 십상인디."

조는 듣다 말고 자기도 모르게 진저리를 쳤다. 어린 시절은 꿈이 양식이라던 그동안의 자기 나름이 하루저녁에 사라져버리고 마는가 싶기 때문이었다. 더욱이 아이들의 계놀음이 부모들의 소갈머리 없는 허영에서 비롯되었다는 사실, 그것은 서글프다 못해 징그럽기까지 하였다.

하지만 조를 놀라게 한 것은 성인병이 전염된 철부지 아이들이 아니라 호기심에 들뜨던 아내의 반응이었다. 아내는 먼저 이렇게 나왔다.

"우리 애덜두 제대루 챗어멕이지 못허는디 무슨 효도를 지다려 냄의 아이들까장 밥에 떡에 고기를 해멕여. 조무래기덜이 잘해 주면 잘해 주는 공이나 아나⋯⋯ 다른 건 다 그런개비다 해두 애덜 잔치 벌이는 건 무슨 속인지 모르겠네."

뒤미처 병시 어매의 귀띔이 뒤따랐다.

"그럴라면 애당초 계두 허들 말으야지. 소 빼구 만두 먹으려면 외려 보리밥이 낫잖여? 장태 있을 때 다른 여편네덜 허는 거 봉께 그거야말루 천상 그럴 수백이 읎겄더라구."

아이들의 계는 목돈을 만드는 것에 뜻을 두지 않았다. 계원으로서의 유대감을 우정으로 키워주는 것이 첫째가는 목적이었다.

그러므로 가장 중요한 것은 어른의 안목에 맞춰 싹수가 엿보이는 아이들을 고르는 일이었다. 그것은 가정환경이나 생활수준이 들쭉날쭉하지 않게 분위기를 고루잡는 일이기도 했다. 좋게 말하면 유유상종을 도모하는 짓이요, 달리 해석하면 친구를 이용하고 의지하는 영악성을 어려서부터 길들이는 꾀였다. 계원은 곧 패거리이므로 자연 패거리를 근거로 매사에 자신감을 북돋우며 대처하되 서로 돕는 기질도 기르게 됨은 물론, 은연중에 경쟁심을 자극하여 학력 향상에도 크게 효과를 낸다는 것이 병시 어매의 말매듭이었다.
"애덜찌리 계를 허니께 즤 부모덜두 왕래가 생겨서 자연 여러 가지루 편의를 봅디다."
하고 병시 어매는 새로 곁가지를 쳤다.

부모들도 패를 지어다니며 실력 행사를 하였다. 교사를 초청하여 대접하거나 찾아가서 봉투를 찔러주는 일에도 단체행동이었고, 사사로운 의견도 수시로 내통하니 번번이 공론처럼 조작을 해낼 수가 있었다. 심지어는 하찮은 학용품이나 옷가지도 공동으로 구입함으로써 틈틈이 동류의식을 다져나갔다. 그리고 그 힘은 당연히 교실에도 미쳐 교실의 커튼 하나를 갈더라도 감과 색상 선택에서 재봉에 이르기까지, 그런 패거리의 주장은 여간해서 중동을 꺾여본 적이 없었다.

"가만히 들어보니 그것두 그렇겄는디…… 불리헌 건 하나두 읎구 죄 유리헌 일만 쌯인 것 같어."
아내는 은근해진 억양만으로도 곧 동조를 하고 나설 기미가 역연하였다.

조는 가부간 아내의 일에 신칙을 하러 들지 않았다. 십칠 년 맞수와 부질없이 다툴 일도 끔찍스러웁거니와, 한번도 눌러본 적이 없으니 더욱 오불관언할 수밖에 없었다. 차라리 뒷날 졸토뱅이 소리를 듣는 한이 있더라도 실없이 참견을 할 형세가 아니었다.

아내가 병시 어매와 더불어 아이들의 계를 짜준 사실을 안 것은, 그때 그런 말이 있고 얼마나 지났는지 모를 즈음이었다. 먼저 그 일을 귀띔하면서 충고를 해온 것은 리낙천이었다. 며칠 날인가, 리가 와서 잠깐 보자고 하여 나갔더니 그는 첫마디부터 부르대며 그참 닦아세우려 들었다.

"여게, 우리게 닐미가 계 많이 허는 시범부락이라나? 계에 못 치여죽어 그 지겨운 계를 또 보태는 겨? 대관절 무슨 소관인지 집의 말 좀 들어보세나."

"개같 안 나게 무슨 말을 졸가리두 옰이 밑둥버텀 들이댄다나?"

"숭물떨구 있네. 보는 사람마다 칠어계 칠아계 허면서 으밀아밀 쑥떡방안디 집이만 시치미 떼기여? 애덜 삼신할매는 같은 삼신할매라는디, 같은 애 가지구 아무것도 모를 쩍버텀 별쭝맞게 다루면 장래가 구찮은 벱이여. 장닭 한 마리가 온 동네 시계 노릇을 허구두 남는 이런 구석배기서 패를 갈러서 놀면 쓸 일인가?"

"……."

조는 새겨듣기가 어려워 하는 데까지 하게 두고 들어나 볼밖에 없었다.

"되질은 될수록 줄어두 마까질은 달수록 는다니께, 어채피 있는 말 놔두구 읎는 말이 더 요란허겄지만, 그래두 그러면 못쓰느니……."

"칠어계구 칠아계라니? 듣다 츰 듣는 소리 같은디."

조는 워낙 생무지였으므로 의연히 되짚어물은 거였다.

"츰 듣는 소리 같은디라니? 어린것덜할래 시켜 계를 해왔더라메? 애덜 일곱이 허는 계는 칠아계구, 애덜 엄니 일곱이 허는 건 칠어계라구 동네가 파다헌디 집이만 츰 듣는 소리 같은디여? 그러들 말어."

리는 조가 눈비음으로 능청을 떠는 줄 알고 자못 서운한 표정마저 지었다.

"칠아계에 칠어계라……."

조는 비로소 닿는 게 있었다. 아내가 능갈치게 꾀송대던 병시 어매의 수완에 기어이 넘어갔음을 어루더듬은 거였다. 하지만 리 앞에서는 구차스레 그런 내색이 필요하지 않았다. 조는 부러 비사쳐서 말했다.

"오타 어매는 무슨 소리 옰었는디…… 모르겠네. 십칠 년을 한 이불 써두 츠녀 적에 오줌지렸다는 소리를 못 들어본 여편네끼게. 서방을 지붕처럼 쳐주던 시대두 지났구…… 노루꼬리는 알아두 개꼬랑지 몰라보면 섬 못 된 거적 아니담?"

리는 남이 알게 무던한 사람이므로 잔재비처럼 더는 캐려들지 않았다.

"그건 그려. 쟁기 자부지를 십 년이 넘게 잡어본 나두 물갈이는 두 거웃이 한 두둑이구, 마른갈이는 니 거웃이 한 두둑이란 걸 요전에야 알었으닝께."

리는 그런 소리를 남기고 제물에 물러갔다.

조가 아내를 쓰다듬으며 물어보니 누구한테 무슨 소리를 들어도 싸다 하게 마련이었다.

계원을 고른 것도 읍내에 발이 넓은 병시 어매였다. 첫 회합 장소는 우 무엇이 형제가 하는 중국음식점 우춘옥이었다. 그새 몇 차례나 따라다니며 뒷수쇄를 했는지 아내는 벌써 아이들 이름보다 아이들 사이에서 오가는 별명으로 주워섬기며

"첫째는 사자표……."

하고 명단을 늘어놓았다. 사자표는 수챗다리 건너 천동빌딩에 삼층 한 칸을 라이온스클럽 사무실로 기부하고 회원이 되었다던 심시동이 아들이었다. 단체의 휘장에서 따온 별명인 듯하였다.

"그 댐이는 어린양이구……."

어린양은 천동교회 목사 김의 아들이었다. 조는 웃었다. 무슨 소집이 있을 때마다 단골로 올라와서 정신교육을 한답시고, 총화단결이야말로 주님의 뜻이라나 뭐라나 하고 혼자 씨부렁거리며, 앞잡이

노릇으로 목이 쉬던 자의 얼굴이 떠오르니 입이 저절로 미어지던 것이다.

천동여관 방만근이 아들, 중앙부동산 유득종이 아들, 유신라사 임행빈이 딸, 천수당한약방 민승기 딸, 그리고 병시와 오타가 한 계원이었다.

"요새는 냄의 말이면 다 숭인디, 숭이 흠이구 흠이 탈이구 허니 슬슬 틀어 계를 뻐개버릴 수는 읎을까."

조가 에멜무지로, 그러나 눈치껏 의논성 있게 말비침을 하자

"뻐개다니? 그런 쌀값두 안 되구 보릿값두 안 될 소리는 허들 말어. 구신이 나오너 해꽂이나 헌다면 혹 모를까, 깐깐 오월 미끈 유월에 땀을 바가지루 쓰구, 신창을 덧대어가며 다리가 떨어지게 댕겨 제우 모양이 잽히닝께 쩌개버려?"

하면서 아내는 두 길이 넘게 뛰었다.

계의 이름은 오뚝이회였다. 씩씩하고 늠름하게 커나라는 뜻으로 그렇게 지어주었다는 거였다. 아내는 아이들을 회원이라고 불렀다.

"천동바닥 허섭쓰레기 인물은 죄다 쓸었구먼. 오사리(학부형)나 늦사리(아이)나 태깔 한번 말쑥허게 빠졌어. 애덜은 몰러두 즉 애비 상판을 보니 슨거인을 내놔두 죽으루 내겄구 자문위원을 뽑어두 두룸으로 뽑겄어…… 그러니 지게 세장 밀삐가 닳어 잇어쓰도록 일백이 모르는 농토백이 아이덜은 무슨 반죽으루 핵교를 댕기겄나……."

조는 혼자 소가지를 부리고 자조나 하였지 아내의 기승은 데쳐놓을 재간이 없었다. 얼마 전인가, 오타와 같은 회원이라고 고만고만한 조무래기들만 울안이 그들먹하게 몰려와 마당이고 뒤꼍이고 함부로 어지르고 다니며 굿을 하던 날도, 조는 나무라기커녕 자리부터 비켜주지 않을 수가 없었다. 조가 아이들이 느런히 앉은 두리

기상에 물그릇 하나 올라갈 틈도 없이 늘비하게 차려낸 것에 좋지 않은 눈을 떴다 감았다 하다 나오자, 아내는 대문 어리로 따라나오며 시키지도 않은 변명을 하였다. 그녀는 무슨 효도를 기다려 남의 집 아이들한테 밥에 떡에 고기냐고 하던 때는 언제고

"뭣이 또 마뜩잖여 두 눈이 흐옇게 떴다 보았다 허구 나오는겨? 그러들 말어. 당신은 가이 잡어 보신헌다구 술집만 가두 냄이 핥구 버린 돼지뼉다구를 주워오너 가이 줬지만 그게 무슨 쇠용 있습냐? 그게 아녀. 냄의 애덜 잘 멕여 보내는 게 내 아이 잘 멕이는 게구, 내 아이 잘 멕이는 게 실은 내 몸 보허는 심이더라 이거여. 이건 나두 접때사 느꼈어."

"웅뎅이에 빠진 달 뉘라 동서를 구별헌다나. 나는 무식이 지식이니께 당신이나 많이 느껴둬."

아내는 쇠고기 아닌 소시지 튀김, 닭고기 두고 모래집볶음, 생선은 없이 해삼회, 숭늉이 있어도 깡통음료수 따위를 장만했는데, 요즘 아이들의 비위를 맞추는 법은 어디서 보았는지 모르게 천연덕스러웠다.

아내는 온다간다는 말도 없이 외출이 잦았다. 단체로 해야 할 일이 연다는 모양이었다. 가름옷이 늘고 신발 켤레도 자주 바뀌었다. 조는 그러나 김치건 짠지건 그저 두고 보는 수밖에 없었다. 오타가 동네에서 따돌림을 받아 외돌토리로 벋놀기만 해도 모르겠는데 그런 기미도 없었다. 아내도 곡식을 떠낸다거나 다른 데에 쓸 것을 축내려 하지 않았다. 알게 모르게 들어놓았던 이쁜이 수술계와 우수 저계를 타서 비용을 댄다 하니, 일일이 두름성 없이 신경질을 부릴 수도 없는 일이었다.

그러나 그것이 놀미에서 학교에 교육기재를 기증하자는 말늦이 된 것만은 아니라고 할 수가 없었다.

조는 그 일이 추진됨과 얼머서 축이 잡히자 보는 이가 드문 데에서도 고개를 예사로 겨누지 않았다. 뒤에서 건잠머리를 해놓은 이낙만이나 목대잡이로 나선 황선평이를 탄할 것도 없었다. 장 서방네 사랑에서 그토록 취하고도 최나 신이 한창 시끄러울 때 스리난 입처럼 우물거리다가 만 것도, 그런 사단을 빌미하여 물려지내기로 작정한 까닭이었다.

중동에서 장삿속으로 들여온 물건을 처분하는 것이 사업이었던 이낙만이에게는 다시 없을 계제였다. 이는 황을 부추겼다. 황은 아낙을 내보내어 속으로 교섭을 하였다. 그들은 그때마다 오뚜이회 이야기로 말머리를 삼았다. 오뚜이회와 비슷한 무리가 반드시 한 교실에 한두 부룻은 되니, 가만히 있는 것은 수가 아니라고 충동을 하였다. 이는 동네에서 아무도 거들떠보지 않은 컬러텔레비전을 치우기 위한 수작이었고, 황은 육성회이사직을 오래 누릴 수 있는 방편으로 일을 주선하러 나선 것이었다.

병시 어매의 넌덕과 아내의 뒵들이로 일은 어렵지 않게 마무리가 되었다. 아내한테 알아보니 배경춘이 아낙, 그리고 유승팔이와 오치균이가 두말않고 따라나선 모양이었다. 한 집에서 십만 원씩 추렴을 한다고 아내는 말하고, 당장은 쉽지 않으므로 우선 황의 이름으로 영농자금을 끌어내어 충당하되, 그 조합돈은 두었다가 추곡을 수매하여 함께 끄기로 말이 되었다는 것이었다.

지르된 참외 두어 개만 서리를 해가도 사나흘씩 악담이 들리던 동네였으니 조용할 리가 없었다. 시새움이 아니었다. 틀개를 놓자는 것도 아니었다. 집집에 학교 다니는 아니가 있음에도 다섯 가구만 짜고 그런 일을 하니 경위가 아니라는 항의였다. 그들은 일쑤 황이 했던 말을 들그서내었다.

"나두 장태서 사업을 헐 적에 리버티 인테리젠스 크럽에 투신하여 사회적인 봉사를 해봤으니 말이지만, 우리두 이 나이를 인식허는 최지라면 인저버텀은 슬슬 봉사적으루 움직일 때두 된 게 아니냐, 이것이 새 역사에 부응하여 착착 앞서가는 사람의 에이비씨가 아니겠느냐, 나는 그렇게 생각허는 거여."

아첨과 뇌물의 상징을 기증하면서 봉사라고 우기는 데에 질려버린 것일까, 사람들은 웃을 때 웃더라도 드러낸 비난만은 삼가고 있었다. 그들은 그 대신 조를 못마땅해하였다.

"병시 아배가 착착 앞서가는 사람이면, 두엥 아밴지 오타 아밴지는 뭐여? 슬슬 뒤져가는 사람이구먼."

"그러면 우리는 누구여? 판판이 쉬어가는 사람인감만……."

그런 소리가 들리면 조도 변명을 했다.

"젖내나는 새끼두 애비 말을 안 듣는 세상인디 하물며 여편네를 잡드리허겄남. 부창부수는 증조 고조가 살어생전에 이른 말씀이구, 시방은 내오이간에두 민법 형법이 가로놓인 시대여. 지집이 속썩여 저승사자 밥 해멕인 사내는 논어 맹자에두 수두룩헌디, 요새 지집 복어가메 사는 사내가 몇 놈이나 되더냐? 법으루는 못허는 벱이 있어두 말루 못헐 말은 워디를 가봐두 읎더라."

하지만 그 말을 입 밖에 낼 수는 없었다. 설득력은 저리 두고라도 이해를 해줄 만한 사람조차 없어 보이던 것이다.

언제 큰 것을 봤어야 작은 것을 알지—조는 신이 하던 말을 되뇌이며 산수유나무숲의 오솔길을 내려왔다. 바람도 쏘일 만큼 쏘였건만 머리는 오히려 한결 무거워진 것 같았다.

오타가 들썽이는 마음을 고루잡지 못해 아침도 반 공기나 설때리며 학교로 내빼자, 오타 어매는 담을 것을 찬합에 담고 쌀 것은 비닐봉지로 싸고 하며 부지런히 점심보따리를 꾸렸다. 그녀는 보매 좋은 소리 듣기 틀린 것부터 챙긴다고 챙겼다. 마침 오타 아배가 없어 망정이지, 보나 마나 가만두지 않을 음식만 해도 서너 가지나 되었다. 밥하고 난 아궁이 잉걸불에 갈비를 굽고, 밤, 대추며 잣과 은행을 고명으로 치장한 것까지는 본숭만숭할 수도 있었다. 그러나 대목장이라도 나올지 말지 한 흑염소 육포에 폐백닭 만지듯이 모양을 낸 꼴이나 하고, 버섯, 파슬리를 볶고 채쳐 꾸미로 얹은 상어산적과, 다진 아롱사태에 갖은 양념과 호도며 건포도를 섞어 소로 넣고 쪄낸 오징어순대는, 그것이 비록 텔레비전의 요리강습 시간 탓인 줄 알고 있다 하더라도 결코 눌러보아 줄 음식이 아님은 분명했다.

그녀가 맛도 모르며 어려운 음식을 차린 것은 근래에 생긴 취미로서가 아니었다. 학교가 파하는 대로 뛰어올 두 딸이나 오타를 생각한 것도 아니었다. 오타 아배의 입이 문득 높아져서 시늉을 내본 것은 더욱 아니었다. 그것은 오뚝이회원 가족들이 따로 모여 점심을 나누기로 한 약속이 있는 때문이었다.

조가 들어온 것은 찬합마다 뚜껑이 덮이고, 먹을 만하게 식은 보리차를 보온병에 거의 다 채워갈 무렵이었다.

그녀는 남편의 서름한 낯을 보자 부러 암상을 떨며, 장 서방네 결혼식은 애초에 단념하도록 지레 쐐기를 질렀다.

"워디 가서 해찰부리구서 인저야 온댜? 어련허류만 핵교에 늦잖게 오너유. 도시 핵교는 애덜이 많구 운동장이 좁어 전교생이 하냥 조회두 못헌다던디, 여기는 남는 교실 뜯어 실내체육관을 맹글구두 빈 디가 있다니 운동휜들 푸짐헐 이치가 있겄어? 오죽허면 학부형마저 들 올깨미 집집이 식구대루 나와달라구 공문을 다 띄웠겄어. 다다 싸게 나오너유. 일찌감치 자리 하나래두 채워주는 게 오뚝이회 체면두 스구 허닝께."

"……."

조는 대꾸하지 않았다. 미처 작정을 못한 거였다. 그것은 장 서방네 예식장이 걸려서가 아니었다. 아내 앞의 점심보따리를 보자 어디서 금방 감사패라고 하는 물건들이 떠오르며 눈앞의 허방을 메우고 어지러이 오르내리기 시작한 때문이었다.

감사패 전달식은 점심시간과 더불어 있다고 하였다. 영어회화 교육기재로 컬러텔레비전을 기부한, 놀미 사람 다섯에게 가는 감사패였다.

조가 그렇지 않아도 난장판에 버금갈 운동회에서 그런 구차스러운 순서가 곁들여진 이유를 몰라하자, 엊저녁 초슬목에 일부러 그 말을 전해 주러 왔던 황은, 첫 바대기에 눈을 달리 뜨며 잔뜩 불어 터진 소리로 지청구부터 하였다.

"불평불만두 팔자라닝께. 그러면 워디가 워떻간? 오타 아버지는 국제정세보다두 지역사회 일에 더 한디라서 걱정이라구…… 나 봐, 핵교두 장사를 허야 될 것 아녀. 운동회두 장삿속으로 허는 게 요새 핵교여."

"누가 그걸 몰라서 허는 말인감."

조는 자신없는 소리로 응수했다.

"그럼 감사패는 뭐여? 그전마냥 통대 출마헐 때 경력난 보태라구 주는 거라남? 유지급 학부형덜헌티 다른 것두 좀 해달라는 피알이여 피알……."

"그래두 그렇지. 여적지 물건두 안 갔을 텐디 그새 무슨 감사패라나? 남우세스럽게스리."

조가 더욱 뜨악해하자

"물건이야 니열 식전에 오도바이루 실어가면 되지…… 그렇게 허기루 스무게 한 주사랑 서루 오구간 말이 있으닝께, 오타 아버지는 나랑 하냥 나가서 받을 것만 받으면 되는겨."

황은 그 일로 저물었다면서 장 서방네서 부르러 온 것도 마다하고 옆길로 샜던 것이다.

조는 보따리를 들어옮기는 아내의 팔이 휘청하자 새삼스럽게 티적거렸다.

"반빗하님이 상전 문안드리러 가는 질인가. 뭣이 그리 많은겨? 허연 밥에 건건이 서너 가지 허구 주전부릿감 한 볼탱이 것만 있으면 찍헐 텐디."

"그건 청군 홍군 하던 우리 댕길 적 얘기구, 시방은 청군 백군이여. 사람이 몸은 나이를 못 쇡여두 맴이 젊어야 쓰는디, 이이는 몸뚱이만 여기 있지 맴은 삼년상 난 지가 한참이라니께."

도둑이 제 발 저려 한다고, 오타 어매는 켕기는 데를 못 가려 지레 무슨 말을 하려다가 말중동을 놓치고는, 도리어 남편에게 애매한 멍덕을 씌우려 들었다.

"아무것두 안 했는디 많은 것 즐겨허네. 이 보탱이 것 다 합쳐봤자 당신이 나가서 팔난봉 구한량허구 맞돈에 한 잔, 오이상에 두 잔 허구 내버리는 것에 대면 반두 안 되여."

"……."

조는 그 이상 실랑이하고 싶지 않았다.

윗목에는 보아놓은 상이 시서늘하게 기다리고 있었다. 조는 밥상을 당기고 오타 어매는 대문을 밀었다. 대문 지치는 소리에 이어

"자시구 나서 상 접어놓느라구 충그리지 말구 다다 싸게 오너유."

아내 음성이 문지방을 넘어오다 말고 물러갔다.

조가 집을 나설 무렵만 해도 동네는 처음 보는 타관처럼 말짱히 비어 있었다. 그루밭의 수수목이 숙어 길이 더욱 좁고, 수채를 뒤던 햇내기까치 까작거리는 소리에 지붕마다 물매가 늦었다.

조도 이웃 삽살이에게 집을 맡기고 동구를 벗어났다. 앞뻥이와

느러니로 갈리는 삼사미에 이르도록 인기척 한 번이 없었다.

"동네를 저냥 안암팎으루 열어패두 갱기찮대유?"

주막 못미처 닥나무 그늘에 들어 있던 느티울 김봉모 아낙이 보고 불쑥 입다심인사를 하였다.

"읇어질 만헌 것은 죄다 논밭에 꽂혀 있는디 워느 시러배가 거미줄 걸려 더딘 울안을 기웃대겄슈."

조는 안 해도 그만인 응대를 했다.

"애 있는 집은 핵교루 몰리구 으른 있는 집은 결혼식으루 쏠리구, 농촌에 사람 귀헌 중 오늘 새루 봤슈."

"농업은 직업 축에두 못 가니 어지간허면 붙어 있겄슈. 죽게 삭신 부려 제우 조상 제사치레나 허다 갈 사람만 주소를 두구 있는걸유."

"잔칫집 대절 빠쓰는 예서 시방 바루 떠났슈."

"나는 핵교 쪽이유."

학교 앞은 시끌덤벙하였으나 정신없게 붐비지는 않았다. 교문 앞에 생솔가지 솔문을 세우고, 만국기가 드리워진 솔문 앞에서부터 엿장수 가윗소리가 까마귀 끓는 동짓달 보리밭머리만이나 하게 시끄러워야 무슨 일이 있는 곳 같으련만, 이제는 그게 아니면서 작년하고도 달랐다. 방개 같은 승용차가 두 대, 과일짐을 풀고 나서 내다도 안 보는 경운기 서너 대, 그리고 무엇에 썼는지 모를 임자 없는 용달차 한 대가 넋이 빠진 채 저리 치워져 있을 뿐이엇다. 하지만 여전한 것도 있었다. 교문 옆의 물력가게 터에 모랫더미를 치우고 한솥을 내건 한승조네 국말이밥집이 그것이었다. 돛폭같이 수수러진 차일 밑에 멍석이 널리고, 가마솥마다 내는 아궁이 앞에 연기 번지듯 김이 어리며 소댕을 가리고 있었다. 돼지머리가 도마에 오르고 똬리틀린 순대는 채반 위에서 수북하였다.

"얼라, 유지께서두 이냥 늑직허게 나온다나? 본 지 오랠세야."

어떤 것이 넉살 있게 아는 소리를 하였다. 뜨막한 얼굴이지만 천동학교 동창 권혁만이었다. 덥뎅이부락 이장을 본다면서 장에 한번이나 나오면 이 다방 저 다방에서 거치적거리며 볼썽사납게 깝죽거리던 자였다.
"새파란 것이 벌써 학부모 됐을 리는 읎구, 장조카 기마전허는 것 봐주러 나왔담?"
조가 우스갯소리를 하자 권도 먼저 꺼낸 말의 덧두리로 거듭 실없는 말을 먹였다.
"본부석에 가보니 자네 찬조금 한번 후허게 냈데나. 다덜 배터져야 오천 원인디 자네는 이만 원이나 되데. 암. 다다 그래야지. 이 성님 내오이 모교니께."
"옳지, 애비 셍묘 다 댕기구 싶거든 그렇게 위아래두 몰러보너라."
"찬조금두 즉잖이 기부했응께 식권이 나와두 여러 장 나왔을 텐디, 혼자 그러들 말구 이 성님헌티두 몇 장 노나보지 그러나. 요새 이장이 그전 구장 반만두 못허다더니, 우리 같은 사람은 이런 디를 오너두 식권 한 장 차례온 법을 모르겄더랑께."
"그래두 엊그제 즌기 들어온 동네서 직함 밑에 님짜 받쳐 대접허는 건 이장뻑이 읎더라. 유지(油紙)는 거기구 나는 비니루니께 얼른 제자리루 가 있어."
말은 헐겁게 했지만 속이 외어 견딜 수가 없었다. 의논 한마디 없이 몰래 찬조금을 낸 아내도 괘씸했지만, 그것을 쳐들어 대놓고 야유하는 권의 소행은 당장 주먹이 나가도 선찮게 불쾌하였다.
맨정신으로 기웃거리면 길내 재미가 없을 것 같아 조는 차일 쪽으로 옮겼다.
그는 막걸리로 목을 축였다.
학교의 확성기에서는 줄곧 덧뵈기 가락 비슷한 것이 흘러나왔다. 보지 않아도 저학년 아이들이 장난감 소고로 이른바 고전무용을 하고 있을 터였다. 어쩌다 들으면 삭정이 꺾는 소리도 가끔 섞이고 있었다.

아이들 응원소리 나는 꼴이 한구석에서는 단거리 경주가 진행되고 있고, 삭정이 부러지는 소리는 화약권총의 출발신호가 그렇게 나는 모양이었다.

조는 막걸리 석 잔에 속이 거득해지자 하릴없이 멍석을 나와 교정으로 들어갔다. 교문 안은 갖은 잡살뱅이 장수들이 양쪽으로 전을 벌이고 있어, 정신을 바짝 차리지 않으면 어느 것이 먼저 밟힐는지 가량할 수가 없었다.

조는 천천히 걸음을 옮기며 대목만난 물건들을 뜯어보기 시작했다.

그러고 보니 먹는 것 말고는 낯선 것들이 천지였다. 아니 먹는 것들도 그전하고 달랐다.

그가 다닐 때는 찐 고구마와 인절미가 기중 흔했으며, 붕어빵 화덕과 솜사탕 자전거가 아이들을 그러모으고, 꽈리, 고무줄 새총, 유리구슬, 군대 계급장 딱지, 그리고 흑임자 엿모판과 해파리회 같은 우무채장수 앞의 아이들이 해가 이우는 줄을 몰랐었다. 그런데 이제는 그 비슷한 것도 얼씬을 않을 뿐 아니라 켜켜로 쟁인 것이 유색 음료수 병이요, 첩첩이 쌓인 것이 장난감 총칼과 전쟁놀이 도구였다.

벌전 구경으로 반시간 남짓이나 지체됐는가 싶을 때 덧백이가락이 들어가더니 곧 안내방송을 물어내었다. 천동유치원 원아들의 고전무용 찬조출연에 이어, 천동무도관에 다니는 미취학 조무래기들의 찬조출연으로 태권도 시범경기가 나온다는 거였다. 보나 마나 학생이 얼마 안 되어 운동회가 단조로움을 면치 못할 터임에 궁리가 그에 이른 모양이었다. 이윽고 확성기에서 행진곡이 퍼지기 시작했다. 태권도장 조무래기들의 입장을 알리는 전주곡이었다.

조가 본부석 쪽으로 고개를 돌려본 것도 그 어름이었다. 그쪽은 얼씬도 않기로 혼자 다짐을 두며 오고도 은연중에 스스로 어긴 것은, 아낙네들의 짜그락거리는 소리가 난데없이 치솟았을 뿐 아니라, 종내 수그러들지 않는 것이 더욱 이상스러워서였다. 싸움이 나도 대판거리가 분명했다.

조는 얼른 시선을 거두었다. 그 근처에 속을 건드리는 물건이 춤을 추고 있는 거였다. 그는 그것을 처음 발견하면서 내빈석 옆에 웬 빨랫줄인가 했는데, 보니 그런 것이 아니었다. 종이오라기가 너풀거리고 있었다. 찬조금을 낸 사람들의 이름과 금액을 적어 널어놓은 것이었다. 그것은 서낭나무 가지의 울긋불긋한 헝겊오라기를 연상시키며 섬뜩한 느낌을 주었다.

아낙네들의 아귀다툼은 갈수록 기승을 부렸다. 학부형들이 저럴 리는 없고, 그는 임고리장수나 논다니패가 과음을 했거니 싶었지만, 어느새 넘어다 보고 왔는지 침주어 우린 풋감장수 여편네가 씨월거려쌓서 보니 그렇지도 않았다.

"어린것덜이 달음박질을 허는디 일등을 허면 워떻구 끗등을 허면 워떤겨. 일등상은 즤 자식만 타라구 중해져 있었간디. 싸가지읎는 것덜. 예가 워딘디 오너서 아갈거려 쌓는겨."

발단은 가족들의 응원이 과열된 데에 있었다. 모두 운동장으로 뛰어들어 제 자식 응원에 혼이 빠지던 판인데, 앞서서 달리던 아이가 넘어져 사등으로 들어왔다. 일등짜리 어매는 좋아죽어 하다가 얼결에 사등짜리 어매의 발등을 밟았다. 사등짜리 어매는 일등을 놓친 부아까지 들뜨려 그쪽을 나무랬다. 그래서 난 난리였다.

"올 디까장 온 세상이여. 우리 때 같어봐. 여편네덜이 워디 오너서 니년 내년 허메 저 지랄이여. 요새 젊은 여편네덜은 신경쇠약 안 걸린 것이 읎더라닝께."

감장수 여편네의 군소리가 아니더라도 운동장 풍속이 영 달라진 것은 아무가 보나 마찬가지일 거였다. 가족들이 눈을 빼려 들며 응원에 극성인 것도 그중의 하나였다. 놀기삼아 들여다보라고 책 한 권을 사다 준 법은 없어도, 운동의 운짜만 들어갔다 하면 당장 소라도 잡을 듯이 소매를 걷고 덤비던 게 어디 가나 있는 풍경이었다. 리낙천이 말마따나 촌것이 텔레비전 앞에 나와 같잖은 것들을 본받은 대로, 대한민국 국민 여러분 운운하며 흰소리라도 시늉해 보려면, 오직 운동선수로 뛰는 길밖에 없다고 여겨 그리된 것인지도 모를 일이었다.

조는 월드컵축구 예선경기가 벌어지자 전국적으로 품질이 낮은 사람들만 몰려들어 북새를 피웠던 몇 해 전의 서울운동장 풍경이 얼핏 떠오르면서, 눈뜨고는 못 보게 난장판이 된 운동장에 정나미가 떨어져 이내 교문 밖으로 시선을 돌렸다. 이왕 늙숙한 것이나 이제 약오른 것이나 한결같이 카메라를 부여안고 갈팡질팡하는 것은 더더욱 꼴불견이었다. 아기들의 태권도 시범경기장인지, 어른들의 카메라 촬영경진 대회장인지 분간을 할 수가 없었으니까.

"얼라, 왜 예서 이러구 있는규. 저리 오너서 짐두 보구 허잖구서. 짐 땜이 오두가두 못허겄으니 오뚝이 회원덜이 워디 백혀 있는지 당최 알 수가 있으야지."

목이 오망부리져서 아이들과 키를 겨루는 아내가 뒤듬바리걸음으로 다가오며 눈을 허옇게 하고 투덜거렸다.

조는 운동회 전날 예행연습장 같아 싱거워 못 있겠다고 하려다가

"우리게 사람덜은 죄 예식장으루 몰리구 얼굴두 안 비치는디, 나만 뙤똑하게 앉어 하늘 보랴 구름 보랴 허구 있으란 말여?"

하고 냅다 지청구를 했다. 그러자 얼굴에 찍어바른 것을 땀으로 개고 흙먼지로 고물하여, 접고 보기 전에는 여자 비슷도 않게 생긴 아내가 눈을 위로 뜨고 아래로 떠가며 윽박질렀다.
"그이덜두 자기처럼 바닥으루 돌며 땡볕에 한중허는 중 아나베. 그러게 내라 장 뭐랍댜? 다다 위루 보구 살자구 안 헙댜."
아내가 가리킨 곳은 차일 아래에 걸상이 여러 겹으로 놓인 내빈석이었다. 과연 이장 변차섭이를 가운데에 두고 오치균, 유승팔, 배경춘이가 든직하게 앉아 담배를 나누고 있었다.
"당신두 그리 가 있어유."
그녀는 언제 사놓았는지 뜯지도 않은 솔담배 한 갑을 핸드백에서 꺼내주며 팔꿈치로 밀었다.
"내빈석은 이따 감사패 받을 사람덜만 가려앉힌 모양인디, 이 몸이 칼라텔레비랑 찬조금을 낸 조 아무요 허구 게 앉어서 티를 내란 말여? 놔둬. 오타가 즤 누나덜허구 즘심 먹는 거나 보구 올라갈 텡께."
"저이는, 티는 무슨 티를 내여? 아까 가봉께 느러니, 덥뎅이, 널미서 십 원 이십 원 가지구 바르르허던 우거지 시래기두 게 다 뫼여 있던디. 장태 갯것전, 초물전, 어리전서 지침허다 하품허던 육백수 칠건달두 게서 수건 한 장씩 은어 겟말에 차구 있구…… 싸게 글루 가봐유. 쬐끔 있으면 즘심시간 다 되니께."
조도 따라 시계를 들여다보았다. 십 분 전 오정이었다.
"그럼 나두 식권이나 읃어다가 심심헌 사람덜헌티 인심이나 쓰야겄구먼. 즘심은 복엥이 수엥이 지달렸다가 오면 하냥 먹게 허여."
아내는 그의 말이 먼저 귀가한다는 뜻임을 새겨듣지 못하고 있었다.
조는 핑계가 좋았으므로 아내와 수나롭게 갈라질 수가 있었다.

그는 걸음을 재게 두었다. 응원에 눈이 삐어 발을 밟고 밟힌 아귀다툼은 조금도 수그러들지 않고 서로 다따위였다. 그는 풍선을 놓치고 떼쓰는 아이와 운다고 쥐어박아 몽니난 아이 틈을 빠져나와, 맨 바닥에 앉았다가 일어서며 엉덩이를 털어 남에게 먼지가 갔네 마네 하고 찍자 붙은 패를 비키고, 제 상판에 그려진 갖은 화상은 생각 않고 예닐곱씩 떼전으로 서서, 본부석으로 차를 나르는 어느 다방종업원의 뒷맵시가 어떻다고 시시덕대는 작부 패거리를 피해, 오토바이와 자전거가 무더기로 묶여 있는 교육헌장탑을 뒤로 돌아 교문 어간에 이르렀다.

"워디를 가시는디 고대 숨넘어가는 사람 유언허듯 그리 서두르슈."

작년에 죽은 류석범이 아낙 류그르트가 유산균 음료수 바랑을 추슬러메며 실쭉거렸다.

"유언이 유구무언(有口無言) 될깨미 사는 사람인디 이것두 안 바쁘면 쓰겄수."

조는 말이 되는지 안 되는지도 모른 채 걸음에 채찍을 하였다. 점심시간을 알리는 확성기 소리에 더욱 겨를이 없은 거였다.

"학예회가 읎어지닝께 운동회두 시시허데유."

류그르트는 말동냥하러 나온 사람처럼 그를 놓으려 하지 않았다.

"돈으루 가르치는 세상이니 말이 남어서 운동회지 장난백이 더 되겄슈."

조는 나오는 대로 내뱉었다. 교문 밖으로 나오니 대중목욕탕에서 나와 바깥바람을 쐬는 만큼이나 시원하였다. 언제부터인지 모르게 남 앞에 나서기를 좋아하던 아내를 봐서라도 운동장은 자기가 섞여 있을 곳이 아니라는 느낌이었다.

곧 감사패 전달식이 있을 것이다. 황선평이에 이어 조 아무개를 부르고, 그 말이 떨어지기 무섭게 아내는 서슴없이 달려나갈 것이다.

조는 이제 어떻게 할까 하다가 한둔하여 서리맞은 나그네처럼 풀기없는 걸음새로 아까 앉았다 일어난 데를 들어갔다. 소금종지와 얼저리 한 가지로 여러 상을 보아놓은 멍석이 그를 반기고 있었다.

학교에서는 마침 확성기로 그를 거듭 찾고 있었지만, 조는 그 조태갑이가 동명이인일 것이라는 느낌을 떨쳐버릴 수가 없었다.

"저기서는 대이구 챛어쌓는디 당사자는 워째 이런 디 오너 앉어 있다나?"

덥뎅이 이장 권이 꼭 저같이 생긴 것 두엇하고 옆자리로 비껴앉으며 할 만한 소리를 하였다.

조는 갈 디가 옲어서…… 하려다가 참고 막걸리를 찾았다.

감사패를 읽는 교장의 음성이 한참 시끄럽더니

"이하 동문……."

하는 소리와 함께 정처없는 파리 한 마리가 술잔 옆으로 살며시 내려앉고 있었다.

우리 동네 황씨
—— 으악새 우는 사연

 전 같지 않고 이제는 저녁을 물려도 선하게 나앉을 데가 마땅찮아 여간 갑갑한 게 아니었다. 드나 나나 물것 풍년이니 한데로 나서도 그렇지만, 밖에 나와 혼자 우두커니 그러고 있기도 청승이라, 천상 일찌감치 벗어던지고 세상사 베개에 묻는 게 고작이었던 것이다.
 오늘도 들어오며 일변 등멱부터 서둘렀지만 질어터진 밥에 집을 게 없어 싱검하게 볼가심한 탓인지 뒷맛이 특특하니 개운치 않았고, 끓는 열무 속음국에 말아 검비검비 떠넣은 바람에 땀만 배어, 옆구리로 오금팽이로 찐덕거리지 않은 데가 없었다.
 그래도 김봉모(金鳳模)는 밑이 질겨 줄담배를 태워 문 채 툇마루 장귀틀 끝에 쭈그리고 앉아 속을 끓이고 있었다. 해 있어서 다북쑥이나 한 전 베어뉘었더라면 밭마당귀에 모깃불이라도 놓고 나앉아 보련만, 매양 마음만 있고 이미룩저미룩 하다 으레 손이 안 가 저녁마다 뒷동을 못 보니 뉘더러 지청구도 할 수 없는 노릇이었다.

"복셍아, 다 먹었걸랑 게 붙어앉어 저기허지 말구, 저기네 오양 옆댕이 가서 보릿꼬생이나 한 삼태미 퍼오너라. 예 앉어보니께 모기가 상여메는 소리헌다. 얼름⋯⋯."

김봉모는 누가 세상없는 소리를 해도 잇긋 않고 말 안 타는 아이인 줄 번연히 알면서도 참다못해 에멜무지로 일러보았다.

"⋯⋯."

역시 아이는 쳐다도 안 보는데, 바닥난 상을 대강 거듬거려 뒷전으로 접어놓고 선풍기 옆에서 턱 떨어지고 있던 아내가 고뿔 뗀 넛할미마냥 쪼르르 말대답을 했다.

"보리까락은 넨장—— 무슨 효자 난다구 그 탑세기를 퍼오래는 겨."

"저만치루 모깃불이나 놔보까 허구."

"아침에 치울라면 성가시게 내둥 않던 짓 헐라네⋯⋯ 게서 모기 뜯기느니 일루루 와 앉지⋯⋯ 선풍기 틀면 물컷 안 뎀벼 십상일레."

아내 말도 그른 건 아니었다. 내남적없이 집집이 한결같이 삼복을 그렇게 나고 있었으니까.

"좁어터진 디 무데기루 앉으면 답답허니께 그려. 진작 밝어서 저기했으면 시방 저기허니 저기헐 텐디, 공중 저기허느라구 꼴두 못 비구설랑⋯⋯ 복셍아, 싸게 한 삼태미 못 가져오너?"

"어이—— 일루 앉으면 모기 옲잖유. 금방 허부인전 시작헐 시간인디."

복성이도 잔뜩 틀물은 소리로 말대꾸를 했다.

"에미나 새끼나⋯⋯ 끙——."

김은 지루퉁해 가지고 두런거리며 방에 들어가 누웠다. 곧 TV 소리로 집 안이 떠나가면서, TV 화면에 대고 넉살떨며 신칙하는 아내 목통이 귀를 거스리기 시작했다.

"저 작것 또 지랄헌다…… 저런 넘으 똥에 주저앉을 년…… 지집이 여수니께 사내두 덩달어 저 지랄 허는겨. 저런 년은 그젓 작두루 모감뎅이를 바짝 벼줘여야 쓰는디……."

김은 시끄럽다고 소리나 냅다 질러버리면 속이 가라앉을 성불렀으나 참자고 끙── 하며 돌아누웠다.

돌아누우니 열어 패두었던 뙤창 너머로 초저녁 별이 드문드문 떨어져 있는데 얼핏 귓결에 닿는 것이 새삼스러웠다.

쓴, 쑷── 쓴, 쑷──.

여겨들으니 모처럼 있는 여치소리였다.

김은 기특하기도 하고, 여치가 다 기특하게 된 것에 어이없어 민둥하기도 했다. 여치는 분명 장광 언저리에 복순이가 심은 꽈리나 수수깡 울타리로 타고 올라간 으아리 덩굴 틈서리에 있는 것 같았는데, 울너머 산자락 버덩에 씨가 떨어졌기에 근근이 살아남은 놈인 듯했다. 장독소래기에 이슬이 고일 철에도 여치소리 못 들어본 지가 한두 해 아니던 것이다.

여치만 없어진 것도 아니었다. 이맘때가 되면 제 스스로 철을 찾아와 밤이 이울도록 울타리가 요란하던 베짱이며 반딧불이 드물어진 것도 고렷적 일이던 것이다.

김이 어려서 몇 꿰미고 잡아꿰거나 되들잇병이 미어지게 주워담았던 논두렁의 메뚜기며 밭이랑의 땅개비, 원두막의 사마귀와 콩밭머리마다 지천이던 잠자리들도 씨가 마른 지 오래된 성불렀다. 쓰르라미도 개랑 건너 상수리나무숲에나 가야 볼 수 있었으니, 소금쟁이와 방개가 무논에서 사라진 동안이 여러 해 된 것과 다를 바가 없었다.

목화 갈며 재 끼얹듯, 한 해 농사에도 무시로 농약을 들어붓다시피 해왔으니 무슨 천명을 타고났다고 배겨내겠는가.

그런데도 물것이 축나지 않는 것은 되게 속상한 일이었다. 모기, 날파리뿐 아니라, 산에 송충이 물에 거머리, 정작 줄어주었으면 싶은 것들은 해를 거듭할수록 극성을 더하던 것이다.

전등이 있으면 더 더운 것 같아 바깥이 훨씬 밝은 방구석에 문지방을 베고 누워 허벅지고 팔뚝이고 닿는 대로 갈겨 모기를 쫓던 김은, 문득 뒷길로 질러 샛문께로 다가오는 발소리를 들었다.

발소리나 하고, 이장 이주상(李周相)이가 틀림없겠어 김은 샛문쪽에 정신을 두어보았다.

"복셍 아버지 지슈? 복셍 아버지——."

때없이 들러가던 사람이었지만 장터 출입이 잦은 터라 또 무엇인가 싶어 김은

"그려——."

하며 일어났다.

이장은 청바지와 곤색 반소매에 흰 농구화로 민방위교육 때나 하던 차림새였다.

"또 워디서 저기가 나온다남?"

김이 그러면서 대문으로 나가자

"쓰레빠 끗지 말구 채리구 나오셔. 산업계장이 온댜."

"짐신철이? 또 저기, 풀(퇴비)헐 때 됐나 보구먼."

"오늘은 퇴비가 아니라 송쳉이 나방 잡으래야."

듣고 보니 솔나방 철이기도 했다.

"접때 송쳉이 번데기 잡던 진모랭이 복셍이네 산으루 갈 거니께, 그 옆댕이 둠벙 뚝셍이루 먼저 가 지셔."

"나 혼자 무슨 객물루?"

"산주(山主)가 먼저 안 가면 워칙혀? 나는 이따 우램이 아버지, 웅칠 아버지랑 불러갖구 갈 텡께."

"그려 그럼. 그런디 그냥 가면 못쓰잖여? 허다못해 저기라두 있으야지……."

"왜 아니랴. 봉섹 아버지가 쇠주 서너 병허구 멜치는 돈 백 원어치 가지구 갔으니께, 먹던 짐치허구 꼬치장이나 한 보새기 내가서. 면에서 와 지달리기 전에 먼저 가 지시야여."

김은 이장이 응칠이네 쪽으로 가는 것을 보고 들어오며 마루에 대고 소리를 버럭 질렀다.

"그늠으 테레비를 도치루 뻐개 내뻐리던지 허야지 시끄러 살겄네?"

그러나 그쪽으로 정신이 쏠린 식구들은 누구 하나 돌아도 안 보았다.

"나 봐— 즤 어매— 저기 좀 내오란 말여."

한 번 더 목통을 놓아서야 아내가 히끔 돌아보았지만 그냥 내년 보살하고 있었다.

"나 봐— 진모랭이루 솔나방 저기허러 오란디야. 저기허구 저기나 좀 챙겨."

"……."

"즤 어매— 싸게 짐치허구 꼬치장 좀 떠오라먼……."

"쬐끔 남었응께 마저 보구……."

아내는 그냥 해찰을 부렸다.

"게 뭔디 그려?"

"허부인……."

"네밋— 그 속에 뎌진 니미가 살어오네, 늬 할애비가 저기허네? 낮에는 더워 더워 허메 꿈짝 않구, 밤에는 테레비 서방삼어 저기허구…… 내 이 집안 망헐 늠으 것 당장 저기허구 만다……."

결김에 뜰방에서 손닿는 것을 집어던지려다 보니 접때 젖뗀 애

고무신짝만한 강아지였다. 강아지가 금방 올라가는 소리를 더럭더럭 지르는 바람에 엉거주춤하자 아내는 마지못해 질뚱바리처럼 무릎을 끌며 고시랑거렸다.

"지샛날 과객 든다더니...... 쬐끔두 못 앉어 있어...... 그새를 못 참어 성화네그려. 그 잘나터진 짐치는 또 워디다 담어.......

김은 속 가라앉히느라고 담배 한 대를 다 피우고 나서야 아내가 내준 것을 들고 나왔다.

국물 질름거리지 말라고 주전자에 김치를 담고 그 안에 고추장 보시기를 띄워, 걸음을 옮길 적마다 보시기가 주전자를 징 삼고, 시어꼬부라진 냄새가 진동하며 주전자 주둥이에 꽂힌 젓가락이 장구를 쳤다.

그는 걸으면서 식구들한테 졸리다 못해 봄누에서서 TV부터 산 것을 못내 후회했다. TV를 들여놓고부터 아이들은 숙제나 간신히 때울 뿐 장난삼아 책자 한 장 들여다보는 법이 없었고, 전 같으면 저녁 숟갈 놓기 바쁘게 쓰러지고 샛별있어 일어나곤 하던 아내마저 연속극에 팔려, 밤이 이슥도록 전기를 닳리며 앉았다가 한나절은 되어야 꿈지럭거렸다. 그것은 온 동네 집집이 그 모양이어서 하루 품을 식전에 절반이나 삶던 엊그제가 아득한 옛날 같았다.

이런 두메에서 TV를 갖추는 것은 씀씀이에 여유가 있어서가 아니었다. 살림사는 건 더러워도 남처럼 볼 것을 보고 알 것은 알며 살자니 부득이하던 것이다. 신문은 배달도 안 되지만 첫째는 들여다보고 앉아 있을 틈이 없었다. TV도 그랬다. 여간해서는 만져도 못 볼 돈을 퍼주고 놓은 터이지만, 그 앞에 턱살을 괴고 앉아 덩달아 수작을 해본 적이 없었다. 그만큼 틈도 없었지만, 화면에 담기는 풍물들도 이렇게 사는 사람들하곤 아무런 관계가 없어 보이기 때문이었다.

남 하고 사는 꼴 들여다보았자 함께 즐거워해 주어야 할 건더기가 없었고 배울 게 있던 것도 아니었지만, 그중에서도 가장 같잖던 꼴은, 이름자나 알려졌다는 것들이 나와서 탤런트나 가수들과 어울려 시시덕거리는 짓이었다. 미리 꾸며놓은 각본에 맞추어 저희들끼리 지고 이기며 갖은 구색으로 상품을 탄다거나 재롱을 떠는 장난이 시청자들과 무슨 관계가 있기에 프로에 넣어 남이 들여다보도록 마련했는지, TV 방송국 담당자가 곁에 있으면 귀때기를 후려갈기고 싶은 심정이던 것이다.
　그전 같으면 이 찌는 복중에 무슨 장맛으로 굴속 같은 집구석에서만 옴닥거릴 터인가.
　마당에 평상이나 멍석을 펴고 모깃불을 놓으면 절로 땀이 가시고, 끓는 화덕에서 갓 떠낸 수제비를 훌훌 들이마셔도 더운 법이 없었다. 뉘집 마당을 가보아도 으레 이웃집 마실꾼이 있게 마련이고, 가리마 타고 흐르는 은하수나 가끔 훑어가며 논밭 되어가는 이야기, 나가서 묻혀들인 시국 이야기로 담배가 떨어져도 심심한 줄을 몰랐었다.
　그러나 앞으로는 그런 풍속이 되풀이될 성싶지 않았다.
　아무리 삶는 날이라도 TV 앞에다 상을 놓았고, 그 바람에 하늘이 덮이기 무섭게 대문부터 걸어닫지 않는 집이 없었다. 안식구따라 사내들마저 그 지경이고 보니 더러 들어볼 말이 있어도 마실 갈 데가 없었다. 내집 뉘집 없이 낮에는 죄다 들에 나가 살고 날만 저물면 빗장 걸고 틀어박히기를 다투니, 추녀를 나란히하고 한 우물을 길어먹는 이웃 사람도 며칠씩 얼굴 얻어보기가 어려웠다. 그러니 동네에 무슨 일이 생겨도 일삼아 가보기 전에는 얼굴 한번 내밀지 않던 것이 오히려 당연한 일이었다.
　김은 꽃을 한 차례 더 보아야 햅쌀밥을 먹게 되던, 장병찬(張炳贊)

이네 토담머리 배롱나무 곁에 이르자 큰 소리로 장을 불러보았다.

"봉석 아버지 지서?"

모두 텔레비전 소리에 묻혔는지 기척이 없어 다시

"봉석 아버지——."

하고 고함을 질렀다. 그제서야 알아듣고 봉석이 대답이 나왔다.

"늦들잇들 둠벙께 가신다구 술 갖구 나가셨슈."

장은 반장 일을 맡고 있는 데다 부녀회에서 하는 생필품 가게도 겸하고 있었으므로 있던 술을 챙겨들고 먼저 나간 모양이었다.

"술은 얼마나?"

"두 병유."

"제우…… 그까짓 걸 누구 코빼기에 찍어바른다데. 내 앞으루 달어놓고 즉은 거 두 병 더 내오너라."

김은 접때 것도 아직 안 갖다주었으면서 술값을 더 달아놓았다.

그러고 보니 생전 나올 것 없는 산에다 남의 입빔으로 들이미는 돈만 해도 보릿가마나 됨직했다.

그는 작년 봄에도 옮기만 하면 허옇게 굳으며 죽어 송충이 전염병이라고 할 수 있는 경화살제(硬化殺劑)가 배급나와 그것을 솔가지에 매다느라고 품깃이나 들였지만, 달포 전에도 생각잖았던 생돈을 썼었다.

유월 중순께, 송충이가 고치를 틀고 들어앉았을 때도 면에서 사람이 나와 성화대는 바람에 이장이 일요일로 택일하여 동네 아이들을 몰아와 한나절 동안 애벌레 따기를 했던 것이다. 송충이 잡이고 애벌레 따기고 치러보면 고작 군에 보고하려고 면직원이 들고 나온 카메라에 사진이나 찍혀주는 행사로 그칠 뿐이었다. 그러므로 산에서 무슨 굿을 하건 아예 모른 척할 배짱만 있으면 맨입으로도 능히 견딜 수 있는 일이었다.

그날도 이장은 동네 사람들에게 막걸리를 한 말이나 내었고 면에서 면장갑을 두 죽이나 타다가 돌렸다. 그리고 면직원은 면직원대로 아이들이 섭섭지 않게 공책을 오십 권이나 들고 왔었다. 그렇게 되니 김도 모르쇠할 수가 없었다. 외상을 지고라도 참외 한 접은 내놓아야 아이들 앞에서 얼굴을 이겠던 것이다. 막걸리 한 말이 모자라 소주를 너더댓 병이나 사지 않을 수 없는 것도 그 때문이었다.

동네 부역이라는 게 흔히 그렇지만, 그날 따낸 애벌레도 말로 되면 한 말 남짓 될까 했다. 부락별로 경쟁을 붙여 등수를 매기고, 등수에 따라 참외와 공책을 나누었지만, 나중 구덩이를 파서 쏟아놓고 팻말을 세워 사진 찍는데 보니 은연중 돈 쓴 생각을 안 할 수가 없었다.

그날은 충삼이네 논에 물도 댈 겸, 양수기로 둠벙을 퍼서 양동이가 칠칠하게 붕어를 잡아 면사람 대접만은 푸짐하게 했으니, 송충이 구제보다는 천렵으로 하루를 쉬었다고 해야 옳겠던 것이다.

송충이는 그 후 고치에서 부화되어 큼직한 솔나방이 되었으므로 이제는 솔나방을 잡아 없앨 차례였다. 한 마리가 오백 개 안팎이나 되는 알을 갈기니 나방 한 마리를 잡으면 송충이 오백 마리를 잡는 셈이나 마찬가지였다.

늦들잇들을 가로질러 바삐 걷던 김은, 동구 앞 마을회관께에 무슨 기척이 있는 것 같아 얼핏 발걸음을 더듬거렸다. 무싯날 누가 무슨 일로 읍내에 나갔다가 저물었는지, 거나하여 돌아오는 것은 분명했으나 사람은 없고 발소리만 나다 말다 하는데, 며칠 전 회관 앞마당 옆 진근네 밭고랑에 허수아비 꾸미듯 바지랑대로 말뚝을 박고 걸어둔 황선주의 팬츠는 아직도 허옇게 제자리에 살아 있었다.

그것을 게다가 그렇게 해놓은 이장도 어지간한 사람이지만, 그

우리 동네 황씨 355

것이 그렇게 된 속내를 대강 어림하면서도 잇긋 않고 내버려두는 황선주의 배포 또한 그 버금가라면 서러울 지경이었다. 김은 그때 일을 게위 생각하면 절로 웃음이 나왔다. 그것을 그렇게 장난하자고 처음 말을 낸 사람은 홍사철이었지만, 쓰던 바지랑대까지 내다 말뚝하면서 뒵들이를 해준 것은 김 자신이었던 것이다.

우렁딱지만한 동네서 자고 나면 마주볼 얼굴끼리 그럴 수는 없을 일이었으나 두고두고 쌓인 감정을 가량하면 그것도 되레 양에 덜 차는 것이었다. 언제고 한번은 되게 홀닦아주리라고 별러온 것은 비단 이장을 비롯한 몇 사람만의 심정이 아니었을 터이다. 팬츠를 게다 내걸고 전시하는 지 열흘이 넘어도 아직 말뚝을 뽑거나 황의 집에 걷어다 준 이가 없음만 보아도 능히 대중할 일이던 것이다.

황이 그 전날 저녁 마을회관에서 열린 반상회에 참석만 하지 않았더라도 그렇게까지는 하지 않았을 거였다. 황은 반상회에 참석한 것으로 그치지 않고 제 장삿속으로 된소리 안 된소리 하여, 남 한 마디 할 사이 열 마디도 넘게 왜장치며 수선을 떨었던 것이다.

그날 반상회는 안양, 시흥 지역의 수재민의연금 갹출을 위한 토의가 가장 중요한 안건이었다.

서울 물도 먹고 했으니 그만한 눈치쯤은 누구보다도 먼저 어림했을 사람이 황이었다. 그러나 황은 성수기가 되어 값이 채기 전에 마을 공동으로 황새기젓을 사야 한다느니 김장에 쓸 소금을 모개흥정해다 나누자느니, 하며 제 배 불릴 소리만 지껄였던 것이다. 빈말로라도 동네 형편 생각하여 가을에 주기로 하고 값이 솟기 전에 어협에 직접 거간을 넣어 헐직하게 떼어다가 나누자는 소리 한마디만 섰더라도 그다지 밉살맞게 여기지는 않았을지 몰랐다. 이재민구호품으로 집집이 쌀 두 되, 돈으로 육백 원 이상, 그리고 입던 옷가지와 간장, 된장, 고추장 따위를 얹어내기로 결정을 본 뒤에도 황은 속이 훤히 들여다보이는 소리만 씨월거렸던 것이다.

황선주라면 느티울에선 버림치로 치부하여 진작 제쳐둔 인간이었지만 이재에 밝고 돈푼이나 만지기로는 면내에서도 엄지손가락에 꼽힌다는 작자였다.

그는 내놓고 불려가는 돈만 해도 이천만 원이 넘으리라고 했지만 억대를 웃도는 농토로 하여 지주로도 으뜸이었다. 그는 느티울 사람에게도 크든 적든 노상 오부 이자를 놓았고, 그나마도 눈 밖에 난 사람은 아무리 목타는 소리를 해도 빡빡하게 굴었다.

대개 고리대금업자가 믿음성 한 가지로 돈을 놓기로는 농사꾼만 한 상대가 없을 거였다. 땅이 있음으로서이다. 그것을 가장 잘 이용할 줄 아는 이가 황이었다. 그러나 그는 아직도 자기를 예사 헐뜯으며 술이 들어가면 으레 싫은소리를 하던 이장이나, 새마을지도자 최정식(崔正植), 고명근(高明根)이와 홍사철한테는 고대 죽는다고 해도 눈 하나 까딱할 위인이 아니었다.

김도 황의 돈을 안 쓰는 사람 가운데의 하나였다. 손에 호미자루 한번 쥐는 법 없이 식전 저녁으로 흰목 젖혀가며, 남 허리 부러지는 논두렁 밭가리로 거드름을 피우며 산보다니는 게 눈꼴이 시어서도, 죽으나 사나 황에겐 절대 손을 안 내밀기로 작정했던 것이다.

반상회 이튿날 아침, 어머니회 회장 창근 어매와 부녀회 회장 구충서 아내는 간장, 된장, 고추장, 옷가지 따위를 걷으러 김이 끌어주는 리어카를 앞세워 나가고, 이장과 새마을지도자와 반장은 경운기를 빌려 쌀을 걷으러 나섰는데, TV를 통해 수재민들의 딱한 꼴을 여러 날 본 데다가 반상회의 결의도 있고 하여, 어느 집을 가도 군소리 한마디 섞지 않고 웃는 낯으로 반겨주었다. 하지만 리어카를 달고 나섰던 아낙네들은 황선주네 집에 이르러 한바탕 실랑이를 벌이지 않을 수 없었다. 김이 리어카를 끌고 그 집 밭마당에 들어서는

데 황은 안마루에서 자두를 한 소쿠리 따다 놓고 한창 술 담글 채비로 바쁜 중이었다. 김은 내외를 하자는 게 아니라 반찬 추렴은 아낙네들 소관이므로 뒤집에 가도 울안 출입을 삼가고 있었다.

충서 안과 창근 어매가 울안으로 들어간 사이 김은 마당 귀퉁이 대추나무 그늘에서 담배를 피우고 있었다. 그런데 들어갔으면 얼른 간장이나 한 양푼하고 입던 옷가지를 얻어나와야 할 사람들이 담배한 대를 다 털도록 꿩 구워먹은 소식이었다. 김은 물꼬를 봐야 하고 손대어야 할 그루밭도 한두 군데 아닌데 웬 늑장인가 싶어 속이 상했다. 참다못해 김이

"아따 챙근 엄니, 메주를 쑤유 장을 대리유? 웨 그리 꿈지럭그리슈?"

하고 소리를 버럭 지르니

"아니, 수재민들은 빤쓰두 안 입는단 말유?"

하는 황의 거친 목소리가 불쑥 튀어나왔다. 이윽고

"그럼 이 돈은 이따 쌀 걷는 사람들이 오걸랑 그리 주셔유. 나는 책음질 수 읎으닝께."

하며 돈으로 낸 것을 창근 어매가 도로 무르는 소리에 이어, 다시 황이 못마땅한 어조로

"메뚜기 마빡만현 동네서 이재민 구호물자 한 볼텡이것 은으러 댕기는디 패를 가를 건 뭐여. 오는 사람 성가시구 주는 사람 구찮으니께 온 짐에 아주 받어가슈."

하고 내뱉는 소리가 겹쳤다.

"누구는 이랄머리읎어 이러구 댕긴다남유. 어채피 올 테닝께 그리 줘유."

충서 안에서도 황에게 밀리려 하지 않았다.

"아따, 망건 쓰나 탕건 쓰나 살쩍 밀기는 일반이랍디다. 은어가

는 사람이 찬밥 더운밥 가릴 겨를 있겄수. 이 동네 아줌니들은 워째서 이리 까닭스럽다우?"

황은 비아냥거리듯이 말했다.

"은어가다니유?"

충서 안사람이 부르튼 소리를 하는데 창근 어매 복장터져 하는 소리가 곁바대로 들렸다.

"춘자 아버지두, 우리가 시방 춘자 아버지 입던 빤쓰를 은으러 왔단 말유? 희치희치허구 낡음낡음헌 흔 빤쓰를…… 빤쓰장수가 보면 불쌍해서 하나 그저 주게 생긴 걸레를 은으러 예까장 펄렁그리구 왔대유? 세상에 원……."

미루어보건대 이재민 구호물품이랍시고 황이 입던 팬츠를 내놓은 모양이었다. 김은 구경만 하고 있잠도 아니요, 그렇다고 남의 집 안에 들어가 사내 여편네가 남남끼리 하필 팬츠를 놓고 가갸거겨 하는 옆에서 옆들이 하잠도 아닌 듯하여 부쩌지 못하고 있었다. 황이 말했다.

"챙근 엄니는…… 말을 귀루 안 듣구 입으로 들유? 수재민이라구 홋것만 입으라는 벱이 워디 있슈. 그러면 그 사람들이 한 끄니래두 끓이라구 추렴해 준 양석 팔어 빤쓰버텀 사입으야 쓰겄수? 게, 다나두 생각이 있어 내논 겐디 뎁세 나를 트집헐류? 말에 도장 윺다구 함부로 입방아찧지 마유. 이게 왜 흔 게유. 남대문표는 삼 년을 입어두 새물내만 납디다유. 공중 넘우세스럽게시리 이유삼지 말구 얼릉 따 디나 가보유."

"……."

두 여자는 입이 모자라 말밑을 못 대는지 잠잠했으나, 그냥 두면 나중엔 별 못할 소리가 없을 것 같았다.

김이 말했다.

우리 동네 황씨

"아따나…… 챙근 엄니두 에지간허슈. 애초 저기헌 사람허구 저기했으야 말이지…… 야중에 다 저기허는 수 있으니께 그냥 주는 대루 받어 나오슈. 이러다가는 일 품매구 해넘이허겄슈."

그 말을 계제삼아 창근 어매가 말했다.

"남댑문이구 앞댑문이구 간에 수재민 고쟁이 걱정허는 사람은 팔도강산에 느티울 춘자 아버지 뿐일뀨. 확실히 우리게는 꽃동네 새동네여."

뒤이어 충서 아내가 말가닥을 달리 추려 말했다.

"그런디 심이 틀리네유. 육백 원 이상이라던디 워째 오백육십 원을 주신대유?"

황이 얼른 대꾸했다.

"지난 장도막 쌀금두 모르슈? 아끼바레는 가마당 이만 팔천 원 나갑디다. 그것두 장마 끝에 곡가가 채여 그만헌 거유. 툉일베 찧여돈 사보슈. 이만 팔천 원일랑사리 만 팔천 원 불러두 안 쳐다볼 게유. 내 어련히 알구 거시기 했겄슈. 툉일베나 유신베 됫박 쌀금으루 치면 어림두 읎슈. 한산도 한 갑두 안 돼유."
하고 황은 덧붙여 말했다.

"아따 복잡허게 따질 게 뭐 있수. 가마당 이만 팔천 원이면 되루는 월마유. 이백팔십 원 금이지유. 게, 두 됫것이면 오백육십 원…… 되멕이 금으루 쳐서 디리면 맞지 틀리기는 무슨 심이 틀려?"

황이 종주먹을 대어가며 다잡으니 충서 안에서는

"그렁께 우리버러 사십 원을 에워눟으란 말인감유?"
하고 되물었다.

"그게사 낸들 권한 있슈?"
해놓고 황은 다시

"그 돈으루 쌀 팔면 뒤집어쓰구두 남을 텐디 왜 사십 원을 더 낸

단 말유. 이 황 아무개 돈 사십 원은 대천장 수청거리 엿장수 가윗밥이간디?"

김은 더 이상 층그리며 듣고 있을 수가 없었다. 모자라는 사십 원은 누가 채워넣든 동네 공론에 붙여 황을 닦아세우자면 우선 받고 보아야 옳을 것 같기도 했다.

창근 어매와 충서 안에서도 속셈이 김과 비스름했던지 김이 주는 대로 받으라고 귀띔하자 순순히 따랐다. 원래 있는 집에서 더 죽는소리하기 마련이지만, 황은 아내가 밭에 나가 무엇이 어느 것인지 모른다는 핑계로 간장 한 종지 떠주지 않더라고 했다.

그네들이 느티울을 돌고 갯비네로, 늦들잇들로, 띄엄띄엄 나뉘어 있는 부락을 죄 뒤져 마을회관 마당에 모였을 때는 오후 새참 무렵이었다.

마당에 부려진 물품은 쌀 두 가마에 간장은 너 말이었고 된장이 비닐 비료푸대로 하나였으며, 황이 내놓은 팬츠를 합쳐 옷가지가 스물석 점, 돈은 이천삼백육십 원이었다.

"아니, 앉어두 생기구 누워두 번다는 황선주가 품 팔어먹는 사람 젖혀놓구 돈 사십 원을 깎어내여? 그런 잡어서 내장으루 창란젓을 담을……."

황의 행티를 옮기자 맨 먼저 이장이 기가 막혀 했다.

"그렇다니께그려. 그런 사람 닮기 다 틀린 것은 내 말대루 수의 사헌티 뵈줘야 쓴당께 말들을 안 들어."

본디 황과 사이도 안 좋았거니와 오죙일 쌀 걷는 경우기 운전을 하고 다닌 값 하느라고 홍사철이가 손목에 힘을 주며 나섰다.

"그지같이 사는 것들은 써두 부자가 못 쓰는 게 뭔고 허면 바루 돈이라는 게여."

함께 쌀을 걷어온 반장 장병찬이 말했다. 장은 황네 상답을 열 마지기나 고지 얻어짓고 사는 형편이라, 그전부터 황을 직접 헐뜯은 적이 없었다.

"있는 사람네 모자른 걸 읎는 사람이 채워준다?"

최정식은 다시 말을 이었다.

"드런 자식. 여러 말 허면 입 버리구, 그 돈 당장 도루 갖다줘. 제 깐늠이 안 보태준다구 수재의연금 모자를 깨미."

"아 기수 엄니 봐. 혼자 된 몸에 핵교 가는 애가 여럿이래두 외려 두 되가웃 것이나 안 퍼주던감⋯⋯."

하고 홍은 뒤를 달았다.

"여편네 읎다구 그 잘나터진 지랑 한 종재기 안 떠주다니⋯⋯ 대가리 검은 짐승이래두, 그런 새끼 붙어 지집 낳을 늠은 쳐다두 보지 말으야 헌당께."

"이 돈은 도루 돌려줄 것잉께."

이장은 오백육십 원을 떼어 바지 뒷주머니에 따로 넣으며 말했다.

"그 남댑문푠가 동댑문표두 일루 가려 내놓으슈."

창근 어매는 옷뭉치 속으로 눈두렁에 가로걸린 뱀허물 걷어내듯 그것을 땅바닥에 팽개쳤다.

이장은 구호물을 경운기에 챙겨실으며 아낙네들을 돌려보낸 뒤에야 땅바닥에 나뒹굴던 황의 팬츠를 발길로 걷어차며 참았던 말을 뱉었다.

"우램 아버지, 황선주헌티 저 남댑문표 들구가설랑 지 여편네 것 허구 바꿔달라구 허여."

"왜? 황선주 마누라는 무슨 표 입나 볼려구?"

홍이 넘겨짚었다.

"이왕 넘으 앞대문 걱정해 줄 바이면 치마 입는 사람버텀 걱정해 줘야 옳잖겠냐구 말여."

"요새 치마 입는 여자가 몇이나 되게?"

장병찬이 말했다. 그러자 홍이 뜻밖의 의견을 내놓았다.

"그럴 것 읎이 저 남댑문표를 제다가 걸어두자구. 우리게두 이런 인물이 산다는 걸 오가는 삼동네 사람들이 죄 알게 말여."

홍은 그러면서 회관 마당을 스쳐가는 마을 초입 진근네 밭가리를 턱으로 가리켰다.

"웬일여. 오늘은 우램 아버지 말발이 젤 쎄니, 사개가 척척 맞어 들어가······."

최는 죽을 채우면서 발채만하게 벌어진 입을 못 다물며 흐뭇해했다. 최도 황을 별러온 사람 중의 하나였다. 땅이나 돈을 빌려주지 않아 감정이 상한 것이 아니라, 마을 공익사업에 협조를 하지 않았기 때문이었다.

"제 남댑문표는 왜 수재민 구호에 안 썼느냐구 따지면 뭐라구 대답헐쳐?"

장은 내키지 않는지 떠름한 기색을 했다.

"왜 말을 못헌다나? 사내 부랄만 가려주고 여자는 벳길 수 읎어 여자 것이 마저 생길 때까장 짝 채울라구 걸어놓는디······."

최가 말했다.

"그런 걸 따질 황간 줄 아남. 그게 워면 늠이간. 제다 걸어놓으면 제것이 아니라구, 제것은 금테 둘렀다구 우기며 펄쩍 뛸 작잔디."

이장 말이 그럼직하여 다들 입이 들어간 뒤에야 듣기만 했던 김이 말했다.

"이걸 걸어놓자면 저게 있으야 헐 테니 그건 내라 저기허야겠구 먼그려. 손님 덕에 쌀밥 먹어본다구, 나두 이런 때 동네 좋은 일 한번 해보아야 할라나뵈."

김은 남들이 무슨 말인지 못 알아들어 느꺼해하는 사이, 집에 들어가 밑둥 부러져 쓰다 치웠던 바지랑대를 내갔다. 김은 손수 밭이랑에 바지랑대를 꽂고 남대문표를 바람 안 탈 만하게 단단히 비끄러매었다. 그러고 나니 그는 모처럼 남의 제사에 생일 차려먹은 듯한 풍덩한 기분을 주체하기 어려웠다.

그는 남대문표를 내걸자는 홍의 의견이 나왔을 때부터 대뜸 효수라고 하던, 언젠가 TV 영화에서 본 적이 있는, 모가지를 끊어 장대에 높직하게 꿰어달던 장면을 떠올렸던 것이다. 그는 남대문표를 황의 모가지로 치부하고 싶었다. 사람이라면 누구나 평생 두고 중히 여기므로 그 부분만 감쌈으로써 숨겨져 있던 물건이 널리 공개된다면 그것은 곧 당사자의 얼굴이나 다름없이 쳐야 마땅하겠기 때문이었다.

김은 황의 됨됨이와 심보와 체면 따위를 한 가지로 섞어 자기 스스로 효수형을 집행한 마음이었다. 그것은 여간해서는 만나기 어려운 푸짐한 경사를 치른 기분과 다르지 않았다.

이장의 말은 틀림없었다. 황은 장터나들이로 하루에도 두어 차례씩 그 앞을 지나다니건만, 어떻다는 말 한마디는 고사하고 무슨 내색 한번 얼핏하지 않았다. 자기 것이 아니라고 우기며 동네방네가 떠나가게 떠들지 않은 것은 다만 그럴 계제가 닿지 않았기 때문이었다. 그러나 황의 거탈을 벗겨내어 창피를 주고자 했던 여럿의 앙심은 당초에 가량했던 대로 어지간히 이룬 셈이었다.

김이 진모랭이 굽은탱이를 돌아서자 이미 요란스럽게 타오르는 모닥불 이쪽으로 사람이 몰려 있는 게 보였다. 그는 손에 든 주전자 무게를 가늠해 가며 나온 사람이 몇이나 되는지, 모닥불에 얼비치는 틈으로 어림해 보려고 했다. 뚝셍이에 앉아 안 보이는 사람까지 쳐도 너더댓으로 알면 별 차이 없으려니 싶었다.

모닥불은 초가라도 한 채 올려세우는 양 되게 푸지고 요란했다. 불꽃이 용트림을 하며 길길이 치솟고, 불티가 떼를 이루어 하늘을 가리며 먹구름장 같은 연기 속에서 난리를 피웠다. 불기둥과 불똥으로 보아 장작에 석윳되를 끼얹은 게 아니라, 작년처럼 헌 자동차 타이어라도 배급나와 그것을 태우는 꼴이었다.

작년에는 면에서 한 부락에 두 짝씩 자동차 타이어가 분배됐었다.

솔나방을 꾀어들이는 데엔 타이어를 태우는 불꽃보다 윗길로 칠 것이 없으리라 싶었다. 불꽃도 화려하지만 장작보다 훨씬 마디게 탈 뿐 아니라 불길이 두서너 길씩 치솟아 산골짜기에 붙은 나방까지도 유도할 수 있는 까닭이었다.

불빛이라면 죽고 못 사는 게 솔나방이었다. 시뻘건 불길은 말할 나위도 없고 옥외 전등만 보여도 쏜살같이 날아들었다. 죽음을 무릅쓰고 불더미에 뛰어드는 성질은 하루살이나 풍뎅이 정도가 아니었으니, 솔나방이라기보다 불나방으로 일컬음이 마땅할 지경이었다.

모닥불 앞에 이르니 솔나방 쏟아지는 소리가 장마 긋고 소나기 첫물하듯 요란스러웠다.

"산주가 맨 꼬바리루 오면 워치기 허는겨?"

술병 한 가지 바라보고 둠벙 뚝생이 뒷전 지장풀 더미에 앉아 있던 고명근이가 먼저 알은체를 했다.

"죙일 논 훔쳤다며 고단허지두 않은감?"

김이 여럿에게 고루 갈 인사를 하자

"콩노굿 피기 전에 그루밭 골고지(김매기)두 허야 허구, 식전 저녁으로 논두렁 거스름(풀베기)두 허야 되구…… 서방 해간 초년 과부 뒷물헐 새 읎다더니 요새는 개 한 마리 해먹을 틈두 읎데."

고와 마주앉아 이장 처분만 기다리고 있던 홍이 말했다. 이장은 생각잖았다가 제 발로 묻어온 조갑기(趙甲基)와 함께 모닥불에 솔

가지와 장작을 더 괴고 돌아서며

"왜 안 온다나. 다이야 다 탄 뒤에 와서 다이야 떼먹구 나무만 태웠다구 지랄허지 말구, 이런 때 즥 눈깔로 봐야 헐 텐디."

하고 면에서 아직 안 나와보는 게 마뜩잖아 볼문소리로 구시렁거렸다.

"그 잘나빠진 찌푸 바쿠 두 개 떼어먹을깨미 그걸 감시허러 댕겨?"

동네일에 일쑤 빠져 물정모르는 조가 여러 사람들으라고 묻는 말로 중얼거렸다.

"짐 서기 올 때까장 이러구 앉어 있나? 한 병 따서 우리찌리 초배 허구, 야중 면에서 오면 그때 또 도배허구 허지."

고가 김이 가져온 주전자를 열고 고추장 종재기를 꺼내놓으며 말했다.

"아서. 안주 축내지 말구 쬐끔만 참어. 동넷일 본다구 네미 부녀회에 술빚만 한 삼태기 지구, 나만 버렁빠지네. 술이구 짐치구 이따 사람들 오면 천신하게 쬐끔만 참으슈들."

하고 이장은 다시 말을 이었다.

"요새 죽었어. 퇴비 허라, 하곡 허라, 농약 찌얶어라 허구 하루에도 두어 패씩 면에서 사람이 나오는디 깨묵셍이나 뭐 내놀 게 있으야지. 올 같은 장마 끝이 가뭄에 채미가 열리나 도마도를 따나⋯⋯. 수박은 쉰 구뎅이나 났는디 구경두 못허겠지⋯⋯. 네미 애매한 쇠주허구 새우깡만 디립다 사나르니, 이런 보리 숭년에 모조 받기두 틀렸구⋯⋯. 천상 땅문서나 잽히야 쇠주빚 갚구 이장 내놓겄는디⋯⋯."

이장은 말끝을 흐리며 진모랭이께를 건너다보았다.

"뭘 근너다본다나. 오나 마나 째지면 솔이구 맥히면 공산껍데기지. 모닥불두 다 사위었는디 가져온 병이나 비우고 가서 코골지."

다시 홍이 추근거렸다.

"그려. 나두 일찍 자야 새벽버텀 뽕밭에 매달려."

장이 말을 보탰다.

"뽕밭에 가봐야 개 홀레뱅이 더 있담."

최가 이빨로 병마개를 소리없이 따놓고 말했다.

"주리를 늠으 뽕밭을 싸게 갈어엎구 짐장이래두 갈던지 허야지. 바쁜 때 더 바쁘게나 허구, 누에 쳐봤자 왜놈들 변덕에 꼬치값이 있나, 조합에서 단돈 한 푼 보태주는 게 있나, 네미 뽕 따다가 뽕 빠지게 생겼으니……."

"누가 땅마지기나 좀 내놔보지그려. 구전이나 받어 가용허게. 요새처럼 패째다가는 하루두 못 살겄는디……."

이장의 우스갯말에는 아무도 신칙하지 않았다. 매양 주장해 온 이장의 지론을 죄다 알고 있었기 때문이다. 이장이 늘 하던 노래가 아무고 절대 땅 한 뙈기도 내놓지 말자는 거였으니까. 땅을 내놔 버릇하면 조상 무덤까지 올려세운다는 게 이장의 지론이었다. 그는 촌에서 땅이 나기만 기다리는 서울 것들이 얼마나 많은지 아느냐고 물으며, 시골 기관장은 월급으로 사는 것이 아니라, 서울 것들에게 땅 흥정 붙여주고 구문으로 재미본다는 귀띔도 했다. 조상이 물려준 땅을 서울 것들에게 넘겨주어 그 밑에서 소작하는 마을이 안 되도록 하며, 째다 못해 더러 땅을 팔더라도 동네 사람들끼리 왔다갔다 하도록 하는 것이 자기의 소신이며 임무라고 그는 떠들어왔던 것이다.

"실없는 소리 웬만치 했걸랑 공중살포나 못허게 막어봐. 누에는 치구 봐야지. 이러다가 농약 공중살포헌다구 비행기 한번 떴다 허면 우리만 등 터지니께. 누에 잡는 건 두째여. 약을 얼마나 뿌려 얼마나 효과를 보느냐, 문제는 거기에두 있다는 얘기여."

"공중살포허면 폼이야 상수버덤 혼수겄지. 헌디 약값은 워치기 계산헌다는겨?"

장이 물었다.

"비행기 뜬 값까장 죄 쳐서 내야 될 판인디, 그 잘난 약 뿌리는 시늉허구 비행기 뜨는 비용할래 물면…… 네미 대전 가느니 서울 가겄네."

고가 이장과 최를 번갈아 보며 말했다.

"위에서 시키는 일을 무슨 끗발루 말린다나?"

이장은 한숨을 섞으며 뒤를 이었다.

"길수 아버지는 대사리 사람들 얘기두 못 들었나 보유."

"무슨 얘기를 듣는다나. 눈뜨면 논에 가 엎어지구, 별 뜨면 배 위에 엎어져 죗는 늠이—— 대사리구 흑싸리구 줄초상에 과부사태 안 난 담에야 벙어리 사둔 따루읖이 사는걸……."

하고 고가 질턱하게 늘어놓았다.

"누구는? 나처럼 밧쁘면 짐일셍이가 오줌 싸구 우리게루 소굼을 운으러 온대두 뒤돌어다 볼 새가 읎는디."

조가 젓가락 끝으로 주전자 속의 김치 가닥을 낚아올려 으적거리며 말했다.

"대사리, 덥뎅이, 새암말 사람이 아까 오너 그러는디."

이장이 얼른 틈을 내어 하던 말을 이었다.

"어제는 농수산부 무엇이라나 허는 것이 피서허러 지나간다구 새벽버텀 어찌나 볶아대는지, 시 부락 사람들이 죄 분무기를 지구 나와설랑 해전내 논배미에 들어가 후덩거렸더랴. 공동방제허는 시늉을 내라니 벨수 있남. 분무기에 맹물만 한 짐씩 지구 나와설랑 신작로 가생이 냄으 논에 들어가 애매헌 베포기만 짓밟었다는 얘기여. 위서 허라는 것은 세상읎어두 못 배기니께."
 "그러니 그 푸진 늠으 것, 비행기루 뿌려봤자 위서는 바람허구 땡볕이 먹구, 밑에서는 질바닥에 두렁풀허구 반타작허다가 마니, 폼 가지구 농사짓잖는 이상 그게 짝이 무슨 짝이냐 이게여."
고는 속을 가라앉히고
 "추울 적은 낮에도 춥구, 더울 적은 밤에두 더운 게 이치라. 잔이나 비여."
 홍이 판막음을 하는데 회관께에서 두루루루 하고 오토바이 들어 오는 소리가 왔다.
 "저기가 오는가뵈."
 김이 술잔 비우던 입으로 말했다.
 "그러게 쬐끔만 참으랬잖여. 그새 쇠주 한 병을 갓전허게 치웠으니...... 짐치는 냉겼남?"
 이장은 주전자를 들어보았다. 이야기에 팔려 무심히 지범거린 바람에 주전자엔 김칫국만 한 모금 남은 것 같았다.
 "꼬치장허구 멜치 멫 마리만 있으면 넉넉허지 짐치는 뭘 혀?"
 장이 말할 때 이장은 담배 한 대를 뽑아 홍의 턱 밑에 디밀며
 "우램 아버지. 워디 암 디나 가서 싸게 애꼬추 좀 따오뉴. 약오른 늠으로 골러서......"
하고 서둘렀다.
 "이 밤중에 꼬추가 잘두 뵈겄다."
 홍은 귀찮다는 듯이 돌아앉았다. 이장은 김더러
 "복셍 아버지두 얼릉 가서 채마밭 좀 더듬어보시구...... 그러구 웅칠 아버질랑 불더미에 나무 좀 더 얹으셔. 다이야 다 탔으니 나무래두 화룽화룽 태야지."
 그러면서 그는 먹던 젓가락을 바짓가랑이에 문질러놓고 빈 병은

풀섶에 내던졌다.
 사람들이 입을 모아 "끙──." 소리를 내며 어둠 속으로 들어가자 으악새가 길닿게 욱어 서로 칼질하는 둠벙뚝셍이로 오토바이가 들어섰다. 산업계장 김신철이가 오토바이를 몰고, 느티울 담당 서기 오근택은 뒷자리에 붙어 있었다.
 이장과 악수를 나눈 계장은 최와 눈을 바꾸고 엉거주춤해 있던 고와 조를 훑어보더니
 "사람 식 뫼여 앉어…… 모깃불 놓구 술타령만 했나뵈."
하고 이죽거려 가며 이내 모닥불 앞으로 다가갔다.
 "개를 삶었나, 웬 나무등걸만 처질러 땠다나?"
 뒤따라간 오 서기 말에 계장도
 "느티울 양반들두 이러시긴가…… 다이야 잽히구 술 받어자셨나뵈."
하며 잉걸불이 녹아흐르는 불더미를 살펴보기 시작했다.
 "네밋── 정월에 보름쇠며 먹은 것두 갈에 농사지여 갚는 게 술값인디, 무엇이 끕끕해서 흔털뱅이 다이야 팔어 술받어 마셔?"
 그네들과 왕래가 잦은 최가 웃으며 쏘아붙였다. 그러나 계장은 곧이들리지 않는지 잇대어 넘겨짚고 있었다.
 "하여간 한국 사람은…… 그런 머리 돌아가는 것 하나는 아마 세계적일 거라. 솔나방 잡는 디 태워쓰라구 다이야 줘서, 시키는 대루 허는 걸 여적지 한번두 못 봤다면 말 다했으니께."
 계장은 이맛살을 찌푸리고 짬짬하면서 고개를 내둘렀다.
 "구루마 바쿠루도 못 쓰는 흔 다이야를 원제 엿 사먹자구 안 태울 거유. 말씀을 워째 그렇게 듣기 그북스럽게만 허신대유."
 뒷전에서 조용하던 고가 고개를 거우듬하게 꼬고 눈을 지릅뜨며 뼛성있게 말했다.

"왜, 내 말이 틀류? 그러잖어두 듣기 싫으라구 헌 말이유."

계장이 고를 돌아보며 쏘아붙였다. 고도 말다툼엔 이골난 사람이라 직수긋하지 않고 대들었다.

"자세허지 말유. 사는 건 같잖게 살어두 관공이 구박받을 사람은 여기 안 왔슈."

"저 냥반이 시방 시비를 허자는 겐가 뭐여?"

오 서기가 눈을 부라렸다. 고도 끝내 소주 두어 잔 들어간 표를 낼 셈인지 거듭 말끝을 반미주룩하게 꼬부렸다.

"네밋— 우리 여편네허구 씨비헐 새두 읎는 판에 넘허구 시비를 허여?"

거탈뿐인 줄 알았던 고가 졸가리있게 맞설 낌새를 보이자, 이윽고 말반죽이 질음한 조가 한 다리를 걸고 들어왔다.

"내 말이 그 말이라. 나두 여름내 호밋거리 한번 맘먹구 못해 봤으니께……."

"호밋거리는 뭐래유?"

오 서기가 물었다.

"들일 끝낸 기념으루 허는 게 호밋거리지 뭐유. 장보구 와서 허는 건 쇠줏거리…… 소 사온 날 허는 건 여물거리…… 개 먹은 날 허는 건 외발거리…… 한 짝 다리 들고 해야 잘되니께……."

조가 지껄이는 동안에도 계장은 웃음기를 비치지 않았다.

조는 속으로 웃물이 돌아 덤을 얹었다.

"오형, 촌에서 무슨 재미로 살간디. 가족계획 않는 재미 하나여."

"오형이구 비형이구 개갈 안 나는 소리 구만허구…… 다이야 안 떼먹구 잘 태웠다는 증거버텀 뵈여디려."

이장이 가운데로 들어서며 물을 탔다.

"증거구 자시구 다이야 속에 든 철사만 뵈여디리면 구만 아녀."

하며 최가 나뭇짐 속에서 작대깃감 하나를 뽑아 불더미를 뒤적대는 사이, 계장은 슬며시 상대를 오 서기로 갈고 들으란 듯이 떠들었다.
"다이야 노나주면 워치기 허는 중 알어? 그늠을 반반씩 짝 쩌개 설랑 돼지새끼 구유로 쓰는디, 돼지새끼 열 마리는 충분히 멕이겄데. 둥그렇게 돌아가며 쪼란히 서서 사료 먹는 걸 봉께, 머리 하나는 기맥히게 썼다는 생각이 안 들 수 읎더랑께."
오 서기가 말씨를 넣기 전에 계장이 다시 말했다.
"또 워떤 동네를 가보면 말여, 경운기나 니야까루 무거운 걸 운반헐 때 짐받이루두 쓰는디, 그것도 보통 꾀가 아니더라구. 다이야를 놓고 그 위루 짐을 푸니께 깨지지두 않구 마당두 안 패이구, 똑 안성맞춤이데."
말다툼이 되살아날 것을 저어하는 풍신인지, 오 서기는 둠벙 저쪽으로, 여뀌, 바랭이, 쇠뜨기, 뺑쑥투배기인 논두렁에 서서 소변으로 딴전을 보고 있었다.
"읎는 백성이 그런 지질헌 꾀래두 비벼내니께 보리만 먹구두 자식들 질러냈지유."
고가 말막음을 하는데 불더미 속을 뒤지던 최가 나뭇가지에 강철로 된 철사 두 타래를 꿰어들고 왔다. 보나 마나 타이어 속에 들어 있던 게 분명하자 계장이 돌아앉으며 말했다.
"자시다 냉긴 것 있걸랑 나두 구경이나 헙시다."
"그렁게 내 뭐랬간유. 선헌 디 앉어 목이나 축이구 가시랑께."
잔을 돌릴 틈이 있었느냐는 투로 고가 말할 때, 이장은 재빨리 술병을 물어떼었다. 그들이 이마를 맞대고 앉아 멸치새끼로 간을 치며 한 잔씩 돌리는데 회관 마당으로 오토바이 들어오는 소리가 났다.
"에이—— 저늠으 소리……."
이장은 고개를 외로 빼고

"아닌 밤중에 무엇이 나오는겨?"

오 서기는 눈심지를 돋우었다.

"덥뎅이 윤가 아들늠 아녀? 서울서 야경꾼허다 도둑늠 물건 도둑질허구 들어갔다 나온 애…… 저늠은 지집을 꿰두 꼭 오토바이에 달구 나가 콩밭이나 뽕밭에서 저지르는 취미라데."

최가 아는 소리를 했다. 그러나 계장은 귓전을 털며

"일루루 오는디, 저게 거시기여. 소리가 황선주 오도바이여."

하고는 입맛을 다시다가

"날 보러 오는 모냥이니, 저거 성가시러 큰일이여."

하며 고개를 저었다. 그제서야 느티울 사람들도 느낀 게 있는 시늉으로 고개를 이렇게도 하고 저렇게도 했다.

"공것이라면 있는 늠이 더 껄떡거리는겨. 누가 왔다니께 볼가심 헐 거나 읎나 허구 뒤질러오는 거지 뭐겠어. 지집년 빤스 입히구 시염 뽑을 자식——."

이장이 남은 술을 가늠하며 두런거렸다. 술은 사 홉들이가 두 병이나 그저 있었다.

"이장, 나 아쉰 소리 좀 헐라니 들어줄라?"

계장이 금방 횟배있는 얼굴을 하며 고쳐 말했다.

"저 황선주가 와서 내게 따리붙걸랑 이장도 한마디 거들었으면 해서 그려. 공연히 남춘옥에 가 저녁 읃어먹구 성가서 못 견디겠당께."

"뭐 땜이 진디(진드기) 옮었슈?"

"뭔고 허니, 단위조합 참사가 나허구 이종 아닌감, 이창셍이가 내 이종 아우거든. 그런디 나버러 대이구 이종헌티 말 좀 놓으달라는 겨. 즤 형제상회 새우젓허구 호렴(胡鹽)을 팔어먹자는 수작이지."

"황가가 또?"

이장이 묻는 동안에 계장은

"즉기나 헌감. 새우젓 쉰 도라무, 호렴이 이백 가만디, 사실 그것 땜이 작년에두 좀 말이 많었었간. 작년 일 년 그런 학질이 옳었거던. 그런디 저게 접때버텀 날 찾아댕기메 보챈단 말여. 즤 물건만 치워주면 내년 슨거에 표를 도리해 주겠다, 이거라."

"슨거? 아직두 슨거라는 게 남았간디?"

"단위조합 슨거 말여."

"내년에는 그런 게 다 있다······."

"조합 슨거면 대가리를 뽑는 개비구먼그려."

하며 최도 끼어들었다.

"조합장을 뽑는다?"

이장이 물었다. 계장은

"내년 총회서 시방 허구 있는 사람들을 밀어주겠다는겨. 헌디 이 말 들으면 조합장은 펄쩍 뛸 게거든. 이 남면(南面)이 워딘디 황선주가 미는 늠이 당선을 허여. 황이 뛰면 아마 총대표 떨어져나가는 소리가 우술우술헐걸."

하고 나서, 황선주 형제가 합자하는 형제상회에서 금년에도 웅천독쟁이와 광천독배로 들어오는 새우젓을 몽땅 매점매석했다더라고 덧거리를 했다. 이장은 듣다 말고 자기도 모르는 사이 진저리를 쳤다. 그 물건은 단위조합을 끼고 이장들에게 억지로 떠넘겨 부락 사람들에게 강매시킬 속셈으로 모아놓은 게 분명한 까닭이었다. 그것은 지난 몇 해 동안 봄, 가을로 한 해에 두 차례씩 해먹은 형제상회의 상투적인 장사수법이었다. 생필품이나 농기구를 이장들에게 떠맡겨 팔아먹으려면 단위조합을 거쳐야만 제대로 되던 것이 관례였다. 그래야만 이장들도 단위조합에 투자하는 셈치고 이왕이면 조합 것을 팔아주자는 명분으로 주민들에게 먹일 수 있었던 것이다.

형제상회의 제의대로 하면 조합에 떨어지는 것도 상당한 거였다. 이장단을 구워삶는 비용도 형제상회에서 따로 내놓게 마련이므로 조합에서는 중개료만 받아도 적지 않던 것이다.

그러나 조합에서는 형제상회의 물건을 꺼리고 있었다. 형제상회의 장사 방법에는 으레 말썽이 뒤따르는 까닭이었다. 자금과 기동력이 우세한 그들이므로 한번 눈독들인 물건이면 남은 천신도 해보기 전에 매점을 하던 것이다. 매점매석을 할 경우 필경 납품 경쟁자가 없어지니 수의계약이라는 이점이 뒤따르고, 아울러 값도 자연 좋아지게 마련이었다. 장담글 때가 되면 소금을 그렇게 하고, 육젓이 나올 무렵이면 김장용 황새기젓과 멸치젓을 독점했다.

그런데 그렇게 비축된 물건을 조합에서 사들여 팔거나 중개 또는 위탁판매를 할 경우 조합장과 참사는 반드시 비장한 각오라는 것을 하지 않으면 안 되었다. 형제상회의 위력에 밀려 맨주먹만 쥐게 된 다른 장사꾼들의 항의가 몹시 거세기 때문이었다. 모개흥정에 바가지를 쓴 소비자들은 질이 낮은 것을 따지러 꾸역꾸역 몰려와 속을 풀고 가고, 동네 아낙네들의 험구에 몸살난 이장들은, 잔 소주에 비곗점으로 입맛만 다시다 온 술기운으로 찾아와 조합간부들의 책임을 물으려 들었다. 전 같잖아서 이제는 잔뜩 주눅들어 지르숙은 농민들도 속기만 하지는 않던 것이다. 그들도 대들고 덤비며 대거리하려 드는 데에 주저하지 않게 된 거였다. 국말이밥집 주인이 국민회의 대의원으로 나간 바닥이지만, 그런 일로 뒷전이 시끄럽기로는 군내에서도 남면이 으뜸이라는 것이 공론이었다. 술기운 탓인지 계장은 어느 때보다도 입이 쌌다.

"또 그런 것들이 연임허구 못허구가 나랑 무슨 상관이라나. 내 배 부르구 새끼들 등 따스면 구만인거."

"……."

"이종 아우가 참사를 허건 급사를 허건 내 알 바간디. 그런디두 저것(황선주)은 제우 맥주 돈 만 원어치 사면서 그런 수작을 허더랑께. 아니 맥주 여남은 병 읃어먹구 그런 일에 찡길 나여? 당최 괘씸해서 말여."

"맥주 가지고는 안 되지유."

이장이 맘에 없으면서 해보는 소리로 말했다.

"맥주는 먹으면 살쪄? 철읎는 것 같으니라구."

"양복이나 한 벌 해달래 보시지 그랬슈?"

최도 허텅짓거리를 넣었다.

"면서기에 양복이 무슨 소용이라나. 냉장고나 하나 사주면 모르겄다구 했더니 금방 더지는 시늉허잖여. 자식이 싸가지가 읎더랑께."

이장은 횡재수가 뻗친 것 같아 뱃속이 거늑했다.

계장과 황을 한자리에서 붙여놓고 두 곤마를 몰되 패가 나면 삼삼에 뛰어들어 귀살이도 할 수 있겠던 것이다.

"계장님은 뒷전으루 물러앉으슈. 닦어세우는 건 우리게에서 도리헐 텡께 맡겨두시구."

말은 그렇게 하면서도 이장은 속으로 이를 갈았다.

먹기는 고사하고 코끝에 붙이기도 선찮을 그 월급에, 파 한 뿌래기 묻을 터 한 자락 없이, 여러 아이 학교는 무엇으로 보내며, TV는 우물에서 솟고 오토바이는 구름이 실어왔단 말인가. 여태껏 형제상회 막내 노릇해가며 먹을 것 다 챙겨먹었다는 것은 알 만한 이면 다들 알고 있던 것이다. 방금 농담 비스름히 슬쩍 비쳤던, 냉장고를 사달라고 했다던 말도 사실일 터였다. 그랬다가 황의 대답이 시원치 않으니 이장을 핑계하여, 더 좀 버티면서 흥정이 쉽도록 도모하고자 몇 마디 거들어달라는 게 분명했다.

'우리게 사람 등쳐서 냉장고를 벌 테니 나는 이웃 사람이나 알겨 먹으라? 끙——.'

이장은 다시 이를 갈았다. 그는 속이 울렁거려 입을 다물 수가 없었다.

이장이 말했다.

"슨거라—— 그늠으 것, 이별헌 지가 하 오래되어 인저는 낯짝두 잊어뻐렸지만…… 워치게 허는 게 슨건지 몰라도 내년에는 싹 갈어 쳐야 되여. 위엣늠이구 밑잇늠이구 내년에는 몽땅 내쫓고 말 텡께——."

"…….'

"눈곱재기만헌 단위조합에서 느티울 팔어 테레비 산 늠, 대사리 팔어 자전거 산 늠, 덥뎅이 새암말 팔구 오도바이 산 늠, 보루목 평계대구 양수기 해먹은 늠, 조합장이구 참사구 올까장만 잘해 처먹으라구 허여."

뒤를 최가 이었다.

"이전버팀 중복 넴긴 개는 백중에 끄실러 호미씻이허는 벱여. 그것두 총회는 총회니께 나두 농사는 실농해두 뛰여댕기야겄어. 총대는 아니지만…… 못 살겄다 갈어보자—— 이게여."

"그 단위조합 연쇄점 미쓰 뭣인가 허는, 그 꼬랑지 너부죽헌 년두 내쫓으야 되여. 시숫비누 한 장에 사삿집 가게버덤 십 원씩이나 더 얹어받더라니께, 끙——."

고는 당장 어떻게 해볼 듯이 팔뚝을 코앞으로 치켜올려가며 눈을 희번득거렸다.

"시방까장은 잘들 해처먹었지만 인저는 안 되여. 새우젓이구 황새기젓이구 장터 가면 월매든지 쌓였어. 단위조합? 우리가 외면해 뻐리면 니열 당장 추석쇤 개장국집이여."

조도 그동안 별러온 것이 적잖았던 듯 그칠 줄을 몰랐다.
"나두 표 있어. 처가 푸네기만 쓸어뫼두 총대 하나는 나와."
"나는? 나는 워떤디? 이 남면 바닥서 칠대 이백오십 년을 살아온 나는 몇 표나 되는디? 그런디 조합총회는 총대만 결의권이 있단 말여……."
"출자헌 농민은 고무신 한 켤리를 살래두 밤낮 아쉰소리를 허구…… 대접 못 받어, 돈 더 내여…… 뺵으루 들어가 펜대 잡은 늠은 월급 타구 뽀나스 받구, 와이로 먹구 코미숀 뜯구…… 즘심에 맥주 처먹구 저녁에 지집질허고, 출장가서 장사허구 강습가서 관광허구…… 이것들 내년 총회에 두구 봐."
하는 이장의 말끝을 가르며 오토바이가 멈췄다.
"계장님은 연태 저녁두 못 자셨을 텐디 시장판에 술버텀 자시면 속홅으려 워칙헌디야."
황은 고개를 굽벅거리며 오토바이를 끄고 나서 생각해 주는 말부터 했다.
"여름 손님은 맏사위두 들 반가운 벱인디, 건건이두 읇구, 깨묵셍이나 있는 게 있으야 가시자구 허지유."
조의 말에 계장은
"아까 울게 갔다가 봐놓은 상 먹구 왔슈. 가구 보니 이장네 옆구리 천상준이 자당으른 진갑잔칠레. 게 비곗점이나 먹었더니 든든허요."
하며 자기가 비운 잔을 황한테 내밀었다.
"그리가 벌써 그렇게 됐던가뵈. 접때 장에서 보니 빠마를 새루 했길래 아직 쉰댓 이짝저짝인 줄 알았더니. 그런디 여게, 손님대접이 워째 이렇다나. 이왕 술을 받을라면 병아리라두 한 마리 볶든지 허잖구는……."

제 나름으로는 계장이 듣기 고소롬한 말로만 골라 한다는 풍신이었으나 계장 옆에 앉았던 오 서기가

"들쇠주는 꼬치장에 멜치새끼 쥑여 말린 것 댓 개만 있어두 술이 모자르지 뭘 그류."

하자 황은 얼른

"암만—— 안주가 무슨 필요 있간디. 별똥 하나에 한 잔, 구름 한 뎅이에 한 잔, 그게 풍류지."

하며 얼레발을 쳤다.

"네미—— 어둬서 뵈야 따지. 디리 훑었어두 먹구 자시구 헐 게 읎겄는디……"

홍이 모자에 수북하게 잎새째로 마구 훑어온 고추를 쏟아놓으며 중얼거렸다. 뒤따라온 김도 허리가 휘게 져온 쌀자루를 그 옆에 쏟으며

"나는 어떻구? 원체 저기허니께 채민지 호박인지 뵈야 말이지. 아예 저기할래 걷어왔는디 호박이나 안 섞였나 모르겠네."

하고 이마의 땀을 훔쳤다.

"숫제 호박을 따올 걸 그랬네야. 워쩌면 반 접이나 되는 디두 단내나는 건 서너 개뿐이라나."

뒤엉킨 덩굴 더미를 뒤적거려 참외를 고르던 이장이 말했다. 김은 짐짓 못 들은 척했다.

"아따, 누군가 꼬추농사 한번 인물나게 지었다…… 밥 먹구 뭘 했간이 꼬추를 이 지경으로 맹글어. 이 풍신나는 걸 뭣 허러 따온다나. 차라리 쬐금 더 걷더래두 우리 밭에 가서 따올 게지…… 잘기는 이 잡어먹게두 잘다. 끙, 이거 워디 지려서 입에 넣겄다나."

황이 부질없이 지껄이자 홍은 계제 김에 잘됐다는 듯이

"지리기야 왜 꼬추가 지린가유. 빤스가 지리지."

하고 심심하게 웃으며 다른 술병을 이빨로 땄다.

"입어본 사람 얘기가, 저기표 빤스는 이틀만 지나두 썩는 내가 진동허더라데. 그것두 사람이 짜면 짤수록 더 독헐 테지만."

김도 황의 입질이 잦으리라 기대하며 슬며시 밑밥을 던져보았다. 그러나 남대문표를 저기표하고 하는 바람에 아무도 새겨들은 이가 없었다.

이장은 과도가 없으므로 참외를 주먹으로 쳐서 쪼개놓았다. 황도 누구 못잖게 술이며 참외를 허발하고 걸터듬었다. 김은 공것이라면 으레 눈이 뒤집히던 황과 섞여앉은 게 마뜩잖아, 단단하게 약오른 고추를 통째로 죽여도 혀끝이 얼얼하긴커녕 비릿비릿하여 비위가 상했다. 게다가 황은 개평꾼 주제임에도 되잖게 씨 안 든 안주 투정을 그치지 않았다.

"이건 뉘집 꼬치장인디 이 모냥다리여. 쏘내기에 장독을 안 덮었나, 꼬치장이 워째 찰기두 읎구, 묵은 된장 푸레미에 들익은 보리개떡 갈아놓은 것처럼 묽으주룩허니, 똑 입맛 버리기 십상일세그려."

하고 황이 고추장 나무람을 할 때는 속으로 이만한 것이 넘어오려고 하여 견딜 수가 없었다. 홍도 속에서 아래 웃물 지는 게 있는지 참외 조각만 되새기더니 황이

"계장님허구 오형은 내 집에 가 한잔 더 허게 얼른 들구 일어납시다. 적이나면 새우젓이래두 두어 저붐 무쳐내올 게지…… 들뜬 꼬치장에 지리비리헌 희아리 꼬추허구 깡술 허느니, 숫제 목구녕을 차압허는 게 낫겄어."

하자 대뜸

"이 꼬추가 뉘집 겐지 짐작두 못허슈? 이게 바루 춘자네 밭이서 딴 게라구유."

하고는 그게 그리 고소한지 계장이 내놓고 피우던 거북선을 뽑아

물었다.

"그려? 워떤 밭? 우램이네 우물 옆댕이? 그건 안 되여. 큰일나는 겨. 약 찌었구 물(비) 한번 안 갔는디 그걸 따오녀?"

황은 베어먹고 남은 고추 반 도막을 들고 있다가 얼른 저리 내던 지며 펄쩍 뛰었다.

김은 소리없이 웃었다. 자기도 황네 원두밭을 덩굴째 함부로 걷어 담아왔던 것이다.

황이 자기네가 먹을 것 두어 이랑 빼놓고, 고추밭을 온통 농약으로 뒤발시켰다는 것을 모른 사람은 없었다. 고추밭에 약을 뒤집어 씌우면 막 열린 애고추마저 억지로 붉으니, 시퍼렇던 고추밭이 한 파수 만에 가을걷이를 가능케 하던 것이다. 밭에 세워놓고 순식간에 약으로 익혀 붉은 물고추를 만들어 서울로 올려보내면, 값이 좋아 제물에 붉어 말린 김장 고춧값과 맞먹는 시세로 치울 뿐 아니라, 잇대어 밭을 떠엎고 추석 배추를 갈면 이내 씨가 서서 훌륭한 이모작이 되므로 그만큼 남는 게 있는 까닭이었다.

"네미…… 허구많은 꼬추 중에 해필이면 극약 씌운 암(癌)꼬추를 따오셨슈?"

농약 하면 곧 발암물질이 연상되는 터라, 오 서기가 들은 입을 뱁으며 가시 걸려 안 넘어가는 소리로 말했다.

"아뉴. 이건 식구 먹을라구 약헐 때 빼놓은 이랑에서 따온 게유. 약 찌었을 때 내가 봤걸랑유."

훗은 믿으라 듯이 고추 하나를 새로 물고 어적거렸다.

"암은 도시 사람들이나 걸리는 거니께 그냥 드셔."

했지만 김도 찔리는 구석이 한두 군데가 아니었다.

김도 요즘은 매일같이 농약에 헹구다시피 한 물건을 서울 장사꾼들에게 넘겨왔던 것이다. 물론 풋고추를 밭에 세워놓고 붉히는 약만큼 독성이 강한 건 아니었다. 다만 물을 팔백 배가량 타서 써야 할 마릭스 유제를 사백 배 정도로 섞어썼을 따름이었다.

김은 에멜무지로 갈았던 김칫거리가 때를 잘 타 이 달은 벌이가 괜찮았다. 열무 갈아 한 몫에 십여만 원 다발을 만져보기는 처음이던 것이다. 그러나 요새처럼 김칫거리 푸성귀가 고깃값보다 셀 때 그만한 재미도 못 본다면, 어느 왕조에 밥상에서 도막반찬 구경을 해볼 터인가.

그는 매일 아침 이슬이 자면 열무와 배추밭에 농약을 짙게 끼얹고 진딧물이 깨끗이 쏟아진 저녁나절마다 삼백 단씩 뽑아 밭에 놨다가, 새벽에 들이닿는 경동시장 상인들에게 맞돈을 받으며 넘겨주곤 했다.

겉보매가 깨끗하다는 이유로 두어 번 헹구어 거의 날로 먹다시피해온 김칫거리에 농약을 퍼붓는 것을 김도 싸가지 있다고 생각하진 않았다. 하지만 구태여 없어진 지 오래인 양심이란 것을 뒤져낼 건더기는 없다더라도, 어쩌다가 TV에서 농약공해가 어떻다고 떠드는 소리가 귓결에 닿으면 한참씩이나 뒷맛이 개운찮던 게 사실이었다. 그러면서도 김은 공연히 자기만 주눅들어할 까닭이 없다고 여겼다.

김은 농약 우린 물을 김칫국이랍시고 먹는 도시 사람들에게는 책임의 절반을 물어야 한다고 믿었다. 배춧잎새에 벌레 지나간 자국이 뚫려 있거나 진딧물이 붙은 건 너무도 당연하지 않은가. 그럼에도 먹는 사람들은 벌레 기미가 있을 듯한 채소라면 진저리를 쳐가며 제쳐놓고 매끈한 것만 첫째로 여긴다. 장사꾼들도 양잿물로 씻었건, 농약에서 건졌건, 아랑곳없이 물건이 깨끗한 것만 찾는다. 한 푼이라도 더 벌자면 농사꾼도 장사꾼 눈에 드는, 아니 직접 먹는 실수요자의 취향과 선호도에 맞추어주지 않으면 안 된다. 어수룩하게 안 보이는 사람들의 먼 장래 건강까지 걱정하며 농약, 극약을 피해 영농한다면, 결국 이쪽으로 돌아오는 것은 다만 실농이 있을 따름이었다.

"내남적윦이 농약 안 쓰구 농사지을 수는 윲으니께······."

계장이 물러앉았다.

"게, 나두 워쩌다가 서울 즉은집이나 당질네를 가면 앉자마자 으레 허느니 그 소리라. 벌레나 진디 윲는 푸성가리는 사먹지 마라── 이게 노래라구. 그러면 벌레먹은 푸성가리는 농약이 있어두 순박헌 농민이라 양심상 안 뿌린 게냐구 묻더먼······ 게, 이 한심헌 세상에 두 심 쓸 겨를이 워디 있느냐구, 농약이 있어두 딴 일에 치여 바뻐서 못 찌었은 게니 그런 늠만 골라서 사먹으라구 이르는디, 그래두 말 안 듣데. 송장도 먹구 죽은 송장은 빛깔이 좋다나 워떻다나 허면서, 뵈기 좋은 게 먹기두 좋다는 디는 못 말리겄더라구······."

고의 말을 받아 뒤는 김이 이었다.

"우리나 서울 것들이나 서루 저기허기는 매일반인겨. 서루 다다 쇡여먹쟎으면 못 살게 마련된 세상인디, 촌사람만 독약 쓰지 말라는 법이 있담? 시방은 사람 사람이 먹구 쓰는 게 죄 약이 아니면 독으루 알구 살어두 저기헌 세상인디, 새꼽빠지게 가로왈 세로왈 헐 게 뭐라나?"

"허기는 그려. 뭐 한 가지 맘놓구 쓸 게 윲으니께. 근래 근대화 바람에 일어난 공장에서 맨든 것이면 싸구려루 내던지는 수출품은 안 그래두, 내국인헌티 팔아먹는 건 공해 아닌 게 윲거든. 특히 농촌으루 흘러오는 게면 열에 일고여덟이 불량제품이구 가짜란 말여."

황의 말을 덮으면서 김이 한마디 보탰다.

"물건뿐이담유. 내 말이 저기헌 것이, 요새 테레비 한 가지만 여겨보라구. 활동사진이구 굿이구 간에 여편네들이 저기헐 게 있다?

자식들이 한 가지나 배울 게 있다? 공해가 벨것 아닌겨. 사람 사는 디 이롭잖은 건 죄 공해거든. 일 년 열두 달 테레비 모셔봤자 눈깔에 생혈이나 오르지 소용있담? 여편네 밤마다 마실 댕기메 넘의 테레비 앞에 턱살 처들구 사는 꼴 안 보자구, 숭년 곡석 돈 사가며 들여놓구 인저는 후회가 막급일세. 신문을 보자면 열통이 터지구, 무슨 들어볼 만한 소식이나 읎으까 허구 워쩌다가 틀어보면 네미—사람이 얼마가 죽구 얼마가 도적질했다는 얘기뿐이지, 연속극인지 급살인지는 늙은이구 밤쇠이구 몽땅 한자리에 넛놓구 앉은 디서 허구헌 날 놉 아니면 품앗이구, 홀앗이 아니면 생멕이 천지니, 경향간에 공해버텀 평준화돼 가지구설랑⋯⋯."

"생멕이라니?"

계장이 물었다.

"놉은 서방질⋯⋯ 품앗이는 지집질, 홀앗이는 오입질, 강간은 생멕이⋯⋯ 그런디 그런 것두 모르구 산업계장으루 기시니 어지간 허슈."

하고 홍이 대답했다. 모두 맛없이 웃는 가운데 황 혼자만 얼굴을 다지더니 어디서 흔히 들어본 듯한 말투로 나왔다.

"모르는 소리두 되게 해쌓네. 있으면 읎는 것버덤 낫지 무슨 초상에 개잡는 소리라나? 텔레비가 하루만 읎어보게, 지미 카터가 원제쯤 미군 철수를 해가며, 밴스가 천안문에 들어가 화국봉이허구 무슨 호이담을 했는지, 이런 촌간에서 워치기 알겄나."

"빤스가 남댑문에 들어가 좆봉이허구 무슨 회담을 허는지, 짐치 한 가지루 건건이 허는 우리네가, 모른다구 세금 물리지 않는 담에야 안다구 젓 담을 거여?"

하고 홍이 뾰루지마냥 불거져 나왔다. 그러자 장병찬이가 나섰다.

"좌상 말두 좀 들으슈. 좌중에 민방위 끝낸 사람은 황 좌상 혼잔 모양인디…… 황 좌상 말씀두 뭐가 있긴 있는 게, 테레비 안 보면 상식 은을 디가 워디 있슈? 그나마 테레비 덕이지."

이젠 오 서기가 뛰어들었다.

"사실이지 뭐유. 나랏덕 보며 살거든 고마운 중이나 아시야지. 네미 서울처럼 수돗세, 청소비, 오물 수거비, 방범비…… 승 따루, 이름 따루, 아호 따루, 한 달에 열두 가지씩 내는 세금만 안 물어두 워디유. 게다가 테레비루 팔도강산 헌다허는 관광지 앉어서 구경허며 살거든, 윗사람네 덕 보구 아랫사람에 빚지는 중두 알구 살으야지유…… 때에 따라서는 젓가락으로 죽 먹는 수도 있지, 워치기 그렇게 따져가메 산대유?"

오 서기 말에 황은 연방

"암만— 물런—."

소리로 간을 치고, 다른 사람들은 눈만 끄먹거리고 있는데, 홍은 고개로 부라질을 하며 속이 올라오는 것을 애써 삭이는 눈치였다.

말이 더 이상 엇갈리면 누구보다도 자기 자신이 속을 끓이다 못해 큰일낼 소리까지 내뱉게 될 것 같아, 김은 얼른 다른 말을 끄어대어 틈서리를 막았다.

"우리는 세금 안 내는 중 아시는디, 부가가치센지 뭔지, 우리두 넘들 내는 건 구색갖춰 내구 사는규. 수재의연금은 도싯것들버덤 외려 더 낸 심이지……."

"그런 소리 말유. 내기루 말 된 디서 사십 원을 깎구 낸 사람두 있슈. 남면 십오 개 리에서 사십 원을 깎구 낸 사람은 아마 우리게 뿐일겨."

이장이 한마디 하고는 고개를 둠벙께로 틀었다.

"그것뿐인감— 수재민이 남댑문 열어놓구 댕길깨미 남댑문표 빤쓰를 부주헌 디두 우리게 하날 텐디."

우리 동네 황씨

겨끔내기로 홍이 웃기를 얹으므로 김은 비로소 계제가 됐다고 여겨 마침내 입이 간지럽던 말을 꺼내었다.

"여보, 이장 말여. 그 저기헌 돈, 그 사십 원 모자라던 쌀 두 됫박 값은 그 뒤루 물러줬던감?"

하며 김은 이장을 바로 쳐다보았다. 황선주가 저번 장도막의 쌀금 금으로 쳐서 내놓은 오백육십 원의 행방에 대한 물음이었다. 홍과 조와 고도 이장을 쳐다보았다. 이장은 황을 여러 사람 앞에서 공굴리기로 다짐한 터라 서슴없이 말했다.

"아따 복셍이 아버지두 돌려주기는…… 동네에서 기중 못사는 사람이 사십 원이 읎어서 못 채워낸 가슴아픈 사정두 봐줘야지, 이웃에서 워치기 박절허게 되무른단 말유. 그 사람인들 동네 사람 폐롭히려구 역부러 그런 짓 했겠수. 워디 가서 그런 소리 해보슈, 느 티울에 사람 산다는 소리 들겄나. 내가 새마을 한 갑 덜 사 피면 되는 늠의 것을…… 헹편 어려운 집이 이웃에 살면 내것을 보태서라두 넘으 축에 안 빠지게 해주는 게 도리 아녀……"

황은 잇긋 않고 술잔만 잘금거렸다. 안 들은 것으로 치부하겠다는 배짱이 분명했다.

"허기사…… 저렇게 헐 말두 그렇게 헝께 그 말두 옳웨."

하며 김은 그만두려 했다. 이장이 그만큼 했으면 황도 생각하는 바가 없지 않겠던 것이다. 그러나 홍은 달랐다. 양이 덜 간 눈치였고, 도지게 조져 잡도리하자는 눈짓을 거듭 좌중에 돌렸다. 아무도 말리는 기색이 없자 홍이 말했다.

"네미— 그럼 저 회관 앞에 빤쓰는 느티울 깃발이라구 게다 걸어놨던감. 여북 째구 쪼달리면 안식구는 그 흔헌 삼각 빤쓰 한 장 못 걸치구 살었겄어. 잉? 오죽했으면 사내 빤쓰 하나만 짝재기루 내놨을 거여. 집에두 반성헐 점이 많다구. 명색이 이장이면 적이나

마 누가 입던 게던, 여자 빤쓰 한 장은 마련허구 짝을 채워서 수재민 구호를 허던지, 그 집 안식구 입히라구 되돌려주던지 헐 게지…… 저냥 줄창 내걸어놓구 낮 소내기 밤 이슬 죄 맞혀 썩히니, 그래두 동네일 본다는 이장여?"

"……"

아무도 응수를 않으니 홍은 더욱 신명이 나서 떠들었다.

"이왕 동네일 본다구 흰소리헐작시면 뭐 한 가지래두 제대루 시늉해 보라구. 그렇게 참나무 전댓구녕마냥 꼭 맥히구, 뱅댕이 창새기만헌 소갈머리두 읊어가지구, 보리때 지났다구 보리쌀 한 말 모조 받으로 댕길텨?"

"속 썩이는구먼. 우람 아버지는 왜 또 나헌티 소가지부려?"

이장이 반주를 넣어주었다.

"아따 그렇게 갑갑허걸랑 우람 엄니 입던 게라두 갖다 한 쌍 맹글어."

"우리 여편네 것은 남댑문표가 아녀. 남댑문표허구 하냥 놓면 또 짝재기가 된단 말여."

"그럼 무슨 표여? 왕십리표여?"

"안방문표다, 왜?"

"……"

아무도 뒷받침을 못하는 틈에 김이 말했다.

"이녘은 회관 앞에다 남댑문표를 걸어놓니께 누가 짝 채워주기 바래구 걸어논 중 아는디, 그건 아녀."

김은 홍을 눈으로 집적거리며 말했다.

"그게 아니면 뭐이냐, 뭣 땜이 회관 앞에다 창대미 세워 걸어놨느냐, 그건 냄새 땜이 그런겨."

"짠내가 나담?"

홍은 쉬고 대신 고가 번차례로 나섰다.

"암— 새우젓 장수가 입던 게라 그런지 그 근처만 가두 코가 썩는다구 야단들이여."

"그래, 바람에 바래면 냄새가 좀 가실까 허구 걸어둔겨. 아직 안 가본 분은 가보셔."

이장이 부축했다. 영문을 몰라 맨숭맨숭하게 앉아 있던 계장과 오 서기도 마침내 지저분한 말만 찧고 까부르는 얼거리를 대중하고, 서로 담배를 물리며 불을 당겨가곤 했다. 그들은 슬몃슬몃 뭉기적거려 뒷전으로 물러앉고 있었다. 그러자 내동 잇굿 않고 천연스럽기만 하던 황도 더 못 참겠는지

"집은 대관절 무슨 억하심정으루 나를 요로크롬 봉변시키는겨?"

소리를 냅다 지르고 나서

"이 사람들이…… 원제 뭘 본 게 있으야 생각허는 바두 있지. 네 미…… 구찮어두 내가 얘기를 헐라니 들어들 보라구. 이재민이라는 것은 말여, 당장 솥단지 끄실리구 몸뚱이 눈가림헐 것만 급헌 게 아니라 이거여. 먹구 자는 것두 급허지만 때로는 양말 한 짝이 급허기두 허구, 다 제쳐놓구 뒷간 갈 종잇조각이 더 급헌 경우두 있는겨. 안 그렇겄나?"

"허긴 그류."

장이 잔뜩 숙이고 있던 이마를 두어 번 건져올렸다. 논 여남은 마지기 반타작으로 고지 얻어짓는 게 그토록 무서웠다. 그렇다고 그러는 장을 대놓고 구박하기도 야박스러워 모두 입을 다무는데 홍은 성질을 못 이기고 말했다.

"집은 뭣이가 그렇다구 허긴 그류—여? 유언에두 하루치가 있구 십 년치가 있어…… 자구 먹으면 입을 것 걱정하는 게 으레 있는 보통 사건인디, 그중에두 급불급이 따루 있다?"

"좌상 말씀두 들 끝났는디 중간에서 웬 지방방송이여?"

성질이 눅진한 장은 고개를 딴전으로 돌리며 숫기없이 말했다. 그러자 홍은 장의 그러는 꼴이 더 얄밉다는 듯이

"그럼 집이서 좌상 특집방송을 허라구. 나두 얼른 벌어서 땅 사서 넘 내주구 들어앉어서 먹으야지, 끙——."

"자네들두 나이 사십이 니열모리면 즉은 나이가 아녀. 말헐 것 같으면 인저는 생각허며 살 나이라 이게여. 생각들 해보게."
하고 황은 좌중을 한 바퀴 쓸어본 다음

"내가 아닌 말루 꼭 한 번뱆이 안 입은 빤쓴디두 눈 딱 감구 내논 건 다 그만헌 생각이 있어 헌 게라 이 말여. 그런디두 자네들은 그게 무슨 놀이갠나 된다구 씩뚝깍뚝 허메, 마른 확에 가물태 쭉젱이 빻는 소리나 농헌다나. 아서, 아무리 으른 아이 따루 읎이 막가는 동네지만 그러는 게 아녀. 나두 들을 말 있구 안 들을 말 있는디, 잔나비들마냥 으른 앉혀놓구 반 토막짜리 농담이나 예서 찔끔 제서 찔끔…… 패소금 단지 엎지른 시앗마냥, 사내들이 워째 그리 자디잘다나? 함부로 그러다간 동네 버리기 십상이니."
하고 나무람하던 말끝을 한 모태로 뭉쳐 아퀴지으려 했다. 김은 참을 수가 없었다. 그래서 그는 누구보다도 먼저 입을 열려고 했다. 그런데 그보다도 더 성미가 급한 사람이 홍이었다.

"으른은 네미—— 이 자리에 으른은 뉘구 애는 뉘여. 댓진 바를 디다 곤지 찍구 있네. 쓰…… 그래 우리가 동네 버릴라구 회관 앞에다 코가 쏘는 빤쓰 쪼가리를 내널었다 그게유?"

"아니면? 그만두소, 그만들 둬. 대이구 객쩍은 소리나 이 입 저 입으로 찍어 바르며 장난질허면, 우리게는 장차 워치기 되는겨. 오늘은 내가 참을 것이니 거기들두 달리 생각해 보라구."

황도 그참 내뻗을 기세였다. 김은 그 뻔뻔스러움에 놀라 할 말을

잊었다가 간신히 되찾아 말했다.
 "그러구 보니께 춘자 아버지는 동네 젊은이들이 본뜨게 모범스럴라구 그런 야짓잖은 짓만 통통 했던가뵈. 삼십 년 사십 년 저기허구 사는 이웃간에 이자 웂이는 단돈 천 원 한 장 안 빌려주구, 고리대금해서 해포에 논 댓 마지기씩 늘이는 이가 이재민돕기 쌀 두 됫박이 저기해설랑 벌벌 떨구, 장끔으루 쳐서 사십 원 모자르게 저기허구 했던겨. 원체 그렇게 해야 으른 노릇두 허게 되겠지만······."
 "왜? 그게 워디가 위때서 불만헌다나? 생각해 보게."
 황은 다시 나무라는 투로 말했다.
 "쌀 두 됫박 평미레루 싹 갈겨 야리게 내주느니버덤, 곡가 챘을 때 챈 금으루 환전헌 게 얼마나 아쌀헌디? 됫박두 되기 나름여. 고봉 아니면 두 홉이 빠지는디 워떤 늠이 고봉으로 내놓다?"
 황의 변명도 한 귀로 들으면 그럼직했다.
 "돈 있다구 늠짜 헐직이 쓰지 마슈. 내 늠두 고봉으루 냈지만 모, 개루 싸잡아서 늠 늠, 허면 워떤 늠이 늠름허구 있을겨. 네미—."
 홍이 도끼눈을 지릅뜨고 힘을 모아가며 대들었다.
 "작것이 아까버팀······ 그래 늠름허잖으면 워쩔 티여. 인저는 으른 아이두 못 가리구 패 돌리누만."
 황은 어이없다는 듯 턱을 초들며 허리를 거우듬하게 뒤로 젖혔다.
 "아까버팀 으른은······ 나이 몇 살 저기허다구 나머지는 죄다 애루 뵈여?"
하며 김도 두 팔을 뒤로 짚고 허리를 공중에 기대었다.
 "암만— 순댓국을 먹었어두 늬것들버덤은 얼마를 더 먹어두 더 먹었지. 따져보랴? 기역 니은만 시늉허면 다 말인 중 알구······."
 "그려, 따져. 산술 션찮여 돈은 못 벌었지만, 먹은 그릇 심은 빠드름허니께. 자 봐들······."

홍도 얼며서 말을 놓으며 두 손을 쳐들고 주먹구구로 들어갔다.

"그러니께 월마를 먹은고 허니, 춘자 아버지가 시방 쉰이니께, 한 달 육장에 오륙은 삼십허구…… 일 년 열두 달이 삼백예순다섯 날이라, 하루 시 끄니에, 있는 집이라 밤참허구 곁두리를 사철 먹을 테니 하루 다섯 끄니, 그러면 에또, 오삼 십오에 가설라니, 한 달이면 백오십 그릇…… 백오십이 열두 번이면 이공은 공, 이오 십에, 하나가 올러가서 이일은 이, 허면 삼백, 그지? 맞어, 아니…… 그렇게 아니구 백오십이 열이면 천오백에 가설라니, 두 번을 더허면 그려, 천팔백── 천팔백에 오십을 곱해 봐. 공공은 공, 오팔 사십허면, 구, 그려 구만 그릇──."

"아따 도지게 심심헌가뵈, 넨장──."

장이 황 보기 민망한지 가운데다 초를 치려 했다. 그러나 홍도 이미 작정한 게 있는 터라 들은 대꾸도 않고

"구만 그릇인디, 황새기젓, 새우젓, 천일염두 읎는 집보다 더 먹을 테니…… 네미 처먹어두 육시러게 짜게 처먹었네."

"뭣이 워째? 이런 배냇적에 간수 먹을 늠으 자식──."

하며 황이 박차고 일어서는 것을 계장이 잽싸게 끌어 앉혔다.

"황 주사두 좀 참으슈. 서루 내외않는 남냄인디 농담으루 화내실 튜?"

오 서기가 달래는 동안 홍은 그저 있기가 멍둥하여 얼른 남의 술잔으로 제 입을 틀어막았다. 말꼬랑지에 파리가 붙었던 것은 부러 할래서 그런 게 아니라 말버릇따라 무심중에 입 밖에서 묻어온 거였다.

다른 사람들도 그래 그랬거니 하고 있었다.

그러나 김은 홍이 그대로 숙어들면 안 될 것 같았다. 이왕 멍석 펴놓은 김에 푸닥거리를 마무리해야 개운하겠던 것이다. 그래서 김

은 이내 하려던 말을 꺼냈다.

"그렇구먼그려. 워떤 것은 짜게만 먹었어두 아무 탈 읆는디, 옆 댕이 있는 늠은 공중 맹물만 켜구두 편찮당께. 춘자 아버지 들으슈. 앞으루는 단위조합 끼구 우리네헌티 장사헐 생각일랑 아예 마슈. 우리가 한두 늠 배지 불리자구 출자헌 게 아녀. 앞으루는 단위조합 것들버덤 더 높은 웃대가리가 와서 벨소리루 저기해두 속지 않겠 다, 이게여. 춘자 아버지 잘 생각해 보슈. 비 때 비 주구 눈 때 눈을 주는 하늘두 우리를 안 쇡이구, 쌀 때 쌀을 주구 보리 때 보리를 주 는 땅두 우리를 안 쇡여유. 그런디 하물며 사람 것들이 우리를 쇡 여? 항차 우리에게 뭔가를 보태주려구 뛰어댕긴다는 것들이 우리 를 쇡여? 저늠으 것, 저 오도바이— 저늠으 것은 인저 소리만 들어 두 넌더리가 나우, 넌더리가……."

김이 말끝을 내기도 전에 황은 삿대질을 하며 나무라는 말투로 떠들었다.

"도대체 늬것들헌티 뭘 쇡였단 말여? 내가 쇡인 건 뭐구 늬가 속 은 건 뭐여? 내 새우젓, 황새기젓 처먹은 게 배아프면 그 입으루 더 지껄여봐."

황은 일어서보려고 몸부림을 했으나 계장과 오 서기의 완력을 떨쳐버리지 못했다. 그러자 홍이 둠벙을 손가락질하며 무디고 모가 나게 다듬은 음성을 황에게 건넸다.

"알아들을 만큼 타일렀는디두 아직 정황을 모르는 모양인디, 정신 좀 들어야 되겠어. 암만 해두 저기 좀 댕겨와야 정신이 들랑 개벼…… 자 뭣이 들어갈려? 당신을 처늫으까, 오도바이를 던져버 리까?"

"……."

황은 눈이 뒤집힌 채 대꾸를 못했다.

둠벙은 무시로 자고 이는 마파람 결에도 물너울을 번쩍거리고, 그때마다 갈대와 함께 둠벙을 에워싸고 있던 으악새 숲은, 칼을 뽑아 별빛에 휘두르며 서로 뒤엉켜 울었다. 으악새 울음이 꺼끔해지면 틈틈이 여치가 울고 곁들여 베짱이도 울었다. 김은 그것을 밤이 우는 소리로 여겼다. 하늘은 본디 조용한데 으레 땅에서 시끄러웠었다는 것도 더불어 깨우치면서

"세상이 아무리 뒷같이 되었더래두 헐 말은 허구 살아야겠더라구."

이장은 계속했다.

"촌늠은 나이가 명함이지만 나두 막말을 안 헐 수 읎어 허는디, 당신이 계장님 만나러 예까장 온 속심을 우리가 모르지 않어. 물간 새우젓, 곯은 황새기젓 좀 농민들헌티 멕여보까 허구 시방 지켜앉어 있는디, 아스슈, 아스라구. 나두 작년 같잖여. 나두 정신채렸다구. 작년만 해두 동네서 쥑일 늠 소리를 들었고, 또 그래야 쌌어. 허지만 나두 싫어. 왜냐. 나두 당신 말마따나 젊어. 넘으 잔치에 설거지해 주다 내 배 곯구, 동네서 소릴 들어가며 살구 싶지는 않더라 이게여. 그러구 이건 내 개인문제가 아녀. 그럼 뭐냐. 하늘과 땅과, 비바람두 눈보라두 우리를 보호해 줘. 심지어 개돼지두 우리를 위해 살어. 그러나 사람은 틀리더라 이게여. 그러니 이저는 세상읎이 거시기헌 늠이 무슨 소리를 해두 못 믿것더라 이게여."

이장은 말허리를 끊고 좌중을 한차례 둘러본 다음 나머지를 이었다.

"그러니께 결과적으루 우리 스스로 우리를 보호허지 아니허면 아니되겠더라— 이게 결론여. 내 맘만 같으면 당신이구 오도바이구 죄 남댑문표 빤쓰에 싸서 둠벙 속에 처늫겄어. 또 그래야 옳어. 그러나 워쨌든 간에 당신은 우리게 사람여. 우리는 아직두 이웃을

보살피구 동네 사람들 애끼구 싶다 이게여. 그리구 당신 빤쓰 아니 더래두 수재민들이 홑바지는 안 입는답디다. 부디 니열 새벽 빤쓰버텀 걷어가슈. 당신 손으루. 동트기 전에."

"……."

황은 응수하지 않았다. 틈을 여투어 김이 말했다.

"그만 일어들 납시다. 니열 일헐라면 눈 좀 붙여야 허니께. 그런디 일어스기 전에 나두 한마디 이를 게 있어. 면에서 나오신 분들헌티는 미안허지만 이왕 대화를 저기허는 짐에 저기허야겄어."

"복셍 아버지는 말 속에 그 저기 소리 좀 저기허슈."

홍이 앉은 자리를 당겨오며 계속하기를 재촉했다.

"말씀허셔유. 우리가 딴 동네 안 가구 일루 온 게 몇 번 잘했는지 몰라유. 역시 느티울다워유. 가만히 봉께 우리두 배울 게 한두 가지 아녀유. 이래야 돼유. 우리 생각 마시구 계속 대화를 가지셔유."

계장이 말했다.

"그러믄유. 되는 동네는 이렇다구유. 워떤 사람은 말 많은 걸 질색허구, 가급적이면 쉬쉬허려구 허는디, 그것은 워디까지나 독째…… 하여간 다시 말허면, 말이 많은 동넬수록이 일을 끝내면 죄 용허더라 이거유. 이거 미안헙니다. 여기 사람두 아닌디 말이이 많어서……."

오 서기는 웃음으로 얼버무렸다.

"그건 그류."

최는 면 사람들에게 담배를 한 대씩 돌렸다.

"그려, 츤츤히 얘기 좀 더 허다가 가세. 네미 손바닥에 털이 나나 모래가 싹 트나……."

홍은 여전히 신바람이 나서 부쩌지 못하고 있었다.

"새우젓 구경 다 헐라닝께 그런가 오늘은 소주 맛두 소주구, 선

채미두 들치근헌 게 괜찮네그려."

조는 탱자만한 참외봉텡이를 입으로 깎고 있었다.

"얘기 대충 끝났으면 일어나지 뭘 그래. 우리 여편네 눈이 빠지겠구먼. 이왕 해줄 거 저녁에 해줘야지. 새벽에 해보니께 아침이 늦어 못쓰겄어."

고는 여기저기를 긁적대다가 하품을 길게 했다.

김이 말했다.

"내가 혈라는 말은 저기여. 벨것이 아니라, 하늘을 쳐다보구 땅만 믿구 사는 우리찌리는 여전히 경우가 있구, 이웃두 있구, 우정두 있구 이런 것 저런 것 다 분별이 있는디, 직업이 사람을 상대루 허는 직업은 우리가 마소나 들풀이나 돌멩이 같은 다른 저기들과 다름읎이 뵈는 모양여. 우리가 있음으루 해서 각기 직업두 생긴 겐디, 그 직업을 한번 붙잡았다 허면 우선 인심부터 내버리구 저기허더란 말여. 직업을 권세루 알기루 말헐 것 같으면 하늘을 입구 흙을 먹는 우리네 위로 올러슬 것이 읎을 텐디두…… 그러나 우리를 업신여긴 것치구 오래 안 가데. 나는 배움이 읎어서 지난 역사를 저기헐 수는 읎지만 아마 사람 위에 올러스려구 버둥댄 것치구 저기헌 적이 읎을겨. 그랬으니께 오늘날에 우리가 있는 게구, 우리는 또 자식들이 사는 걸 저기하면서 저기허는 게구……."

김은 하던 말을 남기고 일어설 채비를 했다.

작품 해설

근대화 속의 농촌
── 이문구의 농촌소설

김우창

　이문구는 그 작가 생활의 처음부터 농촌을 소재로 한 작품을 즐겨 써왔다. 그리하여 이제 그의 적지 않은 농촌 주제의 소설들은 우리가 가지고 있는 오늘날의 농촌에 대한 가장 자세한 보고서가 되었다. 처음에 이 보고서는 삽화적이고 따라서 단편적인 것이었다. 그러나 근자에 올수록 이것은 단편성을 벗어나 어떤 총괄적인 관점에로 나아가는 것이 되었다. 『관촌수필』이나 『우리 동네』와 같은 소위 연작소설이라는 형태로 농촌의 이야기들이 하나의 다발 속에 거두어들여지게 된 것이 바로 이러한 진전의 형식적인 증거이다. 물론 관점의 총괄성이 작품의 질을 보장해 주는 것은 아니다. 그러나 일단 그것이 이문구의 작품을 보다 중요한 시대의 증언이게 하는 것임에는 틀림이 없다. 한 작가의 작품 세계의 심각성은 그 세계가 사람의 삶에 대하여 얼마나 포괄적인 넓이를 가지고 열려 있느냐에 비례한다고 할 수 있는 것인 만큼 궁극적으로 문학 세계의 포괄성은 문학의 깊이와 넓이에도 보탬이 될 수밖에 없다. 사실 이문구의 농촌 보고서가 포괄적이라면 그것은 단순히 사실적 충실만으로 얻어지는 것이 아니다. 소설의 포괄성은 한편으로는 외면적 사실을 넘어서는 삶의 구체적 다양성을 말하고, 다른 한편으로는 삶에 대한 직관적 공감의 넓이를 말한다. 이문구의 소설들이 얻고 있는 것은 그것 나름으로 이러한 포괄성이다. 그리고 우리가 농촌의 문제를 생각할 때 또는 우리 사회의 오늘과 내일을 생각할 때 이것은 빼놓을 수 없는 준거점이 되어 마땅한 것이다.

1970년대 농촌의 현실에 대한 이문구의 탐구는 『우리 동네』 연작을 중심으로 한 주로 근자의 작품들에서 그 전체 모습을 살필 수 있다. 1970년대 이전의 농촌에 대한 소설도 많지만, 그것들은 1970년대의 이야기처럼 집중적이고 포괄적이라는 인상을 주지 않는다. 이것은 개인적인 관심의 우연적인 결과라고 할 수도 있지만, 다른 한편으로는 1970년대가 우리 농촌에 중요한 변화를 가져온 시기이기 때문이다. 1970년대는 그 얼마 전부터 불던 근대화의 바람이 우리 사회의 곳곳에 침투하여 사회 생활의 질을 전적으로 변화시킨 시대였다. 이러한 근대화의 움직임은 농촌에도 하나의 고비를 넘어선 듯한 변모를 가지고 왔다.

모든 문명의 발달은 농촌에 대하여 매우 착잡한 의미를 가질 수밖에 없다. 소위 문명이란 대체로 도시 생활의 편의나 문화 또는 제도의 복합화를 의미하고 이러한 복합화는 근본적으로 인간 생존의 기본을 이루고 있는 농업 생산의 잉여의 도시 이동을 요구한다. 이때 농촌은 불공평한 이동 과정의 희생이 되기 쉽다. 특히 정치, 경제, 문화의 주체적 결정권을 상실한 농촌의 경우 이러한 불공평한 관계는 더욱 심화될 수밖에 없다. 그리고 이러한 불공평한 관계는 사회적, 경제적 변화를 통하여 무작위적으로 일어날 수도 있고, 또는 정치적으로 강요될 수도 있다. 우리나라 농촌의 경우 1960년대,

1970년대의 변화는 자본주의적 근대화와 그것을 촉진하는 정책적 결정이 가져온 것이다. 그리고 이러한 변화는, 그 궁극적인 의미가 무엇이든지 간에, 적어도 1970년대까지의 농촌 현실로 보아서는, 많은 부정적인 부작용을 낳는 방향으로, 농촌의 문제를 해결하기보다는 심화하는 방향으로 이루어진 것으로 보인다. 근자의 농촌문학을 논하는 글에서 염무웅은 일본, 인도, 이집트 등의 예를 언급하면서 자본주의적 근대화가 어느 경우에서나 농촌의 희생을 강요했다는 점을 말하고 있지만[1] 1970년대 농촌의 의미는 사실 이러한 관점에서 파악되는 것이 옳은 것으로 보인다. 이 관점은 적어도 이문구가 그리고 있는 농촌의 현실을 설명해 주고 또는 그의 소설에 등장하는 농민들의 상황 판단의 근본이 되어 있는 것이다.

전통적으로 농촌문제의 핵심은 그 원인이야 어디에 있었든, 가난이라고 말할 수 있다. 1970년대 농촌에서 전통적인 의미에서의 가난——가령 1960년대만 해도 존재하던, 이문구 자신이 묘사한 바 있는 "해마다 양식은 세안에 떨어지고, 풋보리 잡아 찧고 말려, 가루 내어 죽 쑤어 먹을 때까지는 산나물, 들나물로만 연명……"[2] 하던 식의 가난——의 힘은 많이 줄어든 것으로 보인다. 그러나 절대적인 것이라기보다는 상대적이라는 성격을 띠게 된 면이 있기는 하지만, 빈곤은 여전히 농촌의 문제로 남아 있다. 그러면서 그것은 그 조건 속에서 사는 사람에게는 옛날에 못지않게 가혹한, 적어도 안정된 생활양식과 정신 상태를 위협한다는 점에서는 더욱 부정적인 문제로 탈바꿈하여 나타난다. 전통 사회의 빈곤은 흔히 외적인 제약조건으로 옳든 그르든 하나의 운명으로 정착하고 하나의 안정된

---

1) 염무웅, 『민중시대의 문학』(창작과비평사, 1979년)에 실린 「농촌현실과 오늘의 문학」 참조.
2) 「담배 한 대」, 『몽금포타령』(삼중당, 1975년), 30쪽.

테두리로 작용하여 어느 정도까지는 좋든 나쁘든 그 나름의 일정한 생존 환경을 보존하여 준다. 그러나 근대화는 순전히 그것이 가져오는 사회 변화의 속도만으로도 빈곤으로부터 그 운명성을 제거해 버리고, 한편으로는 소비문화의 유혹을 통하여 빈곤을 깊은 내적인 불행으로 정착시키면서, 다른 한편으로는 늘 새롭게 정의되면서 궁극적으로는 벗어날 수 없는 빈곤을 강요함으로써 삶의 질서의 정당성을 앗아가 버린다. 그리하여 순전히 물질주의적인 세계관에 입각한 근대화가 정의하는 빈곤은 역설적으로 물질의 문제가 아니라 삶의 질서 전반의 문제가 된다. 순전히 물량적인 관점에 선 외면적인 접근이 근대화하는 사회에서의 빈곤의 문제를 그릇되게 파악하는 이유의 하나가 이 점을 잘못 보는 데 있다. 따라서 어떻게 보면 이러한 빈곤의 문제는 소설적 접근에 의하여 비로소 바르게 조명될 수 있다고도 말할 수 있다. 이문구가 그의 연작소설들에서 보여주고 있는 것은 바로 이러한 명제의 정당성이다. 이문구의 농촌 보고서는 객관적인 숫자로 제시될 수 있는 농촌의 빈곤상을 제시한다. 그리고 그의 진단으로는 이 빈곤은 공평치 못한 발전 정책에 원인한다. 그러나 그의 소설은 이러한 사실에 대한 사실적인 보고서가 아니다.(또 이러한 보고서의 작성이 작가가 가장 잘 해낼 수 있는 작업일 수도 없다.) 그가 우리에게 보여주는 것은 농민들의 생활의 전폭적인 구도에 일어나는 변화이다.

  물론 이문구의 소설은, 위에서도 말한 바와 같이, 사실적인 제시에 기초해 있다. 근대화가 강요하는 농촌의 희생은 단적으로 농산물 가격의 정책적 억제로써 대표된다. 하여튼 『우리 동네』의 주민들의 마음에 이것은 그들의 억압된 상태의 가장 근본적인 지표로 느껴진다. 가령 '이십 년 농민' 리낙천 씨의 경우 그의 수입은 일 년에 쌀 스무 가마 정도이고 이것은 (소설 내의 시가로서) 오십만

원, 그 자신의 말로 중견사원 두 달 월급에 해당하는 것이다.[3]

　여기의 리낙천 씨와 같은 경우는 그 농업 경영의 영세성에 어려움의 발단이 있다고 하겠지만, 이러한 영세성이 실질적인 의미를 갖는 것은 리씨 자신의 비교에서 알 수 있듯이 도시 관리직 종사자의 수입에 대조됨으로써다. 리씨 자신이 더 비교해서 이야기하듯이 문제의 사회적인 맥락은 벼 한 가마의 공판가격이 '제우 연탄 이백장 값⋯⋯ 구두 한 켤레 값⋯⋯ 맥주 열 병 값⋯⋯ 모래 한 마차 값⋯⋯ 먹매 합쳐 들일꾼 사흘 품삯두 채 못'(79쪽) 된다는 데 있다. 이러한 것이 문제가 되는 것은 농민도 공산품을 사용하여야 되며 그러한 교환에서 그들이 불리해진다는 사실 때문이다. 그러나 어쩌면 더 중요한 것은 그것이 삶의 질서의 정당성에 대한 회의를 낳는다는 점에 있을지도 모른다. 착실한 농사꾼 강만성의 아내는 이 점을 다음과 같은 불평으로 토로한다.

　"농사꾼은 호적 파갖구 물 근너온 의붓 국민인감. 다른 물건은 죄다 맹그는 늠이 기분대루 값을 매기는디 워째서 농사꾼만 남이 긋어 준 금에 밑돌어야 혀? 마늘 한 접이 금가면 버리는 푸라스떡 바가지만 두 못허니 이래두 갱기찮은겨? 드런 늠덜. 암만 초식장사 제 손끝에 먹구산다지만 해두 너무헌다구. 꼭 이래야 발전헌다는겨?"(235쪽)

　공정성에 대한 회의는 정부의 노풍 피해에 대한 농민들의 반응에서도 볼 수 있다. 농민들의 생각에 매우 부적절한 것이랄 수밖에 없는, 정부 강요의 노풍 품종의 흉작에 대한 피해 보상은 다른 산업 분야에서의 정책에 대조된다.

---

3) 『우리 동네』 64쪽. 이하 이 책의 인용은 본문 괄호 속에 해당 페이지만 표시함.

"수출 대기업주덜헌티는 대우를 워치기 해주는지 알기나 허남? 신문을 보니께 은행돈 오십억 이상 쓴 회사가 백예순하나구, 제 자본의 삼 배까장 대출받은 회사가 쉰아홉 개나 된다는겨. 드러. 그런디 그런 회사헌티는 수출액 일 달러, 그렇께 사백팔십 원짜리 일 달러당 구십오 원을 보조해 주구, 사백이십 원에 대해서는 연리 팔, 구부로 융자를 해준다는겨. 그래서 백억 불 수출헐 때까장 기업체에 무상으로 준 돈이 몽땅 월맨고 허니 무려 구천오백억 원이라……." (164쪽)

이러한 근본적인 농공 또는 농상 불균형에 추가해서 농민의 생활을 우울하게 하는 경제적인 조건으로 우리는 고의적이 아닐망정 결국은 농민에게 그 피해 부담을 안겨주는 경솔한 농업정책의 실수를 들 수 있다. 한때 신문에서도 크게 문제된 바 있는, 노풍이나 통일벼 재배 장려의 시행착오, 축산장려나 특정작물의 권장에 모순되는 농산물 해외 수입 정책, 이런 것들이 농민들의 사회질서에 대한 신임을 흔들어놓는다. 그러나 이러한 신임의 면에서 더욱 중요한 것은 어쩌면 일상생활서의 여러 가지 부조리——손해를 끼칠 뿐만 아니라 인간 생래의 정의감과 위엄에 대한 감각을 흔들어놓는 여러 가지 부조리——라고 할 수 있을는지 모른다. 농협의 운영, 농협을 통한 비료나 농약 공급의 방법, 또는 강제로 시행되는 영농 지도, 이러한 것들은 농민의 참여 의식을 북돋우기보다는 반발을 사는 계기가 된다. 농협의 운영이 보편성을 잃고 비료나 농약이 특수 이익과의 결탁으로 수급의 원활한 조정에 실패한다거나 영농 지도에 있어서 관념적으로 보이는 영농 교육을 위하여 농민을 부질없이 동원한다거나, 또한 관에서 관이 원하지 않는 품종을 심은 묘판을 짓밟아 버리면서까지 신품종을 강요한다거나, 이러한 일들은 모두 다 농민의 생활을 괴롭히는 요인들이다. 그러나 여기에서도 문제는 국부적인 부조리에만 있는 것은 아니다. 사실 모든 것을 위로부터 아래로 하향식으로 처리하는 관의 태도 그 자체가 문제가 된다. 그것 자체가 불신의 근본이 되는 것이다. 그것은 농민의 자발적인 결정의 자유와 그러한 자유가 뒷받침하는 위엄을 무시한 것이기 때문이다. 『우리 동네』의 최씨의 딸의 친구 명순은 공장에서의 쟁의의 이유를 설명하면서 "그냥 경제적인 희생 한 가지였으면 달라졌을 거예요."(112쪽)라고 말하고 있지만, 이것은 농민의 일반적인 곤경에도 그대로 해당되는 것이라 할 수 있다.

　농촌의 어려움이 경제적인 것에만 한정된 것이 아니고 그것을 포함하면서, 그것보다 훨씬 더 편재하는 시달림의 경험이라는 것은 가령 『우리 동네』 연작 중 「우리 동네 류씨」나 「우리 동네 강씨」에서 중요한 삽화로 이야기되어 있는 사건들에서 잘 볼 수 있다. 전자에서는 서울로 가서 부동산 투기 등을 하여 돈을 번 순이가 고향에 돌아와 자기의 어린 딸이 출연하는, 새마을 선전용 영화를 위하여 동네 사람들을 동원하려고 한다. 그러나 그녀의 이질적인 행동에 대한 시기심도 섞인 반발로 하여 동네 사람들의 협조를 얻지 못하자 그녀는 면사무소의 관권에 호소한다.

　동네 사람들로서는 며칠에 걸칠 촬영 준비와 스물대여섯 명의 방문객의 접대로 하등 얻을 것이 없지만, 순이에게 동네 사람들의 비협조는 이해할 수 없는 일로밖에 비치지 아니한다. 그것은 "창피해서두 두 번 다시 이 구석에 발걸음을 말아야" 하고 "좋아졌다고 암만 떠들" 어도 소용이 없는 낮은 "민도"를 보여주는 일로만 생각되는 것이다. 그리하여 그녀는 "촌것들은 누르면 된다!"(214쪽)는 방편을 쓰지 않을 수 없게 된다. 관의 태도는 물론 동네 사람들의 태도와는 전혀 다르다. 자가용으로 면사무소에 닿은 그녀는 가장 융숭한 대접을 받음은 물론 금일봉까지 선사받는다. 그리하여 그 이튿날 새벽 동네 주민들은 편리한 스피커를 통하여 즉각 동원된다. "관향리 주민 여러분께 공지사항을 말씀드립니다. 오늘은 관향리 비상대청소의 날입니다. 관향리 민방위대원 전원과 예비군 전원은 지금 즉시 작업도구를 지참하고 본 방송실 마당으로 집합하시기 바랍니다."(220쪽)

이렇게 하여 온 동네가 동원되는 한편, 촬영반은 생산가에도 못 미치는 보리를 스스로 불 질러 태워버린 류씨의 밭에서 트랙터로 밭갈이를 하는 장면을 찍게 된다. 그러나 이러한 계획은 류씨가 서투른 서울 운전사의 트랙터에 깔리는 사고로 끝나게 된다. 류씨의 사고는 얼른 보기에는 합리적인 동기가 없이 촬영을 저지해 보려고 한 류씨의 잘못으로 일어나지만, 그것은 합리적 계산에 관계없이라도 스스로의 것을 지키려는 작은 의지의 표현이 가져온 큰 희생이었다.

관권과 자주성의 대결은 「우리 동네 류씨」의 삽화에서는 비교적 지엽적인 것 또는 우발적인 것이라 할는지 모른다.(이러한 지엽적이고 우발적인 시달림의 연속이 오늘의 시대의 삶의 중요한 일면을 이루고 있는 것은 사실이지만.) 「우리 동네 강씨」에서 문제는 보다 본질적인 부조리를 중심으로 전개된다. 너무 잡다한 소문들이나 삽화의 나열로 하여 산만해지기 쉬운 다른 이야기들에 비하여 이것은 보다 통일된 전개를 보여준다. 그것은 강씨와 다른 농민들이 수매 할당량의 보리를 농협 창고에 넣을 때까지의 이야기이다. 정부가 수매하는 보리를 농협 창고에 가져가는 과정은 단순한 운반의 문제가 아니다.

그것은, 쥐꼬리만 한 권력일망정 권력을 한껏 휘두르는 관리들과의 갖가지 실랑이를 거치는 끊임없는 작은 투쟁과 신경전의 연쇄이다. 이문구의 농촌 생활의 보고가 다 그렇듯이, 이야기의 핵심은 권력 남용, 부정, 그러한 일 자체에만 있지 않다. 그가 보여주는 것은 이러한 작은 실랑이들이 어떻게 분노와 좌절을 쌓이게 하여 농촌의 삶 전체를 병들게 하는가를 보여주는 데 있다. 사실 이문구가 그리는 농촌의 삶은 이러한, 작다고 하면 작은 사건들이 만들어내는 끈적끈적한 분노와 좌절의 독기 그것 이외의 아무것도 아닌 것처럼 보인다.

강씨의 아침은 연속적으로 실패한 마늘 농사와 보리 농사로 하여 냉장고를 사겠다는 희망을 빼앗긴 아내의 불만과 함께 시작한다. 한껏 애써 농사한 보리 값은 형편이 없다. 보리쌀 한 되에 커피 한 잔 값인 것이다. 또 이렇게 싼 보리를 탈곡하기는 쉬운가. 현물로 대가를 받게 되어 있는 마을 공동의 탈곡기를 운영하는 기술자는 여간 아쉬운 사정을 해보기 전에는 움직여 주지도 않는다. 정부에서 수매하는 보리는 여러 가지 얼크러진 사정을 보아—즉 얼마나 순순히 농협의 말을 들었느냐 하는 등의 사정을 참작하여 최소한도로 할당된다. 이것은 보리 경작을 하지 않으면 '찍힌다'고 하던 때와는 딴판의 이야기이다. 수입 고기로 인하여 망하게 된 정부 권장의 축산업의 경우나 마찬가지다. 이러한 여러 답답한 사정을 배경으로 하여 보리 수매의 사건이 벌어진다. 수매장으로 운반된 보리는 우선 검사원의 장벽을 통과하여야 한다. 검사원의 외양 자체가 앞을 가로막는 장애물로 비친다. "검사원은 밀알진 얼굴에 잔뜩 지르숙은 것이 먼 빛으로 봐도 유의 귀띔대로 만만해 보이지가 않았"(261쪽)던 것이다. 이러한 검사원은 "주변좋은" 사람의 손으로만 다루어질 수 있다. 동네 이장의 주변으로 이 난관은 별 어려움 없이 통과한다. 다만 수매품의 등수는 3등인데, 이것도 특별한 방법을 쓰기 전에는 그럴 수밖에 없다는 것이 암시된다. 그다음 단계는 검사원이 내준 입고증을 가지고 보리를 창고에 넣는 일이다. 강씨와 창고지기가 대화하는 장면은 예사스러운 것이면서도 오늘날의 농촌 또는 만인이 만인의 적이 된 우리 사회의, 숨어 흐르고 있는 긴장과 적의를 실감하게 한다.

"형씨, 우리게서 온 것두 슬슬 들여쌓 봅시다."

강은 어섯만 보고 임의롭게 건넨 말이었다. 얼근한 김에 들떠 시시덕대던 창고지기가 대뜸 자웅눈을 지릅떠 보았다. 보매 허릅숭이 같더니와 달리 발칙스러울 정도로 되바라진 태도였다.

"보지두 않구 늫유?"

창고지기는 모지락스럽게 퉁바리를 놨다. 아무에게나 내대며 막하던 말투였다. 옛날 성질이 반만 살아 있어도 대번 손을 올려붙이며 어떻게 했겠지만 생각하니 참는 쪽이 어른이었다. 그는 바뀌지 않도록 미리 매끼에 빙과 포장지를 끼워 보람해 둔 보릿가마를 손으로 가리켰다.

"거깃 것은 가마가 허름해서 못 받어유."

창고지기는 가보지도 않고 입에 발린 소리를 했다. 뜻밖에 타짜꾼이 드틴 셈이었다.

하기는 구태여 들여다볼 필요가 없었는지도 몰랐다. 검사가 나기 바쁘게 바로 창고에 들어가고 하여, 그때까지 마당에 처져 있던 것은 서너 부룻, 잘해야 서른 가마도 안 돼 보였던 것이다.

"아따, 쓰던 가마가 다루기두 부드럽디다."

강은 정이 내놓은 것 중에 쓰던 가마가 섞여 있던 것 같아 한 번 더 숙어주었지만

"보지유? 쓰던 것이 부드럽게……."

하고 고개를 외로 돌리며 노래까지 읊조리는 데엔 그냥 둘 수가 없었다.(263쪽)

창고지기의 불쾌한 트집은 결국 창고 근처에 서성거리고 있던 관광 회사 판매원의 관광 예약을 종용하는 하나의 방법이었다.
　'새마음여성봉사단'이 '실천적 충효사상 갖기' 운동의 일환으로 추진하는 관광 사업에 협조하면, 이 관광 판매원의 중재로 보리의 입고가 가능해지는 것이었다. 강씨는 결국 이들의 중재를 받지 않고 있다가 비가 오고 보리가 젖게 되자 억지로 가로막는 창고지기를 밀어젖히고 창고에 보리를 들여놓으려 한다. 그때 보리를 실은 경운기에서 떨어진 보릿가마가 그의 다리를 부러뜨리고 만다.
　그런데 '우리 동네'를 살기 어려운 곳이 되게 하는 것은 위에서 살펴본 바와 같은 외적인 원인 때문만은 아니다. 이문구의 작품을 통하여 우리는 삶의 터전으로서의 농촌이 오늘날 내적 붕괴를 일으키고 있음을 알 수 있다. 그것은 사람이 사람과 어울리면서 사람답게 살 수 있는 고장이기를 그쳤다. 여기에서 모든 사람은 모든 사람에게 대하여 적이며, 자기 자신과 자신의 이익 속에 숨어 서로 으르렁거리고 있다. 물론 이러한 내적인 붕괴의 궁극적인 원인은 밖으로부터 온다. 그것은 도시에서 농촌으로 침투해 들어오는 자본주의의 문화다. 그것은 밖으로부터 오는 억압으로 작용할 뿐만 아니라 사람의 욕망과 심성 자체를 변화시킨다. 그리하여 새로이 깨어난 소비와 소유와 사회적 신분에 대한 개인적 욕망은 안으로부터 모든 것을 바꾸어놓고 마는 것이다. 농촌은 도시에 대하여 식량과 노동력의 공급처에 그치는 것이 아니라 도시가 생산하는 것들을 소비하는 곳으로서 중요한 몫을 차지하게 된다. 냉장고, 전기밥솥, 텔레비전, 기타 여러 가지 플라스틱 제품이 농가의 상비품이 되고 요구르트, 햄버그스테이크, 돈가스와 같은 음식이 들어오고 동네 가게들의 이름이 김스 의상실, 아리스노비 미장원, 아티스트 다방 등의 알쏭달쏭 외래어로 바뀌고 농사 용어까지도 평이나 정보가 아니라 헥타르, 또 기타 화학약품의 외래명을 사용하게 된다. 그런가 하면 또 도시에서 밀려오는 풍습은 크리스마스, 징글벨, 포커 등을 밀어오고 술과 도박과 관광과 고고와 성에 대한 관심을 만연하게 한다.

어떻게 보면 이러한 풍물의 유입이 일으키는 역겨운 느낌은 두 문화가 부딪치는 과도기에서의 일시적 위화감이라고 치부될 수 있을 것이다. 그러나 도시에서 오는 외래 문화의 운명이 궁극적으로 어떤 것이 될는지는 우리가 예측할 수 없지만, 적어도 지금의 시점에서 그것이 농촌의 공동체적 일체감을 정신적으로나 물질적으로나 손상하는 한 요인을 이루는 것임은 틀림이 없다. '할아버지의 행보석어약해중천(行步席, 魚躍海中天)이란 현판, 동토시, 갈모, 연상(硯床), 까치선 등이나 떡국, 대보름의 약식과 식혜와 갖가지 부름, 칠미죽, 개피떡'[4] 등, 전통적인 문물의 의미는 도시에서 유입해 오는 현대적인 문물과 어떻게 다른가. 전통적인 풍물이 특수 계급의 전유물인 데 대하여 텔레비전이나 플라스틱 제품이나 요구르트는 보다 광범위한 대중에 의하여 향유될 수 있는 민주적인 물건들이라고 말할 수도 있다. 이것은 사실이고 또 그러한 면에서 삶의 민주적인 다양화에 도움을 주는 점이 있다는 것은 인정될 수 있다. 그러나 전통적인 물건들은 적어도 농촌에서 만들 수 있는 것들이고 또 그때그때의 기회에 쓸모와 즐거움을 위하여 만들어지는 것이다. 도시의 풍물은 농촌 스스로의 필요를 충족시키는 힘——생산적, 창조적 능력을 박탈하고 또 쓸모와 즐거움보다는 화폐경제의 소모의 열병으로 하여금 사물의 척도가 되게 한다. 한마디로 현대 도시 문화의 유입은 창조와 필요와 쓰임이 균형을 이루고 있는 사회에서 소비의 일방적인 항진에 의하여 특징지어지는 생활 방식에로의 전

---

4) 『관촌수필』, 32~34쪽.

환을 뜻하는 것이다.

　물론 일상적인 차원에서 도시 문화의 의미가 이러한 각도에서 비치는 것은 아니다. 그것은 우선 막연한 역겨움으로 비치기도 하고 또는 자신의 능력 범위 안에서 살고자 하는 농민의 건전한 보수성에 위배되는 일로도 나타난다. 가령, 리낙천 씨가 "그늠으 크릿스마쓴지 급살을 맞쓴지"(39쪽)를 증오하고 "징글징글헌 늠으 징글벨"(40쪽)을 탓하는 것은 부질없는 소비문화에 휩쓸리지 않겠다는 마음의 표현이고, 김승두 씨가 "평두 있구 마지기두 있구 배미두 있는디, 해필이면 알어듣기 그북허게 헥타르라구 헐 건 뭐냐 이게유."(33쪽) 하고 영농 교육장에서 말썽을 일으키는 것은 외래적인 것에 흔들림이 없이 그의 현실감각과 지식 속에 살겠다고 말하는 것이고, 다시 리낙천 씨가 조합의 융자금을 갚겠다는 계획을 하면서 그 돈을 "농자로나 썼다면 모를까, 겨우 TV나 전기밥솥 따위를 외상지고 연체이자 늘려주며 이삼 태씩 끌어간다면, 뒤통수가 부끄러워서도 못 견딜 일이 그 일이던 것"(52쪽)이라고 할 때, 그것은 경제적으로 자기의 필요와 소비를 맞추어 사는 건전한 균형의 삶을 말하는 것이다. 또 쌀 수매가를 받은 농민들의 반 자포자기의 잔치에 맥주가 나오고 과일 샐러드가 나오고 억지 근로봉사에 동원된 학생들이 자장면을 요구하고, 소비 풍조에 놀아난 여자들이 요구르트를 줄대놓고 마시고, 부동산으로 돈을 벌고 부동산 브로커가 되어 도시화의 물결에 빨려 들어가는 장씨가 "경양식과 왜식집을 번갈아 드나들며 반주로 맥주를 곁들이게"(279쪽) 하고 햄버그스테이크를 먹고 하는 것은 반대로 농촌의 자율적이고 자족적 생활이 허황된 소비문화에 침윤되어 감을 나타내 주는 일이 된다.

　역겨움과 반발에도 불구하고 소비문화는 농촌의 내면 속에 깊이 자리 잡는다. 이것은 가뜩이나 빠듯한 가계수지에 압력을 가하고 농촌의 인간관계를 근본적으로 왜곡시킨다. 소비문화의 유혹은, 이문구의 소설에 의하면, 남자보다는 여자들에게 이겨낼 수 없는 마력을 가진 것으로 보인다. 전통적으로 남자의 세계는 공적인 것이고 여자의 세계는 사적인 것이었다. 소비문화는 근본적으로 모든 생활을 사적인 것이 되게 하는 경향을 가진 때문이라고 할 수도 있다. 또한 보다 사회적인 해석으로는 이문구가「우리 동네 장씨」에서 설명하고 있듯이 남자보다도 여자가 "제구실을 빼앗기고 쌓인 암담과 체념"(279쪽)이 큰 때문에 그 보상으로서 소비문화에 끌리는 것이라고 할 수도 있다. 하여튼 여자들에게 냉장고, 전기밥솥, 텔레비전 등은 강한 욕구의 대상이 된다. 또 그들은 관광계에 들고 이장이나 아모레 화장품 회사에서 물건을 뜯어다 망년회를 벌인다. 또 온천에 다녀오는 것은 빼놓을 수 없는 나들이가 된다. 그중에도 전형적인 것은「우리 동네 류씨」에 이야기되어 있는바 '이쁜이계'와 같은 것이다. 이것은 성적 매력을 높이기 위하여 음부(陰部)를 줄이는 수술을 받을 돈을 계로 염출하자는 것인데, 이런 종류의 일이 늘 그러한 것처럼 어느 외과병원의 돈벌이 작전의 일부로서 추진되는 것이다.

  외래 소비문화의 침투는 남녀 관계, 가족 관계에 갈등을 가져온다.『우리 동네』의 가정치고 남편과 아내 사이에 갈등과 긴장이 없는 집이 없다. 리씨의 집이 그렇고 최씨의 집이 그렇고 류씨의 집, 강씨의 집, 김봉모 씨 집이 그렇다. 대개 이러한 갈등은 여자들의 소비품, 유흥, 도시적 사치에 대한 관심과 남자들의 전통적 농촌에 집착하는 보수적 본능 사이에 일어난다.(이 갈등에서 아이들은 대체로, 예외가 없지 않지만, 새 풍조 쪽에 선다.) 리낙천 씨와 그 아내의 갈등은 대표적이다. 이문구는 갈등 자체보다 그것에 관계되는 심리적 불만의 에너지를 표현하는 데 능하다. 그의 문체는 이 점에서 극히 적절하다. 그의 문체가 아니면 그 실감을 전하기 어렵다.

리낙천 씨가 아침에 눈을 뜨는 것은 「징글벨」을 포함한 새마을 방송의 노랫가락과 더불어이다. 그의 농촌적 신경을 자극하는 이러한 방송에 이어 그의 아침은 집 안에서도 아들과 아내의 긴장을 품은 대화로 시작한다.

(전략) 바깥이 시끄러워 일러 깼는지, 밤새 옆댕이에서 가로 뻗고 자며 거리적거리던 막내 만근이가, 즉 어매 쭉은 젖을 집적거리며 보챌 채비를 했다.
"엄니, 불 좀 켜봐, 다 밝었잖여."
하는 아이 말에
"다 밝었다메 불은 지랄허러 키라남?"
대뜸 툽상스럽게 지청구부터 하는 꼴이, 아내도 잠 달아난 지 담배 두어 대 전은 진작 되던가 보았다.(37쪽)

잠 못 자는 새벽의 주고받는 말의 거침은 대체적인 생활의 불만 외에 크리스마스라는 소비문화의 욕구자극에 인한 것이다. 가족 간의 대화는 다음과 같이 아내의 대꾸로 계속된다.

"얘는 새꼽 빠지게 툭허면 장 푸러 가서 시룻전 긁는 소리만 퉁퉁 헌당게. 새벽버팀 가기는 워디를 가자는겨?"
아내는 동치미 맛본다고 이빨 흔들린 늙은이 암상떨 듯 내흉스럽게 아이만 구박했다.
(중략)
"크리스마스헌티 가보잔 말여. 딴 애털은 다 즉 엄니랑 하냥 간다는디 씽——."(37~38쪽)

이러한 아이의 채근에 리씨의 아내는 불만의 화살을 남편에게 돌린다.

"걔덜은 즤 엄니가 쪽 뽑구 나슬 웃이라두 있으닝께 그러지. 니미는 남 다 입는 홈스팡 바지는 워디 갔건, 털루 갓테두리헌 그 흔해터진 쓰레빠 한 짝 사다 준 구신이 읎는디 뭘루 채리구 나스랴?" 하고 마디마다 가장귀 치고 옹이를 박아가며 너스레를 떨었다.

"씽—— 그럼 오백 원만 줘. 우람이 갈 때 따러가서 징글벨만 보구 올게."(38쪽)

아내의 대답,

"그 오백 원 같은 소리 작작 해둬라. 돈은 왜 나버러 달라네? 등창에 댓진 바른 사람 니 옆댕이 누워 있는디…… 니미는 늬 애비 만난 뒤루 돈 안부 끊겨서, 오백 원짜리에 시염이 났는지, 천 원짜리가 망건을 썼는지, 질바닥에 흘린 것두 못 알어봐서 못 줏는단다."(38~39쪽)

또 리씨 아내의 불평은 계속된다.

"넘의 집 서방덜은 크릿쓰마쓰 센다구, 지집 새끼 뺑 둘러앉히구 동까쓰를 먹을래, 탕수육을 먹을래, 잠바를 맞추랴, 청바지를 사주랴 허구 북새를 피는디, 이 집구석 문패는 생전 마실 중이나 알지 먹을 중은 모르니, 에으——."(39쪽)

크리스마스를 두고 생기는 리씨와 그 아내의 갈등은 공업단지 시찰, 민속촌, 자연농원, 서울의 텔레비전 공개방송 등을 보러 갈 채비를 하는 관광계, 동네 유지의 기부를 보태 벌이려고 하는 망년회, 동네의 아낙네가 녹음기를 사서 퍼뜨리는 고고 춤, 이런 것들로 하여 되풀이 일어난다.

어떤 경우에 갈등은 이미 사다가 쓰는 가전제품의 활용 방식을 두고도 일어난다. "우리 동네"의 남자들은 집 안에 들어온 소비자 품목에 대해서도 최후의 저항을 멈추지 않는 것이다. 가령「우리 동네 황씨」의 김봉모 씨의, 선풍기를 둘러싼 갈등도 상징적이다. 장면은 김씨가 모깃불을 붙여보려고 아들 심부름을 시키는 데서부터 시작한다.

"복셍아, 다 먹었걸랑 게 붙어앉어 저기허지 말구, 저기네 오양 옆댕이 가서 보릿꼬생이나 한 삼태미 퍼오너라. 예 앉어보니께 모기가 상여메는 소리헌다. 얼름······."

김봉모는 누가 세상없는 소리를 해도 잇긋 않고 말 안 타는 아이인 줄 번연히 알면서도 참다못해 에멜무지로 일러보았다.

"······."

역시 아이는 쳐다도 안 보는데, 바닥난 상을 대강 거듬거려 뒷전으로 접어놓고 선풍기 옆에서 턱 떨어지고 있던 아내가 고뿔 뗀 넛할미마냥 쪼르르 말대답을 했다.

"보리까락은 녠장— 무슨 효자 난다구 그 탑세기를 퍼오래는겨."

"저만치루 모깃불이나 놔보까 허구."

"아침에 치울라면 성가시게 내둥 않던 짓 헐라네······ 게서 모기 뜯기느니 일루루 와 앉지······ 선풍기 틀면 물컷 안 뎀벼 십상일레."(348쪽)

가족 간의 갈등은 위에서 본 바와 같은 일상적 차원에서만이 아니라 보다 더 큰 도덕적인 문제를 두고 일어나기도 한다. 가령 최씨와 그 아내가 공장의 쟁의로 인하여 감시 대상이 되게 된 딸의 친구 명순이를 집에다 유숙시키는 문제로 다투게 되는 경우 같은 것이 그것이다. 여기에서 다툼의 씨앗이 되는 것은 최씨의 아내가 가지고 있는 정치적인 불안감 외에 보다 잘살아야 할 생활에 부담이 된다는 점이기도 하다. 그러나 최씨와 그 아내의 갈등은 단순히 여자의 물욕과 남자의 정의감이라는 도식으로 형상화될 수 없는 더 복합적인 차원을 가진 것이다. 그리고 여기에서 이러한 것이 적절히 처리되었다고 할 수는 없다.

그런데 사실상 '우리 동네'의 테두리에서 더 중요한 것은 주제가 뚜렷한 정치적, 도덕적 문제라기보다는 일상적 삶의 바탕으로서의 농촌의 붕괴이다. 따라서 크리스마스나 선풍기를 중심으로 한 갈등이나 불화는 더 전형적인 것이라 할 수 있다. 또는 더 주목하여야 할 것은 어떤 특정한 주제나 물건을 두고 일어나는 갈등보다도 일반적으로 '우리 동네'의 삶에 팽배해 있는 불만과 좌절의 분위기이다. 이것은 위에서도 언급했듯이 이문구의 문체 그것으로써 잘 전달되는 것이다.(이문구의 문체에 대하여서는 여러 사람들이 언급한 바 있다. 반드시 거기에 한정할 수는 없지만, 그것은 갈등의 문체이다. 그의 긴 문장은 많은 비유와 인상을 한데 휘어잡는데, 이것은 그러한 비유와 인상이 농촌적이면서 부정적인 것이기 쉽다는 점과 아울러, 화자의 내면을 눈앞에 진행되는 장면에서 떼어내어 하나의 별개의 계산의 장이 되게 한다. 가령 "재 쳐낸 삼태기를 잿간에 와살스레 몂다붙이고, 수챗가에 개수통을 냅다 끼얹는 소리나 하며, 오늘도 아내는 신새벽부터 잔뜩 불어터진 기미가 역연하던 것이다."(82쪽) 하는 문장은 외부의 인상을 종합하는, 불만의 공간으로서의 내면을 곧장 느끼게 해준다. 이문구의 문체와 염상섭의 문체와의 비교도 더러 말하여진 바 있는데, 우리는 염상섭의 언어가 대인 관계의 갈등을 담는 언어라는 점에

주의할 수 있다.)

소비문화 속의 농촌 갈등은 말할 것도 없이 가정에 한정되는 일이 아니다. 그것은 공동체 전체에 만연되어 있는 것이다. 「우리 동네 김씨」는 김씨와, 김씨가 양수기를 빌린 이웃 남씨와 이웃 동네의 사람들과 전기회사 직원 사이에 벌어지는 자기 이익의 줄다리기를 잘 보여주고 있다. 여기의 삽화에서 자기들의 물을 빼앗긴 이웃 사람과 전기회사 직원은 국외자이기 때문에, 우의적인 관계가 없다고 하더라도 이웃 남씨가 술을 받아오고 이웃 간의 정을 강조하는 듯한 언사를 하는 것은 김씨의 호스를 빌리려는 계산에서이다. 정씨는 농사 비용을 절약하겠다는 생각으로 면장과 교장을 쏘삭여 학생들을 동원하지만, 자장면 등의 대접을 요구하는 학생들은 묘판을 결딴내 버리고 도망가 버린다. 정씨가 주문해 온 예순 명분의 자장면으로 동네 사람들은 잔치를 벌인다. 그러면서 이런 잔치를 마련하였으니 국회의원에 출마하라고 농담을 한다.

강씨가 보리방아를 찧고자 할 때 겪는 어려움도 이해관계에 공동체 아닌 공동체의 모습을 잘 드러내어 보여준다. 동네 방앗간을 맡고 있는 안동삼은 강씨의 간절한 요청에도 불구하고,

"되에 사이다 한 병두 안 되는 보리쌀 한 되 뜨러 방앗간을 열라는 겨? 집이 보리 두 가마 깎어주자구 내 밥 먹구 나와서 즌기 닳리구 지름 축내야 쓰겠구먼? 나두 새끼들허구 살으야지……." (251~252쪽)

이러한 주장에는 강씨의 "동네일 보는 사람이 워치게 일일이 이해타산을 따져가며 헌다나."(253쪽) 하는 주장도 막무가내인 것이다.

또 농촌에서의 인간관계의 험악함은 특정한 분쟁의 씨가 없는

곳에서도 드러난다. 가령 술좌석의 대화 같은 것도 얼른 듣기에 단순한 희롱이지만, 그 희롱에는 인간에 대한 매서운 평가절하가 포함되어 있다. 추곡 수매가의 부당성과 등급 매김의 부패성에 화가 난 농민들이 그 울분을 풀 양으로 들어선 술집에서의 대화는 우선, "왔어두 들여다보는 년 하나가 읎네그려."(181쪽) 하는 욕지거리로부터 시작한다. 또 작부의 "뭘루 올릴까요?" 하고 묻는 말에는 도전적인 "뭘루 올리다니? 왜, 주제꼴이 후줄근허니께 비오동 같은 감?"(182쪽)이 대답을 대신한다. 그러고 난 다음의 작부들과의 수작은 전적으로 흔히 듣는 음담패설이지만, 거기에 가령 "한갓질 때 목욕이나 해두지 않구(국부의 청결성과 관련해서), 침침헌 방구석에서 무슨 지랄루 하루를 했데?", "지름 짜다 말구 오줌 눌 년. 주둥이 하나는 계통출하 해두 안 밑지겠네."(185쪽) 등의 말에 담긴 공격성은 너무 탓할 것은 아닐지 모르지만, 역시 난폭한 인간관계의 증표가 되는 것임에 틀림없다.

이러한 술좌석에서의 거친 인간관계는 한편으로 사람의 관계가 윤리적이라기보다는 금전에 의하여 규정되는 데서 온다. 또 다른 한편으로 그것은 힘에 의하여서만 의미를 갖는 사회구조의 당연스러운 일부를 이루는 것이다. 작부와 농민들이 주고받는 거친 말들은, 이 삽화에서 드러나 있듯이, 사회 전체로부터 농민이 받는 수모에 대한 앙갚음인 것이다. 사실 농촌 사회에서 인간관계가 살벌해진 것은 자본주의 소비문화의 영향인지 아니면 우리 사회의 유일한 질서인 힘의 질서의 하향 여과 현상인지 분명치 않다. 그러나 근본적으로 따질 때, 더 중요한 것은 권력의 질서이다. 이문구의 『우리 동네』에서 늘 가장 극렬한 갈등과 대립은 관이 개재하는 곳에서 일어나는 것으로도 우리는 이를 짐작할 수 있다. 위에서 우리는 이미 관과 농민이 부딪치는 사건들에 언급했지만, 또 하나의 경우를 살펴보자. 이것은 「우리 동네 리씨」의 생일잔치 장면이다. 여기에서 우리가 보는 것은 관의 힘이 어떻게 미묘한 형태로 공동체적 관계에 침투, 이를 타락시키는가 하는 예이다.

윤선철의 생일잔치에 모인 사람들은 으레껏 하는 방식으로, 텔레비전의 권투 이야기, 화투 돈내기의 후일담 등에서 시작하여 농사 문제 특히 농협 융자금 회수의 문제로 이야기를 뻗어간다. 마지막 화제는 참석한 사람들의 공격적 에너지를 터뜨린다. 이 에너지가 향하는 것은 멀리 있는 관이 아니라 가까이 있는 관의 대표이다. 이 관의 대표는 동시에 동네 구성원의 하나이다. 이들과의 착잡한 관계에서 생기는 문제는 삶의 질서 전체에 독기를 주입한다. 말할 것도 없이 정부의 정책은 밖으로부터 부과되는 것이 아니라 구체적으로 농촌 사람들의 개인 관계 속에 개입하여 작용한다. 가령 이장은 한편으로는 촌락공동체의 인간관계에 묶여 있으면서 다른 한편으로는 관의 압력의 수납점이 된다. 관은 관의 힘을 공동체의 인간관계에 접합시킬 수 있는 연계점이 필요한 것이다. 이야기가 추곡 수매와 융자금의 상쇄에 이르자 동네 사람들은 이장에게 그 부당성을 따지게 되고 이장과 촌민들 사이에 공방전이 벌어진다. 이장은 자기의 극성스러운 독촉이 없다면, 스스로 상환할 사람은 없을 것이라고 자못 험한 말로 반발한다.

"(전략) 연대보증 슨 내가 그 지랄을 안 허면 어느 누가 너름새 좋아설랑은이 제 발루 댕기메 해결허겄나? 생각적인 측면으루다가 따져봐. 입춘이 니열모리여. 슬 세면 고대 우수 경칩 아녀? (중략) 그때 가설랑은이 또 조합돈 좀 쓰게 해달라구 있는 집 읎는 집 죄 나래비 슬 것 아녀? 그래 묵은 이자 새끼 쳐가메 또 조합돈 쓸겨? 내 인감은 사거릿집 미스 박이여? 아무나 대주게. 내가 저 하늘이나 등기냈다면 모르까, 무슨 조상 믿구 또 빚보인 슨다나? 올해 빚덜 안 갚으면 내년에는 내 도장 이름두 승두 모를 중 아셔덜."(61쪽)

이렇게 시작하여 잔치에 모였던 사람의 논의는 농민과 조합 어느 쪽이 어느 쪽에 이익을 주느냐 하는 데 대한 열띤 논쟁이 된다. 영농자금이 결국은 조합을 위하여 운영되는 것이라고 리씨가, "영농자금 대출이 많어 조합운영이 부실해진다는 건 말두 아니구 되두 아녀. 원제는 조합이 우리 살렸간, 우리가 조합 살렸지."(62쪽)라고 말하면서, 좌중의 분위기는 더욱 긴장된다.

그런데 이러한 논의는 인간관계의 문제보다는 공적인 문제의 성격을 띠고 있다고 말할 수 있는데, 나중 부분에서 이장이 개인적인 사정을 호소하면서 촌민에게 협조에 대한 부탁과 협박을 늘어놓을 때, 우리는 더 분명하게 관의 정책과 농촌의 인간관계의 착잡한 얼크러짐을 보게 된다. 가령 이장이 조합을 대표해서 나오는 두 직원들로 인하여 겪는 그의 괴로움을 호소하는 부분을 보자.

"마침 우리 부락 담당 양반허구 동넷분덜이 죄 한자리에 뫼였으니 말씀이지만, 나 이 두 양반덜 땜이 증말 죽었어. 일 년 열두 달을 하루걸이루 새벽 댓바람에 쳐들어와설랑은 이 나만 볶는디, 자, 박다 말구 빼는 것은 두째여, 이 양반덜이 올 적마다 아침을 해대는디, 있는 쌀이겠다, 밥은 월마든지 해디려. 문제는 건건이라. 짐치, 짠지, 짐장만 먹는 집에서 증말 죽겠다구. 이 양반덜이 입이 질구, 인제는 한 식구 거짐 다 돼설랑은이 그나마 숭허물이 읎으닝께 망정이지, 우리 여편네는 환장허여. 동넷분덜 말유, 제발 서 주사, 지 주사 좀 내 집에 안 오게덜 해주서. 이 변차셉이, 동넷분덜더러 밥 떠놓으 달라구 안 헐 텡게 고것만 좀 봐주서. 두말헐 것 읎이 관에서 시키는 대루만 해주서. 그러면 (중략) 이 두 양반 앉혀놓구 이런 하소 허겠수. 제발 이 불우 이웃 좀 도와주서. 허라걸랑 허라는 대루 좀 해주서." (65~66쪽)

이러한 호소에 대하여 리씨는 다음과 같은 제안을 한다.

"니열버텀이래두 저 양반덜이 오걸랑 엄니는 즉은아들네나 딸네 집에 댕기러 가 안 기시구, 아주머니는 친정이나 큰집에 가 밥헐 사람 읎다구 굶겨뻐러. 그러면 다음버텀은 아침 자시구 느직허게 오실 테니." (66쪽)

여기에서 동네 사람들의 주고받는 말이 잔치에 어울릴 친목의 교환보다는 불만의 폭발, 갈등의 노출에 끊임없이 가까이 가는 것은, 근본적으로는 농민이 받고 있는 부당한 대우에서 연유하는 것이지만, 이러한 사실에 못지않게 주목할 것은 그것이 공동체 내의 인간관계를 뿌리째 그릇되게 만들어버린다는 점이다. 윤선철의 생일잔치에 모인 사람들은 그 본래의 의도야 어찌 되었든, 가해자와 피해자의 대립 관계 속에 있다. 그러면서도 이들은 서로 음식을 대접하고 잔치에 모이고 하여 예의와 공동체적 동락(同樂)의 축의(祝儀)의 가상을 유지하지 않을 수 없는 것이다. 이러한 상황에서 다른 음험한 의도가 숨어 있지 아니한 예의도 친절도 유대감도 있을 수가 없는 것은 당연하다. 모든 것은 이중적이며 냉소적인 의도를 포함하고 있는 것이다. 동네 사람과 이장, 이장과 조합서기, 조합서기와 동네 사람은 모두 반은 적대 관계 속에 있고 반은 공동체적 유대 속에 있다. 그런데 이 유대는 자연스러운 화합이나 용서나 관용의 유대가 아니고 관권과의 조정을 위해서 불가피하게 유지되는 유대이다.(관에서는 또 이 유대의 유지를 필요로 한다.) 밖으로부터 오는 숨은 압력이 없다면, 이 이중적인 관계는 진정한 공동체의 관계, 또는 적대 관계, 또는 그러한 것으로 분명하게 의식된, 따라서 어느 쪽도 교활과 비굴의 위장을 필요로 하지 않을 타협, 또는 관용의 관계로 변화하지 않을 수 없을 것이다. 이 분명해진 관계 속에서 비로소 개인적 예절이나 공동체적 의식은 그 참뜻을 찾을 것이다. 이것이 허용되지 않는 한, 윤선철의 생일잔치에서 보는 바와 같은 갈등——공공연하기보다는 간접적인 책략 속에 새어 나오는 갈등은 당연하고 그 안에서의 인간관계의 타락은 불가피하다. 위에 살펴본 잔치의 경우, 서기 면전에서 이장과 리씨가 그들에 대해서 하는 이야기는 하나의 인격적 모욕이라고 할 수 있다. 물론 이 모욕은 정당한 이유가 있는 것이다. 그러나 이것은 책임 있는 행동을 수반하지 않는 것인 까닭에 반드시 개운하고 바른 대응안으로만은 생각될 수 없는 것이다.(그 진의는 농담 속에 감추어져 있어서 이것도 일종의 위장전술이란 면을 가지고 있고 또 이장이나 리씨가 부패한 관계를 완전히 끊어버리겠다는 단호한 결심을 하는 것도 아니다.) 여기에 대하여 농담으로 그들이 받은 모욕을 얼버무리면서 또 다른 방향으로 공격적 전략을 펼치는 두 조합서기의 인간적 타락상은 말할 필요도 없는 것이다.

이문구가 그리는 1970년대의 농촌은 위에서 간단히 살펴본 바와 같이 실제적 어려움과 도덕적 혼란에 차 있는 곳이다. 그렇다고 그것이 완전히 암담한 절망의 고장이라고 할 수는 없다. 그것은 최소한도 복합적인 가능성을 포함하고 있는 곳이다. 여러 가지 문제점에도 불구하고 그래도 농촌의 물질적 생활이 향상되었다는 느낌은, 분명하게 이야기되지는 아니한 채로, 이문구의 소설 도처에 배어 있다. 또 농촌의 문제들은 어쩌면 변화기의 과도적 현상인지도 모를 일이다. 『우리 동네』에서 비교적 건실한 농민이면서 부동산으로 치부한 장일두 씨는 다음과 같이 말하고 있다.

> (전략) 무릇 묵은 집을 헐고 새 집을 짓기에 즈음하여 반드시 겪지 않으면 안 될 것이 한차례 몸살일진대, 비록 땅을 가져간 돈일지언정 이십 년씩 삼십 년씩 핍박하던 가난의 횡포가 모처럼 눅으면서 돈맛을 가르친 것이 사실이고 보면, 잠시 사개가 헐거워진 듯한 정도는 당연한 생리로 여김이 마땅하겠던 것이다. 그것이 작은 흠집을 덧내어 마침내 오래가는 흉터로 남게 하지 않을 슬기이며, 아낙네로 하여금 참고 삼가는 본성을 되살리도록 거들어 스스로 분수를 알게 하는 가장 무던한 방법이요, 요령이 아닐까 싶었다.(305쪽)

이것은 부동산에 재미를 본 장씨의 말이고 또 사회 전체에 관한 말이라기보다는 자신의 집안을 다스리는 일을 두고 한 말이지만, 어느 정도는 과도기의 농촌에 그대로 해당될 수 있는 말이기도 하고 또 이문구 자신의 시대에 대한 판단의 일부일 수도 있는 말이다.

  그렇다고 하여 이문구가 오늘의 농촌의 현실을 누그러진 마음으로 대하면서 시간의 흐름이 많은 문제들을 풀어나가 줄 것으로 생각하고 있는 것은 아니다. 이문구의 소설들은 단순한 기록일 뿐만 아니라, 새로운 길에 대한 모색이다. 『우리 동네』에서도 우리는 이 모색에서 나오는 암시와 결론들을 여기저기에서 발견한다. 그리고 이 소설에서 그의 농촌 문제에 대한 해결책의 시사는 다른 어떤 곳에서보다 현실적이다.(어떻게 보면 이 현실적이라는 점이 이 계통의 연작소설의 약점이 된다고 할 수도 있다. 왜냐하면 『우리 동네』 연작은 별다른 진전 없이 같은 이야기를 맴돌고 있다는 느낌을 주는데 이것은 사실적이고자 하는 노력에 연결된 일일 것이기 때문이다.)

『해벽(海壁)』에서 우리는 자기 나름의 사회적, 윤리적 이상에 따라 살고자 했던 사람의 몰락을 본다. 「백의(白衣)」와 같은 단편에서도 어떤 토속적인 윤리적 규범에 의하여 이상화된 인물을 본다. 『관촌수필』의 봉건적 농촌 질서에 대한 향수는 윤리적 규범에 의하여 조정되는, 따라서 좁으면 좁은 대로 인간 본연의 정직하고 자연스러운 감정과 생활이 서식할 여유가 있는 사회에 대한 향수였다. 『우리 동네』에서 윤리적 이상주의가 버려지는 것은 아니다. 「우리 동네 최씨」와 같은 사람은 등장인물 가운데에도 가장 도덕적 규범의식이 강한 사람인데, 그것은 오히려 관념적인 것이어서 그 현실적인 의미를 우리에게 설득해 주지 못한다. 도덕적이라고 할 수 있을지는 모르지만, 또 하나의 어려운 시대에 사는 태도로서 이문구에게 중요한 것으로 여겨지는 것은 사람은 제 줏대를 가지고 살아야 된다는 것이다. 「우리 동네 리씨」의 리씨에서 이것은 약간 희화화되어 나타난다. 리씨는 자기의 주체성을 강조하기 위하여 성까지도 남과 같이 '이'라고 하지 않고 '리'라고 쓴다. 그것은 그가 가족에게 설명하는 바대로 "늬덜이나 늬 어매는 나를 넘덜허구 똑같이 치는 모양인디, 나는 원래가 그렇지 않다."는 것을 보여주고자 함에서이다. "나는 내 양심 내 정신으루, 내 줏대, 내 나름으루 살자는 사람이다. 지금까장은 이리 가두 흥, 전주 가두 흥 허메 살어왔지만 두구 봐라, 아무리 농토백이루 살어두 헐 말은 허메 살 테니······." (56쪽) 리씨의 결심은 이런 것이다. 그러나 그의 이러한 결심이 당장에 그렇게 효과적인 결과를 가져오는 것은 아니다. 장씨도, "제터에서 제 물에 살며 제 판을" 이루며 "제구실"(279쪽)을 빼앗기지 않는 것이 옳은 삶의 방식이라고 믿는 사람이지만, 그는 이러한 주체성 또는 가치의 원리를 농촌 전체에 확대해서 이야기하여, "농협과 단위조합에서부터 축산조합, 원예조합, 엽연초 생산조합, 산림

조합, 나아가 농촌지도소까지도 농사꾼들 스스로 일꾼을 뽑아 농업정책과 농산물의 제값이 농민으로부터 나오게 하고, 농사는 농사꾼의 것임을 분명히 하여 영농의 자유가 보장되며, 정부의 미덥지 못한 통계를 바탕으로 한 농축산물의 무모한 수입정책을 중단함은 물론, 집권자의 업적선전에 목적을 둔 눈비음행정과 거리의 농업이 이에서 그치고, 갈피없는 유통구조의 외면이나 무관심에 의한 농촌의 희생이 이 이상 계속되지 않는다는"(285쪽) 것이 농촌 갱생의 길이라고 말한다. (『관촌수필』에서의 인간과 촌락이 인간적인 넉넉함을 가지고 있는 것은 바로 그것이 주체적인 인간과 질서를 가지고 있었기 때문이었다.)

 그런데 『우리 동네』의 강점은 이러한 자율의 필요를 단순히 추상적으로 제시하기보다 구체적인 현실로부터 설득하고 그보다 더 중요한 것으로는 그러한 필요가 어떻게 현실의 역학 속에서 태어날 수 있는가를 보여주는 데 있다. 위에서도 말한 바와 같이 『우리 동네』의 연작들은 같은 상황과 주제를 끊임없이 맴돈다는 느낌을 준다. 이것은 주체적인 자기 실현이 막혀 있는 사회의 모습을 보여주고 그러한 실현의 길을 트는 것만이 보다 밝고 활발한 사회의 실현을 가능케 한다는 것을 설득해 주는 역할을 한다고 할 수 있지만, 이러한 면이 이 소설들로 하여금 주장으로나 이야기로나 적이 지루한 감을 가지게 한다는 점은 무시할 수 없다. 그러나 「우리 동네 황씨」와 같은 단편은 다른 단편에 비하여 훨씬 더 역동적인 움직임을 가지고 있는 단편이다. 그리고 또 이것은 『우리 동네』 연작들이 암시적으로 가리키고 있는 출구가 무엇인가를 보여준다. 이번 연작소설집에서 이것이 책의 마지막에 놓이는 것은 잘된 일이다. 「우리 동네 황씨」에서 우리는, 농촌 또는 우리 사회 전체가 보다 사람이 살 만한 곳이 되는 데에 필요한 새로운 규범이 사회 밖에서 오는 어떤 힘, 이상 또는 관념이 아니라 얼른 보기에 부정적인 면도 가지고 있는 오늘날의 농촌의 힘 그것에서 나온다는 것을 보게 된다.

「우리 동네 황씨」는 마치 '우리 동네'를 괴롭히는 악몽의 모든 요소를 한데 모아 이것들이 어떻게 하나의 해결책으로 나아가는가를 보여주는 듯이 전개된다. 이것은 우선 농촌의 삶을 괴롭히는 요소들이 무엇인가를 밝힌다. 그것은 주로 불평등한 노동관계에 기반을 둔 소비문화와 관료 체제로서 진단된다. 이것들은 농촌의 모든 삶의 질서, 현실적인 질서와 규범의 질서를 혼란에 빠지게 한다.

농촌의 삶이 바른 상태로 돌아가는 길은 이러한 독소적인 요소들을 행정명령이나 거짓 친목과 예의의 질서로 감싸고 얼버무리는 것이 아니라 고통스럽고 시끄러운 대로 들추어내고 대결하여 삼제하는 길밖에 없다. 「우리 동네 황씨」는, 위에서 우리가 간단히 살펴본, 오늘의 농촌이 가지고 있는 문제점들을 어떻게 도피가 아니라 문제와의 대결로써 극복해 나가는가를 한 단계 한 단계 보여준다. 그렇다고 해서 이 단편이 추상적인 관념이나 주장으로 이루어졌다는 말은 아니다. 이것은 가장 구체적이고 일상적인 일들에서, 또 추상적인 집단적 이상을 위해서가 아니라 자기를 자각한 구체적인 인간들의 필요에서 시정의 변증법이 어떻게 발생하는가를 보여준다.

그리고 이 변증법은 모든 부조리의 요소를 포용, 지양하면서, 사실의 확인→분노의 대결과 투쟁→화해→새로운 주체의 성립까지 이러한 과정을 정연하게 제시하여 준다. 이 변증법에서 가장 중요한 것은 분노의 표현이다. 그것은 모든 것을 분명한 빛 속에서 보게 한다. 그리고 이 기초 위에서 자아와 공동체를 돌려 가질 수 있게 되는 것이다.

우선 이야기의 단초에 우리는 소비문화에 의하여 잠식되어 가는 농촌이 어떻게 불화와 갈등의 온상이 되는가를 보게 된다. 앞에서도 언급한 사건이지만, 갈등은 모깃불을 피우겠다는 아버지와 선풍기로 그것을 대신하라는 아내와 아들 사이에 벌어진다. 아버지 김봉모의 고집은 단순히 가부장적인 권위를 내세우기 위한 것처럼도 보이지만 그 밑에 들어 있는 것은 조금 더 유기적인 조화를 이룬 전통적인 삶에 대한 그의 그리움이다. 농약에 가득 찬 농촌에서 여치 소리만 들어도 반가운 그는 "마당에 평상이나 멍석을 펴고 모깃불을 놓으면 절로 땀이 가시고, 끓는 화덕에서 갓 떠낸 수제비를 훌훌 들이마셔도 더운 법이 없(고)…… 뉘집 마당을 가보아도 으레 이웃집 마실꾼이 있게 마련이고, 가리마 타고 흐르는 은하수나 가끔 훑어가며 논밭 되어가는 이야기, 나가서 묻혀들인 시국 이야기로 담배가 떨어져도 심심한 줄을 몰랐"(353쪽)던 시절을 생각하는 것이다. 그러나 이러한 옛 농촌 문화는 선풍기, 텔레비전 등이 파괴해 버렸다.

선풍기나 텔레비전으로 생긴 가족 내의 갈등이 전개되는 동안 송충이 퇴치 야간작업을 위한 동원 명령이 내린다. 그리하여 그는 이장 이주상의 말에 따라 술안주로 고추장과 김치를 준비하여 산으로 간다. 산에는 몇몇 동네 사람이 모여서 관에서 배급한 타이어를 불태우며 술을 나눈다. 이야기는 저절로 농사의 어려움, 특히 불만스러운 농사 정책에 집중된다. 가령 이장은 끊임없는 행정 동원에 시달리는 농민의 사정을 다음과 같이 말한다.

"요새 죽겄어. 퇴비 허라, 하곡 허라, 농약 찌얹어라 허구 하루에도 두어 패씩 면에서 사람이 나오는디 깨묵셍이나 뭐 내놀 게 있으야지. 올 같은 장마 끝이 가뭄에 채미가 열리나 도마도를 따나……. 수박은 쉰 구뎅이나 났는디 구경두 못허겄지……. 네미 애매한 쇠주 허구 새우깡만 디립다 사나르니, 이런 보리 숭년에 모조 받기두 틀

렸구……. 천상 땅문서나 잽히야 쇠주빛 갚구 이장 내놓겄는디…….”(366쪽)

또 그의 고충에는 다음과 같은 것도 있다.

"어제는 농수산부 무엇이라나 하는 것이 피서허러 지나간다구 새벽버텀 어찌나 볶아대는지, 시 부락 사람들이 죄 분무기를 지구 나와설랑 해전내 논배미에 들어가 후덩거렸더랴. 공동방제허는 시늉을 내라니 벨수 있남. 분무기에 맹물만 한 짐씩 지구 나와설랑 신작로 가생이 냄으 논에 들어가 애매헌 베포기만 짓밟었다는 얘기여. 위서 허라는 것은 세상읎어두 못 배기니께."(368~369쪽)

또 이외에도 농민들의 이야기는 여러 가지 농촌과 농촌 살림의 어려움, 정부 무역정책에 흔들리는 누에고치 농사, 농약 공중 살포의 이해득실에 관한 불평과 정보교환을 화제로 전개된다.

그런 다음 산업계장과 서기, 두 사람의 관리가 등장한다. 말할 것도 없이 관과 민의 관계가 순탄할 리가 없다. 드리당장에 산업계장 김씨가 따지는 것은 불을 피워 나방을 잡으라고 배급한 타이어가 제대로 불 지피는 데 사용되었느냐 하는 점이다. 그의 말은 농담인 듯하면서도 순탄하지 않다. "느티울 양반들두 이러시긴가…… 다이야 잽히구 술 받어 자셨나뵈." 이렇게 시작하여 그는

"하여간 한국 사람은…… 그런 머리 돌아가는 것 하나는 아마 세계적일 거라. 솔나방 잡는 디 태워쓰라구 다이야 줘서, 시키는 대루 허는 걸 여적지 한번두 못 봤다면 말 다 했으니께."(370쪽)

하고 일반적인 매도의 단정을 내린다. 그러나 동네 사람들의 대꾸도 만만치 않다. 다음의 주고받음은 이들의 관계가 얼마나 팽팽한 적의 속에 있으며 그것이 얼마나 격렬하게 표면화될 준비가 되어 있는 것인가를 보여준다.

"구루마 바쿠루도 못 쓰는 흔 다이야를 원제 엿 사먹자구 안 태울 거유. 말씀을 워째 그렇게 듣기 그북스럽게만 허신대유."
뒷전에서 조용하던 고가 고개를 거우듬하게 꼬고 눈을 지릅뜨며 뻣성있게 말했다.
"왜, 내 말이 틀류? 그러잖아두 듣기 싫으라구 헌 말이유."
계장이 고를 돌아보며 쏘아붙였다. 고도 말다툼엔 이골난 사람이라 직수굿하지 않고 대들었다.
"자세허지 말유. 사는 건 같잖게 살아두 관공리 구박받을 사람은 여기 안 왔슈."
"저 냥반이 시방 시비를 허자는 겐가 뭐여?"
오 서기가 눈을 부라렸다. 고도 끝내 소주 두어 잔 들어간 표를 낼 셈인지 거듭 말끝을 반미주룩하게 꼬부렸다.
"네밋— 우리 여편네허구 씨비헐 새두 읎는 판에 넘허구 시비를 허여?" (370~371쪽)

이렇게 가열되어 가던 대화의 대결은 다시 이완과 긴장의 기복을 되풀이하다가 타이어를 태우고 남은 타이어 심의 철사가 발견됨과 동시에 누그러져 버린다.
이러한 대결은 억압의 질서 밑에 감추어진 분노와 좌절에 심리적 출구를 제공하기 위하여서라도 필요한 것으로 보인다. 그런데 대결의 의식이 보다 심각성을 띠고 또 어느 정도의 현실적인 해결에까지 나아가는 것은 동네의 이기한(利己漢) 황선주가 등장함으로써이다. 황선주는 송충이 퇴치장에 나타나기 이전에 독자에게 소개된 바 있다. 그는 수재민 구호금을 거둘 때에 가장 돈이 많은 사람 중의 한 사람이면서 가장 인색하게 굴던 사람으로서, 그가 내놓은 구호품으로서의 헌 팬츠는 그의 인색함을 아니꼽게 생각한 동네 사람들에 의하여 동구에 전시된 바가 있었다. 황선주가 오토바이를 타고 오는 것을 보자 지금껏 동네 사람의 적의의 표적이 되었던 산업계장이 "이장, 나 아쉰 소리 좀 헐라니 들어줄라?"(373쪽) 하면서 자기가 부딪치고 있는 문제를 호소하는 식으로 자기의 어려움을 이야기한다. 즉 황선주가 그의 이종인 단위조합 참사를 통해서 새우젓과 소금을 동네에 강매하고자 하는데 이 부탁이 귀찮은 문제라는 것이다. 황선주는 이와 같이 관의 힘을 빌려 생필품이나 농기구를 강매하기도 하고 고리채도 놓고 하여 적잖이 치부를 한 사람이었다. 그리하여 산업계장과 같은 사람에게도 그는 그렇게 존경을 받을 수 없는 사람으로 비쳤던 것이다.

그러나 동네 사람들에게 산업계장의 호소는 순순하게 받아들여지지 아니한다. 그의 호소는 복합적인 것이다. 억압의 질서 속에서 억압자도 뻣뻣할 수만은 없는 것으로 정의가 그에게 있지 않는 한 그도 때때로는 피압박자에게 아첨할 필요가 있다. 산업계장의 호소는 이런 의미를 띤 것으로 볼 수도 있다. 그러나 이장의 해석은 좀 더 직설적이다. 그는 "계장님은 뒷전으루 물러앉으슈. 닦어세우는 건 우리게에서 도리헐 텡께 맡겨두시구."(376쪽)라고 말하면서도 속으로는 월급에 맞지 않는 산업계장 김씨의 생활수준을 생각하고 그의 하소도 황과의 거래 액수를 높이려는 술책에 불과하다는 것을 간파하는 것이다.

황씨가 도착하면서 하는 말들은 표면으로는 특별한 의미가 없는 듯하면서 그의 성품과 태도를 잘 드러내준다. 가령 "(전략) 그런디 여게, 손님대접이 워째 이렇다나. 이왕 술을 받을라면 병아리라두 한 마리 볶든지 허잖구는……."(378쪽) 이런 말 하나에서도 한편으로는 그곳의 손님격인 두 관리에게 아첨하고 주인격인 동네 사람들을 쳐내리는 그의 의도가 감지되는 것이다. 더 계속되는 이런 종류의 아첨과 공격 언어는 그렇지 않아도 심사가 좋지 않은 동네 사람들의 반발을 사게 된다. 처음에 양편을 가르고 있는 적의는 농담 비슷하게 시작하여 점점 심각한 공방전으로 바뀌어간다. 그리하여 황의 힐난과 아첨이 계속되고 다른 한편으로는 동네 앞에 매어단 황의 팬츠, (다른 농민도 비슷한 일을 하고 있지만) 유달리 간악한 수법으로 농약을 써서 눈속임의 농산품을 만들어내는 황의 농사 방법 등이 야유로써 언급이 된다.

그러다가 공격의 리듬은 조금 누그러져 세태 일반에 관한 이야기로 화제가 바뀐다. 농약 남용의 농산품에 대해서 "서루 다다 섞여먹잖으면 못 살게 마련된 세상"(383쪽)이어서 공산품의 조악성, 또는 김씨의 말로 "사람 사는 디 이롭잖은 건 죄 공해"(384쪽)인 강도, 살인, 성범죄 등만을 전파시키는 텔레비전의 해독 등에 의하여 농약 남용은 보상이 된다는 주장들이 나온다. 이러한 논의에서 황선주, 장씨, 조합서기 오씨 등은 새 문화의 혜택을 옹호하는 쪽에 서고 다른 사람은 이를 비판하는 쪽에 선다.

이러한 일반적 의논은 「우리 동네 황씨」가 보여주고 있는 대결의 의식에서 긴장과 이완의 리듬을 이루는 것이지만, 다른 한편으로 대결과 투쟁을 불가피하게 하는 잠재된 갈등의 배경 또는 원인(遠因)을 보여주는 역할을 한다.

이야기는 다시 황선주와의 마지막 대결로 옮겨간다. 이것도 갈등의 노출이 제도적으로 막혀 있는 곳에서 그럴 수밖에 없듯이, 농담과 야유의 형태로 시작한다. 야유는 주로 수재민 구호금 갹출할 때의 황선주의 인색함이라든가 그가 구호품이라고 내놓았던 팬츠를 빗대서 하는 것들이지만, 그 근본은, 가령 그의 팬츠를 두고 하는 말, "암—— 새우젓 장수가 입던 게라 그런지 그 근처만 가두 코가 썩는다구 야단들이여."(388쪽)와 같은 데서 보듯이, 새우젓 강매와 같은 반공동체적 행각을 겨냥하는 것이다.

황선주는 처음에는 자신의 인색에 대하여 변명도 하고 하다가 변명이 받아들여지지 않자 나이 많은 사람의 점잖과 위세로서 동네 사람들의 공격을 막아내려 한다. 그러나 이러한 어른에 대한 전통적인 예의의 방패는

"으른은 네미—— 이 자리에 으른은 뉘구 애는 뉘여. 댓진 바를 다 다 곤지 찍구 있네. 쓰…… 그래 우리가 동네 버릴라구 회관 앞에다 코가 쏘는 빤쓰 쪼가리를 내널었다 그게유?"(389쪽)

와 같은 입바른 공격에 여지없이 무너져버리고 만다. 이와 더불어 공격은 점점 활발하여지고, 황선주는 이제 "뭣이 워쩌? 이런 배냇적에 간수 먹을 늠으 자식——."(391쪽) 하고 화를 터뜨리고 만다. 여기서부터 시작하여, 모든 위선과 위장은 다 떨어져 나가고 사실과 사실이 정면으로 마주치며 눈치와 이중성에 입각한 것이 아닌 바른 질서에 대한 움직임이 움트기 시작한다. 그리하여 김봉모 씨는 드디어 모든 거짓된 농담과 희롱과 조심을 떨쳐버리고 당당하게 황선주에게 선언한다.

"(전략) 춘자 아버지 들으슈, 앞으루는 단위조합 끼구 우리네헌티 장사헐 생각일랑 아예 마슈. 우리가 한두 늠 배지 불리자구 출자헌

게 아녀. 앞으루는 단위조합 것들버덤 더 높은 웃대가리가 와서 벨소리루 저기해두 속지 않겠다, 이게여. 춘자 아버지 잘 생각해 보슈. 비 때 비주구 눈 때 눈을 주는 하늘두 우리를 안 쇡이구, 쌀 때 쌀을 주구 보리 때 보리를 주는 땅두 우리를 안 쇡여유. 그런디 하물며 사람 것들이 우리를 쇡여? 항차 우리에게 뭔가를 보태주려구 뛰어댕긴다는 것들이 우리를 쇡여? (후략)"(392쪽)

이런 말이 있은 다음 동네 사람들의 분노는 황과의 대결을 폭력 직전까지 밀고 간다. 그러나 그것은, "(전략) 정신 좀 들어야 되겠어. 암만 해두 저기 좀 댕겨와야 정신이 들랑개벼⋯⋯ 자 뭣이 들어갈려? 당신을 처늫으까, 오도바이를 던져버리까?"(392쪽) 하는 위협에 그친다. 황선주와의 대결은 이 시점에 이르러 절정에 이른다. 이제 모든 거짓된 안개는 걷히고 갑자기 공기가 맑아진 듯한 느낌이 든다.

이장은 지금까지의 심리적이며 사실적인 황선주의 재판(재판은 있는 대로의 세력이 있는 대로의 사실로서 적나라하게 대결하여 하나의 진실에 이르는 경과가 아니고 무엇이겠는가.)을 마무리 지을 필요를 느끼는 듯 황선주의 부패한 속셈을 나무라고 자신의 행동을 스스로 비판하여 보다 떳떳한 이장이 될 것을 다짐하면서, 일반적인 결론을 내려 말한다.

"그러니께 결과적으루 우리 스스로 우리를 보호허지 아니허면 아니되겠더라── 이게 결론여." (후략) (393쪽)

갈등의 드라마 속에서 드러날 것은 드러나고 단죄될 것은 단죄되고 그런 다음에 오는 것은 화해이다. 이장은 앞엣말에 이어 황선주의 죄를 말하면서 동시에 "그러나 워쨌든 간에 당신은 우리게 사람여. 우리는 아직두 이웃을 보살피구 동네 사람들 애끼구 싶다 이게여."(396쪽)라고 황선주도 공동체의 배려 속에 포용될 수 있음을 선언한다. 이해와 화해는 다른 반공동체적 분자에게도 확대된다. 화가 나서 뛰어오르는 황을 붙잡아 한편으로는 폭력을 방지하고 다른 한편으로는 그가 동네 사람의 재판을 받게 하는 데 한 역할을 담당했던 산림계장은 "가만히 봉께 우리두 배울 게 한두 가지 아녀유."(397쪽)라고 말하며 계속 '대화를 가질' 것을 권유하고 오 서기는 그날 저녁 벌어졌던 갈등의 드라마에서 느낀 자신의 감동을 요약하여 다음과 같이 말한다.

> "그러믄유. 되는 동네는 이렇다구유. 워떤 사람은 말 많은 걸 질색허구, 가급적이면 쉬쉬허려구 허는디, 그것은 워디까지나 독째…… 하여간 다시 말하면, 말이 많은 동넬수록이 일을 끝내면 죄 용허더라 이거유. (후략)"(394쪽)

비판과 자기 비판이 있은 다음 진짜 잔치가 시작된다. 그것은 「우리 동네 리씨」에서의 윤선철의 생일잔치처럼 선의와 간지(奸智)가 섞인 이중적인 잔치도 아니고, 「우리 동네 류씨」에서의 울화가 받힌 농민들의 트럼프와 음담의 퇴폐적 잔치도 아닌, 조촐하면서도 참다운, 정의에 의하여 순수하여진 이웃들의 선의를 나누어 갖는 참다운 잔치이다. 최씨는 "츤츤히 얘기 좀 더 허다가" 가자면서 거기에 있는 모든 사람들에게 담배를 돌린다. 홍씨는 "소주 맛두 소주구, 선 채미두 들치근헌 게 괜찮네그려." 하면서 시원한 기분을 피력한다. 조씨는 "탱자만한 참외봉텡이"를 입으로 깎는다. 김씨는 이러한 갈등 후의 참다운 이웃의 느낌을 "하늘을 쳐다보구 땅만 믿구 사는 우리찌리는 여전히 경우가 있구, 이웃두 있구, 우정두 있구, 이런 것 저런 것 다 분별이 있는디 (후략)"(395쪽) 하는 말로 요약하면서 그러한 이치가 사람의 삶과 근본 이치임을 확인한다.

 이렇게 분석하면서 우리가 마지막으로 덧붙여 생각하여야 할 것은 「우리 동네 황씨」가 뛰어난 것은 단순히 그 마지막 부분의 여러 가지 선언 때문이 아니란 점이다. 물론 이러한 선언도 중요한 발언이기는 하다. 그러나 더 중요한 것은 그것이 이 소설이 그려내고 있는 구체적인 정황으로부터, 조금도 사실적, 심리적 진실에 무리한 뒤틀림을 줌이 없이 끌어내어진다는 점이다. 작가는 단순히 이러한 선언에서 작품을 출발한 것이 아니라 겸허하고 착실한 사실의 검토에서 이러한 선언에 이른 것이다. 그 검토의 전체가 이 작품이다.

 이러한 검토에서 오는 깨우침은 소설만이 줄 수 있는 것이다. 「우리 동네 황씨」는, 위에서도 말했듯이, 그것 자체로도 설득력 있는 역동적 전개를 가지고 있지만 『우리 동네』 전체에도——조금 지나치게 반복적이고 진전이 부족하고 이야기가 부족하다는 비판을 허용할 수밖에 없는 『우리 동네』 전체에도 하나의 역동적 결론을 부여한다. 이것은 단순히 소설 미학의 문제만이 아니고 우리의 깨달음의 내용에 관한 것이다.

 『우리 동네』 또는 다른 작품에서 이문구가 그리고 있는 농촌은 문제에 차 있는 곳이다. 또 그러니만큼 불만과 저항과 분노가 질척이는 곳이기도 하다. 그러나 이러한 부정적 세력의 움직임도 공동체의 재생에 보탬을 주기보다는 오히려 그것을 파괴하는 요인으로 작용한다는 느낌을 준다. 물론 이러한 적극적인 파괴의 힘이야말로 새로운 건설을 위한 에너지의 예비적 표현이라고 할 수는 있다. 그러나 우리는 「우리 동네 황씨」가 보여주는 드라마를 통해서야 비로소 그러한 가설을 실제적인 가능성으로 확인하게 된다. 우리는 농촌의 많은 어두운 힘의 뭉클거림이 무엇엔가 눌려 있는 밝은 충동의 울부짖음이라는 것을 새삼스러이 아는 것이다. 이런 사정을 이문구는 「우리 동네 황씨」의 중심적인 심상으로 다음과 같이 시적으로 표현한다.

둠벙은 무시로 자고 이는 마파람 결에도 물너울을 번쩍거리고, 그때마다 갈대와 함께 둠벙을 에워싸고 있던 으악새 숲은, 칼을 뽑아 별빛에 휘두르며 서로 뒤엉켜 울었다. 으악새 울음이 꺼끔해지면 틈틈이 여치가 울고 곁들여 베짱이도 울었다.(393쪽)

(문학평론가)

작가 연보

1941년   충남 보령에서 태어남.
1963년   서라벌예술대학 문예창작과 졸업.
1966년   김동리 선생의 추천으로 《현대문학》을 통해 등단.
1968~1977년   《월간문학》,《한국문학》, 한진출판사 편집장 역임.
1972년   장편「장한몽」으로 한국창작문학상 수상. 단편집『이 풍진 세상을』, 장편소설『장한몽』출간.
1974년   단편집『해벽(海壁)』출간.
1975년   단편집『몽금포타령』출간.
1977년   중편소설『엉겅퀴 잎새』, 단편집『관촌수필』, 산문집『아픈 사랑 이야기』출간.
1977~1981년   국제 펜클럽 한국본부 감사 이사 역임.
1978년   연작소설「우리 동네」로 한국문학작가상 수상. 단편집『으악새 우는 사연』출간.
1979년   산문집『지금은 꽃이 아니라도 좋아라』출간.

1980년   콩트집 『누구는 누구만 못해서 못하나』 출간.

1981년   『우리 동네』 출간.

1982년   제1회 신동엽창작지원금 받음.

1984~1988년   도서출판 실천문학사 발행인 역임.

1985년   계간 《실천문학》 창간 및 강제 폐간(언론기본법 적용 제1호).

1987년   단편집 『다가오는 소리』, 콩트집 『몸으로 살러온 사내』 출간.

1988년   동시집 『개구쟁이 산복이』 출간.

1989년   제2회 춘강문예창작기금 받음.

1990년   장편소설 『산너머 남촌』, 『토정 이지함』(1부) 출간. 제7회 요산문학상 수상.

1991년   제9회 흙의 문예상, 제15회 펜문학상 수상.

1992년   장편소설 『매월당 김시습』 출간. 제2회 서라벌문학상 수상.

1993년   단편집 『유자소전』, 산문집 『소리나는 쪽으로 돌아보다』 출간. 제4회 농촌문화상, 제8회 만해문학상 수상.

1994년   산문집 『글밭을 일구는 사람들』 출간.

1996년   한국소설가협회 상임이사 겸 계간 《한국소설》 편집위원장.

1997년   산문집 『나는 남에게 누구인가』 출간.

1999~2001년   민족문학작가회의 이사장 역임.

2000년   단편집 『내 몸은 너무 오래 서 있거나 걸어왔다』, 산문집 『줄반장 출신의 줄서기』 출간. 제31회 동인문학상 수상.

2001년   제33회 대한민국문화예술상 수상.

2003년   향년 63세로 별세. 산문집 『까치둥지가 보이는 동네』 출간.

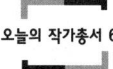

오늘의 작가총서 6

우리 동네

1판 1쇄 펴냄 1981년 12월 20일
1판 10쇄 펴냄 1994년 6월 20일
2판 1쇄 펴냄 1997년 2월 20일
2판 10쇄 펴냄 2004년 9월 15일
3판 1쇄 펴냄 2005년 10월 1일
3판 14쇄 펴냄 2023년 8월 9일

지은이 · 이문구
발행인 · 박근섭, 박상준
펴낸곳 · (주)민음사

출판등록 1966. 5. 19. 제16-490호
서울특별시 강남구 도산대로1길 62(신사동)
강남출판문화센터 5층 (우편번호 06027)
대표전화 02-515-2000 팩시밀리 02-515-2007
www.minumsa.com

ⓒ 이산복, 1981, 1997, 2005. Printed in Seoul, Korea

ISBN 978-89-374-2006-1 04810
ISBN 978-89-374-2000-9 (세트)

* 잘못 만들어진 책은 구입처에서 교환해 드립니다.